William Boehart

Der Klang der blauen Gitarre

Ein Bekenntnis

William Boehart

Der Klang der blauen Gitarre

Ein Bekenntnis

Roman

Osburg Verlag

Erste Auflage 2023

www.osburgverlag.de

Lektorat: Ulrich Steinmetzger, Halle
Umschlaggestaltung: Judith Hilgenstöhler, Hamburg
Satz: Hans-Jürgen Paasch, Oeste
Druck und Bindung: CPI books GmbH, Leck
Printed in Germany
ISBN 978-3-95510-326-2

Für alle, die einmal den Klang gehört haben

The man bent over his guitar,
A shearsman of sorts. The day was green.
They said, »You have a blue guitar,
You do not play things as they are.«
The man replied, »Things as they are
Are changed upon the blue guitar.«

Wallace Stevens, The Man with the Blue Guitar

Das Thema

I've always had vivid dreams.

Den Satz musste ich auf Englisch schreiben. So hat er sich mir eingeprägt; er ist inzwischen ein Teil meines Selbst geworden. Ansonsten habe ich mir vorgenommen, dieses Bekenntnis auf Deutsch zu verfassen. Obwohl ich jetzt wieder in meinem Geburtsort Woodstock/Vermont wohne, ist Deutsch längst meine Schreib- und Denksprache geworden und wird es bleiben. Ich träume seit langem auf Deutsch. Es war ein langer Weg von 1947 bis heute. Der Kalender auf meinem Schreibtisch zeigt den 19. Oktober 2018. Kalender sind unerbittlich wie Uhren. Nicht Sein und Zeit, sondern Sein *in* Zeit.

Auf den folgenden Seiten schreibe ich über mein Leben, insbesondere über einen Abschnitt dieses Lebens. Warum dies auf Deutsch erfolgt, wird der geneigte Leser bei der Lektüre erfahren. Ein Leser? Eine Leserin? Wer soll diese Seiten überhaupt lesen? Ich schreibe in dieser abgeschiedenen Hütte nur für mich. Ich er-schreibe mein Leben. Meinen Lebensbericht. Ein Bekenntnis? Wozu? Zum Leben selbst, zu meinem Leben. 71 Jahre. Es ist allerdings ein leicht durchschaubarer Selbsttäuschungsversuch, zu behaupten, man schreibe nur für sich selbst. Schreiben ist ein Schöpfungsakt, es werden Gedanken, Erinnerungen, Ereignisse, Menschen, Orte, Stimmungen und Gefühle freigesetzt, in Worte und Sätze gefasst und auf Papier festgehalten oder digital in die Welt geschickt. Was geschrieben worden ist, kann auch gelesen werden – von der Familie, Bekannten oder Fremden. Schreiben ist Kommunikation; es schließt Rezipierende ein. Der Schreiber ist sogar selbst Rezipient seines eigenen Schaffens, und zwar der erste. Er äußert sich, ja ver-äußert sich, und liest das Geschriebene nach. Dann aber ist er nicht mehr er selbst, sondern er *war* es einmal. *Panta rhei.* Man kann nicht zweimal in denselben Fluss steigen, bemerkte vor langer Zeit der rätselhafte Grieche Heraklit. Ich frage mich, welche Schicksalsschläge ihn zu dieser Einsicht verleitet hatten. Man kann nicht zweimal dasselbe Buch lesen, könnte man genauso sagen. Ein Buch ist wie ein Fluss, in den man beim Lesen *steigt* – und es hat ein Eigenleben. Es kann auch grausam sein. Also setze ich die Maske der Indifferenz einmal ab ... und setze gezwungenermaßen eine andere auf, denn, wie die antiken griechischen Theaterautoren wussten, ein Sprechen ohne Maske ist den Menschen nicht gegönnt. Ich stelle mir weitere Leser vor, genauer gesagt, ich stelle mir eine spezifische Leserin vor. Ich weiß, sie wird diese Zeilen nie lesen, nie lesen können. Vielleicht habe ich mich deswegen endlich dazu entschlossen, dieses Bekenntnis abzulegen. Es ist Herbst, eine passende Jahreszeit für Bekenntnisse. Ich schaue aus dem Fenster und sehe heute am frühen Morgen den Bodennebel, der sich vom Wald langsam meinem Vorgarten nähert. Robert Frost verglich in seinem Gedicht *Fog* die Bewegung eines aufkommenden Nebels mit sich voran tastenden Kätzchenpfoten. *The fog creeps in on little cat feet.* Mir kommt der dichte Nebel heute eher wie eine Kralle vor, die nach meinem Haus greift. Bald werde ich den Wald nicht mehr sehen können.

Nach und nach werden die gedruckten Seiten fein gestapelt neben meinem Schreibtisch liegen. Jeder Schriftsteller kennt das belebende Gefühl. Ja, ich habe schon einiges in meinem Leben geschrieben, nur kein Bekenntnis. Oder ist das Schreiben seinem Wesen nach immer ein Bekenntnis? Das Erlebte und das Erdachte nehmen mit der Schrift Form an. Schreiben ist eine Katharsis; ich befreie mich von den Dämonen, die in mir wohnen. Es hat lange gedauert, bis ich mich dazu entschieden habe, aber jetzt ist es so weit.

Seit sieben Monaten lebe ich in dieser Hütte. Als ich einzog, fand ich eine verschneite Landschaft vor. Ausgedehnte Streifzüge in der Umgebung zu unternehmen gehört inzwischen zu meinem Tagesritual. Die

Gegend hat sich seit meiner Kindheit verändert. Insbesondere habe ich die Anlage mit dem langen Namen Marsh-Billings-Rockefeller National Historical Park für mich entdeckt; er liegt gar nicht weit von meiner Behausung. In meiner Jugend war das große Areal ein privates Anwesen, zuletzt bewohnte es die Familie Rockefeller. Seit 1992 ist es ein Nationalpark und zudem ein National Historic Landmark. Die USA feiern sich gerne selbst. Gut zweihundert Jahre amerikanischer Geschichte sind hier repräsentiert. Der zweite Besitzer, Frederick H. Billings, erwarb 1849 während des kalifornischen Goldrauschs ein Vermögen. Er setzte sich nach seiner Rückkehr nach Vermont konsequent für den Naturschutz ein – *Conservation* auf Englisch – und gründete eine Musterfarm auf dem Anwesen, die heute als lebendes Museum jährlich zahlreiche Touristen anlockt. Das Museum meide ich.

Bevor ich mein Bekenntnis ablege, möchte ich mich vorstellen. Joe Harris, im März 1947 in Woodstock/Vermont geboren als einziges Kind von George und Martha Harris. Meine Eltern führten mit großem Einsatz und mäßigem Erfolg ein Lebensmittelgeschäft in der Elm Street, die unweit des zentralen, aus einer ausgedehnten Rasenfläche bestehenden Platzes liegt, der The Green genannt wird. Solche Geschäfte sind heute in den meisten Kleinstädten ausgestorben, in den USA wie in Deutschland. Heute sieht man zu viele Kettenläden in den Geschäftsstraßen und in den gesichtslosen Shoppingmalls, die am Rande der Städte wie Pilze aus dem Boden geschossen sind; Giftpilze, falls man mich fragen sollte. Der moderne Konsument hat sich freiwillig in Ketten legen lassen.

In Woodstock ist es jedoch etwas anders gelaufen. Das Zentrum, das alte Village, ist weitgehend intakt mit kleineren Geschäften, schöner alter Bausubstanz, einer für die Größe des Ortes beachtenswerten Stadtbücherei, einer Historical Society und sogar einer überdachten Brücke, der Middle-Covered-Bridge, die 1969 nach einem historischen Vorbild neu erbaut wurde. Wie aus der Zeit gefallen wirkt die Innenstadt. Aus meiner Sicht ist das bemerkenswerteste Geschäft der

Yankee Bookshop, 1935 gegründet und noch heute ein geistiges Zentrum der Region. In meiner Jugend lernte ich dort die Bücher kennen und lieben. Dass die Buchhandlung bei meiner Rückkehr noch da war, hat mich tief berührt.

Soweit ich das beurteilen kann, führten meine Eltern eine glückliche Ehe. Sie starben vor vielen Jahren. Ich hatte sie zum Schluss nicht mehr gesehen, da ich längst in Europa lebte. Ich bin ihr einziges Kind und war weniger glücklich. Die Schule hasste ich wie das Leben in der aus meiner Sicht miefigen Kleinstadt. Ich entwickelte mich zum Außenseiter, lernte die Bücher lieben und lebte weitgehend in meiner eigenen Welt der Träume und Vorstellungen. Ich wusste schon in jungen Jahren, dass ich weg wollte, weit weg. Meine Mitschüler und -schülerinnen gaben mir den Spitznamen *Moon*. Damit war nichts Romantisches gemeint, sondern eine Stigmatisierung als verträumter, nicht ernst zu nehmender Sonderling, der allerhand abstruse Ideen verbreitete und sich im Ganzen nicht konform, das heißt *normal* benahm. Im Laufe der Zeit schlüpfte ich in die Rolle des intellektuellen Rebellen. Das war in den sechziger Jahren. Selbst in Woodstock/Vermont begann es zu brodeln, wie Buffalo Springfield 1966 sang – *There's something happening here / What it is ain't exactly clear.* Ich trug 1965 am ersten Mai im letzten Schuljahr meine Kopie des *Communist Manifesto* demonstrativ in die Schule und erntete dafür Empörung und Missbilligung. Dieser Tag heißt *Loyalty Day* in den USA. Er wurde damals, mitten im Kalten Krieg, insbesondere in den Schulen mit patriotischen Veranstaltungen begangen. *America first* ist ein alter Schlachtruf. Der Schulleiter bestellte mich zum Rapport.

Beim Homecoming – einem Football-Spiel im Herbst, dem wichtigsten Social-Event während eines amerikanischen High-School-Jahres – trug ich konsequent die Schulfarben der gegnerischen Schulmannschaft, was als Hochverrat angesehen wurde. Zum Homecoming-Ball, *Prom* genannt, ging ich nicht, man hat mich auch nicht vermisst.

Trotz allem gehörte ich in akademischer Hinsicht zu den Besten der Schule, was in den Augen meiner Mitschüler wenig zählte. Ich verachtete sie. Nach dem Schulabschluss erhielt ich 1965 ein Stipendium für die renommierte University of Chicago, in der durch Gangster wie Al Capone berüchtigten Großstadt des Mittelwestens, fast genau tausend Meilen von Woodstock/Vermont entfernt. Ich war damit auf jeden Fall erst einmal weg. Ich wollte Literatur, Geschichte und Philosophie studieren, drei in den Augen meiner Eltern ziemlich nutzlose Disziplinen. Nach Ansicht meiner Mitschüler war ich auf dem besten Weg, ein *Egghead* zu werden. Wie mit den meisten Dingen lagen sie damit falsch.

Wie es dann weiterging an der Universität in den aufwühlenden letzten Jahren des so schillernden Jahrzehnts, erzähle ich in meinem Bekenntnis. Nur so viel als Vorgeschmack: Ich kann in meinen Träumen immer noch das Tränengas in den Straßen von Chicago beim Wahlkonvent der Democratic Party im August 1968 riechen.

Meine Hütte liegt abseits des Weges, sie ist jedoch keine Einsiedelei, und ich verbringe meine Zeit nicht mit Beten. Ich habe mich so weit wie möglich auf Selbstversorgung eingerichtet: einen Gemüse- und Kräutergarten angelegt, einen Apfel- und einen Birnbaum sowie Himbeersträucher gepflanzt, ein Paar Hühner lasse ich frei laufen. Einen Hund bzw. eine Hündin habe ich auch. Sie heißt Ginny, ein junger Mischling, überwiegend ein brauner Labrador, etwa kniehoch mit einer guten Nase und klugen Augen. Ich habe sie aus dem Tierheim geholt. Wir haben uns in den letzten Monaten zu einer Gemeinschaft entwickelt. Wasser und Strom muss ich von den Stadtwerken beziehen; um Heizungswärme kümmere ich mich selbst. Holz zum Heizen gibt es ringsherum ausreichend. Wie der alte Kaiser Wilhelm Zwo im Exil in Holland verbringe ich viel Zeit beim Holzhacken. Das hält fit. Ein Auto besitze ich nicht, dafür ein gutes Fahrrad. Man kann das Leben vereinfachen – und es ist immer noch das Leben. Ob weniger mehr ist, weiß ich noch nicht. Ich frage mich: Mehr wovon?

Mein Zuhause ist klein und bescheiden. Das Haus – weiß gestrichen mit blauen Fenstern und Türen – ist aus Holz mit einem festen Dach und hat ein Wohn-Esszimmer mit Kamin, eine Küche, ein Bad, ein

Schlafzimmer sowie eine Abstellkammer. Ein Gästezimmer brauche ich nicht. Der Dachboden ist nicht ausgebaut und es gibt keinen Keller. Ein Schuppen für Gartengeräte und mein Fahrrad ist an das Haus angebaut. Eine kleiner Stall für die Hühner steht im Garten. Wenn ich mich von meinem Schreibtisch nach links drehe, blicke ich in die offene Küche und somit direkt auf den Holzofenherd, den ich bei meinem Einzug einbauen ließ. Ich backe regelmäßig Brot. Holzofenbrot ist das Beste. Ein gutes Brot gehört zum Leben. Als ich in den 1970er Jahren nach Deutschland kam, fand ich überall gute Familienbäckereien, welche die edle Brottradition des Landes aufrecht erhielten. Leider ist das inzwischen vorbei. Ramsch, Hektik und Gier, die Bazillen des modernen Lebens, haben die Brotkultur vielerorts vernichtet.

Das Haus ist spärlich und zweckmäßig eingerichtet. Fernseher, Telefon und Radio besitze ich nicht – auch kein Handy. Ein Computer, auf dem ich gerade schreibe, gehört zu meinen Arbeitsgeräten. Internetanschluss ist vorhanden. Die Wände sind mit Bücherregalen bestückt. Als ich damals auswanderte – flüchtete wäre ein passenderes Wort –, nahm ich nur einen Rucksack mit Kleidung und ein paar Büchern mit. Den Rucksack habe ich nicht mehr, dafür etliche hundert Bücher, die ich vorausgeschickt habe, als ich meine Rückkehr in den alten Geburtsort vorbereitete. Den Rest meiner Habseligkeiten habe ich zurückgelassen. Manchmal sitze ich stumm vor meinem Schreibtisch und lasse den Blick über die Regale schweifen. Meine lieben, stillen Gefährten. Heute habe ich einen Band von Albert Camus, *La Chute*, von seinem Platz in der étagère française genommen. Meine Bibliothek ist nach Ländern geordnet, eine Marotte von mir. Die Novelle liegt neben mir auf dem Schreibtisch. Ich habe sie häufig zur Hand genommen, und jedes Mal erfahre ich etwas anderes über mich selbst. Ein Buch wie eine Anklageschrift. Wäre ich in das kalte Gewässer der Seine gesprungen, um die Frau zu retten? Die Frage ist zu abstrakt und unpersönlich. Eine existenzielle Frage muss konkret gestellt werden. Und: Zeit zum Philosophieren hat man dabei nicht. Es geht nur um eine Entscheidung. Wie habe ich damals in der Stadt K. entschieden? Im Gegensatz zu M. Clamence habe ich danach nie ein höhnisches

Lachen aus dem Nebel vernommen. Hat es trotzdem eines gegeben, das ich überhört habe? Wie der nicht gehörte Klang eines fallenden Baumes im verlassenen Wald? Ich blättere in den Seiten, ja, hier haben wir es: M. Clamence, der in Amsterdam lebende untergetauchte Pariser Jurist, sagt seinem namenlosen Zuhörer, im Grunde genommen ist der Leser gemeint: *Mon métier est double, voilà tout, comme la créature. Je vous l'ai déjà dit, je suis juge-pénitent.* Brauche ich einen Bußrichter? Ich weiß es nicht. Ich spüre auf jeden Fall das Bedürfnis, ein Bekenntnis abzulegen. Vielleicht bin ich Richter und Gerichteter in einer Person. Sind wir das nicht alle?

Das Haus hatte ich von Deutschland aus im Internet gefunden und den Kauf getätigt. Ich bin finanziell unabhängig, sofern ich meinen einfachen Lebensstil fortführe. Neben Ersparnissen habe ich eine bescheidene Rente aus meiner Zeit als Englischlehrer an deutschen Schulen, noch bescheidenere Tantiemen für Publikationen, die über die Jahre erschienen sind, und gelegentlich ein Honorar für Gutachtertätigkeiten bei einem Verlag in Deutschland, mit dem ich seit Langem zusammenarbeite.

Auf dem Esstisch steht ein großer Wildblumenstrauß, ein Ergebnis meiner Streifzüge durch Wald und Wiesen. Er gibt dem Raum eine einladende Note, so denke ich zumindest. Solche Sträuße pflücke ich regelmäßig. Mal sehen, was ich im kommenden Winter mache. An der Wand neben dem Fenster links von meinem Schreibtisch hängt ein einziges Bild, ein Gemälde im Hochformat, etwa 1,90 m hoch und 1,60 m breit. Es stammt von einer Berliner Künstlerin, und ist das einzige Bild, das ich aus Deutschland mitgenommen habe. Man sieht darauf durch ein Fenster zahlreiche zum Kauf ausgelegte Objekte, Antiquitäten oder nur Trödel; es sind Zeugnisse vergangenen Lebens. Neuer Realismus – sagen die Fachleute dazu. Im Ganzen wirkt das Bildmotiv alt, verstaubt und ärmlich. Es ist kein blühendes Geschäft, das dem Zuschauer präsentiert wird. Das Licht ist diffus, wahrlich kein sonniger Tag. Die abgeblätterten Fensterrahmen und ein Teil der Fassade sind zu sehen. Der Name des Geschäfts – es könnte

Hoffmann heißen – ist abgeschnitten, nur der untere Teil der Buchstaben erscheint an der Bildoberkante. Es ist eine gotische Schrift. Man spürt an einem fast unmerklichen Schattenwurf, dass jemand vor dem Schaufenster steht. Wenn ich das Bild anschaue, werde ich gleichzeitig hineingezogen und abgewiesen. Durch den zarten Schatten wirkt das unsichtbare Fensterglas wie eine Mauer. Ich blicke in eine Welt, die für mich unerreichbar und wohl bereits im Vergehen begriffen ist. Ein Gefühl der Sehnsucht überkommt mich.

Was sieht man? Vorne ist ein altes Schachspiel halb aufgestellt, die Figuren haben das Aussehen mittelalterlicher Ritter, in einer Ecke liegen alte Zeitschriften, hoch gestapelt, mit Namen wie Simplicissimus, Der Sturm, Der Querschnitt und Weltbühne; Tassen und Teller mit touristischen Motiven sowie Kerzenständer und Vasen liegen in großer Zahl nebeneinander, hinten sind gleich aussehende Bücher aufgereiht, man erkennt den Namen Goethe auf den Buchrücken, kleine, verschnörkelte Bilderrahmen werden auch zum Verkauf angeboten. In einem sieht man das vergilbte Foto eines Soldaten aus dem Ersten Weltkrieg. Links neben dem Schachspiel liegen militärische Orden auf einem samtroten Tuch. Oberhalb der Orden ist ein Dolch mit einem fein gestalteten Griff neben seiner Scheide aufgestellt. Daneben liegen Briefmarken mit Flugzeugmotiven, auf denen man kaum wahrnehmbare Hakenkreuze ausmachen kann. Durch eine raffinierte Farbgebung der Künstlerin wird das Auge des Betrachters auf einen lichten Punkt in der oberen linken Ecke der Auslage gelenkt. Dort hängt um den Hals einer Frauenbüste eine Kette mit einem Davidstern. Die sechs Zacken sind sehr fein ausgearbeitet.

Zu Fuß erreiche ich von meinem Haus in einigen Minuten eine erste moderne Wohnparkanlage und bald danach das historische Village mit seinen 900 Einwohnern. Es bildet den Kern der weit auseinander gezogenen Stadt Woodstock, die über 3300 Einwohner zählt. Wenn ich aber in die entgegengesetzte Richtung laufe, also tiefer in den Wald hinein, treffe ich bald auf einen kleinen Teich. Auf Englisch sagt man *Pond* dazu. Das Wort hat einen schönen Klang, wenn das O in der feinen neuengländischen Art ausgesprochen wird. Ob das Gewässer einen offiziellen Namen hat, weiß ich nicht. Es ist mir egal. Es sieht friedlich und verlassen aus. Ich habe es für mich *Walden* genannt. *Mein Walden*. Ich habe im Netz nachgeschaut. Laut Google Maps würde ich in vierzig Stunden zu Fuß Henry David Thoreaus Walden Pond bei Boston erreichen. Ich habe es nicht nachgeprüft. Vielleicht mache ich es irgendwann, zu Fuß selbstverständlich im Sinne von Henry David. Schade, dass er mich dabei nicht treffen kann. Zum Trost habe ich sein Buch, das mich bei einer solchen Pilgerfahrt begleiten würde. Zu meinem *Walden* nehme ich häufig einen Gedichtband mit. Bis in den milden Herbst hinein kann ich bequem auf einem großen Stein am Ufer sitzen, das Wasser, die Vögel und den Wald auf mich wirken lassen und die Lyrik laut lesen. Ginny hört immer aufmerksam zu. Indian Summer – die Bäume entfalten eine Farbensymphonie in allen möglichen Rot-, Gelb- und Grünschattierungen und feiern damit sich selbst; sie feiern das Leben. Ginny springt gerne ins Wasser. Sie schwimmt hinaus, dreht sich um und blickt zu mir zurück. Ich soll mitkommen. Ich lache und werfe ihr einen Stock nach.

Gestern habe ich einen Gedichtband von Wallace Stevens mitgenommen. Ich liebe seine Dichtung. Gerade jetzt beim Schreiben fällt mir das Gedicht ein, das ich neulich am Pond den Vögeln und den Bäumen vorgetragen habe. Lyrik muss laut gelesen werden. *The Man with the Blue Guitar.*

The man bent over his guitar,
A shearsman of sorts. The day was green.
They said, 'You have a blue guitar,
You do not play things as they are.'
The man replied, 'Things as they are
Are changed upon the blue guitar.'

Beim Schreiben werde ich zum Mann mit der blauen Gitarre. Als Historiker und Redakteur kenne ich die Problematik der Quellen, der Faktenvermittlung und des Erzählens. Worin liegt die Wahrheit eines

Ereignisses oder gar eines Menschen? Gibt es sie überhaupt? Kunst transformiert ihren Gegenstand, sie schafft eine neue Dimension, eine neue Realität. Sie ist die Insel der Imagination, die sich gegen die herumwirbelnde Wirklichkeit behauptet und ausbreitet – wenn wir uns Zutritt zu ihr erkämpft haben. Sie liegt auf der anderen Seite des Spiegels, man muss nur einmal hindurchspringen – Salto mortale.

Selbst der Historiker beschreibt nicht *die* Geschichte, sagt nicht, wie es wirklich war, sondern erzählt *eine* Geschichte, er er-schreibt etwas Neues. Er lenkt unsere Augen auf das, was ihm wichtig, ja entscheidend zu sein scheint. Unsere Geschichtsschreibung dreht sich nur vordergründig um die Vergangenheit, sie beschreibt sie nicht nur, sondern versucht, sie der Gegenwart zu vermitteln. Geschichte ist nicht identisch mit der Vergangenheit, sondern offenbart unsere Erzählung über die Vergangenheit. Geschichte zu schreiben ist Gegenwartskunst.

In meinem Bekenntnis nehme ich die Geschichtsschreibung auf, denn ich werde einiges über die USA und die Bundesrepublik Deutschland, genauer gesagt das alte West Germany nach dem Zweiten Weltkrieg, erzählen und wie ich sie erlebt habe. Sie bilden die Kulisse. Vor dieser Kulisse treten meine Figuren auf, zuerst ich selbst, danach weitere. Es kommt insbesondere eine Frau vor, sie ist die Hauptfigur meiner Erzählung. Ob ich eine vertrauenswürdige Quelle bin, muss der Leser nach und nach selbst beurteilen.

Manchmal bin ich mir nicht sicher, ob meine Hauptfigur tatsächlich gelebt hat oder ob sie nur meiner Imagination entsprungen ist, meine persönliche Pygmalion-Figur. Doch es gibt Zeitungsausschnitte und weitere schriftliche Belege. Als Redakteur nimmt man so etwas ernst, das sind Quellen, Bausteine, die man kritisch durchleuchten muss. Ein skeptischer Leser fragt sich vielleicht, ob ich diese Quellen nicht selbst hergestellt habe. Womöglich Fälschungen? Eine interessante Frage. Das war im Mittelalter sogar üblich, und nicht nur da.

Ich habe diese Frau, über die ich bald schreiben werde, aber wirklich gekannt. In meinen Unterlagen habe ich einen Zeitungsartikel von damals aufbewahrt. Er ist über vierzig Jahre alt. Er erschien nach ihrem Tod und zeigt ein Porträtfoto. Ich schaue darauf, während ich diese Zeilen niederschreibe. Blicke ich dann in den herannahenden Nebel vor meinem Fenster, kann ich sie sehen. Zumindest kommt sie mir wahrhaftig vor. Wozu das menschliche Gehirn fähig ist, bleibt ein immerwährendes Rätsel.

Diesen Bericht habe ich für mich mit dem Arbeitstitel *Bekenntnis* versehen. Der Name erinnert an zwei Werke der abendländischen Literatur: die *Confessiones* des heiligen Augustinus von Hippo und *Les Confessions,* die Autobiografie des weniger heiligen Jean-Jacques Rousseau. Eine Autobiografie indes schreibe ich nicht, ich bin nicht auf der Suche nach Gott oder irgendeiner Wahrheit. Augustin schrieb, dass mit der Hingabe an Gott das *Licht der Gewissheit in sein Herz* strömte und jegliche *Finsternis des Zweifels* verschwunden war. *Brave Old World.* Wir Menschen der Moderne wissen, dass jede Gewissheit eine Selbsttäuschung ist – bis auf diejenige des eigenen Todes – und dass wir am Ende in die ewige Finsternis hinabgleiten, ohne Hoffnung, ohne Reprise. *A tale told by an idiot, full of sound and fury, signifying nothing,* um Macbeth in Erinnerung zu rufen. Wie Goethe im Deutschen, so ist Shakespeare im Englischen immer gut für ein passendes Zitat. Rousseau steht uns näher als Augustin, er hat unseren Geschmack für Tratsch und unsere Neigung zum Voyeurismus gut getroffen. Rousseau stand an der Schwelle zur Moderne. Mein Bekenntnis steht an keiner Schwelle, es ist weder eine Selbstanzeige noch eine vollständige Erzählung meines Lebens. Vielmehr werde ich im Wesentlichen über ein Ereignis schreiben und die dazu nötigen Vorgeschichten. Dieses Ereignis, ein Treffen zweier gleicher und doch ungleicher Personen, bildet den Angelpunkt meines Daseins; ich schaue darauf, wie auf ein seltsames Insekt, das in Bernstein gefasst wurde. Ich habe die Liebe kennengelernt – und verloren. Glaube ich darum an keine Wahrheit? Gibt es eine Wahrheit ohne Liebe? Was sagte Sokrates in Platons weinseligem Dialog über die Liebe, dem *Symposium,* dazu?

Mein Bekenntnis soll keine Beichte sein, keine Bitte um Absolution. Ich erwarte keine Vergebung. Von wem auch? Und wofür? Ich kann mir selbst nicht vergeben. Ich kann mich nur ertragen. Das habe ich in den Jahren danach gelernt. Das lernen wir alle. Das ist Leben. Es besteht aus den Geschichten, die wir von uns selbst erzählen. Wir sind alle in unsere eigenen Geschichten verstrickt.

Narrare necesse est.

Heute Nacht werde ich besonders bildhaft träumen.

Zum Schluss beantworte ich eine mögliche Frage vorweg: Warum bin ich nach Vermont zurückgekehrt? Es gab keinen zwingenden Grund, es gab aber auch keinen Grund, nicht zu kommen. Nach der Amnestie von 1977 für Kriegsdienstverweigerer des Vietnamkrieges musste ich schon lange keine gerichtliche Verfolgung bei der Rückkehr mehr befürchten. Mein Leben in Deutschland schien mir indes seit einigen Jahren im Stillstand zu verharren. Vielleicht spürte ich den nahen Endpunkt und wollte den Kreis vollenden. Anfang und Ende. Alpha et Omega. Der Kreis stellt die perfekte Form dar, so zumindest die herrschende Meinung. Die Ästhetik sollte bei unseren Lebensentscheidungen eine Rolle spielen, oder?

Mein Bekenntnis ist in der Form eines Musikstückes in vier Sätze gegliedert. Diese Struktur passt gut zur Metapher der blauen Gitarre. Jeder Satz ist mit einer musikalischen Vortragsbezeichnung versehen sowie mit einem Zitat aus Friedrich Hölderlins *Hyperion*. Dieser Dichter der deutschen Romantik nimmt einen besonderen Platz in meinen Erinnerungen ein.

Erster Satz – Joseph Harris

Agitato

Ach! für des Menschen wilde Brust ist keine Heimat möglich; und wie der Sonne Strahl die Pflanzen der Erde, die er entfaltete, wieder versengt, so tötet der Mensch die süßen Blumen, die in seiner Brust gedeihten.

On the Road

Es war Ende August 1965, und ich war endlich *On the Road.* Mit dem Dog fuhr ich von Woodstock nach Chicago. Dog ist ein Spitzname für das interkontinentale Omnibusnetz der Firma Greyhound. Die Fahrt entlang der Großen Seen über Albany, Cleveland und Toledo bis Chicago dauerte mehr als dreißig Stunden mit zahlreichen Stationen, die zuweilen mit einem stundenlangen Aufenthalt verbunden waren. Im Bus wurde auch geschlafen. Es war nicht so abenteuerlich wie eine Fahrt durch die Prärie mit einem Covered Wagon im Wilden Westen, aber für einen scheuen Jungen mit pickeligem Gesicht aus der Provinz glich sie einer Odyssee. Im Bauch des Busses lag mein Gepäck, das hoffentlich von Bus zu Bus weitergereicht werden würde. In der Kabine hatte ich meinen Rucksack mit Büchern, Zahnbürste und Verpflegung.

In Albany musste ich umsteigen. Auf dem Nebensitz saß nun ein junger Schwarzer. Schwarze gab es damals in Woodstock nicht. Ich kannte sie nur aus Film und Fernsehen. Nur einmal hatte ich bis dahin einen Schwarzen leibhaftig gesehen, und zwar bei unserer

Klassenfahrt nach Boston im letzten Schuljahr. Die sechziger Jahre waren die Zeiten der schwarzen Bürgerrechtsbewegung, welche die seit Jahrhunderten herrschende Rassentrennung und die Unterdrückung der Schwarzen mithilfe von gezielten Gerichtsprozessen, gesetzlichen Maßnahmen, Berichten in den Medien und zunehmend durch Aktionen auf den Straßen und in der Öffentlichkeit anprangerte und ein freies, gerechtes Leben für alle in den USA einforderte. *All men are created equal and endowed by their creator with certain unalienable rights, which among them are life, liberty and the pursuit of happiness* – so steht es in der Unabhängigkeitserklärung von 1776. Das Versprechen sollte endlich eingelöst werden. Martin Luther King hatte 1963 beim Marsch auf Washington ausgerufen, als er vor dem Lincoln-Memorial stand: »I have a dream.« Ich erinnere mich daran, wie ich damals vor dem Fernseher saß und diese Rede erlebte. Die Medien schätzten, dass über 250 000 Menschen anwesend waren. Im Geiste war ich dabei.

Im März des Jahres 1965 hatten die großen, von King mitorganisierten Demonstrationen und Aktionen in der Stadt Selma im Südstaat Alabama stattgefunden mit dem Ziel, das gesetzlich verankerte Wahlrecht für Schwarze endlich in die Wirklichkeit umzusetzen. Die lokale Polizei reagierte mit einer unvorstellbaren Orgie der Gewalt gegen die unbewaffneten, friedlichen Demonstranten – vor den Augen der nationalen Fernsehkameras. Der *Bloody Sunday* brannte sich in das Gedächtnis der sechziger Jahre ein, eines Jahrzehnts, das viele solche Tage haben sollte. Die Märsche endeten mit Toten und Verletzten und dominierten über Wochen die bundesweite Berichterstattung in den amerikanischen Medien. Im Laufe des Sommers gab es zudem Rassenunruhen in zahlreichen Städten, auch im Norden. Trauriger Höhepunkt waren im August die Watts-Aufstände in Los Angeles mit 34 Toten, kurz vor meiner Abfahrt nach Chicago. Während ich im Bus saß, las ich einen Zeitungsbericht über die sogenannten Aufräumarbeiten in den Slums der Stadt der Engel. Einige öffentliche Medien malten gar einen sich anbahnenden Bürgerkrieg an die Wand. *Blackpower* avancierte zum Angstbegriff der weißen Mehrheitsgesellschaft.

Chicagos Bürgermeister Richard J. Daley behauptete indes, seine Stadt habe *ihre Negroes* im Griff. Und dorthin war ich unterwegs.

Ich war im traditionell liberalen New England aufgewachsen und verfolgte die Bürgerrechtsbewegung mit einer Mischung aus jugendlicher Naivität und selbstverständlichem Idealismus. *We shall overcome!* wurde zur Hymne der Bewegung. Man fühlte sich zugehörig – auch als weißer Junge aus einem bürgerlichen Milieu in einer friedlichen Kleinstadt in New England. Im Yankee Bookshop hatte ich ein dünnes Taschenbuch von James Baldwin für die lange Busreise empfohlen bekommen – *The Fire Next Time*, in dem Baldwin in zwei Essays den Rassismus und dessen zerstörerische Auswirkungen auf die Gesellschaft in einer leidenschaftlichen und sehr persönlichen Sprache thematisiert hatte, um dem *Albtraum des Rassismus* den Kampf anzusagen. Der Buchtitel bezog sich auf eine Zeile aus einem alten Gospel: *God gave Noah the rainbow sign / No more water but fire next time.* Ich fühlte mich mit dem Buch in der Hand auf der richtigen Seite der Geschichte.

Der Schwarze sagte »Hey, Man«, als er Platz nahm.

Ich antwortete darauf mit einem verhaltenen »Hello«. Wir schauten uns an, dann sah er weg und sprach mit zwei weiteren Schwarzen, die mit ihm eingestiegen waren und gegenüber Platz genommen hatten.

Ich vertiefte mich in meine Lektüre und hatte nicht gemerkt, dass sich der Schwarze für mein Buch interessierte, als er nach einer Weile unvermittelt sagte: »Hey, white boy. That's heavy readin' you' into.« Ich schaute auf und murmelte irgendetwas Banales. Wir kamen jedoch ins Gespräch. Lange Busreisen sind dafür geeignet. Er hieß Jimi und stammte aus Greenwich Village, New York City. Es stellte sich heraus, dass er wie seine drei schwarzen Mitreisenden Musiker war. Die Vier hatten eine Band gegründet und reisten auf einer Tournee durch einige Städte in Upstate New York. Obwohl er nur ein paar Jahre älter war als ich, wirkte er in meinen Augen weltgewandt und sicher. Gebannt hörte ich zu, wie er von seiner Musik erzählte und Anekdoten von einer Konzerttour zum Besten gab, die einen Hauch von Ausschweifungen mit Sex und Drogen vermittelten. Er hatte eine schöne Stimme und lachte herzhaft. Ich erzählte ihm meinerseits von Woodstock und von meinem Stipendium an der University of Chicago, wo ich jetzt hinwollte. Er sagte, er kannte einige Kumpel in Chicago. Ein hartes Pflaster, meinte er. Ich glaube, ich wollte mich ihm als moderner, liberaler, weißer Jugendlicher präsentieren, als ich meine Begeisterung für die Bürgerrechtsbewegung bekundete. Ich zitierte dabei das gerade in Jugendkreisen bekannte Lied von Bob Dylan: »The times, they are a changin'.«

Jimi schaute mich zum ersten Mal richtig ernst an und sagte: »Maybe they are a changin', maybe they ain't. There ain't much we can do about it one way or the other.« Plötzlich breitete sich ein großes, freundliches Lächeln auf seinem Gesicht aus. Die weißen Zähne leuchteten hell vor der dunklen schwarzen Gesichtshaut. »Lighten up white boy on his way to the big bad city n' the big bad university. Enjoy the moment.« Dann schaute er weg und schien nach einer Erinnerung zu suchen. »You know«, sagte er mit einem verträumten Blick, »when we play a concert I pick out the prettiest girl in the room and play all of the songs just for her.« Er schaute mich wieder an. Ich konnte seinen Gesichtsausdruck mit dem leicht angedeuteten Lächeln aber ernst dreinblickenden Augen jedoch nicht deuten. Kritisch? Ironisch? Einladend? Herausfordernd? Oder alles zusammen? Mona-Lisa-artig. Bald verabschiedete er sich in ein Nickerchen, denn die Band hätte, wie er sagte, eine lange Nacht am nächsten Spielort vor sich.

Jimi stieg mit seiner Band in Syracuse aus. Beim Aussteigen schaute er zurück, lächelte und hielt mir die geballte Faust hin. Ich nickte, gab ihm aber das Friedenszeichen als Antwort und dachte mir dabei: *Joe, you have a lot to learn.* Neue Passagiere stiegen ein; es waren wenige. Der Sitz neben mir blieb jetzt leer. Zum Schluss stieg eine junge, schlanke Frau ein. Sie blieb mit einem kleinen Koffer in der Hand vorne stehen und schaute sich eingehend um. Ich glaube, ich habe sie gebannt angestarrt. Gehofft habe ich auf jeden Fall, dass sie den leeren Platz neben mir einnehmen würde. Sie wählte einen Platz zwei Reihen vor mir. Ich erhaschte einen Blick auf ihr Gesicht, als sie ihren Koffer in die Ablage oberhalb des Sitzplatzes legte. Hübsch, sehr hübsch. Sie setzte sich hin. Ich konnte ihren Hinterkopf mit den glatten, braunen Haaren sehen. Sie hatte mich bestimmt nicht wahrgenommen. Oder?

Frauen waren mir ein Geheimnis. Um ehrlich zu sein, muss ich sagen, dass ich zu jenem Zeitpunkt meines jungen Lebens keine sexuellen Erfahrungen hatte. Ich wusste nicht mal mit Sicherheit, ob ich auf Frauen stand. Und Männer? Homosexualität war beileibe kein Gesprächsthema, kaum mal ein Begriff in meiner Jugend. Was wusste ich darüber; wie sollte ich etwas darüber wissen können? Manchmal ließen die besonders starken Jungs in der Umkleidekabine beim Sportunterricht abwertende Begriffe wie *queer* und *pansy* fallen, um ihre angebliche männliche Überlegenheit zu demonstrieren und Lacher über und Abscheu vor den *homos* hervorzurufen. In Jungenskreisen waren solche Sottisen eine Art Leistungssport. Ich hasste sie.

In der High School hatte ich keine engere Bekanntschaft mit einer Mitschülerin gehabt. Es wäre undenkbar gewesen, dass ein Mädchen sich mit dem merkwürdigen Moon Harris eingelassen hätte. Also lebte ich in einer Welt der Träume. Die sexuelle Revolution in unserer westlichen Gesellschaft nahm Fahrt auf, als ich die High School besuchte. Kino, Fernsehen, Bücher, Mode und Zeitschriften spiegelten eine neue Kultur des Sex wider und trieben sie voran. Sie regten meine adoleszenten Fantasien an. Es war eine private Welt, die ich mit niemandem teilte. Selbstbefriedigung war das Ergebnis. Heterosexualität, Homosexualität – das alles war für mich ein offenes, rätselhaftes Feld.

Nun hatte die schlanke Frau durch ihr Erscheinen im Bus meine Fantasie angeregt. Ich stellte mir vor, wie es gewesen wäre, wenn sie sich neben mich gesetzt hätte. Aber was hätte ich überhaupt zu ihr gesagt? Ich fühlte mich allein bei der Vorstellung, etwas sagen zu müssen, befangen. Herumzustammeln hätte bestimmt keinen guten Eindruck gemacht. Mit Jimi war es anders gewesen. Am Anfang war ich auch nervös, aber nachher hatten wir uns gut unterhalten. Ich fand ihn anziehend, seine Geschichten exotisch; sie öffneten Fenster zu einer Welt, die mir bisher in der puritanischen Kleinstadt Vermonts verschlossen gewesen war. War auch ein Stück Anmache dabei? Vielleicht sogar ein Angebot? Ich weiß es nicht. Damals war ich nicht in der Lage, die Signale der Menschen zu deuten. Ich hatte einfach keine Erfahrung damit.

Ich lehnte mich in meinem Sitz zurück und schlug das Buch von Baldwin wieder auf. Baldwin war Homosexueller – und ein bekannter, wenn auch umstrittener Schriftsteller. So viel wusste ich. Der Buchhändler des Yankee Bookshops hatte mir auch erzählt, dass Baldwin inzwischen überwiegend in Frankreich lebte. Er hatte dem Rassismus der USA den Rücken gekehrt. Ich dachte, es wäre schön gewesen, sich einmal mit ihm unterhalten zu können. Sein Buch fand ich anregend und irgendwie subversiv; keineswegs eine Lektüre, die wir in der Schule gelesen hätten. Bücher – sie spielen in unserem Leben eine besondere Rolle, wenn wir sie ernst nehmen. Zumindest das FBI nimmt sie ernst. Im Rahmen der Arbeiten an einem Artikel, den ich viel später über Baldwin für eine Literaturzeitschrift in Deutschland schrieb, erfuhr ich, dass die nationale Sicherheitsbehörde zwischen 1960 und 1970 eine Akte mit 1884 Seiten über ihn angelegt hatte. Die Schnüffler-Jungs hatten offensichtlich alle Hände voll zu tun. Ob sie dabei etwas gelernt hatten?

Ja, die Bücher! In meinem letzten High School-Jahr gab es – ich kann mich gut daran erinnern – in Woodstock eine erbitterte Auseinandersetzung über J. D. Salingers *Catcher in the Rye*. Heute ist der Roman ein moderner Klassiker. Das Buch lag damals schon seit Jahren in der Stadtbücherei, ohne dass jemand daran Anstoß genommen hatte. Plötzlich gab es aber Stimmen, die die angeblich fortschreitende Verderbnis der amerikanischen Jugend – Rock ‹n› Roll, freizügiger Sex, Rebellion und Drogen – auf solche Bücher zurückführten. Sie hätten die Moral der Jugend verdorben. Angefeuert von kirchlichen Kreisen, bildete sich in der Stadt eine Elterninitiative, um Bücher wie die von Salinger aus der Bücherei zu entfernen. Die Jugend sollte nur *saubere Gedanken* haben, nur *gute Literatur* lesen. Die Aktion war wochenlang Gesprächsthema in der Stadt gewesen, zumindest bei den Erwachsenen. Es gab auch lautstarken Widerstand gegen den Zensurversuch; im Schulunterricht wurde das Thema jedoch ausgeblendet. Letztlich durfte Salinger bleiben, allerdings nur ausleihberechtigt für

Menschen über 21. Ich besorgte mir indes ein Taschenbuch-Exemplar aus dem Yankee Bookshop, verkroch mich zu Hause in meinem Zimmer und verschlang den etwa 220-seitigen Roman an einem Wochenende. Holden Caulfield – ein jugendlicher Ulysses auf seinem Irrweg durch die spießige Mittelstandsgesellschaft des weißen Amerika, auf der Suche nach Sinn und der eigenen Identität. Eine Figur, mit der man sich leicht identifizieren konnte. Ich stellte mir vor, mit der Lektüre irgendetwas Verbotenes getan zu haben, eine Untergrundaktion gegen … ja, wogegen eigentlich? Es war ein anregendes Gefühl.

Ich schlug das Buch von Baldwin zu, blickte kurz auf die braunen Haare der jungen Frau vor mir und fiel in einen unruhigen Schlaf.

Eve of Destruction

Am frühen Nachmittag traf der Bus im Chicago-Terminal ein. Der befand sich an der Kreuzung Clark/Randolph Street, mitten im Stadtzentrum, genannt der Loop – nach der S-Bahnlinie, die das Zentrum umkreist. Obwohl ich wenig geschlafen hatte, war ich hellwach und aufgekratzt. Ich stieg aus, holte mein Gepäck, verließ den Terminal und stand an der Clark Street. Der Blick war überwältigend. Hochhäuser, wo man nur hinschaute. Boston war eine Großstadt, aber im Vergleich zu Chicago wirkte die stolze Patrizierstadt New Englands fast wie eine Kleinstadt. Ich lernte später, dass Chicago – die selbst ernannte *Stadt mit den breiten Schultern* – der Geburtsort des modernen Skyscrapers war. Und es war laut, bunt und geschäftig. Ich blieb eine Weile wie angewurzelt stehen; die Vorbeieilenden achteten nicht auf jenen scheuen, schmächtigen Jungen aus der Provinz mit Rucksack und Koffer. Ich muss wie eine Figur aus einem billigen Film über die Unschuld in der Großstadt gewirkt haben. Langsam formte sich in meinen Gedanken eine Stelle aus Allen Ginsbergs Gedicht *Howl*:

Moloch whose eyes are a thousand blind windows!
Moloch whose sykscrapers stand in the long streets like endless
Jehovahs!

Ja, ich hatte Ginsbergs verstörendes Gedicht bereits gelesen. Nicht als Schulaufgabe natürlich – das wäre undenkbar gewesen –, sondern einfach so. Die Beat-Generation schwappte in die 1960er Jahre herüber. Gedankenströme brodeln zuweilen im Untergrund, bis sie irgendwann wie ein Vulkan ausbrechen.

Für meine achtzehn Lebensjahre hatte ich schon viel zu viel gelesen. Mein Gehirn war bis zum Überfluss vollgestopft. Ich hatte irgendwo aufgeschnappt, dass Bücher einen zwar schlau machen können, aber nicht zum reifen Menschen. Und diese Weisheit stand ausgerechnet in einem Buch! Das Leben sollte beginnen, musste beginnen. Ich lief die paar Straßen bis zur Zugstation der Lake-Shore-Linie an der Randolph Street und stieg etwa eine halbe Stunde später an der South 53rd Street Station aus der Bahn. Hyde Park. Die University of Chicago. Die Augustsonne blendete mich, als ich aus der Station trat.

1965 wusste ich nur, dass die Universität zu den renommiertesten Hochschulen des Landes gehörte, verbunden mit der Tradition einer gründlichen, klassischen Bildung in den Liberal Arts. Es war eine Auszeichnung – und ich habe es auch so empfunden –, dass ich dort ein Stipendium erhalten hatte. Die Universitätsverwaltung hatte mich in einem Studentenwohnheim an der East 54th Street untergebracht. Für Undergraduates, also Studenten, die den ersten Studiengang, der in der Regel vier Jahre dauerte, noch nicht abgeschlossen und den einundzwanzigsten Geburtstag noch nicht erreicht hatten, galt damals die Regelung *in loco parentis*. Die Universität übernahm die Aufsicht über die jungen Studierenden. Nach Geschlecht getrennt, wurden sie in unterschiedlichen Wohnheimen untergebracht. Es gab sogar noch eine Sperrstunde unter der Woche – 10 Uhr abends.

Ich ging zu Fuß dorthin und schaute mir die Umgebung neugierig an. Hier gab es keine Hochhäuser, sondern kleinere Geschäfte, Restaurants, Cafés, Einfamilienhäuser im Gründerzeitstil, imposante Universitätsgebäude sowie größere Wohnanlagen. Alles ordentlich gepflegt, eine kleine Gemeinde für sich mitten in der Großstadt. Menschen aller möglichen Hautschattierungen waren unterwegs. Bald erreichte ich eine Parkanlage, und gleich danach tauchte das Wohnheim auf. Das sechsstöckige Gebäude aus rotem Backstein strahlte Gediegenheit und Sicherheit aus. Ich ging hinein und meldete mich bei der Verwaltung. Mein Zimmer befand sich im dritten Stock. Es war klein und zweckmäßig mit Bett, Schrank, Bücherregal und Schreibtisch ausgestattet; es glich einer Mönchszelle. Ich legte mein Gepäck auf den Boden, schaute aus dem Fenster auf die kleine Grünanlage hinter dem Gebäude und dachte: *I've arrived.* Ich legte mich völlig bekleidet aufs Bett und fiel sofort in einen tiefen Schlaf.

Am nächsten Tag lief ich zu dem drei Straßenzüge südlich gelegenen Hauptcampus, der einfach das Quad (Abkürzung für Quadrangel) genannt wird, um mich als Student einzuschreiben. Die gesamte Anlage mit den ausgedehnten, von den Gebäuden gänzlich eingeschlossenen Grünflächen und der neugotischen Architektur kam mir wie ein fremdes Land vor. Die Grünflächen mit ihren Bäumen, Bänken, Brunnen und kleinen Plastiken wirkten wie ein Park. Ich dachte an Fotos von britischen Colleges, die ich in Zeitschriften gesehen hatte. Später erfuhr ich, dass die Nachahmung beabsichtigt war. Die Universität blickte auf eine über siebzigjährige Geschichte zurück. 1942 erlebte die Welt unter dem Sportstadion der Universität die Geburtsstunde des nuklearen Zeitalters. Am 2. Dezember 1942 gelang den Wissenschaftlern die erste kontrollierte nukleare Kettenreaktion, die den Weg für die Herstellung der Atombombe eröffnete. Seit 1967 steht die große Plastik *Nuclear Energy* von Henry Moore an der Stelle, an der das denkwürdige Ereignis stattfand.

1962, also drei Jahre vor meiner Ankunft in Chicago, erreichte die schwarze Bürgerrechtsbewegung die Universität. Bekannt geworden war Anfang der sechziger Jahre, dass die Universität in ihren Immobilen die strikte Rassentrennung praktizierte – Segregation. Als Reaktion darauf fand im Februar 1962 im Hauptverwaltungsgebäude ein dreizehntägiges Sit-in durch 32 Studenten statt. Diese forderten eine Beendigung der Rassentrennung. Es kam danach auf dem Campus zu weiteren Protestaktionen, bis die Universität nachgab und die Rassentrennung beendete. Ein Anführer der Protestaktionen war der damalige Student Bernie Sanders, der inzwischen als Senator von Vermont und Kandidat der Demokratischen Partei für die Wahl zum US-Präsidenten bekannt geworden ist.

Chicago ist eine Hochschule mit besonderen Traditionen, die auf dem Campus spürbar sind. An die hundert Nobelpreisträger sind als Studierende oder Lehrende mit der Universität verbunden, zum Beispiel Barack Obama. Damit gehört die University of Chicago noch vor Harvard zu den meistprämierten Hochschulen weltweit.

Ich bin kein Nobelpreisträger geworden. Ich habe nicht einmal einen Abschluss in Chicago gemacht.

Ich war jedoch ein guter Student und gehörte zu den Besten meines Jahrgangs. Im Gegensatz zur High School lernte ich die Universität lieben; sie strahlte Gelehrtheit aus, und die habe ich immer geschätzt. Die Bibliothek war vierundzwanzig Stunden am Tag geöffnet. Insbesondere die europäische, genauer gesagt die deutsche Geschichte, Philosophie und Literatur zogen mich an. Ich entdeckte, dass ich ein gutes Ohr für die deutsche Sprache hatte. Ich belegte Deutschkurse, las deutsche Texte und besuchte im Norden der Stadt das Viertel German Town, wo man Deutsch hören und sprechen konnte. Der Mittelwesten der USA hatte durch die massive Einwanderung im letzten Viertel des 19. Jahrhunderts eine starke deutsche Prägung bekommen; Reste davon waren noch zu spüren. Nach und nach keimte in mir der Gedanke, Europa zu bereisen. Ich wollte die Orte erleben, über die ich so viel gelesen hatte. Ich entdeckte die Werke von Camus und Sartre, von Brecht und Kafka, von Dostojewski und Gogol, von Beckett und Joyce. In den Programmkinos sah ich ausländische Filme von Truffaut, De Sica, Bergman, Kurosawa, Fellini, Godard und Tarkowski, die eine menschliche Tiefe ausloteten, die den gängigen Hollywood-Filmen meiner Jugend fehlte. Als ich Eisensteins revolutionären Stummfilm *Panzerkreuzer Potemkin* mit Live-Musik erlebte, war ich überwältigt. Natürlich las ich auch die Werke der damals aufkommenden, in Deutschland entwickelten kritischen Theorie, allen voran die Bücher von Herbert Marcuse, einem Urvater der studentischen Protestbewegung der sechziger Jahre. Er lehrte die Utopie eines *Reichs der Freiheit*.

Aber genug der Bücher; ich eile mit deren Auflistung den Ereignissen zu weit voraus. Ich wollte das Leben lernen, mir mein Reich der Freiheit erschließen.

Ein erster Schritt dahin ergab sich aus einem Treffen mit einem Mitbewohner im Nachbarzimmer im September 1965 ein paar Tage nach Semesterbeginn. Das Wohnheim hatte einen Aufenthaltsraum im Erdgeschoss sowie eine Gemeinschaftsküche. Da traf ich gelegentlich einige Mitbewohner, ohne jedoch wirklich in Kontakt mit ihnen zu treten. Ich war einfach zu schüchtern. Mein Zimmernachbar hatte einen Plattenspieler und pflegte Musik zu spielen, die für meine Ohren einfach laut war. Ich war zuhause an Ruhe gewöhnt – ich brauchte sie zum Lesen, zum Nachdenken – und dieser junge Mann im Zimmer nebenan machte einfach zu viel Lärm.

Eines Nachmittags überwand ich endlich meine Scheu und klopfte. Die Tür ging auf, und ich blickte in die etwas verschwommenen Augen eines stämmigen Jungen, der mich um einige Zentimeter überragte. Er trug Jeans und ein T-Shirt und war barfuß. Er hatte dunkles, krauses Haar, trug eine Nickelbrille und einen leichten Vollbart. Ich sagte ihm, dass mein Name Joe wäre und dass ich nebenan wohnen würde. Er lächelte freundlich, bot mir seine Hand und sagte, er hieße Dave. Ich trat in das Zimmer ein, in dem noch ein Junge und ein Mädchen saßen. Sie wurden mir als Tim und Anne vorgestellt. Ich sagte »Hello« und zeigte auf den Plattenspieler. Ich hatte nicht mit den beiden anderen gerechnet, und es gelang mir nicht, einfach zu sagen, was ich wirklich wollte. Tim fragte, ob ich das Lied schon kannte, das aus dem Plattenspieler wie eine Anklage dröhnte. Ich vernahm einen Paukenschlag und dann eine zornige Männerstimme, die sich nach Sandpapier anhörte. Der kraftvoll gesungene Text beschwor eine Endzeitstimmung. Ich schüttelte den Kopf. Dave sah mich immer noch lächelnd an und sagte, ich sollte irgendwo Platz nehmen. Der Song hieße *Eve of Destruction* und sei gerade erschienen. Er gab mir einen Pappbecher Rotwein und platzierte mich neben Tim und Anne auf einer Ecke des Bettes, denn es gab keine andere Sitzmöglichkeit. Alkohol war für Minderjährige im Wohnheim verboten, aber das schien die Drei nicht zu kümmern. Ich nahm einen kleinen Schluck. Bis dahin hatte ich noch nie Alkohol getrunken. Er schmeckte mir auch nicht. Ich nahm jedoch noch einen Schluck, sah mir die anderen verstohlen an und lauschte der Musik. Der Sänger kommentierte anklagend mit eindringlicher Stimme aktuelle Themen wie die Unterdrückung der Schwarzen, den Vietnamkrieg, die Verlogenheit der US-Regierung, den Militarismus und den Kalten Krieg. Jeder Strophe folgte der Refrain, der mahnte, dass die Endzeit bevorstünde: *Eve of Destruction* – Vorabend der Zerstörung.

And you tell me over and over and over again my friend
How you don't believe we're on the eve of destruction.

So ein Lied hatte ich noch nie gehört. Es war nicht harmonisch, nicht einmal rhythmisch. Kein Tanzlied, eher ein Lied zum Nachdenken. Es war scharf und rau. Es wollte nicht unterhalten, sondern auffordern. Bob Dylans Lied *Blowin' in the Wind*, das ein paar Jahre zuvor erschienen war, war einfach ein schönes, harmonisches Lied, wenn auch als Protestlied zu verstehen. *Eve of Destruction* wollte nicht schön sein, es wollte aufrütteln, zornig machen: *Steh endlich auf und tu was.* Ein richtiges Protestlied darf nicht zu schön sein.

Die anderen hörten dem Lied schweigend bis zum Ende zu. In der folgenden Stille schauten sie mich an. Ich nahm noch einen Schluck Wein und erzählte etwas von Woodstock und von mir. So kam ich mit ihnen ins Gespräch. Sie waren alle im dritten College-Jahr und konnten mir einiges über die Universität und das Leben in Hyde Park erzählen. Sie sprachen auch über die Campusorganisation SDS – Students for a Democratic Society –, von der ich vorher zwar gehört, jedoch keine Ahnung hatte, wofür sie stand. Sie waren alle Mitglieder. Ich erfuhr, dass die SDS dabei war, eine freie Universität abseits des Campus zu organisieren, die einfach The School genannt werden sollte. Kurse und Seminare mit Titeln wie Organisation von Nachbarschaftsinitiativen, Formen des friedlichen Protests, Geschichte des Rassismus und Ziele einer Revolution sollten angeboten werden; ein

Studium also, das unmittelbar mit dem Leben in und um die Universität zu tun hatte. *Eine freie Universität in einer freien Gesellschaft* war das Motto. Im Laufe des Abends beteiligte ich mich zunehmend an der Diskussion. Ein Hauptthema war der Krieg in Vietnam. Zum ersten Mal in meinem jungen Leben hatte ich die Möglichkeit, mit Gleichaltrigen über politisch-gesellschaftlich aktuelle Themen zu diskutieren. Was ich sagte, wurde ernst genommen. Ich fühlte mich ein bisschen high. Wahrscheinlich hatte der Rotwein dazu beigetragen. Nach einer Weile verabschiedete sich Anne, und wir drei Jungs gingen nach unten zur Küche und machten uns Hotdogs.

Als ich später im Bett lag, habe ich über den Abend nachgedacht. Es gab vieles, worüber ich grübeln musste. Nicht über mein Studium, da fühlte ich mich sicher, sondern über etwas Größeres. *Eve of Destruction.* Hatte das Lied recht? Es gab eine Bedrohung, die damals über uns jungen Männern wie ein Damoklesschwert hing: der Vietnamkrieg. In Woodstock schien der Krieg weit weg zu sein; er war kein Gesprächsthema, weder in der Schule noch zuhause. Nun war es anders. Als junger Mann unterlag ich der Kriegsdienstpflicht – the draft. Mit achtzehn konnte ich zum Krieg eingezogen werden. Alkohol trinken und zur Wahl gehen durfte ich jedoch nicht. Ich hatte eine Draft Card erhalten – sozusagen zum 18. Geburtstag im März 1965 als Beigabe – und zunächst eine Befreiung vom Militärdienst für die Studienzeit als Undergraduate bekommen, eine Praxis, die umstritten und unsicher war. Danach aber würde ich dienen müssen. Oder sogar noch vorher? In den Krieg gehen, womöglich auf andere Menschen schießen und mich selbst der Gefahr aussetzen, getötet zu werden. Wofür eigentlich?

Das Jahr 1965 brachte eine Wende des amerikanischen Engagements in Vietnam, und auch eine Wende in der Antikriegsbewegung. Ich fühlte mich vor Entscheidungen gestellt. Die Regierung in Washington hatte nach der Präsidentschaftswahl 1964 offensichtlich beschlossen, den Krieg unter Einsatz aller möglichen Mittel zu gewinnen. Die Zahl der amerikanischen Soldaten in Vietnam schnellte von ca. 25 000 Anfang 1965 auf über 184 000 am Ende des Jahres hoch,

Tendenz weiter steigend, und es waren keine militärischen Berater mehr, sondern Kampftruppen, die gesandt wurden. Über 2000 amerikanische Soldaten fielen 1965, eine Zahl, die sich in den Folgejahren mehrfach erhöhte. Während des ganzen Krieges schickten die USA fast drei Millionen Kampftruppen nach Vietnam und zählten an die 50 000 eigene Kriegstote. Vom Himmel regnete es Bomben aus amerikanischen Flugzeugen, auch auf Ziele in Nord-Vietnam sowie des benachbarten Kambodscha und Laos. Insgesamt warfen die USA während des Krieges sieben Millionen Tonnen Bomben ab, mehr als dreimal so viel wie in Europa und Asien während des Zweiten Weltkrieges. Verstörende Bilder von durch Napalm geschädigten vietnamesischen Zivilisten, auch von schreienden fliehenden Kindern gingen um die Welt. *Eve of Destruction* – steh endlich auf und tu was.

Kurz bevor ich einschlief, drängte sich das Gesicht von Anne in mein Bewusstsein und begleitete mich dann in den Schlaf hinein.

Götterdämmerung

Es war der 28. August 1968, als die Götterdämmerung nahte. Ich stand zusammen mit etwa 10 000 Demonstranten – so die Schätzung, die später in den Medien erschien – in Chicagos Grant Park, einem weit über tausend Quadratmeter großen Areal zwischen dem Stadtzentrum und Lake Michigan. Uns gegenüber reihten sich in Schlachtordnung Polizeieinheiten und gerade aktivierte National-Guard-Truppen auf, maskiert und mit Pistolen, Schlagstöcken und sogar Maschinengewehren bewaffnet. Wir wussten aus Erfahrung, dass sie den Einsatz von Tränengas nicht scheuten. Ein Großteil der Demonstranten hatte außer ihren Körpern nichts dagegen zu setzen. Einige wenige von uns hatten sich allerdings mit Steinen und Flaschen versorgt; ich jedoch nicht. Etwa sechs Kilometer südlich des Parks hatte seit Montag der Nominierungskonvent der Demokratischen Partei für das Amt des US-Präsidenten stattgefunden. Chicago stand seit vier Tagen im Brennpunkt der nationalen Medien. Der Parteikandidat Hubert Humphrey wurde erwartungsgemäß nominiert; eine Resolution gegen den Krieg in Vietnam nach heftiger Debatte abgelehnt. Wir standen nun im Grant Park und gaben damit ein Statement ab gegen die kriegerische Politik der amerikanischen Regierung; so sahen wir es jedenfalls. Aber reichte das? Wir hatten das Gefühl, mehr machen, aktiver werden zu müssen. Es war überlegt worden, zum Tagungsort der Demokraten zu marschieren, auch ohne Genehmigung. *Eve of Destruction.* Steh endlich auf und tu was.

Obwohl es schon Wochen vorher hinreichend bekannt geworden war, dass die Verantwortlichen in Chicago, vor allem der mächtige Bürgermeister Richard J. Daley, ein einflussreiches Mitglied der Demokratischen Partei, eine harte, unnachgiebige Gangart gegen die aus seiner Sicht *einreisenden, langhaarigen Anarchisten und Kommunisten* vorbereiteten, kamen Tausende zumeist junge Menschen aus dem ganzen Land, um mit ihren Körpern ein Statement gegen das politische Establishment und dessen Krieg zu setzen. Seit Freitag, dem 23. August, hatten Kundgebungen, Aktionen und Märsche der Kriegsgegner im Zentrum der Großstadt sowie ein Peace-in im Lincoln Park stattgefunden. Einige Aktionen waren satirisch, wie die Nominierung des Schweins Pegasus als Präsidentschaftskandidat, die meisten jedoch waren so konzipiert, die Ordnungskräfte herauszufordern. Dafür waren Reden allein nicht genug; es bedurfte eines aktiven Widerstandes. Das wahre Gesicht der Regierung als Unterdrückungsmacht sollte in der Öffentlichkeit entlarvt werden. Die Aktionen endeten häufig in gewaltsamen Zusammenstößen zwischen Polizei und Demonstranten. Der Geruch von Tränengas hing in der Luft zwischen den Hochhäusern. Zahlreiche Verhaftungen, Verletzungen, sowohl von Demonstranten wie auch Polizisten, und einen Toten hatte es bereits vor der großen Aktion am Mittwoch gegeben. Ich war bisher unversehrt geblieben.

Es war ein warmer, schwüler Abend. Ich stand fast in der ersten Reihe und schaute in die maskierten Gesichter der Ordnungshüter, die nur ein paar Meter vor mir bewegungslos mit ihren Gewehren verharrten. Einige von den Frauen gingen auf die Soldaten zu und steckten Blumen in die Gewehrläufe. Ich kann mich nicht daran erinnern, ob ich Angst hatte. Ich weiß nur, dass ich einen so massiven Adrenalinschub erlebte wie nie zuvor in meinem Leben. Er hat die Angst überlagert; wahrscheinlich hatte auch der Joint dazu beigetragen, den ich kurz vorher geraucht hatte. *So muss es sich im Krieg anfühlen*, habe ich gedacht. Ich war hellwach. Wir hatten eine Genehmigung für eine friedliche Demonstration im Grant Park; die Stimmung war jedoch keineswegs friedlich. Im Gegenteil. Die Tage zuvor hatten die Nerven auf beiden Seiten blank gelegt. Es lief auf eine gewaltsame Konfrontation hinaus; das war in der aufgeheizten Atmosphäre spürbar. Es bedurfte nur eines Funkens.

Ich hatte meine Freunde von der Universität in der Menge verloren. Obwohl ich mitten in der größten Demonstration meines Lebens stand, fühlte ich mich verlassen und allein. Ich hatte das Gefühl, mich selbst zu beobachten und in Frage zu stellen. War das sinnvoll, was wir hier machten?

Hinter mir gab es plötzlich Bewegung, und es ertönten laute Schreie und Hurra-Rufe. Ich drehte mich um und sah, wie ein junger Mann vom nahegelegenen Fahnenmast die amerikanische Flagge herunterriss. Andere Demonstranten ersetzten sie durch ein rotes Tuch. Die Schlussszene aus *Panzerkreuzer Potemkin* tauchte vor meinem inneren Auge auf. Im Film war das ein Zeichen des Sieges. Die Aktion hier entfaltete eine andere Bedeutung. Die rote Flagge wirkte wie ein Signal auf die Polizisten und Nationalgardisten, wie ein rotes Tuch vor den Bullen. Sie stürmten Schlagstöcke schwingend das Gelände, um den jungen Mann in Gewahrsam zu nehmen. Einige Demonstranten leisteten Widerstand, Steine und Flaschen flogen durch die Luft; andere Demonstranten suchten selbst nach Waffen. Parkbänke wurden demoliert. Grant Park verwandelte sich im Nu in ein Schlachtfeld; Panik brach aus. In der Menge verbreitete sich schnell die Parole, dass wir den Park verlassen und ins Zentrum flüchten sollten, damit Polizei und National Guard gezwungen wurden, ihre brutalen Angriffe vor den Augen der Öffentlichkeit auszuführen. Eine Menschenjagd durch die Straßen von Chicago als Fanal. Wofür war im Moment nicht die Frage. Es ging immer noch darum, einfach ein Zeichen zu setzen,

Widerstand zu leisten. Inzwischen hatte die Polizei Tränengas eingesetzt. Ich versuchte wegzurennen, hustend und mit tränenden Augen von dem beißenden Tränengas. Ich wusste jedoch nicht wohin. Die Ausgänge waren gesperrt. Aus dem Chaos war kein Entkommen möglich. Die Polizei schlug wahllos um sich. Neben mir wurde ein junger Mann am Kopf getroffen, Blut strömte über sein Gesicht. Er schrie auf und fiel neben mir zu Boden. Ich stolperte, wurde von der Seite von einem Schlagstock auf meiner rechten Schulter getroffen und fiel auch hin. Ich krümmte mich vor Schmerzen und wurde gleichzeitig mehrfach in Bauch und Rücken getreten. Der Ruf *Commie Bastards* tönte wiederholt wie ein Anti-Mantra über mir. Ich hielt meine Hände über den Kopf aus Angst vor weiteren Schlägen. Benommen merkte ich, wie ich von vier Händen grob hochgehievt und mehr geschleift als getragen zu einem Polizei-Van gebracht wurde. In diesen wurde ich einfach hineingeworfen wie ein Sack Zement und landete unsanft auf den bereits zuvor Festgenommenen. In den nächsten Minuten kamen weitere Opfer hinzu, bis die Tür geschlossen wurde. Es wurde dunkel. Wir lagen zusammengekauert. Keiner sagte etwas. Ich schloss die Augen und versuchte, ruhig ein- und auszuatmen. Meine Schulter und meine Rippen taten mir entsetzlich weh. Nach einer Weile setzte sich der Van langsam in Bewegung. Wie im Halbschlaf vernahm ich eine leise weibliche Stimme: »We shall overcome«.

Nachdem man unsere Personalien aufgenommen hatte, landeten wir in einer großen Gemeinschaftszelle und verbrachten dort die Nacht. Am nächsten Tag wurde ich entlassen. Meine Schulter und meine Rippen taten immer noch weh. Danach hatten die Polizisten mich jedoch nicht gefragt.

Das Leben lernen. Ich war 1968 seit drei Jahren in Chicago und hatte einiges gelernt, und zwar nicht nur in der Universitätsbibliothek. Dem Treffen mit Dave, Tim und Anne folgten weitere Gespräche. Es gab auf dem Quad ein Café, das Blue Gargoyle, in dem wir uns trafen. Häufig kamen auch andere hinzu, die politisch deutlich links standen. Dave, ein kräftiger Junge mit langen Haaren und einem beachtlichen

Vollbart, war im sechsten Semester und wollte nach dem ersten Examen (B.A.) Soziologie studieren. Er gehörte zu den Wortführern des SDS auf dem Campus. Tim, lang und dürr, hatte ein Basketballstipendium erhalten. Er wusste nicht genau, was er mit seinem Studium anfangen sollte. Er wusste nur, dass er nicht – wie sein Vater – Bankier werden wollte. Anne, die wie ich vor allem die Literatur liebte, stellte sich eine Karriere als Redakteurin oder freie Schriftstellerin vor. Sie hatte bereits für die Studentenzeitung The Chicago Maroon Artikel geschrieben. Aufgrund ihrer irischen Wurzeln hatte sie rötliche Haare, blaue Augen, ein ovales Gesicht mit einem festen Kinn und feine Sommersprossen. Im Gespräch konnte sie einerseits aufbrausend sein und hart argumentieren, strahlte andererseits aber einen unterschwelligen Charme aus und verfügte über einen hintergründigen Witz. Man konnte sie sich gut als Mittelpunkt eines launigen Abends in einem irischen Pub vorstellen. Von mittlerer Statur, wirkte sie jedoch nicht zierlich, sondern eher athletisch. Sie war auf jeden Fall ein Aktivposten in der Bewegung. Dass ich Anne ausführlicher beschrieben habe als Dave und Tim, ist kein Zufall. Sie hat mir die körperliche Liebe beigebracht.

Hey, Mr. Tambourine Man, play a song for me

Es kam so. Nach dem unerwarteten Zusammensein im Wohnheim begann ich, Treffen der SDS aufzusuchen, die alle zwei Wochen in dem Universitätsgebäude Ida Noyes Hall stattfanden. Zu den Sitzungen kamen zwischen dreißig und fünfzig Studenten. Die Zusammenkünfte gestalteten sich recht chaotisch. Es gab weder eine Tagesordnung noch einen Vorstand. Es sollte basisdemokratisch ablaufen. Zu Beginn saß ich hinten und hörte mir die Reden an, ohne mich zu Wort zu melden. Dave und Anne gehörten zu den Teilnehmern, die häufig das Wort ergriffen. Obwohl lokale Anliegen wie der Mangel an studentischem Wohnraum oder die Forderung nach verstärkter studentischer Mitwirkung in der Leitung der Universität lebhaft diskutiert wurden, war das Hauptthema der Krieg in Vietnam. Im Laufe der Sitzungen bildete sich langsam der Konsens heraus, dass die Zeit des Redens und des Flugblattverteilens vorbei war, denn sie hatten sich als wenig wirksam erwiesen. Der militärisch-industrielle Komplex – der bei SDS-Treffen häufig verwendete Begriff für die Machtkonstellation im Lande und den eigentlichen Betreiber des Krieges – ließ sich von solchen Aktionen nicht beeindrucken. Die Stimmungslage wurde von Sitzung zu Sitzung klarer: Wir mussten zum aktiven Widerstand übergehen, den Kampf auf die Straßen und zu den Menschen bringen.

Am 13. Januar 1966 erlebte ich meine erste politische Demonstration. Über 300 Studenten waren gekommen, um mit ihren Körpern ein Statement abzugeben. Die Universität hatte den US-Vizepräsidenten Hubert Humphrey eingeladen, um über das Programm der Great Society zu sprechen. So hieß die umfassende Vision, die Präsident Lyndon B. Johnson bei seiner Wiederwahl 1964 für ein sicheres, gleichberechtigtes und prosperierendes Amerika entworfen hatte. Uns erschien die amerikanische Gesellschaft 1966 alles anderes als Great. Wir sahen den imperialistischen Krieg in Vietnam, die Unterdrückung der Schwarzen, die Macht der großen Firmen, die Armut in den Elendsvierteln der Großstädte, die selbstzufriedenen Gesichter unserer Elterngeneration, die glaubte, alles richtig gemacht zu haben und noch zu machen. Eine Demonstrantin trug ein Schild, das bissig fragte: Who left Watts out of the Great Society? Watts war das Elendsviertel von Los Angeles, in dem 1965 blutige Aufstände stattgefunden hatten.

Ich war keiner der Demonstranten in der ersten Reihe mit einem großen Schild und einer lauten Stimme, sondern eher ein Mitläufer, der am Rande des Geschehens beobachtete – vor allem mich selbst. Ich war neugierig geworden und wollte nach den vielen Treffen des SDS einmal dabei sein. Ich kann mich daran erinnern, dass es kalt war und dass der Refrain »Hump the Coward« ertönte, als Senator Walter Mondale – er war in letzter Minute als Ersatz für Humphrey eingesprungen – durch das Spalier von Demonstranten schritt.

Ich bewegte mich in den Jahren zwischen 1966 und 1969 am Rande der radikalen Studentenbewegung, die sich immer weiter nach links wandte, bis zuletzt einige Aktive nach 1969 sogar in den terroristischen Untergrund abdrifteten (The Weathermen). Die Stimmung im Lande wurde von Jahr zu Jahr aufgeregter und auch gewalttätiger; in den schwarzen Ghettos flammten regelmäßig Proteste auf; 1968 kamen sowohl Martin Luther King als auch Robert Kennedy durch Attentate ums Leben. Antikriegsaktionen wie 1967 der *March on the Pentagon* mit 70 000 Demonstranten wechselten sich mit Berichten über eine Intensivierung der militärischen Intervention der USA in Vietnam in den täglichen Nachrichten ab. Der ferne Krieg in Vietnam wurde zur prägenden Erfahrung der letzten Hälfte des Jahrzehnts und dadurch das Trauma meiner Generation, ein Albtraum oder je nach Perspektive eine Tragikomödie mit leider zu vielen Toten, begleitet von einem Horror über das Erkennen der dunklen Abgründe der menschlichen Seele. *Apocalypse Now.* Mit dem Festival in Woodstock 1969 – *3 Days of Peace and Music* – schuf die 68er Generation zuletzt ein grelles und bleibendes Selbstbildnis, einschließlich Drogen, Musik und freizügigem Sex. Jimi Hendrix zerpflückte virtuos die amerikanische Nationalhymne auf seiner elektrischen Gitarre wie einen Luftangriff auf die Menschheit. Country Joe McDonald sang das einprägsame Antikriegslied – *I feel like I'm fixin' to die Rag* – und Hunderttausende junge Menschen sangen mit, high durch Gras, selbstverliebt und überzeugt davon, auf der richtigen Seite zu stehen. 1969 war ich nicht dabei; ich war längst nicht mehr in den USA, sondern blickte vom friedlichen Kanada aus auf das Geschehen in meinem Geburtsland.

Während meiner Zeit in Chicago sah ich Anne häufig, nachmittags in The Blue Gargoyle oder abends bei den verschiedenen Veranstaltungen des SDS. Anfang 1967 bestand sie das erste Examen und setzte ihr Studium als Graduate Student fort. Sie spezialisierte sich auf amerikanische Literatur des 20. Jahrhunderts. Ich lernte viel von ihr über Politik und Literatur, nach und nach auch über das Leben. Nach dem Examen bezog sie mit zwei Kommilitoninnen eine eigene WG in der 56th Street. Sie jobbte in Lokalen und schrieb Artikel und Geschichten für kleine linke Zeitschriften. Sie hatte nichts Hippiehaftes an sich, sondern strahlte eher eine seriöse Intellektualität aus, die von einem hintergründigen Humor gewürzt wurde. Wenn wir uns zu zweit trafen, drehten sich unsere Gespräche zumeist um Literatur, weniger um die *Bewegung*. Sie faszinierte mich. Ich vermutete, dass sie keine feste Beziehung hatte, sondern eher die freie Liebe – Männer, Frauen? – pflegte. Zumindest stellte ich mir das so vor. Manchmal dachte ich, dass sie mich wie einen etwas jüngeren Bruder betrachtete. Nie sagte sie etwas Persönliches, bis auf einmal, als sie mit einem rätselhaften Blick sagte, ich käme ihr manchmal vor wie eine Figur aus einem Roman von Dostojewski. Ich kann mich an ihre Stimme erinnern. Damals fragte ich mich, was sie damit meinte.

Nach ihrem Einzug in die WG entwickelte sich das dortige Wohnzimmer zu einem inoffiziellen Treffpunkt für linke Intellektuelle beider Geschlechter. Es kamen alle paar Wochen acht bis zwölf Personen in unterschiedlichen Zusammensetzungen, um gemeinsam Shit zu rauchen, über Gott und die Welt zu diskutieren und Beziehungen zu entwickeln oder sie auch abzuwickeln. Die Zusammenkünfte kamen mir ein bisschen wie ein französischer Salon des 18. Jahrhunderts vor – ich hatte darüber einiges gelesen – mit Drogen und Jeans statt mit Wein und Kniehose. Der französische Salon war die Erfindung von Frauen; er schuf einen öffentlichen Raum in einer privaten Sphäre, in dem die Frauen die Spielregeln aufstellten und Gleichberechtigung beanspruchten. Ein produktiveres Seminar an einer Universität als die Treffen in Annes Wohnzimmer habe ich nie wieder erlebt. So lernte ich unter anderem Haschisch kennen. Härtere Drogen habe ich nie probiert, aber Hasch mochte ich, allerdings erst nachdem ich mich daran gewöhnt hatte. Ich empfand, dass es das Leben bzw. den Geist verlangsamte und jeden Augenblick zu einem intensiven Erlebnis machte. Eine Illusion sicherlich, aber braucht das Leben nicht auch Illusionen? Das Ticken der Uhren, der Atem der Nachbarin, die Bewegungen der Staubpartikel im hellen Sonnenschein vor dem Fenster, das gurgelnde Wasser in den Heizkörpern, das Pochen des Blutes in den eigenen Adern, Nietzsches Gedanke von der ewigen Wiederkehr des Gleichen, T. S. Elliots Gedicht *Wasteland* – all dies kam mir tiefer und geheimnisvoller vor, wenn ich high war. Wenn ich allein rauchte (was selten vorkam), habe ich manchmal ein Buch zu lesen versucht, nicht jedoch die gedruckten Buchstaben, sondern die Leerräume dazwischen, als ob ich dadurch die geheime Botschaft des Textes entziffern konnte. Eine verrückte Idee, das muss ich zugeben.

Bei den Zusammenkünften wurden häufig Texte vorgelesen und diskutiert, politische wie literarische. Anne las zum Beispiel eigene Texte, zuweilen jedoch auch solche von bekannten Autoren vor. Einmal rezitierte sie das Gedicht *The Man with the Blue Guitar*. Es war meine erste Begegnung mit Wallace Stevens, und ich war hingerissen von dem Vortrag. Beim Abschied sagte Anne mir, dass sie meine Begeisterung für Stevens mitbekommen hätte. Sie fragte, ob ich zusammen mit ihr das Art Institute besuchen wollte. Dort hinge ein Gemälde, das ich mir anschauen sollte. So verabredeten wir uns für den kommenden Mittwochnachmittag. Um das Gefühl zu haben, high zu sein, brauchte ich danach kein Hasch mehr.

Das Art Institute von Chicago ist eins der größten und ältesten Kunstmuseen in den Vereinigten Staaten. Es besitzt über 300 000 Exponate aus der ganzen Welt mit einem Schwerpunkt auf amerikanischer und europäischer Kunst der Moderne. Bis dahin war ich nie dort gewesen; die bildende Kunst hatte ich mir als Erlebnisraum noch nicht erschlossen. Das Museum befindet sich im Stadtzentrum in einem 1893 erbauten neoklassizistischen Gebäude im Grant Park. Wir fuhren mit der Lake-Shore-Linie dorthin. Es war ein wechselhafter Frühlingstag, mal sonnig, mal zugezogen und windig, mal regnerisch.

Als wir den Weg von der Haltestelle zum Museum zurücklegten, dozierte Anne über die Wechselbeziehung zwischen bildender Kunst und Literatur. Für sie war das ein besonderes Feld; sie beabsichtigte, eine Magisterarbeit über dieses Thema zu schreiben. Nachdem wir das Eintrittsgeld bezahlt hatten, führte mich Anne zu einem Gemälde von Vincent van Gogh – einem Selbstbildnis aus dem Jahr 1887. Ich hatte von dem Künstler gehört, aber noch nie ein Bild von ihm im Original gesehen. Wir standen davor, ich schaute lange in die grünblauen Augen des Malers und konnte den Ausdruck für mich nicht entschlüsseln. War er traurig, neugierig, melancholisch, forschend? Er war auf jeden Fall fesselnd. Ich konnte meine Augen nicht von dem Gesicht lösen. Die kräftigen Pinselstriche schienen mir in Bewegung zu geraten; das Bild lebte. Bald fühlte ich, dass nicht ich ihn, sondern van Gogh mich anschaute, und zwar mit einer Intensität, die mich zutiefst verunsicherte. Anne sagte nichts, sondern betrachtete schweigend sowohl das Bild als auch mich. Wir gingen weiter. Pablo Picasso, *The Old Guitarist*, 1903 in Paris während der sogenannten Blauen Periode gemalt. Das große, hochformatige Gemälde, in blauen Farbtönen gehalten bis auf die braun gemalte Gitarre, zeigte einen älteren, offensichtlich sehr armen Mann, der eine Gitarre spielte. Er war kein Bettler, denn es lag keine Almosendose vor ihm. Er spielte für sich, seine Augen waren geschlossen, der Mund stand offen. Seine überlangen, etwas verzerrten Finger legten sich scheinbar lässig, aber doch mit einer inneren Spannung über die Saiten, und der Gitarrist machte den Eindruck, gänzlich in seinem Lied versunken zu sein, ein Eindruck, der durch die expressive Verzerrung der Figur noch betont wurde. Vielleicht schuf er mit dem Spiel für sich eine Wirklichkeit, die sein äußerliches, armseliges Dasein aufhob und zu etwas Lyrischem transformierte. Musik, Kunst, Literatur – die Behausungen der Imagination, die Zufluchtsorte des Seins. »The Man with the Blue Guitar«, flüsterte ich Anne zu.

Als wir uns auf den Rückweg machten, unterbrach Anne unser langes Schweigen mit der Bemerkung, dass ein Kunstwerk erst dann wirklich vollendet werden würde, wenn der Betrachter es in sein Leben aufnehme, es erwidere und sich darauf einließe. »Art and literature together are like a relationship between lovers«, sagte sie und fragte mich dann unvermittelt: »Which song did you hear, Joe, while you were looking at the Picasso?«

Ich zögerte mit meiner Antwort: »Bob Dylans Mr. Tambourine Man.«

Anne lachte, sprang auf und gab mir einen Kuss auf die Wange. Als wir uns später im Hyde Park verabschiedeten, sagte sie ganz zum Schluss: »You know, I do like Dostojewski.«

Einige Tage später schliefen wir zum ersten Mal miteinander. Für mich war es eine Offenbarung. Ich war nervös und unbeholfen. Anne hatte die Führung übernommen, und das war gut so. Nach diesem ersten Abend fühlte ich mich gelassener, reifer, erwachsener, als ob der Sex einen Knoten in mir gelöst hätte. Und dennoch konnte ich meine innere Spaltung, diese tiefsitzende Zerrissenheit, dieses Gefühl, mich selbst dauernd zu beobachten, nicht ganz überwinden. Der Sex machte Spaß, und ich lernte in den folgenden Monaten viel von Anne. Wir sahen uns in unregelmäßigen Abständen. Eine Liebesaffäre war es nicht, und wir sprachen nie von Liebe, sondern eher über Literatur und Politik. Ich bin mir auch nicht sicher, ob Anne gleichzeitig weitere Beziehungen unterhielt. Ansprüche habe ich nie gestellt, es wäre ohnehin sinnlos gewesen. Es war mir von Anfang an klar, dass die Beziehung nur von kurzer Dauer sein würde. Anne hatte sich bei anderen Universitäten um eine Stelle beworben, um ihre Dissertation zu schreiben. Ihr Magisterexamen wollte sie Anfang 1969 abschließen. Das Jahr deutete für mich ebenfalls auf einen Abschluss hin, und zwar auf das Bachelor-Examen. Wie es weitergehen sollte, wusste ich nicht. Der Wehrdienst hing wie ein Damoklesschwert über meinem Kopf, und er kam immer näher.

Im März 1968 wurde ich 21, und Anne lud einige Salon-Freunde in das Lokal Woodlawn Tap an der 55th Street, genannt Jimmy's Place, ein. Die Bar war beliebter Treffpunkt für Studierende im Hyde Park. Mit 21 Jahren durfte ich endlich legal Alkohol trinken. Wir versammelten uns um einen einfachen Holztisch; Anne hatte bereits Bier und Brezeln bestellt. Die Runde sang sogar *Happy Birthday*. Ich fühlte mich für einen Augenblick als Teil einer Gemeinschaft. Aber nur sehr kurz. Meine Gedanken schweiften gleich weiter. Ich dachte an das Gespräch mit dem schwarzen Musiker Jimi, den ich vor drei Jahren – waren es nur drei Jahre! – in dem Bus Richtung Chicago getroffen hatte. *Enjoy the moment*, hatte er gesagt. Wie konnte man ihn wirklich genießen, wenn er nur einen Augenblick währte? Ich konnte nie voll in einem Augenblick aufgehen, nie ganz mit mir selbst einig sein. An mir nagte stets das Gefühl: *Ich gehöre nirgendwo hin, nicht einmal zu mir selbst.*

Seit 1965 war ich nur zweimal bei meinen Eltern gewesen – im Sommer 1966 und zu Weihnachten 1967. Die Entfremdung von ihnen nahm zu, ich empfand nach und nach keine geistige oder emotionale Bindung an meinen Geburtsort. Der American Dream war in meinem Kopf längst ausgeträumt.

Bald nach dem Happy-Birthday-Gesang kreiste das Gespräch in der Runde um den Nominierungskonvent der Demokraten im August, der in Chicago stattfinden sollte. Das National Mobilization Committee to End the War in Vietnam, genannt MOBE, ein Zusammenschluss diverser linker Organisationen, plante umfangreiche Demonstrationen und Aktionen gegen den Krieg. Das Komitee hatte bereits ein Jahr zuvor den Marsch auf das Pentagon erfolgreich organisiert und wollte in Chicago ein deutliches Zeichen gegen den Krieg setzen. Die Ausgangslage schien mir aber unsicher, wenn nicht sogar gefährlich zu sein. Der Staat machte deutlich, dass er diesmal zurückschlagen würde. Einige begrüßten die Zuspitzung des Konflikts, andere hatten jedoch Angst vor den Folgen, vor allem um Menschenleben. Immer radikalere Stimmen – wie bei der schwarzen Bürgerrechtsbewegung – begannen die Diskussionen zu beherrschen. *Destroy What Destroys You* oder wie Rio Reiser 1970 sang: *Mach kaputt, was euch kaputt macht.* Revolution – sie lag in der Luft, oder? In der Tschechoslowakei gab es bereits erste Zeichen des sogenannten Prager Frühlings. Im Mai 1968 entfesselte die Studentenbewegung in Paris Aufstände, die an die lange revolutionäre Tradition Frankreichs anzuknüpfen schienen. Ich war unsicher. Meine innere Zerrissenheit machte mich wohl immun gegen die in einer Bar bei Bier und Brezeln entstandenen Tagträume der jugendlichen Revoluzzer. Eine Revolution würde es nicht geben, darüber war ich mir im Klaren. Dennoch: Der Krieg in Vietnam musste beendet werden. Ich fühlte mich gezwungen, bei den Aktionen im August dabei zu sein.

So kam es, dass ich am 28. August 1968 im Grant Park gestanden hatte und von einem Polizisten niedergeschlagen wurde. Am Ende führte mein Einsatz für den Frieden lediglich zu einem Eintrag in ein Gefängnisjournal, das niemand je wieder aufschlagen würde – und einer verletzten Schulter. An besonders nasskalten Tagen schmerzt sie noch immer.

Zurück in meinem Zimmer im Wohnheim massierte ich meine schmerzende Schulter und versuchte nachzudenken. Wozu das Ganze? In der öffentlichen Meinung hatten wir eindeutig verloren. Die Mehrheit der Amerikaner stand nach sämtlichen Umfragen eindeutig auf der Seite der Ordnungskräfte. Die jungen Radikalen und Anarchisten hätten das bekommen, was sie verdient hätten, wie eine Prügelstrafe in der Schule.

Im Rückblick gesehen, bedeuteten die Augusttage 1968 einen Einschnitt in meinem Leben. Danach begann ich darüber nachzudenken, die USA zu verlassen. Ich hörte von jungen Männern, die nach Kanada flüchteten, um dem Militärdienst zu entgehen. Über linke Kanäle besorgte ich mir ein Heft mit dem Titel: *Manual for Draft-Age Immigrants to Canada*, das gerade in Toronto von der Student Union for Peace Action (SUPA) herausgegeben worden war. Das Heft beschrieb Schritt für Schritt, wie man als amerikanischer Kriegsdienstverweigerer erfolgreich einreisen und letztlich eine dauerhafte Aufenthaltserlaubnis als landed immigrant in Kanada bekommen konnte. Das Heft machte deutlich, dass Kriegsdienstverweigerer von der kanadischen Regierung nicht an die USA ausgeliefert werden würden. Das Land war ein sicherer Zufluchtsort, wie damals vor 1860, dachte ich, als Sklaven über die Underground Railroad vom Süden nach Kanada und in die Freiheit gebracht wurden. Die Entscheidung, zu emigrieren, bedeutete vor allem aber eins: Ich würde nie wieder in die USA zurückkehren können.

Just zu dem Zeitpunkt, als ich die Möglichkeit einer Emigration erwog, erhielt ich Post von meinen Eltern. Ich hatte seit den Augusttagen nichts von mir hören lassen, denn ich hatte nichts zu sagen. So sah ich es zumindest. Meine Eltern hatten die Fernsehbilder von Chicago gesehen und machten sich Sorgen. Zuerst wollte ich nicht antworten. Als ich ihren Brief ein zweites Mal las, formte sich in meinen Gedanken der endgültige Entschluss, die USA für immer zu verlassen. Dies schrieb ich meinen Eltern jedoch noch nicht, sondern nur einige banale Sätze, dass sie sich keine Sorgen zu machen bräuchten. Ich wusste, dass mein Entschluss zu einem endgültigen Bruch führen würde. Ihnen meine Entscheidung mitzuteilen hatte noch Zeit.

Im Herbst 1969 wollte ich das Examen ablegen und danach ausreisen. Dafür beantragte ich zuerst einen Pass, der fünf Jahre Gültigkeit hatte. Seit zwei Jahren hatte ich als Aushilfe in der Universitätsbuchhandlung gejobbt, und es gelang mir, mein Stundenpensum zu erhöhen. Es war mein Ziel, Geld zu sparen, denn ich hatte in dem Handbuch gelesen, dass ein Einreisender in Kanada, der die Absicht hatte zu bleiben, genug Geld vorweisen sollte, um seinen Lebensunterhalt mindestens für einen Monat bestreiten zu können. Darüber hinaus ließ ich mir von der Buchhandlung ein Zeugnis ausstellen. Ich wollte in Kanada den Nachweis erbringen können, dass ich meinen Lebensunterhalt selbst verdienen konnte. Dies war eine wichtige Voraussetzung, um den erstrebten Status eines landed immigrant zu erreichen.

Es kam aber wie so oft im Leben anders, als ich es mir gedacht hatte.

Die Spannungen zwischen linken Studenten und der Universität erreichten Ende 1968 einen neuen Höhepunkt – oder Tiefpunkt, je nachdem, wie man es sehen wollte. Am 13. November 1968 reihte sich bei der Einführung des neuen Universitätspräsidenten, Edward Levi, die junge Professorin Marlene Dixon solidarisch in eine Gruppe von circa hundert protestierenden Studenten ein, statt protokollarisch korrekt mit ihren Kollegen hinter dem neuen Präsidenten in den Saal einzuziehen. Hauptgrund des Protestes war die angebliche Zusammenarbeit der Universität mit der Waffenindustrie. Es ging wieder um den Krieg in Vietnam. Die Demonstranten wiederholten den Refrain »work, study, get ahead, kill!«, als die hohen Herrschaften in ihren Talaren – unter denen sich wohl Mief angestaut hatte – an ihnen vorbei defilierten. Dixon war als Feministin und Marxistin bekannt, sie hatte als Dozentin im Fach Soziologie einen Zeitvertrag. Ich kannte sie nicht persönlich, hatte indes einige Vorlesungen von ihr gehört. Sie war eine engagierte und beliebte Lehrerin. Für meinen Geschmack war sie allerdings zu sehr einem dogmatischen Marxismus verhaftet. Dogmen habe ich nie ertragen können.

Anfang Januar 1969 beschloss das Department of Sociology, den Vertrag mit Dixon nicht zu verlängern. Gründe wurden – wie in solchen Fällen üblich – nicht öffentlich bekannt gegeben. Unmittelbar danach regte sich in linken Studentenkreisen Widerstand. Ein Komitee der 75 schloss sich zusammen und forderte in einem offenen Brief an die Universität, der in der von Studenten herausgegebenen Universitätszeitung Chicago Maroon erschien, Dixon wieder einzustellen und künftig die Studentenschaft bei Entscheidungen zur Einstellung und Entlassung von Professoren gleichermaßen zu beteiligen. In den folgenden Tagen wuchs das Komitee auf 85, und bis zum Ende des Monats waren 444 Studenten beigetreten. Der Fall Dixon war zum Ventil für die in den letzten Jahren angesammelte Wut, den Ärger und die Hilflosigkeit linker Studentenkreise geworden.

Ich beobachtete den Konflikt zunächst mit Abstand; bei der Demonstration am 13. November 1968 war ich nicht dabei gewesen. Rückblickend denke ich, dass ich um jene Zeit eine persönliche Krise durchmachte. Meine innere Zerrissenheit drohte, mich komplett zu verschlingen; ein Gefühl der Antriebslosigkeit übermannte mich. Meine Zweifel an der Wirksamkeit der Aktionen im August hatten sich als richtig erwiesen; zu Treffen des SDS ging ich nicht mehr. Die Beziehung zu Anne ging auch lautlos zu Ende. Sie war mit dem Abschluss ihrer Magisterarbeit beschäftigt und mit der Planung für ein weiterführendes Studium an einer Universität in Kalifornien. Vielleicht auch mit anderen Beziehungen, ich wusste es einfach nicht. Obwohl unsere Affäre vorbei war, sahen wir uns noch gelegentlich im Blue Gargoyle. Wir blieben Freunde. Ich erzählte ihr von meinem Entschluss, auszuwandern. Sie hörte zwar aufmerksam zu, sagte jedoch nichts, sondern nickte nur langsam. Als wir uns das letzte Mal Mitte Januar 1969 sahen, gab sie mir zum Schluss ein Zitat von Dostojewski mit auf den Weg: *Das Geheimnis des menschlichen Lebens liegt nicht im bloßen Leben, sondern im Sinn des Lebens.* Danach haben wir eine Zeit lang sporadisch korrespondiert; es waren keine Liebesbriefe. Viele

Jahre später schaute ich einmal im Internet nach ihrem Namen und fand einen Wikipedia-Eintrag. Sie ist Professorin für amerikanische Literatur und Creative Writing an einer Universität im Bundesstaat Washington geworden. Sie hat sogar einige prämierte Kurzgeschichten veröffentlicht. Ich habe keine davon gelesen. Wikipedia notiert auch, dass sie mit einem Kollegen verheiratet ist und zwei inzwischen erwachsene Kinder hat.

Meine Krise äußerte sich am deutlichsten in der akademischen Arbeit. Meine Leistung ließ nach. Zum ersten Mal in meinem Leben musste ich mich selbst überwinden, ein Buch zu lesen. Ich blieb tagsüber in meinem Zimmer, jedoch ohne zu arbeiten. Abends machte ich ausgedehnte Spaziergänge im Hyde Park, die häufig in Jimmy's Place endeten. Ich betrank mich nie, sondern nippte langsam an einem Bier, mied dabei jeglichen Kontakt. Bis auf einmal. Ich saß mit meinem Bier an einem Ecktisch, ein aufgeschlagenes Buch vor mir, worin ich jedoch nicht lesen wollte. Meine Tagträume wurden jäh unterbrochen, als plötzlich ein Mann an meinen Tisch trat. Er stellte sein Glas auf dem Tisch ab und sagte: »Hello«.

Ich schaute auf und erwiderte zunächst nichts. Der Mann kam mir bekannt vor, ich konnte aber nicht sagen, woher. Er war deutlich älter als ich, vielleicht Anfang dreißig und sah nicht gerade gepflegt aus, allerdings auch nicht ungepflegt. Ein junger Mann mit kurz geschnittenen Haaren, einem Dreitagebart und aufmerksamen Augen. Nachdem er Platz genommen hatte, stellte er sich lediglich als Tom vor und sagte, er hätte mich in der letzten Zeit einige Male in der Bar gesehen. »You need a good talk, my friend«, gab er von sich und lächelte. Mein erster Impuls war es, den Mann abzuwimmeln. Zu einem Angebot irgendwelcher Art fühlte ich mich nicht in der Lage. Irgendetwas in seinen Augen hielt mich jedoch davon ab. Er schaute mich so durchdringend an, dass ich unsicher wurde. Ich sagte lediglich »Hello«, nahm einen Schluck Bier und lehnte mich in meinem Stuhl zurück.

Er fing an zu erzählen, und zwar über sich. Er war aus Kalifornien und hatte die Anfänge der studentischen Protestbewegung in Berkeley hautnah erlebt. Bereits Ende der 1950er Jahre waren Initiativen entstanden, die sich für den Schutz der Bürgerrechte von Schwarzen, das Ende von Atombombentests und die Abschaffung der Todesstrafe einsetzten. Im Jahr 1960 war Tom dabei, als mehrere hundert Studenten gegen das in San Francisco tagende Komitee für unamerikanische Umtriebe demonstrierten – ein berüchtigter Ausschuss des US-Senats, der Kommunisten aufspüren sollte. Den Protest beantwortete die Polizei mit einem massiven Einsatz von Wasserwerfern und durch die Festnahme mehrerer Dutzend Demonstranten. Tom sagte, er sei auch festgenommen worden. Im folgenden Jahr erteilte die Universität Bürgerrechtlern und linken Politikern wie Malcolm X und Herbert Aptheker Redeverbot auf dem Campus. Daraus entstand 1964 die Free Speech Movement, welche die ersten großen Massenproteste an einer amerikanischen Universität entfachte und letztlich in die Antikriegsbewegung mündete. Diese sehr persönliche Geschichtsstunde fand ich unterhaltsam, ich fragte mich aber gleichzeitig: Warum erzählt er mir das? Ich redete auch ein bisschen von mir, ohne eigentlich zu wissen, warum ich mich überhaupt auf das Gespräch eingelassen hatte. Er sagte, er hätte mich einige Male bei Demonstrationen gesehen. Endlich fiel mir ein, wo ich ihn getroffen hatte – im August im Grant Park war er dabei gewesen. Er schien Etliches mehr von mir zu wissen, und das machte mich stutzig. Nach und nach verstand ich, worum es ging. Er sagte, die Zeit des Demonstrierens wäre vorbei. Das System müsste von unten und direkt angegriffen werden. Es bedürfte eines Kaders, der bereit wäre, die notwendigen Schritte einzuleiten. Ich begriff, dass er für Aktionen rekrutierte, die wirksamer als bisher gegen das System angehen würden. Im Untergrund. Er bestellte uns beiden noch ein Bier und sah mich gelassen, aber aufmerksam an. Wollte ich diesen Schritt wirklich gehen? Das war jedoch nur eine momentane Versuchung. Ich wusste sofort, dass ich mit irgendwelchen Aktionen, die in Terror münden könnten, nichts zu tun haben wollte. Mit einer derartigen Gruppe wollte ich überhaupt nichts zu tun haben. Dann schoss mir durch den Kopf, dass der Mann vielleicht ein Spitzel sein könnte. Es war in linken Kreisen hinreichend bekannt, dass das FBI verdeckte Ermittler einsetzte.

Ich stand abrupt auf, bedankte mich für das Bier und sagte: »If you fight against a monster, be careful that you don't turn into a monster yourself.« Ich habe den Mann nie wieder gesehen.

Auf dem Weg zurück zu meinem Zimmer dachte ich über das Gespräch nach. Ich hatte etwas über mich selbst gelernt. Es gab in mir eine innere Grenze. Gewalt jedweder Art gegen Menschen würde ich nie anwenden. Dennoch hatte ich ein Kribbeln im Bauch empfunden, als der Mann das versteckte Angebot unterbreitet hatte. Es zeigte eine andere Möglichkeit des Lebens auf, des eigenen Lebens. Ein revolutionäres Abenteuer? Wie wäre es, wenn ...? Wir definieren uns auch durch die Grenzen, die wir uns selbst setzen. Um sie aber wirklich setzen zu können, müssen wir uns bis zum Abgrund vorgewagt haben.

Ein paar Tage nach dem Treffen mit Tom kam es zu einer weiteren Entscheidung. Eine weitere Grenze musste erprobt werden. Diesmal entschied ich anders. Ich hatte mich zwar von der aktiven Beteiligung an der Bewegung weitgehend abgewandt, ließ mich jedoch auf noch eine Aktion ein, und zwar das Sit-in gegen die Entlassung der Professorin Dixon. Der Widerstand der Studenten gegen die Entlassung gipfelte Ende Januar 1969 in der Besetzung des zentralen Verwaltungsgebäudes durch das Komitee der 444. Die Forderung lautete schlichtweg, Marlene Dixon wieder einzustellen. Warum ich mich daran beteiligt habe, kann ich bis heute nicht eindeutig sagen. Die Entscheidung erfolgte wohl aus einem inneren Zwang, einer Art psychologischer Entlastung. Ich ahnte von Anfang an, dass die Aktion sinnlos war, dass die Universität nicht nachgeben würde. Ich wusste auch, dass die Zwangsexmatrikulation als mögliche Strafe drohte. Ich gehörte weder zu dem Komitee, noch war ich an den Vorbereitungen beteiligt. Als ich aber von der Sit-in-Aktion erfuhr, habe ich spontan mitgemacht – Bettzeug, Kleidung, ein paar Bücher und Snacks in einen Sack geworfen und mit den übrigen etwa 450 Demonstranten das Gebäude besetzt. Wir blieben zwei Wochen. Es waren ruhige Wochen. Randaliert oder zerstört wurde nicht; die Blumentöpfe haben wir regelmäßig gegossen und die Räume sauber gehalten. Wir diskutierten, sangen, organisierten Karten- und Schachspiele, rauchten und warteten. Hauptprobleme waren die Langeweile und die Nahrungsknappheit. Wir haben zum Frühstück fast ausschließlich Erdnussbutter gegessen; bis heute kann ich die klebrige braune Schmiere nicht mehr sehen. Sympathisanten lieferten Essen und gaben Nachrichten weiter. Es war ein bisschen wie ein Abenteuerurlaub – und man fühlte sich auf der richtigen Seite. Die erste Woche hatte Spaß gemacht; danach wurde es immer schwieriger, trister und hoffnungsloser.

Wir warteten auf eine Reaktion der Universität – eine gewaltsame Auflösung durch die Polizei oder ein Verhandlungsangebot. Es kam nichts. Die Universität spielte auf Zeit, wie die Belagerer einer mittelalterlichen Festung. Die Belagerten sollten ausgehungert und bis zur Erschöpfung zermürbt werden. Die Strategie ging auf. Wir verließen das Gebäude nach zwei Wochen ohne jegliches Zugeständnis seitens der Universität und harrten unseres Schicksals. Hausfriedensbruch lautete der juristische Vorwurf. Eine Liste der Rädelsführer hatte die Universität bereits erstellt. Dass ich auf die Liste gesetzt wurde, hat mich überrascht. Wegen alter Sünden, vermutete ich. Es sollte zunächst eine universitätsinterne Untersuchung stattfinden.

Am Tag der mündlichen Anhörung blieb ich in meinem Zimmer und legte Platten auf meinem kleinen Plattenspieler auf. Ich lag im Bett und lauschte Procol Harums *A Whiter Shade of Pale*. Das rätselhafte, an Johann Sebastian Bach erinnernde Lied, habe ich immer als besonders suggestiv empfunden. Ich hatte keine Lust, der Vorladung des Ausschusses Folge zu leisten und vor den versammelten hohen Herrschaften Rede und Antwort zu stehen. Mir war es inzwischen egal, was für eine Strafe verhängt werden würde. Die Universitätsdirektion hatte vorweg deutlich gemacht, dass diesmal harte Maßnahmen drohten. Ich rechnete mit der Zwangsexmatrikulation; doch auch das schreckte mich nicht mehr. Statt darüber nachzudenken, ließ das Orgelriff von Procol Harum meinen Geist aufleuchten.

Ich stand auf, legte eine neue Platte auf – Bob Dylans *Bringing It All Back Home* – und legte mich wieder hin. Es ertönte gleich mein Lieblingslied von Dylan: *Mr. Tambourine Man*. Ich schloss die Augen und ließ mich in den Song fallen.

Hey, Mr Tambourine Man, play a song for me
I'm not sleepy and there is no place I'm going to

Die expansive, durch Gitarre und Mundharmonika getragene Melodie, verbunden mit dem surrealistischen Text, verführte mich zu einer geistigen Wanderung – *to the smoke rings of my mind.* Bei so einem Lied brauchte man keinen Joint. Mein Geist schwebte auf den Versen dahin, als ob er sich für einen Augenblick aus meinem Körper entfernt hätte.

Abrupt stand ich auf, ging zum Fenster und schaute auf den kleinen Rasenfleck hinter dem Wohnheim. Die Februarsonne hatte nicht genug Kraft, um das matte Grün des zwischen den dreckigen Schneehaufen sichtbaren Grases zum Leben zu erwecken; die nackten Bäume warteten noch auf die ersten Knospen, ihre Zweige wie verkrümmte Finger gegen den Himmel ausgestreckt. Eine beirrende Szene. Dylan sang in seiner bekannten näselnden Stimme hinter mir weiter:

I'm ready to go anywhere, I'm ready for to fade
Into my own parade
Cast your dancing spell my way, I promise to go under it

War ich bereit, mich in das Nirgendwo zu begeben? *My own parade* – was sollte daraus werden? Ein Karneval? Ein Trauerzug? Vielleicht gar ein Totentanz? Der Song näherte sich dem Ende, als Dylans Text den Weg und die Suche poetisch bejahte:

Yes, to dance beneath the diamond sky
With one hand waving free
Silhouetted by the sea
circled by the circus sands
With all memory and fate
Driven deep beneath the waves
Let me forget about today until tomorrow

Ich drehte mich um, nahm eine Tanzposition ein und ließ eine Hand wippend in der Luft hängen. Es sah sicherlich absurd aus. *Ist ein Leben nicht manchmal absurd? Oder vielleicht immer? Wann erfahren wir die Antwort darauf?*

Einen Tag später erhielt ich den Beschluss des Untersuchungsausschusses ausgehändigt. Meine Strafe lautete: Zwangsexmatrikulation für vier Semester. Insgesamt wurden 62 Studenten exmatrikuliert. Ich empfand Erleichterung, ja fast Bestätigung. Ich denke, dies war der tiefere Grund für meine Beteiligung an dem Sit-in. Alte Brücken sollten abgebrochen, alle Sicherheitsnetze entfernt werden. Ich hatte die eindeutige Bestätigung erhalten, dass mein Geburtsland Menschen wie mich nicht dulden wollte. Ich fing gleich an, Vorbereitungen für meine Auswanderung zu treffen.

Let me forget about today until tomorrow.

Ich war wieder *On the Road*.

The Tortilla Curtain

Woodstock/Vermont, 29. Oktober 2018

Am gestrigen Sonntag ist mir etwas passiert, das mich zum Nachdenken über mein Vorhaben geführt hat, meine Geschichte, ja mein Leben als etwas Abgeschlossenes zu verstehen. Ein Bekenntnis schaut in erster Linie analysierend auf ein Leben zurück; es versucht, in dem Gewordenen einen Sinn zu erkennen, verbunden mit der Gefahr, sich letztlich doch eingestehen zu müssen, dass es keinen Sinn hatte, bis auf die vergebliche Suche nach einem Sinn. Das eigene Leben geht unbeirrt weiter bis zum Schluss, bis zum sicheren Tod. Es kümmert sich nicht um das Suchen und die Fragen der Menschen. Das Leben *ist*, der Mensch *tut*. Ein Bekenntnis – wenn es ehrlich gemeint sein soll – darf sich nie als abgeschlossen verstehen. *Eine* Wahrheit über das eigene Leben gibt es nicht. Sich zum Leben zu bekennen heißt, offen zu sein, heißt *Ja, ich will* zu sagen. *Panta rhei*, alles fließt.

Gestern ging ich zu einer Veranstaltung in den Yankee Bookshop. Eine Gruppe von Studenten der University of Vermont hat ein interessantes Projekt – eine Literaturreise durch die Buchhandlungen Vermonts – ins Leben gerufen. Dabei werden in Lesungen längst veröffentlichte Romane vorgestellt, die jedoch einen aktuellen Bezug aufweisen. Die Lesematineen werden durch Diskussionen abgerundet. Ich hatte bereits an einigen Veranstaltungen teilgenommen und fand das Engagement der Studenten beeindruckend. Die Veranstaltungen waren gut besucht. Bisher hatte ich mich bei den Diskussionen zurückgehalten. Ich saß stets hinten und mied jeglichen persönlichen Kontakt. Mir ging es nur darum, die literarische Atmosphäre der Buchhandlung und das Sprechen mit und über Bücher zu erleben. Gestern wurde ein Roman von T. C. Boyle vorgestellt – *The Tortilla Curtain*, 1995 erschienen. Ich hatte ihn vor vielen Jahren gelesen. Die deutsche Ausgabe heißt *América*, nach der Hauptfrauenfigur des Buches, einer jungen illegalen Immigrantin aus Mexiko. Wie so häufig ist die Übersetzung des Titels auf Deutsch einfach schlecht.

In dem Roman bezeichnet der Tortilla Curtain die damals leicht durchlässige Grenze zwischen Mexiko und Kalifornien, über die illegale Einwanderer vom südlichen Nachbarn in das Land der unbegrenzten Möglichkeiten gelangten – mit verheerenden Folgen sowohl für die Einheimischen als auch für die Einwanderer. Hauptthemen des Romans sind die paranoiden Ängste und die Ausländerfeindlichkeit einer weißen Mittelschicht gegenüber Einwanderern sowie Armut und Umweltzerstörung. Der Roman grenzt an eine Dystopie und zeichnet ein beklemmendes Bild der amerikanischen Gesellschaft, die dabei ist, ihre Grundwerte der Menschlichkeit aufzugeben. Mir war von Anfang an klar, worauf die Studenten mit der Buchauswahl zielten. *Make America Great Again* – Grenzmauer zwischen Mexiko und den USA. Die Saat einer wuchernden Xenophobie in der weißen amerikanischen Mittelschicht, die Boyle 1995 eindrucksvoll in seine Romanhandlung eingebunden hatte, ging 2016 mit der Wahl Donald J. Trumps zum Präsidenten auf. Gesprächsstoff für die Diskussion nach der Buchvorstellung war reichlich vorhanden. Und es wurde ausgiebig diskutiert.

Im Laufe des Nachmittags fühlte ich mich gezwungen, doch um das Wort zu bitten. Ich wollte Zeugnis ablegen. Einem Impuls folgend, stand ich sogar auf. Als Einziger im Raum, der von auswärts kam, meinte ich, eine andere Sichtweise zu haben, die ich kurz darlegen wollte. Ich hatte die USA vor genau fünfzig Jahren verlassen und fühlte mich in meinem Geburtsland fremd, ein Gefühl, das seit meiner Rückkehr sogar zugenommen hat. Als Trump 2016 gewählt wurde, habe ich das aus der Ferne in Deutschland nicht glauben wollen. Ein Scharlatan und ein Betrüger – ein Demagoge des Medienzeitalters. Was war aus dem Land von Abraham Lincoln geworden? Seit meiner Rückkehr habe ich begonnen, es allmählich zu verstehen. Ein Krebsgeschwür aus Angst, Hass, Misstrauen und Vorurteilen habe den Volkskörper befallen – und fresse sich weiter. Obwohl es inzwischen eine omnipräsente Medienlandschaft gebe, fände keine wirkliche Kommunikation mehr statt, das Gespräch unter Freunden sei verstummt. Ich zitierte dabei eine Stelle aus Simon und Garfunkels *Sound of Silence*: »People talking without speaking / People hearing without listening«. Ich malte ein düsteres Bild meines Geburtslandes als Nation, die dabei war, ihre Grundwerte zu verraten. Das Problem sei nicht Trump, sagte ich zum Schluss, sondern ein Volk, das sich verloren hätte; dies habe Boyle in seinem Roman leidenschaftlich dargelegt. Als ich mich hinsetzte, herrschte zunächst Stille, gefolgt von einem leisen Murmeln.

Beim Verlassen der Buchhandlung kam ein Mann auf mich zu. Er schaute mich erwartungsvoll an, sagte aber zunächst nichts. Er kam mir bekannt vor; ich fühlte mich verunsichert, wollte aber niemanden kennenlernen. »Joe Harris«, sagte er. »Du erkennst mich wohl nicht?« Ich schüttelte den Kopf, und er sagte: »Jim Moore. Wir waren zusammen auf der High School.«

Langsam kam meine Erinnerung zurück. Ich ergriff seine ausgestreckte Hand und sagte: »Hello Jim, das ist lange her.« Ich war überrascht festzustellen, dass die Begegnung mich nicht sehr irritierte, sondern ich sogar ein bisschen Freude daran hatte. Wir plauderten kurz über die alte Zeit, bis Jim mich einlud, eine Tasse Kaffee in einem nahegelegenen Café zu trinken. Nach einem kurzen Zögern sagte ich zu.

Wir saßen uns bald gegenüber im Mon Vert-Café. Es hatte sich seit meiner Rückkehr zu meinem Stammlokal entwickelt, wenn ich im Village unterwegs war. Es servierte biologisch angebaute regionale Produkte in einer ruhigen, zur Kommunikation einladenden Atmosphäre. Auf mich wirkte es sogar ein bisschen europäisch. Vor allem war der Kaffee ausgezeichnet. Einen guten Kaffee hatte ich in Europa schätzen gelernt und war angenehm überrascht, dass es inzwischen in den USA auch vernünftigen Kaffee gibt. Zumindest *eine* Verbesserung in den vergangenen fünfzig Jahren.

»Immer noch der alte Joe Harris«, sagte Jim, nachdem wir unsere Bestellung erhalten hatten. »Immer anders als die anderen.« Ich lächelte verhalten, nickte und nahm einen Schluck Kaffee. Er fragte, wie es mir ergangen sei, und ich ließ in Kurzform die vergangenen fünfzig Jahre meines Lebens Revue passieren. Die wichtigen Ereignisse erwähnte ich jedoch nicht. Er erzählte auch von sich. Er hatte seine Highschool-Liebe Amy O'Connors geheiratet, an die ich mich beim besten Willen nicht erinnern konnte, und früh eine Familie gegründet. Jim blieb bis auf Studienzeiten, Urlaub und dem Dienst in der National Guard – dadurch hatte er dem Vietnamkrieg ausweichen können, wie er lächelnd sagte – sein Leben lang in Woodstock und wurde nach dem Studium der Betriebswirtschaft Grundstücksmakler. Sein ältester Sohn James Jr. hatte Rechtswissenschaft studiert und führte seit etwa zwanzig Jahren eine erfolgreiche Kanzlei nahe dem Green. Bei einem Familientreffen kamen inzwischen gut fünfzehn Personen aus drei Generationen zusammen. James war sichtlich stolz, einer solchen soliden amerikanischen Familie vorzustehen. Er hat sich außerdem in der Kommunalpolitik engagiert und war seit vielen Jahren Mitglied der Stadtvertretung. Das sei für das Geschäft auch nicht nachteilig, sagte er.

Bei der zweiten Tasse Kaffee sagte Jim plötzlich: »Weißt du, Joe, ich glaube wir hatten damals ein bisschen Angst vor dir.« Ich schaute ihn verständnislos an, und er begann, nachdenklich und etwas stockend zu erzählen. Ich wäre für ihn und die anderen so etwas wie eine Bedrohung gewesen, eine Gefahr, da ich offenbar in mir selbst so gefestigt gewesen wäre. Ich repräsentierte etwas vollkommen Fremdes für meine Mitschüler, etwas, das sich wie ein tiefes, schwarzes Loch anfühlte. In dem Alter seien wir alle unsicher gewesen und wollten irgendwo zugehören, meinte er, Teil einer Gemeinschaft sein. Es habe in der Schule eine Hackordnung gegeben, die von allen vorausgesetzt und akzeptiert worden sei, wahrscheinlich größtenteils unbewusst. Nur von mir nicht. Ich wollte nirgendwo dazugehören; ich war einfach anders. Und: Ich sei zu intelligent, zu präsent gewesen, um einfach ignoriert zu werden. Es blieb also nur die Lösung, mich sozial zu isolieren, mich praktisch in Quarantäne zu schicken, als ob ich eine ansteckende Krankheit hätte. Es sei keine bewusste Strategie gewesen, sondern ein jugendlicher Reflex, meinte Jim.

Als er fertig war, sagte ich, dass ich das noch nie so gesehen hätte. Wir waren damals jung, solche Überlegungen wären uns fremd gewesen; wir hätten überhaupt nicht die Begriffe gehabt, um sie zu artikulieren. »Growing up is not for cowards«, sagte ich flapsig, worauf Jim lächelte und nickte. An einem Punkt fuhr ich fort, habe er jedoch nicht recht. So gefestigt sei ich damals gar nicht gewesen, wie es vielleicht Außenstehenden erschien. Ich kannte mich selbst überhaupt nicht; ich sei ein Wirbel von Fantasien und Leidenschaften gewesen, sei mir damals vorgekommen wie ein Pfeil, rasend schnell unterwegs, doch ohne das Ziel zu kennen. Meine innere Zerrissenheit hatte ich wohl durch eine Maske der intellektuellen Überheblichkeit zu verdecken versucht, offenbar erfolgreich. Wenn es einen wesentlichen Unterschied zwischen mir und den anderen gegeben habe, sei es eher dieser: Ich stieg hinab in das schwarze Loch, um nach mir selbst zu suchen.

Nach einer Weile stellte mir Jim die Frage, die ich am meisten fürchtete: Warum war ich wieder nach Woodstock zurückgekehrt? Eine wirkliche Antwort darauf hatte ich nicht; ich glaube, es gibt keine, zumindest keine, die ich jemandem vermitteln könnte. Ich erzählte stattdessen von meinem ruhigen Leben in der Hütte mit Ginny, den Hühnern und meinen Büchern. Vielleicht, log ich, habe ich ein Heimatgefühl in mir entdeckt. Jim hörte aufmerksam zu. Ich erkannte den Geschäftsmann an seiner Miene. Er wollte irgendetwas. Ohne weitere Einleitung sagte er, dass es ein Problem mit seinem ältesten Enkel gebe. Ich wollte fragen, ob er James III hieße, habe mich aber rechtzeitig zurückgehalten. Der Junge – der tatsächlich Jim hieß – war im letzten High School-Jahr und machte gerade eine schwierige Phase durch. Er kapselte sich zunehmend ab; seine schulischen Leistungen ließen nach; die Familie machte sich Sorgen. Früher war er ein offener Junge gewesen, spielte Baseball und Football, hatte viele Freunde und war ein guter Schüler. Alle waren stolz auf ihn. Und nun …

»Drogen?«, fragte ich, um etwas zu sagen. Nein, das glaubte Jim nicht. Es war etwas anderes. »Growing up is not for cowards«, wiederholte ich und sah meinen alten Schulkameraden intensiver an. Er machte sich Sorgen. Ich fragte mich, warum er mir das alles erzählte, was er von mir erwartete. Sollte ich mich etwa mit dem Jungen befassen? Tatsächlich. Er machte Anstalten, mich einzuladen. Ich fühlte mich überfordert; eigentlich wollte ich damit nichts zu tun zu haben. War mein Ziel nicht Ruhe? Eine Einladung wiegelte ich ab, sagte jedoch, der Junge könne mich besuchen, wenn er wolle. Ich nahm an, dass es nie dazu kommen würde. Um einen leichten Übergang zu einem eher unpersönlichen Plauderton bemüht, sagte ich, dass ich ohnehin kein gutes Vorbild für einen schwierigen Teenager wäre. Jim lachte und sagte, ich würde mich selbst nicht richtig einschätzen. »Seinerzeit hast du anders gedacht«, antwortete ich.

»Man lernt dazu«, sagte er mit ernster Miene.

Auf dem Weg nach Hause fragte ich mich, was das alles bedeuten sollte. Warum hatte ich mich da hineinziehen lassen? Was gingen mich diese Menschen an? Zum Schluss hatte ich Jim sogar gesagt, wir sollten bei Gelegenheit wieder eine Tasse Kaffee trinken. Offenbar kannte ich mich selbst doch nicht gut genug.

Was sollte ich tun, wenn der Junge tatsächlich käme?

A Horseman passing by

Vor dem Hochhaus an der 341 West Bloor Street, Toronto/Kanada, steht eine bronzene Plastik. Sie hat die Gestalt eines wuchtigen Menschen, der sich im Sitzen nach vorne beugt, sodass der Kopf zwischen den im Schneidersitz gehaltenen Beinen hängt. Die Arme sind von außen eng um die Beine geschlungen. Die Haltung sieht entfernt nach der Yoga-Übung Baddha Konasana aus. Das Kunstwerk wiegt über 230 Kilo und ist drei Meter hoch. Die Figur beugt sich in Richtung Straße, als ob sie die Passanten zum Innehalten anregen will. Man könnte sich vorstellen, dass sie dabei »Shanti« sagt. Die Wenigsten halten jedoch inne. Die Plastik heißt *The Unknown Student* und wurde 1969 als selbst geschaffenes Wahrzeichen einer Einrichtung namens Rochdale College aufgestellt, die in dem dahinter liegenden Hochhaus untergebracht war. Das College gibt es seit 1975 nicht mehr. Das Gebäude ist inzwischen zu einem normalen Geschäfts- und Wohnhaus umgebaut worden. *The Unknown Student* ist die letzte sichtbare Erinnerung an ein Projekt, das in der Rückschau wie ein Traum oder vielleicht eher ein Albtraum der 68er Generation erscheint.

1968 entstand in dem neu erbauten Hochhaus, das der University of Toronto gehörte – der Zentralcampus liegt nicht weit entfernt –, das Rochdale College. Der Name erinnerte an die erste Genossenschaft, die 1844 in Rochdale, England gegründet worden war. Das College verband die Ideale einer freien Universität mit der Idee eines kooperativen Wohnens, Lebens und Arbeitens, alles in einem Gebäude. Studenten und Lehrer sollten zusammen in der Anlage wohnen und im freien Austausch den Lehrstoff entwickeln und vermitteln. Die Einrichtung war als eine selbstverwaltete Genossenschaft konzipiert worden, die wie eine große Kommune funktionieren sollte. Das College bot Platz für über 800 Bewohner. Es war ein einmaliges Projekt in ganz Nordamerika. 1974 lebte ich fast ein Jahr dort und erlebte dessen Niedergang und Scheitern. Es war auch das letzte Jahr meines insgesamt fast sechsjährigen Aufenthalts in Kanada.

Zurück zum Sommer 1969. Im Juli war ich wieder unterwegs. Ich saß in einem Greyhound Bus, diesmal in Richtung Windsor/Kanada, und erinnerte mich an meine Fahrt von Woodstock nach Chicago vor vier Jahren. Damals hatte ich mir vorgenommen, das Leben zu lernen. Zumindest hatte ich inzwischen einen Anfang gemacht. Den schüchternen Jungen, der 1965 den langen Weg von Woodstock nach Chicago zurückgelegt hatte, gab es nicht mehr. Ich war reifer geworden, die Pickel im Gesicht waren verschwunden, meine Schüchternheit hatte ich weitgehend abgelegt. Während der langen Nachtfahrt durch den Bundesstaat Michigan schaute ich mein Spiegelbild im dunklen Fenster des Busses an. Durch den schnellen Wechsel von Licht und Dunkelheit entlang der Straße änderte es sich ständig. Ich kam mir vor wie eine schattenhafte Figur in einem alten Film noir. War ich der Schurke oder der Held? *Time will tell*, dachte ich. Ein altes und doch wahres Sprichwort. Ich fühlte mich wie ein Vertriebener, der auf der Flucht war. Die Universität hatte mich zwangsexmatrikuliert, und ich hatte eine Nacht in einer Arrestzelle verbracht. Meine Fahrt nach Kanada bedeutete den bewussten Auftakt eines gesetzeswidrigen Aktes. In den Augen meines Geburtslandes war ich nunmehr ein Verbrecher. Ich hatte die vaterländische Pflicht zur Landesverteidigung verweigert. Ich wollte weder töten noch getötet werden. Als der Bus am nächsten Morgen über die Ambassador Bridge fuhr, die Detroit und Windsor verbindet, schaute ich zunächst nach unten auf den Detroit River. Dort in den Fluten verlief die Grenze zwischen den USA und Kanada. Die leicht wogenden Wellen reflektierten die Strahlen der inzwischen aufgegangenen Sonne wie kleine tanzende Lichtquellen im dunklen Wasser des Flusses. Ich schaute auf und erblickte die Skyline von Windsor, die im Sonnenlicht erstrahlte. Mein neues Zuhause. Ich lächelte zum ersten Mal seit der Abfahrt. Ein neues Kapitel kündigte sich an.

Schurke oder Held?

Der Bus hielt direkt am Windsor Port of Entry. Ich legte der Einreisebehörde meinen Pass und die Bestätigung der University of Windsor vor, dort mein Studium fortsetzen zu können. Ich erhielt eine befristete Aufenthaltserlaubnis als Student. Da die Grenzstadt Windsor vielfach von amerikanischen Kriegsdienstverweigerern aufgesucht worden war, war dort eine Anlauf- und Beratungsstelle entstanden. Sie befand sich im International Student Centre, das fußläufig zu erreichen war. Das Universitätsgelände lag zentral und erstreckte sich nach Westen hin bis zum Ufer des Detroit Rivers. Ich schulterte mein Gepäck und machte mich auf den Weg. Als ich das kleine Büro betrat, fiel mir als erstes ein Plakat auf: *Draft-Resisters Welcome*. Ein guter Anfang.

Ich bekam in einer Sammelunterkunft für amerikanische Kriegsdienstverweigerer ein Zimmer in der Nähe der Universität. Lange bin ich dort nicht geblieben, denn ich wollte in keinem amerikanischen Ghetto leben. Mit meinen Mitbewohnern hatte ich nur oberflächlichen Kontakt. Für mich war der Kampf gegen den sinnlosen Krieg beendet. War es feige und dazu unverantwortlich wegzulaufen? – habe ich mich anfangs gefragt. Ich hätte bleiben, in den Untergrund gehen oder mich sogar verhaften und verurteilen lassen können. Oder den Kriegsdienst annehmen, um als Soldat zu opponieren. Nach den Augusttagen 1968 in Chicago war ich jedoch erschöpft, innerlich ausgebrannt. Ich hatte mit meinem Geburtsland gebrochen, es hatte aus meiner Sicht seine Werte verraten. Ich empfand nun den Drang, mein Leben wieder selbst in die Hand zu nehmen, einen Neuanfang zu wagen. Ich wollte nicht mehr Teil einer Bewegung sein.

Bald nach meiner Ankunft war es mir gelungen, in der flussnahen Rankin Avenue ein kleines möbliertes Zimmer bei einer älteren Dame zu beziehen. Sie war Witwe und vermietete in ihrem Einfamilienhaus an Studenten. Das Zimmer war ruhig gelegen, und von dort aus erreichte ich den Fluss in wenigen Minuten. Manchmal spazierte ich am Ufer entlang und blickte unwillkürlich über den Fluss auf die große amerikanische Automobilmetropole Detroit, deren Hochhäuser und Fabrikschlote in die Höhe ragten. Die USA waren so nah und doch so fern, eigentlich unerreichbar. Ich weiß, dass ich damals kein Heimweh empfand; ich habe nie in meinem Leben Heimweh empfunden. Wozu? Der Begriff Heimat ist eine Illusion. Wir sind ohnehin nur auf Abruf auf dieser Welt. Familie und Freunde? Zu meinen Eltern hatte ich nach der Auswanderung keinen Kontakt mehr, auch zu den ehemaligen

Kommilitonen nicht, mit Ausnahme von Anne. Wir wechselten in großen zeitlichen Abständen Briefe bis Anfang 1971, dann brach auch dieser Kontakt ab.

Ich schrieb mich zum Wintersemester 1969/70 in die University of Windsor ein. Meine in Chicago absolvierten Prüfungen wurden anerkannt, sodass ich lediglich ein weiteres Semester erfolgreich abschließen musste, um den Abschluss B. A. zu erwerben. Ich stürzte mich in das Studium; Bücher wurden wieder der Mittelpunkt meines Lebens. Die intellektuellen Anforderungen in Windsor waren bei Weitem nicht so wie in Chicago. Im Ganzen verlief das Leben gemächlicher. Es gab selbstverständlich linke Studentengruppen, die Flugblätter gegen den Krieg in Vietnam verteilten und Protestversammlungen organisierten. In meinen Augen wirkten sie fast pittoresk. Es fehlte ihnen einfach die existenzielle Spannung, es fehlte das Schwert über dem eigenen Kopf. Kanada war Beobachter, nicht Beteiligter eines sinnlosen Krieges.

Ich wurde auch zum Beobachter der letzten Jahre des Vietnamkrieges, sechs lange, verlustreiche Jahre bis zum Ende im April 1975, als Saigon von nordvietnamesischen Truppen eingenommen wurde. Das Foto des letzten US-Hubschraubers aus Saigon wurde zum Sinnbild der gescheiterten amerikanischen Politik. Es waren Jahre des Bombardierens und Tötens, Jahre des Taktierens, des Verzögerns und des Verhandelns, aber vor allem Jahre des Lügens, Lügens und nochmals Lügens seitens der amerikanischen Regierung. 1970 wurde bekannt, dass US-Truppen 1968 ein Massaker an mehr als 500 Zivilisten in dem Dorf My Lai verübt hatten. Der Vertuschungsversuch der Regierung war gescheitert. Auch der angebliche Anlass für das verstärkte militärische Engagement der USA – der Angriff auf ein amerikanisches Schiff in der Bucht von Tonkin im Jahre 1964 – entpuppte sich als glatte Lüge. 1970 und 1971 erschienen Auszüge aus den durch das US-Militär erstellten geheimen *Pentagon Papers*, die deutlich machten, dass die US-Regierung bereits 1969 erkannt hatte, den Krieg nicht gewinnen zu können. Dennoch wurde weiter gelogen, gekämpft – und gestorben. In den Kriegsjahren zwischen 1969 und 1975 starben an die

24 000 US-Soldaten, weit über 150 000 nordvietnamesische Kämpfer fielen. Die sicherlich sehr hohe Zahl der getöteten Zivilisten ist unbekannt geblieben.

Für mich war ein Ereignis an der Kent State University im Bundesstaat Ohio besonders erschütternd. Es erinnerte mich an meine eigene Zeit als Antikriegsdemonstrant und daran, um welchen Preis man den eigenen Körper als Pfand einsetzen konnte. Am 4. Mai 1970 wurden vier Studenten erschossen und neun teilweise schwer verletzt, als Mitglieder der gerade einberufenen National Guard während einer Protestdemonstration gegen den Vietnamkrieg auf dem Universitätscampus das Feuer auf die hier versammelten unbewaffneten Studenten eröffneten. Auslöser der Demonstration war die amerikanische Invasion in Kambodscha am 25. April 1970, die im ganzen Land eine Protestwelle entfachte. Es kam zum größten Studentenstreik in der Geschichte des Landes mit ungefähr acht Millionen Teilnehmern. Hunderte von Universitäten, High Schools und sogar Grundschulen mussten deswegen zeitweise geschlossen werden. Das Tragische war in meinen Augen, dass sich junge Menschen, meine Altersgenossen, wegen einer unverantwortlichen, wenn nicht sogar verbrecherischen Politik feindlich gegenüberstanden. Sie waren alle Bauernopfer. Auch die Nationalgardisten waren junge Männer, die durch den Dienst im Lande den Kriegseinsatz in Vietnam vermeiden wollten. Die jungen Studenten demonstrierten gegen einen Krieg, den 1970 ohnehin keiner mehr wirklich wollte. Obwohl es juristisch nie eine Klärung des Vorfalles geben sollte – auch nach vielen Jahren und Untersuchungen –, standen für mich die Verantwortlichen von Anfang an fest. Die alten weißen Männer in dunklen Anzügen oder in Uniformen mit vielen Auszeichnungen am Revers, die in ihren bequemen Büros in Washington, D. C. saßen und Krieg und Frieden spielten. Man hätte sie alle wegen Beihilfe zum Mord anklagen sollen.

Ende 1970 beschloss ich, ein einjähriges Zusatzstudium zu machen, um in Kanada als Lehrer arbeiten zu können und mir dadurch eine wirtschaftliche und persönliche Grundlage für ein Leben dort zu schaffen. Ich spielte sogar mit dem Gedanken, die Staatsbürgerschaft anzunehmen. Den sicheren Status als Landed immigrant hatte ich nach dem B. A.-Examen beantragt und auch problemlos erhalten.

Neben dem Studium arbeitete ich in einer Buchhandlung namens Great Expectations, die ich am Rande des Stadtzentrums von meinem Zimmer aus in etwa zwanzig Minuten zu Fuß erreichen konnte. Sie war eine besondere Buchhandlung, weil sie neben den gängigen Neuerscheinungen auch ältere Titel und einige seltene Bücher in einem erlesenen Antiquariat führte. Darüber hinaus wurden dort häufig Lesungen und Diskussionsabende veranstaltet. Eine Buchhandlung als Kommunikationszentrum. Sie war in einer großen alten Villa mit zahlreichen kleineren und verwinkelten Räumen untergebracht. Wegen des ausgefallenen Namens und des etwas veralteten Ambientes kam mir die Buchhandlung wie ein Ort vor, der gut in einen Roman von Charles Dickens hätte passen können. Der langjährige Besitzer, Mister Sedgwick, der die oberen Stockwerke des Hauses bewohnte, verstärkte diesen Eindruck noch. Er war lang und dürr, trug eine alte randlose Brille und hatte graue Haare, die wild von seinem Kopf abstanden. Man hätte ihn als Vorbild für Carl Spitzwegs Gemälde *Der Bücherwurm* nehmen können. Er bewegte sich für sein Alter erstaunlich agil auf der hohen Leiter, die wir zum Erreichen der oberen Regalfächer benutzen mussten, hatte helle, neugierige Augen und liebte Bücher. Er hatte mich im September 1969 auf meine Bewerbung hin sofort eingestellt. Wir spürten von Anbeginn, dass wir im Kern verwandte Geister waren. Nach und nach entwickelten wir eine tiefe und vertrauensvolle Freundschaft, obwohl ich stets respektvoll *Mister Sedgwick* zu ihm sagte. Ich glaube, dass er mein erster wahrer Freund gewesen ist. Vielleicht auch der einzige.

Eines Abends im Frühjahr 1971 gab es eine Lesung in der Buchhandlung. Vorgestellt wurde der 1961 erschienene Roman *Catch-22* von Joseph Heller. Das Buch war zum Zeitpunkt seines Erscheinens weitgehend ignoriert worden, avancierte in den Jahren danach jedoch zum Underground-Bestseller. Vor dem Hintergrund des Krieges in Vietnam bot der Roman viel Gesprächsstoff. Ich habe den Abend moderiert, zu dem etwa 25 Besucher kamen, darunter langjährige Stammkunden sowie ein paar Studenten. Zunächst stellte ich das Buch vor und las einige Passagen daraus. Der Roman ist eine bitterböse, brillante Kriegssatire. Er ist aber darüber hinaus eine großartige komplexe Erzählung mit unvergesslichen Szenen, witzigen Dialogen und einprägsamen Figuren. Typen wie Milo Minderbinder und General Scheisskopf – so die Schreibweise auf Englisch – vergisst man nicht mehr. Ich hatte das Buch bereits in Chicago gelesen, es gehört eindeutig zu meinen Lieblingslektüren. Dementsprechend habe ich den Roman vorgestellt. Abschließend sagte ich, dass man einen Krieg nur dann halbwegs ertragen könne, wenn man seine Absurdität durchschaut hätte.

Nach der Lesung mit anschließender Diskussion stand ich am Büchertisch, verkaufte einige Exemplare und plauderte bei einem Glas Wein mit den Gästen. Mister Sedgwick war der Meinung, dass ein Glas Wein zu einem guten Buch gehörte. Eine zutreffende Ansicht. So hatten es die alten Griechen mit ihren Pergamentrollen auch gehalten, falls wir den Wissenschaftlern Glauben schenken können, die Weinflecken auf antiken Rollen entdeckt haben wollen. Zum Schluss kam eine junge Frau auf mich zu. Sie sagte, sie hätte mich ab und zu an der Universität gesehen und wollte mich kennenlernen. Ich war etwas verblüfft von ihrer direkten Art, ließ mich aber auf ein Gespräch ein, das wir dann in einer nahgelegenen Kneipe fortsetzten. Sie stellte sich vor als Patricia Evens, Pat (nicht Patty!) genannt, studierte im Hauptfach Literatur im letzten Undergraduate-Jahr und stammte aus der Stadt Sundbury, etwa 800 Kilometer nördlich von Windsor.

Seit der kurzen Affäre mit Anne hatte ich keine intime Beziehung zu einer Frau gehabt. Ich hatte jedoch seit der Ankunft in Windsor auch nicht als Eremit gelebt. Im Laufe der Zeit hatte ich mir einen Bekanntenkreis an der Universität und durch den Buchhandel aufgebaut. Wir gingen ins Kino oder in eine Kneipe, plauderten und flirteten. Ich fühlte mich wohl – zumindest sagte ich mir das. Das Leben kam mir zum ersten Mal etwas entspannter vor. Ich fing an, mich als Teil einer Gemeinschaft zu fühlen. Eine Zeit lang habe ich gedacht, dass ich das wirklich wollte. Man steht immer mit sich selbst im Dialog. Es kann aber keinen echten Neuanfang im Leben geben; man trägt sich selbst und seine Vergangenheit immer in sich. Ich wusste, dass meine Reise noch nicht zu Ende war; ich fühlte den Sog eines schwarzen Loches noch immer tief in mir. Abends begann ich mir in meinem kleinen Zimmer Geschichten auszudenken. Ich spürte, dass ich schreiben wollte, und zwar nicht nur die Arbeiten für mein Universitätsexamen. Vielleicht Gedichte? Nur für mich. Etwas, das sich nur auf mich bezog. Schon in der High School hatte ich Skizzen angefertigt, blühende jungenhafte Exkurse über Liebe, Tod und Schicksal. Auch an der Universität hatte mich der Gedanke nie losgelassen, etwas zu komponieren. Nun entwarf ich Gliederungen und versuchte, Verse zu dichten. Nach einer Weile hatte ich ein dickes Heft damit gefüllt. Darüber sprach ich mit niemandem. Es war meine private Welt, auch eine Form der Selbstbefriedigung.

Das Heft habe ich nicht mehr. Ein Gedicht aus jener Zeit habe ich indes im Archiv meiner Erinnerungen aufbewahrt. Es heißt:

The Blue Gargoyle.
Meandering moments in stone frozen in a shape almost human
On a sign beckoning travellers
Searching for life
Looking for love
Drinking coffee.
The sound of a guitar from somewhere.
Exchanging glances that seem to dance
Exchanging words about
Hamlet
Raskolnikov
Joseph K
And Mickey Mouse.
Asking questions and waiting for answers
And waiting for answers that never come.
Perhaps the Gargoyle has no answers.

Die Beziehung zu Pat entwickelte sich. Bald schliefen wir miteinander. 1972 bestand sie das Examen zum Lehramt und begann ihre Laufbahn mit einer Probezeit an einer High School in Windsor. Inzwischen hatte ich eine kleine möblierte Wohnung nahe der Buchhandlung bezogen und stand kurz davor, die Prüfung des Zusatzstudiums für das Lehramt abzuschließen. Unsere Beziehung war über ein Jahr alt, als Pat darüber zu sprechen begann, ob wir nicht eine gemeinsame Wohnung anmieten wollten. Es bahnte sich eine vorstellbare Zukunft an. Wollte ich das? Wollte ich mir diese Grenze setzen?

Ich stand vor einer schwerwiegenden Entscheidung. Ich mochte Pat. Sie war eine liebenswerte, in sich ruhende Frau, die das Leben bejahte, Humor und einen gesunden Menschenverstand besaß. Wir hatten guten Sex. Ich liebte sie aber nicht. Um ehrlich zu sein, wusste ich nicht, ob es so etwas wie Liebe überhaupt gab. Der Begriff schien mir eine leere Worthülse zu sein, er bezeichnete kein wirklich erlebbares Gefühl. Es handelte sich um eine Illusion, einen Traum, eine unerfüllbare Sehnsucht.

Im Sommer 1973 besuchten wir Pats Eltern in Sundbury. In dieser Stadt im Norden des Bundesstaates Ontario, so erzählte mir Pat, befand sich die größte Nickelhütte der Welt. Als wir nach der eintönigen, mehrstündigen Fahrt aus dem Bus stiegen, erblickte ich in der Ferne einen sehr hohen, mächtigen Schornstein. Pat sagte, das sei der gerade in Betrieb genommene INCO-Superstack auf dem Gelände der Nickelhütte. Es war ein über 380 Meter hoher Schornstein, der die Funktion hatte, das in der Hütte entstandene giftige Sulfurgas hoch in die Luft und weit weg von der Stadt zu befördern. Es war, so Pat, der höchste Schornstein auf der westlichen Halbkugel. Mir schien das Bauwerk ein fragwürdiges Wahrzeichen zu sein. Die Nickelhütte war indes der größte Arbeitgeber in der Region. Sowohl Pats Vater als auch ihre Mutter arbeiteten dort – der Vater als Abteilungsleiter und die Mutter als Sekretärin. Pat hatte auch einen älteren Bruder, Richard, der Lehrer an der High School war und mit seiner Frau June und seinen zwei Töchtern bereits eine eigene Familie gegründet hatte. Wir verbrachten eine Woche in Sundbury. Pats Eltern akzeptierten uns als Paar ohne Trauschein, zumindest hatte ich das Gefühl, dass sie mich ehrlich und freundlich aufnahmen. Zu meinem Leben in den USA stellten sie keine Fragen. Vielleicht dachten sie, dass wir unsere Beziehung bald legalisieren würden. Ich erlebte eine nette, herzliche Familie. Es wurde gespielt, gelacht und gut gegessen. In der Umgebung gab es Wanderwege im Wald und entlang der vielen Seen. Ich fragte Pat einmal, warum sie sich eine so weit von zuhause entfernte Universität ausgesucht hatte. Es war offensichtlich, dass sie gerne daheim war. Sundbury war ihre Heimat. Sie meinte, dass die Entfernung den Reiz verstärken würde und ihr dadurch die wenigen Besuche als etwas Besonderes vorkämen. Eine glückliche Familie, dachte ich. So etwas gab es auch.

Inzwischen kannte Pat meine Familiengeschichte, die weniger glücklich war. Ich hatte mich wiederholt gefragt, warum Pat mit mir zusammen sein wollte. In einer Welt wie Sundbury fühlte ich mich fehl am Platz. War ich – ein amerikanischer Kriegsdienstverweigerer – für sie etwas Exotisches, eine Art Abenteuer? Sie meinte, ich sei ihre erste wirkliche Beziehung. Meinen Erzählungen über das Leben in Chicago hatte sie immer gespannt gelauscht: Die militante Antikriegsbewegung mit Tränengas, Sit-ins und Festnahmen, die Salon-Treffen bei Anne mit dem Hauch einer intellektuellen Avantgarde, Ausschweifungen und Haschisch, überhaupt die angespannte Atmosphäre einer Universität wie Chicago. Sundbury und Windsor waren im Vergleich dazu ruhige Oasen. Vielleicht war ich für sie ein Fenster, durch das sie auf eine andere Welt blicken konnte, ohne dort tatsächlich leben zu müssen. Vielleicht hätte ich sie danach fragen sollen.

Kurz nach unserer Reise nach Sundbury hatten wir gemeinsam Hasch geraucht. Für Pat war es das erste Mal. Sie war neugierig darauf. Wir fingen langsam und gelassen an. Wir tauschten den Joint einige Male, und ich erzählte ihr von meinem ersten Hasch-Abend. Pat hustete heftig nach den ersten Zügen. Da sie Nichtraucherin war, machte ihr der Rauch zu schaffen. Als die Droge langsam zu wirken begann, änderte sich meine Stimmung radikal. Statt geistreich zu werden, verfiel ich in eine Art Depression, saß einfach schweigend da und schaute vor mich hin. Pat nahm ich nicht mehr wahr. Vor meinem geistigen Auge flammten Farben auf, die sich bewegten und unterschiedliche Formen annahmen, zunächst chaotisch wie die lange, psychedelische Farbsequenz zum Ende des Kubrick-Films *2001 – A Space Odyssey*. Nach einer Weile – wenn man high ist, ist es ohnehin schwer, die Zeit objektiv zu erleben – schienen die Farben sich zu beruhigen und erkennbare Gestalt anzunehmen. Einmal dachte ich, dass ich das Geschäftshaus meiner Eltern in Woodstock erkennen konnte oder das Studentenwohnheim in Chicago, bald darauf tauchte in einem Kaleidoskop von hochgehaltenen Fäusten die rote Flagge auf wie damals im August 1968 in Grant Park. Sie wehte wie in Zeitlupe, und die Fäuste streckten sich immer weiter nach oben, bis das Bild von einem großen Knüppel zerrissen und zerstört wurde. Danach wurde es pechschwarz, bis das Türschild des Blue Gargoyles erschien, dass sich plötzlich in das im Art Institut befindliche Selbstbildnis von van Gogh verwandelte. Die Augen bewegten sich und schauten mich vorwurfsvoll an. Das Gemälde löste sich langsam auf, van Goghs kräftige Pinselstriche zerrannen auf der Leinwand wie Tränen und verwandelten sich in verschiedene Blautöne, die ein neues Bild zum Vorschein brachten. Bald blickte ich in die geschlossenen Augen von Picassos *The Old Guitar Player*. Meine Augen füllten sich mit Tränen. Was spielte der alte Mann auf seiner Gitarre? Danach war mein Kopf leer. Ich vernahm wie aus einer weiten Ferne nur rhythmisches Ein- und Ausatmen.

Pat war es nicht besser ergangen. Sie erzählte mir später, dass sie weiter heftig hustete und sich danach übergeben musste. Als sie ins Zimmer zurückgekommen war, saß ich im Schneidersitz und schaute wie ein Blinder vor mich hin. Sie hatte Angst bekommen, sich hingelegt und versucht, ruhig zu atmen, um das Schwindelgefühl zu überwinden. Sie konnte die aufsteigende Angst jedoch nicht beherrschen und meinte, in ein tiefes Loch zu fallen, vielleicht war es ein Brunnen ohne Boden. Irgendwann war sie vor Erschöpfung kurz eingeschlafen. Als sie aufwachte, fühlte sie sich wie auf eine Luftmatratze gebettet. Sie sah, dass ich mit ausgestreckten Armen und glasigen Augen auf dem Rücken lag. Wir versuchten nie wieder, zusammen Hasch zu rauchen.

Nach dem Besuch in Sundbury und dem Haschabend war unsere Beziehung nicht mehr wie zuvor. Ich bemerkte, dass sich zwischen uns ein Graben aufgetan hatte. Ich meinte, Pat empfände das ebenfalls. Wir schliefen noch miteinander, aber es war nicht mehr das Gleiche. Zwischen uns breitete sich Schweigen aus. Sie versuchte in den folgenden Monaten noch gelegentlich, von einer gemeinsamen Zukunft zu sprechen, ich blieb jedoch eher einsilbig. Ich schaute in das schwarze Loch in mir und bekam zum ersten Mal im Leben Angst davor. Wir sahen uns nach und nach nur noch sporadisch und eines Tages erfuhr ich, dass Pat zu ihren Eltern gefahren war. Sie hatte mir nichts davon erzählt. Ich habe sie danach nicht mehr gesehen. Ich fühlte mich elend und auch schuldig, vor allem, weil ich zum Schluss nicht offen mit ihr gesprochen hatte – vielleicht nicht einmal am Anfang. Ich hatte ihr zu viel genommen und zu wenig gegeben. Ich hoffte nur, dass sie in Sundbury ein glückliches Leben führen konnte.

Es war inzwischen Herbst 1973. Im März hatte ich allein meinen sechsundzwanzigsten Geburtstag gefeiert. Ich wusste nicht, wie es weitergehen sollte. Ich hatte inzwischen die Lehrbefähigung erhalten, zögerte jedoch, mir eine Stelle zu suchen. Ich wusste weder wo noch wozu. Meine Arbeit in der Buchhandlung sicherte mich finanziell ab. Meine Bedürfnisse waren bescheiden, das Geld reichte völlig aus. In den USA gingen die Verhandlungen über eine Beendigung des Krieges schleppend weiter. Es gab sogar erste Diskussionen in der Öffentlichkeit für eine Amnestie für Kriegsdienstverweigerer. Als ich in der Zeitung darüber las, habe ich nur müde gelächelt. Ich merkte, dass die Frage mich überhaupt nicht mehr interessierte.

Ich erwähnte bereits, dass Mister Sedgwick mein erster wirklicher Freund gewesen ist. Er war der erste Mensch, mit dem ich völlig offen und vertrauensvoll reden konnte, weder mit Anne noch mit Pat hatte ich diese Stufe der Freundschaft erreichen können. Es waren die Gespräche mit ihm, die mich zu meinem nächsten großen Schritt führten – der Reise nach Europa.

Mister Sedgwick bewohnte die oberen Räume der Villa, in der sich die Buchhandlung befand, und zwar allein. Seine Frau war vor sechs Jahren gestorben. Sie hatten eine Tochter, die jedoch im weit entfernten Vancouver lebte. Sie arbeitete in der Werbebranche, war verheiratet und hatte keine Kinder. Sie sahen sich nur sporadisch, da sich Mister Sedgwick nicht mehr in der Lage fühlte, die lange Reise nach Westen anzutreten. Er hatte Herzprobleme und nahm Medikamente. Vielleicht war ich für ihn ein Ersatzenkel, für mich wurde er zum Ersatzvater. Obwohl seine Frau verstorben war, war sie in der Wohnung noch immer präsent. Man konnte ihre Anwesenheit fast körperlich empfinden. Die Wohnräume machten keineswegs den Eindruck einer alten Junggesellenwohnung. Sie waren ordentlich, sauber und mit Blumen bestückt. Und es gab auf dem runden Tisch vor dem Kamin ein Foto, das Mister Sedgwick und seine Frau Lilly in jungen Jahren stolz vor der Villa zeigte. Ich habe selten ein Foto gesehen, das so viel Freude und Zuversicht ausdrückt. Das junge Paar hatte das alte, damals heruntergekommene Haus erworben, restauriert und die Buchhandlung darin eröffnet. Es waren lange und harte Jahre der Arbeit und der Entbehrung gewesen. Die Buchhandlung erschloss sich erst nach und nach ihre Marktnische, sie wurde ein Ort für Bibliophile und diejenigen, die es werden wollten. Sie gehörte zu den ersten Buchhandlungen, die eine kleine Kaffee-Ecke einrichteten und regelmäßig Veranstaltungen anboten. Nachdem seine Frau an Krebs gestorben war, führte Mister Sedgwick das Geschäft gewissenhaft weiter. Ich weiß, dass er sich ihr auf diese Weise weiterhin verbunden fühlte. Sie hatten damals *Great Expectations* gehabt. Allein führte er sie auch in ihrem Sinne weiter.

Nachdem ich einige Wochen in der Buchhandlung gearbeitet hatte, lud Mister Sedgwick mich eines Abends nach Ladenschluss in seine Wohnung ein. Ich arbeitete damals in der Woche nur nachmittags sowie am Sonnabendvormittag. Am ersten Abend kochte Mister Sedgwick Pierogies. Am Herd stehend erzählte er, das Gericht habe seinen Ursprung in Ost-Europa und sei durch die Einwanderer zu einer Art Nationalgericht in Kanada geworden. Die kleinen, schonend gegarten Teigtaschen, gefüllt mit Fleisch, Kartoffeln und Gemüse, wurden dampfend heiß serviert und schmeckten wunderbar. Der Buchhändler entpuppte sich als guter Koch und Weinkenner. Bis dahin hatte ich den dionysischen Tropfen wenig Beachtung geschenkt.

In den folgenden Monaten ging ich nach der Arbeit gelegentlich mit Mister Sedgwick in seine Wohnung hinauf. Nach und nach gewöhnten wir uns daran, nach dem Essen längere Abende bei einer Flasche Wein zu verbringen. Wir sprachen über die Arbeit, über Bücher und über das Weltgeschehen, aber auch über unser eigenes Leben. Im Laufe der Abende erzählten wir uns unsere Lebensgeschichten, wie es gute Freunde tun.

Mister Sedgwick wurde 1903 in Teeswater/Ontario geboren, einer kleinen Siedlung etwa 300 Kilometer nördlich von Windsor. Sein Vater war Pastor der dortigen Anglican Church, seine Mutter Hausfrau und der gute Geist der Kirchengemeinde. Obwohl er zu seinen Eltern stets ein liebevolles Verhältnis hatte, rebellierte Mister Sedgwick in seiner Jugend gegen die fromme Enge der Kirche und das Leben in Teeswater. Er wollte mehr und besuchte nach der Schule ein Institut für Lehrerausbildung in Windsor. Das war damals für ihn eine große, aufregende Stadt. 1926 bestand er das Lehrer-Examen und fand eine Anstellung in einer Middle School direkt in Windsor. Er richtete sich für die Zukunft im Lehrerberuf ein. Mister Sedgwick hatte immer ein Faible für Dichtung. Er mochte den Sinnesreiz, mit dem die Dichter mit ihren Zeilen Berggipfel errichten konnten, über die der Leser mit großen gedanklichen Schritten von Spitze zu Spitze hinwegspringen und dabei die eigene Fantasie entfalten konnte. Über Lyrik könne man das eigene Leben viel intensiver empfinden, meinte er, weil sie den Leser implizit zum Mitdichten einlüde. Ein Gedicht sei ein Angebot, das eigene Leben zu ergründen. Er vermutete eines Abends, die Liebe zur Lyrik sei in seiner Jugend als Pastorensohn angelegt worden, denn in der Bibel habe er am liebsten die Psalmen gelesen. »Ich musste als junger Mann eine Vielzahl von Bibelstunden überstehen«, sagte er einmal und lachte dabei. Anfang der dreißiger Jahre gab es zwei Ereignisse, die sein Leben in neue Bahnen lenkten.

In der Stadtbücherei lernte er eine junge Frau kennen, Lilly Weber. Sie war die Tochter deutscher Einwanderer und arbeitete als Referentin in der Stadtbücherei. Wie Mister Sedgwick erzählte, war es Liebe auf den ersten Blick. »Damals sprang man nicht gleich miteinander ins Bett, aber die Gefühle waren da.« Wenig später fand die Hochzeit statt, und das Familienleben begann. Eine Tochter wurde geboren. Es war die Zeit der weltweiten Wirtschaftskrise. Mister Sedgwicks Anstellung als Lehrer war sicher, aber 1932 verlor Lilly ihre Arbeit in der Stadtbücherei. Sie fasste die Entlassung als Chance auf. »So war sie«, kommentierte Mister Sedgwick. Sie hatte schon immer eine eigene Buchhandlung führen wollen. Mister Sedgwick ließ sich sofort von ihrer Begeisterung anstecken: ein gemeinsames Unternehmen, ein Abenteuer mit Büchern. Das war anders als die Eintönigkeit des Schuldienstes. Es war aber auch ein Himmelfahrtskommando. Wer würde auf die Idee kommen, mitten in einer tiefen Wirtschaftskrise eine Buchhandlung zu eröffnen? In Windsor gab es bereits in der Wyandotte Street eine kleine Buchhandlung. Diese hatte mehr schlecht als recht überlebt.

Das junge Paar fand eine alte zum Verkauf angebotene Villa etwas abseits des Zentrums an der Bridge Avenue. Wegen der Wirtschaftskrise war der Immobilienmarkt fast zum Erliegen gekommen. Sie legten ihr Eigenkapital zusammen, nahmen ein Darlehen auf und erwarben die Villa 1933 zu einem Spottpreis. Dann folgten zwei Jahre der Entbehrung und Restaurierung. Mister Sedgwick arbeitete weiterhin als Lehrer. 1935 wurde die Buchhandlung eröffnet – im gleichen Jahr wie der Yankee Bookshop in Woodstock/Vermont. Mister Sedgwick quittierte den Schuldienst und wurde Buchhändler. »Wenn ich das noch einmal tun würde, würde ich nichts anders machen«, lautete Mister Sedgwicks Fazit: Wie in der Lyrik solle man es auch im Leben wagen, von Spitze zu Spitze zu springen.

Eines Abends Anfang 1974 sagte mir Mister Sedgwick, dass er mich noch besser kennenlernen wollte. Ich reagierte erstaunt, denn ich hatte in den vergangenen Monaten bereits allerhand von mir erzählt, eigentlich alles, zumindest das Wesentliche. Nein, es fehle etwas Wichtiges, meinte er. Wie stehe es um meine Schriftstellerei? Er sah mich mit einem schelmischen Lächeln an. Ich versuchte, den Unwissenden zu spielen, das akzeptierte er jedoch nicht. Er wusste einfach, dass ich schrieb. Das hatte er gespürt, und er war neugierig, wollte es lesen. Wollte ich das? Wollte ich einem anderen Menschen meine private Welt vorlegen? Mich nackt ausziehen? Ich schaute Mister Sedgwick verunsichert an; sein Gesichtsausdruck war gelassen, fast amüsiert, als ob er meine Gedanken lesen könnte. Wollte ich mich selbst überwinden? Ich nahm einen Schluck Wein und versprach, mein schwarzes Sudelheft am nächsten Nachmittag mit in die Buchhandlung zu bringen.

Einige Wochen später saßen wir wieder abends bei einem Glas Wein zusammen. Mister Sedgwick holte mein schwarzes Heft hervor und legte es neben das Foto von seiner Frau und sich auf den Tisch. »Thank you«, sagte er und lächelte mich vertraulich an. Ich trank meinen Wein und wartete. Viel Leidenschaft, aber etwas wenig Verstand, wählte er als Einstieg und begann danach, einzelne Gedichte zu besprechen. Ich war erstaunt, wie genau er sie analysierte. Ich erzählte darüber, wie und warum ich die Gedichte geschrieben hatte. »The Blue Gargoyle«, sagte er dabei, »als ich das Gedicht las, sah ich mich selbst Kaffee trinkend und den Sinn des Lebens suchend. Ich suchte nach Antworten. Aber wo, wenn nicht dort?«

Unvermittelt fragte Mister Sedgwick mich nach der Beziehung zu Pat. Ich hatte ihm bereits einiges darüber erzählt. Bisher hatte er meine Ausführungen mit keinem Wort kommentiert. Ich war mir nicht sicher, was er darüber dachte. Nun erzählte ich von dem Haschabend, dem Besuch in Sundbury und von der momentanen Beziehungskrise. Er nickte und fragte geradeaus, ob ich Pat liebte. Ich schüttelte leicht den Kopf und schaute nach unten. Er räusperte sich, und ich schaute ihn wieder an. Sein Gesichtsausdruck war ernst. »Mach dich nicht verrückt, mein Junge, du bist noch jung. Du hast noch einen Weg vor dir, einen langen Weg, und der verläuft nicht hier in Windsor oder in diesem Buchladen. Das war mein Weg. Du musst dich wieder auf deinen Weg machen.« Er hielt inne und schenkte uns noch ein Glas Rotwein nach. Es war eine schwere, gehaltvolle Rebe. Er hielt mir das Glas hin wie zum Anstoßen und sagte: »Der Tod ist nicht das Schlimmste, Joe, obwohl er schlimm genug ist.« Der Hauch eines Lächelns huschte über sein Gesicht, dann schaute er mich noch intensiver an: »Es ist viel schlimmer, das eigene Leben nicht wirklich gelebt zu haben.«

Es war ein Februarnachmittag 1974. Ich kam wie gewohnt in die Buchhandlung, um in den Nachmittagsstunden zu arbeiten. Als ich die Tür schloss, wusste ich sofort, dass etwas anders war. Die Stille im Raum war vernehmbar. Ich erblickte Mister Sedgwick auf seinem Stuhl hinter der Theke. Er rührte sich nicht, seine Augen waren offen, bewegten sich jedoch nicht. Ich ging auf ihn zu, blieb vor dem Stuhl stehen und schaute ihn an. Mein Mund war trocken, und ich musste mich bemühen, meine Hände still zu halten. Mister Sedgwick war tot. Eine Hand lag auf seinem Bauch, die andere hing in der Luft neben dem Stuhl (*one hand waving free*, schoss es mir absurderweise durch den Kopf), sein Kopf lag schräg zur Seite, an den Stuhlrücken gelehnt. Seine Gesichtshaut war glatt und sah kalt aus. Ich zitterte heftig und musste mich am Schreibtisch festhalten. Nach einer Weile fasste ich mich so weit, einen Zettel schreiben zu können und an die Tür zu kleben: CLOSED TODAY. Ich ging zurück und erblickte auf dem Schreibtisch ein Buch, das zugeklappt dort lag – *Collected Poems* von William Butler Yeats. Wir hatten in den letzten Wochen häufig über irische Literatur diskutiert. Der enigmatische Yeats war ein Lieblingsschriftsteller von Mister Sedgwick. Ich nahm das Buch in die Hand und blätterte, aber nicht wahllos, sondern gezielt. Ich wusste, wonach ich suchte. *Under Ben Bulben*, wohl Yeats letztes Gedicht mit den Schlusszeilen:

Cast a cold eye
On life, on death.
Horseman, pass by!

Ich ging nach oben in die Wohnung, fand das Adressheft und rief Mister Sedgwicks Tochter an. Sie versprach, sofort zu kommen. Danach rief ich bei der Polizei an, ging wieder nach unten und wartete. Ich habe nicht geweint, fühlte mich leer, ausgelaugt, als ob ich zu keinem Gefühl mehr fähig wäre. Ich hatte einen Freund verloren. Einen guten Freund. Verloren. Das Leben schien mir in jenem Augenblick nur aus Verlusten zu bestehen, wie eine Zwiebel, deren Schichten nach und nach abgeschält wurden, bis zum Schluss nichts übrig blieb als – das Nichts.

Die nächsten vier Wochen gestalteten sich für mich als Übergang. Mister Sedgwicks Tochter kam, und die Beisetzung wurde geregelt. Mein Freund fand seine letzte Ruhestätte neben Lilly. Auf dem Grabstein standen unter den üblichen Lebensdaten drei Worte: *Keepers of Books*. Es war mein Vorschlag. Die Tochter fragte mich, ob ich die Buchhandlung weiter betreiben wollte. Nein, das wollte ich nicht. Ich wusste, dass ich fort wollte, ja musste. Wir vereinbarten jedoch, dass ich die Geschäfte weiterführte, bis sie eine andere Lösung gefunden hatte, einen anderen Pächter oder sogar einen Käufer. Ich bezog die Wohnung, packte meinen Rucksack aus und änderte nichts. Ich schlief auf dem Sofa. Ich war lediglich *a Horseman, passing by*.

Wohin sollte die Reise gehen?

Im März fiel die Entscheidung. Das Haus wurde verkauft und die Buchhandlung aufgelöst. Mister Sedgwicks Tochter bot mir $ 4000 kanadische Dollar als eine Art Anerkennung an. Ich wollte das Geld zunächst nicht annehmen, habe es dann aber doch gemacht. Ich dachte, Mister Sedgwick wäre damit einverstanden gewesen. *On the Road* würde ich Geld brauchen.

Die Buchhandlung sollte zu Wohnungen umgewandelt werden. Ich packte meinen Rucksack und verließ die Stadt, ohne mich von jemandem zu verabschieden. Das Ziel: Rochdale College in Toronto.

Ich wollte das Sterben der Buchhandlung nicht miterleben.

Anfang April 1974 stand ich mit meinem Rucksack in der Hand vor *The Unknown Student* an der Bloor Street in Toronto. Damals blickte die Plastik direkt auf den Eingang des Colleges. Es schien mir, als hätte sie mich begrüßt, als ich mich vor ihr aufstellte. Ich verbeugte mich in Erwiderung einmal leicht, sagte leise: »Namaste« und schaute dann zum Gebäude hinauf. Zwei Türme, die wie zwei übergroße betongraue im Hochformat aufgestellte Streichholzschachteln aussahen, einer achtzehn Stockwerke hoch, der andere sechzehn, ineinander versetzt, sodass sie auf der vertikalen Linie verbunden waren. Im Erdgeschoss befanden sich Läden sowie der Eingang zu einer Hochschule, wie es sie sonst nirgendwo auf der Welt gab. Ich hatte 1969 zum ersten Mal in dem alten *Manual for Draft Dodgers* über die Einrichtung gelesen. Es hatte sich schon beim ersten Lesen bemerkenswert angehört. Das denkwürdige Experiment einer freien Universität … einer Insel in einer Gesellschaft, die nicht frei sein wollte, oder vielleicht nicht mal konnte.

Ich trat ein.

Der Empfangsbereich schien den Zugang zu einer anderen Welt zu versprechen. Oder nur vorzutäuschen? Die Wände zierte ein riesiges Gemälde. Bunt, psychedelisch und bestückt mit Menschen, Tieren und Fantasiegestalten. Davor stand ein Schreibtisch, an dessen Vorderseite ein amateurhaftes, sternförmiges Zeichen mit acht Zacken und dem Text ROCHDALE-SECURITY angebracht war. Dahinter saß ein Mann, der wie ein Wahrzeichen der 68er aussah – groß und dürr, er hatte lange, struppige Haare und einen beeindruckenden Bart. Er hatte sich zurückgelehnt und seine Füße in schwarzen Stiefeln lagen lässig gekreuzt auf dem Tisch. Er trug eine blaue Jacke, die wie eine Art Uniform wirkte, las ein Comic-Heft und rauchte. Es roch nach Hasch. Er schaute mich mit etwas schwammigen Augen an und zeigte mit dem Joint auf ein Schild neben dem Tisch: YOU MUST CLEAR THROUGH CUSTOMS BEFORE ENTERING ROCHDALE. »What's your business, man«, fragte er. Ich lächelte und sagte ihm, er erinnere mich entfernt an Franz Kafkas Türhüter in der Parabel *Vor dem Gesetz*.

Die Augen des Mannes verengten sich, als er mich noch intensiver musterte. Ich legte meinen Rucksack ab, schaute ruhig zurück und wartete. Dann lachte er lauthals und sagte: »Du passt gut in dieses verrückte Haus, Bruder. Man nennt mich Jocko.«

Ich lachte auch, ergriff seine ausgestreckte Hand und sagte, dass ich Joe hieße und dass ich mich angemeldet hätte. Ich zeigte ihm ein Schreiben des Colleges. Er schaute nur flüchtig darauf, zeigte mit dem Joint nach hinten auf einen Gang und sagte, dass sich die Verwaltung im zweiten Zimmer rechts befände. Wir gaben einander das Friedenszeichen. Ich ging durch das Tor. Mein neues Zuhause.

Später erfuhr ich, dass Türwächter wie Jocko Mitglieder einer Biker-Gang waren. Um die zum Teil gewalttätigen Auseinandersetzungen unter Biker-Gangs zu beenden, die nach 1970 wiederholt in dem Gebäude aufgeflammt waren, hatte das College einer der Gangs die Bewachung und Sicherheit des Colleges übertragen. Die Rivalitäten hatten überwiegend den lukrativen Drogenhandel zum Gegenstand gehabt. Rochdale College galt als einer der größten Drogenumschlagplätze Nordamerikas. Die Bewohner hatten sogar ein System entwickelt, vor Razzien zu warnen. Wenn am Eingang Polizisten gemeldet wurden, wurde die Nachricht von Stockwerk zu Stockwerk durch die allgemeine Betätigung von Toilettenspülungen weitergegeben. Das Gebäude war so hellhörig, dass diese Art Buschtrommel ausgezeichnet funktionierte. Man kann sich im Nachhinein nur über den Langmut der Polizei damals in Toronto wundern.

Im Verwaltungsbüro begegnete ich einer jungen Frau hinter einem Schreibtisch, der eher konventionell wirkte. Papiere türmten sich in verschiedenen Stapeln auf dem Tisch, der obligatorische Telefonapparat stand auch da. Hinter dem Tisch befand sich ein Gemälde, das in grellen Farben das College-Gebäude vor einem rosa-roten Himmel zeigte. Davor stand eine überdimensionierte Darstellung von *The Unknown Student*. Ansonsten war der Raum voll mit Aktenschränken. An der Seite führte eine geöffnete Tür zu einem weiteren Raum. Von dort hörte ich das Klappern einer Schreibmaschine. Die Frau trug kein Make-up und hatte lange, glatte, schwarze Haare. Ihr Pullover wirkte ausgebeult. Nach der Begrüßung legte ich ihr mein Schreiben vor. Die Frau – sie hieß Rebekka – blätterte in einer Akte und sagte, dass mein Zimmer im vierten Stock im Westflügel lag, Nummer 422. Sie gab mir einen Schlüssel sowie die notwendigen Papiere zum Ausfüllen und Unterschreiben. Die Miete sei am Anfang des Monats fällig. Beim Durchsehen meiner Anmeldung hielt sie einmal inne und bemerkte, dass ich lange in einer Buchhandlung gearbeitet hätte. Sie schlug mir vor, mit der College-Bücherei Kontakt aufzunehmen: Die Leiterin könne gut einen Mitarbeiter gebrauchen. Ich erwiderte, dass ich das tun würde.

Ich nahm die Treppen zum vierten Stock, da Rebekka mir gesagt hatte, dass die Fahrstühle unzuverlässig seien. Das Gebäude sah nicht ungepflegt aus, aber auch nicht besonders gepflegt. Es wirkte einfach etwas schmuddelig und roch stark nach Reinigungsmitteln, vermischt mit einem Hauch Haschisch. Die meisten Wände waren mit Graffiti vollgekritzelt. Die Bilder wirkten psychedelisch und zuweilen juvenil, einige waren jedoch wirklich ansprechend. Ich hörte Kindergeschrei und Hundegebell, als ich durch die Gänge lief. Im Treppenhaus begegnete ich einer Gruppe junger Männer, die mich freundlich begrüßte. Eine Katze schlenderte mir entgegen, als ich das vierte Stockwerk erreichte. Sie beäugte mich lauernd und lief dann schnell weg.

In meinem Zimmer angekommen, legte ich den Rucksack auf das Bett und schaute mich um. Bett, Beistelltisch, Schrank, Stuhl und Schreibtisch. Die Einrichtung erinnerte mich an mein karges Zimmer in Chicago, das ich vor etwa zehn Jahren bezogen hatte. Weit war ich in der Zwischenzeit nicht gekommen. Meine ganzen Besitztümer passten noch immer in einen Rucksack. Vom Fenster aus blickte ich auf die belebte Bloor Street, eine der exklusiven Einkaufsstraßen der Stadt. Dass das Rochdale College ausgerechnet an dieser Stelle entstanden war, schien mir eine sarkastische Kommentierung des alltäglichen Kapitalismus zu sein. Ich legte mich auf das Bett und studierte den Lageplan des Gebäudes, den mir Rebekka ausgehändigt hatte. Hier gab es eigentlich alles, was man brauchte. Lebensmittel – zum Beispiel A Natural Food Store – kleinere Geschäfte, Drogerie, eine Klinik,

Secondhand-Kleidung, Friseur, Wäscheräume, eine Kita sowie Keramik- und weitere Handwerksläden wie natürlich auch eine Bücherei, eine Mensa und Seminar- und Werkräume wie in einer Hochschule. Rochdale College hatte die Ausstattung einer kleinen Gemeinde, die hier in zwei Hochhaustürme zusammengepresst worden war. Ich hörte später von Bewohnern, die über Monate hinweg nie das Gebäude verließen. Alles Nötige war vorhanden. Wie ich bereits sagte, Drogen gab es ohnehin ausreichend, auch eine wöchentlich erscheinende Haus-Zeitung, einen kombinierten Kino- und Theatersaal, einen illegalen Rundfunksender und sogar eine eigene Biermarke (The Pipe). Im Westflügel befanden sich kleinere Einheiten für eine Person bis hin zu kleinen Familien. Im Ostflügel gab es größere Räumlichkeiten, die gut für Kommunen geeignet waren. So waren dort verschiedene lebensanschauliche Gruppen entstanden. Auch die Dachterrasse ließ sich zum Lebensraum umfunktionieren – zum Sonnenbaden, für Parties und zum Kiffen. Und zum Sterben. Die Behörden zählten insgesamt acht Menschen, die von dem Dach in den Tod gesprungen waren. Die Opfer waren jedoch keine Hausbewohner gewesen, sondern überwiegend jugendliche Nicht-Bewohner. Der Ruf des Hauses zog orientierungslose Runaways an. Für sie gab es sogar eine soziale Beratungsstelle. Bis zur Einrichtung der Biker-Gang-Sicherheit war es unmöglich, den Ein- und Ausgangsverkehr effektiv zu kontrollieren. Das Gebäude war für 840 Bewohner zugelassen. Später erfuhr ich, dass in den Spitzenjahren des Colleges – 1970 bis 1973 – über tausend Menschen zumindest zeitweise in der Anlage wohnten, viele quartierten sich irgendwo ein und zahlten natürlich keine Miete. Sie hießen Crashers, etliche davon Kriegsdienstverweigerer aus den USA. In Rochdales Blütezeit waren es fast ein Drittel der Bewohner des Colleges amerikanische Draft-Dodgers, eine Tatsache, zu der die lasche Einstellung der Einrichtung gegenüber jeglicher Autorität beitrug. Die Wände entlang der Gänge ließen sich als frei verfügbare Kommunikationsträger für allerlei Nachrichten und tägliche Weisheiten verwenden. Ein Spruch davon ist mir in Erinnerung geblieben – *Not Work-Ethic, but Worth-Ethic.* Keine schlechte Ansicht.

Die Verwaltung des Colleges wurde durch zwei über Wahlen der Bewohner legitimierte Einrichtungen organisiert – GOVCON für die tägliche Verwaltung und EDCON für das Kursprogramm – denn Rochdale war eine Bildungseinrichtung und vergab Diplome, die jedoch als Leistungsnachweis in der wirklichen Welt kaum verwendbar waren. Einer dieser Nachweise hieß zum Beispiel King of Arts. Er war schön gestaltet und sah imposant aus. Der Verkauf von Diplomen gehörte zu den Einnahmequellen des Colleges.

Die Bewohner nannten ihre Einrichtung The Rock. Der Begriff täuschte eine Stabilität vor, die keineswegs vorhanden war.

Als ich im März 1974 ankam, war die Blütezeit des Colleges vorbei. Es gab bereits Diskussionen über dessen Abwicklung, die Behörden bereiteten eine Räumungsklage vor. Neben den üblichen Beschwerden über Drogenhandel, ruhestörenden Lärm und Erregung öffentlichen Ärgernisses waren die Finanzen der COOP, welcher das College formell gehörte, ins Wanken geraten. Mir war nach ein paar Wochen klar, dass die Schließung bevorstand. Ich blieb jedoch. Anfang 1975 hörte ich einfach auf, Miete zu zahlen, wie auch sämtliche im Gebäude verbliebenen Bewohner.

Kurz nach meinem Einzug suchte ich die College-Bibliothek auf. Sie befand sich im dritten Stock des Westflügels und beherbergte eine nennenswerte Sammlung von Science-Fiction-, Esoterik- und Fantasy-Büchern sowie Comicheften. Unter den etwa 8000 Bänden befanden sich ebenfalls Werke der Philosophie, Psychologie und Soziologie, wohingegen die Naturwissenschaften nicht vertreten waren. Der Bestand war überwiegend durch Schenkungen entstanden. Es gab einen Katalog und ein ungewöhnliches Ausleihsystem. Man erhielt ein Buch mit dem Hinweis, es irgendwann zurückzubringen oder ersatzweise ein anderes Buch abzugeben. Bemerkenswerterweise schien diese Art Anarchie tatsächlich zu funktionieren.

Ich lernte die Bibliotheksleiterin Nancy kennen. Sie hatte seit 1972 in dem College gewohnt und war seitdem für die Bibliothek zuständig. Sie mochte Rochdale. Sie sah weniger ausgeflippt aus als die meisten

Frauen in Rochdale. Sie war klein und zierlich, trug ihr Haar kurz, hatte eine starke Brille und lebte in einer WG mit zwei weiteren Frauen. Sie trug stets Jeans, flache Schuhe und einen Pullover bzw. ein T-Shirt, auf denen unterschiedliche Sprüche standen – wie *Mister, try to look me in the eyes*. Ich erfuhr, dass sie lesbisch und Mitglied einer Frauengruppe war, die in den Augen der vielen Machos in Rochdale eine Zumutung darstellte. Für die waren alle Frauen einfach chicks. Es war für mich aufschlussreich zu beobachten, dass die Beziehungen der Geschlechter untereinander nicht viel anders waren als im bürgerlichen Milieu. Die College-Frauen mussten um ihre Eigenständigkeit kämpfen, und das taten sie mit List, Ausdauer und Humor.

Viel hat sich im Geschlechterkampf seit Lysistrata nicht geändert.

Ich mochte Nancy, und wir entwickelten sehr schnell ein gutes Verhältnis zueinander. Die Liebe zur Literatur bietet dafür immer eine gute Basis. Nach und nach machten wir es uns zur Gewohnheit, nach der Schließung der Bücherei ein Bier zu trinken oder einen Joint zu rauchen und zu plaudern. Dabei erfuhr ich einiges über die Geschichte des Colleges. Die Träume der Gründer, eine moderne Form von Platons Akademie entstehen zu lassen, hatten bemerkenswerte Blüten getrieben. Nancy verglich ihre Erfahrungen im College mit dem Anfang von Charles Dickens Roman *A Tale of Two Cities: It was the best of times, it was the worst of times, it was the age of wisdom, it was the age of foolishness …*

Nancy war Mitglied im EDCON und hatte etliche College-Interna direkt erlebt. Von ihr erfuhr ich, dass *The Unknown Student* von einem amerikanischen Kriegsdienstverweigerer entworfen worden war. Einmal hatte das College, das stets von Geldproblemen geplagt war, die Idee entwickelt, sich zu einem selbstständigen Land auszurufen, eine Mitgliedschaft bei der UNO zu beantragen und dadurch Entwicklungshilfe zu erhalten. Daraus wurde jedoch nichts, wie man sich denken kann. Es gab auch ernsthaftere Projekte, die in Einzelfällen die Schließung des Colleges überstanden haben, wie zum Beispiel Theatergruppen und einen Verlag. Zeitweise betrieb das College eine Farm außerhalb von Toronto.

Im Herbst 1974 bot ich als Ressourcengeber – so der offizielle Titel der Referenten – einen Kurs über den amerikanischen Schriftsteller Kurt Vonnegut an, einen Vertreter der sogenannten Postmoderne. Ich hatte einfach Lust, meiner Liebe zu Büchern zu frönen. Tagungsort war die Bücherei. Ich schlug den 1969 erschienenen Roman *Slaughterhouse-Five* als Lektüre vor. Der Roman ist eine großartige Mischung aus Antikriegsroman, Science-Fiction und einer Pilgerfahrt durch Zeit und Raum, wie bereits der Name der Hauptfigur, Billy Pilgrim, andeutet. Einfach in der Syntax, brutal und manchmal obszön in der Sprache, komplex im Aufbau und insgesamt ein Lesegenuss, schien mir das Buch gut geeignet für Rochdale. Eine Lektüre wie ein Drogenrausch. Hinzu kam die Tatsache, dass der Roman zu den am meisten zensierten, also verbotenen Büchern in den USA gehörte – wegen seiner Obszönitäten, Blasphemie und der Tatsache, gegen jegliches bürgerliches Anstandsempfinden zu verstoßen. Er ist wiederholt Gegenstand heftiger Kontroversen gewesen und landete einmal aufgrund von Zensurversuchen beim Obersten Gerichtshof des Landes. Inzwischen habe ich gelesen, dass das Buch noch 2011 – man kann sich nur wundern – in einer High School im US-Bundesstaat Missouri als Schullektüre aus dem Verkehr gezogen wurde. Daraufhin verteilte die Kurt Vonnegut Memorial Library in Indianapolis 150 Freiexemplare an die Schülerschaft.

Es war schon eine besondere Erfahrung, an einem Seminar beteiligt zu sein, in dem Hasch geraucht wurde. Ob das Verständnis des Buches dadurch gefördert wurde, ist schwer zu sagen. Es waren auf jeden Fall denkwürdige Sitzungen. Bei einem Kurstreffen haben wir zusammen mit Billy per Joint die Reise zu dem Planeten Tralfamadore unternommen und uns mit den dortigen Bewohnern – die wie umgedrehte Toilettensauger aussahen – unterhalten und dabei einiges über die Zeit und den Tod aus der Sicht eines außerirdischen Wesens erfahren können. Die Zeit ist, wie wir aus der modernen Physik wissen, eben nicht linear.

Einen solchen Gedanken im Kopf zu haben, in einer Gruppe darüber zu diskutieren und gleichzeitig Shit zu rauchen, ist eine bemerkenswerte Erfahrung. Kann ich nur empfehlen.

Zu den Kursterminen kamen an die zwanzig Teilnehmer, allerdings in unterschiedlicher Zusammensetzung. Eine Teilnehmerin habe ich noch gut in Erinnerung. Alice. Nachnamen gab es in Rochdale nicht. Ob sie tatsächlich Alice hieß oder den Namen vielleicht aus Lewis Carrolls anarchistischer Erzählung *Alices's Adventures in Wonderland* ausgeliehen hatte, konnte ich nie in Erfahrung bringen. Eigenwillige Namensänderungen waren in *The Rock* Usus. Alice war eine hübsche Frau und hatte etwas Verlockendes an sich, gleichzeitig allerdings etwas Berechnendes. Sie sagte mir, dass sie aus Mexiko käme und Kunst studieren würde. Mir schien weder das eine noch das andere zu stimmen.

Mit Alice traf ich mich in den nächsten Monaten gelegentlich. Es war anders als bei Anne, die ein reiches Innenleben hatte. Alice lebte nur für den Augenblick; sie nahm ihre Gegenwart unmittelbar auf und reflektierte sie. Für sie fand das Leben nur im Jetzt statt. Enjoy the moment. Das hatte für mich einen Reiz, den Reiz des Gegensätzlichen. Ich spürte sofort, dass sie sich für mich interessierte. Zwischen uns entstand eine erotische Spannung, die sich bald entladen sollte.

Es war Ende Februar 1975. Das Kino zeigte Filme von Alfred Hitchcock. Es hatte einen einprägsamen, für Rochdale passenden Namen: Fat Daddy's Cinema Permanente Narcotique. Es gab keine Bestuhlung, und wie der Name des Kinos andeutet, waren die Zuschauer überwiegend high. Ein besonderes Kino-Erlebnis. Bei einer Aufführung des Horror-Filmes *The Birds* hatte zum Beispiel Fat Daddy Tauben im Saal fliegen lassen. Ein prickelndes Erlebnis für das bekiffte Publikum.

Mit Alice ging ich eines Abends zu einer Vorführung von *Psycho*. Obwohl ich den Film schon kannte, wühlte mich die Szene in der Dusche zutiefst auf, bei der die Janet-Leigh-Figur mit einem Messer brutal erstochen wurde. Ich wusste nicht, was in mich gefahren war. Ich zitterte. In meiner Vorstellung durchlebte ich die Szene, wie das Messer mehrfach in den Körper der nackten Frau gestoßen wurde. Ich erlebte den Rest des Films wie in Trance. Zum Schluss schaute ich zu Alice, die eng neben mir saß. Sie glühte vor Erregung. Ich merkte erst da, dass ich sie umarmt hatte.

Wir gingen in mein Zimmer, zogen uns gierig aus und sprangen ins Bett. Ich merkte jedoch bereits beim Vorspiel, dass ich nicht voll bei der Sache war. Die ursprüngliche Erregung hatte sich schnell gelegt. In meinem Kopf sah ich Janet Leigh schreiend und wie ihr Blut langsam heruntertropfte. Bei Alice schien es umgekehrt zu sein. Ihre Handlungen wurden intensiver, erregter. Sie atmete immer heftiger und streichelte abwechselnd mich und sich selbst. Ich küsste sie am Kopf und begann, mit dem Mund ihren Körper zu erkunden. Es gelang mir jedoch nicht, selbst in den Moment einzutauchen. Mein Geist wollte keine Ruhe geben; meine Handlungen kamen mir immer mechanischer vor. So etwas hatte ich bei meinen bisherigen Erfahrungen beim Sex noch nicht erlebt. Ich begann zu zittern und wusste, dass ich den Verkehr nicht vollenden konnte. Mein Glied wurde schlapp.

Alice richtete sich abrupt neben mir auf und schaute mich mit funkelnden Augen an. »Was ist los mit dir?«, hauchte sie mir ins Gesicht.

Ich hielt ihrem Blick stand und schüttelte leicht den Kopf. Ich hatte den Wunsch, unsichtbar zu werden, mich in der Luft aufzulösen. »Ich kann nicht«, wisperte ich.

Sie versuchte, mein Glied mit der Hand und mit dem Mund steif zu kriegen. Sie wollte unbedingt Sex. Es ging nicht. Ich tauchte immer tiefer in mich hinab. Es schien mir, dass mein ganzes bisheriges Leben ins Wanken geraten war. Alles nur Schein. Szenen aus meiner Vergangenheit blitzten in meinem Kopf auf.

Alice hörte auf und schaute mich wütend an. »Bist du schwul, oder was?«, zischte sie mit beißender Stimme.

Ich konnte sie nur schweigend anschauen. Eine Antwort gab es nicht. Sie stand auf und begann, sich wieder anzukleiden. Ich blieb im Bett und sagte nur »sorry«.

Als sie fertig angezogen war, schaute sie mich nochmals an und sagte: »Du hast gierige Augen. Ich dachte, du wolltest ficken. Ich glaube, du weißt nicht, was du willst. Du lebst in einer anderen Welt« Sie ging zur Tür, machte sie auf und drehte sich nochmals um: »Hab Spaß dort!«

Sie knallte die Tür zu.

Ich stand sehr langsam wieder auf.

Ein beißender, kalter Wind begrüßte mich, als ich wie benommen aus dem College-Eingang auf die Bloor Street hinaustrat. Ich zog meine Jacke enger um mich herum und beobachtete meine Atemwolke, die sich regelmäßig vor meinen Augen auffächerte und dann in der dunklen, kalten Nacht verschwand. Ich schüttelte heftig den Kopf und schaute mich um. *The Unknown Student* verbeugte sich immer noch in der gleichen Haltung vor mir. Es schien mir so, als mache er sich über mich lustig. Warum auch nicht? Was suchte ich zu dieser Stunde hier? Ich wollte einfach laufen, ohne Ziel. Ich bog nach rechts ab und ging die Bloor Street in Richtung Universitätsbezirk hinunter. Der Bürgersteig war menschenleer; auf der Straße fuhren nur wenige Autos. An einer Kreuzung erblickte ich ein hell erleuchtetes Café, das auf Kundschaft wartete. Ich ging hinein, nahm an der Theke Platz und bestellte einen Kaffee. Mir gegenüber an der U-förmigen Theke saß ein Paar mittleren Alters, das schweigend vor sich hin schaute. Die Frau trug ein rotes Kleid, der Mann hatte einen Schlapphut auf und hielt eine Zigarette in der rechten Hand. Der mit einem makellos weißen Kittel bekleidete Wirt hantierte mit Geschirr und schien mit sich selbst beschäftigt zu sein. In der karg eingerichteten Gaststube herrschte eine spürbare Stille. Ich goss etwas Milch in den Kaffee und rührte ihn um. Der scharfe Klang des Löffels in der Tasse echote in die Stille des Raumes hinein. Langsam den Kaffee trinkend, mäanderten meine Gedanken durch Zeit und Raum, schließlich landeten sie bei einem Gemälde, das ich im Art Institute von Chicago vor über zehn Jahren gesehen und welches mich tief berührt hatte – Edward Hoppers *Nighthawks*. Ich kam mir wie eine Figur auf jenem Gemälde vor. Nachts in einer Großstadt allein in einem stillen, fast leeren Café sitzend, ohne Ziel, ohne Sinn, nur mit den eigenen Grübeleien befasst. Ein Café kann einem eisig vorkommen, selbst wenn der Raum mollig beheizt ist. Ein Sinnbild des menschlichen Daseins? Warum konnte ich nicht loslassen? Warum musste ich in jeder Situation nach einem verborgenen Sinn suchen? Warum musste ich stets das unmittelbar Gegebene durch Kunst, Literatur oder Musik interpretieren und in Frage stellen? Warum konnte ich nie ganz in einen Moment eintauchen, mich ihm selbst voll hingeben? Ich wollte Leben lernen, und immer kam mir etwas dazwischen. Dieses Etwas war ich selbst. Das schwarze Loch in mir zog mich immer weiter hinunter. Mein bisheriger Weg von Ort zu Ort schien mir ein Sinnbild dafür darzustellen; der wahre Weg war derjenige, den ich in mir zurücklegte.

Wortlos legte ich Geld auf die Theke, stand auf und verließ das Café.

Ich wanderte die Bloor Street hinunter. Bald stand ich vor dem Eingang der U-Bahnstation Bloor-Yonge. Ohne zu wissen warum, stieg ich die Treppen hinunter und setzte mich auf eine Bank, als ob ich auf einen Zug warten würde. Das Licht war schummerig, die Luft abgestanden. Ein Paar stand auf dem Bahnsteig und sprach leise miteinander. Bald hielt ein Zug an, das Paar stieg ein. Ich stand jedoch nicht auf, sondern schaute mir die aussteigenden Passagiere an. Es waren wenige. Ich fragte mich, was sie so spät am Abend antrieb. Sie hatten, im Gegensatz zu mir, wahrscheinlich ein Ziel. Ich schaute auf die Uhr. Es war kurz vor Mitternacht.

Ich stand auf, lief am Bahnsteig entlang und schaute mir die Reklameschilder an, die großformatig die Wände bedeckten. *The Words of the Prophets are written on the Subway Walls* – das Lied von Simon & Garfunkel echote in meinen Gedanken. *The Sound of Silence* passte zu meiner Stimmung. Hier las ich aber keine Propheten-Wörter. Ich sah nur Werbung, die endlose Verführung unserer modernen Welt. *Kauf dir Glück! Kauf dir Schönheit! Kauf dir Wohlbefinden! Kauf dir Anerkennung!* Eine Auto-Reklame versprach sogar Freiheit. Konnte man Freiheit kaufen? Ausgerechnet mittels eines Autos? Es waren, dachte ich, falsche Propheten am Werk, die unser Leben zu vereinnahmen suchten. Oder man hätte das Ganze als eine Satire verstehen können. Zum Lachen war ich jedoch keineswegs aufgelegt.

Kurz bevor ich das Treppenhaus erreichte, sah ich eine einzige freie Wandfläche. Ich blieb stehen und suchte auf den Steinen intensiv nach einer Botschaft. Nein, es gab keine Schrift, kein Graffiti. Nur weiß bemalte, dreckige Steine. *If you are looking for a message*, schien die Wand mir sagen zu wollen, *you have to look into yourself, not on subway walls.* Ich dachte an die Worte von Mister Sedgwick. Wo fand ich meinen Weg? In Woodstock nicht, in Chicago nicht, in Windsor nicht, in Toronto nicht. Mein Weg war aber noch nicht zu Ende. Was hatte Mister Sedgwick damals gesagt? »You need to get on the road again.«

Ich stieg die Treppen hinauf und fasste den Entschluss, nach Europa auszuwandern.

Bevor ich von meinem Sprung über den Großen Teich nach Deutschland erzähle, muss ich einige juristische und staatsbürgerliche Fragen erörtern, die meinen Lebensweg beeinflusst haben. Ich besitze nach wie vor die amerikanische Staatsbürgerschaft, obwohl ich zwei Mal ernsthaft überlegt habe, sie abzugeben und zunächst die kanadische und später die deutsche Staatsbürgerschaft zu beantragen. Letztlich war es mir jedoch egal. Wenn ich in einem Land ohne erhebliche Nachteile leben und arbeiten konnte, sah ich keinen zwingenden Grund, meine Staatsangehörigkeit zu ändern. Mit Nationalstaaten habe ich nie viel im Sinn gehabt, erst recht nicht mit der starken und gefährlichen Droge, welche die Menschen Patriotismus nennen. Mir ist Hasch lieber, es ist friedlicher. In Deutschland gewöhnte ich mich später an die Aussage: Ich habe einen amerikanischen Pass, bin jedoch kein Amerikaner. Sollten doch meine Gesprächspartner selbst überlegen, was das bedeutet. Meinen Pass verlängerte ich das erste Mal 1974 in der US-Vertretung in Toronto, nun auf zehn Jahre. In den Jahren danach erwies es sich nie als Problem, den Pass per Post verlängern zu lassen. In Kanada hatte ich den geschützten Status eines landed immigrant. In Deutschland erwies es sich als schwieriger, eine entsprechende langfristige Sicherheit zu erlangen. Ich bin 1975 in Berlin als Student eingereist. Die studentische Aufenthaltserlaubnis blieb eine Übergangslösung. Schwarzarbeit – wie zum Beispiel Englischunterricht – bot, obwohl lukrativ, keine lohnende Lebensperspektive. Ich beantragte und erhielt eine befristete Aufenthaltserlaubnis mit dem Recht, erwerbstätiger Arbeit nachzugehen. Diese Erlaubnis wurde aufgrund eines festen Wohnsitzes, Erwerbsnachweisen und Führungszeugnissen in regelmäßigen Abständen verlängert.

Im September 1974 verkündete US-Präsident Gerald Ford eine partielle Amnestie für Deserteure unter der Voraussetzung, dass sie für zwei Jahre einer gemeinnützigen Tätigkeit in den USA nachgingen. Draft-Dodgers, also diejenigen wehrpflichtigen jungen Männer, die das Land vor dem Antritt des Militärdienstes verlassen hatten, wurden in dem Erlass jedoch nicht erwähnt. Eine entsprechende Erweiterung erfolgte erst im Januar 1977, als Jimmy Carter in einem neuen Erlass mit wenigen Ausnahmen alle Draft-Dodgers amnestierte, also auch mich. Nach dem Vietnam-Friedensschluss 1975 war es ohnehin erkennbar geworden, dass die Verfolgungsbehörden zunehmend weniger Interesse daran zeigten, die verlorenen Söhne Amerikas zu belangen. Spätere Forschungen sind zu unterschiedlichen Ergebnissen über die genaue Zahl der Draft-Dodgers gekommen – 50 000 bis 100 000 junge Männer werden je nach Kriterium dazu gezählt. Für die erfolgsverwöhnten USA waren der Vietnamkrieg und seine Folgen eine traumatische Erfahrung. Die Wunden, die der Krieg in die amerikanische Seele geschlagen hatte, sollten mit der Amnestie geheilt werden, zumindest sollte sie einen Beitrag dazu leisten. Das war die Hoffnung von Jimmy Carter. Noch eine Fehleinschätzung.

Auf dem Friedhof

Woodstock/Vermont, Montag, den 5. November 2018

Gestern war ich zum ersten Mal seit meiner Rückkehr auf dem Friedhof und habe die Grabstelle meiner Eltern besucht. Der Riverside Cemetery befindet sich etwas südlich des Village-Zentrums entlang des Ottauquechee River, über eine Stunde Fußweg entfernt von meiner Hütte. Ich überlegte, warum ich zu diesem Zeitpunkt nach so vielen Monaten zum Friedhof gegangen bin. Vielleicht hat mich die intensive Erinnerung an Mister Sedgwick dazu gebracht, wieder an meine Eltern zu denken. Geschrieben hatte ich ihnen zuletzt im Frühjahr 1969, als ich die USA verließ. Gesehen hatte ich sie zuletzt zu Weihnachten 1967. Ich kann mich vage an die Tage erinnern. Es war kalt, es schneite, und der Weihnachtsbaum stand wie immer mit elektrischen

Lichtern, Lametta und farbigen Kugeln im Wohnzimmer. Der Baum war wie das ganze Haus eher bescheiden als extravagant geschmückt. Unter dem Baum lag, daran glaube ich mich erinnern zu können, ein Pullover für mich. Ich weiß nicht mehr, was ich meinen Eltern geschenkt habe. Es gab einen Truthahn als Weihnachtsessen. Mutter ging anschließend allein in die Kirche. Wir trafen uns am nächsten Tag mit Verwandten. Vater hatte keine engere Verwandtschaft mehr in Woodstock, aber Mutter hatte sechs Geschwister, die alle eine Familie gegründet hatten und noch in der Umgebung wohnten. Ich konnte sie nicht ausstehen. Familientreffen waren mir immer ein Gräuel. Das Village-Zentrum war weihnachtlich geschmückt. Man sah Menschen mit fröhlichen und von der Kälte geröteten Gesichtern durch die schneebedeckten Straßen laufen. *Merry Christmas* lautete das Mantra. Weihnachtslieder ertönten aus den Lautsprechern. Bilderbuch New England. Ich dachte mir: *Hierher gehöre ich nicht.* Ich blieb eine Woche lang bis nach Neujahr und war durchweg einsilbig und verschlossen. In Woodstock gab es niemanden, mit dem ich reden konnte oder vielleicht auch nur reden wollte. Erst recht nicht mit meinen Eltern.

Auf dem schlichten Grabstein sind die Grunddaten ihrer Leben eingemeißelt – Geburt und Tod. Vater vom 13. Juni 1919 bis zum 6. April 1990 und Mutter vom 7. Mai 1922 bis zum 14. August 2003. Es war Mutters Familie gewesen, die ihre Beerdigung geregelt und mich über mir unbekannte Kanäle in Deutschland ausfindig gemachte hatte. Ich hatte ein kurzes Schreiben erhalten, dass meine Mutter ihre letzten Jahre in einem Pflegeheim verbracht hatte und dass es eine kleine Erbschaft gab. Ich habe nie darauf geantwortet.

Lange stand ich da und betrachtete die Grabstelle. Wie gut habe ich meine Eltern gekannt oder überhaupt kennen wollen? Mein Vater hatte im Zweiten Weltkrieg im Pazifik gedient, nach dem Krieg meine Mutter geheiratet und zusammen mit ihr das Geschäft in der Elm Street gegründet. Es waren die Boom-Jahre des amerikanischen Jahrhunderts. Ich kann mich noch daran erinnern, wie ich als kleines Kind hinten im Lagerraum des Geschäfts gespielt habe. Es gab immer etwas zu entdecken. Am liebsten spielte ich mit Konservendosen und versuchte, sie zu ungewöhnlichen Strukturen zu verbauen. Sie stürzten meistens zusammen und machten dabei viel Lärm. Das gefiel mir. Eine kindliche Vorbereitung für meinen persönlichen Turmbau zu Babel? Gott hat doch immer das letzte Wort. Als ich älter wurde, half ich im Geschäft aus. Das machte erheblich weniger Spaß. Es war nicht mein Turm. Vater war Vorstandsmitglied des örtlichen Kriegsveteranen-Verbandes VFW (Veterans of Foreign Wars) und verbrachte viel Zeit im Vereinshaus. Er spielte Golf und ging auf die Jagd. Zwei Aktivitäten, die mir blöd vorkamen. Bücher las er nicht. In den fünfziger und sechziger Jahren erlebten wir den Siegeszug des Fernsehens; das Programm lief bei uns wie im ganzen Land abends regelmäßig Stunde um Stunde. Ed Sullivan – Bonanza – Walter Cronkite – Walt Disney – und dergleichen mehr. Das Lagerfeuer der Nation, durchsetzt mit Werbung und noch mehr Werbung. Nach einer Weile entwöhnte ich mich des gemeinsamen Fernsehens und verkroch mich mit Büchern in meinem Zimmer. Ich selbst habe nie einen Fernsehapparat besessen.

Ich kann mich nicht daran erinnern, je mit meinem Vater ernsthaft über die Herausforderungen des Lebens gesprochen zu haben. Mit meiner Mutter auch nicht. Meine Erinnerung an sie ist blasser als an meinen Vater. Meinem Gedächtnis hat sich das Bild von ihr eingeprägt, wie sie mich bei meinem letzten Besuch in Woodstock traurig und zugleich ängstlich anschaute.

War ich damals im Unrecht? Hätte ich mich anders verhalten sollen? Sie haben mich geliebt. Ich vermochte es nicht, diese Liebe zu erwidern, ja sie überhaupt wahrzunehmen. Für mich waren sie, das kleine Geschäft, das sie betrieben, so wie das ganze kleinbürgerliche Woodstock ein Gräuel, mit Ausnahme der Buchhandlung. Ich wollte mich selbst verwirklichen, und das bedeutete den Bruch – so hatte ich es zumindest gesehen. Und jetzt? Was würde ich sagen, wenn ich mit ihnen sprechen könnte? Mich in ihre Arme werfen und unter Tränen *Sorry* sagen? Wie in Rembrandts Gemälde *Rückkehr des verlorenen Sohnes*? Wahrscheinlich nicht. Ich habe in meinem Leben Entscheidungen getroffen. Sie definieren das, was ich heute bin. Dazu stehe ich.

Es lag in meiner Verantwortung, ob ich richtig oder falsch entschieden hatte. Wenn ich das Leben noch einmal zu leben hätte, würde ich genauso entscheiden, müsste ich genauso entscheiden. Oder?

Bevor ich wegging, legte ich einen Blumenstrauß auf das Grab meiner Eltern.

Später am Abend trank ich ein Glas Wein und dachte über meinen Besuch nach. Warum hatte ich Blumen auf das Grab gelegt, obwohl es mir nichts bedeutete? War es nur Tradition, war es eine sinnlose Geste? Oder ist in mir doch etwas anderes, das ich noch nicht anzuerkennen bereit bin?

We can be heroes, just for one day

An meinem achtundzwanzigsten Geburtstag, dem 6. März 1975, befand ich mich in einem Flugzeug hoch über dem Atlantik auf dem Weg nach West-Berlin mit einem Zwischenstopp in Frankfurt am Main. Ich hatte das Datum nicht wegen seiner persönlichen Bedeutung für mich gewählt. Es hatte sich vielmehr bei den Vorbereitungen der Reise so ergeben. Meinen Geburtstag hätte ich ohnehin nicht gefeiert. Warum aber sollte ich dem Datum in der Rückbetrachtung nicht eine tiefere Bedeutung beimessen? Meine zweite Geburt. Ein Neuanfang. Auf jeden Fall fing mit dem Flug ein neues Kapitel meines Lebens an. Der Ortswechsel bedeutete eine neue kulturelle Umgebung und eine neue Sprache. Statt Hotdog hieß es Berliner Knacker. Mein Rucksack befand sich im Bauch des Flugzeugs. Er hatte mich seit der Abfahrt aus Woodstock 1965 begleitet. Diese zehn Jahre hatten bei ihm Spuren hinterlassen. Ich habe lernen müssen, meinen treuen Begleiter zu reparieren und zu flicken. Hätte man mich damals gefragt, wo meine Heimat wäre, hätte ich wahrheitsgemäß antworten müssen: In meinem Rucksack.

Einen Rückflug hatte ich nicht gebucht.

Im Flugzeug studierte ich meinen Reiseführer, den beliebten Guide für wenig betuchte Reisende aus den USA: *A Dollarwise Guide to Germany*, 1974 erschienen. Er kostete $ 3,45. Der erste Satz des Buches las sich verführerisch: »A new, wealthy, industrial – yet beautiful – Germany awaits you.« Das hörte sich wie das versprochene Land an. Und die Wirklichkeit? Wie würde sie aussehen?

Über Deutschland hatte ich mich vor der Abreise ausführlich informiert. Dass es ein geteiltes Land war, hatte ich natürlich schon gewusst und auch, dass West-Berlin sich mitten in der DDR befand. Der Mauerbau 1961 war mir ein Begriff; er war damals beim Geschichtsunterricht in der High School ein heißes Thema gewesen. Immer wieder die bösen Russen. Mein neuer Wohnort war von einer Mauer umgeben. Aus offizieller Sicht des Westens war West-Berlin ein Vorposten der Freiheit mitten in der kommunistischen Diktatur, noch dazu eingeschlossen hinter dem Eisernen Vorhang. Der Kalte Krieg zum Anfassen. John le Carrés Roman *The Spy Who Came In From The Cold* hatte ich für den Flug als passende Vorbereitungslektüre ausgesucht. Gut und Böse waren nicht genau so verteilt, wie die Politik im Westen es haben wollte. Aber das kannte man schon. Lügen gehört seit jeher zur Staatsraison, nicht nur in Diktaturen. Gelesen hatte ich auch, dass sich in der ehemaligen Reichshauptstadt eine lebhafte Jugendszene entwickelt hatte, gespeist zum Teil von jungen Männern aus der BRD, die durch den Wohnsitz in West-Berlin die Wehrpflicht umgehen konnten. Das kam mir bekannt vor. Der Name des Ortsteils Kreuzberg tauchte bei meiner Lektüre häufig auf – und machte mich neugierig. Die Hochschule im Westen der Stadt hieß Freie Universität Berlin und befand sich abseits des Zentrums im amerikanischen Sektor Dahlem. Freie Universität. Ich dachte dabei an Rochdale. Sicherlich hatte der Begriff Freiheit in Berlin eine andere Bedeutung, oder?

Wie in den USA hatte sich aus der linken Jugendbewegung der sechziger Jahre in der Bundesrepublik Deutschland ein terroristischer Flügel entwickelt, der indes weitaus gewaltbereiter war als die Weathermen-Fraktion in meinem Geburtsland. Attentate, Banküberfälle, Sprengstoffanschläge und Entführungen hatten seit 1969 den Weg der RAF und der Bewegung 2. Juni gepflastert. Der Terror hatte den Staat herausgefordert. Wie würde es weitergehen? Ich sollte bald erleben, dass die Jugendbewegungen der sechziger Jahre insbesondere in West-Berlin zwischen 1961 und 1989 einen günstigen Nährboden gefunden hatten.

Ich hatte einen vierwöchigen Deutschkurs im Goethe-Institut gebucht. Damit war auch eine Unterkunft verbunden, so war der Einstieg in das neue Leben abgesichert. Das Institut befand sich in der Knesebeckstraße unweit des Kurfürstendamms, der laut meinem Guide umgangssprachlich Ku'damm genannt wurde. Das fand ich sympathisch.

Sechzehn Stunden nach meinem Abflug von Toronto stand ich im zentralen Terminal des Flughafens Tegel und schaute mich um. Hier hörte ich zum ersten Mal in meinem Leben Deutsch im Mutterland der Sprache. Ich kann mich noch gut daran erinnern, wie ich die Atmosphäre aufnahm, die Sprache, die Läden, die Menschen, die geschäftig ihrer Wege gingen, ganz ähnlich wie bei meiner Ankunft in Chicago vor zehn Jahren – danach in Windsor und dann in Toronto. *On the Road.* Ich schulterte meinen Rucksack und begab mich zum Busbahnhof. Auf dem Weg dahin blieb ich an einem Kiosk stehen und kaufte eine Zeitschrift – DER SPIEGEL, 3. März 1975. Mein erster Einkauf in Deutschland. Ich kannte die Zeitschrift bereits. Ich hatte Heinrich Bölls Erzählung *Die verlorene Ehre der Katharina Blum* in Toronto gelesen, die 1974 im SPIEGEL erschienen war. Von der BILD-Zeitung und deren fragwürdigem Wirken hatte ich dadurch eine Vorahnung erhalten.

Die Titelgeschichte des neuen Heftes handelte von der Entführung des CDU-Politikers Peter Lorenz durch die Bewegung 2. Juni. Im Bus las ich den Artikel. In Deutschland war Einiges los. Ich dachte an die blumigen Worte in meinem Reiseführer und schüttelte fast unmerklich den Kopf.

Mit dem Bus gelangte ich ins Zentrum, fand das Goethe-Institut, das sich in einem modernen siebenstöckigen Gebäudekomplex mit viel Glas und Beton befand, und meldete mich an der Rezeption. Mit einem Schlüssel in der Hand und meinem Rucksack auf dem Rücken stieg ich anschließend zu meinem neuen Zimmer ins oberste Stockwerk hinauf. Dort angekommen, empfing mich das übliche Mobiliar für besitz- und fast mittellose Studenten – Bett, Schreibtisch und Schrank. Es gab Etagentoiletten und eine Dusche im Gang. Einige Grundbedürfnisse waren damit für die kommenden vier Wochen geklärt.

Die ersten Wochen in Berlin kamen mir wie Urlaub vor. Der Unterricht im Goethe-Institut fand vormittags statt, nachmittags spazierte ich durch die Stadt. Es waren Wanderungen entlang der Mauer, Streifzüge durch die Clubs in Kreuzberg sowie durch das Nobel-Viertel Zehlendorf, die Uni-Gegend in Dahlem und die traditionellen Arbeiterviertel in Neukölln und im Wedding, in denen sich zunehmend Gastarbeiter aus der Türkei und Süd-Europa angesiedelt hatten. Berlin war zu einem Schmelztiegel geworden. Unterwegs suchte ich einmal die Lichtensteinbrücke auf, in deren Nähe Rosa Luxemburgs Leiche 1919 von rechten Freikorps-Einheiten in den Landwehrkanal geworfen worden war. Ich verbeugte mich und hielt einen Moment Andacht. Damals gab es noch kein Denkmal. Mein erster Museumsbesuch galt dem Brücke-Museum in Dahlem, dessen Werke ich schätzen lernte. Ich erinnere mich gerne an meine erste Theateraufführung im Berliner Ensemble am Schiffbauerdamm. *Mutter Courage*. So lernte ich en passant Picassos *Friedenstaube* kennen. Sie zierte den Bühnenvorhang.

Im Osten der Stadt war ich ebenfalls unterwegs. Es war ein beklemmendes Gefühl, als ich das erste Mal über den Bahnhof Friedrichstraße einreiste. Zwangsumtausch, Kontrollen, bewaffnete Grenzsoldaten mit verschlossenen, grimmigen Gesichtern. Der Eiserne Vorhang leibhaftig. Der Unterschied zum Leben im Westen der Stadt war auffällig. Die kaputte Bausubstanz erinnerte mich an den Zweiten Weltkrieg und dessen Folgen. Bald spürte ich, dass der Krieg in Berlin noch nicht abgeschlossen war. Er hing in der Luft. In West-Berlin herrschte eine eigentümliche Spannung. Eine Stadt zwischen dem Krieg und einer unsicheren Zukunft, eine ehemalige Reichshauptstadt geteilt und zum Brennpunkt des Kalten Krieges auserkoren, eine Jugendszene zwischen Aufbegehren und Angepasstheit, spektakuläre Hausbesetzungen und eklatante Bauskandale der politischen Elite. West-Berlin schien mir eine Stadt zu sein, die sich neu erfinden wollte. Eine Werkstatt. Ein Zufall der Geschichte, der für eine kurze Zeit ein Experiment der Moderne wurde. Nach und nach beschlich mich das Gefühl, dass ich in Berlin leben könnte, ja auch wollte. Berlins innere Zerrissenheit passte zu mir.

Meine Kenntnisse der deutschen Sprache machten schnelle Fortschritte. Das Pauken der Grammatik im Institut, die Gespräche in der Stadt und das ständige Lesen deutscher Texte in Zeitungen, Werbung und natürlich auch Büchern waren eine günstige Ausgangsbasis. Ich vertiefte mich in die deutsche Nachkriegsliteratur. In Uni-Nähe entdeckte ich eine angenehme kleine Buchhandlung, die Libresso hieß. Dort konnte man – wie der Name bereits andeutete – auch eine Tasse Kaffee trinken und in Ruhe stöbern. *Die Blechtrommel* zu lesen war ein Genuss, kantig und erzählfreudig, mir hat jedoch *Deutschstunde* von Siegfried Lenz noch besser gefallen. Ruhiger, nachdenklicher. Heinrich Bölls wunderbare Satiren wie *Dr. Murkes gesammeltes Schweigen* und *Nicht nur zur Weihnachtszeit* fand ich meisterhaft, seine Romane sprachen mich hingegen nicht so an. Zu Martin Walser habe ich nie einen Zugang gefunden. Eine Lektüre von Peter Rühmkorf lohnte sich aber immer, wie ich bald erfuhr. Sein Gedicht *Bleib erschütterbar und widersteh* habe ich immer gerne rezitiert. Mein Lieblingswerk jener Zeit war indes Peter Weiss' *Die Ästhetik des Widerstands.* Ich verfolgte die Veröffentlichung der drei Bände ab 1975 mit zunehmender Begeisterung.

Nun verfalle ich aber dem Sog der Bücher und eile mit deren Auflistung der Zeit zu weit voraus. Die genannten Werke habe ich nach und nach über Monate, ja Jahre gelesen. Das Leben zu lernen war – und ist – die Aufgabe. Scheinbar muss ich mich immer wieder daran erinnern.

Nach anfänglichen Problemen mit der Berliner Mundart kam ich im Alltagsleben der Stadt zurecht. Ich lernte Currywurst kennen sowie Döner und Berliner Weisse. Die Deutschen sind stolz auf die Eigentümlichkeiten ihrer Sprache – deutsche Sprache, schwere Sprache. Diesen Spruch hörte ich häufig. Es ist etwas dran. Für mich war – und ist immer noch – die Bestimmung der Artikel für die Substantive das

Rätselhafteste an der Sprache. Warum heißt es *das* Messer, *der* Löffel und *die* Gabel? Und nicht andersherum? Niemand konnte mir je eine Antwort darauf geben. Es gibt kaum zuverlässige Regeln dafür. Muttersprachler treffen instinktiv die richtige Entscheidung. Alle anderen haben es nicht so einfach. Alles musste auswendig gelernt werden – einschließlich der verschiedenen Fälle dazu mit jeweils eigenen Deklinationen. Ein Wirrwarr von Worten und Regeln für dasjenige, was in der englischen Sprache mit dem Wort *the* geleistet wird. Dennoch – nach und nach lernte ich, die Sprache zu schätzen und mit ihr zu spielen. Insbesondere fand ich Gefallen an der Möglichkeit, neue Wörter zusammenzusetzen, zuweilen etwas eigenwillig. Ich erinnere mich an meinen ersten Versuch, in Berlin nach dem Standort einer öffentlichen Telefonzelle zu fragen. Ich fragte einen Passanten nach einer Sprechmaschine.

Die vier Wochen im Goethe-Institut gingen rasant ihrem Ende entgegen. Obwohl ich mich gerne mit den übrigen Kursteilnehmern unterhielt und mit ihnen Kaffee oder abends ein Bier trinken ging, knüpfte ich keine engen Kontakte. Wir waren nur kurz zusammen und verteilten uns gleich nach dem vierwöchigen Kurs in der weiten Welt. Es waren Menschen aus unterschiedlichen Ländern, und allein das war für mich eine persönliche Bereicherung. Ich erinnere mich an einen Teilnehmer aus Vietnam, mit dem ich mich einige Male traf. Zu Beginn fühlte ich mich ob des Vietnamkrieges befangen, er war jedoch so offen und freundlich, dass ich mich intensiv mit ihm über unsere leidvolle gemeinsame Geschichte unterhalten konnte. Lieber so am Kaffeetisch als auf dem Schlachtfeld! Er hieß Binh, was, wie er mir sagte, so viel wie friedlich heißt. Er wollte zurückgehen, um sich am Wiederaufbau seines Landes zu beteiligen. An eine Rückkehr dachte ich dagegen keineswegs.

Ich wollte das Berliner *Milljöh* erleben, um mit Heinrich Zille zu sprechen. Es war mir von Anfang an klar, dass ich mir sehr bald eine Einnahmequelle erschließen musste. Meine Ersparnisse würden nach einigen Wochen zur Neige gehen. Als ich noch am Institut war, immatrikulierte ich mich an der Freien Universität und schrieb mich im

Fachbereich Literatur ein. Das hatte erhebliche Vorteile. Ich konnte unter anderem meine studentische Aufenthaltserlaubnis verlängern lassen sowie preisgünstig Krankenversicherung, Bahnkarten und Mensa-Essen in Anspruch nehmen. Und dann suchte ich eine Arbeit. Eine Möglichkeit bot sich gleich an – Englischunterricht. Die Sprache war gefragt, und es gab viele Sprachschulen. Unweit des Goethe-Instituts entdeckte ich die Inlingua-Sprachschule am Hardenbergplatz und erkundigte mich dort. Ich erhielt einen Vertrag als freier Dozent und unterrichtete nach dem Kursabschluss am Goethe-Institut meine ersten Kurse: Englisch für Anfänger gegen einen Hungerlohn. Bald übernahm ich Unterrichtstunden für Business English, obwohl ich von der Geschäftswelt so gut wie keine Ahnung hatte. *Learning by doing* war meine Devise. Die Bezahlung war besser. Nach und nach gelang es mir, direkte Kontakte zu Firmen aufzunehmen, sodass ich den Mittelsmann Inlingua umgehen konnte. Meine Einnahmen verbesserten sich dadurch deutlich. So lernte ich den Kapitalismus kennen.

Inzwischen hatte ich mir eine neue Bleibe organisieren können, zunächst eine einfache Studentenbude im Parterre eines Hauses im Stadtteil Wilmersdorf und später, nachdem meine Einnahmen durch den Englischunterricht konstanter geworden waren, eine kleine Wohnung in der Steinmetzstraße, unweit der Potsdamer Straße und des Kleistparks. Zunächst hatte ich mir überlegt, mich um einen Platz in einer WG zu bemühen. Ich verwarf die Idee aber schnell. Ich bin kein Mensch für eine Wohngemeinschaft. Mithilfe von Sperrmüll konnte ich mir meinen ersten Hausstand zusammenklauben. Mit 28 Jahren sollte man zumindest ein Bett und einen Tisch sein Eigen nennen können, selbst wenn sie nur von anderen ausrangiert worden waren.

Ausgestattet mit einem festen Wohnsitz, begann ich, die linksalternative Berliner Szene zu erkunden. In den 1970er Jahren entwickelte sich in den Clubs in und um Kreuzberg und entlang der Potsdamer Straße ein reges Nachtleben. *Kreuzberger Nächte sind lang*, das erlebte ich bald. Die angloamerikanische Rockkultur der 1960er Jahre wurde von einem Teil der Jugendgeneration rezipiert und verdeutscht. Daraus entstand unter anderem Politrock, der Kulturflügel der 68er. Und

Berlin wurde zum Zentrum dafür. Die Gruppe Ton Steine Scherben erwies sich nach 1970 als Vorreiterin. *Macht kaputt, was euch kaputt macht, Keine Macht für Niemand* oder *Aus dem Weg, Kapitalisten! Die letzte Schlacht gewinnen wir!* – Song-Zeilen wie diese wurden zu geflügelten Worten, und ich hörte sie häufig während meiner Streifzüge durch die Clubs. 1975 waren die Scherben nicht mehr in Berlin, die Musiker waren nach Nordfriesland geflüchtet. Inzwischen waren etliche weitere Bands entstanden, zum Beispiel Lokomotive Kreuzberg, um den Hunger des jungen linksalternativen Publikums nach einer kulturellen Ausdrucksform und nach Zugehörigkeit zu befriedigen. Ich kannte diese Entwicklung zwar gut, blieb aber innerlich distanziert. Ich war Beobachter, kein Beteiligter. Im Laufe der Zeit gelang es mir, mich an Gesprächen am Biertisch oder nach einem Club-Besuch in irgendeiner Wohnung beim Shit-Rauchen zu beteiligen. Als amerikanischer Draft-Dodger, der gut deutsch sprechen konnte, war ich ein Exot. Und ich hatte Geschichten aus der Antikriegsbewegung in den USA zu erzählen. Eine Anekdote über die Cops aus Chicago machte immer Eindruck. Erstaunt war ich über die Vielzahl sogenannter K-Gruppen, die entstanden waren, und darüber, wie jede ihr eigenes Dogma verbreitete – und die anderen Gruppen verbal bekämpfte. Ich lernte einiges über den Berliner Häuserkampf um Hausbesetzungen, die APO, die Anfänge einer neuen Friedensbewegung gegen die atomare Aufrüstung im Westen und das Umfeld der RAF, die in jener Zeit bis zum Deutschen Herbst 1977 ihren Höhepunkt – oder Tiefpunkt, je nachdem wie man es sehen will – als Terrorzelle erreichte. Flugblätter und Stadtteilzeitungen lagen überall in den Clubs und Cafés. Ich entdeckte eine rege Untergrundpresse mit Zeitschriften wie radikal und InfoBUG, später auch die Kreuzberger Lokalzeitung Südost-Express.

Ich las und hörte zu. Bald entdeckte ich die Kulturzeitschrift Kursbuch, die einen guten Einblick in die Gedankenwelt der deutschen Linken gewährte. Dort lernte ich Begriffe, wie Berufsverbot und freiheitliche demokratische Grundordnung kennen. Mir wurde bei der Lektüre schnell klar, dass in linken Kreisen der Begriff bürgerlich ein Schimpfwort und eine Beleidigung war. Die gute alte Bourgeoisie – sie ist immer gut für ein Feindbild. Ein Kursheft berichtete ausführlich über die Situation der politischen Gefangenen in der BRD – damit waren inhaftierte Mitglieder der RAF gemeint – unter dem Leitbegriff Folter. Folter in deutschen Gefängnissen! Davon hatte mein betulicher Reiseführer nichts erwähnt.

Politisch aktiv wurde ich jedoch nicht. Ich gehörte keiner Bewegung mehr an. Den Spruch *Keine Macht für Niemand* sollte man ernst nehmen.

So lebte ich mich in den ersten Monaten in Deutschland ein. Ich hatte das Gefühl, dass ich dabei war, mich neu zu erfinden.

Eine Episode muss ich noch erzählen, um meine Anfangserfahrungen in West-Berlin abzurunden. Sie hat zwar wenig mit *Heroes*, dem Lied von David Bowie, zu tun. Seine Lyrik verkörpert jedoch eine Ambivalenz, die meine Geschichte durchzieht. Und: Der Song entstand zu jener Zeit. Das Liebeslied hatte Bowie 1976 während eines Berliner Aufenthaltes produziert, es ist Teil der sogenannten Berliner Trilogie. Um seine Bedeutung ranken sich verschiedene Interpretationen. Wird eine Schwulen-Episode erzählt?

And we kissed, as though nothing could fall
and the shame was on the other side

An einem Juniabend des Jahres 1976 streifte ich ziellos durch Kreuzberg. Es war ein schwüler Abend, es sah nach Regen aus. Tagsüber hatte ich gelesen und geschrieben und am frühen Abend einem gut zahlenden Geschäftsmann Privatunterricht gegeben. Statt zu meiner Wohnung zu gehen, machte ich mich auf den Weg nach Kreuzberg. *A Nighthawk, searching for life, looking for love.* Seit dem Erlebnis mit Alice in Rochdale hatte ich keine intime Beziehung gehabt oder überhaupt versucht, eine zu haben. Der Abend mit Alice hatte mich zutiefst erschüttert. Ich begann erneut, meine eigene sexuelle Identität in Frage zu stellen. Sie war ohnehin brüchig gewesen, und nun stellte ich die Frage nach dem Sinn des Ganzen. Was wollte ich eigentlich?

Wer oder wo war mein Ich? *Der Körper hat seine Gründe, die der Verstand nicht kennt* – so wandelte ich in meinen Gedanken den Satz von Blaise Pascal aus den *Pensées* um. Statt Herz Körper. Wie gelangt man zu seinem eigenen Körper? Nicht nur eine philosophische Frage.

Noch vor Mitternacht landete ich in einer kleinen Kneipe in der Nähe der U-Bahn-Station Schlesisches Tor. Den Namen des Lokals habe ich vergessen. Ich erinnere mich jedoch daran, dass ich ein paar Treppen hinabsteigen musste, um zum Eingang zu gelangen. Die Gaststube hatte eine schummrige Beleuchtung, sah schäbig aus und war mäßig besucht. Ich setzte mich an einen Tisch und bestellte ein Pils. Nach einer Weile kam ein schmaler, bartloser Mann undefinierbaren Alters auf mich zu und setzte sich, ohne zu fragen an meinen Tisch. Er lächelte mich an, ich nickte zurück. Ich kam mir wie eine Figur aus einem Roman vor. Er sagte, dass wir uns vor ein paar Wochen bereits gesehen hätten, im Quartier Latin. Der Club gehörte zu den angesagten Discos in Berlin. Ich hatte in den letzten Wochen so viele verschiedene Menschen in den Clubs getroffen, dass ich nicht sicher war, ob der Fremde die Wahrheit sagte. An sein Gesicht konnte ich mich nicht erinnern. Aber warum sollte er lügen? Er wusste meinen Namen und, dass ich aus den USA stammte. Vielleicht war also etwas dran. Wir unterhielten uns über Berlin, bis er mir sagte, dass er aus der Tschechoslowakei käme. Er sah mich eindringlich an. Ich nickte und lehnte mich in meinem Stuhl zurück. Wir bestellten noch ein Bier. In der folgenden Stunde erzählte er mir eine abenteuerliche Geschichte. Ob sie wahr war, konnte ich nicht bewerten. Er erzählte jedoch sehr lebhaft, sodass ich wie gebannt zuhörte. Und zum Schluss zeigte er mir sogar einen bemerkenswerten Beleg.

Er sagte, er hieße Tomas Nemec.

Es war der osteuropäische Lebensweg eines Mannes des 20. Jahrhunderts, der zwischen die Fronten geraten war. Er stammte aus Prag, sein Vater war Tscheche und seine Mutter Deutsche. Als Siebzehnjähriger wurde er 1943 von den deutschen Besatzern aufgrund einer Denunzierung verhaftet und im Konzentrationslager interniert – wegen der Mitgliedschaft in einer kommunistischen Untergrundzelle. Nach der

Befreiung wurde er Mitglied der Komunistická strana Československa und arbeitete als Drucker. 1968 – der Prager Frühling, so hieß der Aufstand aus Sicht des Westens – verursachte einen Bruch in seinem Leben. Er erzählte mir von den öffentlichen Protesten, von der Euphorie der ersten Tage der neuen Führung unter Alexander Dubček und von den Hoffnungen auf einen Reformkurs – Sozialismus mit einem menschlichen Antlitz. Er selbst war ein kleiner Funktionär in der Partei und hatte die Reformen nicht nur begrüßt, sondern auch demonstriert. In der Nacht zum 21. August 1968 marschierten Truppen des Warschauer Pakts unter Führung der Sowjetunion ein und beendeten den Reformkurs mit Gewalt. Am ersten Tag des Einmarsches kamen 23 Menschen ums Leben. Tomas sollte, wie zahlreiche weitere Aufständische, verhaftet werden. »Damals von den Nazis, diesmal von den Russen.« Ihm gelang die Flucht. Mit zahlreichen Details beschrieb er seinen Fluchtweg nach Ost-Berlin, von wo er es dann schaffte, über die Grenze in den Westen zu entkommen.

Wir hatten inzwischen das zweite Bier ausgetrunken. Tomas schaute mich an, schob den Ärmel seines Hemdes hoch und zeigte mir eine verblasste Tätowierung, eine Zahlenreihe am Unterarm. Ich las die Zahlen 140778 und schaute ihn dann wieder an. »Mein Ausweis im KZ«, sagte er. »Eine bleibende Erinnerung.«

Gleich zu Beginn hatte ich mich gefragt, was er von mir wollte. Einfach nur mit mir reden? Das glaubte ich nicht. Ich war jedoch neugierig, und seine Geschichte faszinierte mich. So etwas hatte ich nie gehört. Während er erzählte, wurde er immer zutraulicher. Er tätschelte meinen Arm, schaute mir länger in die Augen und stieß mich zum Schluss leicht mit seinen Beinen an. Spätestens da wurde mir klar, was er eigentlich wollte. Vielleicht hatte ich es von Anfang an geahnt. Er wollte mich verführen. Ich spürte ein leichtes Prickeln im Bauch und ließ mich auf das Spiel ein. Ich erwiderte sein Lächeln, mein Herz pochte.

Wir verließen die Gaststätte und liefen Seite an Seite schweigend die Köpenicker Straße entlang. Es nieselte leicht. Nach einer Viertelstunde bogen wir in eine kleine Straße ein, die zur Spree führte. Im Nieselregen tauchte bald die matt erleuchtete Grenzmauer auf der anderen

Seite des Flusses auf, auf einem Wachturm erkannte ich den dunklen Umriss eines DDR-Grenzsoldaten in der beleuchteten Wachstube. Stille. Plötzlich drehte Tomas sich zu mir, fasste mich an und küsste mich. Ich ließ es geschehen, vermochte es jedoch nicht, den Kuss zu erwidern. Meine Arme blieben neben mir hängen. Ich merkte, wie sich mein Körper gegen die Umarmung sträubte.

Sein Gesicht war dicht bei meinem, als er hauchte: »Meine Wohnung ist nicht weit.«

»Nein, ich möchte nicht«, war meine schlichte Entgegnung. Dies war nicht mein Weg. Jetzt wusste ich es.

Er schaute mich intensiv an. Ich hielt seinem Blick stand, bis er nickte und sagte: »Ein anderes Mal. Ich bin häufig in der Kneipe anzutreffen.« Er drehte sich um und lief die Straße hinauf. Ich habe Tomas nie wiedergesehen.

Ich blieb eine Weile im Nieselregen stehen und schaute auf die Mauer. Oben auf dem Wachturm leuchtete ein Suchscheinwerfer, der sich ruhelos bewegte.

We're nothing, and nothing will help us
Maybe we're lying, then you better not stay

Vademecum

1976 wurde ich Schriftsteller.

Gleich am Anfang in Berlin kaufte ich mir ein neues schwarzes Heft und begann, meine Eindrücke von der Stadt zu notieren, zunächst auf Englisch, bald danach auf Deutsch. Gedichte waren es nicht mehr, sondern kleine Episoden. Ein amerikanischer Draft-Dodger unterwegs in West-Berlin. Mit der Zeit entwickelte ich eine Figur, welche die Geschichten verfasste. Dadurch konnte ich Abstand gewinnen und fantasiereicher schreiben. So ließ ich meinen Erzähler Wanderungen entlang der Mauer, Erlebnisse in den Clubs in Kreuzberg, Eigentümlichkeiten beim Englischunterricht und dergleichen mehr beschreiben. Ich habe stets versucht, eine Prise Ironie beizumischen. Selbst mein

Erlebnis mit Tomas verarbeitete ich zu einer Geschichte. Ich schrieb nur für mich. An eine Veröffentlichung hatte ich nicht gedacht. Oder doch? Man spielt häufig Versteck mit sich selbst.

In der Buchhandlung Libresso verkehrte ich regelmäßig, stöberte in den Regalen, trank Kaffee und lernte die kleine Belegschaft nach und nach kennen. Insbesondere interessierte mich eine ältere Frau, mit der ich mich gerne unterhielt. Sie hieß Margret Leucht und war schon im Ruhestand. Sie kam dennoch drei Nachmittage in der Woche zur Aushilfe. Sie liebte Bücher. Manchmal trafen wir uns außerhalb ihrer Arbeitszeit zum Plaudern und Kaffeetrinken. Für mich war das eine angenehme Abwechslung, die Anreden Sie und Frau Leucht verwenden zu können, statt, wie in linken Krisen üblich, immer das Du und den Vornamen zu benutzen.

Margret Leucht, geborene Lehnbach, kam 1915 in Berlin zur Welt und hatte ihr ganzes Leben in der Stadt verbracht. Sie war eine stattliche Erscheinung, groß und aufrecht, mit schiefergrauen Haaren, lebendigen Augen und einem Schuss Berliner Humor. Sie konnte plastisch und ohne Selbstmitleid von ihrem bewegten Leben vor dem Hintergrund von Krieg, Wirtschaftskrise, Diktatur und Kaltem Krieg erzählen. Ihr Vater war Lehrer gewesen – ein Sozialdemokrat. Er verlor seine Stelle unter den Nazis und musste seine Familie mit Gelegenheitsarbeiten durchbringen. Margret Lehnbach gehörte zu den wenigen Frauen ihres Jahrgangs, die Abitur machten. An einen Studienplatz war jedoch im Nazi-Staat nicht zu denken – die Frauen hatten zuhause zu bleiben. Sie arbeitete dann als Sekretärin in einem Betrieb in Dahlem, wo sie ihren Ehemann, den jungen Ingenieur Lukas Leucht, kennenlernte. Er fiel im Krieg, die Ehe blieb kinderlos. Nach dem Krieg machte Margret Leucht eine Ausbildung zur Grundschullehrerin. Es gab damals ein Sonderprogramm, um den steigenden Bedarf an Pädagogen in den Grundschulen abzudecken. Sie arbeitete anschließend 25 Jahre lang als Grundschullehrerin im Stadtteil Dahlem. Sie erzählte mir, dass diese Jahre die schönsten ihres Lebens gewesen seien. Sie war eine überzeugte Pädagogin. Sie glaubte an das Gute in den Menschen.

Ich erinnere mich an eine ihrer Geschichten. Sie eröffnete mir zum ersten Mal einen lebendigen Zugang zur Judenverfolgung im Dritten Reich und deren Aufarbeitung in der Bundesrepublik, ein Thema, mit dem ich später persönlich zu tun haben sollte.

Eine Stunde Null hatte es 1945 nicht gegeben, in Deutschland nicht, und nirgendwo sonst.

1938 bewohnte die jung verheiratete Frau Leucht mit ihrem Mann eine kleine Wohnung in der Babelsberger Straße in Wilmersdorf. Dort erlebte sie 1938 die Novemberpogrome in ihrer unmittelbaren Nachbarschaft. In der Nacht zum 9. November wurde die Wilmersdorfer Synagoge in der nahen Prinzregentenstraße von marodierenden Nazischergen angezündet und zerstört. Das Ehepaar Leucht kannte etliche Menschen jüdischen Glaubens, die in der Nachbarschaft wohnten, und gewährte ihnen in der Nacht Zuflucht. Jene Tage der Angst, der Zerstörungen, der Festnahmen und des Mordens änderten das Leben von Margret Leucht. Bis dahin war sie den Nationalsozialisten und ihrer Politik stets mit Entsetzen begegnet. Sie war eine überzeugte Gegnerin des Nationalsozialismus gewesen, aber noch keine Widerständlerin. Nach den Novembertagen fing sie an, zunächst zusammen mit ihrem Mann und später allein, Juden aufzunehmen und zu verstecken. Von solchen Aktionen hatte ich bis dahin noch nie etwas gehört. Viel später las ich, dass schätzungsweise 1700 Juden allein in Berlin als Untergetauchte die NS-Diktatur überlebt hatten – dank des Einsatzes von Menschen wie Margret Leucht. Seit 2008 gibt es die Gedenkstätte Stille Helden in Berlin, um das Wirken von Menschen zu würdigen, die in dunklen Zeiten ein Licht haben brennen lassen. An die Eröffnungsausstellung der Gedenkstätte kann ich mich erinnern, denn ich wohnte damals noch in Berlin, und zwar in Wilmersdorf. Margret Leucht war schon verstorben. Ich habe ihrer bei der Eröffnungsveranstaltung im Stillen gedacht. 1976 war man in der Bundesrepublik weit davon entfernt, überhaupt an ein solches Projekt zu denken. Es herrschte bis tief in die Gesellschaft hinein die nach 1945 allgemein geübte Kultur des Verdrängens und des Vergessens. *Die zweite Schuld* nannte Ralph Giordano dieses Verhalten 1986 in seinem Buch.

Margret Leucht erzählte sachlich und detailliert von ihrer selbstgestellten Aufgabe, jüdische Mitbürgern zu verstecken, mit Lebensmitteln zu versorgen und gegebenenfalls Fluchtwege auszuloten. Es entstand dabei in Wilmersdorf und Dahlem ein kleines Netz von Helfern und Helferinnen, denen es gelang, der Gestapo über Jahre zu entgehen. »Ich habe ständig in Angst gelebt, wusste jedoch, dass ich das Richtige tat«, sagte sie. Ich glaube, sie war froh, jemanden gefunden zu haben, dem sie ihre Geschichte erzählen konnte. Das Thema war damals keineswegs gesellschaftsfähig. Mich hat es beeindruckt, wie sicher sie war, das Richtige getan zu haben. Eine solche Sicherheit habe ich in meinem Leben nie erreicht.

Eines Nachmittags im Café sagte ich nebenbei, dass ich begonnen hatte, Aufzeichnungen meiner Berliner Erlebnisse zu verfassen. Frau Leucht wurde sofort hellhörig. Vielleicht habe ich es doch nicht so nebenbei gesagt. Sie wollte die Texte gerne lesen. Wie damals bei Mister Sedgwick genierte ich mich zunächst. Nach einem Moment sagte ich aber zu, ihr einige Aufzeichnungen zu geben. Ich kam mir vor wie ein schüchterner Schüler, der bei einer strengen Lehrerin eine Klassenarbeit abzugeben hatte.

Einige Wochen später gab sie mir meine Texte zurück. Sie war beeindruckt. »Ihre Prosa ist gut. Die Sichtweise eines eingereisten Amerikaners ist erfrischend. Man liest die Episoden gerne«, sagte sie. Dann lächelte sie und fuhr fort: »Die Texte bedürfen jedoch eines gründlichen Lektorats.« Ich nahm die Seiten wieder an mich und bemerkte dabei, dass sie bereits Korrekturen gemacht hatte. Zahlreiche rote Striche und Randbemerkungen sprangen mir sofort ins Auge. Ich schaute sie verdutzt an und wollte mich gerade bedanken, als sie sagte: »Ich habe zu danken. Es war ein Vergnügen.« Ich habe mich trotzdem bedankt. »Nun«, setzte sie wieder an, »ich denke, Sie wollen etwas davon veröffentlichen.« Ich sagte nichts dazu. Sie fuhr fort: »Vorige Woche war ein Verlagsleiter in der Buchhandlung. Ein junger Verlag, sesshaft in Dahlem. Der Deukalion Verlag. Sie wissen, der Sohn von Prometheus.« Sie machte eine Pause und schien darüber nachzudenken, bevor sie weitererzählte: »Der Leiter – er heißt

Bernhard Cohn – denkt darüber nach, ein neues Heft für Kultur und Politik herauszugeben. Keine Kopie des Kursbuches, sondern distanzierter, nachdenklicher. Kein Manifest. Ich denke, es lohnt sich, dass Sie sich treffen.« Ich war sehr überrascht, sozusagen sprachlos. Damit hatte ich nicht gerechnet. Ich sagte, zu einem Gespräch wäre ich immer bereit. Frau Leucht gab mir Namen und Anschrift und bemerkte, dass ich mich auf sie berufen sollte.

Eine Woche später stand ich vor einem gelb gestrichenen zweistöckigen Klinkerbau in der Straße Vogelsang in Dahlem. Das war eine ruhige, von Bäumen gesäumte Straße mit Kopfsteinpflaster und einer Bebauung aus den 1920er Jahren. Ich schob das Gartentor auf und ging die kleine Treppe zur Eingangstür hinauf. Dort erblickte ich ein kleines Schild: *Deukalion Verlag, 1. Stock*. Ich drückte auf die Klingel und öffnete nach einem Summen die Tür.

Ich stieg die Treppe hinauf und erreichte die Büroräume. Der Vorraum war menschenleer, aber mit Schreibtisch, Aktenschränken, Bücherregalen, Telefon und Schreibmaschine möbliert sowie mit einer großen Zeittafel an der Wand. Ich vernahm das Verrücken eines Stuhles im Nebenraum. Von dort aus ertönte die Aufforderung einzutreten.

Auch dieses Zimmer war voll mit den Artefakten eines Büchermenschen. Papierstapel, vollgestopfte Regale und Manuskripte auf Tischen und sogar auf dem Fußboden. Eine Kaffeekanne lugte zwischen den Papierbergen auf dem Schreibtisch hervor. Hinter der Kaffeekanne saß ein Mann, der aufschaute, als ich eintrat.

»Setzen Sie sich«, sagte er. »Ich bin gleich bei Ihnen.« Er beugte sich über eine Schrift, die vor ihm auf dem Tisch lag, und schien meine Anwesenheit sogleich wieder vergessen zu haben. Ich nutzte die Gelegenheit, mich in aller Ruhe umzuschauen. Hier herrschte entweder eine hoffnungslose Unordnung oder ein kreatives Chaos. Zum Teil stapelten sich an die zehn Manuskripte übereinander. *Wer soll das alles lesen?*, rätselte ich. Der Mann – ich nahm an, dass es sich um den Verlagsleiter Bernhard Cohn handelte – arbeitete schnell. Seine Augen flitzten über die Seiten. Ab und an setzte er einen roten Stift ein. Einmal schüttelte er heftig den Kopf. Hinter seinem Schreibtisch erschien er mir eher von kleiner, rundlicher Statur. Sein Kopf schien zu groß für den Körper zu sein. Er trug sein schwarzes Haupthaar kurz, sein Ziegenbart war akkurat geschnitten. Hinter einer dicken Nickelbrille machte ich dunkelbraune Augen aus. Er hatte volle Lippen, eine große Nase, eine hohe Stirn und abstehende Ohren. Man konnte sich ihn hinter einem Katheder bei einem Mediävistikvortrag vorstellen.

Er legte den Stift beiseite, schaute mich durch die dicken Linsen an und sagte mit einer tiefen Stimme: »Was kann ich für Sie tun?«

Ich nannte ihm meinen Namen und erzählte, dass Frau Leucht angeregt hätte, mich mit ihm in Verbindung zu setzen. »Wegen meiner Texte«, fügte ich hinzu.

Er musterte mich eine Weile, bevor er erwiderte: »Margret hat mich schon vorgewarnt. Mal sehen, was Sie da haben.« Er deutete dabei auf die Mappe, die auf meinem Schoß lag. Damals – so wie auch heute noch – empfand ich stets ein Prickeln im Bauch, wenn ich einem Verleger ein Manuskript von mir überreichte. Man entblößt einen intimen Teil seiner selbst.

Bernhard Cohn las. Ich wartete.

Später habe ich Einzelheiten seines Lebenswegs erfahren. Er hatte die Biografie eines Juden in Deutschland und Israel vor dem Hintergrund der Shoah und deren Folgen. Bernhard Cohn war zwei Jahre alt, als seine Eltern 1939 vor den Nationalsozialisten aus Berlin in Richtung Palästina flüchteten. 1948 erlebte die Familie die Gründung des Staates Israel. Beide Eltern starben Anfang der 1950er Jahre; Bernie (wie ich ihn später nannte) war ihr einziges Kind. Er blieb bis zur Volljährigkeit bei Verwandten. Es folgten Militärdienst, Studium und eine Ausbildung im Verlagsbereich. Er lernte bereits in jungen Jahren, auf sich selbst gestellt zu sein. Wie bei mir spielten Bücher in seinem Leben eine entscheidende Rolle. 1964 kehrte er als Siebenundzwanzigjähriger nach Deutschland zurück. Er erklärte mir, dass er nicht länger in einem Staat wie Israel leben wollte. Aus seiner Sicht hatte sich der Zionismus zu einer milderen Variante des Faschismus entwickelt. Der

Umgang mit den Palästinensern gleiche einem Genozid, die Militarisierung der israelischen Gesellschaft habe bedrohliche Formen angenommen. Er fühlte sich der säkularen Tradition von Heinrich Heine und Kurt Tucholsky verbunden, nicht einer Staatsideologie, die Krieg und Vertreibung gutheißt. Er wollte den Kampf für eine andere Welt in Deutschland mit der Schreibmaschine fortsetzen. In Berlin entstehe etwas Neues, meinte er. Er wollte dabei sein.

Bernhard Cohn legte meine Mappe beiseite, strich sich über den Bart und sagte: »Nicht schlecht, mein Lieber.« Dann erzählte er mir von seinem neuen Projekt, einem Vierteljahresheft für Politik und Kultur. Titel: Vademecum.

Er goss mir und sich eine Tasse Kaffee ein, lehnte sich in seinem Stuhl zurück und begann zu erläutern: »Das neue Heft wird die vorhandenen linken Blätter nicht links überholen, sondern nach vorne schauen. Wir wollen mit unserem Blickwinkel einen Schritt zurücktreten und das Aktuelle in einem größeren Kontext betrachten.« Ich hörte zu und wunderte mich, dass er »unserem Blickwinkel« sagte. Er fuhr unbeirrt fort: »Ich lebe seit über zehn Jahren in Berlin. Hier brodelt es. Eine aufregende Stadt in einer aufregenden Zeit. Eine Zeitenwende. Das wollen wir ins Visier nehmen – mit Verstand und Humor.« Er hielt kurz inne und sah mich mit einem verschmitzten Lächeln an. »Ja, Humor. Wenn den deutschen Linken etwas fehlt, dann ist es Humor, ein Schuss jüdischen Witzes, verstehen Sie.« Er blickte aus dem Fenster und fuhr dozierend fort: »Es gibt einige Satirezeitschriften, die ihre Sache gut machen. Aber Satire umfasst nicht das ganze Spektrum und nicht einmal den wichtigsten Teil davon. Satire macht bequem. Man ergötzt sich an der eigenen Sichtweise und macht sich über die vermeintlich Dummen lustig. Der Humor, den ich meine, ist nicht destruktiv, sondern konstruktiv. Er eröffnet neue Sichtweisen, auch über uns selbst. Er ist feiner, tiefgründiger.« Er schaute mich wieder an: »Humor muss nachdenklich sein. Wir müssen lernen, über uns selbst zu lachen. Ein wichtiger Schritt zur Aufklärung.«

Er stand auf und zeigte auf das Verlagslogo, das an die Wand gemalt worden war: eine stilisierte brennende Kerze. »Ich habe einen

Verlagsnamen aus der griechischen Antike gewählt, um unsere Aufgabe zu veranschaulichen, das Feuer weiterzutragen. Jüdische Menschlichkeit und griechischer Verstand – eine spannende Verbindung.« Er setzte sich wieder und nahm meine Mappe in die Hand. »Ihre Sichtweise ist neu und nachdenklich. Man merkt, auf welcher Seite Sie stehen, aber gleichzeitig, dass Sie die Seite mit Abstand betrachten. Gerade durch den Abstand entsteht der kritische Blick. Diesen Abstand auszuloten, ist unsere Aufgabe.« Er pausierte wieder und musterte mich. »Ich kann Dogmen und Ideologien nicht ausstehen. Das sind die Krankheitserreger der Linken heute.«

Ich nickte und setzte an, einiges über mich zu erzählen. Er unterbrach mich gleich und sagte, das hätte Zeit bis irgendwann abends beim Biertrinken. Jetzt müsse gearbeitet werden. Er wollte den Essay über meine Mauerwanderung in die kommende Ausgabe aufnehmen. Es gelang mir, zu nicken. Ich war wie benommen. Wir redeten über den weiteren Ablauf und das Honorar. Es war zwar gering, bedeutete mir aber sehr viel.

Als ich mich auf den Weg zur U-Bahnstation Dahlem-Dorf machte, lief ich wie im Traum. Ein Text von mir würde in einer deutschen Zeitschrift erscheinen! Mit wem könnte ich feiern? Die Antwort war klar. Morgen würde ich Frau Leucht in der Buchhandlung aufsuchen und eine Flasche Rotwein mitnehmen. Einen Guten, selbstverständlich.

Im Frühjahr 1977 – ich hatte schon über zwei Jahre in Berlin verbracht – beteiligte ich mich an einer Hausbesetzung in Kreuzberg.

Das Jahr nach meiner ersten Veröffentlichung im Vademecum war schnell an mir vorbeigerauscht. Dank der Einnahmen aus dem Englischunterricht konnte ich, zumindest für meine Verhältnisse, gut leben. Ich erkundete die Berliner Szene, las Bücher und Zeitschriften und schrieb. Mit Frau Leucht trank ich regelmäßig Kaffee, mit Bernie gelegentlich ein Bier. Nach und nach bewegte ich mich in einem Bekanntenkreis von linken Akademikern, Möchte-gern-Revolutionären und Aussteigern verschiedener Couleur. Einige Liebesnächte waren auch dabei. Man nannte mich den *Ami*, was ich stets ironisch verstand. Ich wurde zu einer bekannten Persönlichkeit in den einschlägigen Bars und Cafés. Hatte ich mich neu erfunden? War ich mit mir zufrieden? Das war die falsche Fragestellung, denn ich bin nie mit mir zufrieden gewesen. Mein Weg war längst nicht beendet.

Ich war überrascht, dass ich mit Frauen nach dem Erlebnis mit Tomas entspannter umgehen konnte. Ich lernte zum ersten Mal im Leben, die einschlägigen Verführungsrituale einzusetzen und die entsprechenden Signale der Frauen zu entziffern. Ich fand Gefallen daran, die Frauen ebenso, denke ich. Spiele – es waren Spiele. Bestand die Liebe nur aus Spielen? Alles nur Theater. Shakespeare hat es, wie immer, genau getroffen:

All the world's a stage,
And all the men and women merely Players:
They have their exits and their entrances.
And one man in his time plays many Parts.

Meine Texte sagten Bernie nicht immer zu, aber häufig genug, sodass ich zum regelmäßigen Autor seines Verlages wurde. Von außen sah es so aus, als ob ich mich auf dem Erfolgspfad befand. Von außen.

Ich entdeckte auf meinen Wanderungen durch Berlin viele Begebenheiten, die zu einem Essay Anlass gaben. Ein Thema interessierte mich besonders, da es mich an meine Zeit als Demonstrant erinnerte: Hausbesetzungen. Erst nach 1979 setzte in Berlin die Hauptwelle der Hausbesetzungen ein. Zwischen 1979 und 1984 wurden an die 200 Häuser *befreit* – um die Sprache der Besetzer zu verwenden. Einzelne Aktionen hatte es indes schon in den 1970er Jahren gegeben. Am bekanntesten war die Auseinandersetzung um ein ehemaliges Schwestern-Wohnheim – später als das Georg-von-Rauch-Haus bekannt – am Marienplatz in Kreuzberg, das 1971 besetzt wurde. Die Polizei hatte versucht, die Übernahme des leeren Gebäudes zu verhindern. Vergeblich. Zur Besetzung schrieben die Scherben den *Georg-von-Rauch-Song*, der zum Soundtrack der Bewegung werden sollte.

Ihr kriegt uns hier nicht raus! Das ist unser Haus.

Im Frühjahr 1977 hörte ich in den Cafés in Kreuzberg von einer Aktion. Es ging um die alte Feuerwache an der Reichenberger Straße. Die Stadtplanung sah den baldigen Abriss vor.

In den 1960er und 1970er Jahren legte West-Berlin eine ehrgeizige Planung für die Stadtmitte auf, die den großräumigen Abriss von Altbauten vorsah zugunsten von modernen Wohnungs- und Geschäftsbauten. Spekulanten hatten begonnen, den alten Baubestand aufzukaufen und die Gebäude leer stehen zu lassen. Diese Entwicklung hatte zur Folge, dass günstiger Wohnraum an die Peripherie verdrängt wurde. Eine moderne – autogerechte – Stadt sollte entstehen. Auch in Kreuzberg, einem Stadtteil mit einem großen Altbaubestand und überwiegend jungen Bewohnern, die sich in diesem besonderen kulturellen Umfeld eingenistet hatten. Ein Ergebnis dieser Stadtplanung war das Neue Kreuzberger Zentrum am Kottbusser Tor, das zwischen 1969 und 1974 entstanden war. Ein hässlicher, lebloser Gebäudekomplex, der sich in der Folgezeit als eine eklatante wirtschaftliche und städtebauliche Fehlplanung erweisen sollte.

In der Kreuzberger Bevölkerung formierte sich Widerstand. Das alte Kreuzberg sollte den Spekulanten nicht zum Fraß vorgeworfen werden. Ich hatte in den zwei Jahren, in denen ich in dem quirligen Stadtteil verkehrte, die wachsende Stimmung gegen diese Politik wahrgenommen. Die Kreuzberger waren nicht mehr bereit, sich wie die Fischlein in Bert Brechts Parabel *Wenn die Haifische Menschen wären* von den Haien auffressen zu lassen. Das alternative Kreuzberg stellte sich auf Kampf ein. Die alte Feuerwache bot sich im Frühjahr 1977 als passendes Schlachtfeld an.

Am 5. Mai erfolgte der Zugriff. An die hundert Menschen, bewaffnet mit Besen, Eimern, Wischlappen und Putzmitteln sowie Lebensmitteln und Schlafsäcken, besetzten das leerstehende Gebäude. Sie organisierten sich sogleich als die Bürgerinitiative Feuerwache und präsentierten ein detailliertes Konzept für die künftige Nutzung des Anwesens als soziales und kulturelles Zentrum für Kreuzberg. Vorgesehen waren Tätigkeitsfelder wie Ausländerberatung, Jugendarbeitslosigkeit, Selbsthilfewerkstätten, Frauenstadtteilinitiative, Atomenergiegegner.

Kinderbetreuung, ein Café und sogar eine eigene Zeitung wurden geplant. Das Konzept wurde sowohl der Öffentlichkeit als auch dem Bezirksamt vorgelegt. Die Besetzer strebten Gespräche mit den Verantwortlichen an.

Alles vergeblich. Am 14. Juni wurde die alte Feuerwache von der Polizei gewaltsam geräumt. Die Gallier hatten verloren, sie hatten keinen Zaubertrank. In der Folgezeit fiel die Anlage der Abrissbirne zum Opfer. Ein weiteres Stück Alt-Kreuzberg verschwand.

Ich verbrachte eine Woche in dem besetzten Haus. Ich wollte eine Hausbesetzung erleben, die Stimmung aufnehmen, mit den Menschen sprechen und etwas darüber schreiben.

Als ich am 9. Mai die Forster Straße hinunterlief, sah ich bereits von Weitem den Gefechtsort. Schaulustige und Polizisten standen davor. Aus den Fenstern hingen Plakate mit Sprüchen wie *Dies soll ein Bürgerhaus werden.* Nahe dem Eingang hatten die Besetzer ein Schild auf einem großen Feldstein platziert: *Hier beginnt der Demokratische Sektor.* Auf der Rückseite: *Sie verlassen den Demokratischen Sektor.*

Ich ging an dem Stein vorbei und betrat das Haus. In meinem Rucksack hatte ich das Notwendigste mitgenommen. Unter dem Arm trug ich einen Schlafsack. Ich hörte Hämmern, Sägen, Geräusche jeder Art und laute Stimmen. Leitern und Farbeimer waren zu sehen. *Bauen die hier eine neue Arche Noah?,* fragte ich mich und dachte dabei, dass meine Spezialität eher der Turmbau zu Babel war. Die Luft war staubig und es roch nach frischer Wandfarbe mit einer Note von vor sich hin köchelndem Weißkohl. Als ordentliche Deutsche hatten die Hausbesetzer im Eingangsbereich eine Anmeldung eingerichtet und an der Wand einen Arbeitsplan angebracht. Eine junge Frau saß hinter dem Tisch und strahlte mich an.

Ich war nicht so vermessen zu denken, dass ihre gute Laune mir persönlich galt.

Ich erwiderte die nette Begrüßung und sagte: »Ich heiße Joe, und ich bin dabei.« Danach suchte ich einen Platz für meinen Schlafsack und gesellte mich zu einer Truppe, die dabei war, Schutt wegzuräumen.

Während der Besetzung kamen weitere Menschen hinzu. Später waren es über zweihundert Beteiligte. Es war ein Kommen und Gehen. Im Umfeld wirkten Sympathisanten. Auf Märkten und in Cafés wurden Spenden gesammelt. Eine Flut von Flugblättern wurde während der Besetzung im Bezirk verteilt. Es drohte jederzeit die gewaltsame Räumung. Eine nervöse Energie durchzog den Besetzungsalltag. Ein revolutionäres Bewusstsein war im Entstehen. Die BILD-Zeitung und die rechte Presse wetterten gegen die *Anarchisten* und *Chaoten*, welche die Rechtsordnung herausforderten. Privateigentum war etwas Heiliges.

Im Gegensatz zu dem Sit-in vor zehn Jahren in Chicago gab es bei der Hausbesetzung etwas anderes zu tun, als nur herumzusitzen: eben körperliche Arbeit. Für mich eine Art Urlaub. Wir fanden jedoch auch ausreichend Zeit zum Diskutieren. Das war der eigentliche Grund meiner Teilnahme. Im Ergebnis dieser Gespräche kam ich zu der Einschätzung, dass es drei zum Teil ineinander übergehende Gruppierungen von Beteiligten gab. In der Mehrheit waren die Utopisten, die in dem Projekt eine Möglichkeit sahen, etwas Wichtiges und Zukunftsweisendes für Kreuzberg zu schaffen. Ein kulturelles Zentrum als Ausdruck eines Lebensstils, ein Kreuzberg für die Kreuzberger. Für sie stand das Projekt im Vordergrund. Eine weitere Gruppe, weitaus kleiner, bildeten die Möchtegern-Revolutionäre. Für sie war die Auseinandersetzung über die Feuerwache eine Gelegenheit, die Herrschenden herauszufordern. Ihnen ging es um Grundsätzliches. Das Kollektiv gegen Privateigentum. Das Volk gegen Spekulanten. Ob das Projekt umgesetzt werden würde, schien ihnen sekundär zu sein, Hauptsache war der Kampf. Diese Gruppe war militant eingestellt. Es gab außerdem eine dritte Gruppe, die einfach auf den Putz hauen wollte – *legal, illegal, scheißegal.* Sie wollte Spaß haben. Es war eine bunte, lebhafte Mischung. Es wurde viel gearbeitet, viel Musik gespielt und lebhaft diskutiert, zuweilen lautstark. Zu dieser Gemengelage war ich hinzugekommen, eine vierte Gruppe: die Bücherfraktion. Mir ging es um das Verstehen und das Dokumentieren. Ich meinte von Anfang an, dass das Projekt keine Zukunft hätte. Was jedoch auf jeden

Fall bleiben sollte, war die Erinnerung an den Kampf. Man kann viele Schlachten verlieren und trotzdem einen Krieg gewinnen. Dies auch auf die Gefahr hin, dass das, was man nachher gewinnt, nicht immer identisch ist mit den Vorstellungen, mit denen man den Kampf begonnen hatte.

Ein Ereignis aus jener Zeit ist mir im Gedächtnis geblieben: ein Diebstahl. Man sollte sich auch an das Schöne im Leben erinnern können, selbst wenn ihm kein Dauererfolg beschert wurde.

Schon vor der Besetzung hatte eine Abrissfirma Gerätschaften vor dem Gebäude in Stellung gebracht, darunter eine Abrissbirne. Unsere Protestaktion brauchte eine Tat, eine Handlung, die symbolisch und medienträchtig eine Botschaft liefern konnte. Bei einem abendlichen Plenum beschlossen wir, die Abrissbirne zu entwenden und vor das Bezirksamt Kreuzberg zu transportieren. Es wurde eine Einsatzgruppe bestimmt. Ich gehörte dazu. Keine so einfache Aufgabe, wenn man bedenkt, wie schwer so eine Birne ist und dass das Gelände von der Polizei bewacht wurde. Es gelang uns dennoch, die 600 Kilo schwere Kugel abzumontieren und abzuliefern. Die Nacht- und Nebelaktion machte Spaß. Ein Stück Agitprop. Der Diebstahl ging durch die Presse. Die Abrissfirma bezifferte den Schaden auf 3000 DM. Wir haben behauptet, dass wir mit der Sache nichts zu tun hätten.

Die Birne kam trotzdem zum Einsatz. Zwei Tage nach unserer Aktion fand sie beim Abriss des angrenzenden Pumpenhauses Verwendung. Ich stand draußen und habe mir den Einschlag angesehen. Er tat fast körperlich weh. Ich zuckte zusammen, als die Birne mit Wucht in das Gebäude einschlug. Es fiel nach einigen Einschlägen mit einem dumpfen Krach wie ein Kartenhaus in sich zusammen. Die Straße füllte sich mit Staub.

Am Abend saß ich mit einer kleinen Gruppe auf dem Fußboden zusammen. Jemand spielte eine Gitarre, leider etwas unbeholfen. Es kursierte ein Joint. Die Stimmung war gedämpft. Unvermittelt sprach mich die junge Frau neben mir an. Sie hatte gerade einen Zug von dem Shit genommen. »Was machst du eigentlich hier?«

Der Gitarrenspieler hörte auf zu spielen.

Ich nahm den Joint und inhalierte tief. Warum diese Frage? Neugier oder steckte mehr dahinter? Der Amerikaner, ein Fremdling? Der Unterton hatte sich fast feindselig angehört. Ich gab den Joint an meinen Nachbarn weiter und erzählte etwas von meinen Erfahrungen bei Demonstrationen in den USA und dass ich eine Besetzung in Berlin erleben wollte.

»Ja aber, warum? Vielleicht bist du ein Spitzel?«, fragte die Frau.

Ich merkte, wie die Herumsitzenden mich anschauten. Offensichtlich lag die Frage vielen auf der Zunge. Sie war gar nicht so verkehrt, dachte ich. War ich nicht eher Beobachter als Beteiligter? War ein Beobachter nicht eine Art Spitzel? Ich war bei einer Aktion dabei, an die ich nicht wirklich glaubte. Klar, die Rettung des Hauses und die Schaffung eines Kulturzentrums wären eine gute Sache. Unser Einsatz würde jedoch nichts erreichen. Das Gebäude war dem Tod geweiht. Viel Lärm um nichts. Oder? Daraufhin erzählte ich von meinem Vorhaben, die Aktion zu dokumentieren, darüber zu schreiben. Dabei habe ich einiges über mich und über meine bisherige Arbeit erzählt. »Selbst wenn das Haus nicht zu retten ist, soll der Kampf nicht vergessen werden«, sagte ich zum Schluss.

Der Joint wurde weiter herumgereicht. Keiner sagte etwas. Ich hatte mich legitimiert.

Später beim Einschlafen dachte ich über das Gespräch nach. Beobachter oder Beteiligter? Hatte ich mich zu sehr an den Beobachterposten gewöhnt? So fühlte ich mich offenbar am wohlsten. Eine Flucht? Meine Aufgabe lautete: Das Leben zu lernen. Hatte ich sie ernst genug genommen?

Zwei Tage nach dem Abriss des Pumpenhauses verließ ich die Feuerwache. Ich wusste, dass es nur eine Frage der Zeit war, bis die Polizei das Hauptgebäude räumen würde. Mit den Bullen wollte ich nichts zu tun haben. Die Erfahrung 1968 in Chicago hatte mir für mein Leben gereicht. In der letzten Plenarsitzung, an der ich mich beteiligte, wurde abgestimmt über das Verhalten, sobald die Polizei angreifen würde. Passiver oder aktiver Widerstand? Mit großer Mehrheit wurde für den passiven Widerstand gestimmt. Mein Widerstand bestand darin, darüber zu schreiben.

Einige Tage nach dem Abriss lieferte ich mein Tagebuch der Besetzung der Feuerwache im Verlag ab. Siebzehn Seiten. Einleitend zitierte ich Friedrich Engels, der bereits 1872 mit einem Aufsatz *Zur Wohnungsfrage* die Misere der modernen Stadtplanung im Kapitalismus hellsichtig beschrieben hatte. Spekulanten strebten Gewinne durch die Neubebauung des Zentrums an. Dadurch wurden gewachsene nachbarschaftliche Strukturen zerstört. Der Wert von Grund und Boden im Zentrum stieg ins Unermessliche. Die Neubauten waren zu teuer für das einfache Volk, sprich die Arbeiter, die dadurch an den Rand der Stadt gedrängt wurden. Eine Ghettoisierung war die Folge. Kapital erzeugt neues Kapital; der Mensch steht dabei nur im Weg.

Dieser Prozess in verschiedenen Ausprägungen ist so alt wie der Kapitalismus – und noch heute omnipräsent. Das haben wir in den letzten zweihundert Jahren schmerzhaft gelernt. Er hat uns die menschenfeindlichen, autogerechten Städte beschert, in denen wir leben. *Das Problem mit dem Kapitalismus ist nicht, dass er nicht funktioniert, sondern dass er zu gut funktioniert.* So endete mein Tagebuch über die alte Feuerwache.

Bernie nahm den Artikel in das Heft auf.

Im September 1977 erfuhr ich zum ersten Mal von der Stadt K. Ich war bei Bernie in der Redaktion. Wir sprachen über die nächste Nummer des Vademecums, als er mir sagte, dass er etwas über eine Kleinstadt in Schleswig-Holstein gelesen hatte, das seine Neugier geweckt hätte. Dort hatte man ein Hakenkreuz an der Fassade eines Gebäudes in der Altstadt entdeckt, dessen nach dem Krieg erfolgte Übermalung – ausgerechnet mit brauner Farbe! – so weit abgeblättert war, dass man das anstößige Symbol wieder gut erkennen konnte. Das Haus war einst möglicherweise Versammlungsort der lokalen SA gewesen. Es war eine heftige Diskussion darüber entbrannt, die Aufmerksamkeit in der überregionalen Presse erregt hatte. Er meinte, das wäre eine Geschichte für mich.

Ich überlegte nur kurz und sagte: »Das interessiert mich. Wie machen wir es?« Seit meiner Ankunft vor über zwei Jahren war ich nie aus Berlin herausgekommen. Die Bundesrepublik Deutschland kannte ich bis dahin nicht. Hier schien sich eine Gelegenheit zu ergeben, neue Erfahrungen zu sammeln.

»Ganz einfach«, erwiderte mein Verleger. »Du fährst für eine Woche hin und schaust dir die Lage an. Das Weitere wird sich ergeben.« Er hielt kurz inne und sah mich mit seinem Dozentenblick an: »Ich bin mir sicher, dass du etwas finden wirst.«

Eine Woche auf Kosten des Verlages. Ein solches Angebot konnte ich nicht ausschlagen.

Inzwischen war ich dreißig Jahre alt. Ein Alter, das zum Nachdenken anregte. Das Ende der Jugend und der Anfang – wovon? Jesus von Nazareth soll das dreißigste Lebensjahr erreicht haben, als er in Palästina begann, ein neues Testament zu predigen. Als Nietzsches Zarathustra dreißig Jahre alt wurde, stieg er von seinem Berg herab, um den Menschen den Tod Gottes zu verkünden. An seinem dreißigsten Geburtstag wurde Joseph K. in Franz Kafkas Roman *Der Prozeß* verhaftet, ohne dass er etwas getan hätte. Und ich? Am Montag, dem 10. Oktober 1977 stieg ich in einen Zug nach Hamburg, dort sollte ich umsteigen und weiter in die Stadt K. fahren. Ich war mir keineswegs sicher, was mich dort erwartete. Eine Begegnung mit Neonazis? Eine Geschichte über eine Vergangenheit, die nicht vergehen wollte? Eine normale deutsche Kleinstadt, die mit sich und ihrer Vergangenheit rang?

Doch was ich finden sollte, hatte ich nicht erwartet. Seitdem ist mein Leben ein anderes geworden.

Zweiter Satz: Hildegard Voigt

Determinato
Wir sind wie Feuer, das im dürren Aste oder im Kiesel schläft; und ringen und suchen in jedem Moment das Ende der engen Gefangenschaft.

Vorbemerkung

Der nachfolgende Teil meines Bekenntnisses wird überwiegend in der dritten Person erzählt. Ich nehme eine gottähnliche Perspektive auf das Geschehen ein als auktorialer Erzähler, wie das die Literaturwissenschaft nennt. Von oben wird das Geschehen beobachtet und beschrieben, und ich werde in die Köpfe meiner Figuren eindringen, um ihre Gedanken und Gefühle zu erkunden. Zeitzeuge der Ereignisse in diesem Abschnitt war ich nur bedingt. Meine Gewährsperson ist die Hauptfigur, die meine Leser bald näher kennenlernen werden – Hildegard Voigt. Ich habe sie 1977/78 für eine kurze Zeit in der deutschen Stadt K. gut, sehr gut gekannt. Was wir uns damals in vielen Gesprächen erzählten, habe ich in meinen Erinnerungen aufbewahrt. Das Aufschreiben bzw. das Verarbeiten dessen, woran ich mich erinnere, kann nicht genau wiedergeben, was damals geschah, denn die Wiedergabe in diesem Bekenntnis bedeutet, eine neue Ebene zu schaffen. Sie hat ihre eigene Wahrheit. Denn: Ich bin der Mann mit der blauen Gitarre.

Im folgenden Abschnitt *Ein Totentanz* verhält es sich aber noch anders. Die Handlung spielt vor über siebzig Jahren. Hildegard war nicht dabei, sie war noch nicht geboren. Geschehnisse in der Stadt K. an jenem Novemberabend 1949 sind meiner Vorstellungskraft entsprungen, die durch spätere Vorkommnisse angeregt wurde. Aber so – oder so ähnlich – hätte es gewesen sein können. Zu einer Geschichte gehört immer eine Vorgeschichte – und so weiter bis in die dunkelsten Vorzeiten zurück, wo uns die Mythen begegnen. Ist die Disziplin, die wir Geschichte nennen, unsere Erzählungen über dasjenige, was und wie wir geworden sind, nicht einfach eine Umformung und letztlich auch eine Entzauberung, im Kern eine Zivilisierung der Mythen, welche in allen Kulturen die Anfänge freilegen? Es sind stets gewaltsame Anfänge, durchsetzt von Tatendrang, Liebe, Verrat, Eifersucht, Rache und Hass, die in Blutvergießen und Totschlag enden. Wir erinnern uns an die ersten Worte des Erzählers des über viertausend Jahre alten Gilgamesch-Epos: *Derjenige, der in den Abgrund schaute ...* In der Ursprache hört es sich für moderne Ohren rätselhaft an: ›*ha naqba îmuru*‹.

Ein Totentanz

Ein feiner Nebelschleier hatte sich über die Kleinstadt K. in der norddeutschen Ebene gelegt. Es war ein Novemberabend im Jahr 1949 – just vier Jahre nach dem Ende des ersten Krieges, der einundzwanzig Jahre nach dem Ende eines Krieges ausbrach, der alle Kriege beenden sollte. Es nieselte leicht. Ein Mann schritt über die leere Hauptstraße und bog in eine kleine Gasse ein, die zum zentralen Marktplatz führte. Der Wind wurde stärker. Er zog seinen Mantel enger um sich und schob die Krempe seines Schlapphutes tiefer ins Gesicht. Er trug eine schwarze Tasche. Als er den Marktplatz erreichte, hielt er kurz inne und schaute sich um. Es gab nur spärliches Licht von drei Straßenlaternen. Gegenüber erblickte er die Umrisse der Kirche, daneben stand das Rathaus, in dessen Fenster im Erdgeschoss ein Licht brannte. Etwa drei Häuser vom Rathaus entfernt gab es eine weitere Lichtquelle. Sie stammte, wie das Schild vor dem Gebäude verriet, von einer Gastwirtschaft. Der Nieselregen nahm zu. Der Mann blieb im Schutz eines Vordachs stehen, holte eine dünne Zigarre aus der Manteltasche und zündete sie an. Die kleine Flamme blitzte auf und ließ ein markantes Gesicht mit einer Hakennase, hoher Stirn, schmalen und eng beieinanderliegenden Augen und scharfen Wangenknochen zum Vorschein kommen. Er trug einen Schnurrbart und seine Stirn war von Narben gezeichnet. Der Mann rauchte in ruhigen Zügen. Er schaute sich weiter um. Der Marktplatz war leer. Bald warf er den Stummel weg. Sie beschrieb einen hohen Bogen durch die Luft, fiel in eine Rinne im Kopfsteinpflaster, wurde sogleich vom Regenwasser erfasst und weggeschwemmt.

Der Mann überquerte den Platz und erreichte die Gastwirtschaft. Er ging die drei ausgetretenen Steintreppen hoch, stieß die Tür auf und trat ein. Stickige, rauchige und warme Luft wehte ihm entgegen. Er schritt durch den schmalen Gang zur Gaststube und schaute sich um. Der Wirt, der hinter seiner in die Jahre gekommenen Holztheke stand, hatte ihn gleich gesehen und beäugte ihn mit prüfender Miene. Die Gäste am Stammtisch – kein anderer Tisch war besetzt – drehten sich um. Sie schauten ausdruckslos. Keiner sagte etwas. Der Mann nahm schweigend Platz an einem Tisch in der hinteren Ecke und wartete. Er setzte den Hut nicht ab. Die Stammtischbrüder drehten sich zurück und setzten ihr Gespräch fort. Der Gastwirt kam zum Tisch und nahm die Bestellung auf. Ein Bier, das prompt gebracht wurde. Mit dem Glas in der Hand nahm der Mann die Gaststube genauer in Augenschein und beobachtete, dass am Stammtisch ein etwas heruntergekommen aussehender Mann mit einem beachtlichen Vollbart aufstand. Er gestikulierte mit den Händen und redete auf die Stammtischbrüder ein, die nickten und lachten. Der Bärtige nahm etwas vom Tisch – es sah wie ein kleiner Stock aus – und zeigte damit auf die Wand hinter sich. Es war in dem schummrigen Raum von dem Tisch des Fremden aus schwer zu sagen, worum es ging. Der neue Gast meinte, auf der Wand eine menschengroße Zeichnung oder ein Gemälde ausmachen zu können. Der Wirt überreichte dem gestikulierenden Mann wortlos ein frisch gezapftes Bier. Der nahm einen kräftigen Schluck und begann dann an der Wand zu malen. Der neue Gast schaute intensiver hin. Das Bild schien eine Art Tanz darzustellen, an dessen Spitze eine große Figur stand. Hinter ihm gab es etliche kleinere Figuren, die der großen Figur tanzend folgten. Der Mann, wohl ein Künstler, war dabei, die Reihe der kleinen Figuren zu ergänzen. Er arbeitete schnell und konzentriert, genehmigte sich zwischendurch einen Schluck Bier. Seine Stammtischbrüder kommentierten das Geschehen mit Gesten, Lachen und Wortfetzen. Der Wirt schaute mit einem feinen Lächeln zu. Die Szene vermittelte den Eindruck eines eingeübten Rituals unter Trinkgefährten.

Die Neugier des Fremden war geweckt. Er leerte sein Bier, nahm seine schwarze Tasche in die Hand, stand auf und ging zur Theke. Er wollte die Gastwirtschaft zwar verlassen, sich aber zuvor noch das Bild genauer anschauen. Die Stammtischbrüder beachteten ihn nicht, als er beim Wirt bezahlte.

Der Künstler sah ihn jedoch mit deutlich erkennbarem Interesse an und sagte dann unvermittelt: »Ein Totentanz.« Er zeigte mit dem Pinsel auf die große Figur: »Der Teufel ist dabei, die vielen Sünder einzusammeln.« Mit einer ausladenden Geste und einem schelmischen Grinsen schloss er nicht nur die gemalten Figuren, sondern mit einem leichten Kopfnicken in Richtung des Gastes auch diesen mit ein. Der Mann zeigte keine Regung, starrte stattdessen wie gebannt auf das Gemälde, das eine Vielzahl von fast lebensgroßen und fein ausgearbeiteten Figuren zeigte, die sich, wie von unsichtbaren Fäden gezogen in Richtung des Teufels bewegten. Ihre Gesichtsausdrücke ließen eine große Spanne von Gefühlen erkennen: von entsetzt, überrascht und weinerlich bis hin zum Trotz. Nur der Teufel sah zufrieden aus. An den Kleidern erkannte der Fremde, dass es sich bei den kleinen Figuren um einen Querschnitt der Gesellschaft handelte. Bürger und Arbeiter, Staatsdiener und Landleute, Reich und Arm, Männer und Frauen – alle auf dem gleichen Weg in die Hölle, in die ewige Verdammnis, die durch einige Flammen hinter dem Teufel angedeutet wurde. Ein verstörendes Bild.

Der Künstler sah den Fremden weiterhin an, als ob er eine Bemerkung erwarten würde. Sein Grinsen war inzwischen nicht mehr schelmisch, sondern eher spitz und ironisch. Der Wirt und die

Stammtischbrüder schauten sich die seltsame Szene schweigend an. Die Stille in der Gaststube wurde fast greifbar.

Der Gast riss seinen Blick von dem Gemälde los, schüttelte den Kopf und verließ ohne ein Wort die Gaststätte. Als er die Außentür aufmachte, ertönte hinter ihm fröhliches Lachen. Ob es ihm galt, wusste er nicht. Es war ihm egal. Er hatte Wichtigeres im Sinn, als sich mit einem albernen Gemälde und Saufbrüdern zu befassen.

Als er wieder auf den Marktplatz kam, hatte der Nieselregen etwas nachgelassen. Der Mann öffnete seine Tasche und blickte kurz hinein. Zu sehen waren ein Strick und ein Messer. Der Mann nickte, schloss die Tasche und lief über den Marktplatz in Richtung des Rathauses, in dem noch ein einziges Fenster beleuchtet war.

Nachdem der Mann die Gastwirtschaft verlassen hatte, gab der Wirt dem Künstler und den Stammtischbrüdern eine Runde Korn aus. Der Maler fing an, eine neue Figur hinter dem Teufel zu zeichnen. Er setzte zügig mit sicheren Bewegungen einige feine Linien, um Kopf und Gesicht der neuen Figur zu umreißen. Nach und nach kam das Gesicht zum Vorschein. Es war das Ebenbild des Mannes, der soeben die Gaststube verlassen hatte. Der Künstler zeichnete einen Schlapphut auf sein Porträt, trat einen Schritt zurück und betrachtete zufrieden das Gemälde.

Die Stammtischbrüder lachten laut und prosteten sich zu.

Der Hölderlinturm

Hildegard Voigt stand am Ufer der Neckarinsel in Tübingen und schaute auf den runden, mit einem spitzen Dach versehenen Hölderlinturm, der sich an das Gebäude auf der gegenüberliegenden Flussarmseite schmiegte. Sie hatte gerade das zweite juristische Staatsexamen im Studienfach Rechtswissenschaft mit besten Noten bestanden. Die Insel, die zu Beginn des 20. Jahrhunderts infolge einer Flussregulierung entstanden war, hatte sich zum beliebten Freizeitgebiet der Tübinger entwickelt. Hinter der Platanenallee, die das Ufer vom Fußweg trennte, konnte Hildegard zahlreiche Spaziergänger, Radfahrer,

Jogger und Hunde ausmachen, die an diesem Oktobertag im Jahr 1976 die Sonnenstrahlen des späten Nachmittags genossen, die ihr selbst jedoch wie ferne Dissonanzen vorkamen.

Hildegard stand einsam und bewegungslos. Sie dachte an Friedrich Hölderlin. Der Dichter hatte, nachdem er 1807 als unheilbar psychisch krank aus dem Tübinger Klinikum entlassen worden war, dank der Mildtätigkeit und Fürsorge eines Bewunderers über fünfunddreißig Jahre in einem kleinen Zimmer in dem Turm gelebt. Hildegard konnte den Wohltäter verstehen, sie liebte Hölderlins Dichtung. Dieser hatte nach Ansicht der Forschung unter einer schweren Schizophrenie gelitten, die sich nach 1805 mit zunehmender Intensität entwickelt hatte. Wodurch war sie entstanden? Ärmliches Elternhaus, erniedrigende Hauslehrertätigkeiten in wohlhabenden Familien, exzessive, psychisch belastende intellektuelle Arbeit als Dichter und Übersetzer, eine unerwiderte Liebe zu einer über seinem Stand stehenden Dame – ein verkanntes Genie im Sinne der Romantik und … vielleicht noch etwas. Ein Salto mortale – ab in den Abgrund des Seins. In seinem Geist war die Sicherung durchgebrannt. Er hatte den Rückweg nicht mehr gefunden. Hildegard zitierte in Gedanken eine Passage aus dem Anfang des *Hyperion*: *Wer bloß an meiner Pflanze riecht, der kennt sie nicht, und wer sie pflückt, bloß, um daran zu lernen, kennt sie auch nicht.* Wie lernte man das Sein, das eigene Dasein kennen? Um eine Pflanze wahrhaftig zu kennen, musste man selbst wie eine Pflanze werden. Um sich selbst zu kennen, müsste man … selbst werden. War es aber möglich, durch die Suche nach dem Selbst in den Wahnsinn abzugleiten? Jener Weg barg ein Wagnis. In jedem von uns schlummert ein Abgrund. Hildegard dachte an Friedrich Nietzsche, der Hölderlin nicht unähnlich, nach einer ungeheuerlichen geistigen Schaffensperiode in den Wahnsinn abrutschte. Es gibt die Anekdote, dass Nietzsche an einem Januartag 1889 in Turin weinend die Arme um den Hals des Pferdes einer Mietkutsche schlang und es nicht mehr loslassen wollte. Er hatte gesehen, wie der Kutscher das Tier geschlagen hatte und dabei einen so ungeheuren Schmerz empfunden, dass er dem geschundenen Pferd zu Hilfe kam. Freunde brachten den Philosophen daraufhin in einer

Irrenanstalt in Basel unter. Zehn Jahre später starb Nietzsche in geistiger Umnachtung in Weimar. Sein geistiges Erbe – wie auch das von Hölderlin – beschäftigte die Menschen weiterhin. Sie wollten wissen, was die beiden auf dem Weg in den Abgrund womöglich gesehen und erlebt hatten. Wollte man das wirklich wissen? Dann müsste man ...

Hildegard riss sich los, ging zurück zum Gehweg und reihte sich in den Fluss der Spaziergänger ein. Sie lief langsam mit einem deutlichen Humpeln, blickte zu Boden und dachte nach. Wie sollte es weitergehen? Die Professoren erwarteten, dass sie promovierte und eine Hochschulkarriere anstrebte oder als Richterin in den Staatsdienst ging. Sie galt in der Fakultät als ein Ausnahmetalent. Aber wollte sie das? Sie hatte sich seit fast sechs Jahren ihrem eigenen strengen Regiment unterworfen – lernen, lernen, lernen sowie lesen und schreiben, alles ohne Pause. Soziale Kontakte hatte sie so gut wie keine. Sie spürte, dass ihre Kommilitonen ihr fast reflexhaft aus dem Weg gingen. Sie strahlte offenbar etwas Unbehagliches, etwas Unnahbares aus. In der Schule, damals in Hamburg, war es ihr ähnlich ergangen. Sie war einfach zu – anders. Nur so konnte sie es sich erklären. Sie empfand es, wusste aber nicht, was es bedeutete. Damit umgehen konnte sie nur, indem sie immer intensiver arbeitete, sich immer mehr Leistung abverlangte. In ihrem letzten Schuljahr hatte ein Lehrer – er war der einzige Lehrer an der Schule, der ihr nähergekommen war – zu ihr gesagt: »Sie haben immer Recht, Hildegard, und das werden die anderen Ihnen nie verzeihen. Passen Sie auf. Man sollte lernen, um zu leben, nicht leben, um zu lernen.« Sie war in akademischer Hinsicht bei Weitem die Beste ihres Jahrganges und schloss das Abitur mit der Note 1,0 ab.

Sie hatte beschlossen, Jura zu studieren, denn sie dachte, damit könnte sie etwas in der Gesellschaft bewirken. Gerechtigkeit – ein problematischer, vielschichtiger Begriff, wie sie erfahren sollte, der nicht ohne Schwierigkeiten in das Fach Rechtswissenschaft passte. Ein Professor hatte einmal bei einer Vorlesung im ersten Semester gesagt: »Der Rechtsstaat und die Gesetze sind nicht da, um Gerechtigkeit zu schaffen, sondern Rechtssicherheit und Rechtsfrieden herzustellen. Das ist unser Kerngeschäft.«

Gibt es einen Rechtsfrieden ohne Gerechtigkeit? Und wenn Ja: Was ist er wert? Diese Fragen kreisten in ihrem Kopf.

Ich habe Hildegard zwei Jahre nach ihrem Abschluss in Tübingen kennengelernt. Wie sah sie aus? Sie war eine Frau mittlerer Statur, kompakt gebaut, aber keineswegs übergewichtig. Sie kleidete sich fast immer mit dunkler, strenger Kleidung, die zurückhaltend wirken sollte, die jedoch eher einen Kontrapunkt zu ihrer starken Ausstrahlung bildete. Als ich sie traf, trug sie ihr dunkles Haar kurz. Sie sagte mir, dass sie früher schulterlanges, welliges Haar hatte. Ich habe immer gedacht, dass mir das besser gefallen hätte. Sie hatte ein ausdrucksstarkes, aber leicht unebenes Gesicht mit einer hohen Stirn. Auffallend waren die großen dunklen Augen, die ihr Gesicht dominierten und ihm eine geheimnisvolle Lebendigkeit verliehen. Man konnte sich in der scheinbar endlosen Tiefe ihrer Augen verlieren. So ist es mir jedenfalls ergangen. Sie trug grundsätzlich kein Make-up. Die betonte Zurückhaltung in ihrer äußerlichen Erscheinung machte sie faszinierend – zumindest für mich. Hildegard hatte ein angeborenes Hüftleiden. Sie humpelte deutlich, bewegte sich nichtsdestotrotz mit einer erstaunlichen Agilität.

War sie eine schöne Frau? In den Augen der Welt war sie es nicht. Sie hatte etwas Verstörendes, etwas Unsymmetrisches. Ihre Schönheit zeigte sich erst, wenn man sich ernsthaft mit ihr unterhielt. Dann strahlte ihr Gesicht, und es eröffneten sich unermessliche Reichtümer.

Und eine letzte Beobachtung. Hildegard spielte zur Entspannung – ein Begriff, der so gar nicht zu ihr passte – ein Instrument. Aber nicht irgendeines, sondern etwas Ausgefallenes – wie man es erwarten würde. Sie spielte Viola d'amore, und das mit einer derartigen Innigkeit, dass die Zeit während des Zuhörens stehenzubleiben schien. Sie liebte die schwermütigen Chansons von Edith Piaf und Jacques Brel wie auch die komplexe Musik des Barock.

Während ich dies schreibe, stelle ich mir Hildegard in einem Pariser Café vor, mit einem Aprikosencocktail auf dem Tisch, einer Gauloises zwischen Daumen und Zeigefinger (Hildegard rauchte aber gar nicht!) und einem Buch von Simone Weil in der Hand. Oder ist sie sogar dabei, ein eigenes Werk zu schreiben? Ja, das trifft es eher.

Unsere Vorstellungskraft ist der eigentliche Motor des Lebens. Durch sie kann die unerbittliche Strenge des Seins überwunden werden.

Ich heiße Mirjam

Hildegard verließ den Zug am Hamburger Hauptbahnhof und wurde von einem muffigen Geruch begrüßt, einem Gemisch von Dieselqualm, Schweiß, abgestandenem Staub und gebratenem Fett. Beladen mit zwei Koffern ging sie den Bahnsteig entlang, benutzte die Rolltreppe nach oben, um die Bahnhofshalle zu erreichen, und gelangte nach ein paar Schritten über eine Rolltreppe nach unten zum Bahngleis der U-Bahn nach Wandsbek-Markt. Sie war auf dem Weg nach Hause. Der morgendliche Nieselregen hatte aufgehört, der Himmel war aber noch verhangen.

Hildegards Mutter bewohnte eine kleine Wohnung in der Rantzaustraße im Stadtteil Wandsbek. Sie war dorthin umgezogen, nachdem ihr Mann vor sieben Jahren an einer Krebserkrankung gestorben war. Vorher hatte die Familie in Farmsen gewohnt. Hildegard hatte das Gymnasium Meiendorf im Stadtteil Rahlstedt besucht. Ihr Vater war Beamter in der Innenbehörde gewesen und ihre Mutter Hausfrau. Inzwischen kam es Hildegard so vor, als ob ihre Mutter von Beruf Witwe wäre. Hildegard hatte keine Geschwister.

Nachdem sie ihr Studium vor sieben Jahren angefangen hatte, hatte Hildegard nur sporadisch den langen Weg von Tübingen nach Hamburg zurückgelegt. An ihren Heimatort hatte sie kaum eine emotionale Bindung.

Da sie in Ergänzung ihres BAFöG eigenes Geld verdienen musste, jobbte sie regelmäßig in den vorlesungsfreien Zeiten. In den vergangenen sieben Jahren hatte sie sehr unterschiedliche Arbeiten angenommen – sie war Fremdenführerin, Nachhilfelehrerin, Verlagsbotin und Korrekturleserin bei einer Zeitung gewesen. Seit dem dritten

Studienjahr hatte sie auch als Aushilfskraft in der Fakultätsbibliothek gearbeitet. Ihre Professoren hatten ihr nach dem Examen eine Assistentenstelle in Aussicht gestellt. Sie wusste noch nicht, ob sie das Angebot annehmen wollte.

Von der U-Bahn-Station Wandsbek-Markt war es zu Fuß nur ein Weg von knapp zehn Minuten bis ihrer Mutter. Hildegard verspürte leichtes Unbehagen, als sie sich der Wohnung näherte. Sie hatte ihre Mutter vom Bahnhof aus angerufen, ihre Mutter hörte sich gebrechlich und fast abwesend an. Sie hatten sich zuletzt im Frühjahr gesehen. Hildegard rief sich in Erinnerung, welchen Eindruck ihre Mutter damals auf sie gemacht hatte. Ängstlich, leicht verzweifelt. Sie hatte stets im Schatten ihres Ehemanns gelebt, der den Ton in der Familie angegeben hatte. Mit seinem Tod war in ihrer Mutter etwas erloschen: ihr Lebensmut.

Hildegard hatte nie eine sehr enge Beziehung zu ihrer Mutter gehabt. Zu der Gedankenwelt, in der Hildegard lebte, fand die Mutter keinen Zugang. Sie hatte zwar Bewunderung und Anerkennung für Hildegards schulische und akademische Leistungen geäußert – und dies auch ehrlich gemeint –, jedoch nie verstanden, was ihre Tochter im Leben eigentlich anstrebte. Seit dem Tod ihres Vaters herrschte eine angespannte Stimmung, als ob die Mutter auf etwas wartete, das sie gleichzeitig fürchtete und ersehnte. Hildegard spürte, dass die Mutter mit etwas beschäftigt war, das sie sehr belastete. Bisher hatte Hildegard keine passende Gelegenheit gefunden, darüber ein Gespräch zu führen. Vielleicht wollte sie das auch gar nicht.

Hildegard stand vor dem schlichten Neubau, in dem sich vier Wohnungen befanden. Die Wohnung ihrer Mutter lag im Parterre und hatte eine kleine Gartenfläche nach hinten hinaus. Da sie keinen Schlüssel besaß, musste sie klingeln.

Die Eingangstür wurde geöffnet, und Hildegard blickte in das schmächtige Gesicht ihrer Mutter. Für einen kurzen Moment strahlte es freudig zur Begrüßung, doch gleich danach huschte ein Schatten darüber. Hildegard stellte die Koffer ab und umarmte ihre Mutter. »Ich bin so froh, wieder hier zu sein«, sagte sie.

»Mein Kind, ich liebe dich so«, erwiderte die Mutter flüsternd.

Sie gingen durch den Flur in das Wohn- und Esszimmer. Die Räume wirkten leicht staubig. Ihre Mutter hatte schon Kaffee und Brötchen bereitgestellt. Hildegard nahm Platz am Esstisch. Ihre Mutter setzte sich auf ein Sofa neben dem Tisch. Während sie die Brötchen aß, erzählte Hildegard von der Fahrt und dem Examen. Die Mutter hörte mit einem gelegentlichen Kopfnicken zu.

In einer Pause sagte die Mutter: »Ich muss dir etwas sagen, Hildegard.« Zunächst schaute sie Hildegard direkt an, sodann aber glitt ihr Blick zu dem Foto ihres Mannes, das auf einem Seitentisch stand. »Hildegard«, fuhr sie mit verhaltener Stimme fort, »was ich zu sagen habe, fällt mir unheimlich schwer. Ich habe lange darüber nachgedacht. Jetzt muss ich ...« Sie hörte mitten im Satz auf und schaute Hildegard scheu an.

»Mutter«, erwiderte Hildegard, »bitte sag mir, was du zu sagen hast. Du siehst so gequält aus.«

»Hildegard, du bist nicht unser Kind.« Die Mutter hielt inne. Ihr Gesicht erstarrte, als ob der Satz sie erschreckt hatte. Hildegard blickte ihre Mutter bewegungslos an: »Ich meine, nicht unser leibliches Kind ... mein Kind bist du ... bleibst du ... immer.«

Stille im Raum.

Hildegard starrte vor sich hin, ein Brötchen in der Hand auf halbem Weg zum Mund.

Ihre Mutter versank tiefer in dem Sofa.

Langsam legte Hildegard das Brötchen wieder auf den Teller, stand auf und ging zum Fenster, ihren Blick in den Garten gerichtet. Als sie das Fenster erreichte, sah sie einen Gartenrotschwanz, der sich gerade auf einer Bank niederließ. Er streckte die rosafarbige Brust und sang. Der Gesang, flötend, einfach und melodisch, war laut und ausdauernd. Hildegard konnte ihn gut durch das geschlossene Fenster hören. Bald flog zirpend noch ein Gartenrotschwanz herbei – es war ein Weibchen. Der erste Vogel spreizte die Flügel, hob ab und gesellte sich zu dem Weibchen. Dann verschwanden die beiden Vögel gemeinsam aus Hildegards Blickfeld.

Sie dachte an die Yogaübungen, mit denen sie in Tübingen angefangen hatte. Sie hatten ihr beim Examen geholfen: Den Körper bewusst wahrzunehmen, Ruhe zu bewahren, inneren Frieden zu finden, tief und füllend einzuatmen, langsam und vollständig durch die Nase auszuatmen. *Dies ist noch eine Prüfung*, dachte sie. *Ich werde sie auch bestehen.*

Tief und füllend einatmen, langsam und vollständig ausatmen.

Wie lange sie am Fenster gestanden hatte, konnte sie nicht sagen. Sie versuchte, sich Begebenheiten aus der Vergangenheit zu vergegenwärtigen. Gab es etwas, das sie hätte merken müssen? Ihre Eltern hatten fast nie über den Krieg und die Nachkriegszeit gesprochen, und wenn ja, dann nur in allgemeinen Worten. Für sie schien das Leben angefangen zu haben, als die Familie 1955 das Haus in Farmsen bezog. Hildegard war damals fünf Jahre alt gewesen. Ihr Vater hatte das Haus fast ausschließlich in Eigenarbeit instandgesetzt und wohnlich gemacht. Die Geschichte über den Nestbau hatte sie während ihrer Jugend häufig gehört. Eine Erfolgsgeschichte. Wohlhabend war die Familie nicht, aber der Vater schaffte es durch Fleiß und Beständigkeit, in den mittleren Dienst der Innenbehörde aufzusteigen. Als Hildegard zur Schule ging, arbeitete ihre Mutter als Verkäuferin in Teilzeit in einem Schuhgeschäft. Die Familie lebte sparsam. Eine normale kleinbürgerliche Familie in Zeiten des Wirtschaftswunders. Ein Fernseher, ein VW-Käfer, eine erste Waschmaschine, Urlaub in der Lüneburger Heide, einmal sogar eine Reise nach Italien.

Ihre Eltern hatten sich geliebt. Das wusste Hildegard. Nie hatte sie gespürt, dass sie ihr etwas verheimlichten. Wegen ihrer offensichtlichen Begabung war Hildegard einfach anders, für ihre Eltern ein Rätsel. Auch ihr Vater hatte eingesehen, dass sie auf jeden Fall Abitur machen sollte. Nicht lange nach der Abiturprüfung erkrankte er an Krebs und starb sechs Monate später. Auf dem Sterbebett hatte er sie lange angeschaut und versucht, Worte zu formulieren. Er hatte es nicht mehr geschafft.

Langsam kam Hildegard wieder zu sich. Sie drehte sich vom Fenster weg, setzte sich neben ihre Mutter auf das Sofa und zog zärtlich ihre

Hände zu sich. »Mutter«, sagte sie leise, aber bestimmt, »erzähl mir bitte die ganze Geschichte.«

In der folgenden Stunde berichtete die Mutter langsam und bruchstückhaft von ihrem Leben, einem deutschen Schicksal, vom Krieg und dessen Folgen. Eine Geschichte von einfachen Menschen in schwierigen Zeiten, die vieles verloren hatten, und denen es trotz alledem gelang, ein neues Leben aufzubauen.

Am 7. Februar 1943 heirateten Hildegards Eltern in Hamburg, als ihr Vater, ein Wehrmachtssoldat, auf Heimaturlaub war. Er war bei der Eheschließung 25, ihre Mutter 23 Jahre alt. Sie waren beide im Stadtteil St. Georg aufgewachsen und kannten sich von Kindesbeinen an. Hildegards Mutter wurde schwanger und lebte noch bei ihren Eltern in St. Georg. Ihr Mann verbrachte die letzten Kriegsjahre an der Ostfront. Sie erhielt in den ersten Monaten noch Feldpost.

Operation Gomorrha – die Tage zwischen dem 24. Juli und dem 3. August 1943 –, als Hamburg durch einen massiven Luftangriff der Alliierten schwer getroffen wurde. Die Tage gingen als Feuersturm über Hamburg in die Geschichte ein. Ganze Stadtteile wurden dem Erdboden gleichgemacht. Es starben schätzungsweise 34 000 Menschen, knapp eine Million Hamburger flohen aus der Großstadt. Hildegards Mutter überlebte den Angriff, verlor jedoch das Kind. Nach dem Luftangriff floh sie mit ihrer Familie nach Dassendorf im Herzogtum Lauenburg. Sie bezogen eine Holzhütte in einer einfachen Wochenendhaussiedlung, die sie in einen bewohnbaren Zustand versetzten. Briefe von ihrem Mann kamen nicht mehr. Hildegards Mutter wusste nicht, was ihm passiert war. Es waren Jahre der Ungewissheit, der Entbehrungen, des Hungers und der Kälte. Vor allem waren es Jahre der Angst.

1946 kehrte die Familie nach St. Georg zurück. Hildegards Mutter war inzwischen 25 Jahre alt, abgemagert, aber gesund. Ihr Vater, Hildegards Großvater, war in Dassendorf gestorben. Hildegards Mutter lebte mit ihrer Mutter und zwei weiteren Familien in einer Wohnung und fand Arbeit in einer kleinen Werkstatt, die ehemalige Wehrmachtsgeräte für zivile Zwecke umarbeitete. Sie lernte, wie man aus Helmen Kochtöpfe herstellte.

An einem Herbsttag des Jahres 1946 erschien Hildegards Vater vor der Haustür der Wohnung – dank des Suchdienstes des Roten Kreuzes. Er hatte die vergangenen drei Jahre in sowjetischer Gefangenschaft verbracht. Es dauerte ein Jahr, bis er sich so weit erholt hatte, dass er sich eine regelmäßige Arbeit suchen konnte. Er fand sie in der Hamburger Innenbehörde. Als Mensch blieb er verschlossen, insbesondere dann, wenn die Gespräche auf den Krieg kamen. Nach und nach stellte sich der Nachkriegsalltag ein.

Die Eheleute erfuhren bald, dass Hildegards Mutter keine Kinder mehr bekommen konnte. Besuche bei Ärzten brachten keine Lösung. Die Mutter wurde depressiv. 1947 begann das Paar, sich nach der Möglichkeit einer Adoption zu erkundigen, und nahm Kontakt mit dem Evangelischen Fürsorgeverein auf. Es dauerte drei Jahre, bis sie Erfolg hatten. Im Februar 1950 nahm Hildegards Mutter einen Säugling in Empfang. Sie sagte Hildegard, dass dies der glücklichste Tag ihres Lebens gewesen war. Mit dem Säugling erhielt das Paar einen Brief mit Informationen über die leiblichen Eltern. Der Brief wurde nie geöffnet. Hildegards Eltern wussten nur, das die leiblichen Eltern gestorben waren. Von etwaigen Verwandten wussten sie nichts. Der Brief war seit siebenundzwanzig Jahren gut verwahrt worden. Er wurde aber nie ganz vergessen. Hildegards Vater meinte, dass dem Kind nie gesagt werden sollte, dass es adoptiert worden war. Wozu denn? Dieses Schweigen hatte der Fürsorgeverein empfohlen. Hildegards Mutter war nicht so sicher, ob dies die richtige Entscheidung war, beugte sich jedoch dem Wunsch ihres Ehemannes. Als Hildegard heranwuchs, war ihre Abstammung kein Thema, zumindest kein Gesprächsthema. Die Wahrheit wurde verschwiegen, begleitete die Eltern aber innerlich über die Jahre, still und hartnäckig. Hildegard hatte sich zu einem außerordentlichen Mädchen entwickelt. Sie war ganz anders, als es das Paar erwartet hatte. Ein vergleichbares Mädchen gab es nirgendwo in ihrem Bekanntenkreis. Im Stillen hatte ihre Mutter sich des Öfteren gefragt, ob das nicht doch mit Hildegards leiblichen Eltern zu tun hatte. *Blut ist dicker als Wasser*, behauptete eine alte Weisheit.

»Hildegard«, sagte ihre Mutter, »du sollst die Wahrheit wissen. Hier ist der Brief.«

Hildegard schaute zunächst ihre Mutter an, dann den Brief. Sie fasste ihn nicht an. Es war ein gelber Umschlag etwa in Größe DIN A5. Sie zitterte. Es gelang ihr nicht, den Umschlag anzufassen. Wollte sie das alles wissen? Wozu sollte es gut sein? Sie blickte zu ihrer Mutter, die sie mit geröteten Augen anschaute. »Ich liebe dich«, flüsterte ihre Mutter. Es hörte sich wie ein Mantra an. »Nimm ihn, Liebling.«

Behutsam fasste Hildegard den Brief an. Sie schaute lange darauf, bis sie sagte: »Mutter, ich muss in Ruhe nachdenken.« Sie stand auf, küsste ihre Mutter auf die Stirn und ging in ihr Zimmer. Die Mutter blieb auf dem Sofa. Sie weinte still vor sich hin.

In ihrem Zimmer angekommen, legte Hildegard den Brief auf das Bett. Daneben lagen die Koffer. In einem davon war ihr Instrument, die Viola d'amore. Sie nahm sie heraus, setzte sich auf den Schreibtischstuhl, legte das Instrument an und begann zu spielen. Bald füllten die Klänge des Themas aus der *Sonata No. 2 für Viola d'amore* von Attilio Ariosti den engen Raum. Hildegard schloss die Augen und ließ sich von der Musik tragen. Sie liebte die Musik des Barock.

Abrupt hörte sie auf zu spielen, schüttelte den Kopf und schaute auf die Viola, als ob sie sie zum ersten Mal im Leben sehen würde. Ihre Augen verloren ihren Glanz; eine Hand streichelte langsam über das schimmernde, rotbraune Holz des Instruments. Es dauerte einige Minuten, bis sie es beiseitelegte. Sie nahm den Brief an sich und riss den Umschlag auf. Er enthielt einige wenige Dokumente. Das Vorblatt war eine mit Schreibmaschine geschriebene Seite mit den Namen und den Lebensdaten zweier Personen. Friedhelm Meyer, geboren am 4. Juni 1921 in Potsdam, Archivar, gestorben am 17. November 1949 in der Stadt K.; Elina Meyer, geborene Roth, geboren am 6. September 1924 in Berlin, Hausfrau, gestorben am 9. Januar 1950 in der Stadt N. … Darunter befand sich eine handschriftliche Eintragung – es war ein Vorname, der Name, den ihre Mutter offenbar für sie bestimmt hatte: Mirjam. Die Geburtsurkunde lag anbei.

Hildegard starrte lange auf die Eintragungen. Sie war am 2. Januar 1950 geboren, just sieben Tage vor dem Tod ihrer Mutter. Wie waren ihre Eltern in die Stadt K. gekommen? Was war damals passiert? Warum starben ihre leiblichen Eltern in so jungen Jahren innerhalb weniger Monate? Was steckte hinter diesen Namen? Sie legte das Instrument wieder in den Koffer und ließ den Verschluss zuschnappen.

Meyer, Friedhelm, Roth, Elina … Und Mirjam.

Als sie den Umschlag wieder in die Hand nahm, merkte sie, dass er noch etwas enthielt, etwas Kleines, kaum Fühlbares. Sie griff hinein und holte eine dünne Kette mit einem Anhänger heraus – einem Davidstern. Hildegard schaute den Anhänger lange an. Langsam formte sich in ihr ein Gedanke. *Ich bin Jüdin, zumindest Halbjüdin. Von meiner Mutter. Elina Roth. Eine Kette mit einem Davidstern ist alles, was ich von ihr habe. Ich heiße Mirjam.* Sie streichelte den kleinen Anhänger, empfand dabei jedoch keine Trauer, sondern eine tiefe, kalte Wut. Eine Wut auf eine Welt, die ihre Eltern ausgelöscht hatte. Sie legte die Kette in ein Taschentuch, öffnete den Geigenkoffer wieder und verstaute die eingewickelte Kette in dessen innerem Seitenfach.

Tief und füllend einatmen, langsam und vollständig ausatmen. *Mirjam. Mirjam – wie konnte sie die Bedeutung dieses Namens ergründen? In der Stadt K. lag der Schlüssel zur Antwort. Sie musste dorthin … Was geschah dort vor über fünfundzwanzig Jahren.*

Hildegard stand auf und ging zu ihrer Mutter zurück, die auf dem Sofa saß und vor sich hin starrte. Hildegard setzte sich neben sie. »Mutter«, sagte sie. »Es war richtig, mir das zu sagen.« Hildegard hielt inne und zog die Hände ihrer Mutter zu sich. »Ich liebe dich. Du bist meine Mutter, egal, was ein Stück Papier sagt.«

Ihre Mutter umarmte sie, sagte jedoch nichts. Nach einigen Minuten sagte Hildegard: »Ich habe eine Entscheidung getroffen, Mutter. Ich werde in der Stadt K. eine Anwaltskanzlei aufmachen.« Sie hielt inne und löste die Umarmung. Ihre Mutter schaute sie an; sie hatte aufgehört zu weinen. »Ich muss wissen, was damals passiert ist.« Die Mutter nickte und umarmte Hildegard wieder.

Je n'en connais pas la fin

Etwas nördlich von Hamburg an der Bahnlinie in Richtung Neumünster lag die Kleinstadt K. Ein typischer Ort im ländlichen Schleswig-Holstein, ruhig, bemüht gepflegt, die Einwohnerschaft eher verschlossen. Es war keine attraktive Stadt. Anfang der 1970er Jahre mussten weite Teile des alten Zentrums einer modernen Bebauung weichen. Das Ergebnis war kein Glanzstück, viel Beton, Asphalt und Steine sowie eine große Straßenbrücke, die das neue Zentrum der Stadt dominierte. Eine autogerechte Stadtplanung. Als Hildegard dort im Herbst 1976 ankam, hatte die Stadt die Notzeiten unmittelbar nach dem Zweiten Weltkrieg und auch das Wirtschaftswunder der fünfziger und sechziger Jahre hinter sich gelassen. Die Bevölkerung hatte sich seit 1945 mehr als verdoppelt auf knapp 17 000 Einwohner. Die Stadt fühlte sich im Aufwind. In den Gewerbegebieten befanden sich mittelständische Betriebe und der größte Arbeitgeber der Region mit über eintausend Beschäftigten, die Werkzeugfabrik Fromm. Die Nähe zu Hamburg war zwar maßgeblich für K.s Entwicklung zum Gewerbestandort am Rande der Großstadt gewesen, K. hatte jedoch seine Eigenständigkeit als Kommune behaupten können. Die Stadt verfügte über ein aktives und breit gefächertes Vereinswesen. Dazu zählten neben der Freiwilligen Feuerwehr und dem Sportverein insbesondere der Schützenverein und die Bürgerstiftung. Das Vereinswesen – die Stadt zählte knapp achtzig Vereine – bildete das Verbindende, das die Gesellschaft zusammenhielt. In der jüngeren Zeit waren Vereinstätigkeiten wie Tennis, Golf, Fitness und auch Kunst hinzugekommen. Seit 1958 gab es ein Gymnasium. 1976 begann eine Diskussion über die Einrichtung eines Heimatmuseums.

Das Bundesland Schleswig-Holstein war in gesellschaftspolitischer Hinsicht nach 1945 ein besonderes Pflaster. Als der Krieg sich im Frühjahr 1945 seinem Ende näherte, drängten die heranrückenden Alliierten von Westen sowie von Osten die deutschen Streitkräfte immer dichter zusammen. Schleswig-Holstein wurde zur letzten Bastion des NS-Staates und zum Zufluchtsort für fliehende Nazi-Funktionäre.

Auch nach den Kapitulationen am 8. und 9. Mai 1945 konnte in Flensburg unter dem von Hitler ernannten Nachfolger Admiral Karl Dönitz bis zum 23. Mai 1945 formell eine Reichsregierung agieren. In den Wirren der letzten Kriegsmonate gelang es zahlreichen Nazi-Schergen, in Schleswig-Holstein unterzutauchen und wieder einen Platz in der Gesellschaft zu finden. Der berühmteste Fall dieser Art betraf den Leiter der medizinischen Abteilung der nationalsozialistischen »Euthanasie-Zentrale«, Werner Heyde, der für den Tod Zehntausender Menschen mitverantwortlich war und nach dem Krieg mehrere Jahre unter dem Namen Fritz Sawade in Flensburg als Nervenarzt und Gutachter für das Oberversicherungsamt arbeitete. Er wurde von zahlreichen Leuten in bedeutenden, auch politischen Positionen im Land gedeckt. Sawade flog 1959 auf. Es gab weitere Fälle, die über die Jahre hinweg öffentlich wurden, und unzählige andere Fälle, die unentdeckt blieben. Insbesondere Justiz und Schulen waren in Schleswig-Holstein mit ehemaligen Nazis durchsetzt. Der Begriff *Renazifizierung* war 1951 entstanden. Der damalige Innenminister Paul Pagel prägte ihn. Der CDU-Politiker war im Kabinett von Ministerpräsident Walter Bartram (CDU) der Einzige, der nicht einer früheren NS-Organisation angehört hatte. Seine Kabinettskollegen bezeichnete er als eine »Koalition aus SA, SS und NSDAP«. Am 14. März 1951 schrieb er in sein Tagebuch: »Man kann allmählich zu Recht von einer Renazifizierung sprechen.« Die Schleswig-Holsteiner hatten sich als Weltmeister in der Disziplin Vergessen und Verdrängen erwiesen.

Ende November 1976 stieg Hildegard am Bahnhof der Stadt K. aus dem Zug und machte sich mit ihrem Koffer auf den Weg zu ihrer Wohnung, die gleichzeitig als Kanzlei dienen sollte. Eine Woche zuvor war sie bereits mit einem Umzugswagen dort gewesen und hatte die Wohnung eingerichtet. Ihre Mutter hatte ihr dabei geholfen. Zum ersten Mal in ihrem Leben musste Hildegard sich mit Alltagsproblemen wie zum Beispiel Gardinen befassen. Ihre Mutter kannte sich glücklicherweise bestens aus. Sie hatte ihr einen Vorschuss gezahlt, damit sie sich einen Hausstand zusammenstellen und ihre Kanzlei einrichten konnte. Ein eigenes Nest zu bauen erwies sich als aufwendiger, als sie sich das gedacht hatte. Die hinteren Räume der Vierzimmerwohnung hatte sie als Wohnbereich vorgesehen, die beiden Vorderzimmer als Kanzlei. Die Wohnung befand sich im ersten Stock eines vierstöckigen Backsteinbaus aus den 1920er Jahren. Das Haus lag in einer Seitenstraße, die zwischen dem neu entstandenen Stadtzentrum und dem Bahnhof verlief. Es war nicht die beste Adresse für eine Anwaltskanzlei, passte jedoch in ihr Budget. Mit dem zweiten juristischen Staatsexamen in der Tasche galt sie formell als Assessorin. Sie hatte bei der zuständigen Rechtsanwaltskammer in Schleswig bereits ihre Zulassung als Rechtsanwältin beantragt.

Die ersten Tage in der neuen Stadt verliefen ruhig. Hildegard schlenderte durch die Straßen und richtete ihre Büroräume ein. Sie wartete auf den Zulassungsbescheid der Kammer, um ihre Kanzlei offiziell eröffnen und in der Presse vorstellen zu können. Eines Tages besuchte sie die Geschäftsstelle der lokalen Zeitung und erkundigte sich nach Ausgaben aus der Nachkriegszeit. Sie erfuhr, dass der Altbestand dem Stadtarchiv übergeben worden war. Das Stadtarchiv befand sich im Alten Rathaus, das am Rande des neuen Zentrums lag. Es gehörte mit der Kirche und einer alten Gaststätte zu den wenigen historischen Gebäuden, welche die Sanierung überlebt hatten. Man bezeichnete das Alte Rathaus als die *gute Stube der Stadt.* Es beherbergte kulturelle Einrichtungen wie die Bibliothek, das Archiv, die Volkshochschule sowie das Standesamt.

Am nächsten Tag ging Hildegard gleich morgens zum Alten Rathaus. Sie klingelte und trat ein. Die Infotafel am Eingang besagte, dass das Stadtarchiv sich im Zimmer 102 befand. Hildegard lief den dunklen Gang hinunter. Das Sonnenlicht drang von den vorderen Fenstern nicht bis in die hinteren Ecken. Das Deckenlicht wirkte schummrig. Ganz am Ende des Ganges entdeckte sie das Zimmer 102 und klopfte. Eine tiefe Stimme rief: »Herein.«

Hildegard öffnete die Tür, trat in den Raum und erblickte einen älteren Mann hinter einem Schreibtisch. Der Mann schaute auf. Er war mit einem Hemd und einer Krawatte formell gekleidet, hatte ein glattes Gesicht und trug eine Brille mit schwarzem Rahmen, seine Augen blieben hinter den dicken Brillengläsern leicht verdeckt. Der Mann hatte eine Glatze. Seine Augen standen dicht beieinander, die Nase war eher lang und der Mund schmal. Er wirkte übergewichtig. Der Schreibtisch war voller Papiere, auch ein Telefon stand dort. Die Regale an den Wänden waren mit Büchern gefüllt.

»Guten Tag«, sagte Hildegard. »Ich möchte Zeitungsbände aus 1949 und 1950 durchsehen. Ich bin 1950 geboren und bin neugierig auf das Jahr. Die Geschäftsstelle hat mir gesagt, dass sie bei Ihnen lagern.«

Der Mann legte seinen Stift hin und schaute sich Hildegard einen Augenblick an, bevor er sagte: »Bitte nehmen Sie Platz.«

Hildegard setzte sich auf den Besucherstuhl. »Ich heiße Hildegard Voigt, bin neu in der Stadt und möchte mich informieren.« Sie war sich nicht sicher, ob das eine glaubhafte Erklärung war.

Der Archivar nickte und schaute sie intensiver an, bevor er antwortete: »Das können Sie machen. Wir müssen jedoch einige Formalitäten klären.« Er räusperte sich und fuhr fort: »Vielleicht sollte ich Ihnen erstmal etwas über das Stadtarchiv erzählen. Ich heiße Wolfgang Stamer und leite das Archiv seit etwa fünf Jahren ehrenamtlich. Vorher war ich jahrelang Grundschullehrer in dieser Stadt. Das Archiv wurde nach dem Krieg eingerichtet. Damals hatte ein Flüchtling aus dem Osten den Grundstock gelegt. Er war früher in Potsdam in einem Archiv beschäftigt gewesen und überzeugte die Stadtväter von der Notwendigkeit, ein Stadtarchiv in K. einzurichten. Wirklich eine erstaunliche Sache in jener Notzeit. Die meisten Menschen haben damals einfach an ihr Überleben gedacht.« Stamer zeigte auf einen Ordner auf dem Schreibtisch: »Dieses Verzeichnis haben meine Vorgänger angelegt. Ich bin dabei, es zu aktualisieren.« Hildegard gewann den Eindruck, dass der Mann einfach gerne erzählte. Sie konnte sich ihn gut vor einer Schulklasse vorstellen. »Aufgrund eines Sanierungsvorhabens im Zentrum zog die Verwaltung aus diesem alten Gebäude in das neue Rathaus. Das Stadtarchiv erhielt dadurch diese neuen, größeren Räume. Ich ging gerade in Pension und übernahm die Archivleitung nach dem Umzug. Geschichte war immer mein Steckenpferd.«

Er stand auf und nahm einen Ordner von einem Regal. Er holte ein Blatt Papier heraus und legte es Hildegard vor. »Das ist das Anmeldeformular. Bitte füllen Sie es aus.« Er zeigte auf einen gegenüberliegenden Tisch. »Das ist unser Benutzertisch. Ich hole den Band in der Zwischenzeit aus dem Magazin. Es befindet sich im Keller.« Nach einer Pause ergänzte er: »Beide Jahrgänge sind in einem Band zusammengefasst.«

Hildegard schaute sich das Formular an. Es wurden die üblichen Angaben wie Name, Anschrift, Geburtsdatum und dergleichen verlangt. Am Ende wurde nach dem Grund der Einsicht gefragt. Wissenschaft, Familiengeschichte, Heimatgeschichte waren die möglichen Antworten. Hildegard kreuzte Heimatgeschichte an. Das schien ihr am unverfänglichsten zu sein. Sie unterschrieb das Formular.

Stamer kehrte mit einem dicken Band im Zeitungsformat zurück, den er auf den Benutzertisch legte. Er nahm das Formular an sich, ließ sich Hildegards Ausweis zeigen und notierte das Datum und das zu benutzende Archivmaterial. Er nickte und sagte: »Ich bin bis 12 Uhr hier. Sie können so lange lesen. Das Archiv ist drei Vormittage in der Woche geöffnet. Sie können gerne wiederkommen. Übrigens bin ich auch Vorsitzender der Arbeitsgemeinschaft Stadtgeschichte in unserem Bürgerverein. Wir geben einmal im Jahr ein Heft heraus. Wenn Sie Interesse haben?«, fragte er und zeigte ihr ein Exemplar.

Hildegard kaufte das Heft für 4 DM. Es befasste sich mit dem Lebensweg eines mittelalterlichen Ritters. Sie dachte, der Erwerb wäre eine gute Investition.

Von Stamer erhielt sie weiße Handschuhe, die sie anziehen sollte, während sie in dem Zeitungsband blätterte. Der Band wirkte leicht staubig, die Seiten waren brüchig und vergilbt. Der Archivar ermahnte sie, sorgfältig mit den Archivalien umzugehen.

Hildegard streifte die Handschuhe über und schlug den Band auf der ersten Seite auf. Das Tageblatt für K. und Umgebung, Donnerstag, den 6. Januar 1949. Der Leitartikel befasste sich mit der Berlin-Frage, also mit dem Sonderstatus der geteilten Stadt. Hildegard blätterte langsam weiter. Sie achtete kaum auf den Inhalt. Sie dachte an den

Archivar, der sich unweit von ihrem Platz über eine alte Schrift beugte. Hildegard hatte dennoch das Gefühl, dass er sie beobachtete. Er hatte auf sie einen irritierenden Eindruck gemacht. Einerseits nüchtern und geschäftsmäßig, andererseits etwas zu leutselig. Hinter seiner dicken Brille wirkten seine Augen verschlossen, eher taxierend. Er hatte sie aber sachlich behandelt. Daran war nichts auszusetzen. Und dennoch. Es störte sie, dass er so dicht bei ihr saß und sie beim Blättern beobachten konnte. Sie hatte mit dem Lesen absichtlich von vorne angefangen, statt wie sie ursprünglich vorgehabt hatte, gleich zum Herbst zu blättern. Sie wollte keinen Verdacht erregen. Sie wunderte sich über ihre Zurückhaltung. Sie hätte ihr Anliegen von Anfang an vorbringen können. Der Mann war Ortshistoriker; er hätte sicherlich etwas gewusst. Sie spürte indes, dass Vorsicht angebracht war.

Nach etwa zwanzig Minuten erreichte sie die Novemberausgaben. Sie begann, intensiver zu lesen. Die lokalen Nachrichten befassten sich mit Themen wie den Aktivitäten einer Notgemeinschaft für Arbeitslose, einem geplanten Schulneubau, der Gründung der Landsmannschaften von Pommern und Mecklenburg, dem Aufstellen des ersten Fernsehempfängers der Stadt im Schaufenster eines Elektroladens, der Ansiedlung einer Werkzeugfabrik im neuen Gewerbegebiet. Der Kommunalwahlkampf hatte begonnen. Die just gegründete Partei Bund Heimatvertriebene und Entrechtete (BHE) fühlte sich im Aufwind. Als Hildegard zur Ausgabe vom 18. November 1949 umblätterte, stockte ihr der Atem. Sie musste sich am Tisch festhalten. *Mord im Stadtarchiv* lautete die große Überschrift. Der Name des Opfers stand in der ersten Zeile – Friedhelm Meyer. Sie starrte auf die Seite, ohne sie zu lesen. Sie atmete schwer.

»Was ist los?«, fragte Stamer und stand auf. »Ist Ihnen nicht gut?« Er machte einen Schritt auf sie zu.

»Doch«, keuchte sie. »Mir ist nur ein bisschen schwindelig geworden.«

Der Archivar stand jetzt über sie gebeugt und schaute auf die aufgeschlagene Seite. »Ein trauriger Fall«, sagte er nüchtern. »Und nie aufgeklärt.«

Hildegard versuchte, Ruhe zu bewahren. Tief und füllend einatmen, langsam und vollständig durch die Nase ausatmen. Leise sagte sie: »Herr Stamer, ich glaube, es ist besser, wenn ich für heute Schluss mache. Ich komme wieder.«

»Das Archiv ist Montag-, Mittwoch- und Donnerstagvormittag geöffnet.« Er nahm den Zeitungsband an sich und fügte hinzu: »Ich hebe den Band für Sie im Büro auf. Sie wollen sicher weiter blättern.«

Hildegard stand auf, bedankte sich und schritt zur Tür.

»Lassen Sie die Handschuhe bitte hier«, sagte der Archivar. »Sie bekommen sie beim nächsten Besuch wieder.« Hildegard schaute auf ihre Hände und streifte die Handschuhe ab. Stamer nahm sie an sich und sagte zum Schluss: »Gute Besserung.«

Nachdem Hildegard gegangen war, nahm der Archivar den Zeitungsband und legte ein Lesezeichen in die Ausgabe vom 18. November. Bevor er den Band zuklappte, las er den Artikel in aller Ruhe durch. Dabei runzelte er die Stirn. Danach stellte er den Band auf einen Nebentisch, holte Hildegards Anmeldeformular und schaute es einen Augenblick an, bevor er es auf den Zeitungsband legte. Es war inzwischen 12 Uhr. Mittag. Er schloss den Büroraum ab und lief den dunklen Gang hinunter.

Am Abend saß Hildegard im Wohn-Schlafzimmer ihrer Wohnung. Sie hielt ein Glas Wasser in der Hand, ein Buch lag aufgeschlagen auf ihrem Schoss. Sie las aber nicht. Sie hatte ihre Leselampe ausgeschaltet. Das Licht von einer nahen Straßenlampe zeichnete durch das Sprossenfenster ein einfaches Schachbrettmuster auf den Holzfußboden. Das Lichtspiel zog ihren Blick an. Nach einer Weile stellte Hildegard das Glas hin und holte ihre Viola d'amore sowie die Kette ihrer Mutter aus dem Koffer. Sie breitete die Kette auf dem Beistelltisch aus und schaute sie an. Dann legte sie die Viola an, spielte jedoch nicht sofort. Sie betrachtete lange den Bogen, bevor sie ihn ansetzte. Sie schloss die Augen und spielte. Es war ihre eigene Improvisation eines Chansons, das Edith Piaf gesungen hatte. *Je n'en connais pas la fin.*

Zwei Tage später erhielt Hildegard ein Schreiben von der Schleswig-Holsteinischen Rechtsanwaltskammer aus Schleswig. Sie war als Rechtsanwältin für den Landesgerichtsbezirk Itzehoe zugelassen worden. Wie sie später erfuhr, war sie sogar die erste Anwältin überhaupt in dem Landgerichtsbezirk. Sie hatte das Stadtarchiv wieder aufsuchen wollen, beschloss jedoch, erst einmal ihre Zulassung zu veröffentlichen und die Kanzlei offiziell zu eröffnen. Sie nahm den Anzeigentext, den sie bereits entworfen hatte, vom Schreibtisch und machte sich auf den Weg zur Zeitungsredaktion. Sie hatte vor einer Woche ein Schild für die Eingangstür in Auftrag gegeben. Jetzt konnte sie es anbringen lassen. Es galt, ihren Lebensunterhalt zu verdienen.

Als sie im Eingangsbereich des Zeitungsverlags Tageblatt für K. und Umgebung dabei war, mit der Empfangsdame über die Anzeige für die nächste Ausgabe zu sprechen, lief ein Mann an ihr vorbei. Er hielt kurz hinter der Theke an, nickte der Empfangsdame zu und schaute auf den Entwurf. »Aha«, sagte er, »eine Frau Rechtsanwältin in unserer Stadt. Das ist eine Neuigkeit.« Er drehte sich zu Hildegard und sagte: »Ich heiße Karl Lorenz und bin Redakteur und Mädchen für alles in diesem Verlag.« Er reichte ihr die Hand und zeigte ein gewinnendes Lächeln.

»Angenehm«, erwiderte Hildegard. »Hildegard Voigt. Ich bin gespannt auf Ihre Stadt.« Sie schätzte ihn auf Ende vierzig. Er war groß und dünn, glattrasiert und trug eine hellbraun gerahmte Brille. Er hatte helle Haare und blaue Augen, die leicht amüsiert schauten. Seine Kleidung – Cordhose, Pullover und Hemd – wirkte leger. Auf Hildegard machte er einen leicht tollpatschigen Eindruck. Oder war sein Auftreten nur eine Maske?

»Haben Sie einen Moment Zeit für eine Tasse Kaffee? Als Zeitungsmensch bin ich immer neugierig.« Er neigte sich ihr zu und wies mit der Hand in Richtung der hinteren Tür. »Off the record, selbstverständlich.«

Hildegard dachte bei sich: Warum nicht? »Ja, gerne«, antwortete sie und fügte mit einem Lächeln hinzu. »Vielleicht erfahre ich mehr über Sie als Sie über mich.«

Der Zeitungsmensch lachte.

In seinem Büro angekommen, setzten sie sich gegenüber an den Schreibtisch. Lorenz goss Kaffee ein. Sie trank ihn schwarz. Er schmeckte leicht bitter. Abgestanden, dachte Hildegard. Typischer Redaktionskaffee. Lorenz hatte Dosenmilch in seinen Kaffee getan.

In der nächsten halben Stunde erzählte Hildegard das Nötigste über sich und ihre Pläne. Lorenz stellte zu Beginn des Gespräches die Fragen, bis Hildegard den Spieß umdrehte und sich nach seinem Werdegang erkundigte. Sie erfuhr, dass Lorenz 1933 in Luckenwalde im Brandenburgischen zur Welt gekommen war. Sein Vater war im Krieg gefallen. Mit seiner Mutter kam er auf der Flucht vor den Russen im Winter 1944 in Kiel bei Verwandten an. »Die Flucht werde ich nie vergessen«, sagte er. »Die armen Pferde, wie sie aufschrien, als sie durch das Eis brachen. Entsetzlich.«

Nach der Schulzeit arbeitete er als Bote und Hilfskraft bei den Kieler Nachrichten. Er entdeckte, dass das Zeitungsgewerbe seine Leidenschaft war. Bald übernahm er redaktionelle Aufgaben. »In den fünfziger Jahren war vieles möglich, es war alles noch nicht so festgefahren«, erklärte er. »Es war eine Aufbruchszeit.« 1959 erfuhr er, dass in K. ein Redakteur für die lokale Zeitung gesucht wurde. Er bewarb sich, erhielt den Zuschlag und arbeitete seitdem hier, inzwischen als Chefredakteur. Die Stadt K. kannte er inzwischen gut, sehr gut sogar.

»Erlauben Sie mir noch eine Frage«, wechselte der Redakteur abrupt den Gesprächsverlauf: »Warum sind Sie zu uns gekommen?« Er schaute sie direkt an. Seine Augen hatten einen besonderen Glanz angenommen. Er lächelte nicht. Hildegard kannte den Blick – den Forscherblick. Wissen sammeln, wie ein Eichhörnchen Nüsse sammelt, um es dann bei Gelegenheit zu verwenden.

Hildegard hatte bereits eine Antwort vorbereitet. Sie wusste, dass sie in K. einen Grund angeben musste, warum sie überhaupt gekommen war.

»Meine Mutter lebt in Hamburg«, begann sie. »Als ich das zweite Staatsexamen bestanden hatte, schaute ich mich im Hamburger Umland um, wo erfolgsversprechend eine Kanzlei aufzumachen wäre. Ihre Stadt fiel mir ins Auge. Aufstrebend, mittelständische

Unternehmen und noch nicht überlaufen mit Kollegen. So beschloss ich, hier anzufangen.«

»Hm«, brummte Lorenz. »Einfach so. Ohne Kontakte, ohne Verwandte oder Freunde. Jung, allein, unerfahren und weiblich. Ein ziemliches Risiko, wenn Sie mich fragen.«

»Manchmal muss man in das Ungewisse hineinspringen«, erwiderte Hildegard. »Finden Sie nicht?«

Lorenz nickte, seine Augen blieben ernst. »Sie haben Mut. Schleswig-Holstein ist ein schönes Stück Erde. Es birgt aber auch seine Geheimnisse.« Er setzte sein Lächeln schlagartig wieder auf und sagte: »Ich wünsche ihnen viel Erfolg.«

Drei Tage später saß Hildegard im Vorzimmer ihrer Kanzlei und wartete auf Mandanten. Sie hatte keine Schreibkraft. Sie kam sich vor wie Raymond Chandlers einsamer Ritter Philip Marlowe, der von Roman zu Roman in seinem schäbigen Büro saß und auf Kunden wartete. Es kamen üblicherweise schräge Vögel. Der Privatdetektiv pflegte die Wartezeit mit Whiskey zu überbrücken. Hildegard mochte keinen Whiskey. Und es war auf jeden Fall zu früh am Tag für einen Schoppen Rotwein. Sie trank ein Glas Wasser.

Es klingelte. Hildegard öffnete die Tür. Kurz darauf stand eine ältere Frau im Büro und schaute sich unsicher um. Sie trug neben ihrer Handtasche einen großen Plastikbeutel. Sie stellte sich als Frau Behling vor.

»Nehmen Sie bitte Platz«, sagte Hildegard. Ihre erste Besucherin, vielleicht auch die erste Mandantin. »Was kann ich für Sie tun?«

»Ich habe ein Problem mit meinem Nachbarn«, erwiderte die Frau mit einer etwas brüchigen Stimme. »Ich wohne am Priesterbach. Ein kleines Haus mit Garten … und Hühnern.« Die Frau schaute Hildegard an, ob die Anwältin mit der Information etwas anfangen konnte. Hildegard nickte und Frau Behling fuhr fort: »Mein Nachbar hat Hunde, große schwarze Hunde. Richtige Biester. Mit ihnen habe ich meine Schwierigkeiten. Nun – ein Hund hat eines meiner Hühner totgebissen. Der Nachbar weigert sich, mir das Huhn zu ersetzen. Er sagt, sein Hund war es nicht.« Sie öffnete den Beutel und holte ein in Papier eingewickeltes Huhn samt Federn und Kopf heraus. Es schien eingefroren zu sein. »Hier ist das Opfer«, sagte die Frau. »Ich habe es als Beweisstück in der Gefriertruhe aufbewahrt.« Sie legte das Huhn auf den Schreibtisch.

Hildegard schaute sich das Tier einen Augenblick stumm an. Es hatte begonnen aufzutauen. Über so einen Vorgang hatten die Professoren im Studium nicht gesprochen. Ein eingefrorenes Huhn als Beweisstück für einen Tiermord. Sie könnte sich die Szene im Gerichtssaal lebhaft vorstellen. »Bitte«, sagte sie, »stecken Sie das Huhn wieder ein.« Hildegard ließ sich weitere Einzelheiten sowie Anschriften geben. Zum Schluss unterschrieb Frau Behling eine Vollmacht und bezahlte 30 DM als Vorschuss. Der erste Fall konnte auf den Weg gebracht werden.

»Was soll ich mit meinem Huhn machen?«, fragte Frau Behling und fasste das Tier zärtlich an.

»Frieren Sie es wieder ein«, erwiderte Hildegard. »Man weiß nie.«

Nachdem Frau Behling gegangen war, nahm Hildegard die 30 DM und legte sie in die Kasse. Saatgut, dachte sie.

Am Montag der folgenden Woche machte sich Hildegard auf den Weg zum Stadtarchiv. Ihre Kanzlei war montags geschlossen. Nach dem Besuch von Frau Behling waren weitere Klienten erschienen. Ein Autounfall musste reguliert und der Entlassungsgrund für eine fristlose Kündigung angefochten werden. Es war eine junge Frau mit einem dreijährigen Kind gekommen, um sich über eine mögliche Scheidung beraten zu lassen. In der Folgezeit sollte sich dieses Rechtsgebiet zu ihrem Hauptbetätigungsfeld entwickeln. In Familiensachen hatte sich Hildegard als erste Rechtsanwältin in der Region unbeabsichtigt eine Marktlücke erschlossen.

Im Stadtarchiv wurde sie von Herrn Stamer nüchtern begrüßt. Sie nahm Platz am Benutzertisch und las weiter. Sie hatte sich beruhigt und den ersten Schock erfolgreich verarbeitet. Es ging jetzt darum, herauszufinden, was damals passiert war. Das war ihr selbst auferlegtes Mandat. Sie spürte, dass ein Stück von ihr selbst auf der Waagschale lag. Wer bin ich? – eine Frage, die einen Menschen hinab in die Tiefe führen kann.

Der Mordfall dominierte über Wochen die erste Seite der Zeitung. Immer neue Spekulationen wurden über die Hintergründe des Mordes bekannt, die jedoch allesamt ins Leere liefen. Über die Ehefrau des Opfers wurde ebenfalls berichtet. Sie machte indes keine öffentlichen Aussagen. Bekannt war, dass sie schwanger war. Es gab keine Zeugen. Ein Motiv war nirgendwo zu finden. Der Archivar hatte abends häufig etwas länger in seinem Büro gearbeitet. Ob er Besuch erwartete oder gar empfing, war nicht zu ermitteln. Einen Terminkalender hatte man nicht gefunden. Über das Mordopfer, ihren Vater, erfuhr sie, dass er 1948 mit seiner Frau aus dem Osten Deutschlands gekommen war. Das Ehepaar lebte in einer kleinen Wohnung in der Altstadt. Ihr Vater war 1949 von der Stadt als Archivar und Büchereileiter eingestellt worden. In den Nachkriegsjahren gab es wenige lokale Fotos in der Zeitung. Von ihrem Vater erschien jedoch eins. Es war ein Passfoto. Ein junger Mann mit lockigen, dunklen Haaren, großen Augen unter buschigen Brauen, einer hohen Stirn und einem glattrasierten Gesicht. Er schien leicht verlegen in die Kamera zu schauen. Hildegard streifte mit den Fingern sehr langsam über das Bild. Von ihrer Mutter erschien kein Foto.

Als Hildegard die Ausgabe vom Dienstag, dem 4. Januar las, fing sie an zu zittern. Eine kleine Meldung berichtete, dass die Ehefrau des Mordopfers am 2. Januar im Krankenhaus der benachbarten Stadt N. ein Mädchen zur Welt gebracht hatte. Hildegard versuchte, sich ihre Mutter vorzustellen. Einsam, verzweifelt, in Trauer um ihren Mann, offenbar geschwächt, wenn nicht gar todkrank. Ein Mensch, den sich das Schicksal als Opfer ausgesucht hatte. Trotzdem hatte sie ein Kind zur Welt gebracht. Ein Zeichen der Zukunft. Die Geschichte war damit aber noch nicht zu Ende. *Meine Mutter lebt in mir weiter. Ich heiße Mirjam. Der Name ist ein Auftrag.*

In den nachfolgenden Ausgaben veröffentlichte die Zeitung nur sporadisch kleine Artikel über den Fall. Es gab offenbar nichts Neues zu berichten. Lokale Ereignisse wie Erfolgsmeldungen über die

Entwicklung der neuen Werkzeugfabrik im Gewerbepark füllten die Seiten. Neue Arbeitsplätze zu schaffen war ein angenehmeres Thema. In der Ausgabe vom 11. Januar las Hildegard die schlichte Meldung vom Tod ihrer Mutter. Von Verwandten oder einer Trauerfeier stand nichts dabei, auch nicht von einer Tochter. Für die Stadt K. war der Fall abgeschlossen.

Hildegard fing leise an zu weinen. Tränen rannen über ihre Wangen.

»Was ist mit Ihnen?«, fragte eine tiefe Stimme und sie schreckte ruckartig aus ihren Gedanken auf.

Neben ihr stand der Archivar. Sie hatte sich so vertieft in die Zeitung, dass sie ihn gar nicht wahrgenommen hatte. »Ich … ich«, stammelte sie leise. Sie versuchte, sich wieder zu sammeln. »Eine so traurige Geschichte … unfassbar.« Sie wusste, dass sie schon zu viel verraten hatte.

Der Archivar sagte: »Ist lange her. War für unsere Stadt ein Schock.« Er hielt kurz inne und richtete seinen Blick starr gegen die Wand, bevor er weitersprach. »Ich war damals Lehrer. Der Fall hat die Stadt aufgewühlt. Keiner konnte es glauben.« Herr Stamer hatte in seinen Erzählmodus umgeschaltet. »Ich kannte Meyer flüchtig. Er war mein Vor-Vorgänger als Archivar. Ich hatte den Krieg als Soldat überlebt und kam in den letzten Kriegstagen nach K., wo meine Frau nach der Flucht aus Pommern bereits angekommen war. Ich hatte die Lehrerausbildung vor dem Krieg abgeschlossen und konnte in K. eine Anstellung in der Grundschule finden. Es waren harte Zeiten. Überfüllte Klassen. Schichtunterricht. Im Winter musste jedes Kind ein Holzscheit zum Heizen mitbringen. Ich fing an, mich für die Stadtgeschichte zu interessieren. Unsere Geschichte reicht bis ins Mittelalter zurück. Mich hat das fasziniert. Im Archiv konnte man einiges entdecken. Meyer war ein fleißiger Archivar, aber in sich verschlossen. Ich habe ihn nicht richtig kennenlernen können. Ich habe seine Frau nie getroffen. Sie war Jüdin, wissen Sie. Und damals schwanger.« Stamer machte eine Pause und schaute Hildegard wieder an. »Eine wirklich schlimme Geschichte. Wer würde einen Archivar ermorden wollen? Es muss ein Verrückter gewesen sein.«

Hildegard hatte sich wieder einigermaßen im Griff. Sie stand auf, bedankte sich für die Hilfe und sagte, dass sie in der kommenden Woche wiederkommen würde. Als sie dabei war, ihre Jacke von der Garderobe zu holen, bemerkte Stamer: »Ich habe Ihre Anzeige in der Zeitung gelesen, Frau Rechtsanwältin. Ich wünsche Ihnen viel Erfolg.«

»Vielen Dank«, erwiderte Hildegard.

»Auf Wiedersehen«, sagte der Archivar und nahm den Zeitungsband an sich.

Hildegard verließ das Alte Rathaus und trat auf die Straße hinaus. Es nieselte. Sie zog ihren Mantel enger an sich und wanderte ziellos durch die Straßen. Sie landete auf dem neuen Marktplatz und setzte sich trotz des Wetters auf eine der Bänke, die um ein Wasserspiel aufgestellt waren. Die Fontäne war offenbar defekt, sie versprühte kein Wasser. Das Becken war gefüllt mit Unrat wie Plastiktüten und Zigarettenkippen. Hildegard blickte sich um. Vor ihr stand das neue Rathaus mit seiner blauen Fensterverkleidung. Sie hatte bereits gehört, dass es von der Bevölkerung als *Die Blaue Moschee* verspottet wurde. Rechts daneben thronte ein Karstadt-Kaufhaus mit drei Stockwerken. Links gab es ein bescheidenes Einkaufszentrum mit diversen Läden. In den oberen Stockwerken befanden sich Büros von Ärzten, einer Anwaltskanzlei und einem Steuerberater. In den Seitenstraßen hatten sich ein Wettbüro, ein Kino und eine Spielhalle angesiedelt. Es gab auch ein Café, eine Eisdiele und einen Italiener in unmittelbarer Nähe. Das Amtsgericht lag gegenüber dem Rathaus. Die Stadtsparkasse hauste in einem betongrauen Neubau neben dem Amtsgericht. Überall parkten Autos. Bäume gab es nicht. Der Platz wirkte, gehüllt im Nieselregen, wie tot. Kaum Passanten. Kein Leben.

Was ist vor siebenundzwanzig Jahren hier in dieser kleinen Stadt passiert? Ein Mord, der nie aufgeklärt wurde. Wie kann man ihn jetzt aufklären? Ist das nicht mein Auftrag?

Hildegard stand auf. Sie lief zielstrebig zu ihrer Wohnung zurück. Sie musste lernen, noch härter mit sich selbst umzugehen, nicht in Gefühlsduselei zu verfallen. Wie Philip Marlowe – nur die Wahrheit und die Gerechtigkeit zählten. Aus der Zeitung hatte sie sich den

Namen des damals ermittelnden Staatsanwalts notiert. Sie wusste, dass es noch eine Akte geben musste. Mord verjährt nicht. Die Akte dürfte im Archiv oder in der Registratur der Staatsanwaltschaft liegen. Es galt, an sie heranzukommen.

The Loneliness of the Long-Distance Runner

Woodstock/Vermont, Freitag, den 16. November 2018

Heute Morgen saß ich an meinem Schreibtisch und korrigierte die Seiten, die ich gestern geschrieben hatte.

Ich versuche, jeden Tag an die tausend Wörter zu schreiben. So einfach, wie sich das anhört, ist es nicht. Es fällt mir besonders schwer, die Kapitel über Hildegard zu verfassen. Als Erzähler ist mir alles erlaubt. Wer außer mir soll Widerspruch erheben? Meine Fantasie ist der Maßstab aller Dinge. Ich spiele die blaue Gitarre. Hildegard möchte ich dennoch treu bleiben, sie dem Leser präsentieren, wie sie wirklich war. Ist das möglich? Oder doch nur so, wie ich sie erlebte und in Erinnerung behalten habe? Wenn ich über sie schreibe, kommt es mir so vor, als ob ich sie neu erfinde, sie neu zum Leben erwecke. Schreiben ist ein Schöpfungsakt. Ich dokumentiere nicht etwas da draußen, sondern erschaffe etwas aus mir selbst. Habe ich Hildegard wahrhaftig gekannt? Mit dieser Frage ist man bei Immanuel Kant angekommen. Das Ding-an-sich und das Ding, wie wir es mit unseren kognitiven Fähigkeiten wahrnehmen. Wir erleben nur die Erscheinungsform des Menschen. Können wir einen Menschen wirklich und wahrhaftig kennen? Den Menschen-an-sich. Gilt das nicht sogar für uns selbst?

Ich verfiel wieder ins Grübeln, und das ist Gift für den Schreibprozess. Die tausend Wörter gestalteten sich besonders zähflüssig heute Morgen. Statt weiter herumzurätseln, stand ich auf und machte mich daran, den Sauerteig zu pflegen. Ich hatte vor, in der kommenden Woche neues Brot zu backen. Ginny gesellte sich in der Küche zu mir, in der Hoffnung, dass etwas für sie abfallen würde. Ich habe sie nicht enttäuscht. Danach zog ich Jacke und Wanderschuhe an, denn es war an der Zeit, eine Runde mit Ginny zu drehen. Sie holte selbst ihre Leine und stand aufgeregt vor der Tür, die Leine fest im Maul. Ich hatte gelernt, dass mich ein Gespräch mit ihr während eines Spazierganges häufig von Schreibblockaden befreite.

Eine kalte Brise begrüßte uns, als wir aus der Tür traten. Es war ein klarer, frischer Spätherbsttag. Die Sonne stand tief am Himmel. Es hatte noch nicht geschneit, der Duft von herannahendem Schnee lag jedoch in der Luft. Bald würde es eine weiße Landschaft geben. Ein Buch nahm ich nicht mit, denn ich wollte laufen und dabei nachdenken.

Hinter meinem Haus nahm ich den Waldpfad, der zu dem kleinen See führt, den ich auf den Namen *Walden* getauft habe. Es war still. Um diese Jahreszeit ist es im Wald ruhig. Ich konnte das Rascheln meiner Fußstapfen in den getrockneten Blättern hören. Ich ließ Ginny von der Leine, und sie streifte durch den Wald, kehrte jedoch alle paar Minuten zu mir zurück. Wir passten aufeinander auf. Nach zwanzig Minuten erreichten wir den See, und ich sah, dass jemand auf *meinem* Felsen saß. Ein Junge, der bewegungslos ins Wasser schaute. Wir gingen auf ihn zu – Ginny voraus. Sie hielt vor dem Jungen an, die Ohren gespitzt. Er schaute auf und machte ein verdutztes Gesicht.

Ich kam dazu und sagte: »Hallo, ist es nicht zu kalt, um hier auf dem Felsen zu sitzen?« Er trug Jeans und eine leichte Jacke.

Er blickte auf: »Ich wollte allein sein«, murmelte er. Er musterte mich einen Augenblick. »Sind Sie Moon Harris?«, fragte er. Er sah mich mit der Art aggressiver Unsicherheit an, die für Jugendliche nicht ungewöhnlich ist.

»So hat mich lange keiner genannt«, erwiderte ich und zeigte ein freundliches Lächeln.

»Ich wollte ein bisschen mit mir allein sein«, antwortete er, obwohl ich keine Frage gestellt hatte.

Ich nickte. »Das kann ich verstehen.«

Ginny war näher an ihn herangegangen. Der Junge streichelte sie und schaute ihr in die Augen. Er lächelte. Ginny wedelte mit dem Schwanz.

»Großvater hat mir von Ihnen erzählt, Mister Harris.«

»Nenn mich Joe«, sagte ich. »Wie wärs mit einem kleinen Spaziergang zum Aufwärmen? Ginny und ich laufen gerne um den See. Willst du mitkommen?«

Der Junge stand auf.

Wir liefen gemeinsam den Weg um den kleinen See herum. Keiner sagte etwas. Nach einer langen Pause begann ich, Anekdoten aus meiner Zeit in Europa zu erzählen. Ich dachte mir, so etwas würde den Jungen interessieren. Er blieb jedoch stumm. Ich fragte ihn, ob ihn etwas belastete außer der Tatsache, dass er siebzehn Jahre alt sei und keine Ahnung vom Leben habe. Er schaute mich an und zeigte ein scheues Lächeln. Ich dachte an meine Zeit bei Mister Sedgwick. Damals war ich der Adept. Nun sollte ich der Meister sein? Konnte ich das? Ich beschloss, mir selbst einfach treu zu bleiben.

»Was lest ihr gerade in der Schule?«, fragte ich.

Er schien zu überlegen, bevor er antwortete. »Eine Geschichte. The Loneliness of the Long-Distance Runner. Etwas über einen Jungen, der ein großes Rennen für eine Erziehungsanstalt in England läuft. Ziemlich düster.«

»Ich weiß nicht, ob es düster ist. Ich fand es eher anregend. Wann ist der richtige Zeitpunkt, um nein zu sagen? Unmittelbar vor dem Ziel des entscheidenden Rennens liegt der Junge weit vorn und hat den Sieg sicher, doch er stoppt vor der Ziellinie und lässt die anderen Läufer vorbei. Er verliert das Rennen mit Absicht. Er möchte nach seinen eigenen Regeln leben, nicht nach denen der Bosse auf der Tribüne. Das ist doch was.«

Jim sagte nichts dazu. Nach einer längeren Pause bemerkte er: »Du weißt wohl viel über Bücher?«

»Wahrscheinlich zu viel«, erwiderte ich und lachte. »Weißt du«, fuhr ich fort, »die ersten Seiten eines neuen Buches aufzuschlagen ist, als ob du an einem sonnigen Tag in einem dunklen Raum das Fenster öffnest. Licht strömt herein. Du schaust aus dem Fenster und vor deinen Augen erscheint nur für dich ein Teil der Welt, den du noch nicht gesehen hast. Nur für dich. Jeder hat sein eigenes Fenster.«

»Ich weiß nicht«, sagte er. »Das ist alles so kompliziert.«

»Growing up is not for cowards«, dozierte ich und kam mir dabei reichlich albern vor.

Wir verabschiedeten uns vor meiner Hütte. Jim fragte, ob er mich ab und zu besuchen dürfte. Klar, antwortete ich. Da ich kein Telefon habe, müsse er aber auf Verdacht vorbeikommen.

Er nickte, streichelte Ginny und ging seiner Wege in Richtung Zentrum.

Ich kehrte ins Haus zurück und machte mir eine starke Tasse Kaffee. Ginny legte sich zu ihrem Mittagschlaf hin. Ein kluges Tier. Mit der Tasse in der Hand holte ich mein Exemplar von Alan Sillitoes Novelle aus dem Bücherregalfach England. Es war eine passende Gelegenheit, die Story noch einmal zu lesen.

Cold Cases

Hildegard saß an ihrem Schreibtisch und legte den Telefonhörer wieder auf. Sie hatte gerade mit der Staatsanwaltschaft in Kiel telefoniert und erfahren, dass Staatsanwalt Tilmann Sonnen nicht mehr im Dienst war. Er war vor drei Jahren in Pension gegangen. Wo er jetzt wohnte, durfte man ihr nicht mitteilen. Datenschutz. Hildegard beschloss, ihre Kanzlei am Nachmittag vorübergehend zu schließen und das Postamt aufzusuchen. Es blieb ihr nichts anderes übrig, als die Telefonbücher zurate zu ziehen. Der Name schien ihr ungewöhnlich genug zu sein, dass eine Telefonbuchrecherche zum Ziel führen könnte. Sie würde mit Kiel beginnen und dann nach und nach die Städte und Gemeinden in Schleswig-Holstein durchsuchen. Als sie bereits auf dem Weg zur Post war, entschied sie, dass sie mit Lübeck anfangen sollte.

Die Hauptpost befand sich in einer Nebenstraße, die in den neuen Marktplatz mündete. Sie kannte das Gebäude, einen einfachen Neubau, da sie dort jeden Tag ihre Anwaltspost aufgab. Das Gebäude sah nicht sehr ansprechend aus, eher wie ein übergroßer Schuhkarton mit flachem Dach und grauen Fenstern. Man musste Stufen hinaufgehen, um zum Eingang zu gelangen. Sie lieferte vier Briefe ab, bevor sie zu dem Tisch ging, wo die gesammelten Telefonbücher standen. Sie hatte

Glück. Im Lübecker Verzeichnis fand sie einen Eintrag für einen Tilmann Sonnen. Er wohnte in der Parkstraße. Sie notierte die Telefonnummer.

Jetzt brauchte sie nur einen Grund für den Anruf. Die Wahrheit konnte sie nicht sagen. Auf dem Weg zurück zu ihrer Kanzlei überdachte sie ihre Vorgehensweise. Sie würde behaupten, sie schreibe eine Dissertation über ungeklärte Mordfälle. Sie habe durch Zeitungsrecherchen den Fall Friedhelm Meyer entdeckt und würde mehr darüber wissen wollen. Ein Gespräch mit dem Staatsanwalt wäre ein erster Schritt. An die Ermittlungsakte zu gelangen, würde schwieriger werden. Sie müsste sich etwas anderes einfallen lassen. Aber erst nach dem ersten Schritt konnte der zweite folgen.

In ihrem Büro angelangt, wählte sie die Lübecker Nummer. Eine Frauenstimme meldete sich.

»Guten Tag«, sagte Hildegard in ihrer besten geschäftsmäßigen Stimme, »ich möchte mit Herrn Sonnen sprechen.«

»Worum geht es?«, war die schlichte Erwiderung.

»Ich heiße Hildegard Voigt, bin Doktorandin und schreibe eine Arbeit über ungeklärte Mordfälle. Ich möchte mit Ihrem Mann über einen Fall sprechen.«

Nach einer längeren Pause sagte die Stimme: »Einen Augenblick bitte.«

»Hier Sonnen«, ertönte eine tiefe männliche Stimme.

»Guten Tag, Herr Sonnen. Ich heiße Hildegard Voigt und möchte mich mit Ihnen treffen. Wie ich Ihrer Frau gerade sagte, bin ich Doktorandin und schreibe eine Arbeit über ungeklärte Mordfälle. In der lokalen Zeitung der Stadt K. habe ich einen Fall entdeckt. Sie waren damals der zuständige Staatsanwalt.«

»Wo studieren Sie?«

»Ich habe in Tübingen das zweite Staatsexamen abgelegt und möchte dort promovieren. Vor Kurzem habe ich eine Kanzlei in K. aufgemacht.«

»Sie müssen wissen, dass ein ungeklärter Mordfall noch ein laufender Fall ist. Auch als Pensionär unterliege ich der Schweigepflicht.«

Hildegard befürchtete, dass der Mann gleich auflegen würde, und beeilte sich zu sagen: »Das weiß ich. Es geht nicht darum, einzelne Fälle darzustellen. Alles bleibt anonym. Ich möchte die Strukturen bei einer Ermittlung freilegen, um zu sehen, ob in solchen Fällen eine gewisse Gesetzmäßigkeit oder zumindest eine Regelmäßigkeit besteht. Woran lag es, dass ein Fall nicht aufgeklärt werden konnte? Welche Auswirkungen kann die Strafgesetzgebung auf die Ermittlungen haben, die diese erschweren?«

»Hhm«, brummte Sonnen. »Worüber man heutzutage alles promovieren kann.« Es gab eine Pause. »Na ja«, fuhr er fort, »vielleicht gibt es da eine interessante Fragestellung, mit der wir Praktiker uns nicht auseinandergesetzt haben.« Wieder eine Pause. »Also gut, wenn Sie sich die Zeit nehmen wollen, hierher zu kommen, können wir uns unterhalten. Versprechen kann ich Ihnen aber nichts.«

»Das ist klar. Vielen Dank, Herr Sonnen.«

»Um welchen Fall handelt es sich?«

»Im Moment geht es mir um den Mord an Friedhelm Meyer im Jahre 1949. Es wäre aber schön, wenn Sie weitere Fälle benennen könnten.«

»Friedhelm Meyer«, wiederholte Sonnen langsam. »Ja, ich erinnere mich sehr gut daran. Ein schlimmer Fall. Wir tappten nur im Dunkeln … und die Begleitumstände …« Sonnens Stimme verstummte allmählich.

»Wann passt es Ihnen?«, fragte Hildegard.

»Wir können einen Termin für die kommende Woche vereinbaren, wenn Sie es einrichten können. Aber wie gesagt: Ich kann Ihnen nichts versprechen.«

Am nächsten Montag um 10 Uhr klingelte Hildegard an der Tür einer Villa in der Parkstraße, in der drei Parteien wohnten. Das Ehepaar Sonnen wohnte in der ersten Etage. Der Stadtteil um den Lübecker Stadtpark erwies sich als ein Villenviertel aus der Jahrhundertwende. Eine gehobene Wohngegend. Das Landgericht lag nicht weit entfernt. Hildegard war an mehreren Anwaltskanzleien vorbeigelaufen.

Der Türöffner summte. Hildegard trat ein und stieg die geschwungene Holztreppe zur ersten Etage hinauf. In der Tür stand ein älterer Herr und schaute sie an, als sie die letzten Treppenstufen erklomm. Er trug eine graue Strickjacke, eine dunkle Cordhose und Hausschuhe. In seiner Hand hielt er eine Pfeife. Er war glatt rasiert, sein volles Haupthaar war grau meliert, und er trug eine Brille, hinter der Hildegard einen abwartenden Blick ausmachte.

»Guten Tag«, sagte er. »Sie sind sicherlich Frau Voigt.«

Er gab ihr die Hand. Hildegard bedankte sich für den Termin und trat ein. Sie legte ihren Mantel an der Garderobe ab und ging mit Sonnen in das Wohnzimmer. Der Raum hatte hohe Wände, Stuckarbeiten verzierten die Decke. Das Mobiliar, überwiegend aus dunklem Holz, sah solide und gediegen aus, an den Wänden hingen Kunstwerke. Sicherlich Originale, dachte Hildegard. Gehobene bürgerliche Wohnkultur. Sonnen bat sie, am Tisch Platz zu nehmen. Dieser war mit Kaffee, Geschirr und einem Teller Kekse bereits gedeckt.

Nachdem er Kaffee eingeschenkt hatte, sagte Sonnen: »Nun, Frau Voigt, erzählen Sie ein bisschen von sich. Wie sind sie auf dieses Thema für eine Dissertation gestoßen?« Er lehnte sich in seinem Stuhl zurück.

»Ich komme aus Hamburg und habe Jura in Tübingen studiert. Während des Studiums entwickelte ich ein besonderes Interesse für Strafrecht«, log Hildegard. »Als ich nach einem Dissertationsthema suchte, empfahl mein Doktorvater mir, ein Thema aus dem Strafrecht zu nehmen. Nach weiteren Gesprächen einigten wir uns auf ungeklärte Mordfälle. Nicht aus polizeilicher, sondern aus juristischer Sicht. Ich zog nach K. und machte vor Kurzem eine Kanzlei auf. Und erforsche das Thema.«

»Sie sind sehr jung. Und schon eine eigene Kanzlei! Darf ich fragen, mit welcher Note Sie das Examen abgeschlossen haben?«

»Mit dem Prädikat Sehr Gut.«

Sonnen runzelte die Stirn. »Und mit dem Ergebnis eröffnen Sie eine Kanzlei in der Provinz!«

»Ich wollte nicht an der Uni bleiben, sondern die Praxis kennenlernen. Und meine Mutter wohnt in Hamburg. Ich möchte in ihrer Nähe bleiben. Ich warte ab, was in der Zukunft auf mich zukommt.« Sie hoffte, dass sich diese Erklärung plausibel anhörte, und atmete einmal tief durch. Sie wusste, dass sie sich sehr zusammennehmen musste, um das Gespräch zu führen. Es ging um eine wissenschaftliche Arbeit, sagte sie sich. Nicht um die eigenen Eltern.

Sonnen schaute sie mit einem erkennbar gesteigerten Interesse an, als er langsam nickte. »Na gut«, sagte er und fuhr gleich fort: »Lassen Sie uns zu dem Fall Meyer kommen. Mal sehen, ob ich Ihnen weiterhelfen kann. Was wissen Sie bereits darüber?«

Hildegard erzählte über die Ergebnisse der Zeitungsrecherche und das Gespräch mit dem Archivar. Zum Schluss sagte sie: »Soweit ich den Fall bisher kenne, scheint das Motiv für den Mord das Problem gewesen zu sein.« Sonnen zündete seine Pfeife wieder an und nickte. »Ja, so ist es gewesen. Sie müssen berücksichtigen, dass in der Nachkriegszeit eine regelrechte Völkerwanderung stattgefunden hatte. Die Bevölkerung wuchs auf das Doppelte an, in manchen Gemeinden um das Dreifache. Die vielen Flüchtlinge und Vertriebenen schufen eine neue Lage. Alles wurde unübersichtlicher. Ein Kommen und Gehen. Neue Verbindungen entstanden, um dann schnell wieder zu verschwinden. Ein riesiges Problem für die Ermittlungsarbeit.« Sonnen nahm einen Zug aus seiner Pfeife und setzte seinen Vortrag fort: »Meyer war selbst Flüchtling, seine Frau Jüdin. Soweit wir herausfinden konnten, hatte das Paar keine sehr feste Verankerung in der Stadt. Freunde hatten sie scheinbar nicht. Warum sie nach dem Krieg nach K. gekommen waren, war nicht zu ermitteln. Meyer scheint ein Eigenbrötler gewesen zu sein. Das Archiv war wohl sein Leben.« Er machte eine Pause und zog noch einmal an der Pfeife. »Neben seiner Frau, nehme ich an. Über sie haben wir noch weniger in Erfahrung bringen können. Sie war kaum vernehmungsfähig. Geschockt, krank und schwanger. Eine schlimme Geschichte.«

Hildegard musste fragen. »Haben Sie persönlich mit ihr gesprochen?«

Sonnen hob seine Augenbrauen, schaute Hildegard an und paffte nochmals. »Ja, einmal. Die Polizei hatte sie bereits eingehend vernommen. Ich wollte aber einen eigenen Eindruck gewinnen. Es war nicht ergiebig. Sie lag im Bett und sah so elend aus. Sie muss früher eine hübsche Frau gewesen sein. Sehr dunkle, wellige Haare und ein schönes Gesicht mit großen Augen. Aber alles zusammengefallen, von Angst ausgezehrt. Ein so erschütterndes Erlebnis habe ich bei der Arbeit nie wieder gehabt.«

Abrupt stand Sonnen auf und holte frischen Kaffee. Nachdem er erneut eingeschenkt hatte, sagte er: »Sie interessieren sich für die Ermittlung und warum sie unergiebig verlief. Ohne meine Schweigepflicht zu verletzten, kann ich nur sagen, dass wir kein Motiv finden konnten. Das ist immer ein wichtiger, wenn nicht gar entscheidender Schritt bei einer Ermittlung. Geld, Eifersucht, Rache, Hass – nichts passte. Alle Spuren verliefen im Sand. Es schien die Tat eines Wahnsinnigen zu sein.«

»Haben Sie das geglaubt?«, fragte Hildegard.

Sonnen zog an seiner Pfeife und schaute auf eine Zeichnung, die ihm gegenüber an der Wand hing. »Eigentlich nicht. Der Terminkalender war weg. Für mich ein wichtiger Punkt. Meyer arbeitete an dem Mordabend spät im Archiv. Das tat er häufig. Er war allein im Rathaus. Wir nehmen an, dass er einen Besucher erwartete. Das konnten wir aber nicht nachweisen. Die Ehefrau wusste von nichts, die anderen städtischen Angestellten ebenso wenig. Im Archiv fehlte sonst nichts, soweit wir das feststellen konnten. Archive verwahren aber massenweise Papiere. Wer weiß.«

Sonnen stand plötzlich auf und lief zum Fenster. Er schaute auf die Straße, während er weitersprach. »Das Mordopfer wurde im Archivmagazin aufgehängt gefunden. Es sah nach einer Hinrichtung aus. Wie der Täter ihn so überwältigen konnte, haben wir nicht nachvollziehen können. Eine grausame, durchdachte Tat. Keine Tat im Affekt. Daher habe ich nie an die Wahnsinnigen-These geglaubt.« Wieder eine Pause. »Wir kamen einfach nicht weiter.«

Hildegard schluckte, fragte jedoch mit fester Stimme: »Gab es überhaupt keinen Anhaltspunkt?«

Sonnen drehte sich vom Fenster weg und nahm wieder am Tisch Platz. Er trank seinen Kaffee aus und schaute Hildegard direkt an. »Ja, es gab den Hinweis auf einen Fremden in der Stadt am Mordabend. Er wurde in der Gastwirtschaft gegenüber dem Rathaus gesehen. Er war dunkel gekleidet, hatte ein Bier getrunken, und nach Auskunft einiger Stammtischbrüder wurde beim Bezahlen über eine Wandzeichnung gesprochen. Es gab damals einen Künstler, der in der Gastwirtschaft gegen Getränke gemalt hat. Er war wohl ein armer Säufer. Die Polizei hat ihn vernommen, jedoch nichts Verwertbares erfahren. Er faselte nur über Kollektivschuld und dergleichen. Säufer sind ohnehin keine zuverlässigen Zeugen. Ich hatte mir das Gemälde nachher angeschaut. Eine Art Totentanz. Ich fand es ziemlich albern. Wir haben keine weiteren Belege für diesen angeblichen Fremden ermitteln können. Die Polizei hatte auch die Bahnverbindungen überprüft. Wenn es ihn gegeben hatte, hatte er keine Spuren hinterlassen.«

»Kennen Sie noch den Namen des Künstlers?«, fragte Hildegard.

Sonnen paffte einige Augenblicke, bevor er antwortete: »Nein. Selbst, wenn ich mich noch an ihn erinnern könnte, dürfte ich diese Information nicht preisgeben. Ebenso wenig die Namen der anderen Beteiligten. Für Ihre Forschung ist das ohnehin nicht so von Belang, oder?«

Hildegard schaute auf ihre Kaffeetasse und erwiderte. »Ja, Sie haben recht, Herr Sonnen. Die Namen tun nichts zur Sache.« Sie blickte wieder auf. »Danke für das Gespräch, Herr Sonnen. Es hat mich weitergebracht.«

»Das Motiv, Frau Voigt. Das Motiv führt zum Täter – oder zur Täterin. Da kann die Gesetzgebung nicht viel tun.« Er stand auf und holte ihren Mantel von der Garderobe. »Die Akte liegt noch bei den ungeklärten Fällen. Viele Akten werden dort für immer liegen. Belege unserer Unzulänglichkeit. Während meiner Dienstzeit habe ich die Mordfälle immer als etwas Ungeheuerliches empfunden. Einem anderen Menschen das Leben zu nehmen, was für ein Abgrund in der menschlichen Seele gehört dazu? Und wenn ein Fall sich nicht aufklären ließ – das war das Schlimmste. Es blieb dann bei mir immer ein Gefühl der Leere zurück, fast möchte ich sagen: Angst.«

Hildegard ließ sich in den Mantel helfen. Dann drehte sie sich um und schaute den Herrn Staatsanwalt a. D. direkt an: »Nur ein paar

Jahre vor dem Mord in K. hat die Menschheit einen Weltkrieg entfacht. Wie viele Abermillionen Menschen sind dabei vertrieben, verfolgt und getötet worden? Und ermordet. Der Holocaust mit über sechs Millionen Menschen jüdischer Herkunft. Hier in Deutschland. Haben wir alle Täter ermittelt? Sind sie ermittelbar?«

Sonnen machte die Tür auf und schaute sie lange an, bevor er sagte: »Ja, Sie haben recht, Frau Rechtsanwältin. Wir wissen viel zu wenig über uns selbst. Die Strafjustiz bietet nur ein schwaches Hilfsmittel dafür an. Gerechtigkeit ist ein fernes Ziel.«

»Nochmals vielen Dank«, sagte Hildegard.

»War mir ein Vergnügen, mit Ihnen zu sprechen«, erwiderte Sonnen. »Ich befürchte, dass ich nicht viel geholfen habe. Das Motiv, es kommt fast immer auf das Motiv an. Und: Viel Erfolg mit Ihrer Kanzlei.«

Hildegard stand an der Parkstraße und blickte auf den gegenüberliegenden Stadtpark. Wenige braune Blätter hielten sich an den Bäumen. Die Gehwege sahen matschig aus, die Beete karg und voller Laub.

Das Motiv, sagte sie sich.

Es begann, leicht zu nieseln. Zu Fuß würde es knapp fünfunddreißig Minuten dauern, bis sie den Bahnhof erreicht hätte. Dennoch beschloss sie zu laufen. Das trübe Wetter passte zu ihrer Stimmung. Nachdenken über das Gespräch – das war die Aufgabe. Der Regen bot sogar eine passende Kulisse für ihre Gedanken.

Viel Neues hatte sie nicht erfahren. Sie fragte sich, ob die Polizei den Fall damals ernsthaft verfolgt hatte. Der Fremde in der Gastwirtschaft. Darüber hätte sie mehr erfahren müssen. Oder? Ihr wurde klar, dass sie Einsicht in die Akte nehmen musste. Nur wie? Es bedurfte eines neuen Anhaltspunktes, um den Fall wieder aus der Versenkung zu holen. Es gab auch die Akte der ermittelnden Kriminalinspektion. Wahrscheinlich in Kiel. Sie zu beschaffen wäre jedoch keineswegs einfacher.

Als Hildegard die Breite Straße erreichte, nahm der Fußgängerverkehr zu. Die Geschäfte entlang der Fußgängerzone erfreuten sich reger Kundschaft. Ebenso die Lokale. Es war Mittagszeit. Hildegard verspürte keinen Hunger. Sie wollte nach Hause. Vor ihr ragte bald die Marienkirche auf. Daneben stand das historische Rathaus mit seinen zahlreichen kleinen spitzen Türmen. Rechtsfrieden, hatte der Professor in der Einführungsvorlesung gesagt, sei das Geschäft der Juristerei. Nicht Gerechtigkeit. Der Mordfall in K. lag Jahre zurück. Keiner kümmerte sich mehr darum. Für den Fall herrschte Frieden. Warum sollte sie ihn nicht einfach bei den ungeklärten Fällen liegen lassen? Hildegard wusste, dass sie das nicht tun würde, nicht tun könnte. Es ging um sie selbst. *Ein Rechtsfrieden ohne Gerechtigkeit ist ein Trugschluss.* Der Satz setzte sich in ihren Gedanken fest.

Einen Tag später lief Hildegard um die Mittagszeit über den Alten Markt in K. Sie wollte in den Gasthof Alte Stube, um dort zu Mittag zu essen – und sich die Wandzeichnung anzuschauen. Als sie die Gaststube betrat, erblickte sie den Redakteur Lorenz. Er saß allein an einem Ecktisch und unterhielt sich mit einer Kellnerin. Er blickte auf und winkte Hildegard energisch zu sich. Sie zögerte einen Augenblick, trat aber dann doch zu ihm und nahm an dem kleinen runden Tisch Platz.

Lorenz lächelte sie vergnügt an: »Frau Rechtsanwältin, Sie haben Zeit gefunden, eine Mittagspause zu machen!«

»Sie offenbar auch, Herr Chefredakteur.«

»Nein, nein«, erwiderte Lorenz und lachte. »Ich arbeite während des Essens. Immer auf der Suche nach Storys.«

»Vielleicht tue ich das auch, Herr Lorenz.«

Bevor er etwas dazu sagen konnte, erschien die Kellnerin, um Hildegards Bestellung aufzunehmen. »Ich kann den Mittagstisch empfehlen«, unterbrach Lorenz. »Heute gibt es Hackbällchen mit Soße, Kartoffeln und Möhren. Danach gibt es immer etwas Süßes. Ich trinke ein Bier dazu, wie Sie sehen.« Er hielt sein Glas hin und sagte: »Auf Ihr Wohl!«

Hildegard machte sich nichts aus Hackbällchen mit Soße, bestellte sie dennoch. Aber kein Bier, sondern eine Apfelschorle. Ihr war inzwischen klar geworden, dass Lorenz ein Stammgast des Lokals war.

»Sie sind schlagfertig«, bemerkte Lorenz, nachdem die Kellnerin fortgegangen war. Er schaute Hildegard erneut an und fragte: »Wie sind die ersten Wochen in unserer schönen Stadt gelaufen?«

Hildegard erzählte oberflächlich von ihren ersten Fällen. Sie wollte den Eindruck vermitteln, dass sie zu tun hatte. Und das hatte sie in der Tat. Sie war sogar überrascht über den Zulauf. Während sie erzählte, bemerkte sie, wie intensiv Lorenz sie anschaute. Der Blick war mehr als neugierig. Es lag etwas Konspiratives darin.

»Ich höre, Sie waren auch im Stadtarchiv«, sagte Lorenz wie nebenbei und nahm einen Schluck von seinem Bier. Er schaute sie über das Glas hinweg an.

Hildegard schmunzelte. »K. ist wohl eine kleine Stadt«, sagte sie. »Ich wollte mich informieren. Stadtarchive sind dafür da, oder? Ich war auch in der Bücherei und sonst wo. Soll ich Ihnen eine Liste geben? Veröffentlichen Sie so etwas in Ihrem Blatt?«

Die Kellnerin brachte die Apfelschorle sowie die beiden Mittagessen. Lorenz begann, vergnügt seine Hackbällchen zu vertilgen. Hildegard fing an zu essen, wenngleich mit etwas weniger Enthusiasmus.

»Sie müssen mir verzeihen«, sagte der Redakteur zwischen den Bissen. »Als Zeitungsmensch bin ich vom Wesen her einfach neugierig. Und Sie sind schon etwas Besonderes in dieser Stadt.«

»Wie denn das?«, fragte Hildegard. »Ich bin einfach eine junge Rechtsanwältin, die eine Kanzlei gegründet hat. Interessieren Sie sich so intensiv für alle Neugründungen?«

»Na«, erwiderte Lorenz, »ich muss zugeben, dass ich mich über Sie informiert habe. Ich sage es Ihnen gleich, damit Sie sehen, dass ich mit offenen Karten spiele.« Er schaute sie freundlich an.

Hildegard war sich gar nicht sicher, ob sie seine Worte für bare Münze nehmen sollte. Etwas zuzugeben, um Vertrauen zu erhaschen und insgeheim Einiges zu verbergen – eine alte Strategie. »Und was haben Sie erfahren?«

»Sie sind in Hamburg geboren und haben in Tübingen studiert. Das Studium mit Referendariat in nicht mal sieben Jahren abgeschlossen – mit dem Prädikatsexamen Sehr Gut. Es gibt nur sehr, sehr wenige Juristen, die das von sich sagen können. Und nun sind Sie bei uns – in dieser kleinen Stadt.« Er lächelte immer noch.

»Die Informationen sind nicht besonderes geheimnisvoll. Ist vielleicht sogar gut für das Geschäft, sollten sie überall bekannt werden.« Hildegard legte ihr Besteck einen Augenblick neben den Teller und schaute demonstrativ auf die Wandzeichnung, die hinter ihnen zu sehen war. Sie war erstaunt über die Genauigkeit der Darstellung. Der große Teufel mit seiner zufriedenen Grimasse. Die armen Sünder, die widerwillig, aber unerbittlich mitgezogen wurden. Hildegard erkannte eine Vielzahl kleinerer Figuren in verschiedenen Ausführungen.

Lorenz folgte ihrem Blick. »Eine Sehenswürdigkeit unserer Stadt«, sagte er und stopfte ein Stück Hackbällchen mit Kartoffeln in den Mund.

»Bemerkenswert«, erwiderte Hildegard. »Können Sie mir etwas darüber erzählen?«

Lorenz spülte mit etwas Bier nach, bevor er zu erzählen begann. »Der Künstler heißt Karlheinz Leisegang. Er starb ein Jahr, bevor ich in die Stadt kam. Er hatte sich zu Tode gesoffen.« Lorenz legte sein Besteck beiseite und drehte sich zu dem Kunstwerk um. Er erzählte ernst und präzise weiter: »Er war ein guter Künstler, aber ein armes Schwein. Der Krieg hatte ihn erledigt. Er stammte aus unserer Stadt und hatte vor dem Krieg in Kiel Kunst studiert. Er erlebte das Gemetzel überwiegend an der Ostfront und in den letzten Kriegstagen den furchtbaren Luftangriff auf Dresden. Im Stadtarchiv gibt es eine Mappe mit Zeichnungen, die er danach angefertigt hatte. Erschütternde Szenen sind dort zu sehen. Er kehrte 1946 traumatisiert zurück und konnte in den Jahren danach nie Anschluss finden. Er trank zu viel, um eine Arbeit zu behalten oder um eine Beziehung zu führen. Er zeichnete einfach weiter. Es war eine Manie. Manchmal erhielt er einen Auftrag. Er lebte aber weitgehend von der Fürsorge. Und – er bezahlte seine Rechnungen häufig mit Zeichnungen. Man kann sie heutzutage überall in den älteren Geschäften aufspüren.« Lorenz genehmigte sich einen Schluck Bier, bevor er fortfuhr: »Wie diese

Wandzeichnung. Gegen Bier und Branntwein hat er sie in zwei Jahren angefertigt. Selbst im betrunkenen Zustand konnte er erstaunlich genau und sicher zeichnen.«

»Die Figuren sind sehr detailliert und lebhaft ausgearbeitet worden«, bemerkte Hildegard. »Und jede sieht anders aus.«

»Ja«, erwiderte Lorenz. »Leisegang hat seine eigenen Gesichtszüge in der Gestalt des Teufels untergebracht. Viele der kleineren Figuren sind Abbildungen von Personen, die damals in der Stadt lebten. Ein Pastor zum Beispiel, eine bekannte Marktfrau, sogar der damalige Bürgermeister.« Lorenz zeigte auf eine Figur, die dicht hinter dem Teufel stand – ein älterer Herr im dunklen Anzug mit einer großen Kette vor einem beachtlichen Bauch. Besonders würdevoll sah er nicht aus. Er schaute dem Betrachter direkt in die Augen und wirkte bestürzt.

Hildegard beugte sich näher zur Zeichnung und zeigte auf einen Mann, der, wie es ihr erschien, im Stechschritt lief. »Wer war das?«

Lorenz lachte leise. »Ein damaliger Grundschullehrer.«

»Ich wundere mich, dass es damals keinen Ärger gegeben hat. Die Figuren sind nicht sehr vorteilhaft dargestellt. Einige Leute müssten sich auf den Schlips getreten gefühlt haben.«

»Ärger hat es gegeben. Die Zeichnung ist dennoch geblieben. Das Gebäude steht inzwischen unter Denkmalschutz.«

»Eine interessante Geschichte«, sagte Hildegard. »Vielen Dank.«

»War mir ein Vergnügen«, erwiderte Lorenz und schaute sie etwas spitzbübisch an. »Ich lade Sie heute ein.« Er winkte die Kellnerin herbei und unterschrieb einen Zettel. »Ich lasse es aufschreiben«, erklärte er. »Einmal im Monat begleiche ich die Gesamtrechnung.«

»Besten Dank«, sagte Hildegard. »Ich werde mich bei Gelegenheit revanchieren.«

Beim Aufstehen sagte Lorenz: »Übrigens hält unser Archivar übermorgen im Alten Rathaus einen Vortrag über die Stadtgeschichte. Vielleicht haben Sie Lust zu kommen. Man lernt immer dazu.«

Am Abend des Vortrages lief Hildegard die kurze Strecke von ihrer Wohnung zum Alten Rathaus. Sie hatte sich Jeans, eine schlichte Bluse und einen dunklen Pullover angezogen. Ihre Haare hatte sie zu einem Dutt gebunden. Sie wollte keineswegs auffallen. Der Vortrag fand im ehemaligen Ratssaal statt, der nach einer Renovierung zum Veranstaltungsraum umgebaut worden war. Um die vierzig Stühle standen vor einem Pult, neben dem ein Diaprojektor aufgebaut war. An der Wand hing eine Leinwand.

Als Hildegard den Saal betrat, standen etliche Zuhörer herum und unterhielten sich. Neben dem Eingang gab es eine Weintheke. Hildegard bezahlte 2 DM Eintritt und kaufte sich ein Glas Rotwein. Der Wein erwies sich als kraftlos. Mehr als ein Glas würde sie davon nicht trinken. Sie stand neben der hinteren Stuhlreihe und beobachtete die Leute. Es waren überwiegend Ältere beiderlei Geschlechts. Einige Herren waren in Anzügen erschienen. Sie standen in kleinen Gruppen herum. Vorne neben dem Pult erblickte sie Lorenz, der in ein Gespräch mit einem Mann vertieft war, der in einem Rollstuhl saß. Der Redakteur blickte auf und lächelte sie an. Sie ging auf ihn zu.

»Guten Abend, Herr Lorenz. Danke für den Hinweis auf den Vortrag.«

»Schön, dass Sie gekommen sind, Frau Voigt«, erwiderte er und drehte sich zu dem Mann im Rollstuhl. »Darf ich Ihnen Alfred Fromm vorstellen.« Lorenz machte eine kleine Pause. Hildegard schaute den Mann an. Volle, helle Haare, buschige Augenbrauen, glatt rasiert und tiefe graue Augen. Obwohl er im Rollstuhl saß, strahlte er Kraft aus.

»Guten Abend, Frau Voigt«, sagte Fromm in einer feinen, melodischen Stimme. »Ich habe über Sie bereits einiges gelesen und gehört. Unsere Stadt kann immer junge, kluge Leute gebrauchen. Sie sind die Zukunft.«

»Es freut mich, Sie kennenzulernen«, entgegnete Hildegard und reichte ihm die Hand, die er wie ein Vater nahm und leicht streichelte. »Der Name Fromm ist in der Stadt nicht unbekannt«, ergänzte sie.

»Herr Fromm ist Besitzer der Werkzeugfabrik und Präsident der Bürgerstiftung«, erklärte Lorenz. »Wir schätzen uns glücklich, ihn als Förderer zu haben.« Hildegard merkte, wie lammfromm Lorenz sich benahm.

»Entschuldigen Sie mich bitte, Frau Voigt. Der Vortrag beginnt gleich«, sagte Fromm und bewegte sich weiter zum Pult hin. Archivar Stamer war gekommen. Die Gäste nahmen nach und nach ihre Plätze ein. Lorenz zeigte auf einen Stuhl in der ersten Reihe für Hildegard. Neben ihm. Sie fühlte sich etwas unwohl dabei, sah jedoch ein, dass sie keine andere Wahl hatte.

Als Stamer sich hinter das Pult stellte, erblickte er Hildegard und nickte ihr zu. Hildegard nickte zurück. So wird man in die lokale Gesellschaft eingeführt, dachte sie und lehnte sich zurück. Das Thema des Vortrages lautete: Die Schleswig-Holsteinische Erhebung von 1848. Darüber wusste Hildegard so gut wie nichts.

Nachdem die Besucher Platz genommen hatten und es im Saal still wurde, drehte Fromm seinen Stuhl zum Publikum. Er sprach das Grußwort: »Guten Abend liebe Gäste. Wir setzen unsere monatliche Reihe der Geschichtsveranstaltungen fort mit einem Vortrag unseres Stadtarchivars Wolfgang Stamer über ein Schicksalsjahr unseres Landes – 1848 …« Der Mann hat eine angenehme Stimme, dachte Hildegard. Gar nicht so tief und kräftig, sondern eher wie ein Tenor. Sie füllte mühelos den Raum.

In dem Vortrag hörte Hildegard, dass eine Einheit von Freiwilligen aus der Stadt K. im Befreiungskrieg gegen Dänemark gekämpft hatte. Stamer schloss seine Ausführungen mit einem Verweis auf die Schlacht an den Düppeler Schanzen im Jahre 1864 ab. Der deutsch-dänische Krieg sei ein Mosaiksteinchen in Bismarcks Bemühungen gewesen, das Reich unter Preußen zu einen, dessen Vorgeschichte in der Erhebung des deutschen Volkes in den Herzogtümern Schleswig und Holstein 1848 zu sehen sei – so das Fazit von Stamer. Er fuhr fort: Die deutsche Einheit – wieder ein fernes Ziel im Jahr 1976.

Nach dem Vortrag lud Lorenz Hildegard zu einem Glas Wein in der Alten Stube ein. Sie nahm das Angebot an. Als sie an der Tür stand, kam Fromm auf sie zu. »Es hat mich gefreut, dass Sie gekommen sind, Frau Voigt. Besuchen Sie mich bitte bei Gelegenheit. Ich sage in meinem Vorzimmer Bescheid, dass Sie gerne willkommen sind.«

Er schaute sie unter seinen dicken Augenbrauen direkt an. Hildegard konnte den Blick nicht deuten. »Danke für das Angebot, Herr Fromm. Ich melde mich. Und einen schönen Abend wünsche ich.«

»Ebenfalls, junge Dame.« Es hörte sich wie eine Verbeugung an.

Hildegard saß bald zusammen mit Lorenz und drei weiteren Mitgliedern des Stiftungsvorstandes – einem Lehrer, einem Sparkassenangestellten und einer Versicherungsmaklerin in einer Seitennische. Small Talk gehört zum Geschäft, dachte Hildegard, die genau merkte, wie neugierig die anderen sie beobachteten. Nach dem ersten Glas verabschiedeten sich alle bis auf Lorenz.

»Na«, fragte der Redakteur, »wollen wir noch einen Absacker zu uns nehmen?«

Hildegard nickte. »Der Wein hier ist auf jeden Fall besser als beim Vortrag.«

»Sie nehmen alles sehr genau«, schmunzelte Lorenz und bestellte mit einem Kopfnicken in Richtung der Theke noch eine Runde.

Nachdem die Gläser auf dem Tisch standen, sagte Hildegard: »Erzählen Sie mir von Herrn Fromm.«

»Ja«, sagte Lorenz. »Er ist schon eine imposante Figur. Selbst in einem Rollstuhl strahlt er Autorität aus. Ein Glücksfall für unsere Stadt.«

Hildegard nippte an ihrem Wein, während Lorenz erzählte.

»Mir ist nicht sehr viel über sein Leben bekannt, bevor er nach K. kam. Er wurde auf jeden Fall in Hamburg geboren und hat natürlich im Krieg gedient. Wie ich hörte an der Westfront. Er wurde schwer verwundet und gefangen genommen. Er kehrte Ende der 1940er Jahre nach Hamburg zurück und heiratete die Tochter eines Fabrikanten, der in einer bescheidenen Werkstatt in Altona Maschinenteile für die Brauindustrie herstellte. Aus dem kleinen Betrieb machte Fromm ein bedeutendes Unternehmen. Er erwarb eine Gewerbefläche in unserer Stadt, erweiterte die Produktionspalette vor allem durch Tablettenpressen und wurde dadurch der wichtigste Arbeitgeber der Region. 1949 wurde die neue Fabrik eröffnet.« Lorenz hielt kurz inne und schaute

Hildegard an, die leicht nickte, bevor sie noch einen Schluck Wein trank. Lorenz nahm den Faden wieder auf. »Ich kam 1959 nach K., und Fromm nahm gleich Kontakt zu mir auf. Wir haben inzwischen eine sehr gute Beziehung zueinander.« Wieder eine Pause. Hildegard blieb stumm. »Seine alte Kriegsverletzung verschlechterte sich, und er sitzt nun seit vielen Jahren im Rollstuhl. Seine Frau ist vor einigen Jahren gestorben. Trotz seines Alters ist er ist jeden Tag in seinem Betrieb.«

»Ein bewegtes Leben«, sagte Hildegard. »Wie bei so vielen Menschen seiner Generation. Er macht einen kräftigen Eindruck. Und er hat eine sehr schöne Stimme.«

»Herr Fromm ist nicht nur ein erfolgreicher Geschäftsmann«, ergänzte Lorenz, »er ist ebenfalls ein wichtiger Mäzen. Er ist in zahlreichen Organisationen aktiv – nicht nur in der Bürgerstiftung, sondern sowohl im Roten Kreuz als auch in der Wirtschaftlichen Vereinigung. Er sitzt im Vorstand der Stadtsparkasse.« Lorenz lächelte, als er das Weinglas hob. »Man könnte ihn die graue Eminenz unserer Stadt nennen.«

»So grau sieht er gar nicht aus«, erwiderte Hildegard, »bis auf seine Augen. Sehr tiefe, lebendige Augen. Sie sehen viel.«

»Wie Sie das sagen, hört es sich geheimnisvoll an«, sagte Lorenz. »Sind sie Augendeuterin?«

Hildegard lachte und nahm einen ordentlichen Schluck Wein: »Augen sind die Fenster zur Seele. Meinen Sie nicht auch?«

»Und was sehen Sie in meinen Augen, Frau Rechtsanwältin?«

»Eine indiskrete Frage, Herr Redakteur.«

»Ah, kommen Sie. Ist nur ein Spiel.«

»Nichts ist ernster als ein Spiel, Herr Lorenz«, gab Hildegard zurück. »Aber wenn Sie wirklich wollen, sage ich etwas.«

Lorenz lächelte und nickte.

»Ihre blauen Augen sind opak. Sie schauen nur nach außen.«

Das Lachen verschwand aus Lorenz' Gesicht. Er schaute für einen Augenblick fast erschrocken aus. Er nahm einen Schluck Wein und lachte verhalten: »Ich sehe, ich muss immer auf den Hut sein, wenn ich mich mit Ihnen unterhalte.«

»Nichts ist so ernst wie ein Spiel«, wiederholte Hildegard. »Ich muss jetzt aber wirklich aufbrechen. Morgen habe ich einige Besprechungen und meinen ersten Gerichtstermin.«

Bevor Lorenz etwas entgegnen konnte, stand Hildegard auf, holte ihr Portemonnaie heraus und sagte: »Ich danke für die Einladung, aber heute Abend übernehme ich die Zeche.«

Lorenz hatte sich gefangen. Er stand ebenfalls auf: »Besten Dank! Und viel Erfolg morgen bei Gericht.«

Penumbra

Kleinstädte sind nach allgemeiner Begriffsbestimmung Städte mit einer Einwohnerzahl zwischen 5000 und 20 000. Die Wissenschaft hat sie als Untersuchungsgebiete längst entdeckt. »Von der Sozialstruktur her ist die Kleinstadt durch eine Form partieller, auch gruppenspezifischer sozialer Kontakte geprägt. Dies ermöglicht einen überschaubaren Wahrnehmungsraum. Gleichzeitig dient die soziale Kontrolle auch als Instrument der Eingliederung des Einzelnen in eine territoriale Gruppe.« So die Wissenschaftssprache. Wir werden sehen, was dies für Hildegard und ihre Suche nach der Wahrheit über ihre leiblichen Eltern in der Kleinstadt K. konkret bedeutete.

Ich habe diesen Abschnitt mit dem Begriff Penumbra überschrieben. Er bedeutet so viel wie Halbschatten, stammt aus der Astronomie und bezeichnet den helleren Randbereich eines Sonnenflecks. Im übertragenen Sinne veranschaulicht der Begriff die besonderen sozialen Bedingungen im Leben einer Kleinstadt. Der Einzelne ist nicht so anonym wie in der Großstadt, aber auch nicht so entblößt wie auf dem Dorf. Er lebt in einer Welt aus Halbschatten, die aus diversen gesellschaftlichen und wirtschaftlichen Lichtquellen hervorgehen. Familiäre Verbindungen, Vereinszugehörigkeit, Kaufverhalten, Freizeitaktivitäten, Freundeskreise und ökonomische Zwänge schaffen eine Sozialstruktur, die sich so komplex wie ein Gemälde von Caravaggio mit seinem dramatischen Zusammenspiel von Licht und Schatten präsentiert. Tratsch und Klatsch gehören zum Halbschattendasein genauso wie die sprichwörtlichen Leichen im Keller. Die Kleinstadt hat ein festes soziales Gefüge. Sie verwahrt ihre Geheimnisse eisern. In ihr wird der Fremde erst einmal wie ein neuer Hund im Rudel beschnuppert und bewertet. Ist der Neue anpassungsfähig? Kann er zu uns gehören? Oder stellt er eine Gefahr dar? Kleinstädte wollen Ruhe, sie sind Prototypen der Spießbürgerlichkeit.

Ich sollte es wissen. Ich bin in einer Kleinstadt groß geworden – und dort wieder gelandet. Wir werden sehen, ob mit Hildegards Ankunft in K. Ruhe einkehrte.

Anfang Januar 1977 saß Hildegard im Zug, der von Hamburg aus nach K. unterwegs war. Sie hatte die Weihnachtstage bei ihrer Mutter verbracht. Es war die erste Begegnung seit dem Umzug, und Hildegard hatte sie sehr genossen. Sie spürte zum ersten Mal in ihrem Leben eine vertrauensvolle Beziehung zu ihrer Mutter, als ob durch die Wahrheit eine unsichtbare Blockade aufgebrochen worden wäre. Über die Tage hatte sie von ihrer Arbeit und dem Leben in der neuen Stadt erzählt, wenig jedoch über ihre Recherche. Sie hatte lediglich angedeutet, dass sie eine Spur verfolgte. Ihre Mutter schien entspannter zu sein. Sie hatte einige Male gelacht. Hildegard hatte vorgeschlagen, dass sie auf jeden Fall bald zu Besuch nach K. kommen sollte.

Drei Tage nach Weihnachten war sie mit ihrer Mutter ins Theater gegangen. Im Ernst-Deutsch-Theater gab es eine Aufführung von Lessings *Nathan der Weise* mit Friedrich Schütter in der Hauptrolle. Hildegard fand die Aufführung leider etwas traditionell, die Darstellung von Schütter als Nathan jedoch überzeugend. Und: Recha sah sie in einem neuen Licht – ein Waisenkind, das, ohne es zu wissen, von Nathan als seine Tochter erzogen worden war. Zum ersten Mal verstand sie Rechas verzweifelten Ausruf: »Aber macht denn nur das Blut den Vater?« Hildegard hatte dabei empfunden, dass sie zwei Mütter hatte. Die eine, die sie großgezogen hatte, saß neben ihr im Zuschauerraum, die andere, die sie zur Welt gebracht hatte, lag seit Jahren in der Erde begraben, von der Welt längst vergessen. Zum Schluss des Theaterstücks – die Hauptfiguren erfuhren, dass sie blutsverwandt waren und eine allgemeine Harmonie ausbrach (bis auf Nathan, der abseits stand) – hatte sie eine tiefe seelische Anspannung verspürt, als ob ihre beiden Mütter sie in entgegengesetzte Richtungen zerrten. Die eine wollte sie in der Gegenwart festhalten, die andere zog sie unerbittlich in die Vergangenheit zurück, die sich wie ein tiefes, unerforschtes und bedrohliches Loch vor ihr aufgetan hatte. In der Literatur ließ sich ein solcher Konflikt glücklich auflösen. Lessing schrieb ein Happy End für seinen Nathan.

Ein wundersames Theaterstück. Ein Märchen für Erwachsene. *Aber im wirklichen Leben? In meinem Leben?* Hildegard schaute aus dem Zugfenster, nahm jedoch die vorbeirauschenden Bilder der Hamburger Vorstädte kaum wahr. Das monotone Klappern des Zuges begleitete ihre Gedanken. Sie lösten sich von Hamburg und schauten voraus auf K. Sie hatte über zwei Monate in der Stadt gelebt. Erstaunt war sie über den Erfolg ihrer Kanzlei. Sie hatte zu tun. Ihr eigentliches Anliegen in K. hatte sich jedoch nicht so gut entwickelt. Sie war nicht vorangekommen. Sie hatte im Archiv nochmals die Zeitungen durchgesehen, hatte aber nichts Neues entdeckt. Bei den gelegentlichen Mittagessen mit Lorenz in der Alten Stube hatte sie versucht, das Gespräch auf die Ortsgeschichte zu lenken. Der Redakteur plauderte gerne über dies und das, verriet aber nichts über den Fall, was Hildegard nicht schon kannte. Vielleicht wusste er nicht mehr darüber. Seit ihrem Gespräch nach dem Vortrag war er ohnehin im persönlichen Bereich zugeknöpfter geworden. Er schien auf der Lauer zu liegen oder vielleicht auch nur verunsichert worden zu sein. Hildegard vermied es, direkte Fragen zu stellen. Sie spürte, dass Vorsicht geboten war. Zu viele Fragen nach einem ungeklärten Mordfall könnten ungeahnte Folgen nach sich ziehen. Sie musste andere Wege finden, um an Informationen zu kommen. Sie brauchte Hilfe, und daran war sie gar nicht gewöhnt.

Die Ermittlungsakte der Staatsanwaltschaft lag bei den ungeklärten Fällen. Sie war keinen Schritt weitergekommen. Sie wusste nicht, wie sie an die Akte gelangen konnte. Nachts bei der Staatsanwaltschaft einzubrechen, wäre eine Möglichkeit, schoss es ihr durch den Kopf.

Sie lachte innerlich und dachte: *Ich befinde mich nicht in einem billigen Kriminalroman, in dem die Heldin attraktiv, athletisch und furchtlos Schlösser aufbricht, wenn sie etwas wissen will.*

Als Hildegard das auf ihrem Schoß aufgeschlagene Buch beiseitelegen wollte, schaute sie kurz auf den Umschlag: Christa Wolfs Roman *Kindheitsmuster*, der im Vorjahr erschienen war. *Wie sind wir so geworden, wie wir heute sind?* Die Frage des Romans – aber auch die Frage ihres eigenen Lebens. Sie verstaute das Buch in ihrem Rucksack und holte ein Kuvert heraus. Es war ein Brief, adressiert an sie über die Anschrift der Mutter in Hamburg. Ein Absender stand nicht darauf. Sie holte ihn aus dem Umschlag und starrte auf die Anrede. *Liebe Hildegard.* Sie drehte das Blatt um. Am Ende des Schreibens stand ... *mit Liebe, Ernst.* Sie hatte den Brief in Hamburg gelesen.

Der Brief war eine etwas wirre und unbeholfene Liebeserklärung, das heißt, er könnte so verstanden werden. Hildegard hielt den Brief in der Hand, schaute aus dem Zugfenster und ließ ihre Gedanken zurückschweifen.

Ernst Wagner war Assistent an der juristischen Fakultät in Tübingen. Er war dabei zu habilitieren und strebte eine akademische Laufbahn an. Ein sympathischer, attraktiver Mann. Hildegard hatte ihn in ihrem dritten Semester kennengelernt. Er hatte eine Übung im Zivilrecht betreut, an der Hildegard teilgenommen hatte. Bei einem Fakultätstreffen waren sie ins Gespräch gekommen. Ernst war der erste Mann, dem sie begegnet war, der sie mit dem besonderen Glanz beobachtet hatte, der sinnliche Neugier verriet. Hildegard hatte sich seit ihrer Kindheit daran gewöhnt, allein zu sein. Ihr strenges Erscheinungsbild, ihre Gehbehinderung und der Ruf als Hochbegabte bildeten eine unsichtbare Mauer um sie herum, die bis dahin kein Mann zu stürmen versucht hatte. Hildegard lebte ihre erotischen Fantasien in der Musik mit ihrer Viola d'amore aus. Sie hatte weder sexuelle Erfahrungen mit Männern noch mit Frauen gesammelt. Sie wusste, dass es so nicht bleiben konnte.

Als das Fakultätstreffen zu Ende gegangen war, hatte Ernst sie zu einem Glas Wein in eine Gastwirtschaft eingeladen. Hildegard nahm die Einladung an. Sie spürte ein Prickeln im Bauch und lächelte innerlich über sich selbst. Sie nahmen an einen kleinen Ecktisch Platz und bestellten Wein. Hildegard genoss die gemütliche Atmosphäre der Weinstube. Keine laute Musik, es herrschte ein zurückgenommenes Ambiente. Sie plauderten. Zum ersten Mal in ihrem Leben sprach Hildegard mit einem Fremden ausführlich über sich selbst, über Musik, das Studium, ihre Ziele – einfach über das Leben. Weinstuben sind dafür da. Ernst hatte aufmerksam zugehört. Von sich verriet er nach und nach, dass er aus Stuttgart stammte, dass sein Vater Landgerichtspräsident war und – dass er verheiratet war. Vor zwei Jahren hatte er eine Studentin geehelicht. Inzwischen hatte das Paar einen Sohn. Seine Frau hatte das Studium aufgegeben, um sich der Familie zu widmen. Der Abend klang mit einem Pas de deux zweier Menschen aus, die aus juristischen Fachbegriffen ein kompliziertes Gespräch zu entwickeln wussten.

Der Abend bildete den Auftakt einer Affäre, die einige Jahre dauern sollte. Hildegard hatte Ernst bald nach dem ersten Treffen aufgesucht und deutlich gemacht, dass sie eine Beziehung mit ihm eingehen wollte. Es ging ihr nicht um Liebe oder gar um eine künftige Ehe. Sie hatte keineswegs vor, Ernsts Ehe zu zerstören. Sie wollte einfach ein Stück Leben kennenlernen, sich selbst als Frau empfinden. Sex gehörte dazu, und Ernst war ein sympathischer, intelligenter und offenbar erfahrener Mann. Er ging auf ihr Angebot ein. In den Jahren bis zu ihrem zweiten Examen sahen sie sich unregelmäßig. Die Affäre war ihr Geheimnis geblieben. Zum Schluss begann Ernst, sich zunehmend gereizt und angespannt zu verhalten. Er sprach davon, seine Frau zu verlassen. Er hielte die Anspannung nicht mehr aus, sie würde ihn auffressen. Hildegard wollte das nicht und beendete die Beziehung, noch bevor sie die ersten Examensarbeiten schrieb. Von Liebe war aus ihrer Sicht nie die Rede gewesen. Die Affäre war als eine Episode gedacht, und so sollte es auch bleiben. Sie wollte die Kontrolle über ihr Leben behalten.

Jetzt hielt sie einen Brief in der Hand, in dem Ernst die Beziehung wieder aufleben lassen wollte. Hildegard hatte es gewusst, als sie den

Brief in Hamburg das erste Mal öffnete. Sie wollte das nicht. Ihre Lage war inzwischen eine andere geworden. Sie hatte ein Ziel im Leben, eine Aufgabe, und sie glaubte, diese allein zum Abschluss bringen zu müssen.

Oder?

Sie legte den Brief wieder in den Rucksack. Sie würde ihn nicht beantworten.

Der Zuglautsprecher kündigte das baldige Eintreffen in K. an und riss Hildegard aus ihren Grübeleien heraus. Als sie den Weg vom Bahnhof zu ihrer Wohnung zurücklegte, beschloss sie, auf das Angebot von Engelbert Fromm zurückzukommen und den Unternehmer zu besuchen. Es galt, alle Wege auszuloten.

Am nächsten Morgen rief Hildegard im Büro des Unternehmers an. Eine Frauenstimme meldete sich: »Vorzimmer Engelbert Fromm. Sie sprechen mit Frau Koehler.«

»Guten Tag, Frau Koehler. Hier spricht Hildegard Voigt. Ich möchte einen Termin mit Herrn Fromm vereinbaren.«

»Guten Tag, Frau Voigt«, kam die förmliche Antwort. »Ja, ich weiß Bescheid. Einen Moment, bitte.« Es entstand eine kurze Pause. »Ich kann Ihnen den kommenden Mittwoch um 10.30 Uhr anbieten.«

»Das passt«, antwortete Hildegard. »Ich werde da sein.«

Am Mittwoch um 10.15 Uhr schloss Hildegard ihr Büro ab und stieg in das wartende Taxi ein, um zur Fabrik zu fahren. Ihr normales Verkehrsmittel war ein Fahrrad, das wegen ihrer Hüfte mit einem Sonderpedalsystem ausgestattet worden war. Einen Führerschein besaß Hildegard nicht. Sie hatte sich geschäftsmäßig mit Rock, Bluse und Jackett angezogen, ein Fahrrad hätte nicht dazu gepasst. Sie hatte vor, nach dem Termin zu Fuß zurückzulaufen.

Hildegard stieg aus dem Taxi, bezahlte und schaute einen Moment auf die Fabrik. Sie ähnelte entfernt einer Kaserne. Ein schlichter dreistöckiger Backsteinbau mit zwei langen Flügeln als Verwaltungstrakt traufständig zur Straße hin, mit einem breiten Tor zwischen den Flügeln, durch das man zu dem sich nach hinten erstreckenden

Produktionsgelände gelangte. Hildegard ging zur Anmeldung, die sich unter dem Torbogen befand. Ein Lastwagen fuhr durch das Tor. Der Mann in dem kleinen Häuschen stellte ihr einen Besucherschein aus und erklärte den Weg zum Büro »vom Chef«, das sich im oberen Stockwerk des linken Flügels befand. Während Hildegard die hell erleuchteten Gänge hinunterlief, bemerkte sie geschlossene Türen und hörte leise Stimmen sowie das Klappern von Schreibmaschinen. Ein Mann kam ihr mit einem Aktenkonvolut in der Hand entgegen und nickte ihr freundlich zu. An den Wänden befanden sich Fotografien von Maschinen und Werkzeugen.

Als sie das Vorzimmer erreichte, sagte die Sekretärin nach der Begrüßung: »Bitte nehmen Sie Platz, Frau Voigt. Ich melde Sie bei Herrn Fromm an.«

Einige Augenblicke später ging die Innentür auf – sie war durch eine Fernbedienung betätigt worden –, und Engelbert Fromm kam ihr in seinem Rollstuhl entgegen. Er schaute sie mit einem prüfenden Blick an und gab ihr die Hand: »Guten Tag, Frau Voigt. Es freut mich, dass Sie gekommen sind. Ich muss gestehen, ich bin neugierig.« Er wies seine Sekretärin an, Kaffee zu bringen, und begleitete Hildegard in sein Büro. Es war gar nicht so groß und vornehm eingerichtet, wie Hildegard erwartet hatte. Der Raum machte deutlich, dass hier die Arbeit im Vordergrund stand – nicht Repräsentation. Die Fenster eröffneten eine weitläufige Aussicht auf das hintere Fabrikgelände. Zwischen den Gebäuden waren Rasenflächen und gepflegte Beete angelegt und sogar Plastiken aufgestellt worden. Aus dieser Perspektive sah die Fabrik gar nicht nach einer Kaserne aus.

Die Sekretärin erschien, schenkte Kaffee ein und entfernte sich wortlos. Fromm hatte Hildegard zum Besuchertisch geleitet. Sie saßen sich gegenüber. Hildegard nahm einen Schluck Kaffee und bedankte sich für den Termin. Sie sei immer noch dabei, die Stadt kennenzulernen.

Fromm musterte sie kurz und sagte: »Wenn zwei Menschen mit Behinderung sich zum ersten Mal unterhalten, sollten sie zuerst ihre Leiden erklären. Für Gesunde ist das immer ein peinliches Thema. Wir haben, denke ich, Peinlichkeiten schon hinter uns.«

Hildegard fand den Gesprächseinstieg ungewöhnlich, ließ sich jedoch mit einem Lächeln darauf ein. »Bei mir ist das schnell erklärt, Herr Fromm. Eine angeborene Hüftdysplasie. Eine Heilungsmöglichkeit etwa durch eine OP gibt es nicht. Schmerzen habe ich selten, aber eine deutliche Gehbehinderung. Ich habe mich daran gewöhnt. Das Humpeln ist einfach ein Teil von mir.«

Fromm nickte: »Ja, das ist die richtige Einstellung.« Er nahm einen Schluck Kaffee und fuhr fort: »Bei mir ist es die Folge einer Kriegsverletzung. Bei der Ardennenoffensive im Winter 1944 erlitt ich eine Rückenverletzung, die nie richtig heilte. Danach hatte ich stets Schwierigkeiten beim Gehen, selbst mit Gehhilfen. Etwa um 1960 ging es einfach nicht mehr. Seitdem sitze ich im Rollstuhl.« Er hielt inne und schaute Hildegard direkt an: »Wie Sie von sich sagten, die Behinderung ist ein Teil von mir geworden. Ich lebe damit.«

Es entstand eine Pause. Hildegard spürte Fromms durchdringenden Blick. Seine tiefen, grauen Augen schienen vieles wahrzunehmen, als ob er durch ihre Kleidung, durch ihre Haut sehen könnte. Ein ungewöhnlicher Mann, dachte sie. *Was will er von mir?*

»Ich habe einiges über Sie gehört«, nahm Fromm den Gesprächsfaden wieder auf. »Eine außergewöhnliche Examensnote, wie mir gesagt wurde.« Seine Augen verengten sich: »Wie sind Sie darauf gekommen, in K. eine Kanzlei aufzumachen? Wenn ich fragen darf?«

Hildegard überlegte sich, was Fromm alles schon wissen könnte und warum er sich dafür interessieren sollte. Geschäftlich? Oder doch etwas anderes? Sie skizzierte ihren Lebenslauf in groben Zügen und erzählte ihm die Geschichte über die Universität und ihre Mutter, die sie Lorenz erzählt hatte. Sie fügte hinzu, dass K. für eine Rechtsanwältin eine vielversprechende Perspektive böte.

»Ja«, erwiderte Fromm. »Sie haben recht. Die Frauen dringen heutzutage überall in Bereiche ein, die früher den Männern gehörten. Ist vielleicht gut so. Eine neue Zeit bricht an.« Er erzählte über seine Ankunft in K. 1949 und die ersten schwierigen Jahre der Fabrik. Inzwischen hatte das Unternehmen einen festen Platz auf dem Weltmarkt für hochwertige Tablettiermaschinen.

Hildegard trank Kaffee und hörte aufmerksam zu. In einer Pause sagte sie: »Ich habe gehört, dass Sie auch in vielen Einrichtungen der Stadt tätig sind.«

»Ja«, sagte er ohne Umschweife, »ich bin in der Stadt verankert. Dies ist meine Heimat geworden. K. hat sich in den Wiederaufbaujahren nach dem Krieg zu einem lebendigen Ort entwickelt. Viele Menschen – vor allem von auswärts – haben dazu beigetragen.« Er schaute sie mit einem vielsagenden Blick an.

»Ich verstehe«, sagte Hildegard. »Es wird sich bestimmt auch eine Aufgabe für mich finden.«

Fromm setzte das Gespräch mit allgemeinen Ausführungen über die künftige Stadtplanung und die Lokalpolitik fort. Nach einigen Minuten schaute er auf seine Armbanduhr, und Hildegard wurde klar, dass sich das Treffen dem Ende näherte. Fromm schob seinen Rollstuhl vom Tisch weg mit der Bemerkung, dass er leider weitere Termine habe und dass es ihn sehr gefreut habe, sie kennenzulernen. Hildegard stand auf, nahm ihre Handtasche und bedankte sich für den Kaffee.

Der Unternehmer nahm ihre Hand und sagte: »Über Geschäftliches haben wir nicht gesprochen, Frau Voigt. Das ist, nach meiner Erfahrung, bei einem ersten Kennenlernen gut so.« Er sah sie mit einem ernsten Blick an. »Wir werden sehen.«

Hildegard nickte und schritt zur Tür. Fromm begleitete sie, machte die Tür mit der Fernbedienung auf und sagte: »Es hat mich gefreut. Wir werden uns sicherlich wiedersehen. K. ist eine kleine Stadt.«

Hildegard verließ die Fabrik und begann ihren Fußmarsch zur Kanzlei. Er würde etwa eine halbe Stunde dauern. Es war ein klarer, kalter Tag. Sie konnte ihre Atemwolke sehen und wie sie in kurzen Abständen gleich wieder verpuffte. Sie lief trotz ihres Hüftleidens zügig und dachte über das Treffen nach. Sie wunderte sich, dass das Geschäftliche nicht im Vordergrund stand, dass sie nicht selbst das Gespräch mehr in diese Richtung zu lenken versucht hatte. Ein Unternehmer und eine Anwältin – da gab es eine Schnittmenge von Interessen.

Vielleicht wollte Fromm sie für eine andere Aufgabe gewinnen? In einem Verein? Oder gab es einen Grund, der ihr noch verborgen war? Sie erinnerte sich an die Exemplare der Lokalzeitung von 1949 und 1950 und an die Berichte über die Gründung der Fabrik. Er müsste sich an den Mord erinnern können. Wie war es damals? Fromm kannte ihre Examensnote. Wusste er auch, dass sie im Archiv die Zeitungen durchgesehen hatte?

Fromms höfliche, ihr gegenüber beinahe väterlicher Art empfand sie als irritierend. Was für ein Mensch war er? Ein erfolgreicher Unternehmer, ein Mäzen und ein Mitglied im Vorstand bedeutender lokaler Einrichtungen. Ein Mann, der daran gewöhnt war, sich durchzusetzen. Ein Rollstuhlfahrer, Kriegsversehrter und Witwer. *Die graue Eminenz der Stadt* hatte Lorenz ihn genannt. Ein vieldeutiger Begriff.

Hatte er Kinder? Davon hatte er nichts erzählt.

»Die Menschen sind nicht immer, was sie scheinen«, sagte Hildegard leise zu sich, als sie die Tür zu ihrer Kanzlei öffnete. »Ich auch nicht.«

Blue Guitars

Woodstock/Vermont, Montag, den 26. November 2018

Es schneite leicht, als ich gestern aus der Eingangstür ging, um den hinter meinem Haus abzweigenden Pfad zum Village zu nehmen. Es gibt zwar unweit meines Grundstückes einen gepflasterten Bürgersteig, der entlang der Straße verläuft, ich ziehe ihm jedoch fast immer den Weg durch den Wald vor. Die Schneedecke, die in der vergangenen Woche entstanden war, machte nach nur wenigen Tagen einen schmuddeligen Eindruck. Menschen und Tiere hatten ihre Spuren hinterlassen, braune Blätter und abgefallene Zweige lagen verstreut am Wegesrand. Beim Gehen blickte ich auch auf Papier- und Plastikabfälle, die weggeworfen worden waren. Der Mensch lässt überall von sich grüßen.

Ich hatte Besorgungen zu erledigen, wollte auch im Buchhandel vorbeischauen und im Café Mon Vert einkehren. Mein Kopf war leer.

Ich lief langsam und nahm die Natur mit offenen Augen und tiefen Atemzügen in mich auf. Die kalte Luft belebte mich, die kargen Bäume schienen mir Geschichten von Leben und Verlust erzählen zu wollen. Nach einer Weile verwandelte sich der leichte Schneefall in große weiße Flocken, die im Nu die Landschaft mit einer sauberen hellen Decke überzogen. Ich ließ einige Flocken auf meinen Handschuh fallen und sah sie mir genau an, bevor sie verschwanden. Man sagt, dass keine zwei Flocken gleich wären. Eine erstaunliche Behauptung. Wie bei den Menschen – kein Mensch gleicht dem anderen.

Als ich das Village erreichte, begann mein Kopf, sich mit Erinnerungen und Gedanken zu füllen. Ich dachte an den Schnee, der im Winter hier in Woodstock so präsent ist. In der vorigen Woche hatte ich – fiel mir plötzlich ein – den herannahenden Schneefall riechen können, wie damals, als ich in Woodstock aufgewachsen bin. Das hatte dazu gehört, zum Leben in Vermont. Man spürte den Schneefall einfach vorab. Mir fiel ein, dass ich all die Jahre in Deutschland nie ein solches Erlebnis hatte. Das Wetter war einfach da – es drang nie zu mir durch.

Ich lief die Elm Street hinunter in Richtung Zentrum. Bald erreichte ich die Stelle, an der einst das Gebäude stand, in dem ich meine Kindheit verbracht hatte. Inzwischen gibt es dort einen Neubau, der einen Computer-Shop beherbergt. Ich schaute eine Weile auf das Haus und versuchte, mir mein altes Kinderzimmer vorzustellen. Schreibtisch, Bett, Bücherregal und Kleiderschrank. Die Grundausstattung. Hatte ich Poster an der Wand? Irgendwelche Bilder? Plüschtiere? Eine Spielzeugkiste? Wahrscheinlich, aber ich konnte mich nicht an Einzelheiten erinnern. Meine siebzehn Lebensjahre in dem Haus verpufften in meiner Erinnerung wie Seifenblasen.

Etwas weiter die Straße entlang blieb ich vor einem schmalen Durchgang zwischen zwei Gebäuden stehen. Eine Erinnerung schoss mir durch den Kopf. Ich war neun oder zehn Jahre alt und eine Bande halbstarker Jungs von der Schule jagte mich durch die Straßen. Warum, weiß ich nicht mehr. Womöglich nur, weil ich derjenige war, der ich war. Das reichte meinen Mitschülern. Später in meinem

Zimmer hatte ich mir überlegt, dass die Jungs mir nur Angst einjagen wollten. Mit Erfolg, wie sich herausstellte. Sie hätten mich ohnehin nicht verprügelt. Sie hatten mich wahrscheinlich sogar gesehen in meinem Versteck in der Gasse – und laut gelacht.

Vielleicht war es ein Fehler, hierher zurückzukommen, dachte ich. Das Leben wartet überall auf uns, besonders intensiv dort, wo man aufgewachsen ist.

In der Buchhandlung kaufte ich mir den neuen Roman von Richard Powers – *The Overstory*. Ich mag seine komplex aufgebauten Ideen-Romane. Er gibt sich nicht mit Klein-Klein ab, sondern greift die großen Fragen der Zeit auf – und Musik spielt fast immer eine zentrale Rolle. Mein Lieblingswerk von ihm ist *The Time of our Singing* (*Der Klang der Zeit*), eine Reflexion über die Geschichte des Rassismus in den USA. Mein Geburtsland ist seit jeher von jener menschenverachtenden Seuche befallen.

Im Café Mon Vert wählte ich einen Tisch an der Wand, bestellte einen Cappuccino mit Croissant und holte das zuvor gekaufte Buch aus meinem Rucksack. Ich genieße es, in einem stillen Café zu sitzen und ein Buch zu lesen. Als Cafés im 18. Jahrhundert zum Bestandteil des bürgerlichen Lebens wurden, entwickelten sie sich zu Brutstätten der Aufklärung. In einem Café konnten Diskutanten sich in einem halböffentlichen Raum dem direkten Zugriff der Obrigkeit entziehen. Über ein Buch oder ein Journal eröffnete man den Diskurs mit anderen Menschen. Die ersten Cafés, die ersten Zeitungen – zwei Seiten derselben Medaille. Das gemeinsame Räsonieren. Eine gefährliche Sache – aus der Sicht der Obrigkeit. Dieser Gedanke hat mir immer gefallen. Das Gespräch unter Freunden – ein Leitmotiv der Aufklärung.

Ich war in meine Lektüre vertieft, als ich ein Rascheln und Hüsteln neben mir vernahm. Ich blickte auf und sah Jim Moores Enkel, Jim the Third. Er stand vor meinem Tisch und schaute mich schweigend an.

»Hallo, Jim. Hast du mich gesucht?« Der Junge sagte nichts. Seinen Gesichtsausdruck konnte ich nicht deuten. Dass er aber irgendetwas wollte, war mir klar. »Setz dich. Es macht keinen Spaß, mit jemandem zu reden, der steht.«

Er nahm Platz, und ich fragte, ob er etwas trinken wollte. Er nickte. Ich bestellte ihm einen Cappuccino, ohne jedoch gefragt zu haben, ob er so etwas überhaupt mochte. Ich dachte mir, wenn nicht, denn sollte er es lernen. Mit einer Cola oder so einem ähnlichen Zeug in der Hand lässt sich kein sinnvolles Gespräch führen. Ich bestellte auch eine weitere Tasse für mich.

Während wir auf die Bestellung warteten, schaute ich mir den Jungen genauer an. Groß und schlank mit gekräuselten, halblangen, dunklen Haaren, hatte er ein ebenes und schönes Gesicht mit tiefbraunen Augen und vollen Lippen. Er trug einen legeren, aber sichtbar teuren Pullover und Jeans. Er wirkte athletisch. Ich konnte mir vorstellen, dass die Mädchen ihn mochten. So scheu, wie er in meiner Gegenwart wirkte, war er wahrscheinlich ansonsten gar nicht. Als Draufgänger konnte ich ihn mir jedoch nicht so recht vorstellen. Er war eher ein verwöhntes Kind in einer Kleinstadt, das mit der Last, James III zu heißen, umzugehen lernen musste. Jim hatte mir gesagt, dass der Junge einst als Sportler und Schüler erfolgreich war, inzwischen jedoch eine Krise durchlebte. Für einen Siebzehnjährigen nichts Ungewöhnliches. Das Leben verläuft selten geradeaus – und wenn doch, wäre es weitaus weniger lebenswert.

Die Kellnerin brachte die Cappuccini. Jim schaute seine Tasse an, bevor er den Kaffee mit dem Löffel umrührte. Ich schlug etwas Zucker vor, und er ging darauf ein. Meinen Cappuccino trank ich ohne Zucker. Als ich dabei war, mein Buch wegzulegen, fragte Jim danach. Ich erzählte allgemein von dem Buch, von Buchhandlungen und davon, dass Woodstock sich glücklich schätzen könnte, den Yankee Bookshop zu haben. Er nickte.

»Warum hast du damals die Staaten verlassen?«, fragte er mich unvermittelt.

Ich überlegte meine Antwort. Warum hatte er gerade diese Frage gestellt? »Well«, begann ich, »es waren seltsame und turbulente Zeiten, die Sechziger.« Ich sagte das, als ob schon der Begriff »Sixties« eine gewisse Assoziation hervorrufen und sogar eine Antwort auf seine Frage enthalten würde. So war es für Jim nicht. So erzählte ich von der Bürgerrechtsbewegung, vom Vietnamkrieg und dem Aufbegehren einer Jugendgeneration, die sich vorgenommen hatte, das Leben für sich neu zu definieren. *The times, they were a-changin'*. Ich erzählte im Zeitraffer von meinem Werdegang, den aufwühlenden Studentenzeiten in Chicago mit Demonstrationen, Drogen und meiner Festnahme sowie stark zusammengefasst von meiner Zeit in Kanada. Ich erzählte wahrscheinlich zu viel, dennoch schien Jim aufmerksam zuzuhören. Als ich von meinen Erfahrungen im Rochdale College Anekdoten wiedergab, schaute er mich ungläubig an. »Die Entscheidung wegzugehen war wie ein Sprung in ein Fass ohne Boden. Aber ich habe gelernt, was Freiheit sein kann. Es fühlte sich nicht nach weglaufen an, sondern wie eine Suche nach etwas Lohnendem.« Ich unterbrach meine Rede abrupt, als ein Gedanke in mir aufblitzte. »Ich glaube, ich bin immer noch auf der Suche.«

»Großvater hat mir erzählt, dass du ein Einzelgänger warst, aber auch der Beste in der Klasse.«

Es schien so zu sein, dass Jim die Gewohnheit hatte, Themen übergangslos anzusprechen. Ich sagte, dass ich das nie so empfunden hatte. Einzelgänger zu sein, das sei immer eine Sichtweise der anderen. Ich sei zwar meistens allein gewesen, hatte jedoch mich selbst und die Bücher. Ich hatte mich in jungen Jahren daran gewöhnt, Meinungen anderer über mich weitgehend zu ignorieren. *Nur ich weiß, wer ich bin* – sei mein Leitmotiv gewesen. Und die Bücher, sagte ich, seien für mich ständige Begleiter und ein Eingangstor in das Leben selbst gewesen.

Da Jim nicht bereit war, von sich aus zu erzählen, fragte ich ihn einfach nach der Schule. Sie schien mir ein gängiges Thema zu sein. Darüber blieb er jedoch ebenfalls einsilbig, als ob sie ihn nicht so wirklich etwas angehen würde. Unerwartet gab er indes von sich preis, dass er Gitarre spielte. Das fand ich aufschlussreich und fragte weiter nach.

Jim erzählte mir, dass seine Familie ihn, als er neun wurde, für privaten Musikunterricht angemeldet hatte. Er sollte Klavier spielen lernen. Das fand er öde, und die Musiklehrerin zeigte sich nach und nach sichtlich unzufrieden mit seinen Fortschritten. Eines Nachmittags während des Unterrichts sah er in ihrem Zimmer eine Gitarre, die gegen die Wand gelehnt war, und fragte danach. Irgendwie zog ihn das Instrument an. Als er die Saiten das erste Mal zupfte, bewegte sich etwas in seinem Inneren, als ob die Töne in ihm mitschwingen würden. So begann er, Gitarre spielen zu lernen. Er hatte Spaß daran. Die Familie nahm seine Entscheidung hin. Für sie war das Spielen eines Musikinstrumentes einfach eine von vielen Aktivitäten, die zu einem abgerundeten, erfolgreichen Leben führen sollten. Mehr nicht. Inzwischen spielte er in einer Band. Als ich fragte, welchen Musikstil die Band bevorzugte, schaute mich Jim mit seinem scheuen Blick an und sagte: »Eine Art Blues.« Das hat mich überrascht. Blues und die Generation Z.? Passten sie zusammen? Na ja, dachte ich, Blues hat etwas Universelles. Eine Musik, die aus dem Leben der schwarzen Sklaven im Süden der USA hervorgegangen war und inzwischen einem tieferen Lebensgefühl, einem Soundtrack der Moderne entsprach. Warum auch nicht für eine Generation, die immer online zu sein schien, für eine Generation, für die eine virtuelle Welt und die wirkliche Welt verschmolzen, für eine Generation, die vor allem auf Leistung gedrillt wurde? Vielleicht benötigten gerade solche jungen Menschen den Blues.

Jim fragte mich, ob ich Chris Rea kannte. Ich hatte den Namen zwar gehört, konnte jedoch wenig damit verbinden. Blues hatte mich als Musikrichtung nie richtig erreicht. Jim nannte auch ein Album von Rea, das er besonders mochte – *Blue Guitars.*

Als er sich verabschiedete, sagte er, dass seine Band in der kommenden Woche einen Auftritt in der Schule hätte. Ich sagte ihm, dass ich versuchen würde, zu kommen. Manchmal wundere ich mich über mich selbst.

Ich blieb noch eine Weile im Café sitzen. Das Buch fasste ich nicht wieder an. *Blue Guitars.* Warum nicht? Vielleicht war ich inzwischen reif für den Blues. Der Yankee Bookshop war noch geöffnet. Ich beschloss, das Album zu bestellen. Der Titel rief alte Erinnerungen wach. *The Man with the Blue Guitar.* Irgendwann wollte ich doch herausfinden, was der alte Gitarrist spielte, oder?

Hildegard erfuhr die Neuigkeit beim Mittagstisch in der Gastwirtschaft Alte Stube. Wenn sie keine Lust hatte, sich selbst ein belegtes Brötchen oder einen Salat zu Mittag zu machen, hatte sie sich angewöhnt, die naheliegende Gastwirtschaft aufzusuchen. Das Essen dort war nichts Besonderes, der Besuch bot jedoch eine Abwechselung von ihrer Kanzlei-Wohnung und zudem die Gelegenheit, den Stammkunden Lorenz zu treffen. Er war für sie wie eine örtliche Tagesschau mit Informationen über dies und das in der Stadt K. Sie hatte auch mehr über den Redakteur selbst erfahren. Er war geschieden und hatte einen zehnjährigen Sohn, der bei der Mutter in Kiel wohnte, den er aber regelmäßig sah. Seine Arbeit habe ihn zu sehr in Anspruch genommen, sagte er einmal, um eine gute Ehe führen zu können. Hildegard fragte sich, ob nicht auch andere Frauen eine Rolle gespielt hatten. Bei ihr schien er indes nach dem ersten Treffen den Versuch aufgegeben zu haben, mit ihr zu flirten. Er plauderte gerne, blieb jedoch an der Oberfläche und vermied zweideutige Anspielungen. Hildegard konnte sich des Eindrucks nicht erwehren, dass er noch auf etwas wartete, eine Information oder ein Zeichen von ihr. Er hatte einmal gefragt, wie ihr Gespräch mit Herrn Fromm gelaufen sei. Kaum etwas in der Stadt entging ihm.

An diesem Mittag saß Hildegard allein an dem Tisch neben der Wandzeichnung und löffelte eine Gerstensuppe, als der Redakteur durch die Eingangstür kam. Sie merkte gleich, dass etwas passiert war. Er schritt eilig durch die Gaststube und nahm ihr gegenüber Platz.

»Na, Herr Chefredakteur, was ist jetzt los?«, fragte sie in einem leichten Ton.

»Die Nazis sind wieder da«, sagte Lorenz. Er wartete einen Augenblick ihre Reaktion ab, bevor er fortfuhr. Er lächelte. Er war offenbar zufrieden mit der Wirkung seiner Worte. »An einem Gebäude in der Steinstraße ist ein Hakenkreuz zu sehen. Zwischen dem Erdgeschoss und dem ersten Stock des Gebäudes läuft ein brauner Farbstreifen entlang. Die Farbe ist so weit abgeblättert, dass das alte Nazi-Zeichen wieder sichtbar ist. Man hat es nach dem Krieg einfach übermalt. Ich habe gleich ein Gespräch mit Stamer, um herauszufinden, wofür das Gebäude damals benutzt worden ist.«

Die Kellnerin erschien und brachte Lorenz das Essen und ein Bier. Er musste nicht einmal eine Bestellung aufgeben. Er nahm einen ordentlichen Schluck, bevor er fortfuhr: »Im Rathaus sind die Mitarbeiter bereits benaut. Die überregionale Presse scheint sich für die Sache zu interessieren. Das verspricht nichts Gutes.« Er aß noch schneller als sonst. »Ich muss am Ball bleiben.«

»Benaut?«, fragte Hildegard. »Was ist denn das?«

»Wir sind in Norddeutschland, Frau Rechtsanwältin. Das plattdeutsche Land. Benaut heißt – sie haben Angst.« Er lächelte.

Hildegard nickte. Sie dachte einen Augenblick nach, bevor sie fragte: »Was wissen wir über die NS-Zeit in K.? Gibt es eine Publikation darüber?«

»Die zwölf vergessenen Jahre.« Lorenz schüttelte langsam den Kopf. Er lächelte nicht mehr, sondern sah eher besorgt aus. »Ich muss jetzt los«, fügte er hinzu. Er trank aus, stand auf und verließ eiligen Schrittes die Gastwirtschaft.

Hildegard aß ruhig zu Ende. *Vergessen und doch präsent.*

Die Steinstraße war die Straße, die das neue Zentrum mit dem Alten Markt verband. In ihr befand sich neben etlichen Neubauten giebelständig zur Straße ein Altbestand aus zwei- bis dreistöckigen Putzbauten. Hildegard beschloss, sich den Ort der Aufregung anzuschauen, bevor sie wieder in die Kanzlei zurückkehrte.

Es hatten sich bereits einige Schaulustige an dem Gebäude versammelt, als Hildegard ankam. Sie blieb am Rand der Menge stehen und blickte zur Fassade hoch. Das Hakenkreuz zeichnete sich deutlich unter der abgeblätterten braunen Farbe ab, daneben konnte sie die Andeutung eines Buchstabens ausmachen. Ein älterer Herr gestikulierte wild und deutete aufgeregt auf das Zeichen. Er sah mit seiner abgewetzten Kleidung, mit wilden, ungepflegten Haaren und entsprechendem Bart eher wie ein Landstreicher aus. Hildegard vernahm einige seiner Worte: *Kommunisten – Razzien – Folterkeller.* Die

Herumstehenden schauten ihn mit offensichtlicher Missbilligung an. Jemand sagte, er solle einfach den Mund halten und verschwinden. Der Mann schaute feindselig um sich, schüttelte den Kopf und lief an Hildegard vorbei in Richtung Alter Markt. Sie hatte den Mann bisher noch nie gesehen.

Danach kamen zwei Männer die Straße hinunter, einer davon trug eine Kamera und fing sogleich an zu fotografieren. Sein Kompagnon versuchte, Kontakt mit den Schaulustigen aufzunehmen. Es war jedoch niemand bereit, mit ihm zu sprechen. Bald bemerkte er Hildegard, kam auf sie zu und fragte nach ihrer Meinung. »Eine Vergangenheit, die nicht vergeht«, antwortete sie. Der Reporter sah sie mit wachsendem Interesse an und wollte mehr von ihr hören. Sie drehte sich wortlos um und lief zu ihrer Kanzlei zurück. Es galt, über einiges nachzudenken.

Später am Nachmittag rief sie bei Lorenz an.

»Frau Rechtsanwältin, ich habe wirklich keine Zeit«, sagte er zur Begrüßung.

»Nur eine Frage«, kam es zurück. »War das Gebäude ein SA-Lokal?«

»Gut deduziert, Sherlock«, antwortete Lorenz. »Stamer weiß noch nicht sehr viel darüber, versprach mir jedoch, im Archiv nachzuschauen.« Nach einer Pause fuhr er fort: »Er sagte, der Bestand aus der NS-Zeit ist nicht vollständig.«

»Danke für die Info. Ich bin gespannt auf Ihren morgigen Artikel.«

»Ich befürchte, die Sache wird Kreise ziehen. Nicht gut für unsere kleine Stadt.«

Hildegard verabschiedete sich und legte auf.

Am Abend holte sie ihre Viola d'amore sowie die Halskette ihrer Mutter aus dem Kasten und setzte sich aufrecht in ihren Lesesessel. Die Kette legte sie auf dem Beistelltisch ab und breitete sie aus. Sie setzte das Instrument an und begann, Bachs *Chaconne* in der Bearbeitung für Viola zu spielen. Sie liebte das Werk, das Bach für die Violine geschrieben hatte. Sie fand, dass die Komposition noch tiefer und beschwörender auf der Viola wirkte, das Vibrato echote besonders suggestiv – wie ein Beben in der Seele. Die Bearbeitung des Grundthemas in der Bassstimme kam ihr vor wie ein ständig um sich selbst kreisender Gedanke, der zweiunddreißig Mal eindringlich variiert wurde. Bach hatte das Stück nach dem Tod seiner Frau als letzten Satz der *Partita für Violine Solo in d-Moll* komponiert. Seine Frau war nur 35 Jahre alt geworden. Die tiefe Trauer der Musik konnte Hildegard beim Spielen körperlich nachempfinden.

Das Stück spielte sie längst auswendig, auf ihr Spiel musste sie sich nicht bewusst konzentrieren. Sie schloss die Augen. Der Klang erfüllte das kleine Zimmer, ihre Gedanken spürten jenseits der Enge der Wohnung dem komplexen Pfad der Musik nach und schwebten bald durch Zeit und Raum. Verbindungen – sie suchte nach Verbindungen, vielleicht sogar einem verbindenden Thema und dessen Variationen – wie Bach in seiner Musik.

An einem Gebäude bröckelte die Farbe ab, und ein Hakenkreuz kam zum Vorschein.

Es kommt fast immer auf das Motiv an. Dieser Satz des Staatsanwaltes Sonnen war zu ihrem ständigen Begleiter geworden. Welches Mordmotiv könnte zu einem Archivar passen? War ein Archivar nicht ein Geheimnisträger? Er verwahrte Papiere und Akten, die vergangenes Handeln dokumentierten. Einige Unterlagen könnten brisante Informationen enthalten haben und für gewisse Leute sogar gefährlich gewesen sein. Was hatte Lorenz gesagt? Der Archivbestand aus der NS-Zeit wäre nicht vollständig. Wahrscheinlich nichts Ungewöhnliches, wenn man an die Zeitumstände dachte. Und dennoch. Der Staatsanwalt hatte gesagt, dass sie nicht feststellen konnten, ob bis auf den Kalender etwas anderes aus dem Archiv verschwunden wäre. Und wenn sie nicht gewusst hatten, wonach sie suchen sollten? Es waren nur fünf Jahre nach dem Kriegsende gewesen. Die Folgen des weltweiten Gemetzels und der NS-Herrschaft waren damals noch präsenter als heute, fast dreißig Jahre später. Hildegard erinnerte sich an den 1946 erschienenen Spielfilm *Die Mörder sind unter uns*, den sie im Programmkino in Tübingen gesehen hatte. Wo waren die NS-Täter nach 1945 geblieben? Welche Taten hatten sie zu verbergen? Wie war es damals, 1949, hier in der Stadt K. gewesen? Ihre Zeitungsrecherche hatte nur einige Daten an die Oberfläche befördert. In der Tiefe musste es gebrodelt haben. Tausende Flüchtlinge waren in die Stadt gekommen, von überall her, jeder mit seiner eigenen Vergangenheit, seinen eigenen Nöten, seinen eigenen Geheimnissen. Es kreuzten sich in der Nachkriegszeit viele Wege an unterschiedlichen Orten. Über ihre leiblichen Eltern wusste sie so gut wie nichts. Sie kamen aus dem Osten. Was hatten sie dort erlebt? Oder hier in K.? Welche Geheimnisse brachten sie mit? Wie könnte sie, Hildegard, mehr erfahren?

Sie hatte das Stück inzwischen beendet, legte den Bogen und das Instrument beiseite und nahm die Kette ihrer Mutter fest in die Hand. Sie empfand einen so tiefen inneren Schmerz wie noch nie in ihrem Leben. Sie begann lautlos zu weinen. Tränen liefen ihre Wangen hinunter. Sie ließ es geschehen. Sie trocknete sie nicht einmal ab.

Dritter Satz: Hildegard Voigt und Joseph Harris

Crescendo
Wir begegneten einander, wie zwei Bäche, die vom Berge rollen und die Last von Erde und Stein und faulem Holz und das ganze träge Chaos, das sie aufhält, von sich schleudern, um sich den Weg zueinander zu bahnen.

Die Unfähigkeit zu trauern

Es war ein nebliger, nasskalter Oktoberabend des Jahres 1977, als ich in K. aus dem Zug stieg. Es nieselte leicht. Der Zug war voll besetzt gewesen – mit Pendlern aus Hamburg, die sich auf den Weg in einen friedlichen Feierabend mit der Familie machten, zumindest habe ich mir das so vorgestellt. Und ich? Was wartete auf mich?

Auf meinem Sitzplatz in einem Waggon der zweiten Klasse las ich ein kleines Dossier über die Stadt, das Bernie mir angefertigt hatte. Eine unauffällige Kleinstadt in der Nähe der Hamburger Metropole. Der Ort befand sich im Aufwind, die Bevölkerungszahl nahm stetig zu. Im Gewerbegebiet hatte sich nach dem Krieg der größte Arbeitgeber der Region, die Werkzeugfabrik Fromm, angesiedelt. Bernie hatte mir zudem ein paar Kontaktdaten notiert, darunter der Bürgermeister, der Stadtarchivar Stamer und ein Lokalredakteur namens Karl Lorenz. Der Verlag hatte mir ein Zimmer in einem Hotel in der Steinstraße gebucht. Ich kam mir wie ein richtiger Journalist vor – auf wichtiger Mission. Ob ich meine Rolle angemessen spielen konnte?

Die Pendler strömten aus dem Bahnhofsgebäude an mir vorbei ins Freie. Ich blieb vor dem Eingang stehen und verschaffte mir einen ersten Eindruck von der Stadt. Die Wartehalle war ein nüchterner Neubau aus rotem Backstein mit einem flachen Dach, Schließfächern und einem Kiosk im Eingangsbereich. Der Ticketschalter hatte schon geschlossen. Vor dem Gebäude befanden sich Fahrradständer, ein Taxistand, eine Bushaltestelle und ausgedehnte Parkflächen für PKWs. Ein paar kleine Bäume und eine Bank konnte ich auf dem beleuchteten Vorplatz ausmachen. Die meisten Pendler – fast ausschließlich Männer – eilten zu ihren Autos oder stiegen in den wartenden Bus ein, einige wenige fuhren mit dem Fahrrad weiter oder gingen zu Fuß. In kürzester Zeit war der Platz vor dem Gebäude menschenleer. Ich ging ein paar Schritte zurück zu dem Kiosk, um mir die Lokalzeitung zu kaufen. Ich war der einzige Kunde. Der Kioskbetreiber händigte mir ein Exemplar aus und nahm eine D-Mark dafür entgegen. Ich bedankte mich und verstaute die Zeitung in meiner Reisetasche.

»Wo kommen Sie her?«, fragte er mich.

Ich schaute ihn belustigt an. Die Frage war mir inzwischen bekannt. Mein Akzent war eben hörbar anders. »Was denken Sie?«, fragte ich zurück. Ich hatte mir angewöhnt, aus der häufig gestellten Frage ein Spiel zu machen.

»Holland?«

Ich schüttelte den Kopf.

»Dänemark, ja Dänemark!«

»Leider falsch«, erwiderte ich. »Ich komme aus den USA.«

Seine Augen weiteten sich. »Das ist eine lange Reise bis zu unserer kleinen Stadt. Was machen Sie denn hier?« Er war offensichtlich ein leutseliger Mensch. Ich entschloss mich kurzerhand, eine Flasche Bier zu kaufen und mit dem Mann zu plaudern. Ich hatte ohnehin Durst und, dachte ich, vielleicht würde ich etwas erfahren. Ich würde den Puls der Stadt aufnehmen wie ein richtiger Journalist. Zu meiner Überraschung machte er sich auch eine Bier-Flasche auf. Er sah mich neugierig an.

»Ich schließe den Laden gleich ab. Das war der letzte Feierabendzug.« Er hob die Flasche an und sagte: »Prost.« Wir nahmen jeder einen ersten Schluck.

»Was mache ich in K.?«, wiederholte ich seine Frage. »Na ja, ich bin Journalist und komme aus Berlin. Wir haben von dem Hakenkreuz-Vorfall erfahren.«

»Ihr Deutsch ist sehr gut«, sagte er und schaute mich intensiver an: »Ein Amerikaner als deutscher Journalist! Was es heutzutage alles gibt.«

»Die Welt rückt zusammen«, sagte ich und trank noch einen Schluck. Das Bier schmeckte gut. Ich teilte ihm kurz meinen bisherigen Wissensstand mit.

»Nicht gut für unsere Stadt. Viele sagen, man sollte die Sache einfach vergessen«, meinte er und nahm ebenfalls einen Zug aus der Flasche. Ich nickte ihm aufmunternd zu. »Ich war 1945 vierzehn Jahre alt, als die Amis …« Er unterbrach sich und sah mich spitzbübisch an. Ich nickte, lächelte und hielt meine Flasche wie zum Einverständnis hoch. Er lachte kurz auf. »… in K. einmarschierten. Zum ersten Mal in meinem Leben sah ich Schwarze. Die Soldaten waren freundlich. Sie verteilten Schokolade. Für uns Kinder war es eine aufregende Zeit. Wie ein Spiel. Später kamen die Engländer – und blieben fast zwei Jahre. Die waren nicht so freundlich.«

»Es ist erst zweiunddreißig Jahre her, dass der Krieg zu Ende ging. So ein Hakenkreuz wieder zu entdecken, macht nachdenklich, oder?«, sagte ich.

»Ich war damals Pimpf, sollte aber demnächst in die HJ gehen. Es kam nicht mehr dazu. Als Pimpf gab es Treffen, Ausflüge, Lagerfeuer und Arbeit. Ich erinnere mich an die Feier zur Sommersonnenwende. Da war was los! Nachbarschaftshilfe gehörte auch zu unseren Aufgaben. Damals gab es echte Kameradschaft. Ich fand es gut.« Er machte eine Pause und schaute mich zum ersten Mal unsicher an. »Davon, was sonst passierte, hatten wir Jungs keine Ahnung. KZs und so weiter.« Wieder eine Pause. »Juden gab es bei uns nicht.«

»Und Ihre Eltern? Wie haben die das gesehen?«

»Wir waren kleine Leute, uns ging das nichts an.« Er machte eine Pause und schaute nach unten. Seine Stimme wurde leiser. »Vater wurde schon 1936 Soldat und ist in Russland gefallen, Mutter hat uns Kinder – wir waren drei – durchgekriegt. Wie, ist mir ein Rätsel. Wir hatten um unser Überleben zu kämpfen, wissen Sie. Für Politik war keine Zeit.«

Ich nickte. »Wissen Sie, wozu das Gebäude genutzt wurde?«

»Klar. Die SA war da darin. Aber keine Ahnung, was sie dort gemacht haben. Treffen, Reden, Biertrinken – so etwas kann ich mir vorstellen.«

»Die Schrift einfach zu übermalen, kommt mir reichlich simpel vor. Man hätte wissen müssen, dass das nicht auf Dauer halten würde.«

»War wohl die einfachste Lösung, denke ich«, antwortete er. »Keiner wollte mehr etwas davon wissen. Alle wollten sich ein neues Leben aufbauen. Sie können es sich nicht vorstellen, wie es damals war.« Er nahm einen Schluck und fuhr etwas munterer fort. »Jetzt ist eine Wäscherei da drin. Ich kenne die Leute. Sie sind sauer wegen des ganzen Aufruhrs. Was haben sie damit zu tun? Sie wollen auch nur leben. Man sollte das Zeug einfach entfernen und vergessen.« Der Mann war langsam in Fahrt gekommen. »Wir haben andere Probleme – mit den Terroristen. Gerade jetzt in Stammheim. Eine schlimme Geschichte. Und die ganzen Aussiedler, die aus Afrika und was weiß ich kommen. Ich weiß nicht, was aus unserem Land werden wird.« Er unterbrach sich und schaute mich direkt an: »Was gehen uns diese alten Geschichten an?«

Meine Flasche war inzwischen leer. Ich bedankte mich, nahm meine Tasche wieder in die Hand und wünschte ihm einen ruhigen Feierabend.

»Wissen Sie«, sagte er, als ich mich umdrehte, »die Sache führt zu nichts. Nur Aufsehen und Ärger. Wozu? Wir wollen alle nur leben.«

Ich lief über den Bahnhofsvorplatz zu einer breiten Straße, die rechts abbog. Der Kioskbetreiber hatte mir den Weg zu meinem Hotel erklärt. Einfach über den alten Marktplatz zur Steinstraße zu gehen, die zum neuen Zentrum führt. Keine Viertelstunde zu Fuß sollte es nach der Aussage des Kioskbetreibers dauern.

Auf dem Alten Markt blieb ich stehen und schaute mich um. Der Platz machte einen gemütlichen Eindruck. So hatte ich mir eine deutsche Kleinstadt vorgestellt. Kopfsteinpflaster, Bänke, kleine Bäume, ein älteres Gebäude, vor dem ein Schild mit der Aufschrift ALTES RATHAUS – KULTURZENTRUM stand, gegenüber eine Gastwirtschaft, in der Licht brannte, und dazwischen einige niedrige Fachwerkhäuser. Es schlenderten Fußgänger über den Platz, auf dem es nur wenige Parkplätze gab. Die Uhr vor dem Rathaus zeigte halb neun. Ich beschloss, erst einmal im Hotel einzuchecken und danach irgendwo eine Kleinigkeit zu essen. Hoffentlich hatten die Lokale noch auf.

Das Hotelzimmer war bescheiden und lag nicht zur Straße, sondern zum Hinterhof hin. Es hatte ein eigenes, wenn auch sehr kleines Badezimmer. Das empfand ich als Luxus. Ein Leben als reisender Reporter hat was, dachte ich mir, als ich meine Tasche verstaute – solange der Verlag bezahlen würde. Ich holte ein Buch heraus, dass ich nachher beim Einschlafen lesen wollte. Bernie hat es empfohlen: *Die Unfähigkeit zu trauern* von Margarete und Alexander Mitscherlich. Es ging um Schuld und Mitschuld einzelner Menschen in der nationalsozialistischen Vergangenheit und den Umgang damit in der Adenauer-Ära. Das vor etwa zehn Jahren erschienene Werk hatte eine kontroverse Diskussion ausgelöst. Ich legte das Buch auf den Beistelltisch und verließ das Zimmer. Bei der Rezeption hatte man mir zum Abendessen entweder einen Italiener beim neuen Rathaus oder die Alte Stube auf dem alten Markt empfohlen. Ich entschied mich für die Alte Stube.

Das Lokal war mäßig besucht. Ich entschied mich für einen Tisch in der Nähe eines großen Wandgemäldes. Ein beeindruckendes Werk, dachte ich, als ich Platz nahm. Es steckte sicherlich eine Geschichte dahinter. Ich nahm mir als ein richtiger Journalist vor, dem auf jeden Fall nachzugehen. Zunächst galt es jedoch, ein Essen zu bestellen. Die Speisekarte bot wenige Gerichte an. Ich wählte Gulaschsuppe und ein Bier – ein Holsten vom Fass. Während ich auf das Essen wartete, schaute ich mir das Wandgemälde genauer an. Das Thema war sofort augenscheinlich – ein Totentanz. Neben dem großen, zufrieden aussehenden Teufel zählte ich über dreißig kleinere Figuren. Das Werk umfasste die ganze Wand, vier Meter, schätzte ich. Die Figuren faszinierten mich. So detailreich gemalt, die Gesichtsausdrücke so plastisch und lebhaft gezeichnet. Man wurde von der Darstellung gleichzeitig angezogen und abgestoßen.

Die Kellnerin brachte mir das Essen, und ich fragte sie nach dem Gemälde. Sie schaute mich ausdruckslos an, drehte die Speisekarte um und zeigte auf einen kurzen Text. Ich schüttelte den Kopf und dachte: Wenn ich mich als Journalist ausgeben wollte, dann sollte ich mich richtig informieren, bevor ich anfing, Fragen zu stellen.

Der Text erklärte, dass das Gemälde in den 1950er Jahren von einem Maler namens Karlheinz Leisegang gemalt worden war. Er war ein Sohn der Stadt, der Kunst studiert und im Krieg gedient hatte. Um 1952 hatte er angefangen, das Wandgemälde gegen Bier und Spirituosen zu malen. Er arbeitete vier Jahre daran, bis sich seine Gesundheit so weit verschlechtert hatte, dass er aufhören musste. Er starb 1958 mittellos. Neben dem Teufel, dem Leisegang seine eigenen Gesichtszüge verliehen hatte, zeigte das Gemälde an die dreißig Menschen, die damals in und um K. gelebt hatten.

Als ich die Gastwirtschaft verließ, beschloss ich, vor dem Schlafengehen einen Spaziergang zu machen. Ich wollte mir vor allem den Ort des Geschehens ansehen. Es war nach 22 Uhr als ich loslief. Der Nieselregen hatte aufgehört und ein leichter Nebel stieg auf. Die Luft wirkte nass und kalt. Die Straßen waren leer, in einigen Fenstern der oberen Gebäudeetagen brannte Licht. Die Menschen lagen wohl schon in ihren Betten oder schauten sich das Spätprogramm im Fernsehen an, vielleicht sogar beides zugleich. Ich lief die verlassene Steinstraße in Richtung des neuen Zentrums und entdeckte bald das Haus mit dem Hakenkreuz.

Im Dämmerlicht einer nahen Straßenlampe gelang es mir, die Umrisse des Hakenkreuzes auszumachen. Ich blieb stehen und schaute mir das Haus lange an. Dass ein so armselig aussehendes Zeichen die Erinnerung an so viel Leid und Schrecken erregen konnte, schien mir fast eine böse Satire auf die Menschheit zu sein. *Was gehen uns diese alten Geschichten an?*, hatte der Kioskbetreiber gefragt, ohne jedoch eine Antwort zu erwarten. Dennoch: eine gute Frage. Und ich – ein Junge aus Woodstock/Vermont – war hierhergekommen, um nach einer Antwort zu suchen.

Ich lief bis zum neuen Zentrum weiter. Es war heller erleuchtet als der Alte Markt. Der baumleere Platz gefiel mir indes weitaus weniger. Tot. Steril. Es spazierten einige Menschen über den Platz. Ich ging auf das neue Rathaus zu, blieb davor kurz stehen und schaute in eine Straße, die nach rechts verlief. Das Straßenschild bezeichnete sie als Rathausstraße. Ich setzte meinen Weg dort fort und passierte einen Italiener, der dabei war abzuschließen, und eine Spielhalle, die noch offen war. Zwei Männer standen vor der Tür und rauchten. Sie beachteten mich nicht.

Die kleine Stadt schien von Stille erfasst worden zu sein. Ich lief ziellos weiter. Eine Kleinstadt wie ich sie aus meiner Jugend in Woodstock kannte. Spätabends hat man zuhause zu sein, man hatte Verpflichtungen gegenüber der Familie und der Gemeinschaft – und morgen früh rief die Arbeitsstelle. Es sei denn, man gehörte zu den Außenseitern, zu denen, die im bürgerlichen Leben keinen Platz gefunden hatten. Penner, Trinker, Spielsüchtige, Drogenabhängige, Kriminelle oder einfach einsame Menschen, die durch dunkle leere Straßen wanderten auf der Suche nach – ja wonach? Ich kannte das noch aus Woodstock. Ich war als Teenager häufig spätabends in der Einsamkeit der Kleinstadt unterwegs gewesen. In der Großstadt habe ich solche Nachtwanderungen anders empfunden, dort bin ich mir eher wie der Steppenwolf Harry Haller vorgekommen. In Chicago, Windsor, Toronto und Berlin herrschte nachts eine andere Stimmung. Man erspürte beim Schlendern durch die Straßen und Gassen ein Leben, das hinter den Gebäudefassaden pulsierte. Eine Großstadt schläft nie. Es ist mir stets so erschienen, als ob die Großstadt mich einladen, oder besser gesagt, zu einem anderen Leben verführen wollte. Wie das Magische Theater in Hermann Hesses *Steppenwolf*: Durch ein Portal zu einem neuen Ich.

Zu meiner Überraschung erreichte ich nach einer halben Stunde den alten Marktplatz. Offenbar hatte ich unbeabsichtigt einen großen Bogen um das Zentrum gemacht. Ich blickte auf die Stadtkirche, einen neugotischen Bau, dessen Turm hell beleuchtet war. Ich ging auf sie zu. Ein passender Abschluss meiner spätabendlichen Wanderung. Vor der Kirche gab es eine Anlage mit einem Kriegerdenkmal. Die große Plastik zeigte einen sterbenden Soldaten, der sich mit seinem letzten Atemzug in eine Fahne einzuwickeln schien. Darunter waren in einen Granitblock die Namen, Dienstgrade und Sterbedaten der Gefallenen der Stadt K. im Ersten Weltkrieg eingemeißelt – unter dem Satz: *In dankbarer Erinnerung an unsere gefallenen Helden.* Es waren mehr als fünfzig Namen, wie ich schnell zählte. An das Denkmal gelehnt waren außerdem Steintafeln, die nachträglich aufgestellt worden waren mit den Namen und Sterbedaten der Gefallenen des Zweiten Weltkrieges. Es waren deutlich mehr. Ein Beitrag zur Erinnerungskultur der Stadt. Wie auch das Hakenkreuz an dem Gebäude in der Steinstraße. Das eine Denkmal präsentierte sich an exponierter Stelle in der Stadt, war sichtbarer Bestandteil der offiziellen Stadtgeschichte, das andere wurde übermalt und sollte vergessen werden. So leicht ließ sich die Vergangenheit aber nicht abtun. Ich dachte dabei an das Wandgemälde in der Gastwirtschaft. Auch ein Geschichtsdokument, ein Denkmal jener Zeit, das Fragen aufwarf.

Was wollte es mir sagen?

Begegnungen

Beim Frühstück überlegte ich mir einen Arbeitsplan.

Bevor ich beim Bürgermeister um einen Termin bitten wollte, schien es mir angebracht, mich genauer zu informieren – unter anderem über die NS-Geschichte der Stadt K. Die lokale Zeitung bot auf einer ganzen Seite einen ersten Überblick. Das Hakenkreuz war vor vier Tagen entdeckt und inzwischen Stadtgespräch geworden. Der Redakteur Karl Lorenz berichtete, dass es sich bei dem Gebäude um ein ehemaliges Versammlungslokal der SA handelte, und dass der

Bürgermeister die Entfernung des »anstößigen Symbols« als dringend einstufte. Es sollte nach seiner Ansicht unverzüglich beseitigt werden. Der Hauseigentümer hatte behauptet, dass er von dem Hakenkreuz nichts gewusst hatte, auch der Betreiber der Wäscherei, der die Räume im Erdgeschoss angemietet hatte, hatte keine Kenntnis gehabt. Der Hauseigentümer schlug vor, das Hakenkreuz neu zu übermalen. Es gab jedoch Stimmen in der Stadt, die das Wiedererscheinen des Hakenkreuzes zum Anlass nehmen wollten, mehr über die NS-Geschichte des Ortes in Erfahrung zu bringen, und eine sofortige Entfernung ablehnten. Gesondert abgesetzt befand sich ein kurzes Interview mit dem Stadtarchivar Wolfgang Stamer in der Zeitung. Dieser berichtete, dass das Haus 1933 vom lokalen SA-Sturm als Versammlungsraum angemietet worden war. Er sei dabei, weitere Informationen im Archiv zu erforschen. Chefredakteur Lorenz hatte zusätzlich einige Einwohner interviewt, die recht unterschiedliche Ansichten vertraten. Haupttenor war, dass das Hakenkreuz schnellstens verschwinden sollte.

Kleinstädte mögen Ruhe, dachte ich. Ich wollte indes dem Vorgang weiter nachgehen. Ich witterte eine Geschichte, die mir exemplarisch für den Umgang mit der NS-Zeit in der Bundesrepublik Deutschland erschien. Ich erinnerte mich an einen Schriftzug, den ich einmal an einer S-Bahn-Wand in Berlin gesehen hatte: *Ich war es nicht. Adolf war es.* Diese in der westdeutschen Bevölkerung weitgehend akzeptierte Sichtweise auf die NS-Vergangenheit, im Wesentlichen eine Übung im Verdrängen, beleuchtete nur einen Teil der Geschichte und das auch nur oberflächlich. Wie sah es nun damit in der Stadt K. aus? Als Journalist hatte ich die Aufgabe, mich zu bemühen, die ganze Wahrheit herauszufinden, sie sichtbar zu machen. Das war ein gewaltiger Anspruch, der ungeahnte Folgen haben konnte, wie ich bald erleben sollte.

Auf dem Weg zum Stadtarchiv blieb ich in einigem Abstand zu dem betroffenen Gebäude stehen. Im Tageslicht wirkte das Hakenkreuz, umgeben von der abblätternden braunen Farbe, kümmerlich und trostlos. Während ich dort stand, erschien ein Trupp Bauarbeiter mit einer Leiter. Schaulustige gesellten sich dazu. Ich bemerkte einen Mann mit einer Kamera, offensichtlich ein Reporter. Vielleicht Chefredakteur

Lorenz, den ich später aufsuchen wollte. Er fotografierte und machte sich Notizen. Die Zuschauer tuschelten leise miteinander. Ich fragte mich, was in ihnen vorging. Warum waren sie gekommen? Ich dachte, dass ich mit einigen Zuschauern reden sollte.

Die Arbeiter gingen schnell an ihre Aufgabe. Das Hakenkreuz sollte diesmal offenbar nicht einfach übermalt, sondern richtig und restlos entfernt werden. So einfach ging das aber nicht, die Farbe war offensichtlich tief in das Mauerwerk eingedrungen. Bald erschienen weitere Pressevertreter, und plötzlich entstand Unruhe in der Menge. Ein Mann, der wie ein Landstreicher aussah, redete auf die Herumstehenden ein und zeigte auf das Gebäude. Einige Reporter gingen auf ihn zu. Die Menge bewegte sich jedoch demonstrativ von dem Mann weg und begann, sich zu zerstreuen. Mit dem Landstreicher, den Reportern und dem Bautrupp stand ich noch vor dem Gebäude. Mir war klar, dass ich den Unruhestifter befragen sollte, ich beschloss jedoch abzuwarten. Er sprach immer noch laut und schien nicht bereit zu sein, auf Fragen der Reporter einzugehen, vielmehr war es, als wolle er auf eine unsichtbare Zuhörermenge einreden. Ich versuchte zuzuhören. Wenn ich seinen Wortschwall richtig verstand, ging es um eine lokale SA-Einheit und deren Umtriebe. Worte wie *Razzia* und *Folter* hörte ich. Plötzlich verstummte er, drehte sich abrupt um und lief davon die Steinstraße hinunter in Richtung Alter Markt. Die Reporter schauten ihm nach und sprachen miteinander; mich beachteten sie nicht.

Ich machte mich auch auf den Weg in Richtung Alter Markt. Als ich den Platz erreichte, sah ich den Mann aber nicht mehr.

Es war inzwischen fast 10 Uhr, und die Straßen und Plätze hatten sich mit Menschen gefüllt. Da ich schon vor dem Alten Rathaus stand, beschloss ich, mich nach dem Stadtarchiv zu erkundigen, und fand schnell heraus, dass es demnächst öffnen würde. Ich hatte noch Zeit, eine Tasse Kaffee in einem angrenzenden Tchibo-Laden zu trinken. Während ich an einem Stehtisch meinen Kaffee trank, lauschte ich den Gesprächsfetzen anderer Kaffeetrinker. Um das Hakenkreuz schienen sich die Gespräche nicht zu drehen.

Der Besuch im Stadtarchiv erwies sich als wenig ergiebig. Archivar Stamer schob meine Fragen beiseite, er sei noch dabei zu forschen, und der Bürgermeister würde bald eine öffentliche Stellungnahme abgeben. Er habe im Moment nichts zu dem Vorfall zu sagen. Meine Frage, ob es eine Publikation über die NS-Zeit in K. gebe, verneinte er. Mehr war dem Mann nicht zu entlocken. Es war mir klar, dass ihm meine Fragen nicht passten. Danach ging ich zum Rathaus und versuchte, Bürgermeister Weber zu sprechen. Vergeblich. Seine Vorzimmerdame sagte mir, der Bürgermeister hätte für den Nachmittag ein Pressegespräch angesetzt. Bis dahin würde es keine öffentliche Stellungnahme geben, auch keine Gespräche. Ich bedankte mich, notierte den Termin und verließ das Rathaus. Bis auf eine Tasse Kaffee bei Tchibo hatte der Vormittag nicht viel Sinnvolles ergeben.

Ich beschloss, in der Alten Stube Mittagspause zu machen. Als ich den Gastraum betrat, bemerkte ich an einem Tisch neben dem Wandgemälde den Mann, den ich vorhin beim Fotografieren beobachtet hatte. Ohne Umschweife ging ich auf ihn zu. Ich dachte mir, die Atmosphäre einer Gastwirtschaft könnte eine gute Voraussetzung für ein Gespräch bieten. Er blickt auf, als ich an seinen Tisch trat. Sein Blick schien mir nicht unfreundlich zu sein, eher neugierig.

»Guten Tag«, sagte ich. »Bitte entschuldigen Sie die Störung, aber ich habe Sie vorhin beim Fotografieren des Hakenkreuzgebäudes gesehen und mir gedacht, dass Sie vielleicht Herr Lorenz sind. Ich hatte ohnehin vor, Sie aufzusuchen.«

»Sie haben richtig gedacht.« Er musterte mich kurz, bevor er fragte: »Wo kommen Sie her?«

Diesmal wollte ich kein Spiel aus der Frage machen. »Ich komme aus Berlin, bin US-Staatsbürger und schreibe für die Kulturzeitschrift Vademecum. Uns interessiert der Hakenkreuzvorfall. Ich heiße Joe Harris.«

Lorenz nickte: »Nehmen Sie Platz, wenn Sie mögen. Wir können uns beim Essen unterhalten.« Ich setzte mich, während Lorenz fortfuhr: »Die Großstadtpresse interessiert sich für uns und schickt gar einen Amerikaner! Das ist beinahe eine Meldung wert für meine

Zeitung. Viele Amerikaner bekommen wir nicht zu Besuch, und erst recht keine Journalisten.« Nach einer Pause fügte er hinzu: »Ihr Deutsch ist gut, wenn auch nicht akzentfrei. Alle Achtung.« Er lächelte mich an.

»Ich bin schon seit einer Weile im Lande«, erwiderte ich und lächelte zurück. Die Bedienung kam mit seinem Essen. Ich bestellte den Mittagstisch – Nudeln mit Hackfleisch, Möhren und Erbsen in einer roten Sauce – und ein Bier. Lorenz fing an zu essen. Ich holte ein Exemplar der jüngsten Vademecum-Nummer aus meiner Tasche und legte sie auf den Tisch. »Unsere Zeitschrift ist neu. Wir versuchen, das aktuelle Geschehen in Politik und Kultur mit einem offenen Blick zu betrachten, zum Nachdenken anzuregen. Der Vorgang mit dem Hakenkreuz bietet reichlich Stoff dafür, denken wir.«

Lorenz schlug das Heft auf, aß jedoch ununterbrochen weiter. Inzwischen war auch meine Bestellung gekommen. Er blätterte einige Seiten um, hielt einmal inne und las ein paar Zeilen. Er war offenbar geübt darin, gleichzeitig zu essen und zu lesen. Ich verzehrte meine eher mäßig schmeckenden Nudeln und wartete.

»Nicht schlecht«, sagte er, als er seine Gabel beiseitelegte. Er nahm einen Schluck Bier und schaute mich neugierig an. »Sie haben über eine Hausbesetzung in Berlin geschrieben. Ein spannendes Thema. Haben wir hier noch nicht. Aber wer weiß …«

»Ich habe Ihren Artikel in der Zeitung gelesen. Er gab mir einen ersten Überblick«, setzte ich das Gespräch fort. Ich skizzierte danach mein Gespräch mit dem Kioskbesitzer sowie den wenig ergiebigen Besuch im Stadtarchiv und im Bürgermeistervorzimmer. Lorenz hörte aufmerksam zu und nickte gelegentlich. »Es gibt offensichtlich keine Publikation über die NS-Zeit in K.«, schloss ich meine Ausführungen: »Die zwölf vergessenen Jahre.«

»Vielleicht nicht ganz vergessen«, sagte Lorenz, »nur nicht ganz präsent. Im Moment gibt es Stimmen in der Stadt, die eine umfassende Erforschung des Themas verlangen. Bin gespannt, wie es weitergeht.«

»Und was meinen Sie?« Ich hatte inzwischen auch aufgegessen. »Ich gebe eine Runde Kaffee aus,« sagte ich spontan.

Lorenz lachte auf: »Bestechung ist immer eine gute Strategie.« Ich lachte auch.

»Was soll passieren? Na ja, das Hakenkreuz muss weg. Das ist klar. Ich persönlich denke auch, dass eine Forschungsarbeit über die NS-Zeit gut und richtig wäre. Es sind schon einige Jahre vergangen. Wir gehören zur schreibenden Zunft, Sie und ich. Also – schreiben und veröffentlichen! Ob man allerdings in der Stadtvertretung eine Mehrheit dafür finden wird, ist unsicher.«

»Zu viele Alt-Nazis?«, fragte ich. Der Kaffee war inzwischen gekommen.

Lorenz schaute ernst drein. Er rührte erst einmal einen Schluck Dosenmilch in seinen Kaffee, bevor er fortfuhr: »Das ist ein brisantes Thema, gerade in einer Kleinstadt.«

»Vielleicht wird der Bürgermeister nachher beim Pressegespräch etwas dazu sagen«, bemerkte ich.

»Ah, Sie werden auch dabei sein. Das ist gut,« rief Lorenz aus.

Ich nahm einen Schluck Kaffee – ich trinke ihn schwarz – und erwähnte den heruntergekommenen, wild gestikulierenden Mann, den ich bei dem Gebäude gesehen und der Wortfetzen wie *Razzia* und *Folter* fallengelassen hatte. Lorenz kannte ihn, er sei ein Rumtreiber, bekannt unter den Spitznamen Frosch. Woher dieser Name stammte, wusste keiner mehr. Er gehörte zum Stadtbild, und niemand nahm ihn ernst.

Plötzlich drehte Lorenz seinen Blick von mir weg und schien auf die Eingangstür hinter mir zu schauen, die gerade mit einem leichten Knarren aufgegangen war. Seine Augen weiteten sich, und sein Gesicht machte dabei einen eigenartigen Eindruck auf mich. Gleichzeitig erfreut, aber auch lauernd. Vielleicht eher unsicher. Er winkte jemandem zu. Ich drehte mich um und erblickte eine junge Frau, die durch die Gaststube kam. Sie hatte kurze, dunkle Haare, war geschäftsmäßig gekleidet in Rock und Blazer, hatte eine kräftige, angenehme Figur und humpelte. Als sie näher kam, konnte ich ihr Gesicht genauer sehen. Große, tiefe, dunkle Augen. Sie lächelte nicht, sondern schaute ernst und abwartend aus.

Es ist nicht immer leicht, sich an den ersten Eindruck eines späteren Liebespartners wahrheitsgemäß zu erinnern. Die Zeit danach bringt es mit sich, dass sich unser Blick verändert, zuweilen auch verklärt. *Liebe auf den ersten Blick* – lässt sich mühelos sagen, es ist ein bekanntes Klischee. Eine Illusion, eine Selbsttäuschung? Ich weiß jedoch heute, während ich diese Zeilen niederschreibe, dass Hildegards Augen mich sofort einnahmen. Ich fühlte mich gänzlich wahrgenommen und sogar durchleuchtet. Vor diesen Augen hätte ich keine Geheimnisse haben können. Für einen kurzen Augenblick schien die Zeit stillzustehen.

Einige Wochen später habe ich Hildegard, als wir zusammen im Bett lagen, gefragt, wie sie unsere erste Begegnung in der Alten Stube empfunden hatte. Sie schaute mich mit ihrem ernsten Blick an, streichelte meine Brust und sagte: »In deinen Augen lag eine tiefe Traurigkeit und gleichzeitig eine Sehnsucht. Ich wusste gleich, dass ich mehr erfahren wollte.«

Die junge Frau nahm an unserem Tisch Platz. Lorenz stellte sie mir als Fräulein Voigt vor, die vor Kurzem eine Anwaltskanzlei in der Stadt eröffnet hatte. Während wir die üblichen Begrüßungsformeln austauschten, wunderte ich mich über Lorenz' altertümliche Bezeichnung Fräulein. Verwendete man diese Bezeichnung noch? Die junge Frau schien die Anrede mit Gleichmut hinzunehmen, bestellte einen Salat mit einem Glas Weißwein und fragte mich nach meinem Anliegen in K. Bevor ich darauf antworten konnte, sagte Lorenz, dass er leider Termine habe und sich verabschieden müsse. Er stand auf und sagte: »Wir sehen uns ja nachher bei der Pressekonferenz, Mister Harris.« Er verließ das Lokal.

Ich drehte meinen Kopf zu der Frau und schaute sie einige Augenblicke schweigend an. Sie blickte mit einem leicht ironischen Ausdruck zurück. »Ich heiße Joe«, sagte ich.

»Und ich Hildegard«, erwiderte sie.

Inzwischen war Hildegards Essen gekommen. Während sie aß, erzählte ich. Von mir. Von Woodstock und den weiteren Stationen meines Wanderlebens bis nach Berlin. Ich empfand einen starken

Drang zu berichten, mich vorzustellen, mich zu erklären. Hildegard hörte zu, nickte und stellte gelegentlich eine Frage. Über sich sagte sie kaum etwas. Ich habe auch nicht gefragt. Als sie mit dem Essen fertig war und mein Redeschwall nachgelassen hatte, fragte sie: »Warum bist du nach K. gekommen?«

»Wegen des Hakenkreuzes. Ich werde darüber schreiben«, sagte ich und holte das Vademecum-Heft wieder aus meiner Tasche. Sie schob ihren Teller beiseite, nahm das Heft und blätterte es in Ruhe durch. Sie hielt einmal inne und las ein paar Zeilen. Als sie hochschaute, sah ich zum ersten Mal ihr Lächeln. Kein breites, offenes Lächeln, das das Gesicht aufleuchten ließ, auch kein mädchenhaftes oder kokettes Lächeln, sondern eher verhalten und überlegt. Hildegard lächelte mit den Augen, nicht mit den Lippen.

Sie reichte mir das Heft zurück und sagte: »Alle Achtung. Einen Text in einer Fremdsprache zu veröffentlichen ist eine große Leistung.« Sie schaute auf ihre Armbanduhr. »Ich muss in die Kanzlei zurück. Wenn ich das richtig verstanden habe, willst du zum Pressegespräch des Bürgermeisters gehen. Es ist bald so weit.«

»Sehen wir uns später?«, fragte ich, als sie ihre Sachen zusammenpackte. Inzwischen war sie aufgestanden. Sie schaute mich mit ihrem rätselhaften Blick an und sagte: »Das sollten wir auf jeden Fall tun. Ich habe einige Fragen.« Es entstand eine Pause. Sie schien zu überlegen, bevor sie fortfuhr: »Dein Auftrag in K. interessiert mich sehr.«

»Wo?«, fragte ich.

»Am besten wieder hier. Um 19 Uhr.«

Sie drehte sich um und verließ das Lokal.

Nessun Dorma

Kurz vor 15 Uhr betrat ich den Besprechungsraum des Rathauses. Es hatten bereits acht Reporter an den Tischen Platz genommen, die in U-Form aufgestellt waren. Die Stühle am Kopfende waren leer. Lorenz, der gleich vorne rechts saß, nickte mir zu. Ich erwiderte mit einem leichten Handzeichen, wählte einen Stuhl weiter hinten, setzte mich und holte mein Notizbuch aus der Tasche. Die Reporter waren mit ihren Unterlagen beschäftigt. Ich nickte meinem Tischnachbarn zu, als er aufschaute. Er nickte zurück.

Dann erschienen drei Männer und nahmen am Kopfende des Tisches Platz. Die aufgestellten Platzschilder wiesen sie als Stadtarchivar Stamer, Bürgermeister Weber und Stiftungspräsident Fromm aus.

Der Bürgermeister eröffnete die Pressekonferenz, dankte den Anwesenden für ihr Kommen und stellte die beiden Herren neben sich vor. Stamer hatte ich schon kennengelernt. Stiftungspräsident Fromm, der in einem Rollstuhl saß, machte einen souveränen Eindruck auf mich, als er die versammelten Presseleute musterte. Er war ein Mann, der es verstand, sich durchzusetzen. Es entstand eine Pause. Der Bürgermeister ließ seinen Blick durch den Raum schweifen. Er wirkte leicht verunsichert. Es herrschte eine gespannte Stille. Weber war ein großer, korpulenter Mann, bartlos mit einem kurzen Haarschnitt.

»Meine Herren«, setzte Weber endlich an, »um es gleich zu Beginn klar und deutlich zu sagen: Das Hakenkreuz, das an einem Gebäude in der Steinstraße zum Vorschein gekommen ist, wird gänzlich und gründlich beseitigt. Für so etwas gibt es in unserer Stadt selbstverständlich keinen Platz. Der Hausbesitzer sieht das genauso. Der Magistrat hat in einer Sondersitzung einstimmig seiner Meinung Ausdruck gegeben, das anstößige Symbol unverzüglich entfernen zu lassen. Ein Bautrupp ist bereits dabei, diese Arbeit zu erledigen. Wir wissen, dass das Gebäude einst ein SA-Lokal war und dass das Hakenkreuz nach dem Krieg mit brauner Farbe übermalt wurde. Es sind inzwischen zweiunddreißig Jahre seit Kriegsende vergangen. Das Hakenkreuz schlummerte in Vergessenheit unter der Farbe. Unsere Stadt wurde in den letzten Jahrzehnten in unserem freiheitlich-demokratischen Staat wieder aufgebaut. Wir sind stolz auf diese Leistung, die Leistung zahlreicher Bürgerinnen und Bürger, von Alteingesessenen wie Neubürgern. Wir schauen mit Zuversicht in die Zukunft.« Er hielt inne und sagte betont deutlich: »Das Hakenkreuz gehört nicht zu uns.« Er schaute sich um, als ob er Zustimmung erwarten würde. Keiner äußerte sich.

Der Bürgermeister räusperte sich und nahm ein Blatt Papier von dem vor ihm liegenden Stapel. »Ich habe Herrn Stadtarchivar Stamer gebeten, eine Zusammenfassung der NS-Geschichte unserer Stadt zu erstellen. Es gibt, wie Sie wahrscheinlich wissen, bisher keine Publikation darüber.« Der Bürgermeister ließ das Blatt verteilen, auf dem im Zeitraffer Daten untereinander aufgelistet waren. Es war eine Pressemitteilung. Ich schaute mir das Papier an, während der Bürgermeister weitersprach. Das älteste Datum stammte vom Juli 1924, als eine NS-Ortsgruppe gegründet wurde – von achtzehn Männern. Ortsgruppenleiter war ein Klempnermeister namens Hansjörg Zimmermann. »Die Daten auf dem Papier entstammen zum größten Teil der lokalen Zeitung«, hörte ich den Bürgermeister erklären. »Unser Archiv verwahrt nur wenige städtische Unterlagen aus der NS-Zeit. Am Ende des Krieges sind, wie wir wissen, Akten vernichtet worden. Wir haben im Stadtarchiv – wie mir versichert wird – überhaupt keine Unterlagen der damaligen NS-Ortsgruppe oder ihrer Gliederungen. Wir können also nicht mit Sicherheit sagen, was sich in dem Gebäude an der Steinstraße im Einzelnen abspielte. Die Zeitung berichtet von Gemeinschaftsabenden und Vorträgen, mehr nicht.« Es entstand eine Pause, als ob der Bürgermeister auf Fragen warten würde. Es kamen jedoch keine. »Nun«, fuhr er fort, »der Magistrat hat außerdem beschlossen, den Kieler Historiker Professor Karl Dietrich Erdmann zu einem öffentlichen Vortrag über die NS-Zeit in Schleswig-Holstein einzuladen.« Weber hielt inne und schaute auf seinen Zettel. »Eine Frage, Herr Bürgermeister«, sagte mein Tischnachbar. Ich vermutete, dass er das Hamburger Abendblatt vertrat, da sein Notizblock dessen Schriftzug zeigte. »Als ich das Gebäude heute in Augenschein nahm, tauchte ein Mann auf, der mit aufgebrachter Stimme behauptete, dass in dem Gebäude gefoltert wurde und es Razzien in der Stadt gegeben hätte. Gibt es ein offizielles Statement dazu?« Weber zog seine Augenbrauen zusammen und sagte: »Ich habe davon gehört. Der Mann ist ein stadtbekannter Querulant. Ich denke nicht, dass wir seine Aussagen für bare Münze nehmen sollten.« Der Bürgermeister wirkte nun noch unsicherer und schaute zum Archivar Stamer. Dieser räusperte sich und sagte: »Wie Herr Bürgermeister Weber bereits ausführte, ist unser Bestand aus der NS-Zeit sehr lückenhaft. Ich kann zu der Behauptung des Mannes keine Stellungnahme abgeben.«

Stiftungspräsident Fromm schaute mit einer leichten Kopfbewegung in Richtung des Bürgermeisters. Der nickte, und Fromm nahm das Wort. »Wenn ich, meine Herren, hierzu etwas sagen darf. Wir haben darüber diskutiert, weitere Forschungen zur NS-Geschichte der Stadt K. einzuleiten. Die Zeit ist reif dafür. Die Bürgerstiftung wird diese Aufgabe im Auftrag der Stadt und in Zusammenarbeit mit Herrn Stadtarchivar Stamer übernehmen. In den nächsten Tagen werden Sie, meine Herren, eine Pressemitteilung von uns erhalten, die das weitere Vorgehen erläutert. Dazu gehört selbstverständlich die Befragung von Zeitzeugen. Es leben noch etliche Menschen in der Stadt, die etwas berichten können. Nicht allein von der NS-Zeit und dem Krieg, sondern auch von der Notzeit unmittelbar danach. Das deutsche Volk hat viel gelitten.«

Der Bürgermeister beendete die Sitzung nach einer kurzen, jedoch unergiebigen Fragerunde. Die Journalisten packten ihre Unterlagen zusammen, tauschten en passant einige Informationen aus und verließen nach und nach den Raum. Lorenz kam auf mich zu und fragte, ob ich heute Abend Zeit für ein Bier hätte. Als ich erklärte, dass ich mich mit Frau Voigt verabredet hätte, weiteten sich seine Augen. »Eine interessante Nachricht«, sagte er, während er mich mit einem Grinsen ansah. Ich ignorierte seine Anspielung und fragte ihn, ob er wisse, wo ich den Mann, der Frosch hieß, finden könne. Er antwortete, dass Frosch mir sicherlich irgendwann über den Weg laufen würde. Frosch pflegte – so beschrieb es Lorenz – unvermittelt aufzutauchen. »Frosch findet Sie, nicht Sie finden Frosch«, sagte er und lachte dabei. Manchmal würde Frosch sogar die Alte Stube aufsuchen. Ich solle jedoch dessen Behauptungen nicht so ernst nehmen. Er sei nicht richtig im Kopf. Ich bedankte mich für den Rat, und wir verabschiedeten uns vor dem Rathaus. Lorenz sagte mir, dass man ihn in der Redaktion erwarten würde. Ich wollte auf mein Zimmer gehen, mir die Zusammenstellung des Stadtarchivars genauer ansehen und meine nächsten Schritte überlegen. Als ich das

Hotel erreichte, fragte ich mich, was Hildegard gemeint haben könnte, als sie sagte: »Dein Auftrag in K. interessiert mich sehr.«

Im Hotelzimmer holte ich den Pressezettel hervor. Er bestand aus einem Blatt mit einer Auflistung von Daten. Besonders informativ fand ich sie nicht, eher oberflächlich gehalten. Bereits nach der Kommunalwahl 1932 wurde die NSDAP die stärkste Kraft in der Stadtvertretung. Nach der sogenannten Machtergreifung am 30. Januar 1933 auf Reichsebene erfolgte auch die Machtergreifung in K. Bis auf die NSDAP wurden sämtliche Parteien und politische Organisationen verboten. Ich las, dass K. nach der nationalsozialistischen Gemeindeordnung von 1935 zum ersten Mal einen hauptamtlichen Bürgermeister erhielt, der gleichzeitig als Ortsgruppenleiter der Partei bestellt wurde. Zum Bürgermeister wurde ein städtischer Verwaltungsangestellter aus Hamburg namens Bernhard Meyer ernannt. Es galt in der Stadt das Führerprinzip. Meyer blieb bis 1945 im Amt, wurde nach 1943 zusätzlich Kreisleiter der Partei. Die Aufstellung verriet jedoch nicht, was aus ihm nach 1945 geworden war. K. erlebte nach Angaben von Lorenz nach 1935 einen deutlichen Aufschwung. Neue Firmen siedelten sich im Gewerbegebiet an, die Bahnverbindung nach Hamburg wurde ausgebaut, und die Stadt stellte eine ehrgeizige Planung für ein neues Zentrum auf – mit einer repräsentativen Parteizentrale, einem dichten Straßennetz und ausgedehnten Wohngebieten. Die Planung wurde jedoch mit Kriegsbeginn eingestellt, kaum etwas davon wurde umgesetzt. Zwischen den politischen Daten – ich las, dass Hitler 1938 bei einer Volksabstimmung in K. 99 Prozent der Stimmen erhalten hatte – hatte Stamer weitere Ereignisse wie öffentliche Kundgebungen, die Feier zur Sommersonnenwende, die Ankunft flüchtender Hamburger nach dem verheerenden Luftangriff vom Sommer 1943 und Luftschutzmaßnahmen eingebaut. Die Bevölkerungszahl hatte sich seit 1935 bis Kriegsende mehr als verdoppelt. Die Stadt K. erlebte erst am Ende des Krieges einen Bombenangriff, bei dem elf Menschen starben. Am 3. Mai 1945 besetzten amerikanische Truppen den Ort kampflos. Der Krieg war vorbei. Das Tausendjährige Reich war zu Ende, es begann die Stunde Null.

Erhellend fand ich an der Presseinfo eher das, was nicht drinstand. Informationen über die Schicksale lokaler politischer Gegner der Nazis, über Verfolgungsmaßnahmen gegen Andersdenkende und die Gleichschaltung der Vereine und Verbände, über den Einsatz von Zwangsarbeitern, über KZs oder gar jüdische Mitbürger suchte ich vergeblich in den Ausführungen. K. – eine glückselige Insel inmitten der NS-Diktatur? Folter und Razzien hatte jedoch Frosch behauptet. »Das deutsche Volk hat viel gelitten« – schoss es mir durch den Kopf, der letzte Satz von Stiftungspräsident Fromm. Eine denkwürdige Sichtweise, dachte ich und packte die Unterlagen beiseite, legte mich auf das Bett und holte mein Notizbuch hervor.

Ich blätterte einige Seiten durch und las die Eintragungen über das Treffen mit dem Kioskbesitzer und weiteren Menschen der Stadt, mit denen ich bisher in Kontakt getreten war. Viel hatte ich nicht entdeckt. Archivar Stamer schien mir verschlossen zu sein. Ob ich ihn zu einem richtigen Gespräch bewegen konnte? Im Archiv wollte ich mir auf jeden Fall Unterlagen anschauen. Es hieß, es sei wenig aus der NS-Zeit vorhanden. Das wollte ich genau recherchieren. Redakteur Lorenz war im Gegensatz eher leutselig und kumpelhaft. Vorsicht war jedoch geboten, dachte ich. Er verfolgte gewiss eigene Interessen und war offenbar gut in der Stadt vernetzt. Leutseligkeit konnte eine Maske sein. Mit Frosch musste ich Kontakt aufnehmen, das war klar. Die kryptischen Äußerungen von Lorenz über ihn machten mich eher noch neugieriger. Ich nahm mir vor, den Mann morgen gezielt zu suchen. Als investigativem Journalisten müsste mir das doch gelingen, oder? Und es gab, außer dem Bürgermeister, von dem ich nicht viel erwartete, noch den Stiftungspräsidenten Fromm. Er hatte bei mir einen starken Eindruck hinterlassen. Was für ein Mann war er? Das wollte ich herausfinden. Nur wie?

Hildegard Voigt nicht zu vergessen. Sie war eine ungewöhnliche Frau, das spürte ich sofort. Und sie suchte etwas.

Ich klappte das Heft zu, ließ den Kopf in das Kissen sinken und schloss die Augen. Als ich langsam in einen unruhigen Dämmerschlaf glitt, blickte ich in Hildegards tiefe schwarze Augen. Meine Gedanken wirbelten in einem rasanten Flashback, mein Geist befand sich in einem Rausch. Ich landete bei Picassos Gemälde im Art Institute von Chicago – *Der alte Gitarrist.* Was spielte der Mann auf seiner Gitarre? Das hatte ich immer wissen wollen. Warum musste er spielen und spielen – und immer weiterspielen? Was bedeutete der Klang der blauen Gitarre?

Kurz vor 19 Uhr machte ich mich auf den Weg zur Alten Stube. Ich kam mir vor wie ein unbeholfener Junge bei seinem ersten Rendezvous. Als ich die Gaststube betrat, saß Hildegard bereits an dem kleinen runden Tisch neben dem Wandgemälde. Ein Glas Wasser stand vor ihr. Sie schaute auf, als ich auf sie zukam. Ihr Blick war ernst, aufmerksam und nachdenklich, eine Haltung, die zu ihr zu gehören schien. So lernte ich Hildegard nach und nach kennen – ernst, nachdenklich, in sich ruhend und unerbittlich gegen sich selbst. Und andere.

Im Hintergrund ertönte aus einem Radio der beliebte deutsche Schlager von Udo Jürgens – *Aber bitte mit Sahne.* Ich fragte mich, während ich auf den Tisch zuging, ob so ein schnulziges Lied den richtigen Soundtrack für den Abend abgeben würde.

Ich nahm Hildegard gegenüber Platz und sagte: »Guten Abend.« Sie erwiderte die Begrüßung und fragte gleich nach dem Pressegespräch. Ich war gerade dabei, davon zu berichten, als die Kellnerin mit der Speisekarte kam. Schlagartig wurde mir klar, dass ich großen Hunger hatte. Ich hatte in den letzten Tagen nicht viel gegessen. Oder war es, überlegte ich mir, einfach der Appetit, der einen überfällt, wenn man zusammen mit einer jungen Frau zu Abend isst? Ich unterbrach meine Erzählung und fragte nach dem Essen. Hildegard sagte mir, dass sie bisher nur zu Mittag in der Alten Stube gegessen habe. Der Mittagstisch sei eher mittelmäßig, Lorenz habe ihr einmal gesagt, das Lokal serviere abends schleswig-holsteinische Spezialitäten.

Ich schaute mir die Speisekarte an. »Schnüüsch?«, fragte ich und machte große Augen.

»Eine Art Gemüseeintopf mit Milch und viel Butter. Wird häufig mit einer Scheibe Schweinebacke als Beilage gegessen.«

Ich schüttelte den Kopf. »Was ist das denn hier – Labskaus?«

Hildegard sah mich belustigt an. »Ein Stampf aus Kartoffeln, Möhren und Rindfleisch serviert mit Spiegelei, Gewürzgurke, roter Beete und Rollmops. Eine Spezialität der Küste.«

»Eine abenteuerliche Zusammensetzung. Braucht bestimmt viel Bier als Beilage«, bemerkte ich. »Das muss ich probieren, sollte ich je zur Nordsee kommen.« Ich schaute weiter auf die Karte. »Und Swienssteert panneert«, versuchte ich zu sagen, wobei ich die richtige Aussprache wahrscheinlich nicht traf.

Hildegard lachte. »Plattdeutsch für panierten Räucherschinken. Swienssteert – pigs's tail auf Englisch.«

»Nee. Das hört sich strange an«, sagte ich. »Was haben wir hier – Birnen, Bohnen und Speck. Noch etwas Rustikalisches?«

»Das Wort gibt es nicht, Joe«, monierte Hildegard. »Du meinst rustikal.«

Ich schüttelte den Kopf. Die deutsche Sprache hat mir wieder einen Strich durch die Rechnung gemacht.

Hildegard schmunzelte: »Rustikal ist eine höfliche Umschreibung für die norddeutsche Küche. Du solltest nicht zu viel von ihr erwarten, die Volksküche hat eine eher ärmliche Tradition. Wie du dir denken kannst, enthält das Gericht Birnen, Bohnen und Speck. Der Speck wird scharf angebraten, und danach zusammen mit den Birnenstücken und grünen Bohnen in einer Rinderbrühe gegart. Es kommen Zwiebeln, Salz und Pfeffer hinzu. Ein Eintopfgericht. Einfach, aber, wenn die Zutaten frisch sind und die Rinderbrühe selbst gemacht worden ist, kann es gut schmecken.«

»Ich weiß nicht. Das spricht mich nicht so richtig an.«

»Bist du immer so schwer zufriedenzustellen? Eintopf ist König hier«, sagte sie und fixierte mich mit gespielter Strenge. »Na gut«, fuhr sie konzilianter fort, »ich schlage einen Lammeintopf mit grünen Bohnen vor. Ein schlichtes Gericht. Es handelt sich um das Salzwiesenlamm, eine Spezialität der Nordsee. Sehr schmackhaft.«

»Gut, gut«, sagte ich. »Ich verlasse mich auf dich.«

»Eine interessante Aussage«, entgegnete sie. »Ich werde sie mir merken.«

Die Kellnerin tauchte unmittelbar danach wieder auf. Wir bestellten das Gericht sowie eine Flasche Rotwein, den Hildegard ausgesucht hatte.

»Und …?«, fragte sie.

Just als ich begann, über die Sitzung zu erzählen, brachte die Kellnerin den Rotwein und schenkte ein. Ich nahm das Glas, sog das betörende Bouquet des Weins in mich hinein und blickte zu Hildegard, die mich mit ihren großen dunklen Augen aufmerksam beobachtete. Worüber dachte sie gerade nach? Die Frage stellte ich jedoch nicht. Das hatte noch Zeit. Wir prosteten uns zu und nahmen einen ersten Schluck. »Ein guter Tropfen«, sagte ich anerkennend. Hildegard setzte ihr Glas ab, lächelte mit ihren Augen und sagte: »Vielleicht schaffst du es jetzt, etwas zu der Sitzung zu sagen.«

»Nun«, setzte ich wieder an, »sie war aufschlussreich, indem sie mehr offenließ als bekannt gab.« Ich gab Hildegard die Pressemitteilung mit den Angaben über die NS-Zeit in K., die sie aufmerksam las. Ich erzählte dabei, dass die Stadt einen Kieler Professor einladen wollte, der über die NS-Zeit in Schleswig-Holstein referieren sollte. Darüber hinaus würde der Bürgerverein ein Projekt einleiten, um die NS-Geschichte vor Ort zu erforschen.

Hildegard nickte: »Und was hast du vor? Über das Hakenkreuz schreiben, sagtest du vorhin. Schon eine Idee, wie?«

Inzwischen war das Essen gekommen. Es war kräftig und schmeckte mir. Hildegard hatte ebenfalls großen Appetit. Einmal schlürfte ich eine Bohnenstange langsam und geräuschvoll auf. Hildegard sah mich zunächst mit Entrüstung an, prustete dann sogleich und schlürfte ihrerseits ebenfalls genussvoll an einer Bohne. Aus meinem Augenwinkel bemerkte ich, wie die ältere Gesellschaft am Nachbartisch uns entgeistert ansah. Ein albernes junges Paar, haben die Leute wohl gedacht.

»Eine Vergangenheit, die nicht vergeht«, nahm ich das Gespräch zwischen zwei Bissen wieder auf. »Das ist ein abgedroschener Satz, aber in diesem Fall zutreffend. Der Einstieg in den Artikel ist suggestiv – eine braune Farbe, die nach vielen Jahren von einem unscheinbaren Gebäude in einer Kleinstadt in Schleswig-Holstein abblättert, wodurch ein Hakenkreuz zum Vorschein kommt und schlagartig das geruhsame Leben in der Stadt aufrüttelt. Es stellen sich dabei Fragen nach dem lokalen Umgang mit der NS-Gewaltherrschaft.« Ich erzählte weiter von meinen Gesprächen mit dem Kioskbesitzer, mit Lorenz und von meinen Gedanken über den sonderbaren Mann mit Namen Frosch. Mit dem Stiftungspräsidenten Fromm wollte ich ein Gespräch führen.

»Nach dem Krieg – wie sah es hier in K. aus?«, sagte Hildegard sehr leise, als ob sie nur zu sich selbst sprechen würde.

Ich nahm einen Schluck Wein und wartete. Sie sprach jedoch nicht weiter, sondern schaute auf ihr Weinglas, das sie bedächtig schwenkte. Sie war plötzlich irgendwo anders.

»Nun«, sagte ich in das Schweigen hinein, »ich habe schon viel von mir erzählt. Jetzt bist du an der Reihe.«

Hildegard blickte auf, ließ ihr eigentümliches Lächeln aufblitzen, nahm einen ordentlichen Schluck Wein und erzählte von sich. Ich erfuhr von ihrer Schulzeit, von der Viola d'amore, dass sie in Tübingen studiert und erst im vorigen Jahr die Kanzlei in K. aufgemacht hatte. Die Mutter lebte in Hamburg, ihr Vater war vor einigen Jahren gestorben. Dass sie ein Adoptivkind war, hat sie mir an jenem Abend noch nicht verraten.

»Tübingen«, sagte ich, »eine Stadt und eine Universität mit einer besonderen Geschichte.«

»Bist du schon da gewesen?«

»Nein, ich bin seit meiner Ankunft in Deutschland vor zwei Jahren das erste Mal aus Berlin herausgefahren.« Ich hob mein Glas, nahm einen Schluck und schaute ihr durch das Weinglas in die Augen, die wegen der Wölbung des Glases leicht verzerrt zurückblickten. So sahen sie noch betörender aus.

Hildegard nahm ebenfalls ihr Glas, hielt es gegen meins und sagte: »Beherrschst du das Augenspiel?«

Wir lachten und nahmen jeweils einen Schluck. »Tübingen«, wiederholte ich. »Hegel, Schelling und Hölderlin. Alle waren dort zur gleichen Zeit Studenten.«

»Magst du Hölderlin?«

»Non coerceri maximo, contineri minimo, divinum est«, zitierte ich. *»Durch das Größte nicht eingeschränkt, durch das Kleinste umschlossen zu werden, ist göttlich.«*

»Wow«, rief sie aus, »allerhand, lieber Ami. Du kennst offenbar Hyperion und bist ein Lateiner.«

»Das mit dem Latein ist geflunkert. Ich kenne nur einige Sprüche, die ich eingeübt habe. Hyperion aber kenne ich gut.«

»Gibt es jetzt ein Referat? Ich bin gespannt.«

Ich nahm einen Schluck Wein, richtete mich im Stuhl auf, rückte meine Brille zurecht, räusperte mich und begann zu dozieren: »Hyperion erschien in zwei Bänden 1797 und 1799. Das Werk hat die Form eines lyrischen Briefromans und kann als ein Kernstück der deutschen Romantik bezeichnet werden. Die Briefe entfalten, in einer poetischen Sprache verfasst, einen überbordenden Gefühlsreichtum. Wie Hyperion an Bellarmin schreibt: *O ein Gott ist der Mensch, wenn er träumt, ein Bettler, wenn er nachdenkt.* Ich habe das Werk das erste Mal in Chicago für ein Seminar über die deutsche Romantik gelesen, und als junger Student hat es mich gefesselt. Hyperion, eine Figur auf der Suche nach sich selbst und dem Sinn des Lebens. Hinter dem für meine Ohren zuweilen schwülstigen Stil entdeckte ich eine literarische Figur, die mit ihrem Dasein zutiefst in das Leben, in den unerbittlichen Fluss des Lebens, eingetaucht war – mit all den Begierden und Rückschlägen, die dazugehören. Freundschaft und Verrat, Liebe und Verlust, Hoffnung und Verzweiflung.« Ich hielt kurz inne und genehmigte mir einen Schluck Wein. Hildegard schaute mich gelassen an, sie hatte ihr Kinn in eine Hand gelegt. Ich lächelte sie verschmitzt an und fuhr fort: »Diesseitigkeit ist das große Thema des Werks aus meiner Sicht. Ein Dasein hier und jetzt in einer Welt, von der sich Gott längst verabschiedet hat. Hyperion wird am Ende Eremit und zieht sich in die aus seiner Sicht schöne und holde Natur zurück. Dort findet er seine Seelenruhe. Ich fragte mich damals in Chicago: War das eine Flucht? Eine Selbsttäuschung? Diese Fragen haben mich seitdem nie verlassen.«

»Aufschlussreich, Herr Professor«, sagte Hildegard. »Weißt du, als ich in Tübingen studierte, habe ich auf der Neckarinsel häufig einen Spaziergang gemacht. Die baumumrankten Alleen bieten eine wunderbare Kulisse zum Nachdenken. Von der Insel aus kann man den Hölderlinturm gut sehen. Ich habe dort manchmal lange gestanden. Für mich war der Turm eine Art Muse. Hölderlin auf dem Weg in die geistige Umnachtung. Wo ist er gelandet? Sein Geschöpf, Hyperion, fand seine Ruhe als Eremit, wie du sagtest. Hölderlin selbst erreichte am Ende seines Weges hinab in den Abgrund nie den Boden – denn ein Abgrund hat keinen Boden.«

»Wenn du deinen eigenen Weg erst einmal eingeschlagen hast, weißt du anfangs nicht, ob er in den Abgrund führt«, sagte ich. »Das ist das Abenteuer des Lebens.« Hildegard schaute auf unsere Gläser und schenkte Wein nach. Ihre Augen waren ernst, sie wirkten dadurch noch geheimnisvoller. Ich nahm einen Schluck und fuhr unbeirrt fort. »Du kennst sicherlich das Schicksalslied im zweiten Buch.« Ich deklamierte (etwas zu laut wahrscheinlich) und merkte im Augenwinkel, dass die Gesellschaft am Nachbartisch uns beobachtete.

»Doch uns ist gegeben,
Auf keiner Stätte zu ruhn,
Es schwinden, es fallen
Die leidenden Menschen
Blindlings von einer
Stunde zur andern,
Wie Wasser von Klippe
Zu Klippe geworfen,
Jahre lang ins Ungewisse hinab.«

»Ja, ins Ungewisse hinab«, sagte Hildegard und sah mir direkt in die Augen. »Sind wir nicht alle dorthin unterwegs?«

Wir schauten voneinander weg. Es entstand eine Pause, ein Schweigen. Die Stimmung zwischen uns war schlagartig anders geworden. Die Leichtigkeit war dahin. Wir waren beide jeweils mit den eigenen Gedanken befasst, vielleicht mit den eigenen Dämonen. Ich nahm den Rhythmus meines Atmens intensiv wahr. *Ins Ungewisse hinab.*

Hildegard schüttelte leicht den Kopf und sagte leise, fast nur zu sich selbst: »Kennst du das Gedicht, das Paul Celan über Hölderlin geschrieben hat?«

»Nein«, antwortete ich, ebenso leise. »Ich höre zu.«

»Es entstand 1961 in Paris nach einem Besuch in Tübingen. Celan fühlte sich geistig zu Hölderlin hingezogen. Er war bereits wiederholt in Tübingen gewesen.« Ich schaute sie wieder an. Ihre Augen sahen anders aus. Sie hatten einen besonderen Glanz angenommen. Ich konnte ihn nicht deuten. »Das Gedicht heißt *Tübingen, Jänner* und endet mit dem Wahn-Wort des geisteskranken Hölderlin *Pallakasch, Pallakasch.* Für Celan war nur dieses Wahn-Wort gerecht für seine eigene Zeit, die Zeit des millionenfachen Völkermordes durch die Nazis.« Hildegard hielt inne und ließ ihren Blick durch das Lokal wandern. »Pallakasch. Es bedeutete für den kranken Hölderlin sowohl ja als auch nein, Anfang und Ende. In dem Wort ist eine ganze Welt enthalten, aber eine sinnentleerte, blanke Welt. In ihr gibt es keine Bewegung mehr, keine Liebe, keinen Hass. Gerade deswegen ist es das Wort eines Dichters, der einen langen Weg in und zu sich selbst zurücklegen musste. Auch in Celans eigener Welt gab es zum Schluss keinen Sinn, keinen Boden mehr. Irgendwann erreichte er den Punkt, an dem die Poesie nichts mehr ausdrücken, nichts mehr ausrichten konnte. Celan nahm sich das Leben.«

Wieder entstand ein Schweigen zwischen uns. Ich hörte die vertrauten Geräusche von Menschen, die im Lokal ausgelassen sprachen, lachten, sich vergnügten, untermalt von den schlichten Texten deutscher Schlager im Radio, das ununterbrochen vor sich hin dudelte. Schlager, in welcher Sprache auch immer, gehören zum banalen Hintergrundgeräusch unserer modernen Öffentlichkeit. Hildegard hatte sich wieder in sich zurückgezogen. Ich wagte es nicht, danach zu fragen. Noch nicht. Unser Gespräch hatte nach dem anfänglichen unbeschwerten Small Talk einen bemerkenswerten Verlauf genommen. Das Sich-Kennenlernen zweier Büchermenschen, dachte ich, die es sich angewöhnt hatten, aus literarischen Texten eine Beute zu machen, die es zu zerlegen galt. Ein Wettbewerb um Deutungshoheit. Womöglich um die

Deutung des eigenen Lebens. Das Spiel kannte ich – seit Jahren hatte ich es in unterschiedlichen Formen praktiziert. Ich erinnerte mich an das Café Blue Gargoyle in Chicago und die Treffen dort. Dieses Spiel war mir inzwischen zur zweiten Natur geworden. Heute Abend aber kam es mir anders vor. Es war mehr als ein Spiel, oder vielleicht zum ersten Mal in meinem Leben ein richtiges, ein ernstes Spiel. Ein Spiel, das sich spielerisch aufzuheben versuchte. Und was entstand daraus? Ich wusste es nicht. Ich wollte es aber gerne wissen.

Ich brach das Schweigen. »Ich kenne von Celan nur seine *Todesfuge*. Ein Gedicht, das …«

Ich kam nicht weiter. Hildegard schaute mich durchdringend an und sagte, kaum hörbar: »Wir schaufeln ein Grab in den Lüften da liegt man nicht eng.«

Wieder Schweigen. Ich konnte an ihren Augen sehen, dass Hildegard dabei war, sich wieder aus der Gegenwart zurückzuziehen.

»Er ruft spielt süßer den Tod der Tod ist ein Meister aus Deutschland / er ruft streicht dunkler die Geigen dann steigt ihr als Rauch in die Luft / dann habt ihr ein Grab in den Wolken da liegt man nicht eng«, zitierte ich frei. Unsere Blicke trafen sich. Wir schauten dann beide zu dem Wandgemälde, dem Totentanz. Ich nahm die Geige – sie war in blauen Tönen gehalten – zum ersten Mal bewusst wahr, die der Teufel lässig in der linken Hand trug. Viel zu viel Tod an diesem Abend. Ich blickte auf Hildegards Hand, die verlassen – so schien es mir zumindest – neben ihrem Weinglas lag. Ich griff über den Tisch nach ihrer Hand und drückte leicht zu. Hildegard schaute auf. Das Lächeln kehrte in ihre Augen zurück. Sie erwiderte den Druck. Wärme durchströmte meinen Körper. Wir schauten uns lange schweigend an.

Im Radio ertönte ein neues Lied. Dieses Mal war es kein deutscher Schlager. Die ersten Takte von Simon & Garfunkels Liebeshymne *A Bridge Over Troubled Water* wehten durch den Raum. Mein Kopf wurde schlagartig leer. Ich stand auf und sagte: »Hildegard, jetzt tanzen wir.«

Sie blickte verlegen zur Seite: »Ich kann nicht tanzen, Joe. Mein Bein …«

Ich lächelte und entgegnete: »Man tanzt nicht mit den Beinen, man tanzt mit der Seele.«

Sie sah mich noch immer unsicher an, stand aber langsam auf und ließ sich von mir umarmen. Ich nahm ihre Körperwärme auf, ihren herben Duft, vermischt mit einem Hauch von Vanille und Sandelholz. Wir machten vorsichtig die ersten Tanzschritte zwischen den Tischen. Nach und nach ließen wir uns eng umschlungen von der Musik verführen. Ein Lied zum Sich-Anschmiegen. Wir waren allein im Universum. Als die letzte Strophe ausklang – Garfunkels hoher gefühlvoller Tenor mit *I will ease your mind* –, standen wir mitten in der Gaststube. Da merkte ich erst, dass die anderen Gäste uns schweigend anstarrten. Unvermittelt klatschten die älteren Herrschaften am Nachbartisch in die Stille hinein. Andere folgten. Ich lachte und verbeugte mich. Hildegard schaffte es sogar, die Andeutung eines Knickses vorzuführen.

Wir kehrten zu unserem Tisch zurück und schauten uns zunächst mit strenger Miene an. Dann lachten wir lauthals. Mir schien die Stimmung in der Gaststube noch ausgelassener und fröhlicher geworden zu sein. Einige stimmten sogar in den folgenden deutschen Schlager mit ein. Costa Cordalis *Anita*.

Hildegard griff über den Tisch nach meiner Hand. »Du kommst zu mir«, flüsterte sie.

Ich nickte. »Nessun Dorma, principessa.«

Hildegard lachte wieder. »Ich bin auf dein Vinceró gespannt.«

Eine Flaschenpost ohne Flasche

Ich dachte: Es ist wieder der Rabe. Er will rein. Ich vernahm das sachte Hämmern poch, poch, poch gegen ein Fenster, das mir sein Begehren offenbarte. Ich wollte ihn jedoch diesmal nicht hereinlassen. Der Klang wurde intensiver, eindringlicher. Der Rabe erwies sich als unerbittlich. *Nevermore* schien er mir sagen zu wollen. Ich bekam Angst und begann zu zittern. Es klingelte. Schlagartig hörte das Pochen auf.

Ich öffnete hastig die Augen. Es war hell im Zimmer, und ich schaute auf ein Fenster, dessen Gardinen zurückgezogen worden waren. Auf dem Fensterbrett stand ein schwarzer Blumentopf. Kein Rabe in Sicht. Langsam kam ich zu mir. Ich lag im Bett und war nackt. Das Pochen setzte wieder ein. Nun erkannte ich das Geräusch. Der Klang einer Schreibmaschine im Nebenraum. Das Werkzeug eines Schriftstellers. Es pochte und pochte. Die Schreibmaschine war dabei, ein neues Stück Wirklichkeit hervorzubringen, vergleichbar dem Klang der blauen Gitarre. Ich wusste, dass die Schreibmaschine eine juristische Wirklichkeit schuf, eine Welt von Paragrafen, Kommentaren, Beweisführungen und Urteilen. Es war Hildegards Schreibmaschine, die sich in jener Welt bewegte. Sie war dabei, einen Schriftsatz oder ein Mandantenschreiben anzufertigen.

Die Uhr an dem Beistelltisch zeigte die Zeit an: Es war kurz vor zehn Uhr morgens. Meine Kleidung lag verstreut neben dem Bett. Auf einem Stuhl sah ich einen Bademantel. Ich zog ihn über. Er war deutlich zu klein. Ich wollte zur Toilette gehen, mich anziehen, eine Tasse Kaffee trinken und wieder mit der Suche nach dem Leben anfangen. Ein Spruch schoss mir durch den Kopf. *Es ist nicht das Leben, das mich kaputt macht, sondern die Tage dazwischen.*

Als ich durch den Flur ging, kam mir Hildegard aus einem vorderen Zimmer entgegen. Eine junge Anwältin bei der Arbeit. Sie sah mich streng an und sagte: »Joe, so kannst du hier nicht herumlaufen. Es kommen Mandanten.« Ich umarmte sie und nahm ihren herben Duft in mich auf. Sie sagte leise: »Na ja, nach dem gestrigen Abend ist mein Ruf in dieser kleinen Stadt sowieso ruiniert.« Ich küsste sie. Ich merkte, wie die Körperwärme in mir wieder aufwallte. Hildegard schaute mich mit ihren tiefen schwarzen Augen an, schob sich dann sanft von mir weg und sagte: »Ich muss arbeiten. Es kommt gleich eine Mandantin. Wir sehen uns später.« Sie küsste mich auf die Wange und lief in ihr Büro zurück.

Nachdem ich mich angezogen hatte, merkte ich, dass Hildegard Besuch hatte. Ich wollte nicht stören. Ich fand im Schlafzimmer einen Schmierzettel und einen Kugelschreiber. *Hildegard*, schrieb ich. *Ich melde mich später. »I will ease your mind«*, setzte ich hinzu. Wie die Notiz abschließen? fragte ich mich. *Bis nachher* kam mir wenig verführerisch vor. Einfach *Grüße* zu schreiben, wäre auf jeden Fall zu steif. *Mit Liebe* ging auch nicht, oder – noch nicht? Liebe ist ein großes, sehr großes Wort. Man sollte sorgsam mit ihm umgehen. Ich schrieb: *Ich denke an dich. Joe.* Ich legte den Zettel auf das Bett und verließ die Wohnung.

Im Tchibo-Laden am Alten Markt genehmigte ich mir einen Kaffee und aß eine Zimtschnecke. Auf dem Stehtisch lag eine Zeitung. Auf der Lokalseite befand sich ein Bericht von Lorenz über die Beseitigung des Hakenkreuzes. Es gab ein Foto des Bautrupps, der dabei war, die Arbeit auszuführen. Die O-Töne der interviewten Schaulustigen waren eindeutig: weg damit und fertig. In einem gesonderten Kasten befanden sich Informationen über den Vortrag des Kieler Professors sowie das Vorhaben der Bürgerstiftung, die NS-Geschichte zu erforschen. Über Frosch und seine wirren Äußerungen wurde nicht berichtet.

Ich ging in mein Zimmer zurück, duschte, zog mich um, holte meine Arbeitstasche und machte mich auf den Weg zum Stadtarchiv. Ich mutierte in kürzester Zeit vom Liebhaber zum Forscher.

Es war bereits 11.30 Uhr, als ich die Tür zum Archivbüro öffnete. Archivar Stamer schaute von seinem Schreibtisch auf. Ich fand, dass er heute einen aufgeschlosseneren Eindruck machte. »Nehmen Sie Platz, Herr Harris«, sagte er. »Ich nehme an, Sie interessieren sich für unseren NS-Bestand. Wie Sie schon gehört haben, ist er sehr lückenhaft. Protokolle der städtischen Sitzungen, Bauakten und Bestandsakten der städtischen Verwaltung, viel mehr nicht.«

Ich nickte. »Wie sieht es mit der Zeit nach dem Krieg aus?«

»Nun«, antwortete er zögerlich. Die Frage schien ihn zu überraschen. »Der Bestand ist vollständiger. Es war eine Notzeit. Vor allem die Aufnahme und Unterbringung der vielen Flüchtlinge und Vertriebenen bedeuteten viel Arbeit für die Stadt. Die Nutzung dieser Akten ist jedoch beschränkt. Personenschutz, verstehen Sie.«

Ich nickte wieder und fragte nach Verzeichnissen der Bestände. Nachdem ich einen Benutzungsantrag unterschrieben hatte, händigte mir Lorenz einen Leitz-Ordner aus, in dem in Typoskript Aktenlisten abgeheftet waren. Er sagte dazu, dass das Archiv nachmittags geschlossen sei, dass ich jedoch weiterarbeiten dürfe, da er einen Aufsatz schreiben wolle und dies im Archiv machen würde. Ich bedankte mich und begann, die Listen durchzusehen. Ich benötigte dafür etwa eine halbe Stunde und notierte die Signaturen von Akten aus der Zeit vor 1945, die mir von Interesse erschienen. Ich wollte mir einfach einen Überblick verschaffen. Es waren zehn Signaturen. Lorenz nahm meinen Zettel entgegen, sagte, es würde ein paar Minuten dauern, und verließ den Raum. Das Magazin befand sich im Keller.

Bald lagen die Unterlagen vor mir auf dem Tisch, gebundene Protokollbücher sowie Akten, die in grau beschrifteten Pappkartons neu verpackt worden waren. Sämtliche Metallteile waren entfernt worden. Ich fing mit dem Protokollbuch der Stadtvertretung von 1933 an. Die ersten Eintragungen nach der sogenannten Machtergreifung am 30. Januar zeugten von den damaligen politischen Auseinandersetzungen. Bei einer Sitzung Anfang Februar wurde der Einwand des SPD-Mitglieds Hermann Schefe gegen den Antrag der NSDAP-Fraktion protokolliert, die Hauptstraße nach Adolf Hitler umzubenennen. Schefe war dagegen, weil die Umbenennung »nur für eine kurze Zeit« gelten würde. Darüber hinaus monierte Schefe das Erscheinen der NSDAP-Abgeordneten in Parteiuniform: Es hätte nicht in der Sitzungsladung gestanden, dass man »kostümiert« erscheinen sollte. Schefe wurde in den folgenden Sitzungsprotokollen nicht mehr als Mitglied der Stadtvertretung erwähnt. Ich fragte mich, was aus ihm geworden war. Bald danach wurden sämtliche Nicht-NSDAP-Vertreter von den Sitzungen ausgeschlossen. »Die Machtergreifung« vor Ort. Ein neuer Bürgermeister aus Hamburg, der Verwaltungsangestellte Karl Zabel, ein »Parteigenosse der ersten Stunde«, hieß es im Protokollbuch, wurde im April 1933 ernannt und das »Führerprinzip« endgültig eingeführt.

Eine Durchsicht der weiteren Protokolle erwies sich als wenig ergiebig. Sie enthielten fast ausschließlich Mitteilungen des Bürgermeisters. Danach schaute ich mir einige Bauakten an. Mitte der dreißiger Jahre leitete die Stadt eine Planung für ein neues Stadtzentrum ein. Der bekannte Hamburger Architekt Konstanty Gutschow wurde beauftragt und legte einen ehrgeizigen Plan vor mit protziger Parteizentrale, Schulen, groß angelegten Etagenwohnungen, einem neuen Bahnhof, Einkaufsstraßen und einer Ehrenhalle. Ich war bei anderen Forschungen bereits auf diesen Architekten gestoßen. Gutschow war ein enger Vertrauter des Gauleiters Karl Kaufmann und hatte den ersten Generalbebauungsplan für Hamburg entwickelt, der den Ausbau der Hansestadt zur sogenannten Führerstadt vorsah. Ich wusste, dass der Architekt nach dem Krieg ohne Unterbrechung bundesweit in seinem Beruf tätig gewesen war. 1964 hatte ihm die nordrhein-westfälische Landesregierung sogar einen Professorentitel verliehen. Bundesrepublikanischer Alltag.

Als ich die Skizze für die geplante Ehrenhalle auseinanderfaltete, fiel mir ein Blatt entgegen. Es war ein Umschlag aus grobem Papier in DIN A5-Größe. Ich schaute es mir genauer an. Absender war das 7771 Document Center, Wasserkäfersteig 1, Berlin/Zehlendorf; Empfänger: Das Archiv der Stadt K., zu Hd. Herrn Archivar Friedhelm Meyer, Rathaus. Der Umschlag war leer. Abgestempelt wurde er am 11. Oktober 1949. Ich notierte die Informationen und fragte mich, was sie zu bedeuten hatten. 7771 Document Center müsste eine ältere Bezeichnung für das Berlin Document Center sein. Warum gab es ein Schreiben einer Einrichtung, die umfangreiche Unterlagen der NSDAP verwahrte, an das Archiv der Stadt K.? Der Umschlag machte den Eindruck, dass er mehr als nur ein Blatt Papier enthalten hatte. Wo konnte der Inhalt sein? Mir war sofort klar, dass der Umschlag nicht zu der Akte Ehrenhalle gehören konnte. Er war vermutlich aus Versehen dort hineingeraten. Oder auch mit Absicht?

Ich stand auf, ging zum Arbeitstisch von Stamer und gab ihm den Umschlag mit der Bemerkung, ich hätte ihn lose in einer Akte gefunden. Er schaute lange darauf, drehte ihn um und blickte langsam hoch: »Ich weiß nichts. Ich habe den Umschlag nie zuvor gesehen. Nach dem Inhalt fragen Sie? Ich muss in unserer Registratur nachschauen, ob der Vorgang festgehalten worden ist. 1949? Ist schon eine Weile her. Das kann dauern. Die Aktenführung damals war nicht besonders sorgfältig.«

»Ist wahrscheinlich nicht so wichtig«, sagte ich. »Wenn Sie Zeit haben, wäre es gut zu wissen, was es damit auf sich hat. Einfach vollständigkeitshalber«, fuhr ich fort. »Heute habe ich genug gelesen. Sind Sie morgen wieder da?«

Stamer nickte. »7771 Document Center«, sagte er unbeholfen. »Hört sich nach einer englischen Einrichtung an.«

»Soweit ich weiß«, bemerkte ich, »ist es im Rahmen der Nürnberger Prozesse entstanden, mit Unterlagen aus der Registratur der NSDAP und deren Gliederungen.« Ich legte eine kleine Pause ein. »Als Beweismaterial von den Alliierten gesammelt«, fuhr ich fort.

Stamer schaute sich den Umschlag nochmals an. Er schüttelte den Kopf. »Zu viel NS-Zeit in unserer Stadt gerade jetzt. Das ist nicht gut, gar nicht gut.«

Ich hatte einen Bärenhunger, wollte jedoch nicht wieder in die Alte Stube gehen. Ich entschied mich für die Pizzeria in einer Seitenstraße des neuen Marktes. Sie hatte durchgehend geöffnet. Ich hatte in Deutschland ein Faible für Pizza Calzone entwickelt. So etwas hatte es in meinem Geburtsland nicht gegeben. Mit einem Glas Rotwein ließ ich mir die gut gefüllte Teigtasche schmecken. Danach trank ich einen Espresso. Ich dachte dabei an Hildegard. Wie verbrachte sie die Mittagspause? Machte sie eine Pause? Ich wusste nicht viel von ihr, eigentlich fast gar nichts. Und dennoch meinte ich, das Wichtigste schon erkannt zu haben. Wir waren verwandte Geister, das spürte ich deutlich. Man trifft nicht jeden Tag jemanden, für den Hölderlin ebenfalls ein existenzielles Gesprächsthema ist. Sex ist eine Sache, der Diskurs zweier Seelen miteinander eine andere, wahrscheinlich sogar die wichtigere.

Es war schon später Nachmittag, als ich die Pizzeria verließ. Der Kellner hatte mir den Weg zu einem kleinen Park mit einem Waldstück beschrieben. Der Park war etwa eine Viertelstunde zu Fuß vom Zentrum entfernt.

Ich wollte einen Spaziergang machen und nachdenken. Spazierengehen ist für mich ein Sinnbild des Denkens. Unterwegs, in Bewegung, aufmerksam zu sein und der Welt offen gegenüberzutreten, stets bereit, neue Eindrücke zu sammeln, vielleicht gar bisher unbekannte Pfade zu beschreiten. Das Ziel ist nicht das Entscheidende dabei, sondern der Weg dahin.

Es war schummrig, als ich den Park erreichte. Bald würde die Nacht ihre schwarze Decke über die Stadt legen. Entlang der Parkwege gab es Lampen, deren Licht von dem angrenzenden Baumbestand verschluckt wurde. Dahinter lag die Dunkelheit. Ein leichter Abendnebel begann sich auszubreiten. Nur wenige Menschen waren unterwegs, sie führten ihre Hunde aus. Mensch und Hund – eine feste Gemeinschaft seit Äonen. Ich fragte mich, wer wen in der Vorzeit domestiziert hatte – der Mensch den Hund oder der Hund den Menschen. Nach einer Weile nahm ich trotz der herbstlichen Frische Platz auf einer der Bänke, die vor einem kleinen Teich standen. Ich konnte Enten ausmachen, die geräuschlos über das Wasser glitten. Es war inzwischen fast dunkel, der Halbmond zeigte sich sporadisch zwischen den Wolken. Meine Gedanken schwirrten hin und her zwischen Hildegard und meinen Eindrücken von der Stadt. Hatte ich den Umriss eines Artikels bereits im Kopf? Nein. Bis jetzt hatte ich nur Beschreibungen, Behauptungen und einen ungefähren Tatbestand. Ich musste die Geschichte dahinter aufdecken, die offensichtlichen Schutzbehauptungen der Menschen in K. ergründen. Bernie hatte mir eines Abends beim Weintrinken einen redaktionellen Grundsatz mit auf den Weg gegeben. Es gehe immer in erster Linie um Menschen, nicht um gesellschaftliche Strukturen oder den Gang der Geschichte. Nicht um Notwendigkeiten und Schicksale. Sondern um Menschen, die Entscheidungen treffen und dafür Verantwortung übernehmen oder versuchen, der Verantwortung für ihre Entscheidungen zu entkommen. »Der Journalist geht vom freien Willen der handelnden Menschen aus. Er will Verantwortungen aufdecken, und zwar stets im Kontext der gesellschaftlichen Begebenheiten«, lautete Bernies Credo.

Meine Gedanken wurden von einem Geräusch hinter mir unterbrochen. Ich drehte mich um und sah einen Mann, der auf mich zukam. Es war Frosch. Er hatte mich gefunden.

Als er vor mir stand, schauten wir uns schweigend an. Obwohl er auf den ersten Blick den Eindruck eines Stadtstreichers erweckte, waren seine Augen fest und aufmerksam. Er nickte und nahm neben mir Platz. Er trug lediglich eine leichte, zerfledderte Jacke, die kühle Luft schien ihm nichts auszumachen.

»Willst etwas hören?«, fragte er mich ohne Anrede. Seine Aussprache wirkte gebrochen. Frosch hatte einen leichten Sprachfehler.

»Neugier gehört zu meinen Eigenschaften«, erwiderte ich und zeigte ein offenes Lächeln, so hoffte ich zumindest.

Frosch nickte und beobachtete mich schweigend. Just als ich dachte, er würde nichts mehr sagen, fragte er: »Was willst hier?«

Ich erzählte ihm von dem Auftrag einer Kulturzeitschrift, die Geschichte mit dem Hakenkreuz zu erforschen. Er holte eine einfache Pfeife aus seiner Tasche, stopfte Tabak hinein und zündete sie an. Mit der Pfeife im Mund sah er fast seriös aus. Er paffte, nickte und sagte nach einer Pause: »Ein Ami. Die Braunhemden. Haben sich einfach umgezogen.« Er machte ein Geräusch, das als Lachen gewertet werden konnte.

Ich versuchte seine Augen zu erfassen. Nach einem anfänglichen Zögern erwiderte er den Blick: »Was sollte ich über die Nazis in K. wissen?«, fragte ich. »Über das Haus mit dem Hakenkreuz? Du weißt etwas, nicht wahr?«

Wieder eine Pause. Es war inzwischen stockdunkel. Frosch schaute in Richtung des Teiches, als ob er die inzwischen unsichtbaren Enten beobachten könnte. Ohne seinen Blick von dem Wasser zu wenden, erzählte er in der folgenden halben Stunde aus seinem Leben während der NS-Zeit in K. Er arbeitete als Maurer und war Mitglied der SPD, wie zahlreiche Handwerksgesellen. Nach dem Reichstagsbrand am 27./28 Februar 1933 fand in K. eine große Razzia statt. Die SA riegelte die Stadt ab und nahm SPD- und KPD-Mitglieder fest, die in den Kellerräumen des SA-Lokals interniert wurden. Es waren, meinte Frosch, über zwanzig Männer. Er gehörte dazu. Während er mit anderen zusammengepfercht in einem abgedunkelten Raum lag, wurden die prominenten Genossen herausgeholt. Man konnte ihre

Schreie im Nachbarzimmer hören. Frosch sagte, dass er einige der SA-Männer kannte, mit einem war er sogar in derselben Schulklasse gewesen. Es waren vor allem ihre Augen, an die er sich gut erinnern konnte. Harte Augen mit einem besonderen Glanz, der wie Heißhunger wirkte – nach Rache, nach Blut. Zwei Tage später wurden die Verschleppten in ein Internierungslager in der Nähe von Neumünster abtransportiert. Nach einem Monat wurde er wieder freigelassen. Er war mit dem Schrecken davongekommen, für einige der mit ihm Verhafteten war es nicht so glimpflich abgelaufen. Sie kamen in ein KZ. Frosch fügte sich danach der neuen Ordnung und ging in den inneren Widerstand. Er wurde Soldat, erlitt eine schwere Kopfwunde und überlebte das Kriegsende in französischer Gefangenschaft.

Ich fragte ihn nach Hermann Schefe. Frosch erzählte, dass Schefe 1939 abgeholt worden war. Man hat ihn danach nie wieder gesehen.

Auf meine Frage, wie es ihm nach dem Krieg gegangen sei, erzählte Frosch von der Notzeit und dass er erst 1949 wieder eine richtige Arbeitsstelle bekommen habe – als Nachtwächter in der neuen Fabrik von Fromm. Dort habe er zwanzig Jahre gearbeitet. Ich spürte, dass er mehr zu erzählen hatte, dies jedoch nicht mehr konnte oder wollte. Seine Stimme wurde immer heiserer. Er drehte sich zu mir um und schaute mich an. Seine Augen wirkten nicht mehr fest und aufmerksam, sondern flatterten unsicher hin und her. So unerwartet, wie er gekommen war, stand Frosch auf und verschwand in der Dunkelheit. Ich schaute ihm kurz nach und merkte erst dann, dass mir kalt geworden war. Ich erhob mich, streckte Arme und Beine und lief zum Zentrum zurück.

Ich steuerte die Alte Stube an, ich musste etwas trinken und mich aufwärmen. Danach wollte ich Hildegard aufsuchen. Das Lokal war voll besetzt, als ich eintrat. Ich schaute mich um und sah Lorenz auf einem Hocker am Tresen sitzen. Er unterhielt sich mit dem Gastwirt. Ich ging auf ihn zu und merkte, wie der Chefredakteur mich im Spiegel erspähte, der hinter dem Tresen hing. Er grinste, drehte sich um und sagte: »Abend, lieber Kollege.«

»Ich brauche ein Bier«, sagte ich und stellte mich neben ihn.

Er lachte, winkte dem Gastwirt zu und sagte: »Ich höre, Sie haben gestern Abend Fortschritte gemacht.«

»Nun«, erwiderte ich, »das Leben ist ein Abenteuer. Man lernt jeden Tag dazu. K. ist eine interessante Stadt.« Inzwischen stand das Bierglas vor mir. Ich nickte Lorenz zu, nahm einen ordentlichen Schluck, setzte das Glas ab und fuhr fort. »Ich habe mich gerade mit Frosch unterhalten.«

»Glückwunsch, mein Lieber. Sie haben nach nur einem Tag in unserer Stadt Fräulein Voigt und Frosch kennengelernt. Sie sind von der schnellen Truppe.«

Er lachte wieder. Sein schiefes Grinsen verriet mir, dass er bereits einige Gläser getrunken hatte.

»Frosch hat mir einiges über K. unterm Hakenkreuz erzählt.« Ich wollte die Kontrolle über das Gespräch behalten.

»Ja, wenn er gut drauf ist, kann er einigermaßen klar erzählen. Habe ich auch erlebt. Man weiß jedoch nicht, was bei ihm Fakt und was Fiktion ist.« Lorenz nahm einen Schluck und schaute mich von der Seite an. »Und wie war es bei Fräulein Voigt?«

»Sagen Sie mal, warum sagen Sie immer Fräulein zu ihr? Sie ist eine gestandene Frau.«

»Ach, das ist nur eine Marotte von mir. Ich habe sie bei mir so abgespeichert.« Er tippte an seine Stirn.

»Wohl ein privater Witz, mein Lieber.« Ich lachte nicht.

Lorenz lachte, schaute mich an und hielt mir sein Glas hin. »Wollen wir uns nicht duzen? Als Kollegen und so weiter.«

Ich habe mich stets über die deutsche Angelegenheit mit dem Duzen und Siezen gewundert. Es kompliziert zu machen, wenn es auch einfach gehen könnte – das scheint mir eine deutsche Eigenart zu sein. Ich erwiderte: »Klar, ich heiße Joe.«

»Joe! Ein klassischer Ami-Name. – G.I. Joe! Ich heiße Karl – mit K. Ein klassischer deutscher Name. Wir passen gut zusammen. Zwei Klassiker.«

»Ich gebe eine Runde aus«, sagte ich. Im Nu standen zwei volle Biergläser vor uns. »Ein Prost auf die Klassik!«, rief ich.

Wir tranken.

»Du hast aber noch nicht erzählt, wie dein Treffen mit Frau« – er betonte das Wort nachdrücklich – »Voigt war.«

»Eine ziemlich gewagte Frage, weißt du. Du hast, scheint's mir, bereits einiges über unseren Abend gestern in der Gastwirtschaft gehört. Wir haben uns ziemlich albern benommen, fürchte ich. Das hat sich in K. offenbar schnell rumgesprochen.«

»Ist ja mein Beruf, Informationen zu sammeln. Und albern würde ich das nicht nennen.« Er schaute mich mit einem schiefen Grinsen an.

»Ich bin gespannt auf die morgige Ausgabe deiner Zeitung.«

»Nun ja, ich veröffentliche nicht alles, was ich weiß.« Er machte eine Pause, bevor er weitersprach. Er zeigte ein ernstes Gesicht: »Hat sie erzählt, dass sie aus Hamburg kommt und in Tübingen studiert hat?« Ich nickte, verstand aber nicht, was die Frage sollte. »Sie hat das Examen mit dem Prädikat Sehr Gut bestanden«, fuhr er fort.

»Tut mir leid, das sagt mir nichts.«

»Das juristische Staatsexamen ist kein Pappenstiel. Es mit einer solchen Note zu bestehen ist etwas ganz Besonderes. Ich habe mich informiert. Kaum ein Prozent der Prüflinge schafft diese höchste Note.«

»Und?«, fragte ich.

»Es stellt sich doch die Frage, warum sie ausgerechnet nach K. gekommen ist, um sich selbstständig zu machen. Ihr stand die ganze Welt offen, zumindest die juristische Welt.«

Ich musste zugeben: eine begreifliche Frage und antwortete: »Sie wird ihre Gründe haben. Ist das denn so wichtig?«

»Wer weiß«, sagte Lorenz. »Es ist aber eine interessante Frage. In einer kleinen Stadt wird gerne über so etwas gemunkelt.«

»Gemunkelt«, wiederholte ich und dachte dabei, dass es wahrscheinlich Lorenz selbst war, der die Information in Umlauf gebracht hatte. »Die deutsche Sprache scheint voller solcher sprechenden Worte zu sein. Man kann sich förmlich vorstellen, wie die Menschen mit Händen vor dem Mund und im Flüsterton Gerüchte austauschen. Man munkelt gerne.« Ich wollte das Gespräch auf ein anderes Thema bringen. Die deutsche Sprache bot sich dafür an. Nach meiner Erfahrung sind die Deutschen vernarrt in ihre Sprache und stets bereit, sich darüber auszutauschen.

Lorenz ging darauf ein. Wir unterhielten uns über Nomen, Verben und Adjektive, bis ich mein Bier ausgetrunken hatte. Noch eins zu trinken, lehnte ich dankend ab. Ich hatte Wichtigeres vor.

Ich verließ die Gastwirtschaft und machte mich auf den Weg zu Hildegard. Ich fühlte mich leicht beschwipst. Noch so ein sprechendes Wort.

Bald stand ich vor dem Haus, in dem Hildegard ihre Kanzlei hatte. Es brannte Licht im ersten Stock. Ich schaute mir ihr Schild an, das neben dem Eingang angebracht war. Hildegard Voigt. Rechtsanwältin. Bürostunden Mo. bis Fr. 8.30–12.00; Termine nachmittags nach Vereinbarung. Tel: 0471-35104. Ich klingelte. Es summte. Ich trat ein und stieg die geschwungene Treppe hinauf in den ersten Stock. Ich klingelte noch einmal. Die Tür ging auf, und ich blickte in Hildegards Augen, die nachdenklich und neugierig meinen Blick erwiderten. Hildegard schloss die Tür. Wir umarmten und küssten uns.

»Du riechst nach Bier«, sagte sie und löste sich aus der Umarmung. Sie sah mich an. Ihre Augen wirkten amüsiert.

»Gerade eins mit Lorenz in der Alten Stube gehoben«, sagte ich. »Ich hatte Durst und musste mich aufwärmen. Lorenz saß am Tresen, als ich ankam. Ich glaube, er lebt dort.«

Wir gingen durch den langen Flur zum Wohnbereich am Ende des Ganges. Ich nahm Platz an dem kleinen Esstisch. Hildegard holte Brot, Käse und Obst. Ein Glas Wein lehnte ich ab. Ich wollte erst einmal Wasser trinken.

»Warum musstest du dich aufwärmen?«, fragte sie, als sie das Brot aufschnitt.

Ich erzählte von meinem Treffen mit Frosch. Hildegard hörte aufmerksam zu. Sie sagte, sie habe noch nicht mit ihm sprechen können. Es wäre auf jeden Fall wichtig, mehr über die NS-Zeit in K. zu erfahren. Danach berichtete ich von meinem Besuch im Stadtarchiv. Als ich den Umschlag erwähnte, schien ein Ruck durch sie zu gehen.

Sie richtete sich im Sitzen auf, ihre Augen verloren ihren Glanz, ihr Gesicht wirkte leer. Ohne ein Wort stand sie auf und holte einen Instrumentenkoffer hervor, der auf dem Boden neben einem Sessel gestanden hatte. Ich sah, wie sie den Koffer wie mechanisch öffnete und das Instrument sowie eine kleine Kette herausholte. Die Kette legte sie auf dem Beistelltisch ab. Sie nahm das Instrument – es kam mir wie eine übergroße Geige vor – und begann zu spielen. Ich kannte das Stück nicht. Es war langsam, getragen und wirkte leicht melancholisch. Hildegard hatte die Augen geschlossen. Ich schaute mir diese sonderbare Szene schweigend an und fühlte mich als Zeuge eines Rituals, dessen Sinn ich nicht verstand. Hildegard spielte virtuos. Ihre leichten Bewegungen im Takt der Musik wirkten sinnlich. Ihr Körper ging in der Musik auf. Ich dachte an die blaue Gitarre. In welcher Welt schwebte Hildegard gerade? *Things as they are, are changed upon the Blue Guitar.*

Nach etwa einer Viertelstunde beendete Hildegard ihr Spiel. Sie legte das Instrument auf einen Stuhl, kam zurück zum Esstisch und setzte sich. Sie schaute mich lange an. »Joe«, sagte sie dann, »ich werde dir eine Geschichte erzählen.« Ihre Stimme war leise, aber bestimmt. Ich hörte in der folgenden Stunde schweigend zu, als Hildegard mir ihre Lebensgeschichte erzählte, von ihren leiblichen Eltern, vom Studium, von dem Umschlag, den sie von ihrer Adoptivmutter erhalten hatte, von ihrer Suche in K., von ihren Forschungen und Vermutungen. Zum Schluss legte sie mir die Kette mit dem Davidstern in die Hände. Sie weinte leise.

Es war eine Geschichte, die ich kaum glauben konnte. Ich schaute zu Hildegard und danach auf die Kette. Wie viel Elend, Leid und menschliche Bosheit hatte der Krieg hervorgebracht! Er war noch nicht zu Ende, lange noch nicht. Er lebte in den Seelen weiter. Ich dachte an einen Satz von Heinrich Böll, der mich tief beeindruckt hatte. In der unmittelbaren Nachkriegszeit hatte er geschrieben, dass der Krieg niemals zu Ende sein würde, niemals, solange noch irgendwo eine Wunde blutete, die er geschlagen hatte. In Hildegard blutete die Wunde noch.

Ich gab ihr die Kette zurück, umarmte sie und küsste sie. Sie wirkte schlaff und verletzlich. Die Kraft, die sie sonst ausstrahlte, hatte sie verlassen.

Ich hatte immer noch kein Wort gesagt, als sie leise fragte: »Hilfst du mir, Joe? Ich weiß nicht, wie ich weiterkommen kann.«

Referat IV B 4

Vier Tage später saß ich im Zug auf dem Weg von Hamburg nach Berlin. Meine Zeit in K. auf Kosten des Verlags war vorbei. Fest stand jedoch, dass ich zurückkehren würde. Ich hatte eine Aufgabe.

Es war ein Interzonenzug, der im mecklenburgischen Schwanheide kurz hinter dem Grenzort Büchen hielt. Über den Lautsprecher tönte es: »Schwanheide, hier Schwanheide! Werte Reisende, wir begrüßen Sie in der Deutschen Demokratischen Republik! Alle Reisenden, die nicht nach Berlin fahren, werden aufgefordert, sofort auszusteigen, da dieser Zug bis Berlin nicht hält!« Die Wartezeit dauerte etwa eine Viertelstunde; die Pässe wurden von DDR-Grenzsoldaten kontrolliert.

Dann setzte sich der Zug mit einem Ruck in Bewegung. Ich holte den SPIEGEL vom 17. Oktober aus meiner Tasche und begann zu lesen. Das Titelbild zeigte einen düster aussehenden Mann mit einem Maschinengewehr vor einer Lufthansamaschine. Die Überschrift lautete: *TERROR – Schleyer, Flugzeug, Atom.* Die Terroristen der RAF, die Anfang September Hanns Martin Schleyer entführt hatten, erhöhten den Druck auf die Bundesregierung, indem sie ein Flugzeug mit 91 Geiseln an Bord gekapert und nach Mogadishu gebracht hatten. Das Drama um das Leben des Arbeitgeberpräsidenten und ehemaligen SS-Hauptsturmbannführers und den blutigen Kampf der RAF gegen den Staat erreichte mit der Entführung der Maschine einen neuen Höhepunkt. Der Deutsche Herbst brannte sich in die Geschichte der Bundesrepublik wie ein Mahnmal ein. Ich las die Artikel pflichtgemäß. Noch eine Wunde, die blutete. Meine Gedanken schweiften jedoch immer wieder nach K. ab. An dem Abend, an dem Hildegard mir anvertraut hatte, weswegen sie nach K. gekommen war, hatten wir begonnen, uns über das weitere Vorgehen Gedanken zu machen. Wir hatten uns intensiv über die verschiedenen Möglichkeiten unterhalten und entwickelten unterschiedliche Szenarien. Unser Liebesleben steigerte sich dabei, als ob wir uns in einem Rausch befanden. Zwischendurch arbeitete ich an dem Artikel für das Vademecum. Der Text lag inzwischen in meiner Reisetasche. Ich hatte ihn auf der Schreibmaschine in Hildegards Büro fertiggestellt. Ich war noch nicht zufrieden, wusste aber, dass ich Bernie ein Ergebnis abliefern musste. Ich hatte meinem Verleger vor der Abreise am Telefon gesagt, dass ich den Text am Abend in seinen Briefkasten stecken und am Folgetag am Nachmittag vorbeikommen werde.

Ich legte den SPIEGEL beiseite und schaute auf die vorbeirasende eintönige mecklenburgische Landschaft. Es war ein trister Herbsttag. Der Briefumschlag, den ich im Archiv gefunden hatte, schien mir eine Spur zu eröffnen. Das Datum passte, das Thema war brisant. Ich hatte mir vorgenommen, mich im Document Center nach dem Vorgang zu erkundigen. Was wollte Hildegards Vater wissen, als er sich mit dem Center in Verbindung gesetzt hatte? Ich hatte bisher keinen Kontakt mit dem Center gehabt, hoffte jedoch, dass Bernie mir einen Tipp geben könnte. War das Archiv für die Allgemeinheit zugänglich?

Ich musste mir einen Grund überlegen, weswegen ich weiter in K. bleiben wollte. Bernie würde ich die Wahrheit sagen. Was sollte ich jedoch in K. behaupten? Ich hatte mich mit Lorenz über das Vorhaben der Bürgerstiftung unterhalten, eine Recherche über die NS-Zeit vor Ort in Auftrag zu geben. »Wäre das etwas für mich?«, hatte ich beim Biertrinken mit ihm rundheraus gefragt. Lorenz hatte mich lange angeschaut. Von seiner üblichen leichten Art war nichts zu spüren. Ich konnte nicht erraten, was sich in seinem Kopf abspielte. Endlich sagte er: »Das ist eine Idee. Einem Amerikaner wird man vielleicht eher Objektivität zubilligen. Ist ja ein heißes Eisen, weißt du. Du solltest ein Gespräch mit Herrn Fromm vereinbaren. Sag ihm, wir hätten uns darüber unterhalten.« Er hatte einen Schluck Bier getrunken und danach sein schiefes Grinsen aufgesetzt: »Frau Voigt würde sich darüber freuen. Da bin ich mir sicher.«

Ich lachte und sagte: »Man sollte das Nützliche mit dem Angenehmen verbinden, nicht wahr, mein Lieber?« Ich traute dem Chefredakteur nicht ganz.

Bevor ich abgefahren war, hatte ich bei Fromms Vorzimmerdame einen Termin vereinbart.

Der Zug wurde am Grenzbahnhof Friedrichstraße in Berlin nochmals kontrolliert. Danach machte ich mich auf den Weg zu meiner Wohnung in der Steinmetzstraße. Ich schloss die Tür auf, nahm die Post aus dem Briefkasten, trat ein und blickte auf meine wenigen Habseligkeiten: einen Schreibtisch, ein paar Stühle, ein Bett und einen Schrank. Das meiste hatte ich vom Sperrmüll geholt. Dazwischen lagen Berge von Papieren und Büchern. Ich stellte meine Tasche ab, schlängelte mich zwischen den Haufen in die Mini-Küche und wollte mir ein Bier genehmigen. Eine einzige Flasche starrte mich aus dem Kühlschrank an. *Einkaufen*, dachte ich. Dazu hatte ich jedoch keine Lust. Die Wohnung – wie Berlin selbst – kam mir fremd vor, als ob ich hier nicht wirklich wohnte. Seit über zwei Jahren lebte ich in der geteilten Stadt, hatte angefangen, mich beinahe heimisch zu fühlen. Und nun wurde mir klar, dass Berlin auch nur eine weitere Station meines Weges gewesen sein könnte. Mit unsicherem Ausgang. Ich dachte an Hildegard.

Nachdem ich meine Sachen verstaut hatte, verließ ich die Wohnung und fuhr mit der Bahn nach Dahlem. Ich steckte den Artikel in den Verlagsbriefkasten und beschloss, den Weg zurück zu Fuß zu gehen. Ich wusste, dass es ein langer Spaziergang sein würde. Ich brauchte diese Bewegung jedoch, um die Unruhe in mir beherrschen zu können. Der Lärm und das geschäftige Treiben der Großstadt bildeten eine Abwechslung zur Geruhsamkeit der Kleinstadt. Das waren Hintergrundgeräusche für meine Gedankengänge. Die Stadt K. Ein Hakenkreuz. Hildegard. Ihre Eltern. Der Briefumschlag. Alfred Fromm. All das vermischte sich beim Gehen mit dem Alltag der Großstadt. Mit dem Lärm, dem Dreck, dem Straßenverkehr. Mit den Verkehrsampeln, den Bettlern, der Hektik. Mit den in sich verschlossenen Menschen, die eilig unterwegs waren.

Ich schlug den Weg entlang der Königin-Luise-Straße in Richtung des Hauptcampus der Freien Universität ein. Studentinnen und Studenten liefen mir über den Weg. Universitätsbezirke verbreiten nach meiner Erfahrung eine besondere Stimmung. Nicht unbedingt Gelehrsamkeit, sondern eher die Art nervöser Energie junger Menschen, die auf der Suche nach dem Leben sind. Kurz vor der Pacelliallee kam ich am Friedhofsgelände Dahlem vorbei. Ich war früher bereits in der Anlage spazieren gegangen. Der Friedhof war eine ruhige Oase, die zum Nachdenken einlud. Auf einer Fläche mitten im Friedhof hatte ich Gräber für Opfer vergangener Kriege entdeckt, darunter zwei liegende Grabsteine mit der Aufschrift »Unbekannter Soldat« und dem Datum 1945. Der Krieg, immer wieder der Krieg. Heute wollte ich aber keinen Abstecher über den Friedhof machen.

Ich legte eine Kaffeepause in der Buchhandlung Libresso hinter dem Luisenplatz ein, lief dann bis zum Botanischen Garten und bog in die Haderslebener Straße ab, die bald in die Spinozastraße mündete. Eine ruhige Wohngegend mit ausgedehntem Baumbestand und gepflegten Etagenwohnungen. Dass die Stadt eine Straße nach dem abtrünnigen niederländischen Juden Baruch Spinoza benannt hatte, fand ich sympathisch. Der sperrige Philosoph gehört zu meinen Lieblingsautoren. Über die Straße Südwestkorso lief ich durch Wilmersdorf und Friedenau gen Norden. Zunächst eher als Wohnstraße angelegt, flanierte ich nach einer Straßenkreuzung mit der Laubacher Straße an kleineren Geschäften und Gastronomiebetrieben vorbei. Eine belebte Straße mit Charakter. An der Ecke Taunusstraße hielt ich kurz inne, um den Aushang des Kleinen Theaters zu lesen. Das musikalische Boulevardstück *Das Küssen macht so gut wie kein Geräusch* stand auf dem Spielplan. Ich lächelte und schüttelte den Kopf. *Kommt darauf an, was man unter Geräusch versteht*, dachte ich.

Danach erreichte ich den Volkspark Wilmersdorf. Die ausgedehnte Grünanlage war selbst an einem kühlen Herbsttag von Radfahrern, Flanierenden und Hunden gut besucht. Ich spazierte durch diesen grünen Gürtel und stand bald vor dem Rathaus Schöneberg mit seinem hohen Mittelturm, dem Sitz des Berliner Abgeordnetenhauses.

Wie ich gelesen hatte, war für das kommende Jahr eine grundlegende Renovierung vorgesehen. Das Gebäude hatte eine Renovierung auf jeden Fall bitter nötig. Von der belebten Martin-Luther-Straße aus machte ich einen Umweg über die Salzburger Straße, denn ich wollte eine Pause an der traditionsreichen Buchhandlung Bayerischer Platz einlegen. Ich hatte einiges über die Geschichte der Buchhandlung erfahren und mir überlegt, einen Artikel über Buchhandlungen in Berlin zu schreiben. Bibliotheken seien »gefährliche Brutstätten des Geistes« hatte ein preußischer Zensor im 19. Jahrhundert einmal mahnend geschrieben – sie sollten daher streng überwacht werden. Bücher als Pulverfässer! Aufschlussreich ist, dass es stets die Herrschenden waren und sind, welche die Macht der Kultur fürchten. Aus gutem Grund. *Der Klang der blauen Gitarre* hat viele Facetten. Diese Gedanken erinnerten mich an den schmalen Roman von Alfred Andersch: *Sansibar oder der letzte Grund*, den ich für ein Seminar über deutsche Literatur der Nachkriegszeit im letzten Studienjahr in Chicago gelesen hatte. Eine Geschichte aus der NS-Zeit, aber auch eine Geschichte über die Strahlkraft der Kultur. In dem Roman beabsichtigten die Nazis, Ernst Barlachs Plastik *Lesender Klosterschüler* als entartete Kunst in der Kirche einer fiktiven Stadt an der Ostseeküste zu beschlagnahmen. Warum? Der junge lesende Klosterschüler stellte aus Sicht der Nazis eine Gefahr dar, weil er, vertieft in sein Buch, das er vornübergebeugt in den großen Händen hielt, mit sich und seinen Gedanken allein war. Er las neugierig, kritisch, zuversichtlich. Das Lesen besteht schließlich aus einem Zwiegespräch zwischen Autor und Leser. Ein Buch zu lesen bedeutet, sich dem Zugriff der Staatsgewalt entziehen zu wollen, wodurch ein Freiraum entstehen könnte. *Eine gefährliche Brutstätte des Geistes.* Mir schien in diesen Überlegungen eine Anregung für einen Artikel zu stecken. Nun musste ich ihn nur schreiben! Das wäre ein gutes Thema für ein Gespräch mit Hildegard, dachte ich.

Bald stand ich vor dem Fenster der Buchhandlung und schaute mir die Auslage an. Zwei Neuerscheinungen fielen mir auf – *Der Aufenthalt* von Hermann Kant und *Der Butt* von Günter Grass, Schriftsteller aus dem Osten und dem Westen lagen einträchtig nebeneinander. Die

Buchhandlung Bayerischer Platz hatte es sich seit ihrer Gründung 1919 durch Benedict Lachmann zur Aufgabe gemacht, den Freiraum des Geistes zu verteidigen. Lachmann war jüdischer Abstammung und hatte sich vor dem Ersten Weltkrieg mit freigeistigen und anarchistischen Schriften in der Berliner Bohème einen Namen gemacht. Albert Einstein und Gottfried Benn gehörten zu den Kunden des jungen Buchladens. Als Jude verfolgt – das Geschäft musste er 1937 auf Druck der Nazis aufgeben –, wurde Benedict Lachmann deportiert und starb am 4. Dezember 1941 im Alter von 63 Jahren im Ghetto von Łódź. Die Buchhandlung überstand den Krieg und die Nachkriegszeit. Seit ein paar Jahren hatte sie eine neue Chefin, Christiane Fritsch-Weith. Ich hatte die junge Frau kennengelernt. Engagiert und geschäftstüchtig war sie – es war offenbar, dass sie Bücher liebte. Ich hatte inzwischen an Lesungen in der Buchhandlung teilgenommen. Frau Fritsch-Weith führte den Laden nach dem Motto, dass eine Buchhandlung mehr als ein Ort ist, an dem man Bücher verkauft, sondern ein Ort des Gespräches und des Diskurses. *Eine gefährliche Brutstätte des Geistes.*

Von der Buchhandlung war es über die Grunewaldstraße kein langer Weg mehr bis zu meiner Wohnung in der Steinmetzstraße. Eine Viertelstunde später öffnete ich die Wohnungstür und nahm am Schreibtisch Platz. Angekommen. Der Kühlschrank war leer. Ich wusste, dass ich mich bald wieder aufraffen musste, um mir Lebensmittel zu kaufen. *Erst kommt das Fressen dann die Moral*, hatte Bert Brecht einmal treffsicher geschrieben. Ich holte mir dennoch ein Buch aus einem Stapel neben dem Stuhl. Ich schlug es jedoch nicht auf. Ich hielt das Buch in der Hand, als ob ich dessen Gewicht schätzen wollte. Meine Gedanken schweiften wieder nach K. ab. Ich legte das Buch hin, griff zum Telefon und wählte Hildegards Nummer in ihrer Kanzlei.

Sie nahm nicht ab.

Danach rief ich bei Bernie an. Er meldete sich sogleich. Nach der Begrüßung sagte er, dass er meinen Artikel überflogen habe. Wir sollten uns darüber unterhalten, meinte er vieldeutig. Wir verabredeten uns für den gleichen Abend in einer badischen Weinstube in Lichterfelde.

Als ich die Weinstube im Gardeschützenweg kurz nach 21 Uhr betrat, sah ich Bernie an einem kleinen runden Tisch in der hinteren Ecke sitzen. Er hatte mir einmal erzählt, dass er in Lokalen immer gerne weit hinten säße, damit er den Überblick behalten konnte. Er paffte schon an seiner Pfeife, eine Flasche Wein und zwei Gläser standen auf dem Tisch. Als ich nähertrat, bemerkte ich, dass neben der Flasche ein Stapel Papier lag.

»Hallo, mein Lieber«, sagte er, während ich mich setzte. »Willkommen zurück in der Reichshauptstadt.« Er lächelte über seinen kleinen Witz.

»Oder was davon noch übriggeblieben ist«, entgegnete ich. Bernie lachte und schenkte Wein ein. Ich sagte, ich würde gerne etwas essen, und nahm mir die Speisekarte vor. Mir schien ein badischer Wurstsalat die richtige Beilage zum Wein zu sein. Bernie sagte, er würde sich mit einer Käseplatte begnügen.

Nach Smalltalk und der Bestellung des Essens räusperte er sich, schaute mich an und sagte: »Dein Artikel ist informativ, aber es fehlt etwas. Man hat das Gefühl, dass du um die Sache herum schreibst, den Kern jedoch nicht getroffen hast.«

»Ich fahre wieder hin«, entgegnete ich.

Bernie griff wieder nach seiner Pfeife. Er hatte die Angewohnheit sie immer wieder ausgehen zu lassen und dann erneut anzuzünden. Er ließ ein Streichholz aufblitzen, schaute zu mir und fragte: »Wie heißt sie?«

Ich lächelte verhalten – ich glaube, ich lief sogar ein bisschen rot an – und antwortete: »Hildegard Voigt.« Es wäre sinnlos gewesen, nicht die Wahrheit zu sagen. Ich hatte ohnehin vor, Bernie um Hilfe zu bitten.

Er paffte ein paar Mal und setzte dabei seinen Dozentenblick auf. »Erzähl Onkel Bernie die ganze Geschichte.«

»Es ist etwas kompliziert«, bemerkte ich.

»Es ist immer kompliziert«, sagte er. »Das ist die Natur der Sache.«

Wir leerten die Weinflasche nach und nach, während ich erzählte. Von der Stadt K., von meinen Gesprächen, vom ersten Treffen mit

Hildegard. Vor allem von Hildegard, von ihrem Leben – sofern ich darüber etwas wusste – und von ihrer Suche. Von den Eltern, dem Mord, dem Archiv, von der Halskette mit dem Davidstern, von dem Briefumschlag. »Der Krieg«, sagte ich zum Schluss, »er ist lange noch nicht zu Ende.«

Als ich fertig war, legte Bernie seine Pfeife beiseite. Sie war ohnehin längst ausgegangen. Er bestellte noch eine Flasche Wein.

»Joe, das ist eine erschütternde Geschichte. Du bist dabei, dir eine schwere Bürde aufzuladen. Das ist kein Spaß. Mit so etwas wollen die Menschen heute nichts mehr zu tun haben, nichts mehr davon wissen. Du hast es selbst oft genug in K. gehört – weg damit. Wir haben damit nichts zu tun.« Die neue Weinflasche wurde gebracht. Bernie schenkte ein. Er sah mich ernst an. Er kam mir sogar besorgt vor. »Leichen auszugraben kann ungeahnte Folgen nach sich ziehen.« Er nahm sein Glas in die Hand und schaute mich darüber hinweg an. »Ich weiß jedoch, dass du graben wirst, ja graben musst. Ich hoffe nur …« Er hielt abrupt an und schüttelte den Kopf. »Na ja, ich wollte nicht melodramatisch werden. Wir werden sehen, was daraus wird.«

Ich nickte. »Ich brauche deine Hilfe.«

Er schaute mich an. »Berlin Document Center, meinst du.« Ich nickte. »Ich kenne jemanden, der dort arbeitet. Ich kann euch zusammenbringen.« Er machte eine Pause, bevor er fragte: »Was weißt du über die Einrichtung?«

»Nicht viel«, antwortete ich. »Nur dass sie im Rahmen der Nürnberger Prozesse entstanden ist – als Beweismittelsammlung.«

»Das Document Center ist für die deutsche Politik zu heiß geworden, nun köchelt es zumeist auf kleiner Flamme vor sich hin.« Bernie zündete die Pfeife wieder an und fuhr fort: »Wie du sagtest, ist das Center im Rahmen der Prozesse entstanden. Bald danach wollten es die Amerikaner – sie hatten das Archiv aufgebaut und verwaltet – an die Bundesrepublik übergeben. Sie hatten kein Interesse mehr daran, und es verursachte nur Kosten für sie. Seit Jahren wird darüber verhandelt, bisher ohne Ergebnis, weil die deutsche Seite Angst vor der Verantwortung hat und die Amis den Deutschen nicht ganz trauen.

Seit etwa zehn Jahren geistert das Thema immer häufiger durch die deutsche Politik. Die Aufarbeitung der NS-Zeit, die Suche nach den Tätern – all das hat seit 1968 einen neuen Stellenwert in der Öffentlichkeit erhalten. Es sind vor allem die Täter, die etwas zu befürchten haben. Und sie sitzen noch in den Ämtern, den Gerichten, den Schulen und den Volksvertretungen. Blockade heißt die Devise. Seit den 1950er Jahren wird das Center vom amerikanischen Außenministerium verwaltet, es ist der hiesigen Botschaft unterstellt. Im Archiv arbeiten ausschließlich Deutsche.«

»Was wird dort verwahrt? Und wie kommt man da ran?«

»Die Sicherung der Unterlagen am Kriegsende hat selbst eine unglaubliche Geschichte. Mehr durch Zufall fiel den Amerikanern fast die gesamte Mitgliederkartei der NSDAP in die Hände – über 10 Millionen Karteikarten. Stefan Heym hat einmal darüber geschrieben. Na ja, das ist ein Thema für sich. Und was schlummert sonst in den unterirdischen Bunkern am Wasserkäfersteig? Mitgliedsakten und Unterlagen von SS und SA, Parteikorrespondenz, Akten des NS-Lehrerbundes, des Volksgerichtshofes und der Reichskulturkammer. Über 20 Millionen Akten.« Bernie machte wieder eine Pause; er musste die Pfeife anzünden. »Die Benutzung ist nach meinen Informationen kompliziert. Gerichte und Ämter haben natürlich Zugang nach entsprechender Anfrage. Für normale Deutsche ist die Einsicht äußerst schwierig. Man braucht eine Sondergenehmigung.« Er trank einen Schluck Wein. »Ja, die Frage ist für dich klar – wie kommst du da ran? Du hast einen US-Pass, das dürfte förderlich sein. Bei den Amis gilt der Freedom of Information Act. Die Deutschen sehen das alles viel restriktiver. Ich denke, ein Gespräch mit meinem Bekannten, der dort arbeitet, wird dich weiterbringen.«

Wir plauderten weiter, während wir die zweite Weinflasche austranken. Ich erzählte Anekdoten von Frosch, dem Redakteur und dem Unternehmer Fromm. Bernie sagte, er sei froh, dass er nicht in einer Kleinstadt wohne. Das würde er nicht aushalten. Als wir uns verabschiedeten, gab mir Bernie die Anschrift und Telefonnummer seines Bekannten beim Berlin Document Center. »Denk dir eine plausible

Geschichte aus«, sagte er. »Für einen Schriftsteller sollte das nicht allzu schwierig sein.« Er lachte.

Wir verließen das Lokal und schlugen unsere unterschiedlichen Heimwege ein. Zum Schluss wünschte mir Bernie »Viel Glück!« Er sah mich dabei ernst an, wandte sich dann um und lief die Straße hinunter. Ich ging durch den kalten Berliner Herbstabend zur nächsten Bahnstation. Ich war müde, leicht betrunken und dennoch aufgekratzt. Ich wäre am liebsten gleich in das Center eingebrochen. Ich wusste damals noch nicht, wie gut die Anlage gesichert war, durch Stacheldraht, Wachmannschaft und Schließanlagen. Es war ein Gefängnis für Akten. Um wen oder was zu schützen? Die Menschen vor den Akten oder die Akten vor den Menschen?

Als ich die Bahnstation Botanischer Garten erreichte, beschloss ich, Hildegard anzurufen, sobald ich zurück war. Es war schon nach Mitternacht. Doch ich wollte ihre Stimme hören, bevor ich einschlief.

Am nächsten Morgen, allerdings nicht sehr früh – ich hatte gleich nach dem Aufstehen das Nötigste eingekauft –, saß ich mit einer Tasse Kaffee am Schreibtisch und schaute auf den Zettel, den mir Bernie gestern Abend ausgehändigt hatte. Hans Hübner und eine Telefonnummer. Hübner war Referatsleiter im Document Center. Ich wählte die Nummer, wurde durchgestellt und vernahm eine tiefe männliche Stimme, die unmissverständlich berlinerisch war. Ich stellte mich vor. Hübner sagte, dass Bernie ihn bereits angerufen hatte. Er wusste Bescheid. Ich fragte mich, was das zu bedeuten hatte, während Hübner vorschlug, dass wir uns zum Mittagessen in Zehlendorf treffen sollten. Wir konnten uns dort in Ruhe unterhalten. Ich willigte ein. Um 13 Uhr bei einem Italiener in der Nähe der U-Bahn-Station Krumme Lanke.

Ich machte mich gleich auf den Weg, weil ich vorher in den nahen Wäldern spazieren gehen wollte. Das war immer gut für das Nachdenken. In der U-Bahn dachte ich an das nächtliche Gespräch mit Hildegard. Sie hatte das Telefon schläfrig abgenommen, war jedoch gleich bei sich, als ich von meinem Treffen mit Bernie erzählte. Ihre Anspannung war durch das Telefon spürbar. Als ich ihr gesagt hatte, dass ich sie bereits vermisste, lachte sie und sagte: »Eine gezielte Trennung erhöht die Spannung und die Sehnsucht. Wie bei einer Melodie in einer Musikkomposition.« Ich hatte erwartet, dass ein Gespräch mit Hildegard anstrengend werden konnte.

Ich ging eine Stunde an der Krummen Lanke spazieren und erreichte das gut besuchte Lokal kurz vor 13 Uhr. Ich schaute mich um, entdeckte jedoch niemanden, der Bernies Beschreibung von Hübner glich. Ich nahm daher an der Fensterseite Platz und wartete. Nach einigen Minuten kam ein Mann mittleren Alters durch die Tür und schaute sich um. Er trug einen braunen Anzug, war korpulent, hatte kurzgeschnittene Haare und ein unauffälliges, glatt rasiertes Gesicht. Er trug eine dunkel gerahmte Brille mit dicken Gläsern. Das musste Herr Hübner sein, dachte ich und winkte ihm zu. Er kam zu meinem Tisch und sagte: »Joe Harris, nehme ich an.« Er wirkte reserviert, jedoch nicht unfreundlich.

Ich nickte. »Bitte, nehmen Sie Platz, Herr Hübner. Danke, dass Sie sich die Zeit für mich nehmen.«

Der Hauch eines Lächelns huschte über sein Gesicht. Er wirkte plötzlich jünger. »Sie brauchen sich nicht zu bedanken. Der Fall interessiert mich. Ich bin neugierig.«

Der Kellner kam, und wir bestellten jeweils ein Nudelgericht. Ich blieb beim Wasser. Ich hatte gestern genug Alkohol getrunken. Hübner bestellte eine Apfelschorle.

»Ich weiß nicht, wie viel Bernie Ihnen erzählt hat ...«, setzte ich an.

»Wenig«, unterbrach mich Hübner. »Nur genug, um meine Neugier zu wecken. Wissen Sie, wir bekommen etliche Routineanfragen. Ihr Anliegen fällt aus dem Rahmen, soweit ich Bernie verstand.« Er machte eine Pause, rückte seine Brille zurecht und schaute mich genauer an. »Sie sind Amerikaner, sprechen aber sehr gut deutsch. Bernie sagte mir, dass Sie als Schriftsteller und Journalist tätig sind.«

»Das ist richtig. Im Moment bin ich dabei, im Auftrag der Stadt K. die damalige NS-Zeit zu erforschen«, log ich. Ich wollte forschen, hatte jedoch keinen Auftrag dazu, zumindest noch nicht. Ich erzählte von meinen ersten Arbeiten im Stadtarchiv und davon, dass ich den

Briefumschlag vom 7771 Document Center in Berlin gefunden hatte. Es war ein Zufallsfund – der Inhalt des Briefs war im Archiv nicht auffindbar. Darum ging es mir. Warum hatte der Archivar damals eine Korrespondenz mit dem Document Center geführt? Was wollte er wissen? Hildegard erwähnte ich nicht.

Hübner hörte aufmerksam zu. »Von wann war dieser Brief?«, fragte er.

»Abgestempelt war er am 11. Oktober 1949, etwa in Größe DIN A5. Adressiert zu Händen des damaligen Archivars. Ich gehe davon aus, dass der Brief ein Antwortschreiben des Centers auf eine Anfrage des Archivars enthielt.«

»1949 war eine wilde Zeit bei uns, die Prozesse in Nürnberg gingen gerade zu Ende. Ich bin erst 1963 eingestellt worden. Von älteren Kollegen erfuhr ich einiges über diese frühe Zeit des Archivs. Das Center war zwischen die Fronten geraten. Nach Beendigung der Kriegsverbrecherprozesse schien das Archiv keine richtige Aufgabe mehr zu haben. Nach der Gründung der Bundesrepublik und der DDR beendete die UdSSR ihre Mitarbeit. Die junge Bundesrepublik wollte die Einrichtung nicht haben, die Amerikaner wollten sie aber abgeben. Die Adenauer-Regierung hatte kein Interesse an Kriegsverbrecherprozessen. Eine Fehleinschätzung. Deutsche Staatsanwaltschaften hatten die weitere juristische Aufarbeitung der Kriegsverbrechen übernommen, mit aus meiner Sicht nur mäßigen Erfolgen. In diesem Schwebezustand leben wir noch heute. Nach und nach setzte im Archiv ein Arbeitsalltag ein. Wir hatten Anfragen von Gerichten und Versorgungsämtern zu bearbeiten. 1953 kam die offizielle Umbenennung in Berlin Document Center. Die alte Zahl 7771 weist auf eine militärische Einheit hin, die am Anfang für die Sammlung verantwortlich gewesen war. In den sechziger Jahren gaben wir einige Sachakten an das Bundesarchiv ab, behielten aber die personenbezogenen Unterlagen, die nach wie vor den Kern unseres Archivs bilden. Die Bestände sind nur über Personennamen zugänglich. In den letzten Jahren nahm die Zahl der Anfragen deutlich zu, vor allem durch Wissenschaftler und Lokalforscher, die den Wert der Bestände für die Zeitgeschichtsforschung erkannt haben. Vergangenheitsbewältigung ist das neue Stichwort. Unsere Praxis in dieser Richtung ist nach meiner Ansicht leider immer noch zu restriktiv.« Hübner beendete das Kurzreferat und schaute mich an. Ich nickte, obwohl ich nicht wusste, was das bedeutete. Er schien zu überlegen, bevor er fortfuhr: »Nun zu Ihrem Anliegen. Sie fragen nicht direkt nach unseren Unterlagen aus der NS-Zeit, sondern nach einer früheren Benutzung dieser Unterlagen durch eine dritte Person bzw. ein öffentliches Amt. Eine heikle Angelegenheit – Sie wissen, Personenschutz –, die dadurch zusätzlich problematisch wird, dass unsere eigene Registratur, gerade aus den Anfangszeiten ziemlich im Argen liegt. Ich weiß nicht, ob wir den Vorgang werden finden können.« Er machte wieder eine Pause. »Ich kann es aber versuchen.«

Wir hatten aufgegessen. Es war schon nach 14 Uhr. Ich bot an, eine Tasse Kaffee auszugeben, Hübner lehnte jedoch ab, da er wieder an die Arbeit müsste. Nachdem wir bezahlt hatten, sagte er plötzlich, ich sollte gleich mit zum Center kommen und einen formellen Antrag stellen. Das würde seine Forschung legitimieren. Ich brauchte dazu nur meinen Pass. Als amerikanischer Staatsbürger war ich berechtigt, eine Anfrage zu stellen.

Danach fuhr ich mit dem Gefühl nach Hause, etwas erreicht zu haben. Was, wusste ich nicht, aber ich war, vermutete ich, zumindest einen Schritt weitergekommen. Hübner konnte mir nicht sagen, wie lange er brauchen würde, um die Anfrage zu bearbeiten. Es konnte einige Tage dauern, meinte er. Ich wollte wegen Hildegard so schnell wie möglich nach K. zurück, aber auch weil ich in zwei Tagen einen Termin bei Fromm hatte. Ich nahm mir vor, von meiner Wohnung aus anzurufen, um den Termin um eine Woche zu verschieben. Wichtige Arbeit in Berlin wäre die Begründung. Hildegard wollte ich auch anrufen. Unsere Melodie war bereits zu lange unterbrochen. Dann fiel mir ein, dass ich auch Arbeit zu erledigen hatte. Erwerbsarbeit. Ich musste Geld verdienen. Englischunterricht erteilen, Artikel schreiben, Miete bezahlen, einkaufen. Mein Berliner Alltag. Das schien mir zum ersten Mal eine Last zu sein. Für die folgenden Tage organisierte ich Englischunterricht bei gut zahlenden Kunden.

Vier Tage später rief Hübner an. Er hatte etwas gefunden. Er wollte die Unterlagen mit mir persönlich in seinem Büro durchgehen. Wir verabredeten uns für den folgenden Nachmittag. Am Abend traf ich mich mit Bernie. Ich erzählte ihm von dem Termin. Er zog an seiner Pfeife, sie war aber ausgegangen, er schaute mich an und sagte lediglich: »Viel Glück.« Nach dem erneuten Anzünden der Pfeife sagte er: »Ich habe über deinen Artikel nachgedacht. Wie wäre es, wenn du für die Geschichte eine Person als roten Faden nehmen würdest. Zum Beispiel diesen Frosch. Er hat, denke ich, noch einiges zu erzählen. Über persönliche Schicksale kann man die Leser besser in eine Geschichte einbinden.« Ich sagte, ich würde es mir überlegen.

Am nächsten Tag lief ich von der U-Bahn-Station Krumme Lanke am Krankenhaus Waldfriede vorbei und durch das Waldstück am Vierlinger See bis zur Straße Wasserkäfersteig. Berlin-Zehlendorf im ehemaligen amerikanischen Sektor präsentierte sich als eine gehobene bürgerliche Wohngegend. Unter alten Bäumen befand sich gleich am Anfang der Straße in einem weißgetünchten Gebäude das Berlin Document Center. In der NS-Zeit war das Gebäude Sitz der Abhörzentrale der Geheimen Staatspolizei des Dritten Reichs gewesen. Der größte Teil der bunkerähnlichen Anlage befand sich, wie ich bereits wusste, unter der Erde. An dem Gebäude waren zwei einfache Schilder angebracht: US-Mission Berlin – Berlin Document Center und HALT. Am Eingang musste ich mich ausweisen. Der Pförtner rief bei Hübner an, der mich am Eingang abholte und in sein Büro brachte.

Das Büro war klein, machte indes einen gemütlichen Eindruck. Papier und Bücher lagen herum, an der Wand hingen eine Luftaufnahme des Centers sowie ein übergroßer Kalender. Ich nahm vor dem Schreibtisch Platz und wartete. Ich fühlte die Spannung in mir steigen. Hübner holte eine Mappe hervor, öffnete sie und schaute mich an.

»Ich habe die Korrespondenz gefunden«, sagte er. »Der Archivar hatte beim Center nach einem Mann namens Alfred Fromm gefragt.« Hübner hörte abrupt auf und sah mich intensiver an. »Sie kennen den Namen, nicht wahr?«

»Ja«, sagte ich leise. »Er ist Unternehmer in der Stadt K. Ihm gehört die wichtigste Fabrik in der Umgebung.«

»Wissen Sie, Mister Harris, ich sollte an dieser Stelle aufhören. Die Sache hat begonnen, grenzwertig zu werden.« Ich schaute ihn ausdruckslos an. Hübner fuhr fort: »Vielleicht sagen Sie mir, worum es eigentlich geht. Ich hatte bei dem Gespräch mit Bernie gleich den Eindruck, dass etwas dahintersteckte. Es handelt sich nicht um ein wissenschaftliches Interesse, nicht wahr?«

Ich kämpfte mit mir. Ich wusste nicht, was ich sagen sollte. Die Geschichte offenlegen? Was würde mich weiterbringen? War Hübner zu trauen? Hatte ich eine Wahl? »Es geht um eine heikle Angelegenheit«, sagte ich schließlich. Ich erzählte von meinem Auftrag in K., von dem Wiederauftauchen des Hakenkreuzes und von meinem Treffen mit Hildegard. Ich erzählte von ihr, vom Schicksal ihrer Eltern und ihrer Suche in K. Der Briefumschlag sei eine mögliche Spur, ihr wollte ich nachgehen. Dass jetzt der Name Fromm auftauchte, hatte mich völlig überrascht. Über meine Beziehung zu Hildegard sagte ich nichts. Hübner hatte sich wahrscheinlich ohnehin seinen Teil dazu gedacht.

Hübner sah mich lange an, klappte die Mappe jedoch nicht zu. Seine rechte Hand lag auf dem obersten Blatt, einer Karteikarte. Er schaute zu der Luftaufnahme an der Wand und erzählte. »Ich arbeite seit über fünfzehn Jahren im Center. Ich weiß, welchen Sprengstoff wir hier verwahren. Tonnen von Papieren, von Dokumenten, die Schicksale, ja auch das Leid von unzähligen Menschen festhalten. Die Unterlagen wurden von den Tätern erstellt, sie dokumentieren ihre Taten, grässliche, menschenvernichtende Taten. Dahinter stehen die Opfer. Es ist unsere Aufgabe, sie zu schützen, nicht die Täter. So ist das Center entstanden, um Beweismittel gegen die Täter zu sichern. Ein Stück Gerechtigkeit wiederherzustellen, soweit das überhaupt möglich ist.« Er sah mich wieder an. »Ich werde Ihnen erzählen, was ich gefunden habe. Kopien werde ich nicht anfertigen lassen. Sie wissen, wo sie sind. Wenn es irgendwann bei Gericht erforderlich ist, können sie vorgelegt werden.« Er machte wieder eine Pause. »Eins kann ich vorab sagen. Die Unterlagen ergeben keine direkte Verbindung zu dem, was Sie suchen. Ob sie einen Hinweis enthalten, kann ich nicht sagen. Das ist Ihre Aufgabe.«

Ich nickte, antwortete jedoch nicht.

Hübner holte die Karteikartei hervor. »Alfred Fromm wurde 1911 in Altona geboren, trat 1930 der NSDAP bei. 1937 wurde er in die SS aufgenommen.« Hübner legte die Karteikarte beiseite und schlug eine Akte auf. »Die SS-Akten wurden penibel geführt. Schulzeugnisse, charakterliche Beurteilungen vonseiten der Vorgesetzten sowie Beförderungen, Abstammungsnachweise und detaillierte Informationen über familiäre Verhältnisse – sowie Funktionen in der SS. Fromm arbeitete nach 1939 im Reichssicherheitshauptamt. Er war am Anfang des Krieges in Polen eingesetzt worden. Dort hatte er sich nach Ansicht seiner Vorgesetzten hervorragend bewährt. Nach 1942 war er in der Berliner Zentrale Wilhelmstraße 101 tätig, und zwar im Referat IV B 4. Er stieg zum SS-Sturmbannführer auf. Im März 1943 erhielt er eine SS-Dienstauszeichnung.« Hübner machte wieder eine Pause und schaute mich direkt an. »Leiter des Referats war SS-Obersturmbannführer Adolf Eichmann. Über ihn brauche ich nichts zu sagen. Sein Prozess ist uns allen noch gut in Erinnerung.«

»Was ist unter Reichssicherheitshauptamt zu verstehen«, fragte ich. Ich kam mir immer noch benommen vor. Ich konnte diese Information über Fromm kaum verarbeiten. Mir kam sie unwirklich vor. Und nun der Name Adolf Eichmann …

»Grob gesagt, handelte es sich um den gesamten Polizei- und Sicherheitsapparat der Nazis. Kriminal- wie Sicherheitspolizei, Gestapo und Sondereinsatzkommandos. Reinhard Heydrich war bis zu seiner Ermordung 1942 Leiter des Amtes. Das Amt organisierte den Terror und die Vernichtung in den besetzen Gebieten und die sogenannte Endlösung der Judenfrage. Sie haben sicherlich von der Wannseekonferenz von 1942 gehört.«

Ich nickte: »Also: Fromm arbeitete in einem Referat, das für die Erfassung, Deportierung und Vernichtung der Juden im Reich verantwortlich war.«

Hübner schaute mich schweigend an.

»Frau Voigts Mutter war Jüdin, sie selbst ist Halbjüdin. Über ihre Familie mütterlicherseits weiß sie jedoch nichts, gar nichts.« Ich stockte, als mir ein ungeheuerlicher Gedanke durch den Kopf schoss. Langsam fragte ich: »Was ist aus der Familie geworden?«

Hübner antwortete nicht. Er schaute mich durch seine dicke Brille bewegungslos an.

Donna Donna

Am nächsten Morgen rief ich gleich bei Bernie an. Der Anruf hatte ihn nicht überrascht. Ich sagte, ich müsste mich dringend mit ihm treffen. »Das habe ich mir schon gedacht«, erwiderte er. »Komm in die Redaktion heute Nachmittag. Wir können irgendwo Kaffee trinken gehen.«

Gegen 15 Uhr klingelte ich an der Tür des Hauses am Vogelsang. Bernie kam sogleich zum Hauseingang herunter. Wir gingen zu einer Bäckerei in der nahen Königin-Luise-Straße. Mit einem Becher Kaffee in der Hand und einem Franzbrötchen auf meinem Pappteller erzählte ich Bernie von dem Treffen mit Hübner. Er hörte schweigend zu, nickte lediglich manchmal.

»Ja«, sagte er, als ich fertig war. »Wie geht es weiter. Du hast die Spur aufgetan. Sie ist brisant. Wo führt sie hin?« Bernie überlegte, bevor er fortfuhr: »Dass Fromm sich nach dem Krieg eine neue Biografie gab, ist nicht ungewöhnlich. Es ist immer wieder erstaunlich, dass seit Kriegsende keine ehemaligen Nazis bei uns herumlaufen. Sie haben die braunen Hemden aus- und neue Hemden übergezogen.« Bernies Versuch, etwas Witziges zu sagen, war leicht missraten, wie er selbst erkannte. Er schüttelte den Kopf. »Fromms Vertuschung seiner Vergangenheit wirft Fragen auf … sicherlich … bedeutet aber nicht, dass er mit deiner Geschichte etwas zu tun hat.«

»Ich weiß. Es gilt ohnehin, behutsam vorzugehen. Ich werde versuchen, das Schicksal von Hildegards Familie zu recherchieren. Das scheint mir der Schlüssel zu sein. Wir werden sehen, ob Fromm dabei eine Rolle spielte. Eins ist mir klar: Hildegards Vater wusste, oder vermutete zumindest, dass Fromm eine andere Vergangenheit hatte, als er zu erkennen gab. Es fragt sich: Woher wusste oder ahnte er das? Und: Warum hat er die Anfrage an das Centrum gerichtet?« Ich brach ab, als ich Bernies kritischen Blick einfing. »Ja, ich weiß. Vielleicht hat der Brief mit Hildegards Geschichte nichts zu tun. Vielleicht gab es etwas anderes, wonach der Archivar suchte. Ich denke jedoch, dass es sich anders verhält. Es ist zumindest eine These.« Bernie nickte. Ich fuhr fort: »Du kennst dich hier besser aus als ich. Wo gibt es Informationen über die Deportationen von Juden aus Berlin? Gibt es irgendwo Namenslisten? Ich gehe davon aus, dass die Familie von Hildegards Mutter zu den Opfern des Nazi-Völkermordes gehört.«

Bernie trank einen Schluck Kaffee und schien zu überlegen. Seine Augen wurden hart. »1946 erschien in der Zeitung ›Der Weg‹ ein Artikel mit Daten über die Transporte aus Berlin. Wir können uns die Ausgabe in der Redaktion ansehen. Ich habe Exemplare. Die Transporte gingen von den Bahnhöfen Grunewald und Moabit ab. Einzelne Personen werden dort jedoch nicht aufgelistet, soweit ich mich daran erinnern kann. Wenn das Document Center nicht weiterhelfen kann, solltest du es im Archiv in Arolsen versuchen.«

»Was für ein Archiv ist dort? Und wo ist das überhaupt?«

»Arolsen ist eine Kleinstadt in Hessen. Das Archiv wurde nach dem Krieg von den Alliierten gegründet und wird noch heute durch internationale Zusammenarbeit getragen. Entstanden war es als ein Suchdienst des Roten Kreuzes für Opfer des Krieges, ITS – International Tracing Service –, dann hat es sich nach und nach zum bedeutenden Zentrum für die Dokumentation und Erforschung der nationalsozialistischen Verfolgung entwickelt, einschließlich des Holocaust.« Er hielt inne. »Du brauchst allerdings Namen.«

»Ich kenne nur den Mädchennamen von Hildegards Mutter – Roth, Elina Roth.«

»Das wird nur bedingt helfen, glaube ich. Wir brauchen die Namen ihrer Eltern. Du brauchst einen Auszug aus dem Standesamtsregister, das heißt die Geburtsurkunde von Elina Roth. Hat deine Hildegard so etwas nicht erhalten? Du sagtest, sie hätte einen Umschlag mit Dokumenten bekommen?«

»Ich werde danach fragen. Und wenn nicht?«

»Dann wird es schwierig. Du müsstest es beim zuständigen Standesamt erfragen. Wie, weiß ich nicht. Dort herrscht eiserner Datenschutz.« Er hielt kurz inne. »Und«, sagte er, bevor ich dazwischenreden konnte. Seine Gedanken waren offenbar in Bewegung. »Die SS. Was ist nach dem Krieg aus ihren Mitgliedern geworden? Auch ein Forschungsfeld. Es gibt heute sogar Vereine, die das Interesse der ehemaligen SS-Angehörigen in der deutschen Politik öffentlich vertreten. Was weiß ich, was es noch alles im Verborgenen an Verbindungen alter Kameraden gibt.« Bernie sah auf einmal wütend aus. So hatte ich ihn noch nie erlebt. »Die gesamte SS wurde in Nürnberg zur verbrecherischen Organisation erklärt – wegen Verbrechen gegen die Menschlichkeit und wegen des Holocaust. Und dennoch organisieren sich Ehemalige in der Bundesrepublik mit offensichtlicher Duldung des Staates wie auch mit Zustimmung der öffentlichen Meinung und versuchen, politischen Druck auszuüben. Unglaublich! Eine Verhöhnung der Opfer!« Bernie zog die Luft tief ein und schaute sich vorsichtig im Raum um, bevor er ausatmete. Er griff nach seiner Pfeife und steckte sie in den Mund, zündete sie jedoch nicht an. In der Bäckerei herrschte Rauchverbot.

Für mich wurde zum ersten Mal spürbar, dass Bernie seine eigene Geschichte als Flüchtlingskind vor den Nazis in sich trug. Sie war ein Teil seiner Identität. Von dieser Geschichte kannte ich bisher nur Bruchstücke. Der Satz – *Die Wunden, die noch bluteten* – ging mir durch den Kopf. »Bernie, kannst du mir helfen? Der SS-Spur zunächst nachzugehen?«, fragte ich leise.

»Ja«, erwiderte er ebenso leise, »das mache ich.«

Vier Stunden später saß ich im Zug – auf dem Weg nach K. Als ich mich von Bernie verabschiedet hatte, hatte er mir gesagt: »Du liebst das Mädchen, mein Junge, selbst wenn du dir das nicht eingestehen willst oder kannst. Man merkt es sofort.« Ich hatte dazu nichts gesagt. Bernies Augen hatten kurz aufgeleuchtet, und er hatte mir auf die Schulter geklopft.

Ich hatte Hildegard vor meiner Rückreise angerufen, von meinen Forschungen jedoch noch nichts erzählt. Das wollte ich ihr persönlich und in Ruhe berichten. Ich hatte mir ein Zimmer in einer billigen Pension am Rande des Zentrums gemietet. Ich ging davon aus, dass meine Ersparnisse noch eine Weile reichen würden. Danach würde ich sehen. Ich machte mir deswegen keine Sorgen. Vielleicht könnte ich in K. etwas verdienen. Ich hatte während meiner Jahre On the Road einige Male von der Hand in den Mund leben müssen. *Where there is a will, there is a way* – ein passender Spruch auf Amerikanisch.

Am Abend saß ich mit Hildegard in ihrem kleinen Wohnzimmer. Sie hatte in dem einzigen Sessel Platz genommen. Daneben lag ihr Geigenkoffer. Ich hatte einen Esstischstuhl dazugestellt. Wir hatten gerade Käse und Brot gegessen und widmeten uns dem Rest des Rotweins.

»Jetzt«, sagte sie und schaute mit ihrem nachdenklichen Blick zu mir. »Ich möchte alles hören.«

In der folgenden Stunde berichtete ich von meinen Treffen mit Hübner und Bernie. Ich holte weit aus und erzählte über die Verfolgung der Juden in Berlin. Das Abholen, die Verladebahnhöfe, die Fahrten zu den Konzentrationslagern. Ich nannte Zahlen und sagte, dass es wahrscheinlich sei, dass die Familie ihrer Mutter Opfer des NS-Völkermordes war. Hildegard hörte ohne sichtbare Gefühlsregung zu. Ich hatte den Eindruck, dass sie über die Sache hinausdachte. Sie war schon weiter.

Und Alfred Fromm. Als ich Hildegard vom Inhalt des Umschlags erzählte, dass der Unternehmer SS-Sturmbannführer und im Referat IV B 4 tätig gewesen sei unter Adolf Eichmann, ging ein Ruck durch sie. Sie richtete sich auf und schaute mich für einen Moment wild an. So hatte ich sie noch nie erlebt. Sie stand auf, lief zum Fenster und blickte auf die dunkle Straße. Mit dem Rücken zu mir sagte sie mit einer ungewöhnlich tiefen Stimme: »Was hat das zu bedeuten? Er hat mir erzählt, dass er an der Westfront als Soldat gedient hatte und dort verwundet worden wäre. Alles gelogen.«

»Ich weiß noch nicht, wie das alles zusammenhängt«, sagte ich. »Wir müssen mehr über die Familie deiner Mutter in Erfahrung bringen. Ob Fromm irgendwo in deren Geschichte vorkommt. Dein Vater muss etwas gewusst oder geahnt haben.«

Hildegard drehte sich zu mir. »Vorkommt? Du meinst, ob er mit ihrem Schicksal etwas zu tun hatte. Als Helfershelfer der Nazi-Vernichtungsmaschinerie.« Sie machte einen Schritt auf mich zu. Ihre Augen sahen hart und noch dunkler als sonst aus. »Wie geht es weiter, Joe?«

»Ich brauche die Namen der Eltern deiner Mutter. Über die Namen können wir möglicherweise im Document Center oder beim Suchdienst in Arolsen Informationen bekommen.«

Hildegard ging zu ihrem Bücherregal und holte den Umschlag aus dem obersten Fach. Sie öffnete ihn, blätterte den Inhalt einmal durch, kam mit einem Blatt zurück und gab es mir. Eine Kopie der Geburtsurkunde ihrer Mutter. Elina Roth, geboren am 6. September 1924 in Berlin/Wilmersdorf. Vater: Samuel Roth, geboren am 22. Juni 1892 in Berlin. Beruf: Arzt. Religion: mosaisch. Mutter: Deborah Roth, geborene Klein, geboren am 11. April 1897 in Potsdam. Religion: mosaisch.

»Dein Großvater war Arzt«, bemerkte ich, als ich mir die Urkunde anschaute.

Hildegard nickte abwesend und nahm in ihrem Sessel Platz. Sie blickte an mir vorbei. Ich stellte fest, dass ihre Augen nicht nach außen, sondern nach innen schauten.

Ich sagte leise: »Mit dieser Information können wir weitersuchen.«

Hildegard schüttelte den Kopf und blickte zu mir. »Du sagst ›wir‹, warum wir? Es ist meine Geschichte.«

Ich schwenkte das Weinglas in der flachen Hand und roch die dezente Blume von Pflaumen und Anis. Ich blickte zu Hildegard. Sie hatte sich von der Außenwelt verabschiedet. »Hildegard«, sagte ich leise, aber deutlich. »Ein Wir, weil ich dich liebe. Ein Du und ein Ich zusammen ergibt ein Wir.«

Hildegard richtete ihren Blick direkt auf meine Augen. Sie verschluckten mich, und ich sank immer tiefer hinein. Ihr eigentümliches

Lächeln leuchtete kurz auf, als sie sagte: »Wenn es so etwas wie Liebe überhaupt geben kann, geben darf, Joe. In dieser Welt, in der …« Ihre Stimme versagte, das Lächeln verschwand. Ich wusste, woran sie dachte. Ihre Viola, den Davidstern ihrer Mutter. In ihren Augen verspürte ich tiefes Leid, aber auch Wut.

Ich stand auf, nahm ihre Hände in meine und zog sie hoch. Sie ließ es geschehen. Wir machten erste Tanzschritte – ohne Musik. Ich wisperte in ihr Ohr: »I will ease your mind.«

Die folgenden Wochen vergingen wie in einem Rausch. Wenn ich mithilfe der blauen Gitarre an jene Zeit zurückdenke, kommt es mir vor, als ob sich alles in einem Perpetuum mobile drehte – ohne Pause, immer rasanter auf ein unbekanntes Ziel zu. Nachts liebten wir uns; tagsüber arbeitete Hildegard – ihre Kanzlei hatte gut zu tun –, und ich setzte die Forschung nach den Ereignissen fort, die über siebenundzwanzig Jahre zurücklagen. Abends erzählte ich von meinen Ergebnissen. Wir entwickelten Hypothesen. Woher kannte Hildegards Vater Fromm? Sicherlich aus Berlin. Er musste ihn vor der Zeit in K. gekannt oder getroffen haben. Ansonsten hätte die Anfrage an das Center keinen Sinn ergeben. Vermutete er eine Verbindung zum Schicksal der Familie von Hildegards Mutter? Wie hatte Hildegards Mutter die NS-Zeit überlebt? Wenn ihre Familie im Holocaust umgekommen war, wie wir inzwischen annahmen, wie ist die Mutter den Nazis entkommen? Wie war ihre Beziehung zu ihrer Familie gewesen? Sie hatte keinen Juden geheiratet. Gab es daher Spannungen, gar ein Zerwürfnis? Was für Menschen waren Hildegards Großeltern gewesen? Eine Arztfamilie. Bürgerlich. Emanzipiert oder doch streng gläubig? So viele Fragen und zu wenige Kenntnisse, um sie zu beantworten. Und immer wieder steckte die entscheidende Frage dahinter: Wer hatte Hildegards Vater ermordet? Wer hatte die Leben ihrer Eltern ausgelöscht?

Es fanden Treffen mit Fromm, Lorenz und Frosch statt. Hinzu kamen Telefonate mit Bernie sowie ein Antwortschreiben vom Suchdienst in Arolsen. Über Bernie bekam ich Kontakt zu einem Studenten in Hamburg, der an der Geschichte der verbotenen SS in der Bundesrepublik arbeitete. Die Reihenfolge dieser Aktivitäten ist unerheblich, wichtig war das Ergebnis, und das ließ sich erst nach einer Meldung in der *Hamburger Morgenpost* nachvollziehen.

Vier Tage nach meiner Rückkehr nach K. rief Bernie an. Er hatte über Bekannte Kontakt mit der Forschungsstelle für die Geschichte des Nationalsozialismus in Hamburg aufgenommen. Diese war bereits 1960 entstanden. Dort gab es einen Studenten, der über die SS in der Bundesrepublik forschte. Manfred Kiehl hieß er. Bernie gab mir Anschrift und Telefonnummer der Forschungsstelle. Zum Schluss mahnte er den Artikel an. »Die Arbeit muss vorangehen«, sagte er. »Das Vademecum wartet.«

Ich bedankte mich für die Informationen und sagte, dass ich Kontakt mit Frosch aufgenommen hatte. Das stimmte zwar nicht, aber ich musste irgendetwas Positives sagen.

Zwei Tage später fuhr ich nachmittags mit der Bahn nach Hamburg. Die Forschungsstelle befand sich im Universitätsviertel in einem noblen Etagenhaus aus der Gründerzeit mit vier Stockwerken in der Rothenbaumchaussee 5. Ich stieg die Treppen zum zweiten Stockwerk hinauf und klingelte. Es summte. Ich trat in einen langen Flur. Er roch leicht muffig. Ich vernahm die bekannten Geräusche eines Büros – leise Stimmen im Gespräch oder am Telefon, das Klappern der Schreibmaschinen, das Summen der Kopierer, das Rücken von Stühlen. Die Anmeldung befand sich gleich rechts. Ich nannte der jungen Frau hinter dem Schreibtisch meinen Namen und mein Anliegen. Bald erschien der Student Manfred Kiehl. Er war groß und dünn, trug einen ordentlichen Bart und lange blonde Haare. Er hatte ein freundliches Gesicht mit wachsamen blauen Augen. Seine Jeans und sein Pullover sahen gepflegt aus. Wir gaben einander die Hand und tauschten die übliche Begrüßung aus. Er führte mich zu einem Raum am Ende des Gangs. Dort warteten eine Kanne Kaffee und zwei Becher auf einem ansonsten leeren Tisch. Wir nahmen Platz. Kiehl schenkte ein und blickte mich erwartungsvoll an.

»Besten Dank, Herr Kiehl, dass Sie sich Zeit für mich nehmen.« Ich trank einen Schluck Kaffee. Er war frisch.

»Gerne«, erwiderte er. »Das Telefonat mit Herrn Cohn hat mich neugierig gemacht.« Er lächelte und fuhr fort: »Man freut sich, wenn sich jemand für die eigene Forschung interessiert. Ich arbeite hier seit über zwei Jahren als HiWi in der Forschungsstelle. Wir merken, dass das Interesse an unserer Aufgabe wächst.«

»Wollen wir uns nicht duzen?«, fragte ich. »Es macht das Gespräch entspannter, finde ich. Ich heiße Joe.«

Er nickte. »Ja, gerne, Joe. Ich heiße Manfred.« Er lehnte sich etwas zurück: »Du bist Amerikaner, nicht wahr?«

»Ich habe einen amerikanischen Pass«, entgegnete ich. »Ob das etwas bedeutet, weiß ich nicht.«

»Na«, sagte er und lachte leise. »Darüber muss ich nachdenken. Kann man sein Heimatland einfach so hinter sich lassen?« Er schaute mich intensiver an.

Ich lächelte: »Wer weiß?« Der Junge war mir sympathisch.

»Dein Deutsch ist gut. Herr Cohn sagte mir, dass du Journalist bist.«

»Ich lebe schon seit einer Weile in Deutschland und habe in der Tat einiges veröffentlicht. Ob Journalist die passende Bezeichnung ist? Ich empfinde mich selbst einfach als Forscher, als Suchenden.« Ich hatte mir eine Vorgehensweise überlegt, ohne explizit Hildegards Geschichte einbeziehen zu müssen. Nach einem Schluck Kaffee trug ich mein Anliegen vor: »Mir geht es um die Geschichte einer jüdischen Familie nach 1945, über die ich zur Zeit forsche und deren Überlebende möglicherweise in Verbindung zu einem ehemaligen SS-Angehörigen in der Bundesrepublik gekommen sind.«

»*Verbindung* – hört sich sehr zurückhaltend an.«

»Im Moment weiß ich nicht, welcher Art die Verbindung war. Der ehemalige SS-Angehörige ist ein angesehener Unternehmer geworden. Er war nach meinen bisherigen Recherchen SS-Sturmbannführer und arbeitete in Berlin im Referat IV B 4 – unter Adolf Eichmann.«

Kiehl nickte. »Das klingt brisant.« Er machte eine Pause und trank einen Schluck Kaffee. Ich wartete. Er stand auf und verließ das

Zimmer. Als er zurückkam, brachte er eine Mappe mit. »Man fühlt sich wohler mit Unterlagen in der Hand«, bemerkte er und schlug die Mappe auf. »Du weißt sicherlich, dass die SS in verschiedene Gruppierungen unterteilt war. Allgemeine SS, Totenkopfverbände, Waffen-SS, KZ-Personal, Einsatzgruppen der Sicherheitspolizei, des SD und einige mehr. Im Laufe der NS-Herrschaft übernahm die SS umfangreiche Aufgaben im Staat. Sie wurde zu einem Staat im Staat. Sie übte die Kontrolle über das Polizeiwesen aus und erfüllte nach dem Aufbau der Waffen-SS eine militärische Funktion neben der Wehrmacht. In der SS waren staatliche Institutionen durch Parteistrukturen eng miteinander verzahnt. Die SS war das wichtigste Terror- und Unterdrückungsorgan im NS-Staat. Sie überwachte die Konzentrationslager und war maßgeblich an der Planung und Durchführung des Holocaust beteiligt. Bei Kriegsende zählte die SS über 800 000 Angehörige, davon waren etwa 550 000 in Divisionen der Waffen-SS im Einsatz.«

»800 000!«, sagte ich. »Was ist aus ihnen im Nachkriegsdeutschland geworden?«

»Das ist genau mein Forschungsansatz, darüber gibt es bisher keine wissenschaftliche Studie«, erwiderte Kiehl und sah mich ernst an. »Im Moment befasse ich mich mit der Waffen-SS, denn sie hatte sich in der Öffentlichkeit recht klar positioniert. Ihre Mitglieder haben sich nach der Gründung der Bundesrepublik aktiv organisiert. Die *Hilfsgemeinschaft auf Gegenseitigkeit der Angehörigen der ehemaligen Waffen-SS e. V.*, kurz HIAG, wurde bereits 1951 gegründet. Im April 1959 entstand als Dachverband *Der Bundesverband der Soldaten der ehemaligen Waffen-SS e. V.* – ausgerechnet in Arolsen, dem Sitz des Archivs des Suchdienstes des Roten Kreuzes für die Millionen Kriegsopfer. Die Waffen-SS-Veteranen behaupteten, ganz normale deutsche Soldaten gewesen zu sein – genau wie Angehörige der Wehrmacht. Nicht mehr und nicht weniger. Sie strebten daher nach den gleichen rechtlichen Bedingungen bei Sozialleistungen und Rentenansprüchen wie die Wehrmachtssoldaten sowie der entsprechenden Anerkennung in der Öffentlichkeit für ihr Opfer für das Vaterland.«

»Wenn ich das richtig verstehe, vertritt dieser Verband nur die ehemaligen Angehörigen der Waffen-SS. Wie sieht es aus mit den übrigen ehemaligen SS-Angehörigen? Haben sie sich ebenfalls organisiert? Mein Forschungsgegenstand war ein Sturmbannführer.«

»Das ist eine Frage, die von Anfang an gestellt wurde und bis heute nicht ganz geklärt ist. Der Verband behauptet, nur ehemalige Waffen-SS-Angehörige aufgenommen zu haben. Mit Kriegsverbrechern habe der Verband der Waffen-SS-Angehörigen nichts gemein. So die offizielle Darstellung. Der Verband lehnt das Urteil von Nürnberg über die SS nachdrücklich ab: Die Waffen-SS sei keine verbrecherische Organisation per se gewesen. Der Verband ist seit der Gründung des Berufsverbandes deutscher Soldaten im Jahre 1951 auch tragendes Mitglied. Nach meinen Forschungen stimmt diese Selbstschutzbehauptung jedoch nicht, zumindest nicht ganz. Es gibt einiges in den lokalen Verbindungen, was mit dem Versuch des Dachverbandes, sich von Kriegsverbrechern zu distanzieren, nicht zusammenpasst.« Er machte eine Pause und schaute mich intensiver an. »Wie du dir denken kannst, steht der Verband deutlich am äußeren rechten Rand des politischen Spektrums.«

»Alte Kämpfer unter sich«, murmelte ich. 800 000 – dachte ich. Die Ewiggestrigen. Die großen Tiere, die Görings, die Himmlers und Eichmanns – man weiß, wo sie abgeblieben sind. Aber all die anderen? Wo waren sie untergekommen?

»Hast du von der Akte Odessa gehört?«, fragte Kiehl. Ich schüttelte den Kopf. »Vor etwa fünf Jahren entdeckte man im Keller eines geflüchteten SS-Sturmbannführers in Peru eine Riesenmenge Akten, darunter das Protokoll eines Geheimtreffens Anfang der 1960er Jahre mit über einhundert ehemaligen Nazis, unter ihnen zahlreiche SS-Offiziere. Die Akte Odessa. Daraus ist der Gedanke entstanden, dass es nach 1945 eine weltumspannende und gut organisierte Geheimorganisation der SS gegeben haben könnte – oder sogar noch geben könnte, welche diverse Aktionen koordinierte, wie zum Beispiel Nazis aus Europa nach Südamerika herauszuschmuggeln.« Kiehl blätterte in seiner Akte.

Ich schüttelte den Kopf. »Unglaublich.«

»Nun«, fuhr er fort, »ich glaube nicht so recht daran. Zu viel Räuberpistole. Ein Stoff für Hollywood. Man weiß nicht, ob das protokollierte Treffen überhaupt stattfand. Es gibt nirgendwo sonst Belege dafür oder Hinweise darauf. Dennoch: Wir wissen, dass es sogenannte rat lines – so der Begriff der Amerikaner – gegeben hat, Fluchtrouten für Nazischergen nach Südamerika, hauptsächlich über Spanien und Italien, zuweilen mit aktiver Hilfe durch hochrangige Vertreter der römisch-katholischen Kirche. Ich denke, es hat keine weltumspannende, schlagkräftige Geheimorganisation gegeben, dafür aber eine Vielzahl kleinerer konspirativer Strukturen, Zusammenschlüsse und Seilschaften, die nach dem Zweiten Weltkrieg im Dunstkreis der alten Kameraden entstanden sind. Eher regionale, kleinere Verbindungen, um Fluchtwege zu organisieren, Unterschlupf zu gewähren und auch neue berufliche Möglichkeiten zu eröffnen.«

»*Die Mörder sind unter uns*«, sagte ich leise, »so hieß der Film von 1946. Inzwischen schreiben wir 1977. Sie sind noch da?«

Kiehl blickte mich ruhig an, schloss seine Mappe und sagte nichts dazu.

Als wir uns verabschiedeten, gab ich Kiehl meine Kontaktdaten, darunter die Telefonnummer von Hildegards Büro, und bat ihn, mich zu benachrichtigen, wenn ihm noch etwas einfallen würde. »Deine Ausführungen haben mir auf jeden Fall geholfen«, sagte ich, als ich die Forschungsstelle verließ.

Ein paar Tage später saß ich abends in der Alten Stube und trank ein Bier. Allein. Ich war erschöpft. Abends an einem schummrigen, kleinen Ecktisch in einer Kneipe zu sitzen und langsam ein Bier zu trinken, beruhigt den Geist, zumindest ist das meine Erfahrung. Ich wollte für eine Stunde abtauchen und die Welt vergessen. Eine Illusion, aber zuweilen braucht man Illusionen. Hildegard hatte späte Termine. Es schien mir, dass sie in den letzten Tagen intensiver und länger gearbeitet hatte. Ich hatte sie gefragt, warum sie keine Bürokraft einstellte. Mir schien der Arbeitsaufwand für eine Person zu umfangreich. Sie sagte, das hätte noch Zeit. Sie müsste erst eine sicherere Position erreichen. Ich hatte eher den Eindruck, ihr ausgeprägter Perfektionismus hinderte sie daran, ernsthaft an die Anstellung einer Rechtsanwaltsgehilfin zu denken.

Etwas rüttelte an meinen Tisch, und ich schaute auf. Die Welt meldete sich wieder. Vor mir stand Frosch. Er hatte mich gefunden. An jenem Abend sah er gepflegter aus als bei unserem ersten Treffen. Während meiner Zeit in K. erfuhr ich nie, wo Frosch wohnte und wovon er lebte. In einer Sozialwohnung und von Sozialleistungen oder einer kleinen Rente vermutete ich. Er schien auch keine Angehörigen zu haben. Ein Sonderling, wie man sie in Kleinstädten zuweilen antrifft. Er gehörte zum Stadtbild. Seine äußerliche Erscheinung war unterschiedlich. Zumeist sah er eher wie ein Landstreicher aus. Hildegard nannte ihn einen Clochard, was sich feiner anhörte. Gelegentlich zeigte er sich beinahe bürgerlich-normal – wie an jenem Abend. Frisiert, sauber und mit frischer Kleidung, vermutlich aus der Kleidersammlung des Roten Kreuzes.

»Abend«, sagte ich. »Wollen wir uns unterhalten?«

Frosch nickte und nahm mir gegenüber Platz. Ohne den wilden Bart sah sein Gesicht jünger und angenehmer aus, seine Augen schauten mich ruhig an.

»Möchten Sie etwas trinken«, fragte ich. Ich hob mein Glas an, es war fast leer.

Wieder ein Nicken. »Ein Glas trinke ich mit«, sagte er.

Ich gab dem Kellner hinter der Theke ein Zeichen, das mit einem Kopfnicken entgegengenommen wurde. Man behandelte mich inzwischen beinahe wie einen Stammkunden.

Der Kellner brachte die Biergläser, und wir prosteten uns zu.

»Erzählen Sie mir etwas von Hermann Schefe«, sagte ich zum Einstieg. Ich dachte an meinen Artikel für Bernie.

»Er war ein Sturkopf. Er wollte nicht klein beigeben.« Er schaute mich intensiver an: »Wir hatten Angst damals. Die Nazis, sie schlugen einfach zu, wenn ihnen etwas nicht passte. An ihre Gesichter kann ich mich noch erinnern, wie sie mit den Zungen über die Lippen zogen – wie Raubtiere.« Seine Augen weiteten sich. Er nahm einen ordentlichen Schluck Bier. »Schefe, er konnte den Mund nicht halten.«

»Er wurde denunziert?«, fragte ich.

Frosch schaute mich an, beantwortete die Frage jedoch nicht. »Wir haben ihn danach nie wieder gesehen«, sagte er endlich und schaute dabei auf sein Bierglas.

In der folgenden halben Stunde erzählte Frosch von seinem Leben unter dem Hakenkreuz und danach. Wir tranken dabei unser Bier aus. Ich hörte zu und stellte Fragen zwischendurch. Nach seiner Internierung fügte Frosch sich dem neuen Staat. Warum nicht, sagte er, eine andere Möglichkeit schien es nicht zu geben. Es gab plötzlich Arbeit. Er war am Bau tätig. Nach 1935 erlebte K. einen deutlichen wirtschaftlichen Aufschwung. Im neuen Gewerbegebiet schossen Gebäude aus dem Boden, Arbeitsplätze entstanden. Einer NS-Organisation war er jedoch nicht beigetreten – anders als einige seiner ehemaligen Genossen. Mit Politik war er fertig, meinte er, er wollte nur leben. 1939 ging Frosch zur Wehrmacht und kämpfte als einfacher Soldat an verschiedenen Fronten. Er erlitt auf dem Balkan eine schwere Kopfwunde, überlebte jedoch den Krieg, geriet in französische Gefangenschaft und kehrte erst 1947 nach K. zurück. Seine Freundin war inzwischen anderweitig vergeben. Es gelang ihm nicht, im Nachkriegsdeutschland Fuß zu fassen. Erst 1949 fand er eine feste Arbeitsstelle – als Nachtwächter in der neuen Fabrik von Fromm. Dort hatte er zwanzig Jahre gearbeitet.

Ich bestellte eine zweite Runde. Unvermittelt zeigte Frosch auf das Wandgemälde und sagte: »Den habe ich gekannt.« Ich sah ihn fragend an, und er fuhr fort: »Den Maler, den Leisegang. Der Krieg hat ihn kaputt gemacht.« Frosch hielt inne und sah mich direkt an: »Du kannst dir das nicht vorstellen, was es bedeutet im Krieg zu sein, mitten auf einem Schlachtfeld zu stehen. Mit Waffen in der Hand. Das Klacken der Gewehre, die Explosionen der Granaten, das Röhren der Flugzeuge, die Schreie der Kameraden, der Gestank in der Luft, der kalte Angstschweiß am ganzen Leib, die Gefallenen. Die Angst … die Angst.« Ich merkte, wie seine Augen zu zucken begannen. Man könnte denken, überlegte ich mir, dass die Überlebenden die wahren Opfer des Krieges waren, nicht die Gefallenen – die hätten ihre Ruhe gefunden. Ich dachte an meine Zeit als Demonstrant gegen den Krieg in Vietnam. Hatten wir Menschen nicht die Aufgabe, diesem Unsinn ein Ende zu setzen?

Um ihn von seinen Dämonen abzulenken, fragte ich nach dem Wandgemälde. Ob er etwas darüber wusste.

Frosch sagte, dass er ein paar Mal mit dabei war, als die Runde – wie er die Zechbrüder nannte – Leisegang beim Malen begleitet hatte. Es waren lustige Abende, meinte Frosch. Sie konnten über die Figuren immer gut lachen und sogar Vorschläge machen, wer wie dargestellt werden sollte. Frosch hielt inne und schaute auf die Zeichnung. »Viele der Figuren kenne ich. Da …«, er zeigte auf eine besonders korpulente Frau, »die Frau des Nazi-Bürgermeisters. Sie holte sich die hübschen Zwangsarbeiterinnen für den Haushaltsdienst. Was sie dort gemacht haben?« Er schaute mich grimmig an.

Ohne Übergang bemerkte er: »Dass das Hakenkreuz wieder da ist …« Er brach mitten im Satz ab. Ich merkte, wie er sich zurückzog. Er schaute unverwandt auf die Zeichnung. Seine Augen sprangen von Figur zur Figur, als ob er alte Bekannte besuchen würde. Die Vergangenheit war dabei, ihn einzuholen. Plötzlich hielte er inne. Sein Gesicht verdüsterte sich, etwas hatte starke Erinnerungen in ihm geweckt. »Den habe ich nur einmal gesehen – nach dem Krieg«, sagte er langsam und zeigte auf die Figur mit dem Schlapphut und einem kantigen Gesicht. »Er war an einem späten Abend in der Fabrik. Ich hatte gerade angefangen, dort zu arbeiten. Als Nachtwächter. 1949. Der Mann zeigte mir – ich saß im Wachhaus am Toreingang – ein Schreiben und ging danach in das Verwaltungsgebäude. Dort brannte im oberen Stockwerk noch Licht. Ich glaube, es war das Büro des Chefs.« Er brach seine Erzählung ab und blickte zu mir. »Ich war damals nicht dabei, als der Leisegang diese Figur malte.« Frosch hielt inne, bevor er fortfuhr. Er wirkte nachdenklich. »Wie hat Leisegang den Mann überhaupt kennen können? Den habe ich doch nie wieder in K. gesehen. Von hier kommt er nicht. Wie ist sein Porträt auf die Wand der Alten Stube gekommen?«

Frosch verließ die Gastwirtschaft. Ich blieb am Tisch sitzen und bestellte noch ein Bier. Hildegard wird schimpfen, dachte ich. Vier Bier an einem Abend. Auf jeden Fall eins zu viel, vielleicht sogar zwei. Sie arbeitet. Ich arbeite auch, sagte ich mir. Ich forsche. Das Biertrinken ist ein Teil davon.

Das Wandgemälde. Welche Geschichten hatte es zu erzählen? Ich beschloss, mit Lorenz darüber zu sprechen. Es gab Fragen: *Wer ist alles darauf abgebildet? Wer gehörte damals zu den Zechbrüdern?*

Morgen war ich mit Fromm verabredet. Mit einem ehemaligen SS-Sturmbannführer.

Am folgenden Nachmittag saß ich am Besuchertisch in Fromms Büro und trank eine Tasse Kaffee. Gebäck lag auf einem kleinen Teller vor mir. Der Unternehmer saß mir gegenüber in seinem Rollstuhl. Er saß aufrecht. Aus der Nähe wirkte er kräftig und entschlossen. Hildegard hatte gesagt, ihr gegenüber sei er fast väterlich aufgetreten. Davon war nichts zu spüren. Vor mir saß ein Mann, der wusste, was er wollte – und wie er es bekommen konnte. Ich erinnerte mich daran, dass es sich um einen ehemaligen SS-Sturmbannführer handelte. Was ging ihm durch den Kopf?

Er hatte mich geschäftsmäßig empfangen und zum Tisch gebeten. Seine Sekretärin hatte Kaffee eingeschenkt. Fromm hatte mein Deutsch gelobt und gesagt, dass Lorenz ihn wegen des Forschungsprojekts in Bezug auf meine Person bereits informiert habe. »Eine Möglichkeit«, hatte er vorsichtig bedeutet und mich gebeten, mich vorzustellen.

Es war ein Bewerbungsgespräch. Ich erzählte von meinem Studium und meiner Ausreise über Kanada nach Deutschland. Ich sagte, dass ich den Krieg in Vietnam abgelehnt hatte und darum weggegangen war. Fromm nickte dazu, ohne eine Miene zu verziehen. Von meiner Vergangenheit als Demonstrant erzählte ich nichts. Stattdessen sprach ich von meiner Liebe zur deutschen Literatur und Geschichte. Ich erzählte weiter von meiner Zeit in Berlin; dass ich Schriftsteller und Journalist geworden war. Ich überreichte Exemplare des Vademecums mit Artikeln von mir als Nachweise.

»Was machen Sie hier in K.?«, fragte Fromm. Er sah mich mit einem kritischen Blick an. »Ich höre, Sie wollen über uns schreiben. Kleinstädte sind in der Beziehung empfindlich.«

»Mein Verleger hatte von dem Vorfall mit dem Hakenkreuz erfahren und mich gebeten, mir die Sache anzuschauen. Eine womöglich aufschlussreiche Geschichte.« Fromms graue, wachsame Augen schauten mich an. Ich blickte gelassen zurück. »Es geht nicht darum, die Stadt K. bloßzustellen, sondern den Umgang mit der Geschichte, die unser Jahrhundert geprägt hat, kritisch zu untersuchen. Eine Geschichte, die nicht allein die Stadt K. angeht, sondern das ganze Land. Eine schwierige Geschichte. Eine Vergangenheit, die nicht vergeht. Seitdem ich in der Stadt bin, spüre ich, dass ich versuchen will, diese Geschichte zu verstehen.«

Fromm nickte. »Sie haben bereits einige Tage im Stadtarchiv verbracht und Gespräche geführt, wie mir gesagt worden ist. Sie sind Amerikaner. Welche Rolle spielt das?«

»Ich verstehe mich als Forscher. Es geht mir darum, zu beschreiben, wie es wirklich war. Die NS-Zeit heute zu erforschen, ist eine schwierige Aufgabe – egal wer sich daran machen will. Als Ausländer habe ich vielleicht einen objektiveren Blick.« Ich hielt kurz inne. »Es ist auf jeden Fall von Bedeutung und hoch anzurechnen, dass Ihre Stiftung sich dieser Sache annimmt. Es ist eine Aufgabe der Zeit. Es wäre zu wünschen, dass noch mehr Städte den Mut dazu hätten.«

Nach meinem Plädoyer schaute Fromm mich nachdenklich an. »Ich unterbreite Ihnen einen Vorschlag, Herr Harris. Sie erarbeiten ein detailliertes Konzept für ein solches Projekt. Eine Gliederung, Vorgehensweise, Zeitablauf und so weiter. Auch Kosten natürlich. Sagen wir in zwei Wochen. Dafür können wir Ihnen ein angemessenes Honorar zusichern – einschließlich einige Tage in Schleswig, um im Landesarchiv in Quellen zu forschen.« Er hielt kurz inne. Ich nickte, um meine Zustimmung zu signalisieren. »Das Konzept besprechen wir im Vorstand. Dann sehen wir weiter, ob und wie das Projekt fortgesetzt werden kann.«

Ich nahm das Angebot dankend an.

Als er mich verabschiedete, sagte Fromm, dass er gehört habe, dass ich mich mit der jungen Anwältin, Fräulein Voigt, angefreundet hatte.

Ich blickte überrascht auf.

»In einer Kleinstadt gibt es kaum Geheimnisse«, bemerkte er mit dem Anflug eines Lächelns und schaute mich mit seinen durchdringenden grauen Augen an.

»Sie ist eine ungewöhnliche Frau«, sagte ich etwas verlegen.

»Unsere Stadt kann junge, kluge Menschen immer gut gebrauchen«, entgegnete Fromm. »Eine ungewöhnliche Frau ist sie auf jeden Fall. Sehr ungewöhnlich. Wir können uns glücklich schätzen, dass sie sich in K. niedergelassen hat.«

»In zwei Wochen bekommen Sie das Konzept von mir, Herr Fromm. Nochmals vielen Dank für das Treffen.«

Später im Bett berichtete ich Hildegard ausführlich von dem Gespräch. Sie sagte: »Bist du jetzt ein Spion, oder soll ich besser Doppelagent sagen?«

In jenen Tagen erhielten wir Post aus dem Archiv in Arolsen, welche die Vermutung bestätigte, dass die Eltern von Hildegards Mutter im Holocaust umgekommen waren. Sie wurden am 14. Dezember 1942 mit einem Zug ab Bahnhof Moabit von Berlin nach Auschwitz gebracht. Weitere Informationen zu der Familie hatten sich in den Beständen des Archivs nicht finden lassen.

Hildegard starrte lange auf das Schreiben, obwohl mir sofort klar war, dass sie es gar nicht mehr wirklich betrachtete. Sie war in sich abgetaucht. Sie weinte nicht. Sie ging zu ihrem Bücherregal, nahm den gelben Umschlag aus dem oberen Fach und steckte das Schreiben hinein. Ihr Familienarchiv. Sie sagte nichts, holte den Geigenkoffer hervor, nahm Viola und die Kette ihrer Mutter heraus und begann zu spielen. Mich nahm sie nicht mehr wahr. Der Klang der blauen Gitarre führte sie in eine andere Welt, ihre Welt. Ich erkannte die Melodie von *Donna Donna*, ein jiddisches Lied, das durch eine Bearbeitung von Joan Baez in den USA in den 1960er Jahren Bekanntheit erlangt hatte. Ich kannte und mochte das Lied. Das Wort *Donna* geht auf das hebräische *Donaj* zurück, die Kurzform von Adonai, also Gott. Das Lied beschreibt den Weg eines Kälbchens, das sich nicht dagegen wehren kann, zur Schlachtbank geführt zu werden. Eine Welt der Gottverlassenheit.

Ich hatte Lorenz zum Mittagessen in die Alte Stube eingeladen. Er hatte gelacht: »Das muss etwas ganz Besonderes sein, was du zu erzählen hast.«

Ich hatte genickt.

»Nun«, sagte ich, nachdem die Bedienung unser Essen gebracht hatte, »ich wollte mich bei dir bedanken für die Fürsprache bei Fromm. Ich werde ein erstes Konzept erarbeiten. In zwei Tagen fahre ich nach Schleswig.«

»Das weiß ich alles schon, mein Lieber. Wir sind alle gespannt auf deine Forschung. Große Erwartungen!«

»Du machst mich nervös«, sagte ich und lachte. »Und noch etwas anderes.«

Lorenz nahm einen Schluck Bier und schaute mich neugierig an.

»Das Wandgemälde.« Wir beide schauten darauf. »Ich hätte gerne gewusst, ob du die Identität aller Figuren kennst. Ich überlege mir, etwas darüber zu schreiben.«

»Alle Namen sind nicht bekannt, das kann ich vorab sagen«, erwiderte er und begann, die einzelnen Figuren durchzugehen. Einige kannte ich schon, andere waren mir neu. Der Pastor. Der Sparkassendirektor. Ein Schuldirektor. »Das hier«, sagte Lorenz und zeigte auf eine Figur, die ängstlich und flehend aussah, »ist Karl Zabel, der NSDAP-Ortsgruppenleiter.«

»Du hast alle bis auf zwei beschrieben«, bemerkte ich, als Lorenz fertig war.

»Man weiß nichts über sie. Vermutet wird, dass es sich um Menschen handelt, die Leisegang im Krieg getroffen haben könnte. Er hat sie aus dem Gedächtnis heraus gemalt. Ich glaube, man kommt da nicht weiter.«

»Gibt es noch Überlebende von damals, die mehr wissen könnten? Wie ich hörte, gab es eine Gemeinschaft von Zechbrüdern, die – wie soll ich es sagen – bei der Entstehung mitgearbeitet hatten.«

»Du hast in kurzer Zeit einiges über unsere Stadt gelernt«, sagte Lorenz. »Ich muss nachdenken. Als ich hierher kam, war Leisegang schon tot.« Er machte eine Pause. »Vielleicht Frosch?«

»Mit ihm habe ich schon darüber gesprochen. Er schien von einem weiteren Zeitzeugen von damals nichts zu wissen.«

»Na ja«, sagte Lorenz. »Das ist schon über zwanzig Jahre her. Es kann gut sein, dass Frosch der letzte der alten Zechbrüder ist. Sie waren damals nicht die Jüngsten.«

»Es ist dennoch interessant, dass Leisegang zwei Figuren zeichnete, die nicht aus der Umgebung kamen. Man fragt sich, warum?«

Wir schauten wieder auf das Gemälde. Die beiden Nicht-Identifizierten waren der Mann mit dem Schlapphut und eine junge Frau in einem Sommerkleid. Sie wirkte ausgelassen. Es gab insgesamt lediglich vier Frauen auf dem Bild.

»Vielleicht war die Frau seine verlorene Geliebte«, sagte ich. »Eine Frau, die er im Krieg kennengelernt hatte.«

»Ich weiß nicht«, erwiderte Lorenz. »Warum sollte er die Geliebte dann in die Hölle schicken wollen?«

»Na ja«, meinte ich. »Man könnte schon auf eine Idee dazu kommen.«

»Du bist ja einer!«, rief er aus und lachte.

»Und der Mann. Er sieht finster aus.«

Lorenz sah genauer hin. »Ja, du hast recht. Ein unangenehmer Kerl. Wer er wohl war? Bei einem Schlapphut denkt man an einen Krimi.«

Drei Wochen später stand ich neben dem Pult im Vortragssaal des Alten Rathauses. Vor mir saßen mindestens hundert Zuhörer. Der Raum war voll besetzt. Sie waren gekommen, um meine Ausführungen über die NS-Zeit in der Stadt K. zu hören. Die Bürgerstiftung hatte eingeladen. Die Presse hatte ausgiebig darüber berichtet. Neben dem Pult befand sich Alfred Fromm in seinem Rollstuhl, der dabei war, den Abend einzuleiten und mich vorzustellen. Redakteur Lorenz saß zusammen mit Archivar Stamer in der ersten Reihe, dort saßen ebenfalls der Bürgermeister sowie andere Mitglieder der lokalen Politik. Hildegard hatte sich in die letzte Reihe gesetzt. Frosch war nirgendwo zu sehen.

Meine Gedanken schweiften zurück zu den letzten Wochen, aufreibenden, arbeitsreichen Wochen. Forschungen im Archiv, Lektüre von Nachschlagewerken in der Stadtbücherei, drei Tage Aktenrecherche im Landesarchiv Schleswig. Und schreiben und schreiben, Korrektur lesen und wieder schreiben. Ab und zu essen. Kein Bier. Keine Alte Stube. Gespräche mit Hildegard. Liebe mit Hildegard. Ich hatte das Konzept für die Bürgerstiftung rechtzeitig abgeliefert und zugesagt, die Ergebnisse meiner Forschung im Rahmen eines Informationsabends vorzustellen. Von Fromm erhielt ich Lob für meinen Einsatz. Lorenz war, glaube ich, sogar ein bisschen neidisch. Daneben immer wieder Hildegards Geschichte. Wie passte das alles zusammen, was wir in Erfahrung gebracht hatten? Viele Bausteine hatten wir gefunden, aber ein richtiges Bild war nicht erkennbar.

Fromm war mit seiner Einführung fertig und blickte zu mir. Ich nickte, trat an das Pult und schaute in den Saal hinein. Die Spannung war spürbar. Ich bedankte mich beim Stiftungspräsidenten Fromm für die Begrüßung, hob den Einsatz der Bürgerstiftung lobend hervor und legte meine Notizblätter auf das Pult.

»Herr Bürgermeister Weber, meine Damen und Herren«, begann ich. »Ich danke Ihnen, dass Sie heute Abend gekommen sind. Das Bedürfnis, mehr und Fundiertes über die Zeit der nationalsozialistischen Gewaltherrschaft in K. zu erfahren, ist durch das Auftauchen des Hakenkreuzes gewachsen. Das habe ich in den letzten Tagen gespürt, und das ist richtig so. Wir haben alle die Aufgabe, uns der Vergangenheit zu stellen, sie nicht auszublenden, zu leugnen oder gar zu verbiegen. Das sind wir uns selbst und den Menschen, die jene schreckliche Zeit nicht überlebt haben, schuldig. Es ist eine gewaltige Aufgabe. Der furchtbarste Krieg der Menschheitsgeschichte ging erst vor zweiunddreißig Jahren zu Ende. Er ging vom Deutschen Reich aus. Es ist Zeit, uns offen und kritisch damit zu befassen. Heute Abend werde ich Ihnen einige Ansätze zur Forschung über die NS-Zeit in K. vorstellen. Es liegt aber noch viel Arbeit vor uns.« Ich hielt kurz inne und schaute mich um. Die Aufmerksamkeit der Zuhörer war offensichtlich. »Wie gesagt, es geht heute Abend nur um Ansätze, kleine

Mosaiksteinchen. Vielleicht können wir in der anschließenden Diskussion einiges vertiefen.« Meine Augen trafen sich einmal mit denen Hildegards. Sie schaute ausdruckslos zurück. Wir hatten meine Rede eingehend besprochen. »Wie Sie schon wissen, komme ich aus den Vereinigten Staaten. Mein Akzent verrät mich schon, denke ich. Vielleicht denken Sie – was hat ein Ami mit uns und unserer Geschichte zu tun?« Ich merkte, dass die umgangssprachliche Wendung sowie die frech formulierte Frage im Publikum eine Lockerung der Stimmung herbeiführten. Es sei wichtig, hatte Hildegard gesagt, diesen Punkt direkt anzusprechen. »Zunächst also ein paar Worte zu mir und meinem Werdegang …«

Nach meiner persönlichen Vorstellung berichtete ich in der folgenden Dreiviertelstunde über meine Forschungen, über das Stadtarchiv bezüglich der Zeitungssammlung sowie von den Protokollbüchern der Stadtvertretung. »Die Unterlagen im Stadtarchiv sind dank der Arbeit von Herrn Stamer gut erschlossen. Leider sind bis auf die Bauakten, die vollständig zu sein scheinen, viele Vorgänge am Ende des Krieges vernichtet worden. Über die NSDAP-Ortsgruppe haben wir so gut wie keine Unterlagen.«

Ich hielt kurz inne und schaute auf meinen Zettel. Im Saal herrschte Stille. Der nächste Punkt war das Landesarchiv. »Im Landesarchiv sind die wichtigsten Bestände für die Erforschung der lokalen Geschichte die Überlieferung des jeweiligen Landrates, vor allen Dingen Akten des Polizeiwesens, und die Akten des Sondergerichtes in Kiel. Es gibt leider in Schleswig-Holstein keine gesetzliche Regelung über die Nutzung von Archivgut, lediglich eine Satzung des Landesarchivs, die aus meiner Sicht viel zu restriktiv formuliert ist.« Ich erzählte von Akten, die ich eingesehen hatte. Sie gewährten Einsicht in die Regelungen der Einsätze von Zwangsarbeitern, von Razzien und der Inhaftierung von Regimegegnern nach 1933 sowie in Maßnahmen im Bereich der Jugendpflege. Der Aufbau nationalsozialistischer Jugendorganisationen sei ein besonderes Anliegen der Nationalsozialisten gewesen, sagte ich. Ich zitierte eine Stelle aus einer Rede von Adolf Hitler an die Kreisleiter der Partei aus dem Jahr 1938: »Diese Jugend lernt ja nichts anderes als deutsch denken, deutsch handeln, und wenn diese Knaben mit zehn Jahren in unsere Organisation hineinkommen und dort oft zum ersten Mal überhaupt frische Luft bekommen und fühlen, dann kommen sie vier Jahre später vom Jungvolk in die Hitler-Jugend, und dort behalten wir sie wieder vier Jahre. Dann nehmen wir sie sofort in die Partei, in die Arbeitsfront, in die SA oder in die SS ... Und sie werden nicht mehr frei sein ihr ganzes Leben.«

Leider, führte ich aus, durfte ich keine Einsicht in die Akten des Sondergerichts Kiel nehmen, denn ich hätte gerne mehr über den Fall des Sozialdemokraten Hermann Schefe erfahren, der nach Zeitzeugenaussagen 1939 abgeholt und nie wieder nach K. zurückgekehrt war. Ich zog das Resümee, dass ein gründliches Aktenstudium in Schleswig eine notwenige Voraussetzung wäre für die Erforschung der NS-Zeit in K. Man müsste allerdings versuchen, führte ich weiter aus, die Erlaubnis zu bekommen, bisher verschlossene Akten nutzen zu dürfen, das wäre unerlässlich für die Forschung. Vielleicht gäbe es Bedingungen für eine Sonderregelung. Es gebe zum Beispiel eine Akte über Euthanasiefälle im Kreisgebiet. Darüber hinaus befänden sich Unterlagen im Berlin Document Center, die für die Erforschung der lokalen Geschichte von Bedeutung wären, insbesondere die Karteikarten und Akten über Mitglieder der NSDAP sowie Angehörige der SA und der SS. Als ich dies sagte, schaute ich reflexhaft in Richtung Fromm. Es schien mir, dass sich sein Gesichtsausdruck für einen Moment änderte. Anstelle des höflichen Zuhörens flog ein Ausdruck der Nachdenklichkeit über sein Antlitz. Er zog die Augenbrauen zusammen, die sich dann jedoch gleich wieder entspannten.

Zum Abschluss meines Referats sprach ich über die Aufgabe, Zeitzeugen zu interviewen. Ich erwähnte meine Gespräche mit Frosch, ohne ihn jedoch namentlich zu erwähnen. Ich sagte, Zeitzeugen seien wichtige Quellen, sie zu befragen sei jedoch ein aufwendiges und komplexes Unterfangen. Die Gespräche, die Erfassung, die Bewertung – all dies benötige einen umfangreichen Einsatz, gekoppelt mit besonderen Kenntnissen. Meine Einschätzung war, dass diese Aufgabe möglicherweise als Projekt von einer Arbeitsgruppe geleistet werden könne. Ich wollte das Publikum damit in die Forschung einbeziehen. Eine Idee von Hildegard.

»Meine Damen und Herren«, sagte ich zuletzt, »die Stadt K. war keine glückselige Insel mitten in der NS-Gewaltherrschaft. Das konnte ich nach dem ersten Einblick in die Akten schon feststellen. Es ist, meine ich, unsere Aufgabe, die Vergangenheit so wahrhaft wie möglich aufzuarbeiten. Wir schulden es uns selbst und unseren Kindern – sowie auch den Millionen Opfern der Diktatur und des Krieges. Das Schweigen der Jahre nach dem Krieg kann als zweite Schuld bezeichnet werden, was konkret die Unfähigkeit, ja die Unwilligkeit der bundesdeutschen Gesellschaft beinhaltet, die NS-Verbrechen aufzuarbeiten. Dies sollten wir als Mahnung verstehen.

Vielen Dank, für Ihre Aufmerksamkeit.«

Ich atmete einmal tief ein und aus und blickte in den Saal. Ich merkte, dass ich erschöpft war. Für einen Augenblick schien die Zeit stillzustehen. Ich sah die vielen Gesichter, die teils nachdenklich, teils angespannt, teils zustimmend, teils gar ungehalten auf mich blickten. Ich schaute zu Hildegard in der letzten Reihe und meinte ihr eigentümliches Lächeln zu erkennen. Vielleicht habe ich es mir nur eingebildet.

Zunächst vernahm ich ein verhaltenes Klatschen, das nach und nach lauter wurde, bis es den Raum füllte.

Fromm rollte mit seinem Stuhl wieder zum Pult. Er bedankte sich im Namen der Anwesenden bei mir für den Vortrag und fügte hinzu, dass in zwei Wochen Professor Erdmann aus Kiel einen Vortrag über die NS-Zeit in Schleswig-Holstein halten würde. Danach bat er um Wortmeldungen aus dem Publikum.

Wortmeldungen gab es viele. Es gab Berichte über eigene Erfahrungen, interessanterweise hauptsächlich über das Kriegsende und die unmittelbare Zeit danach. Über die noch gegenwärtige Erinnerung an die sogenannte Notzeit. Andere – die etwas Jüngeren – lobten den Vortrag. »Es ist endlich an der Zeit, damit anzufangen«, sagte eine junge Frau. Ich merkte, wie etliche dazu nickten. Ein Mann mittleren Alters fragte nach Juden in K. Ich erwiderte, dass ich auf einen Hinweis zu einer Familie Alexander gestoßen sei, die im Zentrum ein Kaufhaus geführt hatte. Es bedurfte weiterer Forschungen, um deren Schicksal zu ergründen. Danach stand eine ältere Frau auf und sagte, sie könne sich an einen Nachmittag Anfang April 1933 erinnern – sie sei noch ein Kind gewesen –, an dem SA-Angehörige das Kaufhaus belagerten und einen Davidstern sowie das Schild *Deutsche! Wehret Euch! Kauft nicht bei Juden* angebracht hätten. Was aus der Familie geworden war, wusste sie jedoch nicht. Eines Tages seien sie nicht mehr da gewesen. »Sie hören, meine Damen und Herren«, sagte ich. »Es gibt viele Fragen, die beantwortet werden müssen.«

Es kamen etliche Statements und Fragen von den Zuhörern zu Hermann Schefe. Ich sagte, man sollte seinem Schicksal auf jeden Fall nachgehen. »Was ist aus ihm geworden?«, fragte ich. »Es gibt in K. ein Denkmal für die gefallenen Soldaten, eine Erinnerung an Hermann Schefe sucht man vergeblich.«

Mir ist besonders die Reaktion eines älteren Mannes im Gedächtnis geblieben, der erbost aufstand und mich ausschimpfte. »Von wegen Befreiung! Die Amerikaner sollten ihren Mund halten und nicht immer die Heiligen spielen. Was haben sie mit den Indianern gemacht? Ausgerottet! Und Dresden! Ein Kriegsverbrechen!« Einige Zuschauer versuchten, ihn zum Schweigen zu bringen. Er ließ sich aber nicht bändigen. »Wir Deutsche sollten stolz sein auf unsere tapferen Soldaten! Schluss mit der Umerziehung!«, rief er, als er den Saal verließ. Danach herrschte ein betretenes Schweigen, bis ich das Wort ergriff. »Schuld gibt es überall«, sagte ich. »Die Schuld der einen hebt die Schuld der anderen nicht auf. Eine Schuld kann man nicht abtragen, indem man sie leugnet oder mit dem Finger auf andere zeigt. Ich habe mein Geburtsland verlassen, weil ich mit dem Krieg in Vietnam nicht einverstanden war. Die überwiegende Ausrottung der Indianer in den USA war ein Verbrechen, so wie auch etliche Gräueltaten im Zweiten Weltkrieg – von allen Beteiligten. War die Atombombe auf Hiroschima wirklich notwendig?« Ich schaute mich um. Alle Augen waren auf mich gerichtet. »Ist der Krieg selbst nicht ein Verbrechen gegen die Menschheit? Es geht nicht darum, die

Zeigefinger zu heben, sondern daran zu arbeiten, dass wir in einer besseren Welt leben können. Mahatma Gandhi hat gesagt: *Es gibt keinen Weg zum Frieden, denn Frieden ist der Weg.* Wir sollten uns auf den Weg machen.«

Zunächst herrschte Stille. Dann gab es Applaus. Ich war über mich selbst erstaunt, dass ich so leidenschaftlich geredet hatte.

Am Abend lag ich mit Hildegard im Bett. Wir hatten nicht mehr viel über den Vortrag geredet. Ich war erschöpft, und Hildegard erzählte in launiger Stimmung von einigen Fällen, die sie gerade bearbeitete. Ich hörte nur halb zu.

Mir schoss ruckartig die Erinnerung an die Reaktion von Fromm zu meiner Erwähnung des Berlin Document Center durch den Kopf. Ich drehte mich zu Hildegard hin, die angefangen hatte, meine Brust zu streicheln, und erzählte ihr von meinem Eindruck. Sie richtete sich sogleich auf. »Joe, Joe – wo führt das alles hin?« Ihre Augen schauten von mir weg. Sie suchten etwas.

Ich zog sie wieder zu mir und streichelte sie. »Enjoy the moment«, murmelte ich, obwohl ich spürte, dass wir beide nicht bei der Sache waren. Wir hatten den Moment bereits vertan.

Sein und Zeit

Woodstock/Vermont, Samstag, den 8. Dezember 2018

Heute Morgen habe ich den Anfang meines Bekenntnisses durchgelesen. Über Sein und Zeit hatte ich mich ausgelassen, und die Zeit als absolute Größe bezeichnet. Um mich selbst zu zitieren: nicht Sein und Zeit, sondern Sein *in* Zeit. Sind wir in der Zeit gefangen? Ist sie die große Unverrückbare? Uhren und Kalender als Marksteine des Unabänderlichen? Grabsteine als Schlussstriche? Inzwischen bin ich mir nicht mehr so sicher, ob das stimmt. Meine Zeit mit Hildegard war nur kurz, nicht einmal ein Vierteljahr. Und dennoch habe ich sie so erlebt, als ob in jedem Moment eine Ewigkeit steckte. War es nicht so? Die Zeit ist nicht nur linear, sondern auch vertikal. Ewigkeit dehnt sich in beide Dimensionen aus. *Enjoy the moment.* Ich meine, bei Nietzsche etwas Vergleichbares gelesen zu haben in seinem *Zarathustra*, im Vierten Teil, wenn ich mich nicht irre. Ich erlebe die Zeit mit Hildegard immer wieder von Neuem, indem ich darüber schreibe, indem ich sie durch das Schreiben für mich wieder zur Wirklichkeit werden lasse. In meiner Welt. Jene Zeit ist nicht vergangen, sie ist in mir noch präsent. Der Klang der blauen Gitarre hebt die Diktatur der Zeit auf, das Echo hallt durch die Äonen, wenn wir die Ohren haben, es zu hören. Also doch – Sein *und* Zeit! Es gilt, sie nicht gegeneinander, sondern miteinander zu denken – und zu erleben.

Ich sitze an meinem Schreibtisch – und schreibe. Auf dem Fußboden neben mir liegt Ginny. Man könnte denken, dass sie schläft. Ich weiß es aber besser. Sie hält mich stets unter Beobachtung. Ab und zu spreche ich sie an, und sie schaut aufmerksam hoch. Unsere Augen treffen sich. Wir verstehen uns.

Ich schreibe mit der Zeit, und gleichzeitig gegen die Zeit. Schreibtische sind Standorte des Denkens, der Selbstverwirklichung und der Fantasie. Auf einer Fläche von 170 x 100 Zentimetern können neue Welten ersonnen werden, können Gedanken entstehen, die unsere Welt radikal verändern. Wir Schriftsteller bilden uns das gerne ein – wie der namenlose Erzähler in Jonathan Swifts meisterhafter Satire *A Tale of a Tub*.

Wie viele Schreibtische hatte ich in meinem Leben gehabt? Damals in Woodstock als Schüler hatte ich einen schlichten Holztisch ohne Schubladen, eine Sperrholzplatte auf vier Beinen. Ich fühlte mich wohl, wenn ich an ihm saß und ein Buch zur Hand hatte oder etwas zu Papier brachte. Ich hatte keine Schreibmaschine, alles wurde per Hand geschrieben. Daneben stand ein einfaches Holzregal mit meinen Büchern. Ein Schreibtisch ohne ein Bücherregal ist nur eine halbe Sache. An jenem Schreibtisch hatte ich meine ersten Gedichte verfasst. Das Papier, auf dem ich versuchte, die Strophen zu reimen, existiert nicht mehr. Die Gedichte – so schlecht sie auch waren – existieren aber noch in meinem Kopf. Sie sind ein Teil von mir geworden. Sie schlummern irgendwo tief in meinem Geist.

Ich kann mich gut an den Schreibtisch in Chicago erinnern, meinen Begleiter durch vier ereignisreiche Jahre in der Stadt mit den breiten Schultern. Es war ein Einbaumodell mit einer Schublade und einem angebauten Regal mit fünf Fächern. Platzsparend und praktisch. Die feinen Ritzen in der Tischplatte zeugten von der Arbeit meiner Vorgänger. An dem Tisch schrieb ich meine Hausarbeiten, Referate und eigene Kurzgeschichten. Dort befasste ich mich zum ersten Mal mit der deutschen Sprache. Desk = Schreibtisch. Im zweiten Studienjahr kaufte ich mir eine gebrauchte Schreibmaschine. Welch ein Fortschritt! Ich kann mich noch daran erinnern, wie ich vor der Maschine saß, das erste leere Blatt einzog und eine Hausarbeit – ich glaube über einen Roman von William Faulkner, *Light in August* – auf der Maschine tippte. Ich war mir wie ein Schriftsteller vorgekommen.

Die nächste Station war Windsor. In dem kleinen Zimmer in der Rankin Avenue hatte ich keinen ordentlichen Schreibtisch mehr, sondern lediglich einen ausrangierten Ein-Mann-Kaffeetisch. Meine Schreibmaschine hatte ich in Chicago zurückgelassen. An dem Tisch verfasste ich mit der Hand die ersten Gedichte, die mir gelungen vorkamen, wie zum Beispiel *The Blue Gargoyle*. Nach dem Umzug in eine kleine, möblierte Wohnung habe ich auf dem Esstisch, der zugleich mein Arbeitstisch war, neben meinen Hausarbeiten für das Studium etliche Seiten beschrieben mit Skizzen, Ideen und Entwürfen für einen Roman, dessen Realisierung jedoch nie über ein paar einleitende, unbeholfene Seiten hinausgekommen ist. Die Zeit war noch nicht reif; ich war noch nicht reif. An den Schreibtisch in meinem Zimmer im Rochdale College kann ich mich kaum erinnern. Er war ein Einbaumodell in einem schlechten Zustand. Das weiß ich noch genau. Meine Vorgänger im Zimmer hatten den Schreibtisch ramponiert. Ich hatte noch nie in meinem Leben so wenig Zeit am Schreibtisch verbracht wie während des Jahres in Toronto. Die nervöse Energie, ja die Endzeitstimmung, die das College durchzog, erwies sich als zu starke Ablenkung für mich. Ich fand es schwer, mich mit Büchern und dem Schreiben intensiv zu befassen. Das exzessive Leben in dem College schob alles vor sich her wie die abgebrochenen Zweige auf den Wellen eines reißenden Flusses.

Erst in Deutschland begann ich wieder, konsequent zu arbeiten. Mein Zimmer im Goethe-Institut hatte einen Schreibtisch, das Institut stellte einen Aufenthaltsraum bereit, in dem man lesen und schreiben konnte. Dort entstanden meine ersten Versuche, Texte und Erzählungen auf Deutsch zu verfassen. Es waren die handgeschriebenen Entwürfe für meine Beschreibung der Spaziergänge durch Berlin, von denen ich später einige im Vademecum veröffentlichte.

1975 bezog ich meine erste Wohnung in Berlin in der Steinmetzstraße im Bezirk Schöneberg. Es war ein Kombiniertes Wohn-Schlafzimmer, Bad, Flur und eine kleine Küche. Sie war zugleich die erste Bleibe, die ich selbst möblieren und ausstatten musste. Langsam wurde ich erwachsen. Langsam. In der Küche übernahm ich Herd und Kühlschrank vom Vormieter; den Rest der Einrichtung musste ich mir selbst besorgen, zumeist suchte ich sie vom Sperrmüll zusammen. Ich wollte jedoch einen soliden Schreibtisch haben. Eines Tages entdeckte ich im Schaufenster eines Möbelhändlers an der Goebenstraße einen gebrauchten Tisch, der mich sofort ansprach. Er war aus einem rotschimmernden, dunklen Holz, hatte drei Schubladen auf der rechten Seite und eine passende Größe. Er sah gediegen aus und bildete in dieser Beziehung einen Kontrast zu meinen restlichen Möbeln. Er war mir zu teuer. Ich habe ihn trotzdem gekauft. Etwas später legte ich mir eine Schreibmaschine zu. Damit war ich nach meiner Vorstellung als Schriftsteller ausgestattet. Es bedurfte nur noch der Beobachtungsgabe, der Vorstellungskraft und des Arbeitseinsatzes, um zu schreiben, und das sind Eigenschaften, die man nicht kaufen kann. Während meiner dreiundvierzig Jahre in Berlin hatte ich in meinen verschiedenen Wohnungen stets diesen einen Schreibtisch. Er zog mit mir um, insgesamt vier Mal, bis er am Ende zuletzt in Wilmersdorf stand. Mein treuer Begleiter und Partner. Als ich den Umzug nach Vermont vorbereitete, hatte ich ernsthaft überlegt, ihn mitzunehmen. Im Alter wird man nostalgisch. Es war jedoch von Anfang an eine verrückte Idee, von der ich am Ende Abstand nahm.

Meine erste Schreibmaschine in Berlin hat es dagegen nicht so lange mit mir ausgehalten. Es folgten weitere, modernere Modelle. Ich wollte aber nie eine elektrische Schreibmaschine haben. Erst Anfang des neuen Millenniums beugte ich mich dem Sieg der digitalen Medien und wechselte mit einem Schreibprogramm zum PC. Zuweilen vermisse ich den Klang der alten Schreibmaschinen: das entschlossene, kräftige Hämmern der Typenhebel gegen das Papier als akustisches Sinnbild für das Fortschreiten des Denkens. Das leichte Surren der PC-Tastatur kommt mir dagegen halbherzig vor, als ob man das Geschriebene nicht wirklich ernst meinen würde. Das Arbeiten mit Tipp-Ex und Durchschlagpapier vermisse ich jedoch in keiner Weise.

Meinen jetzigen Schreibtisch habe ich bei einem Antiquitätenhändler in Woodstock gekauft. Solche Läden haben sich seit meiner Abreise vor fünfzig Jahren massiv verbreitet. Vintage-Möbel sind modern geworden, zumindest in bürgerlichen Kreisen. Der Schreibtisch ist aus hellem, massivem Holz, hat zwei Schubladen und einen praktischen Aufsatz mit vielen kleinen Fächern. Für einen PC ist er nur bedingt geeignet. Ich schreibe meine Texte indes immer noch zuerst mit der Hand, bevor ich mich an den PC setze, um die Texte in die richtige Form zu bringen. Ich finde, mit der Hand zu schreiben ist aktiver, sinnlicher.

Gestern habe ich den Musikabend von Jim und seiner Band in der Schule besucht. Die alte Aula war voll. Sie hatte sich seit meiner Schulzeit verändert. Sie wirkte heller und freundlicher. Zahlreiche Familienmitglieder waren gekommen sowie Schülerinnen und Schüler, und es herrschte eine durchweg ausgelassene Stimmung. Ich fand einen Stuhl in der Mitte am Gang. Jims Familie saß vorne. James I, das Familienoberhaupt, hatte mir freundlich zugewinkt, als ich den Saal betrat.

Die Band bestand aus fünf Musikern, zwei Gitarristen, einem Bassisten, einem Schlagzeuger und einem Jungen am Keyboard. Jim spielte die zweite Gitarre, die Rhythmusgitarre. Die Jungs trugen ihren Blues-Rock mit viel Energie und offensichtlicher Freude vor. Die meisten Lieder kannte ich nicht, hatte auch zuweilen Schwierigkeiten, die Songtexte zu verstehen. Zweimal übernahm Jim die Leadgitarre, als die Band Lieder von Chris Rea coverte. Ich kannte den ersten Song – *Chicago Morning* aus dem Album *Blue Guitars*. Er führte mich in meinen Gedanken zurück zu meiner Zeit in der Großstadt am Lake Michigan. Ich sah den Glamour und Glitzer des Zentrums, das Elend der schwarzen Slums im Süden, das geruhsame Quad meiner Universität, meine erste Teilnahme an einer Demonstration gegen den Vietnamkrieg, das Eingangsschild des Blue Gargoyles, Annes Gesicht, das maskierte Gesicht des Polizisten, der mich bei der Demonstration im Grant Park 1968 niedergeschlagen hatte. Chicago – ein hartes Pflaster. Jim sang in der Nachahmung der rauen Stimme von Chris Rea:

You better know now
Ain't nothing here for free, oh no
Chicago Morning.

Das zweite Lied hieß *Come so far, yet still so far to go.* Ich kannte es noch nicht. Ich wunderte mich, dass eine Gruppe Teenager etwas mit diesem Lied anfangen konnte. Es war eher ein Song für einen Menschen, der bereits einen langen Lebensweg hinter sich hatte, der jedoch immer noch On the Road war. Ein Song für mich.

I'm chained to the highway, there's no other way for me
Always looking for a new day, always a dream ahead of me
Seems like it's so many lifetimes, through the sunshine, rain and snow
Yeah I come so far, but I still got so far to go.

Oder, dachte ich, ist das nicht ein Beleg für die Strahlkraft der Musik? Der Klang der blauen Gitarre hebt die Zeit auf, er schweißt alle, welche die Ohren dafür haben, zusammen auf der Suche nach dem Sinn des Lebens. Eingetaucht in den Klang der blauen Gitarre, kann man jung oder alt sein, kann die Welt aus unterschiedlichen Sichtweisen erleben. Der Vorstellungskraft sind keine Grenzen gesetzt.

Nach dem Konzert stand ich auf. Ich hatte vor, gleich nach Hause zu gehen, blickte jedoch erstmal zur Bühne und sah, wie Jim aufstand, die Gitarre absetzte und seinen Notenständer ergriff. Seine Augen trafen meine. Ich lächelte und hob den rechten Daumen einmal hoch. Er schaute scheu zurück und nickte. In dem Augenblick kam ein Mädchen auf ihn zu und umarmte ihn. Sie hatte pechschwarze Haare und dunkle Haut. Ich blieb einen Augenblick stehen, drehte mich dann um und lief gemächlich in Richtung Ausgang. Nach ein paar Schritten hörte ich die Stimme von Jims Großvater hinter mir. Ich drehte mich nochmals um.

»Hello Joe«, sagte er, als er auf mich zukam. »Schön, dass du zum Konzert gekommen bist. Jim hat mir von euren Treffen im Wald erzählt. Wir wollen im Coburn's etwas trinken.« Das »Wir« bezog sich – wie ich annahm – auf eine ältere Frau, vermutlich Jims Ehefrau, einen Mann mittleren Alters, wohl der Sohn Jim II und eine weitere Frau, die eindeutig dessen Ehefrau war. Sie alle standen hinter Jim. Sie schauten mich erwartungsvoll an. In Jims Frau konnte ich nicht das Mädchen erkennen, mit dem ich damals zur Schule gegangen war. Sie wirkte unscheinbar. Trotz teurer Kleidung hatte sie keine Ausstrahlung. Jim II kam mir wie eine beleibtere und größere Ausführung meines alten Schulkameraden vor. Er hatte harte Augen und einen weichen Mund. Ein erfolgreicher Anwalt, hatte mir Jim gesagt. Seine schlanke und modisch angezogene Frau schien mir lebhafter zu sein. Sie schaute mich mit unverhohlener Neugier an. Ich fragte mich, was Jim III ihnen über mich erzählt haben mochte. Ich blickte nach vorne zu der Band. Jim hatte meinen Blick bemerkt und deutete an, dass die Band unter sich feiern wollte. Ich schaute wieder zu Jim, bedankte mich für die Einladung und sagte, ich würde gerne auf ein Glas mitkommen.

Mit Coburn's meinte Jim die Gastwirtschaft neben dem Yankee Bookshop an der Elm Street, mit vollem Namen Dr. Coburn's Tonic. Ich war noch nie da gewesen. Bald saßen wir zu fünft um einen runden Tisch. Coburn's kam mir wie eine klassische Vermont-Bar auf dem Lande vor. Viel Holz im Dekor und Bilder von Wintersport,

Angeln, von Wäldern und Seen an den Wänden. Es gab sogar Stühle mit Skiern als Rücklehne. Ich bestellte einen Gimlet – einen Cocktail aus Gin, Limettensaft, Zuckersirup und Sodawasser, dessen Wurzel in England liegt. Er erinnert mich an eine gelungene Szene in meinem Lieblingsroman von Raymond Chandler, *The Long Goodbye*, und ich bestelle ihn gelegentlich, wenn ich in einer Bar bin. Außerdem schmeckt er mir.

Nach anfänglichem Geplänkel über das Wetter und die Schule war ich an der Reihe, über mich zu berichten. Vier Augenpaare musterten mich: den verlorenen Sohn, der nach fast fünfzig Jahren in Europa wieder in Vermont wohnte. Ein Exot. Ich blieb an der Oberfläche und gab einige Anekdoten über mein Leben in Berlin zum Besten. Meine Beschreibung der Novembertage 1989, als die Mauer fiel, stieß auf lebhaftes Interesse. Kein Familienmitglied war bisher in Europa gewesen.

Um das Gespräch von mir abzulenken, sagte ich, dass mich Jims Solo-Aufführung von Reas *Come so far, yet still so far to go* sehr beeindruckt hatte. Die Gitarren-Riffs seien gelungen gewesen, und er hatte mit viel Einfühlungsvermögen einen Text gesungen, der allerdings nicht so richtig zu seinem Alter passte. Ich merkte gleich, dass die Familie sich mit der Lyrik nicht auseinandergesetzt hatte. Für sie war Musik Hintergrundgeräusch ohne besondere Bedeutung. Sie freuten sich über Jims Können und vor allem über den öffentlichen Auftritt, aber … Ich habe im Leben immer wieder feststellen müssen: Es gibt Menschen, die den Klang der blauen Gitarre nicht hören können. Als ich erwähnte, dass Jim offenbar eine Freundin habe, stieß ich bei der Familie auf verschlossene Gesichter. Das Thema war offenbar unerwünscht, was mich nachdenklich stimmte. Ich trank meinen Gimlet aus, lehnte eine zweite Runde dankend ab und sagte: »Ich verschiebe das auf ein anderes Mal.« Als ich aufstand, sagte ich: »Grüßt Jim von mir. Tell him to keep playing his song.«

Wir saßen beim Frühstück in Hildegards Wohnung, als das Telefon klingelte. Sie stand auf und lief zu ihrem Büro. Ich trank weiter meinen Kaffee und dachte an nichts. Hildegard kam zurück und sagte, dass der Anruf für mich sei. Das wunderte mich: Wer würde mich unter dieser Nummer anrufen? Vielleicht Bernie?

Ich ging zum Büro und nahm den Hörer vom Tisch. »Harris«, sagte ich.

»Hallo, Joe«, kam die Stimme, »hier ist Manfred.« Es entstand eine Pause. »Manfred Kiehl von der Forschungsstelle in Hamburg.«

»Ja, Manfred, ich weiß«, erwiderte ich endlich. »Entschuldige die Verzögerung. Du hast mich beim Frühstück überrumpelt.«

Er lachte: »Ein spätes Frühstück!«. Nach einer Pause fuhr er fort: »Ich habe heute an dich gedacht, als ich die Morgenpost durchblätterte. Es gibt in der heutigen Ausgabe einen Artikel über einen ehemaligen SS-Angehörigen, der unter noch ungeklärten Umständen ums Leben gekommen ist. Ich dachte, das würde dich vielleicht interessieren.«

»Danke für den Hinweis. Ich werde gleich nachschauen«, erwiderte ich. »Wie geht es dir sonst?«

Er schien guter Laune zu sein. »Die Forschung geht voran. Ich entdecke immer wieder neue Verästelungen. Ich habe endlich Bescheid bekommen, dass ich unter besonderen Auflagen im Berlin Document Center forschen darf. Ein langwieriger Prozess bei den deutschen Behörden.«

»Glückwunsch! Das ist ein wichtiger Schritt«, sagte ich. »Wenn du da bist, richte mal Grüße aus an einen dortigen Mitarbeiter, den ich kennengelernt habe. Hans Hübner.«

»Mach ich«, sagte er. »Wo du überall hinkommst!«

Ich ging zu Hildegard zurück und erzählte ihr von dem Telefonat. Sie nickte abwesend, räumte ihren Frühstücksteller ab und sagte, sie müsse jetzt arbeiten. Ich räumte meinen Teller auch ab, brachte das Geschirr in die Küche, spülte es ab und verließ die Wohnung. Ich wollte beim Bahnhofskiosk eine Zeitung kaufen.

Ich stand noch vor dem Kiosk, als ich die Zeitung aufschlug. Ich blätterte einmal um, und auf der dritten Seite war der Artikel mit Bild. Mir blieb fast der Atem weg. Das Bild. Den Mann kannte ich, zumindest kannte ich eine Abbildung von ihm. Seine Darstellung auf einem Wandgemälde. Auf dem Totentanz in der Alten Stube. Der Mann mit dem Schlapphut.

»Is was?«, fragte der Kioskbesitzer.

Ich blickte zu ihm hin. »Das Bild in der Zeitung. Es kommt mir bekannt vor.« Ich hielt ihm die Seite hin.

»Ne, noch nie gesehen. So'ne Typen brauchen wir hier auch nicht.«

Ich fasste schnell den Entschluss, nichts weiter zu erzählen. Die Nachricht könnte brisant sein. Ich musste aufpassen. »Ich wünsche einen schönen Tag«, sagte ich, als ich wegging.

Anstatt zurück zu Hildegard zu gehen, lief ich zu meinem Zimmer in der Pension. Ich wollte den Artikel in aller Ruhe lesen. Und nachdenken.

Die Überschrift lautete: »Ehemaliger SS-Mann tot in seiner Wohnung aufgefunden«. Ich las den Artikel zweimal gründlich durch. Der Mann hieß ursprünglich Friedrich Gruber, hatte sich allerdings einen neuen Namen zugelegt: Franz Lange. Er hatte seit fast zwanzig Jahren in Hamburg gelebt und im Hafen gearbeitet. Es lag schon seit einigen Jahren ein Haftbefehl gegen ihn vor. Er hatte jedoch erfolgreich untertauchen können. Der Haftbefehl bezog sich auf seine Zeit als Aufseher in Auschwitz. Sein Name war als Beteiligter an Grausamkeiten im Rahmen der Auschwitz-Prozesse in den Jahren 1965 und 1966 bekannt geworden. Durch einen Tipp waren die Ermittlungsbehörden schließlich doch auf ihn aufmerksam geworden. Bevor sie jedoch zugreifen konnten, war es zu spät. Die Ermittler gingen von Selbstmord aus. Die Frau, mit der er zusammenlebte, wusste von nichts, zumindest war das ihre Aussage. Sie war kaum vernehmungsfähig. Sie hatte die Leiche entdeckt, als sie nach ihrer Arbeit als Kellnerin in St. Pauli nach Hause gekommen war. Sie war erst vor einigen Monaten zu ihm in die Wohnung gezogen.

Ich legte die Zeitung beiseite und holte mein Notizbuch hervor. In den folgenden Stunden las ich, grübelte, las wieder, machte weitere

Notizen, holte mir eine Tasse Kaffee, grübelte wieder. Endlich nahm ich mir ein leeres Blatt Papier und begann, eine Skizze zu entwerfen. Ich malte Kästchen, füllte sie mit Worten und zwischen den Kästchen zeichnete ich Linien, die ich beschriftete. Nach und nach kam ein Bild zum Vorschein. Ich hatte es erwartet. Als ich fertig war, bestürzte es mich dennoch. Ein ungeheuerliches Verbrechen – mit einer langen Vorgeschichte, kaltblütig ausgeführt und mit grausamen Folgen. Einige Verbindungen hatte ich mit durchgezogenen Linien gezeichnet. Sie schienen mir sicher zu sein. Andere hatte ich gestrichelt dargestellt, denn sie stellten lediglich Vermutungen dar.

Durch einen Tipp – sagte ich leise und blickte kurz aus dem Fenster. So stand es im Zeitungsartikel. Von wem? Und warum? Die Behörden gingen von Selbstmord aus. Der Artikel erwähnte indes keine Einzelheiten. Gab es eine andere Möglichkeit? Ich fragte mich, was alles nach 1945 im Dunstkreis der alten Nazis, vor allem der ehemaligen SS-Angehörigen, im Verborgenen abgelaufen war. Verästelungen hatte Kiehl gesagt. Seilschaften, die dafür genutzt wurden, sich gegenseitig zu helfen, zu schützen. Schloss solch eine gegenseitige Hilfe auch Mord ein? Einen Auftragsmord? Ich beschloss, Kiehl anzurufen. Vielleicht konnte er mir genauer beschreiben, was er mit *Verästelungen* meinte.

Ich schaute nochmals auf meine Zeichnung. Es gab noch etliche gestrichelte Linien, insbesondere in Bezug auf die Familie von Hildegards Mutter in Berlin. Hier wusste ich viel zu wenig. Warum hatte Hildegards Vater beim Document Center eine Anfrage für Fromm gestellt? Würde ich je herausbekommen können, ob der Vater Fromm in Berlin gekannt oder mit ihm zu tun hatte? Vermutete er, dass Fromm in das Schicksal der Familie von Hildegard direkt involviert gewesen war? Wenn Fromm den Mordauftrag erteilt hatte, musste er einen sehr konkreten Grund für seine Angst gehabt haben. Dann müsste er gewusst haben, dass Hildegards Vater ihn verdächtigte, dass seine Tarnung in K. auffliegen konnte? Verästelungen, die über dreißig Jahre zurücklagen. Konnte ich sie wieder sichtbar machen? Wenn nicht, würde es bei Thesen und Vermutungen bleiben müssen. Kein so sicherer Boden.

Ich faltete meine Skizze zusammen und legte sie mit dem Zeitungsausschnitt in das Notizbuch. Es war bereits nach 15 Uhr. Ich ging nach unten auf die Straße, rief Hildegard von einer Telefonzelle aus an und sagte, ich würde abends kommen. Sie hatte einen Mandantentermin und wollte noch einen Schriftsatz aufsetzen. Vor 19 Uhr wäre sie nicht fertig. Ich legte auf und wählte die Nummer von Manfred Kiehl in Hamburg. Er war gleich am Apparat.

»Hallo Manfred, hier ist Joe«, begann ich. »Ich habe eine Frage.«

»Hab mir gedacht, dass der Artikel dich interessieren würde.«

»Zunächst vielen Dank für den Hinweis. Er ist wichtiger, als du vermuten könntest. Der Mann ist mir bekannt, er gehört zu meiner Geschichte.«

»Oh«, sagte Manfred. Ein sehr kurzes Wort, das dennoch vieles ausdrückte.

»Was meinst du mit Verästelungen unter den ehemaligen SS-Angehörigen? Gegenseitige Hilfe? Sich gegenseitig schützen? Alte Kameraden unter sich, die in einer ihnen feindlich gesinnten neuen Welt zusammenhalten?«

»Ja, so in etwa. Ich habe bereits etliche Fälle aufgedeckt. Vor allem im beruflichen Bereich. Man wundert sich, wo diese Menschen alle untergekommen sind.«

»Kannst du dir vorstellen, dass auch ein Mord als Mittel gegenseitiger Hilfe geplant und ausgeführt werden könnte?«

»Mann, Joe«, rief Manfred durch den Hörer, »mit was für einer Sache hast du da zu tun?«

»Ich weiß es noch nicht hundertprozentig. Ich habe jedoch den starken Verdacht, dass ein ehemaliger SS-Sturmbannführer diesem SS-Mann, der nun tot in seiner Wohnung aufgefunden worden ist, vor fast dreißig Jahren einen Mordauftrag erteilt hat – um sich vor der Enttarnung, möglicherweise sogar vor der Strafverfolgung als NS-Verbrecher zu schützen.«

Es dauerte eine Weile, bis Manfred sprach. »Joe«, begann er zögerlich, »ich muss diese Geschichte erst einmal verdauen. Es hört sich wie ein Spielfilm an. Ich weiß nicht. Ich habe bisher noch nie so einen Fall aufgedeckt. Das soll nicht heißen, dass es nicht möglich wäre. Überhaupt nicht.« Er machte wieder eine Pause. Ich wartete. »Weißt du, diese SS-Männer waren im Kern verkommene Subjekte. Sie haben sich willentlich am Völkermord beteiligt und fühlen sich seit Kriegsende sogar als Verfolgte, ja als Opfer der Alliierten. Sie waren und sind unbelehrbar. Für sie zählte ein Menschenleben nicht viel. Etliche waren richtige Sadisten. Dass SS-Leute zu dem grundsätzlich fähig waren – und vielleicht noch sind –, was du vermutest, das glaube ich schon. Morden war ihre Berufung.« Wieder eine Pause. Ich merkte, wie sehr Manfred mit seinen Formulierungen rang. »Aber, Joe, es ist schwer zu glauben, dass es so etwas in unserer Zeit tatsächlich geben könnte. Die Umstände haben sich sehr verändert. Die Gefahr der Aufdeckung ist groß.«

»Manfred«, entgegnete ich. »Wir sprechen nicht von heute, sondern von 1949. Nur vier Jahre nach Kriegsende. Die Lage war anders, ganz anders.«

»Ja, du hast recht, Joe.« Er räusperte sich. »Gott, wenn das Morden zur Gewohnheit wird! Wie steht es dann um uns?«

»Die Wunden bluten noch. Sie werden nicht heilen, wenn wir sie nicht behandeln«, sagte ich. Ich überlegte kurz und fuhr dann fort: »Darf ich dich um ein Gefallen bitten?«

»Das wäre …?«

»Informationen über diesen Friedrich Gruber. In dem Artikel steht kaum etwas. Ich habe keine Kontakte in Hamburg bis auf dich. Ich weiß nicht, ob man mehr erfahren kann, aber es würde mich schon sehr interessieren.«

»Hm«, seufzte Manfred. »Muss ich mir überlegen, ob ich jemanden kenne, der möglicherweise Informationen hat. Wird schwierig sein. Ich kann es aber versuchen.«

Ich bedankte mich, und wir legten auf.

Nach dem Telefonat ging ich wieder in mein Zimmer zurück. Ich hatte Bernie versprochen, ihm die neue Fassung meines Artikels zuzuschicken. Ich hatte ihn in den letzten Tagen bei Hildegard abgetippt. Ich las den Artikel noch einmal durch, fügte einige Korrekturen ein und ging zur Post, um ihn zu versenden. Ich war nicht voll bei meinem eigentlichen Auftrag in K., aber das normale Leben gab es auch noch. Mein Notizbuch mit der Skizze und dem Zeitungsausschnitt hatte ich in meiner Jackentasche verstaut.

Ich hatte Zeit, ein Bier in der Alten Stube zu trinken. Also machte ich mich auf den Weg. Bis auf einen Mann, der an der Theke saß und ein Bierglas vor sich hatte, auf das er hingebungsvoll starrte, war die Gastwirtschaft leer. Ich wollte mich nicht in ein Gespräch verwickeln lassen, wählte einen Barhocker am Ende der Theke und bestellte ein Pils. Ich trank langsam und dachte nach. Hildegard. Ihre Geschichte. Unsere Geschichte. Ich hatte das Gefühl, dass ein Kapitel, ein wichtiges Kapitel, fast das Ende erreicht hatte. Meine Skizze ließ eine eindeutige Aussage erkennen. Der Mörder war Alfred Fromm, der wichtigste Mann in der Stadt K. Der SS-Mann Friedrich Gruber war sein Handlanger. Mir schauderte. Ich dachte: *Wie wird Hildegard darauf reagieren.* Sicherlich hatte sie so etwas bereits vermutet. Würden die Informationen, die wir bisher gesammelt hatten, als Beweise in einem Verfahren ausreichen? Könnten wir Fromm belangen? Selbst wenn wir sicher waren, die Wahrheit gefunden zu haben, was zählte das vor Gericht? Für einen kurzen Augenblick hatte ich überlegt, das Notizbuch und die Skizze zu vernichten, die Sache einfach für immer zu beerdigen. Wem würde es heute nutzen, fragte ich mich, diese alte Geschichte auszugraben und publik zu machen, gar ein Gerichtsverfahren anzustreben? Ich wusste aber gleich, dass diese Lösung keine wirkliche Alternative war. Das Notizbuch und die Skizze bestanden lediglich aus Papier. Die Inhalte waren in unseren Köpfen. Wir mussten sie ihren Gang nehmen lassen. Ein Gedanke, ein alter Gedanke, schoss mir durch den Kopf: *Wir können nicht einfach aus unserer Geschichte aussteigen. Wir sind alle darin verstrickt. Ja, es gab eine Möglichkeit Schluss zu machen … aber …*

Ich verließ die Gastwirtschaft und lief die Straße zu Hildegards Kanzlei hinunter.

Es fällt mir schwer, den nachstehenden Abschnitt meines Bekenntnisses zu schreiben. Ich hatte bereits einige Male einen Einstieg entworfen und jedes Mal mittendrin aufgehört. Das Treffen, mein letztes Treffen mit Hildegard, ist mir wie ein Fanal in mein Gedächtnis gebrannt. Dennoch bin ich mir nicht sicher, ob es tatsächlich so ablief, wie ich es in Erinnerung behalten habe. Ich lasse mir die Abläufe des Abends immer wieder durch den Kopf gehen, in endloser Zeitlupe. Die blaue Gitarre. *Things as they are, are changed upon the blue guitar.* Das Treffen war kurz, nach meiner Erinnerung dauerte es knapp eine Stunde, und doch lebt es in mir fort. Wenn ich daran zurückdenke, eröffnet sich die Ewigkeit vor mir. Die Zeit hört auf zu existieren. Es gibt nur das Sein, das in dem Moment erstarrte, als ich mich beugte, um Hildegard zu küssen, und sie bewegungslos und ohne Erwiderung in sich blieb. Ich drang nicht mehr zu ihr durch. Sie sah mich nicht mehr. Ich hatte sie verloren. Sie hatte einen Weg für sich gewählt, den nur sie allein gehen wollte oder konnte. War ich nicht stark genug? Habe ich den Moment vertan? Habe ich Hildegard verraten? Habe ich mich selbst verraten? Was wäre, wenn? Im Leben werden die Karten nur einmal verteilt, jede Karte kann nur einmal ausgespielt werden. *There is no redeal in life.*

Schuld, immer wieder Schuld.

Ich schreibe weiter. Ich denke an Picassos Darstellung des *Alten Gitarristen.* Der alte Mann spielt weiter, immer weiter. Er muss spielen.

Narrare necesse est.

Auf den Weg zu Hildegards Kanzlei verspürte ich deutliche Unruhe. In den letzten Tagen hatte sie exzessiv gearbeitet, sie war verschlossener geworden und spielte immer häufiger auf ihrer Viola. Wenn wir uns liebten, merkte ich, wie sie ab und zu in sich abtauchte. Ich hielt sie in meinen Armen, aber sie war dann nicht mehr bei mir.

Kurz nach 19 Uhr drückte ich auf die Klinke an der Eingangstür zu ihrer Kanzlei. Die Tür öffnete sich sofort, Hildegard hatte noch nicht abgeschlossen. Ich schaute in den Kanzleiraum. Hildegard saß noch an ihrem Schreibtisch. Vor ihr lag ein Stapel Papiere. Sie blickte hoch, und ich sah, wie kurz ein Lächeln in ihren Augen aufleuchtete, um dann zu erlöschen.

»Ein schwieriger Fall?«, fragte ich, um etwas zu sagen.

Sie schob die Papiere beiseite. »Eigentlich nicht«, sagte sie. »Es geht um Ehegattenunterhalt. Wie üblich, stellt meine Mandantin, die geschiedene Ehefrau, Ansprüche, auch für die gemeinsamen Kinder. Der Ex-Ehemann kommt seiner Unterhaltspflicht nicht nach. Er will nicht zahlen, aus welchen Gründen auch immer. Das Sorgerecht hat keine Bedeutung für ihn. Er empfindet keine Verantwortung. Weißt du, es geht den Menschen in solchen Rechtsstreiten fast immer nur um Geld, nie um Verantwortung. Schuld können sie durch Geld tilgen, sich mit Geld aus der Verantwortung schleichen, ein Grundsatz unseres Rechtssystems. Ein normaler juristischer Vorgang.« Sie stand auf. »Wollen wir essen?«

»Klar«, erwiderte ich. »Ich mach uns etwas.« Ein Abend, wie bei einem normalen Paar. Oder?

Hildegard nickte und lief den Flur hinunter zum Wohnraum, und ich verschwand in der Küche. Ich fand Zutaten für einen Salat und erinnerte mich dabei an ein Rezept von Mister Sedgwick. Zuerst briet ich Speckwürfel scharf an, bis sie ausgebacken waren. Danach verlas und schleuderte ich den Kopfsalat. Hinzu kamen Gurkenscheiben und Tomaten. Ich beschloss, etwas Käse zu verwenden, und rieb ein Stück Appenzeller klein. Dann die Salatsauce – Himbeeressig, Olivenöl, Gewürze, ein Schuss Senf und ein Teelöffel Honig. Dazu eine Scheibe Toast und ein Glas Weißwein. Mit einer Kerze auf dem Tisch konnte ich mir einen romantischen Abend vorstellen. Ich wusste jedoch, dass er alles anders als romantisch werden würde. Das Notizbuch mit der Zeichnung und dem Zeitungsausschnitt befand sich noch in meiner Tasche.

»Sich der moralischen Verantwortung durch Geldleistungen entziehen zu wollen – das ist höchst fragwürdig«, sagte ich während des Essens. »Schuld bezeichnet in erster Linie eine moralische Dimension, es geht um Handlungen, die bewusst die ethischen Normen menschlichen Zusammenlebens verletzen. Subjektiv zieht Schuld einen quälenden Seelenzustand nach sich, das Bewusstsein eines eigenen falschen Verhaltens, das anderen Menschen Leid verursacht hat. Schuld verlangt nach Buße, nach Entschuldigung. Die Kehrseite von Schuld ist Verantwortung. Es geht um seelisches Gleichgewicht. Geld ist ein Begriff aus der Wirtschaft. Geld hat nichts mit Moral zu tun. Mit Geld kann man nicht alles kaufen, am wenigsten aber einen Ablass von Schuld.«

»So gesehen hast du recht, Joe. Aber die Juristerei sieht es nicht so. Durch einen Taschentrick hat sie aus deinem moralischen einen juristischen Begriff von Schuld gezaubert. Wir prüfen zum Beispiel die Schuldfähigkeit der betreffenden Menschen im Strafprozess, die Umstände der Tat, den Grad der Verantwortung sowie die Schwere des angeblichen Verstoßes gegen die Rechtsordnung. Schuld ist im juristischen Sinne nicht gleich Schuld, es gibt feine Abstufungen. Moral ist absolut. Ein Rechtssystem ist bedingt, es muss bedingt sein. Das Absolute kann der Mensch auf Dauer nicht ertragen. Für das Absolute gibt es keinen Platz in unserer Gesellschaft, in unserer Rechtsordnung. Wie ein Juraprofessor im ersten Semester in Tübingen sagte: ›Unser Ziel ist nicht Gerechtigkeit, sondern Rechtsfrieden.‹ Die Juristerei tut so, als ginge das. Das muss sie. Das ist ihre notwendige Daseinslüge.« Sie schaute mich an. Ihre Augen wurden hart. »Wie tilgt man eine moralische Schuld? Was ist Gerechtigkeit wirklich?« Wieder eine Pause. Hildegard richtete ihren Blick zum Fenster, als ob sie eine weite Ferne in sich aufnehmen wollte.

Ich setzte das Gespräch fort. »Schuld und Sühne – Raskolnikow versuchte, seine Schuld durch Selbsterkenntnis und Buße abzutragen. Der Mord an der alten Pfandleiherin war ein Verbrechen, seine Schuld war es jedoch, sich der Vorstellung hingegeben zu haben, dass er ein Übermensch wäre, ein Mensch, für den besondere Regeln gelten, der eine eigene Moral erschaffen konnte, in der Mord zu einem höheren Zweck legitim war. Wie kann eine solche Schuld gesühnt werden? Dostojewskis Antwort war die alte Botschaft des Christentums. Seelische Läuterung durch Buße und Selbsterniedrigung. Erst im Gefängnis stand Raskolnikow in vollem Maße zu seiner Tat, ja zu seinem bisherigen Leben, und nahm die Schuld dafür bedingungslos an. Nur so konnte er den Weg der Buße beschreiten, den Weg zurück zu den Menschen.«

»Gelingt das wirklich?«, fragte Hildegard. »Und wenn es keine Instanz, wie zum Beispiel einen Gott, gibt, die Urteile fällt, die Schuld vergeben kann? Wenn der einzelne Mensch ganz und gar allein und auf sich gestellt ist? Frei von allen Bindungen. Nur der Mensch und das nackte Sein. Wie geht er mit der Frage seiner Schuld um? Was heißt für ihn Verantwortung? Wie hat Iwan, Iwan Karamazov, es gesehen – um bei Dostojewski zu bleiben? Iwan hatte erkannt, dass diese Frage für uns Menschen zu groß ist, viel zu groß. Zu versuchen, sie in ihrer vollen Tragweite zu ergründen, ja zu erleben, kann einen Menschen nur in den Wahnsinn treiben. Du erinnerst dich, Iwan hatte, geplagt von seinen Seelenqualen wegen des Mordes an seinem Vater, den Teufel als Besucher empfangen müssen.« Hildegard hielt kurz inne und schaute mich intensiv an: »Was denkst du, Joe? Brauchen wir Menschen Iwans Großinquisitor, eine Instanz, die uns die Verantwortung für das eigene Leben abnimmt? Die über Schuld und Sühne herrscht? Sind wir Menschen in der Lage, die Freiheit zu ertragen?«

Unsere andauernde Diskussion über Bücher, die Stellvertreter unserer inneren Seelenkämpfe, drohte zu explodieren. Die Grenze zwischen Literatur und Leben bröckelte.

Hildegard lehnte sich über den Tisch zu mir hin. »Wie nun ist der Fall eines Menschen zu beurteilen, der einen Mord nicht als Verbrechen versteht, Schuld in deinem subjektiven Sinn gar nicht empfindet. Auch Raskolnikow hatte seine Tat anfänglich durch eine Philosophie des Übermenschen zu rechtfertigen versucht.« Ich wunderte mich einen Augenblick lang über den Verlauf unseres Gespräches, bevor mir klar wurde, woran Hildegard dachte. Sie fuhr fort: »Die Nazis haben über sechs Millionen Juden in Europa systematisch ermordet, einen Krieg entfesselt, bei dem weltweit über 60 Millionen Menschen ums Leben kamen. Abertausende Menschen in Deutschland waren daran beteiligt, sie haben mitgemacht, sie haben im juristischen Sinne schuldhafte Taten begangen, von der Moral ganz zu schweigen. Sie sind aber noch da, leben unbehelligt unter uns. Die Mörder. Haben sie ein Bewusstsein von ihrer Schuld? Die meisten empfinden keine Schuld. Sie rechtfertigen sich nach außen mit Befehlsnotstand. Von Reue keine Spur. Das Einzige, was sie empfinden, ist die Angst vor der Entdeckung.« Unsere Augen trafen sich. Wir wussten, wovon wir sprachen. »Wie ist diese Schuld zu tilgen, wie ist sie auszugleichen, wenn sie von den Schuldigen nicht einmal als Schuld empfunden wird?«, fragte Hildegard. »Sie sind wegen ihrer Verbrechen nicht angeklagt, nicht zur Rechenschaft gezogen worden, geschweige denn dazu gedrängt, ihre Schuld anzunehmen. Verbrechen gegen die Menschlichkeit – ein Tatbestand von Nürnberg. Ein hehrer, aber leerer Begriff? Wie kann das moralische Gleichgewicht wieder hergestellt werden?«

Ich schaute Hildegard wortlos an. Ich wusste keine Antwort. Ich dachte: *Darauf gibt es keine Antwort. Bis auf …? Aber den Weg wollte ich schon in Gedanken nicht beschreiten. Er führte unweigerlich in den Abgrund.*

Ich stand auf, nahm das Geschirr und ging damit in die Küche. Als ich zurückkam, saß Hildegard in ihrem Sessel. Der Violakoffer lag auf ihrem Schoss. Sie hatte ihn noch nicht aufgemacht.

Ich nahm das Notizbuch mit der Skizze und dem Zeitungsausschnitt aus meiner Jackentasche und legte sie auf den Tisch. Hildegard sah mich ausdruckslos an, stand auf und kam zum Tisch zurück. Ich erzählte. Hildegard blieb stumm. Anfangs schaute sie auf die Skizze, nach und nach ging ihr Blick zu dem Bücherregal und dann zu ihrer Viola zurück.

Als ich fertig war, blickte sie wieder zu mir und sagte leise: »Ja, so ist es gewesen. Jetzt weiß ich es.«

Ich wollte aufstehen und sie umarmen, aber mein Körper weigerte sich. Ich blieb sitzen und sah, wie Hildegard ihre Viola aus dem Kasten holte. Sie setzte sie an, und ich vernahm die ersten Takte von *La méditation de Thaïs*. Die Musik füllte nach und nach den Raum. Hildegard führte das Stück mit zunehmender Leidenschaft und Tempo aus. Sie schloss die Augen. Die Musik schien sie mitzunehmen, mitzunehmen auf eine Suche. Wohin? Ich hörte zu, mein Herz schlug heftig.

Als sie geendet hatte, legte sie die Viola wieder in den Koffer, holte die Halskette ihrer Mutter hervor und legte sie an. Ich stutzte. Ich hatte noch nie erlebt, dass Hildegard sich die Halskette anlegte.

»Was machen wir jetzt«, fragte ich kaum hörbar.

Sie schaute zu mir. Ihre Augen waren belegt und verschlossen. Sie antwortete nicht.

Ich zitterte und hatte den Eindruck, dass ich nicht mehr Herr meines Körpers war. Wie lange wir uns so gegenübersaßen, weiß ich nicht mehr. Einen Moment. Eine Ewigkeit. Es spielt keine Rolle. Endlich sammelte ich genug Kraft, um mich von meinem Stuhl zu erheben. Ich ging auf sie zu und versuchte, sie zu küssen, sie vom Stuhl zu heben. »I will ease your mind«, wisperte ich. Ihr Blick richtete sich starr nach vorne. Meine Lippen trafen die ihren. Sie waren kalt und trocken. Sie atmete ruhig ein und aus. Ich blieb eine Weile vor ihr stehen, bis ich sagte: »Hildegard, ich gehe jetzt. Ich melde mich morgen. Dann sehen wir weiter.« Keine Reaktion. Ich lief zur Tür, drehte mich noch einmal um und sah, wie sie die Halskette ihrer Mutter streichelte. Mich sah sie nicht an. Sie hauchte ein einziges Wort: »Mirjam.«

Ich verließ die Wohnung.

Schuld, immer wieder Schuld. Warum bin ich nicht geblieben? Warum bin ich weggelaufen? Ich weiß es nicht. Ich hatte Angst. Ich war zu schwach, um die Angst zu beherrschen. Ich war erschöpft. Ich konnte nicht mehr.

Das sind alles Ausreden. Ich liebte Hildegard. Liebe bedeutet Verantwortung.

Als ich das Treppenhaus hinunterlief, kam mir ein Mann entgegen, der eine Schiffermütze und einen großen, dunklen, abgenutzten Mantel trug. Er nickte, als wir aneinander auf der Treppe vorbeigingen. Seine braunen Haare waren kurz geschnitten, und er hatte ein unauffälliges Gesicht mit grauen Augen und einem Dreitagebart. Ich hatte ihn nie vorher gesehen, er kam mir jedoch seltsam bekannt vor. Als ich unten angekommen war, drehte ich mich noch einmal um und sah, wie der

Fremde von der oberen Treppenstufe zu mir herabschaute, als ob er vorausgesehen hätte, dass ich mich umdrehen würde. Ich konnte seinen Gesichtsausdruck in dem schummrigen Licht nur schwach deuten. Er vermittelte mir den Eindruck, mich zu kennen. Er nickte, zeigte ein feines Lächeln und verschwand sogleich aus meinem Sichtfeld.

Ein Besucher und eine Tat

Den nachstehenden Abschnitt meines Bekenntnisses schreibe ich ohne eigenes Wissen über den tatsächlichen Ablauf. Der Text ist ein Ergebnis meiner Vorstellungskraft, des Klangs der blauen Gitarre. Als Quellen habe ich die Erinnerungen an mein Verhör bei der Polizei am Tag danach sowie den Pressebericht, den ich am Beginn meines Bekenntnisses bereits erwähnt habe. Und die Begegnung mit dem Mann im dunklen Mantel, als ich Hildegards Kanzlei am Abend verließ. Oder hat es ihn doch nicht gegeben? Vielleicht habe ich ihn ersonnen. Von einem nächtlichen Besucher schien die Polizei nichts zu wissen.

Hildegard legte ihre Viola beiseite und starrte den Mann an, der dort am Tisch Platz genommen, wo zuvor Joe gesessen hatte. Der Besucher machte einen zufriedenen Eindruck. Er hatte seinen Mantel ordentlich gefaltet über einen Stuhl gelegt und seinen Stuhl in ihre Richtung gedreht. Er saß ihr mit überschlagenen Beinen direkt gegenüber. Seine Kleidung sah abgenutzt aus, ohne jedoch schäbig zu wirken. Er wirkte wie ein Mann, der auf sein Erscheinungsbild durchaus bedacht war, jedoch nicht über die Mittel verfügte, sich entsprechend zu präsentieren. In einer Menge würde er gar nicht auffallen. Seine gepflegten Hände lagen überkreuzt auf seinen Beinen. Er rauchte nicht. Er schien es nicht eilig zu haben, schaute sich Hildegard gelassen an und wartete.

Hildegard schüttelte einmal heftig den Kopf. Nach einem langen Schweigen sagte sie: »Was suchst du hier?«

»Ahm«, räusperte sich der Besucher, als ob er erst nach den richtigen Worten suchen müsste, »ist es nicht unhöflich von Ihnen mich gleich zu duzen?« Er sah gekränkt aus.

»Ha«, entgegnete Hildegard. »Es gibt keinen Grund, bei dir den Anstand zu wahren. Ich kenne dich.«

Der Mann lächelte verhalten: »Das freut mich zu hören, dass du das so siehst. Dann darf ich dich auch duzen. Alte Bekannte unter sich. Angenehm.«

»Mach, was du willst. Mir ist das egal. Ich höre sowieso nicht auf dich. Und spiel nicht die beleidigte Leberwurst. Es bekommt dir nicht.«

»Warum so verärgert?«, fragte der Mann. »Habe ich dich enttäuscht? Hätte ich heute Abend anders erscheinen sollen? Hast du eine imponierende Gestalt, groß und mächtig, erwartet, die dir geistig ebenbürtig wäre? Vielleicht in eine Feuerwolke eingehüllt? Hildegard Voigt – die gescheite Frau, die immer alles besser weiß und kann, die allen überlegen ist.« Er schaute Hildegard an. »Du bist beleidigt, weil ich deinen Stolz verletzt habe.« Er lächelte, es war kein freundliches Lächeln. »Ich gebe zu, ich bin nur ein armer Teufel.«

»Spiel mit mir, wenn du willst. Ich lasse mich nicht mehr ärgern. Und von dir schon gar nicht.« Hildegard schloss die Augen und holte einmal tief Luft, bevor sie fortfuhr: »Ich weiß, dass du nur eine Erscheinung meiner Fantasie, ein Ergebnis meiner Seelenqualen bist. Du bist meine Krankheit. Ich werde sie niederringen. Ich habe es immer geschafft. Ich will dich nicht.« Sie richtete sich in ihrem Sessel auf und schaute den Besucher mit wütenden Augen an. »Du existierst nicht. Ich lasse das nicht zu!«

»Wenn ich sehe, wie energisch du das sagst, könnte ich mir denken, dass du doch an meine Existenz glaubst.«

»Niemals!«, zischte Hildegard. »Mit so einer plumpen Behauptung kommst du mir nicht bei.«

»Das weiß ich, das weiß ich. Du bist ein sehr schwieriger Fall.« Er zeigte wieder sein Lächeln. »Da – ich habe dir geschmeichelt. Zufrieden?«

»Bitte, wenn du sowieso hier sein musst, sag etwas Gescheites. Das ist alles so banal.«

»Du hast Joe schlecht behandelt«, sagte der Besucher unvermittelt.

Hildegards Gesicht verdüsterte sich. »Ich rede mit dir auf gar keinen Fall über Joe. Er geht dich nichts an.«

»Er liebt dich.«

»Ach – was weißt du von der Liebe!«

Der Mann zeigte ein verträumtes Gesicht. »Ich wollte auch einmal dabei sein, bei der Liebe. Das erhabene Gefühl der Zugehörigkeit zu einem anderen Menschen spüren, einmal wahrhaftig und bedingungslos *Wir* sagen dürfen. Dem unerbittlichen Gang des Seins ein Schnippchen schlagen. Und wenn auch nur für einen Augenblick.« Er hörte abrupt auf und blickte feierlich zu Hildegard. »Weißt du, mein Los ist nicht einfach. Ich bin nicht zu beneiden. Stets der Geist sein zu müssen, der verneint. Meine Aufgabe. Aber ohne mich wäre die Liebe auch nichts wert. Damit tröste ich mich.«

»Was bist du für eine elende Figur!«, rief Hildegard und schüttelte den Kopf. »Das sind alles Gedanken, die ich in der Schule ausgebrütet habe. Das sind nur meine alten, abgenutzten Sätze aus einem Referat. Von der naiven Schülerin, die ich einmal war. Diese Anspielung auf Faust! Wirklich stümperhaft von dir. Dass ich so einen armseligen Teufel geboren habe!«

»Ich habe dich wieder enttäuscht! Das tut mir aufrichtig leid. Aber: Für deinen Faust-Aufsatz hast du damals in der Oberprima die beste Note erhalten. Deine Arbeit wurde sogar in der Abi-Zeitung deines Jahrganges abgedruckt. Ich war stolz auf dich.«

»Der Teufel war stolz auf mich! Was soll ich dazu sagen?« Hildegard blickte den Mann wütend an: »Ich sage dir – lass Joe aus dem Spiel. Er geht dich nichts an. Es geht nur um mich, um meinen Weg.«

»Deinen Joe kenne ich seit Langem. Er ist auch ein schwieriger Fall.« Der Mann lehnte sich zurück, als ob er sich auf ein langes Gespräch einstellen würde. »Weißt du, ihr Büchermenschen seid immer schwierige Fälle. Ich meine damit nicht Menschen, die gerne Bücher lesen, sondern Menschen, für die die Bücher eine eigene Wirklichkeit besitzen. Ihr versucht, hinter den Spiegel zu schauen, ihr wollt ein bisschen Gott spielen. Für euch hat sich die Wirklichkeit verschoben, ihr lebt in einem Schattenraum. Doch ihr habt starke Sehnsüchte, und sie sind eure Schwäche. Ihr meint, stark zu sein, geistig überlegen, kühn in euren Gedanken. Doch: menschlich, allzu menschlich. Ich kenne das zur Genüge. Du, zum Beispiel, sehnst dich nach Gerechtigkeit. Joe sehnt sich nach dem wirklichen Leben. Ihr wisst nicht, was diese Dinge bedeuten und wie ihr sie erreichen sollt. Ihr spürt nur, dass sie euch fehlen. Wie unsichtbare Fäden ziehen eure Sehnsüchte euch immer tiefer hinab.«

Hildegard lehnte sich nach vorne und schaute sich den Mann intensiver an. »Wo hinab? Was willst du damit sagen?«

»Sieh da. Ich habe doch dein Interesse geweckt«, erwiderte der Mann. »Ist das, was die Menschen Schicksal nennen, nicht letzten Endes selbstgemacht? Ich bin dabei nur ein Beobachter. Tiefer hinab – eine anschauliche Metapher, nicht wahr?«

»Nicht schlecht – für den Teufel«, sagte Hildegard. »Der tragische Held von Hybris durchdrungen und zudem mit dem einen fatalen Fehler, der ihn unweigerlich in sein Verderben führt. Und du kannst deine Hände trotzdem in Unschuld waschen. Ein perfektes Verbrechen.«

»Es freut mich, dass ich dir in unserer netten Unterhaltung einmal gefallen habe.«

»Unsinn, zum Philosophieren brauche ich dich nicht«, schimpfte sie und setzte sich wieder aufrecht hin. »Ich lasse mich nicht von dir vorführen. Ich als tragische Heldin! Damit willst du nur kokettieren.« Hildegard lachte auf. Es war kein freudiges Lachen, das schlagartig aufhörte. Sie fragte mit ernstem Gesicht: »Warum bist du wirklich gekommen?« Der Mann schaute von ihrem Gesicht auf den Talisman, auf die Kette ihrer Mutter, die sie am Hals trug. Sie folgte seinem Blick mit ihren Augen, ihre Hände gingen reflexhaft zu dem Davidstern. »Was willst du?«, wisperte sie und blickte zu ihm auf.

»Ich war dabei«, entgegnete er. Hildegard sah, wie der Mann auf dem Stuhl zu wachsen schien. Sein Gesicht spannte sich an, und seine grauen Augen leuchteten auf. »Du willst es hören, nicht wahr? Du bist eine starke Frau. Du kannst alles ertragen.«

Hildegard senkte ihren Blick. »Ja. Erzähl es mir«, sagte sie, kaum hörbar.

»Deine Mutter war eine hübsche Frau und eigenwillig. Das hast du auf jeden Fall von ihr geerbt«, begann der Mann. Er lachte leise auf und setzte seine Erzählung fort: »Deine Mutter verliebte sich in einen Studenten, der leider – aus Sicht ihrer Familie – kein Jude war. Es gab Spannungen und wütende Auseinandersetzungen, vor allem mit ihrem Vater, einem angesehenen, kompetenten Arzt, der ein streng orthodoxer Jude war. Deine Mutter ließ sich nicht einschüchtern. Sie träumte sogar von einem Studium, was jedoch damals ein Ding der Unmöglichkeit war. Sie wurde von ihrem Vater verstoßen. Ihre Mutter hielt jedoch im Verborgenem zu ihr, der Vater durfte davon nichts wissen. Sie liebte ihre Tochter, wie nur eine Mutter lieben kann. Und dann kamen die Nazis.« Der Mann machte eine Pause und schaute zu Hildegard hin. Die blickte unverwandt zu Boden, atmete rhythmisch ein und aus. Ihr Gesicht war starr. Der Mann nickte leicht und fuhr fort: »Ich hätte nie gedacht, dass ich unter den Menschen so viele Verbündete gewinnen würde. Plötzlich gab es überall Typen mit Hakenkreuzen, welche die Ausrottung der Juden forderten. Die Ausrottung! Für mich ein unglaublicher Vorgang. Teuflischer als der Teufel! Auch ich musste dazulernen. Man soll die Bosheit, derer die Menschen fähig sind, nie unterschätzen. Im Winter 1942 wurde die Familie deiner Mutter abgeholt und von Moabit aus nach Auschwitz deportiert – bis auf deine Mutter, die inzwischen mit dem Studenten, deinem Vater, zusammengezogen war. Es gelang deinem Vater, deine Mutter vor den Nazis zu verstecken.«

Hildegard schaute auf. »Ja, so habe ich mir das vorgestellt. Und in Auschwitz. Was ist dort passiert?«

Der Mann schüttelte den Kopf. »Willst du das wirklich hören?«

»Ja«, wisperte Hildegard und schaute wieder zu Boden. »Ich will es wissen. Ich will auch leiden, mit-leiden. Es ist meine Familie, meine Geschichte.«

Der Mann schaute fast bedauernd, als er fortfuhr: »Der Transport von Moabit bis zum Vernichtungslager Auschwitz-Birkenau erfolgte in fest verschlossenen Viehwagen mit an die hundert Personen pro Waggon. Eine mehrtägige Fahrt, ohne Wasser und Essen. Die Züge wurden von Soldaten streng bewacht. Keine Toiletten, keine frische Luft. Nichts. Viele starben auf dem Weg. Deine Großeltern nicht, sie erreichten die Endstation, eine Eisenbahnrampe am Güterbahnhof. Nach langer und quälender Fahrt öffneten sich plötzlich die Türen. Unter Schlägen und Schreien wurden Männer, Frauen und Kinder hinausgetrieben, von allen Seiten waren schimpfendes Gebrüll und bellende Hunde zu hören.« Der Mann hörte abrupt auf.

»Eine Ankunft in der Hölle«, sagte Hildegard nun mit fester Stimme und schaute wieder auf. »Wie ging es weiter?« Der Mann fing Hildegards Blick auf. Dieser war nicht mehr leidend, sondern vielmehr wütend. Ihre Augen brannten. Der Mann schwieg. »Wie ging es weiter?«, schrie sie.

Der Mann schien leise zu seufzen, setzte seine Erzählung jedoch fort: »Ein Arbeitskommando aus Häftlingen räumte die Leichen aus den Waggons. An Ort und Stelle mussten sich die neu Angekommenen in zwei getrennten Reihen aufstellen: Frauen und Kinder auf der einen Seite, Männer auf der anderen. Familien wurden gnadenlos auseinandergerissen. Einzeln traten die Menschen vor, damit SS-Arzt Josef Mengele sie durch einen flüchtigen Blick und eine kurze Handbewegung nach rechts oder links in Arbeitsfähige und Arbeitsunfähige unterteilte.«

»Und was bedeutete das?«, unterbrach ihn Hildegard schroff.

»Arbeitsunfähige wurden sofort ermordet, Arbeitsfähige wurden zum Stammlager getrieben und für die Zwangsarbeit eingesetzt.«

»Und?«

»Dein Großvater wurde sofort getötet, deine Großmutter lebte noch drei Monate im Lager, bevor sie starb.« Der Mann machte eine Pause, bevor er leise weiterredete: »Zwischen 1940 und 1945 wurden im KZ-Auschwitz über eine Millionen Menschen systematisch ermordet.«

Hildegard stand auf. Sie ging im Zimmer herum. Sie wirkte lebhafter. Der Mann blieb sitzen und schaute ihr zu. »Meine Mutter überlebte«, sagte Hildegard und drehte sich zu dem Mann um. »Sie kam nach dem Krieg mit meinem Vater nach K. Dort wurde er ermordet, und sie starb im Kindsbett. Wie hängt das alles zusammen?« Ihre Stimme war hart.

»Ich weiß nicht alles«, antwortete er.

»Was?«, sagte Hildegard, »der Teufel ist genau so schlau wie ich?«

»Ich bin lediglich Beobachter, kein Forscher.«

»Beobachter! Das ich nicht lache. Du willst mich in den Wahnsinn treiben.«

»Ich nicht, ich wahrhaftig nicht.«

»Du spielst den Unschuldigen, um mich weiter voranzutreiben. Ich sehe den Weg vor mir. Ich habe Angst, aber ich sehe den Weg. Ich weiß noch nicht, ob ich ihn gehen will oder gehen muss.« Hildegard baute sich vor dem Mann auf. »Welche Rolle spielte Alfred Fromm?«

»Er war nie in Auschwitz. Er arbeitete am Schreibtisch. Er organisierte.«

»Ein kleines Rädchen in der großen Mordmaschinerie. Ist er ein Mörder?«, fragte sie und beantwortete sofort ihre eigene Frage: »Ja. Und er lebt unbehelligt weiter. Ein erfolgreicher, angesehener Mann in unserem schönen neuen Deutschland. Dem Land des Wirtschaftswunders! Dem Land der Verdränger! Dem Land der Mörder! Wahrscheinlich empfindet er keine Schuld, keine Verantwortung. Er denkt, er ist davongekommen. Er hat meinen Vater durch einen SS-Kameraden ermorden lassen und lässt sich heute in unserer netten, ruhigen, deutschen Kleinstadt als Wohltäter feiern. Stiftungspräsident!« Sie hörte schlagartig auf und schaute den Besucher mit einem eisernen Blick an: »Die Wunde blutet noch.«

»Weißt du«, sagte der Besucher, »wenn ich dazu fähig wäre, Mitleid mit dir zu empfinden, würde ich es tun. Ich kann es aber nicht. Aber einen Rat kann ich dir geben – mach es nicht! Du kannst die Vergangenheit nicht ändern. Leb für die Zukunft.«

»Der Teufel macht sich Sorgen um mich! So weit ist es gekommen.« Hildegard nahm wieder auf ihren Sessel Platz. Sie fasste sich an die Stirn. Ihre Augen wirkten müde und glanzlos. Sie lehnte sich zurück. Ihre Stimme verlor an Schärfe, als sie fortfuhr: »So einfach ist das nicht. Eine Zukunft kannst du von der Vergangenheit nicht einfach abtrennen. Es gibt keine Stunde Null. Diese Geschichte lebt in mir, sie ist ein Teil von mir. Ich werde sie bewältigen.« Sie richtete sich wieder auf und sagte mit Nachdruck: »Ich muss sie bewältigen! Selbst wenn …«

Sie schaute an dem Besucher vorbei zum Fenster. Abrupt stand sie auf und lief dorthin. Sie zog die Gardine beiseite und sah auf die dunkle Straße hinab. Im fahlen Licht der nahen Straßenlampe erblickte sie Menschen, die unterwegs waren. *Wohin*? dachte sie. *Warum?*

»Ich weiß, was du vorhast«, sagte der Mann leise.

»Dann weißt du mehr als ich«, entgegnete sie.

»Und Joe?«, fragte der Besucher hinter ihrem Rücken. »Er liebt dich.«

»Liebe ist nicht alles«, erwiderte sie leise. »Ich kann jetzt nicht lieben. In einer solchen Welt gibt es keinen Platz für die Liebe.« Zum Schluss entfuhr ihr im Flüsterton: »Gerechtigkeit.«

Sie drehte sich wieder um. Ihr Besucher war nicht mehr da.

Hildegard stand eine kurze Zeit später vor der Haustür der Villa am Stadtpark. Das Anwesen von Alfred Fromm. Es lag keine Viertelstunde zu Fuß von ihrer Kanzlei entfernt. Auf dem Weg dahin hatte sie ihre Yogaatmung praktiziert. *Ruhe bewahren. Du willst nur etwas erfahren, willst wissen, wie es sich abgespielt hat.* Sie kämpfte mit ihrer Trauer, mit ihrer Wut. *Ich bin stark, ich musste in meinem Leben immer stark sein,* sagte sie sich wiederholt. Sie trug noch die Halskette ihrer Mutter, der Davidstern war unter dem Pullover versteckt.

Es war bereits nach 22.00 Uhr.

Sie klingelte. Eine ältere Frau kam zur Tür. Sie war dunkel gekleidet und sah Hildegard mit einem abweisenden Blick an. »Bitte«, fragte sie. »Was möchten Sie zu dieser späten Stunde, junge Frau?« Sie machte keine Anstalten, die Tür weiter zu öffnen, um Hildegard hereinzubitten.

»Guten Abend«, entgegnete Hildegard. »Ich möchte Herrn Fromm sprechen.« Ihre Stimme war ruhig.

»Es ist spät. Herr Fromm hat einen langen Tag hinter sich. Er geht sicherlich gleich zu Bett.« Die Frau musterte Hildegard mit einem abschätzigen Blick. »Versuchen Sie es morgen wieder. In der Fabrik, nicht hier.«

Hildegard richtete sich auf und setzte ihre Berufsstimme ein. »Ich weiß, dass es spät ist. Es ist aber sehr wichtig, sonst würde ich zu dieser

Stunde nicht kommen. Sagen Sie Herrn Fromm bitte, dass Hildegard Voigt ihn in einer dringenden Angelegenheit sprechen möchte.« Sie hatte ihren Namen deutlich betont. Sie schaute der Frau direkt ins Gesicht. »Er wird das verstehen.«

Die Haushälterin machte einen unsicheren Eindruck. Sie zögerte einen Augenblick, bevor sie Hildegard eintreten ließ. »Bitte warten Sie hier. Ich frage bei Herrn Fromm nach.«

Hildegard blieb in dem engen Eingangsbereich stehen. Sie schaute sich kurz um. Vor ihr lagen drei Stufen, die zu einer Tür mit kleinen Glasfenstern führten. Durch sie war die Frau verschwunden. Es roch nach einem Reinigungsmittel.

Nach einigen Minuten kam die Frau zurück. »Bitte, folgen Sie mir, Frau Voigt. Herr Fromm erwartet Sie in der Bibliothek.« Es war mehr als deutlich, dass ihr Besuch der Frau nicht passte.

Hildegard folgte ihr durch einen großzügigen Wohnbereich mit schweren, dunklen Möbeln und Zimmerpflanzen. An den hohen, dunkel tapezierten Wände hingen Ölgemälde. Der Raum wirkte gediegen und zugleich steril. Am Ende des Raumes öffnete die Frau eine Flügeltür, und Hildegard betrat die Bibliothek, einen kleineren Raum voller Bücherregale mit einem kleinen Kaffeetisch und zwei Stühlen. Die Tür wurde sofort hinter Hildegard geschlossen. Sie erblickte Alfred Fromm, der in seinem Rollstuhl saß und sich langsam auf sie zu bewegte. Er war in einen dicken blauen Bademantel gehüllt. Seine tiefen, grauen Augen schauten sie abwägend an.

»Liebe Frau Voigt«, sagte er. »Was ist der Grund für diesen späten Besuch. Es muss etwas sehr Wichtiges sein.«

»Guten Abend, Herr Fromm«, entgegnete sie. »Entschuldigen Sie bitte die späte Störung, aber es ist wichtig. Danke, dass Sie sich die Zeit für mich nehmen.«

Er zeigte auf den Stuhl, der vor ihm stand. Hildegard setzte sich. Auf dem kleinen Beistelltisch zwischen ihnen konnte sie eine Karaffe mit einer schimmernden hellgoldenen Flüssigkeit, ein Cognacglas sowie ein Briefmarkenalbum sehen, neben dem eine Pinzette und eine Lupe lagen. Sie spürte, wie Fromm sie aufmerksam beobachtete.

»Möchten Sie ein Glas trinken?« Er zeigte auf die Karaffe. »Ein guter Cognac.«

»Ja, gerne.«

»Dann muss ich Sie bitten, sich ein Glas aus dem Schrank dort drüben zu holen.« Er zeigte auf ein Regal, das rechts an der Wand stand.

Hildegard stand auf, holte ein Glas, stellte es auf den Tisch und setzte sich wieder. Sie hatte sich Ruhe verordnet. Es sollte eine normale Besprechung werden, wie ein Gespräch mit einem Mandanten.

Während Fromm den Cognac einschenkte, sagte Hildegard: »Ich sehe, Sie sammeln Briefmarken.«

»Ja«, sagte er, »damit habe ich vor etwa zwanzig Jahren angefangen. Es entspannt ungemein. Man taucht in eine andere Welt ein. Unsere alltägliche Welt ist manchmal mächtig anstrengend.« Er lachte leise wie über einen kleinen Witz. »Prosit!«, sagte er.

Hildegard nickte ihm zu und nahm ebenfalls einen Schluck. »Wozu das Werkzeug?«, fragte sie.

»Der Sammler muss sachgemäß mit dem Sammelobjekt umgehen können, nicht wahr«, dozierte Fromm. »Dazu braucht er auf jeden Fall eine Pinzette und eine Lupe.« Er stellte sein Glas hin und hielt die beiden Gegenstände nacheinander hoch. Er griff danach zu einem kleinen Etui, öffnete es und holte eine Kunststoffkarte mit Perforierungen heraus. »Das ist ein Zähnungsschlüssel. Um die Zähnung einzelner Briefmarke zu bestimmen. Der Laie glaubt es zwar nicht, aber die Zähnungen sind durchaus unterschiedlich. Das spielt eine Rolle bei der Wertermittlung.« Er zeigte dann auf eine Schale, neben der eine kleine Flasche mit einer durchsichtigen Flüssigkeit stand. »Waschbenzin. Man legt die Briefmarke mit der Rückseite nach oben in die Schale, tröpfelt etwas Benzin auf die Markenrückseite – und nach wenigen Sekunden wird das Wasserzeichen sichtbar.« Fromm blickte zu Hildegard: »Interessieren Sie sich für Briefmarken?«

»Bisher nicht«, war Hildegards Antwort. »Was sammeln Sie gerade?«

»Deutsche Feldpost aus dem Zweiten Weltkrieg. Sehen Sie«, sagte er und griff vorsichtig mit der Pinzette nach einer Marke, »ein Exemplar aus dem Sammelgebiet Inselpost mit einem Abdruck des Tagesstempels des Feldpostamtes Rodi auf Rhodos vom 25. Dezember 1944. Für diese Marke brauche ich allerdings den Zähnungsschlüssel nicht. Die Ränder sind durchstochen.« Fromm richtete die Lupe auf die Marke, seine Augen bekamen einen besonderen Glanz. »Dieses Exemplar hat einen sehr seltenen Aufdruck und dadurch einen Marktwert von etwa zweitausend Mark.« Er hielt Hildegard die von der Pinzette gehaltene Marke hin.

Auf der Briefmarke konnte Hildegard den Reichsadler mit dem Hakenkreuz unter den Krallen erkennen. »Braucht man auch ein Messer als Arbeitswerkzeug?«, fragte sie und zeigte auf ein Messer, das in einer Scheide steckte und neben der Karaffe lag. Die Scheide war ca. 40 Zentimeter lang, tiefschwarz und mit einer silbernen Kette versehen. Hildegard meinte, einen Totenkopf auf der Kette zu erkennen. Auf dem Griff war ein silbernes Zeichen.

Er nahm die Scheide mit dem Messer in die Hand. »Hat mit den Briefmarken nichts zu tun. Es ist ein Relikt des Krieges. Habe ich in den letzten Tagen im Mai 1945 gefunden und seitdem bei mir.« Er schaute auf und sah Hildegard lange an. Sie versuchte den Ausdruck zu deuten. Seine grauen Augen sahen heller als sonst aus. Es schien ihr, als ob er sie mit seinen bloßen Augen zu röntgen versuchte. Er sagte: »Es erinnert mich an die Sinnlosigkeit des Krieges.«

Hildegard nickte, als Fromm die Scheide auf den Tisch legte.

»Frau Voigt«, sagte er. »Warum sind Sie gekommen?« Die Freundlichkeit war aus seiner Stimme verschwunden.

»Ich möchte mit Ihnen über meine Familie sprechen«, erwiderte sie. »Ich denke, Sie wissen einiges darüber.«

Fromm sah nicht erstaunt aus. Er nahm sein Glas und trank einen Schluck, derweil er Hildegard beobachtete. Das Schweigen begann den Raum zu füllen. Hildegard wartete. Sie schaute den Mann unverwandt an. »Ich habe Sie erwartet«, sagte er endlich. »Ich wusste, Sie würden irgendwann kommen. Seit einigen Wochen sind Sie und dieser Ami dabei, in der Vergangenheit herumzuwühlen. Ja, ich habe auch meine Quellen.« Er hielt inne, als ob er überlegen würde. »Wollen Sie die Geschichte wirklich hören? Wozu? Es ist vorbei.«

»Nichts ist vorbei. Gar nichts. Was haben Sie mit meinen Eltern gemacht?«

»Als ich Sie das erste Mal traf, habe ich mir gleich Gedanken gemacht. Lorenz hatte mir einiges von Ihnen erzählt, was meine Neugier weckte. Die Daten passten.« Er unterbrach sich und sah Hildegard direkt an: »Sie sind die Tochter des ermordeten Archivars und dessen jüdischer Ehefrau, nicht wahr?«

Hildegard nickte. »Und Sie haben ihren Kriegsdienst nicht an der Westfront versehen, sondern waren Angehöriger der SS und haben im Referat IV B 4 unter Adolf Eichmann gearbeitet.«

Fromms Gesicht verhärtete sich. »Ich finde es gut, dass wir endlich klare Verhältnisse schaffen. Nun können wir offen reden.«

»Sie haben meinen Vater umbringen lassen«, sagte Hildegard geradeheraus.

Fromms Augen weiteten sich, sein Mund öffnete sich leicht. »Wie kommen Sie darauf? Das stimmt nicht!«

»Sie wussten, dass mein Vater Ihretwegen eine Anfrage an das Document Center geschickt hatte. Sie hatten Angst vor einer Enttarnung.«

»Ja, das ist richtig. Aber ich habe Ihren Vater nicht umgebracht.« Fromm machte eine Pause, bevor er fortfuhr. »Wissen Sie, junge Frau, es waren schwierige Zeiten nach dem Krieg. Wir mussten zusehen, dass wir überlebten. Alles lag am Boden, Tausende von Flüchtlingen und Vertriebenen strömten aus dem Osten nach Westen. Hunger, Kälte, Angst herrschten damals. Ich war dabei, etwas aufzubauen, das für diese Stadt, ja für die ganze Region, von großer Bedeutung war. Eine Fabrik. Arbeitsplätze. Eine Perspektive für viele Menschen, die eine neue Existenz gründen wollten. Sie haben keine Ahnung, wie es damals war. Ich konnte nicht zulassen, dass Ihr Vater meine Pläne zunichtemachte. Ich hatte vor, mit ihm zu sprechen. Wir hätten eine Lösung finden können. An Mord hatte ich nie gedacht.«

»Haben Sie meine Familie in Berlin gekannt?«

»Nein«, sagte Fromm. »Aber Ihr Vater wusste offenbar etwas über mich. Ein unglücklicher Zufall, dass er nach dem Krieg nach K. kam.«

Fromm machte wieder eine Pause. »Ich weiß nicht, wer Ihren Vater umgebracht hat.«

Hildegard stellte ihr Glas auf dem kleinen Tisch ab und richtete sich in ihrem Stuhl auf. »Herr Fromm, ich glaube Ihnen kein Wort.« Sie blickte mit kalter Wut auf den alten Mann im Rollstuhl. »Vor ein paar Tagen ist der SS-Mann Friedrich Gruber in seiner Wohnung in Hamburg tot aufgefunden worden. Sie kennen ihn. Wissen Sie, dass er auf dem Wandgemälde in der Alten Stube abgebildet ist? Gruber war auf jeden Fall einmal in K. Leisegang hat ihn in seinem Totentanz verewigt.« Fromms Augen flatterten leicht, er blieb jedoch stumm. »Eigentlich wurde er zweimal in K. gesehen. Wir haben einen Zeugen, der gesehen hat, wie dieser Friedrich Gruber Sie in der Nacht vor dem Mord in der Fabrik aufgesucht hatte. Es passt alles zusammen. Sie haben alte SS-Seilschaften eingesetzt, um Gruber anzuheuern, damit er meinen Vater tötete und die belastenden Dokumente aus dem Archiv entfernte.«

Fromm hatte sich gefangen. Er zeigte ein leicht amüsiertes Lächeln. »Selbst wenn das alles stimmt, bringt uns das nicht weiter. Und ich betone: Selbst wenn. Der Fall ist abgeschlossen. Juristisch ist nichts mehr zu machen. Gruber ist tot, Ihr Zeuge – ich nehme an, Sie meinen Frosch – ist ein bekannter Trinker und unglaubwürdig, und ein Gemälde ist als Beweismittel für einen Mordfall gänzlich untauglich. Sie haben nichts in der Hand.« Er machte eine wegwerfende Bewegung. »Junge Frau, wir haben uns ausgetauscht. Wir sollten es dabei belassen und die Sache für erledigt erklären. Sonst werde ich …« Seine grauen Augen sahen eisig aus.

»Nichts ist erledigt!« Hildegard stand auf. »Sie haben meinen Vater aus den niedrigsten Motiven umbringen lassen, meine Mutter verstarb vergrämt in Trauer und Schmerz. Sie wurde von allen allein gelassen bei meiner Geburt. Wir können nicht einfach zur Tagesordnung übergehen. Es gibt eine moralische Gerechtigkeit jenseits der Gerichte. Sie sind ein Mörder! Ein Mörder! Sie haben Blut an den Fingern!«

Fromms Augen flammten auf, er wirkte, als ob er sich gehäutet hätte. Sein wahres Inneres hatte sich zum Äußeren gekehrt. »Was willst du von mir, du jüdisches Gör? Reue? Buße? Mitleid? Niemals! Wir haben richtig gehandelt. Die Juden waren – und sind leider noch – ein Krebsgeschwür am deutschen Volkskörper. Ein niederträchtiges Volk. Sie sind unser Unglück. Ich bedaure nichts, gar nichts. Reue! Ha! Ich stehe fest zu Deutschland. Meine Ehre heißt Treue – so steht es auf dem Ehrendolch eingeritzt. So etwas kennst du nicht. Du hurst mit dem Ami herum. Ekelhaft. So seid ihr Juden. Verdorben. Dass dein Vater sich mit einer Jüdin eingelassen hatte – man sieht, was daraus geworden ist!«

Hildegard stand auf, holte den Davidstern unter ihrem Pullover hervor und hielt ihn Fromm dicht vor die Augen. »Das ist alles, was ich von meiner Mutter, von meiner Familie habe. Alles. Was für ein Mensch bist du? Nein, du hast das Menschliche längst abgelegt. Du bist ein Monster.«

Hildegard atmete heftig. Sie fühlte sich schwindlig. Sie meinte, Schreie von Millionen Menschen zu hören, die gequält und gefoltert worden waren. Die Schreie hallten in ihrem Kopf. Berge von Leichen türmten sich in ihren Gedanken auf. Sie meinte, die Verladerampe in Auschwitz zu sehen, auf der ihre Großeltern standen. Die schrillen Befehle der Wachmannschaft, das Bellen der Hunde, die kalten Augen des SS-Arztes Josef Mengele, als er über Leben und Tod der geschundenen Menschen entschied. Sie spürte, wie der Davidstern sich in ihre Hand einbrannte, als ob ihre Mutter ihr eine Botschaft senden wollte.

Der Weg war jetzt frei. »Ich bin Mirjam«, hauchte sie sich zu.

Wie in der Traumsequenz eines Filmes sah sie, wie Fromm seine Hand nach dem Dolch ausstreckte. Sie kam ihm zuvor. Alles geschah innerhalb von Sekunden. Sie riss das Messer aus der Scheide und stach zu. Das Blut schoss ihr entgegen. Sie schrie auf und zog das Messer zurück. Sie blickte auf Fromm, ihre Augen waren weit aufgerissen, ihr Mund geöffnet. Aus seinem Hals floss Blut, seine Augen waren leer. Der Davidstern ihrer Mutter schien aufzuleuchten, er wurde heller und heller. Hildegard nahm das Messer und schnitt sich in die Pulsadern.

Einige Augenblicke später betrat die Haushälterin den Raum. Sie blieb an der Türschwelle stehen und schrie.

Vierter Satz: Joseph Harris und Jim Moore III

Perdendo
Was wäre das Leben ohne Hoffnung? Ein Funke, der aus der Kohle springt und verlischt.

Les Bas-fonds

Wenn ich an die Tage danach zurückdenke, schiebt sich häufig die Erinnerung an einen Film von Akira Kurosawa in meine Gedanken – *Les Bas-fonds.* Der Name hat sich bei mir auf Französisch eingeprägt, da ich ihn erstmals in den 1980er Jahren in Genf in einem kleinen Programmkino gesehen habe. Auf Deutsch heißt er *Nachtasyl,* auf English *The Lower Depths.* Er erschien 1957, basierte auf einem Theaterstück von Maxim Gorki und ist für mich ein Meisterwerk der Filmkunst. Ich habe wenige Filme erlebt, die so empathisch, anschaulich und ohne jeden Funken Hoffnung ein zutiefst pessimistisches Bild der *condition humaine* vermitteln wie *Les Bas-fonds.*

War ich nicht wie der alte Mann im Film – ein gefallener buddhistischer Mönch? –, der auf Wanderschaft in das Nachtasyl kam, und für eine kurze Zeit eine Prise Hoffnung in die Trostlosigkeit der im Leben gescheiterten Bewohner brachte, der letztlich jedoch nur Unheil und weiteres Elend angerichtet hatte?

So fühlte ich mich am Tag danach. *Les Bas-fonds.*

Ich hatte die Nacht über kaum geschlafen. Nachdem ich Hildegard verlassen hatte, war ich durch die Stadt geirrt, bis ich mich irgendwann in meinem Pensionszimmer wiedergefunden hatte. Ich hatte überlegt, zu Hildegard zurückzukehren und …

Was und? Was hätte ich machen, was sagen können? Ein Schweigen hatte uns erreicht. Eine Rückkehr wäre, wie sich am Tag danach herausstellte, ohnehin sinnlos gewesen, da Hildegard die Kanzlei bereits verlassen hatte. *Am Tag danach* – die drei Worte sind mir ein Anathema geworden. Sie haben mein Leben seitdem bestimmt.

Es war noch dunkel, als ein Poltern an meiner Zimmertür mich aus einem unruhigen Dämmerschlaf holte. Ich öffnete die Tür und blickte in die wütenden Augen der Zimmerwirtin. Hinter ihr standen zwei Polizisten. Ich sollte mitkommen.

Auf dem Revier eröffnete mir ein sehr müde aussehender Mann mittleren Alters, der keine Polizeiuniform trug, was in der Nacht in der Villa am Stadtpark passiert war. Ich weiß noch heute, dass ich regungslos auf dem harten Holzstuhl saß, der sich zusammen mit einem Tisch und einem weiteren Stuhl in einem kleinen, hell beleuchteten Zimmer in der Polizeiwache befand. Ich denke, ich hatte im Unterbewusstsein so etwas vermutet oder befürchtet. Ich saß still und apathisch und hörte mir die Einzelheiten an. Der Mann, der sich als Kriminalbeamter aus Kiel ausgewiesen hatte, zeigte mir mein Notizbuch, die Skizze und den Zeitungsausschnitt. Die Polizei hatte Hildegards Kanzlei bereits durchsucht und die Unterlagen gefunden. Ich kann mich nicht daran erinnern, was ich damals geantwortet habe. Ich weiß nur, dass ich erzählt und erzählt habe – ich wollte alles loswerden –, bis ich irgendwann bewusstlos vom Stuhl gefallen war.

Ich erwachte in einem Krankenhauszimmer.

Die folgenden vier Tage lag ich dort in dem gleichen Krankenhaus, in dem Hildegards Mutter vor siebenundzwanzig Jahren gestorben war – und Hildegard geboren wurde. Meine wirren Gedanken schwebten um Hildegard – um ein verpasstes mögliches Leben. Es gab kein

Wir mehr, nur ein Ich war übrig geblieben. Ich bemerkte in den Augen der Krankenschwester, dass man sich Sorgen um mich machte. Sorgen machte ich mir auch. Der Weg hinab in den Abgrund schien mir rasanter und bedrohlicher geworden zu sein. Ein großes, schwarzes Loch tat sich auf. Ich empfand keine Angst, eher den Sog, kopfüber in das Loch zu springen. In den ersten Nächten wurde ich sediert. Richtig geschlafen habe ich trotzdem nicht. Wiederholt erschien Picassos *Alter Gitarrist* in meinen unruhigen Fantasien. Er spielte diesmal eine rasante, eindringliche Improvisation von The Doors psychedelischem Rock-Song *Riders on the Storm* und schaute mich dabei mit anklagenden Augen an. Das Lied warf mich noch tiefer hinab. *Into this world we're thrown / Like a dog without a bone, an actor out on loan.*

Am Nachmittag des vierten Krankenhaustages kam ein junger Arzt zu mir. Ich lag völlig erschöpft im Bett. Wir waren allein im Zimmer. Statt auf dem Stuhl neben dem Bett Platz zu nehmen, setzte er sich auf die Bettkante. Er schaute mich lange an, bevor er sprach. »Wir haben sämtliche Tests durchgeführt«, setzte er leise, aber bestimmt an. »Das Ergebnis ist eindeutig. Aus medizinischer Sicht fehlt Ihnen nichts.«

Ich nickte. Mehr war aus meiner Warte nicht zu machen.

»Ich habe mich mit Ihrem Fall näher befasst«, fuhr er fort, »es tut mir leid. Eine schlimme, tragische Geschichte. Sie macht mich fast sprachlos. Sie sollten auf jeden Fall psychologische Hilfe in Anspruch nehmen. Sie haben ein schweres Trauma erlitten. Die Folgen können schwerwiegend sein.« Noch eine Pause. Ich reagierte nicht. »Die Polizei möchte mit Ihnen sprechen. Sie wartet draußen. Fühlen Sie sich dazu in der Lage?«

»Ja«, antwortete ich leise. »Ich werde zurechtkommen«, obwohl ich nicht sicher war, ob das stimmte. Die Frage *Wie kommt man in einer Welt zurecht, die aus den Fugen geraten ist?* ging mir durch den Kopf. Ich fühlte mich wie eine Figur in einem deutschen expressionistischen Stummfilm aus den 1920er Jahren, die durch eine bizarr verzerrte Stadtlandschaft irrt, in der nichts aufrecht oder gerade zu stehen schien.

Das Gespräch mit der Polizei dauerte nicht lange. Die Beamten hatten meine Aussage aus der Mordnacht zu einem Protokoll verarbeitet, das ich unterschreiben sollte. Ich las es zweimal durch, bevor ich unterschrieb. Es war nicht alles richtig, aber auch nicht alles falsch. Mir war es egal. Ich wollte nicht mehr. Der Schmerz in mir war so tief, dass ich mir wie betäubt vorkam. Was für eine Bedeutung hatte ein Blatt Papier mit Aufzeichnungen? Es würde in einer Akte verschwinden und irgendwo in einem Archivkeller vor sich hin schimmeln. Ad acta gelegt. Fertig. Interessiert nicht mehr. Hildegards Geschichte fand ihr Ende.

Und meine Geschichte?

Ich fuhr zurück nach Berlin. Ich bin nie wieder in K. gewesen. Ich habe bis auf den ersten Bericht in der lokalen Zeitung in den Medien nichts mehr über den Fall erfahren, nichts erfahren wollen. Ich hätte es nicht ertragen können.

Was sollte ich in Berlin machen? Mein Leben wie bisher weiterführen oder besser gesagt: Weiter nach meinem Leben suchen? Gefunden hatte ich es noch nicht. Oder doch – es dann verloren? In den ersten Wochen vergrub ich mich in meiner Trauer, in meinem Schmerz. Ich lief ziellos durch Berlin, aß kaum etwas, arbeitete so gut wie nicht und meldete mich nicht einmal bei Bernie. Die Großstadt verwandelte sich in ein Nachtasyl für mich allein, um mich in der Menge zu verlieren, mich durch den Lärm und den Gestank zu betäuben und abends in einer Kaschemme Bier zu trinken. Ich nahm mein Notizbuch nicht mehr mit. Der Gedanke an das Schreiben erregte Widerwillen in mir. Selbst ein Buch zur Hand zu nehmen, fiel mir immer schwerer. Zum Schluss holte ich mir meine Exemplare von Kafkas *Erzählungen* und Dostojewskis *Aufzeichnungen aus dem Kellerloch* vom Regal und las sie wiederholt wie in einem Rausch. Ich sympathisierte mit Dostojewskis namenlosem Erzähler im Keller, allein und sich selbst bemitleidend, zynisch, depressiv und rachsüchtig, wie er im Zorn durch das Loch auf die *schöne, neue Welt* blickte. Aus Kafkas Erzählungen verschlang ich insbesondere die Kurzgeschichte *Ein Hungerkünstler*, den Bericht über einen Mann, der sein Fasten öffentlich zur Schau stellte und seine Kunst zum Schluss in einem mit Stroh ausgelegten

Gitterkäfig in einem Zirkus präsentierte. Er nahm mit der Zeit so sehr ab, dass er unter dem Stroh kaum mehr sichtbar und daher als Attraktion nicht mehr brauchbar war. Arbeiter holten den bewegungslosen Mann schließlich aus seinem Strohbett. Bevor der Hungerkünstler starb, verriet er ihnen mit seinen letzten Worten den wahren Grund seines Hungerns. Er könne nicht anders, weil er die Speise, die ihm schmecken würde, nie gefunden hatte. Der Hungerkünstler wurde mit dem Stroh zusammen begraben. In dem verwaisten Käfig hielt man anschließend einen jungen Panther.

Ich wollte aber kein Hungerkünstler werden. Wirklich nicht.

Ich saß in meiner Wohnung am Esstisch, nippte an einem Glas Wasser und starrte vor mich hin, als es an meiner Wohnungstür klopfte. Ich öffnete sie und blickte in die Augen meines Verlegers. Er nickte, schob sich an mir vorbei und nahm am Tisch Platz. Ich folgte ihm.

»Es riecht muffig hier«, sagte Bernie zur Begrüßung. »Du solltest einmal sauber machen und die Fenster öffnen. Du brauchst Luft.« Ich sagte nichts. »So geht es nicht, mein Lieber«, fuhr er fort. »Du hast Verpflichtungen. Selbstmitleid bringt dich nicht weiter.« Er schaute mich lange an, bis er sagte: »Ich würde gerne eine Tasse Kaffee trinken.«

Ich erhob mich vom Stuhl, setzte Wasser auf und füllte Kaffee in den mit einem Papierfilter versehenen Trichter. Bald kochte das Wasser, das ich durch den Trichter vorsichtig in eine Kanne goss. Das kochende Wasser tropfte langsam hinunter und verwandelte sich in Kaffee. Sein angenehmer Duft schwebte mir entgegen. Bernie hatte nichts gesagt. Er saß mit übergeschlagenen Beinen da und schaute mich an. Aus der Kanne goss ich uns beiden ein und stellte beide Becher auf den Tisch. Ich holte Zucker vom Regal und einen Löffel aus einer Schublade. Ich wusste, dass Bernie seinen Kaffee mit Zucker trank. Ich hatte mich inzwischen daran gewöhnt, ihn schwarz zu trinken. Das Ritual des gemeinsamen Kaffeetrinkens: eine gesellschaftliche Gepflogenheit. Ich dachte zurück an den Abend in Toronto, als ich in dem Café den Entschluss fasste, nach Deutschland auszuwandern. Kaffee kann den Geist animieren.

Bernie ließ zwei Löffel Zucker in seinen Becher rieseln, rührte langsam um, legte den Löffel ab und trank einen ordentlichen Schluck. Ich nahm ebenfalls einen Schluck. Bernie setzte den Becher ab, nickte zufrieden und sagte: »Wie geht es weiter mit dir, Joe?«

Ich blickte meinen Becher an und antwortete nicht.

»Selbstmitleid bringt dich nicht weiter, mein Freund. Aber das weißt du ja selbst. Du musst schreiben. Das bist du.«

Ich blickte hoch. Bernie schaute mich ruhig an. Und wartete. »Ich kann nicht über sie schreiben«, sagte ich leise. Selbst den Namen nur zu denken, war mir eine Qual.

»Ja, das verstehe ich«, erwiderte Bernie. »Das kommt vielleicht noch. Aber es bieten sich andere Themen an. Dein Artikel über K. liegt vor. Das Thema ist aber damit nicht ausgeschöpft.« Er machte eine Pause und meinte dann: »Die Aufarbeitung der NS-Geschichte in unserer schönen Bundesrepublik Deutschland.«

Ich nickte.

Bernie sagte: »Gieß mir noch etwas nach. Der Kaffee schmeckt gut.« Er reichte mir seinen Becher.

Ich holte die Kanne und goss den Kaffee ein. Es waren einfache, alltägliche Handlungen. Sie taten mir gut.

»Warum machst du nicht eine Deutschlandreise? Bis auf die Zeit in K. bist du bisher nie aus Berlin herausgekommen. Lerne das Land besser kennen.«

Ich antwortete nicht. Mir kam das alles unwirklich vor.

»Wir haben Winter 1978, Joe. Eine Winterreise hat Tradition. Vielleicht kein Wintermärchen wie bei Heine, aber eine Reise im Zeichen des Terrors in diesem besonderen Deutschen Herbst. Wie soll es weitergehen? Darüber lässt sich schreiben.« Er schwieg. Nach einem Schluck Kaffee fragte er: »Wie ist deine Finanzlage.«

Ich starrte noch auf meinen Kaffeebecher und merkte, dass ich kaum etwas getrunken hatte. »So lala«, sagte ich.

»Eine sehr präzise Antwort, muss ich sagen.« Er lachte leise und fuhr fort: »Ich sage dir was. Ich schieße dir etwas vor, damit du vier Wochen reisen kannst. Betrachte es als ein Darlehen.«

Ich schaute ihn an. Ich hatte noch nie in meinem Leben Geld geborgt. In solchen Dingen wollte ich immer unabhängig sein. Ich wollte niemals jemandem etwas schulden. »Ich weiß nicht«, sagte ich verhalten.

»Sei keine Mimose, Joe. Es ist eine Investition. Du nimmst dein Notizbuch mit. Dein Gehirn ohnehin. Wir brauchen Geschichten.«

Bernie nahm seine Tasche, holte ein Heft heraus und überreichte es mir. Ich nahm es in die Hand. Es war die gerade erschienene Nummer des Vademecum. Reflexhaft schlug ich das Heft auf der Inhaltsseite auf. Dort las ich: *Eine Kleinstadt – Ein Hakenkreuz – Eine Geschichte* von Joseph Harris. Ich blätterte weiter. Mein Aufsatz. Ich dachte zurück an meine erste Veröffentlichung auf Deutsch. Waren seitdem nur zwei Jahre vergangen? Wie ich mich damals gefreut hatte. Und nun? Der Aufsatz war nicht vollständig. Ich hatte nicht über Hildegard geschrieben, sondern hatte Frosch zum Mittelpunkt gemacht. Ich schlug das Heft zu. Ich wollte den Beitrag nicht lesen.

Bernie hatte mich schweigend beobachtet. »Ich weiß, du bist damit nicht zufrieden. Aber der Artikel ist gut.« Es entstand eine Pause. »Irgendwann wirst du ihn fortsetzen.«

Wir saßen uns lange schweigend gegenüber an dem kleinen Tisch. Mein Kaffee war bereits kalt. Ich erhob mich, ging auf und ab. Mein Zimmer war sehr klein. Ich musste um die vielen Bücherstapel herumlaufen. Bücher, Bücher. Überall Bücher. Die Welt schien mir voller Bücher zu sein. Sie bildeten eine eigene Welt. Dazu gehörte ich, oder? War das nicht auch meine Welt? Lesen. Schreiben. Trotz der Winterkälte machte ich das einzige Fenster im Raum auf, kehrte zum Tisch zurück und nahm wieder Platz.

»Danke, Bernie, du hast recht. Ich fahre.« Mein Verleger nickte und bemerkte dabei, dass kalte Luft belebe.

Anfang März 1978 stieg ich im Hauptbahnhof in Lübeck aus dem Zug aus. Ich schulterte meinen Rucksack und machte mich auf den Weg zur Altstadt. Vom Bahnhof aus war es nur eine kurze Strecke bis zum imposanten Holstentor. Ich ging um das Tor herum zur Innenstadt und gelangte zu meinem Hotel. Ich hatte mir die selbsternannte Königin der Hanse als erste Station meiner Deutschlandreise ausgesucht, und zwar wegen der Familie Mann. Meine Reise sollte im Kern eine literarische Reise sein. Ich wollte mich auf die Spuren der Vergangenheit begeben und Urlaub von der Gegenwart nehmen – vor allem von der Stadt K.

Thomas und Heinrich Mann – *Buddenbrooks* und *Professor Unrat*, zwei Romane, die ich gelesen hatte und sehr schätzte. *Professor Unrat* vielleicht sogar mehr als *Buddenbrooks.* Beim Lesen damals dachte ich: Gerne wäre ich einer von Immanuel Raths Schülern gewesen, die sich im *Blauen Engel* bei Fräulein Rosa Fröhlich getroffen hatten. An meinem ersten Abend in Lübeck war es für mich als einem in den fernen USA Aufgewachsenen ein besonderes Erlebnis, durch die Straßen und Gassen und über die Plätze der Altstadt zu streifen und meinen Gedanken freien Lauf zu lassen. Ich stellte mir vor, ich wäre eine Figur in einem Roman der Gebrüder Mann. Unterwegs mit dem jungen Thomas Buddenbrook zu seiner heimlichen, nicht standesgemäßen Geliebten Anna; mit Professor Unrat, wie er sich das erste Mal zum *Blauen Engel* begab, um seine Schüler zu kontrollieren, und dann den erotischen Reizen der Rosa hoffnungslos verfiel. »Ich bin vom Kopf bis Fuß auf Liebe eingestellt«, sang Marlene Dietrich in der Romanverfilmung.

Hat es den *Blauen Engel* tatsächlich gegeben? Oder ein Vorbild dafür? Ich fragte mich, ob Heinrich Mann ein Stück Lübeck in seinem Roman verewigt hatte, als ich den Sperrbezirk Clemensstraße erreichte, das Rotlichtviertel der Stadt. Ich war erstaunt über die Vielzahl der eindeutigen Etablissements entlang der engen Gasse. Das horizontale Gewerbe schien in Lübeck ein lohnendes Geschäft zu sein. Ich mahnte mich: *du bist Beobachter, kein Beteiligter.* Am Ende der Straße entdeckte ich ein Lokal, das sich *Der Weiße Engel* nannte. Der Name zog mich an. Ich beschloss, mir ein Bier zu genehmigen und trat ein. Das Lokal war mäßig besucht, an einigen Tischen saßen die Damen, die mich beobachteten, als ich zur Theke lief. Ich fragte mich, was sie dachten, wie sie mich einschätzten. Ich war für sie ein Stück Geld, wie sie für mich ein Stück Fleisch waren. So brutal konnte man das Leben betrachten. Ich fand einen Platz auf einem Hocker, bestellte ein Bier und schaute mich um. Ich war vorher noch nie in einem Bordell gewesen. Ich fand es nicht besonders anziehend, eher dunkel, schmuddelig, und es roch. Vielleicht, dachte ich, ist so eine morbide Atmosphäre gut für das Geschäft. Das Bier war teuer. Bald gesellte sich eine Dame zu mir. Sie schien mir trotz ihres Make-ups noch jung zu sein, und sie war in ihrem Kleid mit dem tiefen Ausschnitt durchaus attraktiv. Sie fragte, ob ich ihr einen Drink spendieren wollte. Ihr Mund verzog sich zu einem Lächeln, das Gesicht kam mir trotzdem alles andere als fröhlich vor. Ich schaute ihr in die Augen. Sie waren vollkommen leer. Solche leeren Augen hatte ich noch nie im Leben gesehen. Die Augen riefen Erinnerungen in mir hervor. An andere Augen, die gar nicht leer waren, sondern tief, lebhaft und klug auf die Welt schauten. Die Augen, die ich liebte.

Ich trank das Bier in einem Zug aus, gab der Frau einen Zwanzig-Mark-Schein – sie nahm das Geld ausdruckslos entgegen und stopfte es zwischen ihre Brüste – und verließ das Lokal. Als ich draußen ankam, merkte ich, dass ich zitterte. Ich versuchte, mich zu fassen, meinen Atmen regelmäßig und kontrolliert zu steuern. Ich fühlte mich leicht schwindlig, als ob ich auf einem Seil hoch über der Gasse stehen würde. Langsam setzte ich einen Fuß vor den anderen. Ein Seiltänzer, der eine Aufführung vollzog. Für wen?

In Nietzsches *Zarathustra* ist der Seiltänzer in den Tod gestürzt.

Ich streifte weiter durch die Gassen der Altstadt und erinnerte mich daran, gelesen zu haben, dass in den 1920er Jahren Teile des eindrucksvollen Horrorfilmes *Nosferatu* in Lübeck gedreht worden waren. Ich wäre nicht überrascht gewesen, wenn ich einem Vampir begegnet wäre.

Ich durfte nicht an Hildegard denken.

Tags darauf setzte ich morgens meine Wanderung durch die Altstadt fort. Ohne Ziel. Ich lief an den fünf Hauptkirchen vorbei, die mit ihren insgesamt sieben Türmen die historischen Backsteinhäuser wie stumme Wächter überragten. Die Spur einer schweren

Bombardierung des Zweiten Weltkrieges entdeckte ich bei einer Halbruine in der Sandstraße. Die obere Etage einer Apotheke zeigte leere Fensterhöhlen, mehr als dreißig Jahre nach dem verheerenden Luftangriff im Zweiten Weltkrieg. *Die Wunden bluteten noch.*

Am Nachmittag unternahm ich einen Ausflug nach Travemünde, einen Stadtteil an der Ostsee, der sich als mondänes Seebad auszugeben versuchte. Ich fand ihn jedoch unspektakulär. Ich lief die Promenade entlang, atmete würzige Ostseeluft und dachte über die Stelle in den *Buddenbrooks* nach, als Toni sich während ihres Aufenthalts in Travemünde in einen Medizinstudenten verliebt hatte. Eine vergebliche Liebe, die von der Familie jäh beendet wurde. Nicht standesgemäß, nicht eingeplant. Beim Lesen hatte ich damals gedacht – *Warum? Was wäre wenn …?*

Ja: *Was wäre wenn …* Drei Worte, die uns ein Leben lang begleiten können.

Die nächste Station meiner Reise war Husum an der Nordsee. Ich wollte einmal richtiges Labskaus essen und Nordseeluft schnuppern. Theodor Storm. Amtmann und Schriftsteller. Ich stand vor seiner ehemaligen Wohn- und Dienststätte, einem alten Kaufmannshaus in der Innenstadt, und dachte zurück. Sein *Schimmelreiter* gehörte zu den ersten literarischen Werken, die ich auf Deutsch gelesen hatte. Damals in Chicago, für ein Seminar. Für einen jungen Studenten, der die deutsche Sprache lernen wollte, war es eine mühsame Lektüre; ich kann mich gut daran erinnern, wie ich beim Lesen der Novelle wiederholt mein Deutsch-Englisches Wörterbuch aufschlagen musste. Hauke Haien – eine tragische Figur wie aus einem Stück von Shakespeare. Der Deichgraf hatte etwas Übermenschliches an sich, beinahe etwas Dämonisches. Und doch – menschlich, allzu menschlich. Empfinden wir, hatte ich damals gedacht, nicht alle eine Verwandtschaft mit ihm?

Ich hatte überlegt, nach Weimar zu fahren, um die berühmte Anna-Amalia-Bibliothek zu besuchen. Letztlich brachten mich die Formalitäten der Einreise in die DDR davon ab. Stattdessen stieg ich nach der

Stippvisite in Husum in die Bahn, um nach Wolfenbüttel zu fahren. Die Herzog-August-Bibliothek, die mit Namen wie Leibniz und Lessing verbunden ist, war das Ziel. Wolfenbüttel – ein verschlafenes Nest mit einer ansprechenden Altstadt, durch die ich gleich nach meiner Ankunft spazierte. Ich stieg in einem billigen Hotel mit Etagen-WC ab und lief zur Bibliothek. Davor entdeckte ich eine Plastik, die Lessings Figur *Nathan der Weise* darstellte. Der Künstler hatte Nathan im Stehen beim Reden, ja beim Deklamieren, dargestellt – kantig, zuversichtlich, souverän in seiner Gestik, aber auch mit einem Anflug von Humor. Die Plastik gefiel mir.

Ich blickte auf das Gebäude. Ich wusste, dass die Bibliothek zu den bedeutendsten Büchersammlungen Europas gehörte und sich zu einer internationalen Forschungsstätte für die Geschichte der frühen Neuzeit entwickelt hatte. *Von allen Welten, die der Mensch erschaffen hat, ist die der Bücher die Gewaltigste* – hatte der Büchermensch Heinrich Heine einmal geschrieben. Es galt also, wie Lessing angemerkt hatte, zu lernen, im Fall der Not ein gelehrtes Buch zu gebrauchen.

Ich verbrachte die folgenden drei Tage in der Bibliothek und las Lessings Schriften zum Fragmentenstreit, den er mit dem Hamburger Hauptpastor Johann Melchior Goeze ausgefochten hatte. Der Streit bildete die Vorstufe zu dem Dramatischen Gedicht *Nathan der Weise.*

Unweit von Wolfenbüttel liegt Göttingen. Die Stadt war für mich mit der dortigen Universität verbunden. Im 18. Jahrhundert gegründet, gehörte sie zu den bedeutendsten Hochschulen der Aufklärungszeit. Die Professoren Albrecht von Haller und Georg Christoph Lichtenberg waren mir ein Begriff. Die Brüder Humboldt und Karl Freiherr vom und zum Stein waren einst Studenten der Universität gewesen. Als ich durch die Stadt schlenderte, entdeckte ich zahlreiche kleine Gedenktafeln, die an herausragende Persönlichkeiten erinnerten. Auch an Lichtenberg, einen meiner Lieblingsschriftsteller, einen Meister der Aphorismen. *Ich weiß nicht, ob es besser wird, wenn es anders wird. Aber es muss anders werden, wenn es besser werden soll.*

Ich bummelte über das Universitätsgelände und suchte nach einem Hinweis auf die Göttinger Sieben, jene sieben Professoren, die 1837 gegen die Aufhebung der 1833 eingeführten liberalen Verfassung im Königreich Hannover protestiert hatten. Sie wurden deswegen entlassen, drei von ihnen wurden des Landes verwiesen. Meine Suche war vergeblich. Ein Gedenken an den Widerstand gegen die Obrigkeit war offenbar nicht zeitgemäß.

Nach zwei Übernachtungen in Göttingen machte ich mich auf den Weg nach Frankfurt. Dort wollte ich länger bleiben, zum einen wegen der Paulskirche und zum anderen wegen Johann Wolfgang von Goethe. Außerdem hatte Bernie mir von einem Stadtteil namens Alt-Sachsenhausen erzählt, es würde sich lohnen, dort einen Abend zu verbringen.

Ich stieg in einem schmuddeligen Hotel unweit des Bahnhofs in der Elbestraße ab und befand mich damit mitten im Frankfurter Rotlichtviertel. Nachdem ich meinen Rucksack im Hotelzimmer verstaut hatte, streifte ich durch die Stadt, die sich ob ihrer Hochhäuser gerne mit New York verglich – *Mainhattan*, wie ich gelesen hatte. Gelinde gesagt, schien mir das eher ein Witz als eine Beschreibung zu sein. Die Stadt konnte – nach meinem Eindruck – nicht einmal annährend einem Vergleich mit Chicago standhalten, geschweige denn mit New York.

Als Erstes machte ich mich auf den Weg zur Paulskirche, die keine fünfzehn Minuten zu Fuß von meinem Hotel entfernt war. Ich wusste bereits, dass das Gebäude seit 1949 ein Nationaldenkmal war. Als ich an jenem grauen Märztag 1978 davorstand, kam es mir verlassen und heruntergekommen vor. Man hatte das Kegeldach bei der Restaurierung nach dem Krieg nicht wieder aufgebaut, was mir den Eindruck vermittelte, das Gebäude wäre nicht ganz fertig. Wie so vieles. Ich stand allein vor dem Turm und dachte: *Sitz der Nationalversammlung 1848/49, ein sichtbares Zeugnis der Demokratiebestrebung in Deutschland, einem Land, das sich damit schwertut. Das Kegeldach fehlt, eine sinnhafte Metapher.* Ich erinnerte mich daran, dass vier Professoren der Göttinger Sieben in der Nationalversammlung mitgewirkt hatten, und dachte, dass es mehr als passend war, den Friedenspreis des Deutschen Buchhandels alljährlich in der Paulskirche zu verleihen, und zwar seit 1950. Bücher, immer wieder Bücher.

Auf dem Paulsplatz stehend, entdeckte ich einen Obelisken mit einer Frauenfigur auf der Spitze. Das Schild davor verriet mir, dass es sich um ein Denkmal zur Deutschen Einheit handelte, das 1903 aufgestellt worden war. Deutsche Einheit! Noch so ein sperriges Thema!

Vom Paulsplatz aus lief ich die Berliner Straße entlang zum Jüdischen Friedhof Battonnstraße, zehn Minuten zu Fuß. Am Eingang erblickte ich eine Tafel, die an die am 9. November 1938 von den Nazis zerstörte Synagoge am Börneplatz erinnerte. Die verkehrsreiche Straße verlassend, tauchte ich durch den Friedhofseingang in eine andere Welt ein. Stille. Nachdenklichkeit. Inzwischen hatte ich gelernt, dass jüdische Begräbnisstätten eher einen ungepflegten Eindruck machten. Gelesen hatte ich, dass der Friedhof bereits im 12. Jahrhundert entstanden war und damit zu den ältesten jüdischen Friedhöfen in Deutschland zählte. Die jüdische Gemeinde in Frankfurt hatte eine lange, lange Tradition, die – wie so vieles andere – durch die NS-Terrorherrschaft jäh unterbrochen worden war. An der inneren Friedhofsmauer entdeckte ich zahlreiche Grabsteine, viele davon unleserlich. Offenbar waren sie nach dem Krieg dort eingelassen worden, statt sie wieder aufzustellen. Das Gelände machte einen verlassenen Eindruck. Ich fand eine Bank und setzte mich.

Warum war ich hierhergekommen? Der Friedhofsbesuch war nicht geplant. Ich hatte nicht an Hildegard denken wollen. Meine Füße hatten mich unabwendbar hierher geführt. Mein Körper wollte nicht, dass ich vergaß. Nicht vergessen. Nein. Wir sind in unsere Geschichte verstrickt. Ich musste mit ihr leben, ja weiterleben. Es war bereits spät am Nachmittag. Es dämmerte, und ich fühlte mich von der nasskalten Luft ummantelt. Kein Mensch war in Sicht. Die Erinnerung an Hildegard übermannte mich. Ich war machtlos dagegen. Ich fing an zu schluchzen – und heftig zu weinen. Tränen liefen mir über die Wangen. Ich schloss die Hände zusammen, legte sie zwischen die leicht geöffneten Knie und beugte mich nach vorne. Tränen tropften auf meine Hände.

Wie Weihwasser. Ich saß wie erstarrt. Seit dem ersten Verhör durch die Polizei am Tag nach Hildegards Tod hatte ich nicht mehr geweint. Warum? Warum konnte ich mit mir selbst nicht ins Reine kommen? Hildegard! Hildegard! Verlust. Ach, das Leben bestand nur aus Verlust. Ich dachte an ihre Familie. Der Vater ermordet. Die Mutter verlassen und todkrank im Kindbett liegend. Hildegard, von Geburt an ein Waisenkind. Die Großeltern auf der Verladerampe in Auschwitz, ausgezehrt, dem Tode geweiht. Die starren Augen des SS-Wachpersonals. Die bellenden Hunde. So viel Elend und Leid! Wie konnte man es je wieder gutmachen?

Donna. Donna.

Es gibt keinen Gott. Nicht in einer solchen Welt.

Ich weiß nicht, wie lange ich dort gesessen hatte. Als ich endlich aufstand und mich, starr vor Kälte, in Richtung Ausgang bewegte, war es dunkel. Ich lief langsam zum Hotel zurück. Essen wollte ich nicht. Ich wollte gar nichts. Nicht Johann Wolfgang von Goethe. Nicht Alt-Sachsenhausen. Als ich die Elbestraße erreichte, war das dortige Nachtleben bereits voll im Gange. Mir kam alles so schmutzig, traurig, billig und hoffnungslos vor. Wozu Frauen und Männer bereit sind, was sie an Erniedrigungen und Heimlichkeiten über sich ergehen lassen, um den flüchtigen Augenblick der sexuellen Befriedigung zu erlangen, den Höhepunkt des Liebesaktes. Eine gekaufte, verlogene Liebe. Prostitution – der Inbegriff des Kapitalismus, ein Spiegelbild der Gesellschaft. Mich ekelte alles an. Frauen, die aufreizend herumstanden. Die vorsichtig gaffenden Freier. Die Sexshops. Der ranzige Fettgeruch der Imbisse. Die Hundehaufen am Rand des Gehweges. Die grellen, geschmacklosen Reklameschilder der Nachtclubs. *Ach – was für ein armseliges Geschöpf ist der Mensch!*

Im Hotel angekommen, suchte ich das Etagen-WC auf. Mein Anblick in dem speckigen Glasspiegel über dem Waschbecken erschreckte mich. Blutrote Augen und eingefallene Wangen. Mit dem Dreitagebart erkannte ich mich selbst kaum. Ich hatte Kopfschmerzen und zitterte vor Kälte. Mit Mühe schleppte ich mich zu meinem kleinen Zimmer, zog mich schnell aus und warf mich auf das Bett. Während ich auf dem Rücken lag und die Decke anstarrte, durchzogen mich Wellen von Schüttelfrost. Mein Körper wurde heiß, und ich begann zu schwitzen. Meine Gedanken rasten durch die Vergangenheit, ein Kaleidoskop meines bisherigen Lebens tat sich auf. Gesichter. Gebäude. Demonstrationen. Buchrücken. Und immer wieder Picassos *Alter Gitarrist,* der wie im Rausch spielte. Und Hildegard. Alles eine Suche, eine vergebliche Suche. Wonach? Ich atmete heftig. So elend hatte ich mich bisher in meinem Leben noch nie gefühlt. Und ich war mutterseelenallein. In einer billigen Absteige. In einer fremden Stadt. Weit entfernt von allem, was ich bisher kannte. Allein, ja verlassen. Ich hätte genauso gut auf einer einsamen Insel mitten im weiten Ozean liegen können. Niemand würde sich um mich kümmern, sollte ich in der Nacht ernsthaft krank werden. Ich hatte das Zimmer für vier Tage im Voraus bezahlt. Erst danach würde mich jemand in dem Bett finden. Wie den Hungerkünstler. Man würde mich nicht mit Stroh, sondern mit meinem Rucksack beerdigen.

Ich wollte kein Hungerkünstler werden.

Ich weiß noch, dass ich jene Nacht wie in einem Delirium verbrachte. Albträume verfolgten mich. Es schien, als ob die Wände sich bewegten und mich immer weiter einengten. Ich hatte immer wieder Schweißausbrüche. Einmal stand ich auf, um die Flasche Wasser zu holen, die ich auf einen Stuhl gestellt hatte. Mir wurde schwindlig. Ich setzte die Flasche an den Mund und trank sie leer. Danach fiel ich wieder in das Bett. Einmal wollte ich schreien. Vielleicht hatte ich auch geschrien. Wie auch immer, es kam keiner.

Im Morgengrauen ließ der Schüttelfrost nach. Ich schwitzte weniger. Meine Augen fingen wieder an, das kleine Zimmer in den Fokus zu nehmen. Das halboffene Fenster mit den fleckigen Gardinen. Meine Klamotten, die zerstreut auf dem Boden lagen. Der Rucksack hing über dem Stuhl, auf dem ein Buch lag. Die leere Wasserflasche lag auf dem Boden neben dem Bett. Der Verkehrslärm drang wieder in mein Bewusstsein. Dort draußen gab es Leben. Ich versuchte, ruhig und rhythmisch zu atmen. Dennoch gelang es mir nicht aufzustehen. Ich hatte einfach keine Kraft. Ich starrte an die Decke. Ich meinte, einen schwarzen Käfer zu sehen. Er bewegte sich nicht.

Ich verbrachte den Tag in meinem Zimmer. Niemand kam. Trotz des Lärms von der Straße schlief ich zwischendurch fest. Erst am Abend machte ich erste vorsichtige Schritte. Ich zog mich an. Ich hatte Durst. Als ich unten in der Elbestraße ankam, blinzelte ich. Die Straße schien ihre Farbe verloren zu haben. Alles kam mir schwarz/weiß vor, der Lärm war eher gedämpft. Ich fand einen Kiosk und kaufte eine große Flasche Wasser. Noch vor dem Kiosk leerte ich sie in einem Zug. Der Kioskbesitzer sah mich an und fragte: »Geht's Ihnen nicht gut?«

»Ich lebe gerade«, antwortete ich und kaufte noch eine Flasche, die ich mit aufs Zimmer nehmen wollte. Der Kioskbesitzer reichte mir die Flasche, blickte mich direkt an und schüttelte den Kopf. Er war sicher an ausgefallene Kundschaft gewöhnt.

Zurück im Hotelzimmer, zog ich mich aus und legte mich wieder ins Bett. Es roch muffig und abgestanden. Die Luft war staubig. Durch die zugezogenen Gardinen blinkten die Reklamebeleuchtungen der Clubs in wechselnden Farben. Ich nahm das Buch vom Stuhl und schaute mir das Cover an. Goethes *Die Leiden des jungen Werther*. Die Reclam-Ausgabe. Ich hatte die Novelle als eine passende Lektüre nach Frankfurt mitgenommen. Ich schaute lange auf das Buch, bevor ich es wieder hinlegte. Mit Werthers Leiden wollte ich mich im Moment nicht auseinandersetzen.

»Ich habe Hildegard geliebt. Ich liebe sie noch immer«, sagte ich zu dem Käfer, der immer noch an derselben Stelle an der Decke klebte. »Ich muss aber weiterleben.« Der Käfer kommentierte meine Aussage nicht. Warum bewegte er sich nicht? Hatte er es einfach satt, Käfer zu sein und wollte sich in etwas anderes verwandeln?

Nach und nach fiel ich in einen tiefen, traumlosen Schlaf, aus dem ich erst am Morgen aufwachte. Es war ein sonniger Tag. Die Sonnenstrahlen drangen durch die Gardinen und warfen ein wirres Bild aus Licht auf den Fußboden. Ich schaute zur Decke. Der Käfer war noch da.

Ich zog mich an und lief nach unten auf die Straße. Ich musste etwas essen und trinken. In einer kleinen Seitengasse entdeckte ich ein Lokal, das Frühstück servierte. Ich trat ein. Es war ernüchternd, feststellen zu müssen, wie etwas so Banales, wie ein Frühstück zu bestellen, Freude erzeugen konnte. Ich hatte Hunger und ließ mir das große Frühstück mit Kaffee, Brötchen, Wurst, Käse, Obst, Jogurt und einem Ei kommen. »Langsam kehrst du zu den Menschen zurück«, wisperte ich mir zu. Ich dachte an Hildegard. Es tat weh, aber ich konnte es aushalten. Ich bestellte eine zweite Tasse Kaffee.

Ich hatte bereits für eine weitere Übernachtung bezahlt. Also galt es, den Tag zu verbringen, so gut es ging. Mein erster Besuch galt dem Goethe-Haus. Ein solcher Pilgergang gehörte sich einfach. Das Museum lag nur eine kurze Fußstrecke entfernt. Es war aber noch zu früh. Es öffnete erst um 10 Uhr. Ich verließ das Café und fand bald einen Grünstreifen – einen Teil der alten Wallanlage, vermutete ich –, der parallel zur Taunusstraße bis zum Mainufer verlief. Am Fluss angekommen, blickte ich auf eine in beide Richtungen verlaufende grüne Promenade, die sich entlang des Ufers ersteckte. Ich schlenderte weiter Richtung Norden. Das sonnige Wetter hatte Flaneure angelockt, die einzeln oder paarweise unterwegs waren. Ich genoss die Sonnenstrahlen auf dem Gesicht und die leichte Brise. Ein Hauch von Frühling. Ich lief langsam. Ich hatte es nicht eilig und fühlte mich ohnehin noch schwach. Als ich die alte Fußgängerbrücke über den Main erreichte, bog ich in Richtung Altstadt ab und stand bald auf dem Römerberg mit einem Blick auf die Alte Nikolaikirche. Wie ein normaler amerikanischer Tourist, dachte ich und lachte leise über mich selbst. Ich lief über den nach dem Krieg im alten Baustil sanierten Platz und an der Kirche vorbei. Ungeduld stieg in mir auf. Ich wollte weiter – zum Goethe-Haus. Ich spürte, dass ich in Wahrheit nach Berlin zurückwollte. Arbeit. Es warteten Aufgaben auf mich. Schreiben.

Im Goethe-Haus tauchte ich in das 18. Jahrhundert ein. Das Haus war nach dem Krieg restauriert worden und beherbergte eine sehenswerte Sammlung, die im Krieg ausgelagert gewesen war. Ich streifte durch die Räume und entdeckte Bildnisse von der schönen Charlotte Buff und dem Studenten Karl Wilhelm Jerusalem, die dem jungen Johann Wolfgang als Vorlage für seinen Roman *Die Leiden des jungen Werther* gedient hatten. Mit dem Briefroman hatte Goethe seinen eigenen Liebeskummer verarbeitet. Literatur als Katharsis. Das Museum erwies sich als eine wahrhafte Dichtergedenkstätte. Lessing hatte einmal über das Schriftsteller-Dasein geschrieben: *Wir wollen weniger erhoben / und fleißiger gelesen sein*. Eine zutreffende Einsicht. Ich blieb nicht lange, kaufte am Ende eine Reclam-Ausgabe von *Dichtung und Wahrheit* – ich wollte das Buch in der Bahn nach Berlin lesen – und verbrachte den Nachmittag müßig.

Am linken Mainufer gegenüber der Altstadt liegt der Stadtteil Sachsenhausen, mein Ziel für den Abend. Äppelwoi hatte mir Bernie gesagt, mehr nicht. Ich überquerte den Main auf der Eisernen Brücke und schlenderte ziellos durch die Straßen und Gassen. Das milde Wetter hatte zahlreiche Menschen angelockt. Die vielen Gaststätten schienen gut besucht zu sein. Als ich die Straße mit dem suggestiven Namen Klappergasse erreichte und den Frau-Rauscher-Brunnen erblickte, wusste ich, dass ich das Ziel unzähliger Frankfurt-Besucher erreicht hatte. Ich kehrte in die Eckkneipe Eiserner Hahn ein, nahm Platz an einem großen, bereits fast voll besetzten Holztisch und sagte in die Runde: »Guten Abend allerseits.« Es waren junge Menschen in meinem Alter, die mir freundlich zunickten. Ein hagerer Mann mit langen Haaren und einem gepflegten Bart, der neben mir saß, musterte mich kurz, lächelte und sagte: »Du brauchst was zu trinken, mein Freund.« Er goss mir eine hellgelbe, durchsichtige Flüssigkeit in einen blauen Becher ohne Henkel ein. Ich bedankte mich, sagte »Prost« und nahm einen Schluck. Ein herber Apfelwein. Nicht schlecht. Eine neue Runde wurde bestellt, an der ich mich finanziell beteiligte. Die Kellnerin brachte eine dickbauchige Kanne aus Steinzeug, die – wie ich gleich erfahren sollte – *Bembel* hieß. Sie wurde herumgereicht, die Becher waren bald gefüllt, um dann wieder geleert zu werden. Die Runde hatte schon einiges intus. Die Stimmung war lustig. Ein ernstes Thema schien nicht auf der Tagesordnung zu stehen. Mein Tischnachbar, er hieß Roland, fragte, wo ich herkomme. Mein Akzent hatte mich verraten – wie üblich. Es wurde ruhiger am Tisch, als ich ein bisschen von mir erzählte. Daran hatte ich mich gewöhnt – der Fremde, der jedoch die Sprache des Landes beherrschte. Die Leute wollten immer Geschichten hören, waren neugierig auf die Sicht von außen. Ich erzählte oberflächlich von Chicago, von meiner Arbeit in Berlin und meiner Literatur-Tour. Wie immer kamen die Erzählungen über die Bullen von Chicago gut an. Ich hätte, sagte ich, seit meiner Ankunft in Deutschland Berlin zum ersten Mal verlassen und wollte das Land kennenlernen. Eine Frau am Tisch sagte, dass sie einmal in Chicago gewesen sei. So viele Hochhäuser! Die Tischgespräche mäanderten zwischen lokalen und nationalen Ereignissen, gespickt von Anekdoten und Witzen. Auch Eintracht Frankfurt kam vor. Die Runde machte einen eingespielten Eindruck. Es wurde viel gelacht und getrunken. Ich blieb nach meiner Vorstellung weitgehend einsilbig und hörte einfach zu. Einmal wurde jedoch über Hausbesetzungen und Sanierungspläne im Stadtteil Westend gesprochen. Dazu konnte ich etwas sagen und erzählte von meinen Erfahrungen in Kreuzberg. Ich merkte jedoch, dass ich nicht voll dabei war. Nach dem vierten Becher Apfelwein fühlte ich, wie eine Unruhe in mir aufkam, als ob in mir ein Tier – vielleicht der Käfer? – langsam vom Bauch bis zum Kopf hinaufkrabbeln würde. Der Alkohol drohte, die Schutzmauer einzureißen, die infolge meines Zusammenbruchs in der vorletzten Nacht entstanden war. Mir wurde leicht schwindlig. Schlagartig überfiel mich die Erinnerung an Hildegard. Ich spürte, wie sehr sie mir fehlte, und fing an, leicht zu zittern. Es kostete mich Mühe, den Becher zum Mund zu bringen. Ich trank den Rest in einem Zug aus, stellte das Gefäß ab und schaute lange darauf.

Ich vernahm eine Stimme am Rande meines Bewusstseins: »Ist dir nicht gut?«

Ich schaute auf und blickte in das besorgte Gesicht von Roland. Am Tisch war es ruhig. Alle schauten mich an.

Ich versuchte zu lächeln und sagte: »Ich glaube, ich vertrage den Wein nicht so gut.« Ich stand langsam auf. »Am besten verabschiede ich mich. Tschüss – und einen schönen Restabend.«

»Können wir irgendwie helfen?«, fragte Roland.

»Danke«, erwiderte ich. »Mir ist nicht zu helfen.« Ich verließ die Kneipe und machte mich mühsam auf den Weg zurück zum Hotel.

Angekommen, legte ich mich bekleidet aufs Bett und starrte an die Decke. Den Käfer sah ich nicht mehr. Hatte er seine Verwandlung erfolgreich abgeschlossen? Und ich?

So schlimm wie vor zwei Nächten wurde es in der Nacht nicht. Ich blieb zunächst wach und schlief danach fest ein. Hildegards Gesicht begleitete mich durch unruhige Träume. Ich musste lernen, ihr Schicksal und unsere Zeit zusammen anzunehmen. Verdrängen war keine Lösung für mich. Hildegard war ein Teil meines Lebens, vielleicht sogar der beste Teil. Wie lernte man, das eigene Leben dennoch weiterzuleben?

Am nächsten Tag saß ich im Zug nach Berlin mit einem Zwischenstopp in Hannover. Ich war erschöpft und bin zwischendurch auf meinem Platz eingenickt. Als der Zug durch die DDR fuhr, fiel mir ein, dass ich bald meinen einunddreißigsten Geburtstag feiern würde. Wobei »feiern« sicherlich der falsche Begriff war. Seit der Zeit mit meinen Eltern, als ich noch zuhause wohnte, hatte ich mit Ausnahme des 21. Geburtstages in Jimmy's Place in Chicago des Tages nicht gedacht. Warum auch? Es gab keinen Grund dafür und niemanden, den es interessierte.

Einunddreißig Jahre alt. Seit einem Jahr gehörte ich nicht mehr zur Jugend. Der Beginn von … von was? Eine Frage, die sich immer wieder stellte.

Ich beschloss, Bernie und Frau Leucht zum Essen einzuladen.

The Hollow Men

Woodstock/Vermont, d. 22. Dezember 2018 und d. 13. Januar 2019

Seit meiner Schulzeit habe ich mir eine disziplinierte Arbeitsweise angewöhnt. Den Tag in Aufgabenbereiche aufzuteilen und die Aufteilung einzuhalten gehört für mich zu den Selbstverständlichkeiten. Es gibt mir Halt, es versöhnt mich mit mir selbst. Nach meiner Rückkehr nach Woodstock und dem Einzug in meine Hütte kam mir diese Lebensgewohnheit zugute. Da ich so gut wie keine fremden

Ansprüche mehr zu berücksichtigen habe, konnte ich sorglos in den Tag hineinleben. Die Zeit vertrödeln, meine Lebenszeit, das geht aber nicht. Wir sind dem Leben verpflichtet, wie etwas Geliehenem. Wir haben achtsam damit umzugehen. Auch Thoreau pflegte, in Walden ein strenges Reglement einzuhalten. Letztlich war es die Arbeit – und meine Hinwendung zu ihr –, die mir über die tiefe Krise nach Hildegards Tod hinweg half. Nicht ganz, aber so weit, dass ich wieder leben – und schreiben – konnte. In all den Jahren danach ist jedoch ein Punkt in meinem Innern fest verankert geblieben, eine Sehnsucht nach Hildegard, die ich nie überwunden habe, nie überwinden wollte. Damit weiterzuleben, war und ist meine Aufgabe.

Mein Tag beginnt früh, gewöhnlich gegen 6.30 Uhr. Ginny, welche die Nacht in ihrem Korb neben meinem Bett verbringt, steht zugleich mit mir auf. Ich lasse sie nach draußen, trete vor die Tür und werde dann in der jetzigen Jahreszeit von der Winterkälte erfasst. Es ist noch dunkel, und es herrscht eine einladende Ruhe. Der Schnee glänzt im Mondlicht. Ich atme tief ein und aus. Ginny untersucht die Grundstücksgrenzen, macht ihr Morgengeschäft und kommt wieder rein. Ohne mich läuft sie nie allein in den Wald. In Deutschland hatte ich einige einfache Yogaübungen gelernt, die ich vor dem Duschen ausführe. Ein Sonnengruß setzt ein Zeichen, selbst wenn die Sonne nicht scheint. Ich gebe Ginny ihr Frühstück und gehe dann duschen. Normalerweise dusche ich lauwarm bis kalt. Nach dem Duschen und dem Anziehen werden die Hühner versorgt und Eier gesammelt. Frühstück bedeutet in der Regel Müsli mit Joghurt, Kaffee und Orangensaft. Danach schaue ich mir meine Emails an – meistens ist nichts Interessantes da – und lese die Textseiten durch, die ich am Tag zuvor geschrieben habe. Dann gilt es, einen Spaziergang zu machen. Ich ziehe meinen Mantel an, lege Ginny das Halsband um, hole die Leine – und los geht es. Wir streifen für eine gute Stunde durch den Wald. Der späte Vormittag ist für Besorgungen da. Ich muss das Einkaufen sorgfältig planen, da ich auf das Fahrrad angewiesen bin. Ich fahre – oder laufe bei schlechten Wetter – nicht jeden Morgen in die Stadt.

Meine Hauptmahlzeit esse ich am frühen Nachmittag. Ich esse häufig vegetarisch, bin jedoch kein Dogmatiker. Ginny bekommt auf jeden Fall Fleisch. Im Vorjahr habe ich im Herbst angefangen, die Ernte aus meinem kleinen Garten einzuwecken. Eine neue Erfahrung, bei der ich herbe Rückschläge erleben musste. Dennoch verfüge ich über einen Bestand von eingewecktem Gemüse und Obst. Ich kaufe gewöhnlicherweise im Woodstock Farmer's Market ein, den ich nach etwa zwanzig Minuten mit dem Fahrrad erreiche. Er liegt kurz hinter dem Riverside Cemetery. Der Market bietet regionale Bioprodukte an. Am nahen Village Green gibt es außerdem einen kleineren Laden, Mac's Woodstock Market, in dem ich in angenehmer Atmosphäre einkaufen kann. Supermärkte meide ich. Eine Runde durch die Stadt beinhaltet häufig einen Gang zum Yankee Bookshop und zum Mon Vert Café.

Nach dem Mittagessen unternehme ich einen ausgedehnten Spaziergang mit Ginny, häufig zu *meinem* Walden-Pond. Danach wird gearbeitet. Ich sitze regelmäßig vier Stunden nachmittags bis zum frühen Abend am Schreibtisch. Neben meinem Bekenntnis schreibe ich gelegentlich Gutachten für einen Verlag in Deutschland. Das Internet macht es möglich! Vor dem Abendessen versorge ich die Hühner, erledige notwendige Gartenarbeiten und hole Feuerholz in das Haus. Ich bin auf Holz zum Heizen und Kochen angewiesen. Es ist eine interessante Erfahrung, das Feuer im Kamin und im Backofen am Brennen zu halten – und zu regulieren. Das war in den alten Zeiten die Aufgabe der Hausfrau. Ich glaube, wir haben kaum mehr eine Ahnung davon, welche Leistungen die Frauen früher in den Haushalten erbracht haben. Sie waren allein dafür verantwortlich, dass alles lief.

Mein Abendessen ist karg: Brot, Käse und gelegentlich Wurst sowie Rohkost. Ein Glas Wein oder Bier – oder auch zwei – gehören dazu. Es gibt in Vermont ein reichliches Angebot an frischem Obst. Ich genieße insbesondere die wunderbaren Erdbeeren im Frühjahr. Und im Herbst die Äpfel, die ich in diesem Jahr eingekellert habe – auch eine neue Erfahrung. Den Abend verbringe ich mit Lesen, Musikhören und Nachdenken. Ich habe mir einen Lautsprecher-Turm besorgt, der sich per Blue-Tooth mit meinem Computer verbinden lässt. Die Sound-Qualität ist erstaunlich gut. Es kommt mir fast wie Zauberei vor. Blue-Tooth? Woher kommt der auffallende Name? Ich erinnere mich an den einstigen König von Dänemark, Harald Blauzahn, der im 10. Jahrhundert regierte. Ich nehme an, er hatte schlechte Zähne. Ich stelle mir vor, dass er der Namensgeber für diese drahtlose Technologie wäre, die tausend Jahre nach seinem Tod entwickelt worden ist. Das ist zumindest eine nette Geschichte, und das ist auch etwas wert.

Ich gehe früh ins Bett.

Der Sonntag ist mein Backtag. Und Reinemachetag. Ich habe eine schmuddelige Wohnung nie ertragen können. Also – sonntags wird gründlich saubergemacht und die Wäsche erledigt. Da ich mit Sauerteig arbeite, ist das Brotbacken aufwendig. In der Woche muss der Sauerteig täglich gepflegt werden, das heißt mit Wasser und Mehl aufgefrischt. Nach und nach entwickelt er sein besonderes Bukett und seine Triebkraft. Es ist, als ob ich das Brot im Team backe – mit einem Team von Bakterien. Ich habe gelesen, dass es mehr als siebzig Arten von Mikroben in einem Sauerteigansatz gibt. Ein großes Team! Am Backtag wird der reife Ansatz bis auf einen kleinen Rest verbraucht. Dieser dient als Grundstein für die Pflege des Sauerteiges in der folgenden Woche. Eine unendliche Geschichte. Ich mag das sinnliche Gefühl, mit einem durch einen reifen Sauerteig angesetzten Brotteig umzugehen. Das Kneten mit den Händen, bis feste, elastische Kugeln entstehen, die zum Aufgehen in Brotkörbe gelegt werden. Sauerteig hat einen besonderen, sehr angenehmen Duft. Aus den Brotkörben wird das aufgegangene Brot auf einen hölzernen Brotschieber gestürzt, um danach in den Ofen auf einen Lavasteinboden geschoben zu werden. Im Ofen steht bereits eine Schale mit Wasser. Es entsteht Dampf, wodurch das Brot eine besonders kräftige Kruste erhält. Ich backe gewöhnlich Vollkornbrote, gelegentlich auch Graubrote. Mit Baguette und Croissant habe ich auch Erfahrungen gesammelt, natürlich ohne Sauerteig. Sie richtig zu backen ist kniffliger. Das Mehl und weitere Zutaten hole ich mir vom Bio-Markt. Es gibt kaum etwas, was betörender duftet, als Sauerteigbrot, das gerade aus einem Holzbackofen geholt wird. Der

Duft verbindet einen mit der Urgeschichte der Menschheit. Die Herstellung von Brot mit einem gesäuerten Teig ist mindestens 5000 Jahre alt. Nach dem Abkühlen schneide ich mir immer ein Stück ab. Man muss probieren. Mit einem ordentlichen Stück Käse, einer Tomate und einem gepflegten Bier lebt man damit wie Gott in Frankreich. Ich überlege mir, im kommenden Jahr eigenes Bier zu brauen, obwohl es inzwischen ausgezeichnete Kleinbrauereien in der Region gibt. Vermont rühmt sich, das Bundesland in den USA zu sein, das die meisten Brauereien pro Kopf beherbergt – so berichtete die lokale Zeitung mit berechtigtem Stolz.

Ich hatte am vergangenen Sonntag gerade Brot in den Ofen geschoben, als Ginny anschlug. Ich blickte aus dem Fenster und sah eine Gestalt, die auf den Eingang zulief. Ich ging zur Tür, öffnete sie und blickte in das Gesicht von Jim III. Ich bat den Jungen herein, legte meine Schürze ab und sagte, er solle bitte in der Wohnstube warten. Ich stellte fest, dass sein Besuch ein angenehmes Gefühl in mir hervorrief. Viel Besuch bekomme ich nicht, eigentlich so gut wie keinen, und Jim hatte angefangen, mich zu interessieren. Seit dem Konzertabend.

Ich holte zwei Flaschen Bier aus dem Kühlschrank. Brotbacken macht durstig, der herbe Duft ruft das Verlangen nach Bier förmlich hervor. Ich wusste nicht, ob Jim Bier trank – es war ihm als Minderjährigem verboten, wie ich wusste. Ich nahm jedoch an, dass er bereits Erfahrungen mit dem Unerlaubten gemacht hatte. Wozu ist man sonst jung?

Er machte einen lockereren Eindruck als bei unserem Treffen im Café. Er streichelte Ginny, die ihn freudig begrüßt hatte, und schaute sich um. Ich gab ihm eine Flasche Bier, setzte mich ihm gegenüber und sagte: »Prost!« Er schaute mich verdutzt an. Ich lächelte: »Das ist deutsch und bedeutet ›Cheers‹ oder genauer noch ›auf deine Gesundheit‹. Deutschland hat eine lange Biertradition.«

Er lächelte zurück und nahm einen Schluck, wobei er das Gesicht verzog.

»Du trinkst doch Bier, oder?«, fragte ich.

»Ich hab' es schon probiert«, sagte er. »Aber scheint so, als würde ich keinen Geschmack daran finden.«

Ich nickte und sagte, das käme mit der Zeit. Bier sei nicht gleich Bier. Wie bei allen Dingen gebe es Unterschiede. Diese Marke von einer lokalen Brauerei sei ausgezeichnet. Ich erzählte von Deutschland, vom Bierbrauen und von der Bedeutung des Getränks in der deutschen Geschichte und dass ich mir überlegt hatte, im kommenden Jahr selbst Bier zu brauen. Jim lockte offenbar den Dozenten in mir heraus. Wir saßen einige Augenblicke schweigend und tranken unser Bier. Ich bemerkte, dass Ginny sich vor Jim hingelegt hatte. Ich lächelte und sagte, dass das Konzert mir neulich sehr gefallen hatte. Die Band hatte mit Freude und mit Können gespielt. Insbesondere sein Solo aus dem Album *Blue Guitars* war gelungen gewesen.

Jim erzählte daraufhin von der Musik und von der Band. Er wirkte dabei besonders lebhaft. Musik sei wie eine andere Welt, sagte er.

Ich nickte. »The Blue Guitar. Wir müssen lernen ihren Sound zu hören. Das ist dann zwar keine andere Welt, aber der Sound kehrt unsere von außen nach innen.«

Jim schüttelte den Kopf. »Du sprichst gern in Rätseln.«

Ich lachte. »Die Welt ist wie das Leben selbst ein Rätsel.« Ich sagte, er solle sich ein Gedicht besorgen. Wallace Stevens: *The Man with the Blue Guitar.* Ich stockte. Mir fiel etwas ein: »Es wäre etwas sehr Besonderes, dieses Gedicht zu vertonen.«

»The Man with the Blue Guitar«, wiederholte er und schaute mich fragend an.

»Things as they are, are changed upon the Blue Guitar«, zitierte ich. »Moment.« Ich stand auf und suchte nach meinem Exemplar von Stevens' Gesammelten Gedichten im Fach »New England«. »Ich kann dir das Heft für eine Weile leihen.«

Ich nahm den dünnen Band vom Regal und gab ihn Jim.

Er schlug den Band auf und blätterte. »Ich weiß nicht«, sagte er. »Ich bin wohl nicht in der Lage, Gedichte zu verstehen.«

»Du musst Gedichte nicht verstehen, sie verstehen dich.« Jim schaute mich fast schmerzlich an. »Sorry«, sagte ich. »Eine alte

Gewohnheit. Das kommt davon, wenn man zu viel Zeit mit Selbstgesprächen verbringt.«

Jim bemerkte, dass sie in der Schule dabei seien, Gedichte zu interpretieren. Er fände es langweilig. Wenn er aber mit der Band Musik mache, gehe die Lyrik in ihm auf. Er verstehe sie körperlich, nicht aber im Kopf.

Eine schöne Einsicht, erwiderte ich. Die gelte es, weiter auszubauen. Musik setze, wie Poesie, eine Verbindung zwischen Geist und Körper voraus, es gehe um den Klang, der etwas Körperliches sei. Ein Gedicht müsse in seiner ganzen Tragweite erlebt, das heißt gefühlt werden. Deswegen sollte ein Gedicht immer laut gelesen werden. Ich fragte, was die Klasse gerade lese.

»Something from T. S. Eliot. The Hollow Men.«

»Oh«, sagte ich. »Wird das immer noch gelesen in der High School? Nicht schlecht.«

»Schlecht?«, fragte Jim.

»Ich meine natürlich gut. Es ist ein kraftvolles Gedicht.« Ich hielt kurz inne. »This is the way the world ends / Not with a bang but a whimper.« Die letzten beiden Zeilen des Gedichts.

»Wer sind die Hollow Men?«

»Eliot beschreibt sie für uns sehr genau: *here in death's other kingdom*«, antwortete ich. Ich stand auf und holte einen Sammelband seiner Gedichte vom Regal. Den Band hatte ich in die Länderabteilung »England« sortiert, obwohl Eliot in den USA geboren worden war. Er wanderte als junger Mann nach England aus und gab die US-Staatsbürgerschaft auf. Auf Fotos sieht er englischer aus als ein Engländer. 1948 erhielt er den Literaturnobelpreis. »Das Gedicht ist nicht lang. Ich möchte es für uns vortragen.« Ginny schaute auf. Sie hört immer aufmerksam zu, wenn ich rezitiere.

Jim starrte mich verwundert an. Ich erwiderte seinen Blick, lächelte und nahm einen Schluck Bier. Jim blickte zu seiner Flasche und nahm ebenfalls einen Schluck. Er verzog diesmal kein Gesicht.

Fünf Minuten später legte ich den Band auf dem Tisch ab. Während des Rezitierens war mir einmal Hildegards Gesicht erschienen, und meine Stimme hatte gestockt.

Waking alone
At the hour when we are
Trembling with tenderness
Lips that would kiss

»Wenn es so vorgelesen wird, erscheint es wie lebendig«, sagte Jim. »The Hollow Men. Das sind wir, wir alle, nicht wahr?« Sein junges Gesicht sah besorgt aus. »Gibt es einen Ausweg? Müssen wir zu den Hollow Men gehören?«

Ich nahm wieder einen Schluck Bier. Die Zeitschaltuhr am Backofen klingelte. Ich musste nach dem Brot schauen. »Bin gleich zurück«, sagte ich.

Ich zog ein Brot mit dem Schieber aus dem Ofen, drehte den Leib um und klopfte mit dem Finger auf die Unterseite. Es war ein hohles Geräusch zu hören. Die Brote waren fertig. Ich legte sie zum Abkühlen auf ein Gitter und kehrte zurück. Jim saß ruhig auf dem Stuhl. Er starrte vor sich hin und streichelte dabei Ginny.

»Eine gute Frage«, sagte ich, als ich wieder Platz nahm. »Es ist nicht einfach, darauf eine Antwort zu finden.«

Es entstand wieder ein Schweigen. Ich fragte mich, warum Jim gekommen war. Offenbar fehlte ihm etwas in der Familie, in der Schule, im Freundeskreis.

Ich versuchte, an meine eigene Jugend zurückzudenken. Siebzehn Jahre alt. War ich nicht naiv, unbeholfen, innerlich zerrissen und in mich gekehrt gewesen? Moon Harris. Ein hoffnungsloser Fall. Jim war anders, aber an einem Punkt doch ähnlich. Er spürte eine Leere in sich, die er erforschen wollte.

Ich stand wieder auf und ging in die Küche. Das Brot war so weit abgekühlt, dass zwei Scheiben von einem Laib abgeschnitten werden konnten. Ich holte ein Stück Käse aus dem Schrank und schnitt ihn in kleine Würfel, die ich zusammen mit Radieschen auf zwei Teller legte. Dazu noch eine Flasche Bier für jeden. Im Wohnzimmer gab ich Jim einen Teller sowie die zweite Flasche Bier. Er bedankte sich und fing sogleich an zu essen. Er hatte offenbar Hunger.

»Wirklich gutes Brot«, sagte er. So etwas habe er noch nie gegessen. So reichhaltig und schmackhaft.

Ich nickte und sagte: »Im Supermarkt kriegst du nur leeres Brot für Hollow Men. Es ist besser, sein eigenes Brot zu backen.« Ich lachte.

Jim lachte auch.

Ich spürte, dass der Junge noch nicht weggehen wollte. Er sah zufrieden aus – mit seiner Flasche Bier in der Hand, dem Käseteller auf dem Schoß und einem Hund zu seinen Füßen. Ich fragte ihn direkt, wie es seiner Freundin ginge.

Er starrte mich mit großen Augen an, die Bierflasche halbwegs am Mund. Ginny schaute auf. Ich sagte, ich hätte das Mädchen beim Konzert gesehen, wie es auf ihn zugegangen sei und ihn umarmt habe. Aber wenn er darüber nicht sprechen wolle, sei das auch in Ordnung.

»Meine Freundin? Ja, so kann man sie wohl nennen«, sagte er und stellte die Bierflasche ab. Er erzählte. Sie war im vorigen Jahr in seine Klasse gekommen. Ihre Eltern waren aus Boston hergezogen, sie habe einen jüngeren Bruder. Ihr Vater arbeite bei einer Versicherung, die Mutter sei Grundschullehrerin. Sie heiße Angela und singe im Schulchor. Sie seien sich über die Musik nähergekommen und hätten angefangen, gemeinsam Dinge zu unternehmen, wie ins Kino zu gehen, zu tanzen, Musik zu hören, einfach miteinander zu reden. Sie sei sehr klug. Er habe andere Mädchen kennengelernt, aber Angela sei etwas Besonderes.

Ich war überrascht, wie ausführlich Jim erzählte, als ob er etwas loswerden wollte. Ich erinnerte mich daran, wie seine Familie nach dem Konzert auf meine Bemerkung über die Beziehung reagierte hatte. Sie schien gar nicht begeistert zu sein. Ich sagte, dass es, als ich früher in Woodstock wohnte, keine Schwarzen gegeben hatte. Ich merkte, dass ich damit einen wunden Punkt getroffen hatte. Der Junge zog sich zurück. Ich erzählte von der Reaktion seiner Familie auf meine Bemerkung über die Beziehung. Jims Gesicht verdüsterte sich zusehends. »Tut mir leid«, sagte ich, »wenn ich dir zu nahe getreten bin. Du hast damit angefangen, da habe ich geglaubt, dass du darüber reden willst.«

Leise sagte er: »Das ist nicht einfach.«

»Das ist es nie«, entgegnete ich und dachte dabei, ich würde mich ein bisschen zu altklug benehmen. »Denk drüber nach«, setzte ich fort. »Sieh in mir einen Freund, mit dem du reden kannst.«

Er lächelte verhalten und sagte, dass er jetzt gehen müsse. Er streichelte Ginny und stand auf. Er hielt den Gedichtband in der Hand. »Danke fürs Brot, fürs Bier und für das Buch«, sagte er.

»Gerne«, antwortete ich. »Komm wieder, wenn du magst, und bring Angela mit. Vielleicht will sie auch mal echtes Brot probieren.«

Der Junge grinste.

Ich begleitete ihn zur Tür. Ginny kam mit.

Nachdem Jim weg war, setzte ich mich hin, trank den Rest meines Biers aus und aß die letzten Käsewürfel. Ginny setzte sich vor mich hin und schaute mich erwartungsvoll an. Sie wollte, wie ich wusste, in den Wald gehen. Ich sagte ihr, dass es gleich losgehen würde. Sie wedelte mit dem Schwanz. Plötzlich kam mir das Haus leer vor. Dieses Gefühl hatte ich seit meiner Rückkehr noch nie gehabt. Ich wunderte mich über mich selbst.

Drei Sonntage später saß ich am Esstisch in meinem Wohnzimmer, aber nicht allein. Ich hatte wieder Besuch – Angela und Jim saßen mir gegenüber. Sie waren unangemeldet aufgetaucht – rechtzeitig, um gemeinsam Brot zu essen. Das war, denke ich, kein Zufall.

Jim hatte mir das Mädchen vorgestellt. Eine lebhafte Teenagerin mit krausen, schwarzen Haaren, die sie zu einem hohen Dutt gebunden hatte, hohen Wangenknochen, sehr dunklen Augen und einer schlanken Figur. Sie hatte eine Haut wie Milchschokolade, trug eine ovale, randlose Brille, große, zarte Ohrringe, Jeans und einen dicken, orangefarbenen Pullover. Sie hatte in etwa meine Größe und wirkte athletisch.

»Jim hat mir von dir erzählt, Mister Harris«, sagte sie.

»Und du wolltest trotzdem kommen?«, fragte ich und hob meine Brauen. »Nenn mich bitte Joe.«

Sie lachte. »OK … Joe.«

Sie gefiel mir.

In der Küche bereitete ich uns einen Imbiss mit frischem Brot, Käse und Rohkost vor. Ich holte drei Flaschen Bio-Bier aus dem Kühlschrank und überlegte, ob ich sie nicht vorher fragen sollte. Ich beschloss, es darauf ankommen zu lassen, und stellte alles auf den Tisch. Angela blickte wie gebannt auf die Bierflasche, sagte aber nichts. Ich fragte, ob sie lieber etwas anderes trinken wollte. Sie schüttelte den Kopf und sagte, dass sie noch nie Bier getrunken hätte, sie wollte es gerne probieren.

Bier passe ausgezeichnet zu frischem Brot, sagte ich. Hefe treffe Hefe.

Angela schaute sich um und sagte, es komme ihr vor wie eine Bibliothek wegen der vielen Bücher an den Wänden.

Sie seien meine Freunde, sagte ich. Wir würden uns trotz einiger Differenzen über die Jahre hinweg gut verstehen.

Sie sah mich an. Ihr Lächeln rief eine Erinnerung wach. Es war nicht das gleiche Lächeln, es war eher eine Improvisation davon.

Jim saß ruhig auf seinem Stuhl, trank sein Bier und aß das Brot. Er schien einverstanden damit, das Gespräch seiner Freundin zu überlassen. Angela nahm einen Schluck Bier und verzog ihr Gesicht zu einer Grimasse. »Oh«, sagte sie. »Ich habe es mir nicht so bitter vorgestellt.«

Ich sagte, ›bitter‹ sei nicht das richtige Wort. Auf Deutsch sage man ›herb‹ – was eine Tiefe und einen angenehmen, leicht säuerlichen Geschmack beschreibe. ›Bitter‹ sei zu negativ. Bei einem Schluck gut gebrauten Bieres könne man auf der Zunge und in der Nase die Gärung der Hefe intensiv nachempfinden. Ein sinnliches Erlebnis. Bier sei eine der ersten Erfindungen der Menschheit gewesen, fuhr ich fort. Man sollte es entsprechend würdigen und genießen. Angela nickte ernst, trank weiter und aß das Brot, das sie in höchsten Tönen lobte.

Wir sprachen über das Gedicht *The Hollow Men*. Jim habe ihr erzählt, was ich ihm gesagt habe, bemerkte Angela. Immer laut vorlesen, auf den Klang achten. Sie fände das Gedicht großartig, fast beängstigend. In der Klasse sei lebhaft darüber diskutiert worden. Jim habe bei der Diskussion die Frage aufgeworfen, ob wir alle Hollow

Men sein müssten. Einige hätten darüber gelacht, sie fände die Frage jedoch wichtig.

»Wir leben in einer Welt von Hollow Men«, sagte ich. »And the hollowest one is sitting in the White House.«

Jim grinste. Angela hingegen machte ein ernstes Gesicht. »Wir müssen was tun«, sagte sie mit Nachdruck.

Ich nickte, mehr aus Höflichkeit, denn aus Überzeugung.

Angelas Augen leuchteten auf. Sie erzählte von einer Bewegung, die in Schweden entstanden war.

Ich sagte, ich hätte noch nichts darüber gehört. Worum würde es dabei gehen?

Angela schaute zu Jim, der nickte. Sie stand auf – mit der Bierflasche in der Hand – und erzählte. Ich fand ihre Körpersprache bemerkenswert. So viel Energie.

Sie referierte und schaute dabei abwechselnd zu mir und zu Jim. Im vorigen Jahr habe eine schwedische Schülerin, Greta Thunberg, gegen die Haltung des Reichstages in Stockholm zu den Klimazielen des Pariser Abkommens demonstriert, indem sie freitags während der Sitzungen des Reichstages vor dem Gebäude mit einem Schild *Skolstrejk för klimatet* gesessen habe. Angela versuchte, es auf Schwedisch auszusprechen, jedoch ohne großen Erfolg. Sie lächelte scheu und sagte, das hieße *school strike for climate*. Greta habe im Netz als Hashtag für die Aktion *#FridaysForFuture* verwendet. Angela holte ihr Handy aus der Jeanstasche, tippte darauf und zeigte mir dann ein Bild. Greta Thunberg. Ein Jungmädchengesicht. Etwas rund, sehr ebenmäßig. Es drückte Festigkeit und Entschlossenheit aus. Ich fand, dass ihre Augen eine besondere Ausstrahlung hatten.

Das Sit-in wurde über die sozialen Medien weltweit verbreitet. So sei der Schlachtruf *Fridays For Future* entstanden, eine Protestbewegung von Schülern gegen die schleichende Zerstörung des Weltklimas durch die Menschen. Der Protest habe nach und nach zu einer weltweiten Welle von Aktionen in Schulen geführt. Letzte Woche habe es in der High School in Woodstock das erste Treffen einer Aktionsgruppe gegeben, sagte Angela. Es gebe die Überlegung, sich an einer globalen Aktion der Schüler gegen die zaghafte Klimapolitik der Regierungen zu beteiligen. Angela setzte sich wieder und nahm einen Schluck Bier.

Ich war von ihrer Begeisterung beeindruckt – und auch erstaunt darüber. Ich hatte die junge Generation bisher eher als unpolitisch eingeschätzt. Mir schien die fortschreitende Entsolidarisierung der Gesellschaft so offensichtlich geworden zu sein, dass ich dachte, sie hätte auch die junge Generation erfasst. Dass wieder eine große Massenprotestaktion gegen offensichtliche Missstände entstehen konnte – wie damals in den 1960er Jahren –, hatte ich nicht mehr für möglich gehalten. Ich hatte mich aber geirrt. Ich war zu sehr in der Vergangenheit verhaftet. Die neuen Medien hatten offenbar ein Aktionsfeld eröffnet, das mir noch fremd war.

»Es gibt nichts Gutes, außer man tut es«, sagte ich.

Angela und Jim schauten mich verständnislos an.

»Das stammt von einem deutschen Schriftsteller und bedeutet, nichts ist gut, bevor man es nicht getan hat. – Nothing is good, unless you do it.« Ich sagte, die geplante Aktion erwärme das Herz eines alten 68ers.

Sie lachten.

Über die Vergangenheit haben wir nicht weiter geredet. Bei Brot und Bier erzählten die jungen Leute von der Zukunft. Ich hörte zu und dachte mir, Joe, du hast noch viel zu lernen. Als ich jung war, hatte ich von den Alten gelernt. Nun gehörte ich zu den Alten – und lernte von den Jungen.

Nachdem Angela und Jim sich verabschiedet hatten, holte ich mir eine zweite Flasche Bier aus dem Kühlschrank und suchte über YouTube nach einem Musikstück. Ich entschied mich für Bachs *Goldberg Variationen* gespielt von Glenn Gould. Es gehört zu meinen Lieblingswerken des Thomaskantors. Eine einleitende Aria, die dreißig Mal variiert wird, Lebenserfahrung im Klang zusammengefasst mit allem, was dazugehört. Auf den Klang kommt es an. Man musste nur hinhören, und lernen hinzuhören.

Ich dachte an Hildegard. Mich überkam ein Gefühl der Sehnsucht, vermischt mit einer tiefen Trauer. Meine Augen wurden feucht. Ich schüttelte heftig den Kopf. »Nein, ich bin noch nicht am Ende«, wisperte ich. Hildegards Gesicht erschien vor meinem geistigen Auge. »Es galt – und es gilt –, immer wieder von Neuem anzufangen.«

Ich streichelte Ginny, die sich vor mir hingelegt hatte. Sie schaute mich intensiv an und wedelte mit dem Schwanz. Ich hatte verstanden – sie wollte ihr Abendessen. Ich sagte ihr, dass wir die Musik zu Ende hören sollten. Sie legte ihren Kopf auf die Pfoten und schloss die Augen. Ich wusste jedoch, dass sie noch wach war.

Als das Musikstück beendet war, stand ich auf und bereitete Ginny ein Abendfutter aus Hack, Möhren und Reis. Sie verschlang es mit bestem Appetit.

Danach machten wir unseren Spaziergang durch den Wald. Es war ein klarer, vom Vollmond erhellter Abend. Der gefrorene Schnee knirschte unter meinen Füßen. Mein Atem ging in einer Wolke auf und verschwand in der kalten Luft. Ginny trottete neben mir, holte einmal einen Stock und legte ihn mir vor die Füße. Wir sollten Werfen spielen. Ich nahm den Stock und schleuderte ihn weg. Ginny lief mit fliegenden Ohren hinterher.

Ich fühlte mich wohl.

So leben wir und nehmen immer Abschied

Die Februarsonne liegt tief am Himmel hinter meinem Haus. Ihre Strahlen erreichen noch den Vorgarten. Bald aber werden sie verschwinden. Von meinem Schreibtisch aus blicke ich auf eine Hecke, die ich im Sommer zur Straße hin gepflanzt habe. Die Büsche sind noch nicht sehr hoch, bieten jedoch bereits eine Vorahnung von ihrer künftigen Pracht. Es sind rote Berberitzen. Im Sonnenlicht glänzen die Beeren, die in Eis eingeschlossen sind. Ich sehe die einzelnen Beeren zwar nicht, erfreue mich jedoch an dem roten Farbakzent in der winterlichen Landschaft. Die dunklen, lila- und rotfarbigen Blätter sind im Herbst abgefallen, die roten Beeren sind aber geblieben. Bereift und glänzend sehen sie in den späten nachmittäglichen Sonnenstrahlen aus, wie leuchtende Farbtupfer, wie von einem impressionistischen Maler sorgsam komponiert, um die Strahlkraft des Lebens im Winter zu zelebrieren. Rot ist eine suggestive Farbe.

Die Hecke erinnert mich an eine Bleibe in Berlin, meine erste nach dem Umzug aus der Steinmetzstraße.

Ich bewohnte nach 1980 eine Wohnung im Erdgeschoss einer zu Wohneinheiten umgebauten Villa in Zehlendorf in der Leuchtenburgstraße. Einige Häuser entfernt stand ein imposantes Anwesen einer älteren Dame. Sie war die letzte Angehörige einer einst bedeutenden Zehlendorfer Familie und galt in der Nachbarschaft als exzentrisch. In ihrem Garten hatte sie eine auffällige, sehr alte Hecke aus roten Berberitzen.

An einem Herbsttag bin ich vor dem Gartentor ihres Anwesens stehen geblieben, um die Farbenpracht der Hecke zu bewundern. Plötzlich ging das Tor auf und die ältere Dame kam mir entgegen. Wir hatten uns bis dahin bei zufälligen Treffen auf der Straße lediglich zugenickt, aber nie ein Wort miteinander gewechselt. Sie trug eine Einkaufstasche und schaute mich streng an. »Jetzt reifen schon die roten Berberitzen«, rezitierte ich und lächelte.

Ihr Gesicht glättete sich schlagartig, sie sah mich neugierig an und sagte: »Junger Mann, kommen Sie bitte herein. Wir trinken eine Tasse Kaffee zusammen.«

Diese Einladung konnte ich nicht ausschlagen.

Bald saßen wir in ihrem Wohnzimmer. Es sah so aus, wie ich es mir vorgestellt hatte. Großbürgerlich, gediegen, dunkel. Perserteppiche, viel Holz und Regale mit Büchern, Krimskrams und Vasen. Ölgemälde an den Wänden.

Sie bat mich, Platz zu nehmen, und verschwand in der Küche. Ich fragte mich, was ich hier sollte. Der Vers über die roten Berberitzen aus einem Gedicht von Rilke hatte die Dame – sie hieß Frau Gebhardt, wie ich wusste – beeindruckt. Er hatte bei ihr vielleicht Erinnerungen wachgerufen. Sie machte jedoch keinen traurigen Eindruck, wirkte eher aufgekratzt.

Bald erschien sie mit einem Tablett in der Hand. Darauf waren zwei Tassen, eine Kaffeekanne, ein kleines Milchkännchen und eine Zuckerdose. Auf einem Teller gab es Kekse, die sorgsam arrangiert worden waren. Das Geschirr war aus feinstem Porzellan. Es passte zu ihr. Hochherrschaftlich. Sie bewegte sich aufrecht, hatte eine schlanke Figur, graue Haare, die streng nach hinten frisiert waren, dunkle Augen und kantige Geschichtszüge, die jedoch beim Lächeln angenehm weich erschienen. Sie sah dann fast schelmisch aus. Sie trug ein schwarz-graues Kleid, das durch ein kräftiges lilafarbenes Halstuch akzentuiert wurde.

Frau Gebhardt schenkte Kaffee ein. »Es passiert nicht jeden Tag, dass mir ein junger Mann über den Weg läuft, der Rilke-Gedichte zitiert«, sagte sie.

Ich berichtete in groben Zügen aus meinem Leben und sagte, dass Lyrik zu meinen Lieblingsgattungen der Literatur gehörte. Sie beäugte mich prüfend, während sie ihren Kaffee trank.

Als ich fertig war, nickte sie und stand auf. Sie holte eine hohe, schmale Flasche und zwei Likörgläser aus dem Regal. Sie schenkte eine dunkle Flüssigkeit ein, gab mir ein Glas und sagte: »Zum Wohl!« Ich trank einen Schluck. Der Likör war süß und schmeckte nach Brombeere. Ich schaute zu ihr hin und nickte. Die Frau zeigte ihr schelmisches Lächeln und begann zu erzählen, und zwar ausführlich.

Rilke hatte nach 1897 für eine Weile in Berlin gelebt. Er war seiner damaligen Freundin, der Schriftstellerin Lou Andreas-Salomé, gefolgt. Anlässlich einer Nachmittagsgesellschaft in einer Villa in Wilmersdorf hatte Frau Gebhardts Großmutter Adèle den Dichter kennengelernt. Sie hatten auch nach diesem Treffen noch Kontakt miteinander. Rilke schenkte ihr eine signierte Ausgabe seines Gedichtbandes *Traumgekrönt – Neue Gedichte*, der 1896 erschienen war. Meine Gastgeberin holte den Band aus dem Regal und gab ihn mir. Ein dünnes, vom Alter gezeichnetes Taschenbuch, in Leipzig verlegt, und mit einem Motto aus Nietzsches *Zarathustra* auf dem Umschlag: »Pfadschaffend naht eine große / Mit neuen Göttern schwangere Zeit.« Ich war angemessen beeindruckt. Das Buch schien die Zeit zu überbrücken, eine Verbindung zu den geistigen Umwälzungen vor dem Ersten Weltkrieg zu schaffen. Ich hielt den Band in der Hand und dachte: *Rilke hat dieses Buch angefasst. Er kannte Lou Andreas-Salomé, die ihrerseits einmal mit Nietzsche liiert gewesen war. So viel Geschichte kann ein Buch transportieren. Nicht nur Inhalt, sondern auch Leben.* Ich schlug es auf und blickte auf die Signatur. Rilke hatte eine klare Handschrift; die drei Namensteile hatte er wie in einem Schwung zusammengeschrieben – *RainerMariaRilke. Chère Adèle,* hatte er davor gesetzt. *Adèle* – ein reizender Name, sie war sicherlich eine schöne Frau gewesen. Ich gab Frau Gebhardt den Band zurück. Sie stellte ihn wieder in das Regal und sagte: »Von Rilke habe ich sämtliche Werke. Ich liebe seine Dichtung.«

Ich sagte, dass ich sein Schaffen nur bruchstückhaft kennen würde und über Rilke selbst so gut wie nichts wusste.

Das sollte sich ändern. Ich erfuhr an jenem Nachmittag einiges über den Dichter. Er hatte ein bewegtes, unstetes Leben geführt und war viel gereist. Nach dem Aufenthalt in Berlin wohnte er in Worpswede, wo er das Gedicht über die roten Berberitzen geschrieben hatte. Er hatte sich nach dem Ersten Weltkrieg häufig in der Schweiz aufgehalten. Dort entstand – nach Frau Gebhardts Meinung – sein wichtigstes Werk: die *Duineser Elegien.* Ich versprach, den Band zu lesen. Nach und nach fand ich sogar Gefallen an dem süßlichen Likör.

In den folgenden Jahren haben wir uns in unregelmäßigen Abständen getroffen, Kaffee getrunken und über Lyrik gesprochen. Und gemeinsam Brombeer-Likör genossen. Frau Gebhardt starb kurz vor der Wiedervereinigung 1989. Mein Exemplar der *Duineser Elegien,* das im Regalfach *Schweiz* zwischen Nietzsche und Salomé steht, habe ich damals von Frau Gebhardt signieren lassen. Eine bleibende Erinnerung.

1922 – ein Wunderjahr der Literatur. Annus mirabilis. Es erschienen fast zeitgleich T.S. Eliots Gedicht *The Waste Land,* James Joyces Roman *Ulysses* und Virginia Woolfs Roman *Jacob's Room.* Mit der Fertigstellung der *Duineser Elegien* im gleichen Jahr lieferte Rilke den deutschsprachigen Beitrag. Die Ankunft der literarischen Moderne. Unsere Welt.

Ich schlage das Heft auf und lese die Strophe, die Frau Gebhardt in ihrer Widmung geschrieben hat.

Und wir: Zuschauer, immer, überall,
dem allen zugewandt und nie hinaus!
Uns überfüllts. Wir ordnens. Es zerfällt.
Wir ordnens wieder und zerfallen selbst.

Die vorletzte Strophe aus der achten Elegie. Für mich persönlich eine Erinnerung an meine Jahre in Berlin nach dem Tod von Hildegard.

Heute Nachmittag scheint die Sonne, während ich hier am Schreibtisch sitze und schreibe. Ich möchte von meiner Zeit in Berlin nach Hildegards Tod Zeugnis ablegen. Eine lange Zeit meines Lebens war das. Fast vierzig Jahre, bis 2018 lebte und arbeitete ich in der geteilten Stadt, die nach 1990 wieder zur vereinten Hauptstadt Deutschlands wurde.

Ich könnte diese lange Zeit in einigen wenigen Absätzen zusammenfassen. Es war nicht so, dass nichts passierte, aber die Ereignisse kommen mir mit wenigen Ausnahmen in der Rückschau kaum als der Erinnerung wert vor. Vielmehr waren diese Jahre wie ein langer Nachklang zu meinem eigentlichen Leben.

Ich bin in diesem Zeitraum dreimal umgezogen, zuletzt in eine Wohnung in Wilmersdorf. Ich habe weder geheiratet, noch bin ich eine feste Beziehung eingegangen, obwohl es einige Affären gab. Es war nichts vom Dauer. Ich war dazu nicht in der Lage. Die längste Beziehung erstreckte sich über acht Jahre, mit einer Gymnasiallehrerin an einer Schule, an der ich auch unterrichtete. Wir zogen jedoch nicht zusammen, sondern lebten die moderne Form einer freien Beziehung. Es war eine sexuelle Entlastung mit wenig Verantwortung und keinen Ansprüchen. Mehr wollte ich nicht. Mich plagte dabei zwar ein schlechtes Gewissen – zum einen Hildegard gegenüber, zum anderen der Frau gegenüber. Nach Hildegard konnte ich aber nicht lieben. Ich glaube, ich wollte es auch nicht. Ich lernte, damit zu leben, ich lernte, das Leben zu ertragen.

Bernie und dem Verlag blieb ich eng verbunden, bis Bernie 1996 viel zu jung starb. Er hatte Krebs. So verlor ich meinen Freund und Mentor. Der Verlag bestand weiter, ich blieb zwar einer seiner Autoren, es fehlte mir jedoch etwas Entscheidendes. Frau Leucht verstarb kurz nach Bernie. Damit wurden meine letzten Verbindungen an meine Anfänge in Berlin gekappt. Ich lernte neue Menschen kennen, unternahm Reisen, ging ins Theater und zu Lesungen, arbeitete, beklagte mich über die Stadtplanung und die Korruption in Berlin – ich führte ein ganz normales Leben in der Großstadt, mit Höhen und mit Tiefen.

Nach Bernies Tod bewarb ich mich als Englischlehrer am Robert-Blum-Gymnasium in Schönefeld. Damals herrschte ein Mangel an Englischlehrern. Der Name der Schule hatte mich angesprochen. Robert Blum war Schriftsteller und Revolutionär, er wurde 1848 in Wien exekutiert.

Meine Abschlüsse aus Kanada wurden anerkannt, und ich bekam die Anstellung. Zum ersten Mal im Leben erhielt ich ein geregeltes Einkommen. Es war eine halbe Stelle, sie reichte mir jedoch vollkommen. 2011 – ich wurde gerade 64 – ließ ich mich pensionieren. Die Arbeit mit den Jugendlichen hatte mich über die Jahre erfüllt. Ich war, denke ich, ein guter Lehrer gewesen und hatte das Vertrauen der Schüler genossen. Es war mir immer wieder eine Freude, zu sehen wie junge Menschen das Leben annahmen.

Ich führte kein schlechtes Leben. Ich hatte meine Bücher und das kulturelle Leben Berlins vor der Haustür. Meine Arbeit füllte mich aus. Ich hatte im Laufe der Zeit einen ordentlichen Bekanntenkreis gefunden, führte anregende Gespräche über Gott und die Welt, ging mit Freunden essen, flirtete, schrieb Artikel und Aufsätze für Zeitschriften und weitere Periodika. Ich engagierte mich bei gemeinnützigen Projekten sowie auch politisch in der Anti-Atomkraft-Bewegung. Vor dem Fall der Mauer knüpfte ich Kontakte zu Dissidenten im Osten und half, verbotene Bücher in die DDR zu schmuggeln.

Und ich lernte Europa kennen, Orte, die ich in der Literatur und in der Kunst im Geiste durch den Klang der blauen Gitarre bereits ertastet hatte. Die kulturellen Hauptstädte wie Paris, London, Rom, Florenz,

Wien und Amsterdam gehörten selbstverständlich dazu. Es gab unerwartete Erlebnisse, wie erlesene Miniaturen in einer großen Gemäldesammlung, die ich gut in Erinnerung behalten habe. Meine erste Begegnung mit Michelangelo zum Beispiel, und zwar in Brügge – dort steht seine Madonna in der Liebfrauenkirche –, der denkwürdige Isenheimer Altar von Matthias Grünewald in Colmar oder der Sitz des bedeutenden Verlegers und Buchdruckers der Renaissance Aldus Pius Manutius in Venedig. Das unscheinbare Haus in der Calle del Scaleter hatte ich auf einer Reise in den 1990er Jahren entdeckt, als ich durch die Lagunenstadt schlenderte. An der Hauswand befand sich eine kleine Gedenktafel, die darauf hinwies, dass dieser Ort im 16. Jahrhundert die Wirkungsstätte von Manutius gewesen war. Der Name war mir bereits bekannt gewesen. Mit seinen Drucken griechischer und lateinischer Werke der Antike und humanistischer Autoren wie Pietro Bembo und Francesco Petrarca hatte Manutius einen wesentlichen Beitrag zur Entwicklung des Humanismus in Europa und zur Wiederentdeckung der Antike in der Renaissance geleistet. Ein Verlag, dachte ich, konnte eine *gefährliche Brutstätte des Geistes* sein. Ich erinnere mich daran, dass mir, als ich vor dem Gebäude stand und einen Augenblick Andacht hielt, ein Aphorismus von Lichtenberg eingefallen war: *Mehr als das Blei in den Gewehren hat das Blei in den Setzkästen die Welt verändert.*

Das Blei in den Setzkästen – Bücher, Pamphlete, Zeitschriften, Zeitungen, Flugblätter –, von den jeweils Herrschenden seit eh und je mit Argwohn betrachtet. Zensurmaßnahmen, Verbote, die Unterdrückung von Verlagen und die Verfolgung von Autorinnen und Autoren – solche Maßnahmen sind so alt wie der Staat selbst. Und es kann noch schlimmer kommen: Bücherverbrennungen, ein beliebtes Mittel derjenigen Mächtigen, die den freien Geist fürchten, als ob mit Flammen Gedanken zerstört werden könnten. Es kommt aber immer noch schlimmer – Menschen zu verfolgen oder gar zu töten, die es wagen, die herrschende Sicht in ihren Werken herauszufordern und in Frage zu stellen. Giordano Bruno, zum Beispiel, der im Jahre 1600 auf

Geheiß der Katholischen Kirche in Rom auf dem Scheiterhaufen landete. Und noch heute werden Schriftsteller und Schriftstellerinnen auf der ganzen Welt Opfer von Attentaten und Todesstrafen. Als ob damit der Klang der blauen Gitarre zum Schweigen gebracht werden könnte!

Es bleibt dabei: die Gedanken sind frei.

Ich habe zuvor erwähnt, dass ich geholfen hatte, Bücher in die DDR zu schmuggeln. Ich hatte außerdem Manuskripte aus dem Land herausgeschmuggelt. Es gibt Mittel und Wege, die Herrschenden zu foppen. Wohl gemerkt, solche Aktionen sind stets mit Gefahren verbunden.

Bernie erzählte mir Anfang 1980 von einer geheimen Aktion. Bekannte von ihm hatten Kontakte zu Dissidenten aufgenommen, einem Künstlerkreis in Ost-Berlin. Es ging dabei einerseits darum, Bücher aus dem Westen, die in der DDR verboten waren, dorthin zu bringen, sowie um Veröffentlichungsmöglichkeiten im Westen für Texte, die in der DDR keine Druckgenehmigung erhielten. »Ein interessanter Kundenkreis für einen Verlag«, bemerkte mein Verleger und lachte. »Es geht dabei nicht in erster Linie um Gewinn. Mir geht es um das Prinzip.« Bernie blickte mich mit finsterer Miene an: »Zensur ist Mord, der Mord an Gedanken, ein Vergehen gegen die Freiheit des Geistes. Zensur heute ist ein Kind der Inquisition. Wir sind verpflichtet, dagegen vorzugehen.«

Ich sagte meinem Verleger, dass ich immer ein Gegner der Inquisition gewesen sei.

Über die Jahre bis zum Mauerfall entwickelten wir einen *Vertriebsweg* nach Osten. Es war ernüchternd festzustellen, was in der DDR als gefährliche, also verbotene, Schrift galt. Von der Jugendzeitschrift BRAVO, dem Comicheft ASTERIX über das Männermagazin PLAYBOY bis hin zu Werken von Franz Kafka, Max Frisch, Robert Musil, Günter Grass, Stefan Heym, Reiner Kunze, Wolfgang Hilbig oder Uwe Johnson. Dazu gehörten auch DER SPIEGEL, James-Bond-Bücher, der WACHTURM der Zeugen Jehovas und Yoga-Hefte. Und Musik. Die populäre westliche Musikkultur, Rock, galt als besonders verwerflich.

Der Schmuggel fand auch in umgekehrter Richtung statt – von Schriftstellern aus der DDR, deren Werke nur im Westen erscheinen konnten. Eine absurde Situation. Die Autoren mussten ihre Manuskripte erst aus der DDR herausschmuggeln, um sie verlegen zu lassen, und dann die gedruckten Bücher wieder hineinschmuggeln, damit sie im Osten gelesen werden konnten.

Die DDR hatte nicht nur eine physische Mauer zwischen Ost und West gebaut, sondern versuchte auch, sich im geistigen und kulturellen Sinne nach außen abzuriegeln.

Es gelang ihr nicht.

Als amerikanischer Staatsbürger war mir gegen Vorlage meines Passes jederzeit die Einreise nach Ost-Berlin möglich. Ich erhielt ein Tagesvisum per Stempel im Pass am Grenzübergang. West-Berliner brauchten dafür einen Berechtigungsschein, der einen längeren Bearbeitungsablauf erforderte. Aus Sicht der DDR war ich ein Tourist, also eine Person, die Devisen in das Land brachte. Man musste bei der Einreise ein festgelegtes Kontingent an West-Geld umtauschen – das war der sogenannte Zwangsumtausch – sowie eine Gebühr für die Einreise entrichten. Ausländer schienen der DDR weitaus weniger verdächtig zu sein, etwas Konspiratives im Gepäck zu haben, als Westberliner. Eine gute Voraussetzung für einen Botengang mit verbotenen Schriften. Ungefährlich war es jedoch nicht.

Im Sommer 1980 stand ich zum ersten Mal in der Schlange für Ausländer am Grenzübergang Friedrichstraße, hielt meinen Pass in der einen Hand und trug eine abgewetzte Aktentasche in der anderen. In der Tasche hatten wir das Material – wir hatten es unsere *Kontrabande* getauft – in eine geheime Seitentasche eingenäht. Mir war mulmig zumute. Im Geist rezitierte ich William Ernest Henleys Gedicht *Invictus*. Als ich an der Reihe war, nahm der Grenzsoldat meinen Pass entgegen, schlug ihn auf und schaute mich dann an. Ich lächelte nicht, sondern hielt seinem Blick ausdruckslos stand. Er zog seine Brauen zusammen, nahm den Pass und drückte einen Stempel hinein. Eine Schnellabfertigung. Kein Wort miteinander gewechselt. Ich bezahlte die Einreisegebühr und tätigte den Zwangsumtausch. Ich durfte weiter. Der Weg zurück nach West-Berlin erfolgte ebenso geräuschlos. In all den Jahren in Berlin ist mir die Angst vor den DDR-Grenzsoldaten nie abhandengekommen. Mit ihren Gewehren, Uniformen und kalten Augen nötigten sie ebenso Respekt ab wie mit ihrer steifen, fast aggressiven Haltung.

Am folgenden Abend trank ich ein Glas Wein mit Bernie und überreichte ihm das eingeschmuggelte Manuskript. Er war zufrieden. »Das System dort hat keine Zukunft«, sagte er. »Zensur ist ein zuverlässiges Anzeichen von Angst und Hilflosigkeit – und auch einfach Dummheit. Wie Heine schon in seinem *Wintermärchen* bemerkte, tragen wir Büchermenschen die gefährliche Konterbande im Kopf.« Mein Verleger tippte auf seine Stirn, lachte und sagte: »Prost! Es lebe die Freiheit des Geistes!«

Ich habe den Botendienst nur unregelmäßig und in großen zeitlichen Abständen unternommen, immer zu unterschiedlichen Tageszeiten und stets darauf bedacht, dem gleichen Grenzsoldaten nicht wieder zu begegnen. Ich war ein amerikanischer Tourist, im Bedarfsfall ein Kunststudent, der die Museen im Osten besuchen wollte – mehr nicht. Gelegentlich musste ich meine Aktentasche öffnen. Wir hatten Verpflegung sowie eingängige, unverdächtige Reiseliteratur sowie ein Buch über die Malerei des Mittelalters hineingelegt. Die Soldaten schauten sich die Reisebücher flüchtig an, legten sie wieder in die Tasche und sagten: »Sie können weiter.« Im Wegdrehen merkte ich stets, dass ich schwitzte. Ich hatte einfach Angst. Einmal hatte ich den Eindruck, der Grenzsoldat vermutete etwas. Ich musste die Tasche aufmachen, er steckte seine Hand hinein, und ein kaum vernehmbares Lächeln huschte über sein Gesicht. Er blickte mich dann mit ausdrucksloser Miene an, schloss die Tasche und drückte den Stempel in den Pass. Bevor ich weitergehen konnte, sagte er: »Viel Glück.« Ich nickte und setzte meinen Weg fort. Meine Beine kamen mir vor wie Gummi.

Wichtiger als das Hineinschmuggeln von verbotenen Schriften war das Herausschmuggeln von Manuskripten. Bernie plante eine Reihe von Werken junger ostdeutscher Autorinnen und Autoren und hatte Kontakt zu einer Gruppe von Künstlern und Schriftstellern geknüpft, deren Schriften nie im Osten erscheinen würden. Ich lernte nach und nach Mitglieder der Gruppe kennen. Es waren junge Leute beiderlei Geschlechts, die ostdeutsche Version der 68er Generation.

Ich traf sie in den Museen, wo wir die Schriften austauschten, und nutzte die Gelegenheiten für Gespräche, während wir durch Ausstellungen schlenderten. Nur selten besuchte ich jemanden in einem privaten Raum. Wir hatten Angst vor der Überwachung und Ausspähung. Zu Recht, wie ich nach dem Fall der Mauer bei Forschungen im Stasi-Archiv erfahren sollte. Es herrschte stets eine angespannte Atmosphäre, als tanzte man am Rand eines Abgrundes. Es hatte auch seinen Reiz, ein prickelndes Gefühl im Bauch, den Herrschenden ein Schnippchen zu schlagen. Es war wie Katz und Maus. Aber ein Spiel mit einer Katze, die über sehr scharfe Krallen verfügte. Ich hatte einmal eine Nacht in einer Arrestzelle in Chicago verbracht und hatte nicht die Absicht, den Vergleich mit einer Zelle in Ost-Berlin zu erleben. Dennoch machte ich mit. Es war jedes Mal ein Adrenalinschub. Selten habe ich meine Umwelt so bewusst erlebt wie bei den Botengängen in den Osten. Alles um mich herum kam mir bedeutungsvoll vor.

Häufig hatte ich mit einer jungen Künstlerin zu tun. Sie kam aus Prag und studierte an der Kunsthochschule Berlin. Ihre Mutter war Tschechin, ihr Vater Deutscher. Sie war lebhaft und wagemutig. Mein erstes Treffen mit ihr fand zur Übergabe eines Manuskriptes statt, das sie mit ihrem Schriftstellerfreund erstellt hatte. Es umfasste kurze Texte, die mit Holzdrucken der Künstlerin illustriert wurden, über das Leben in der DDR unter den Augen der Stasi. Ein Werk mit einem bitter-bösen Humor. Bernie war begeistert, so ein Buch hatte er sich immer gewünscht. Humor konnte als Waffe eingesetzt werden.

Die Künstlerin hieß Mirka Svobodová. Der Nachnahme bedeutet so viel wie Freiheit, wie sie mir sagte. Sie war klein und gedrungen mit einem ebenmäßigen, eher blassen Gesicht. Ihre Augen verrieten einen unterschwelligen Humor. Eines Abends bin ich unvorsichtigerweise länger in Ost-Berlin geblieben, als erlaubt war. Ich landete auf einer Party in einem Hinterhaus im Prenzlauer Berg. Mirka hatte mich nach unserem Treffen im Museum mitgenommen. Anwesend waren etwa zehn junge Menschen. Es gab Wein und Kleinigkeiten zum Knabbern.

Es wurde geredet und gesungen. Ein junger Mann mit Bart spielte Gitarre. Die meisten Lieder kannte ich nicht. Einmal sang er ein Lied von Wolf Biermann, dessen Ausbürgerung noch gut in Erinnerung war. Ich kannte das Lied. *Hugenottenfriedhof.* Bald erklang eine Strophe, die mich in die Vergangenheit und auf mich selbst zurückwarf. *Wie nah sind uns manche Tote, doch / Wie tot sind uns manche, die leben.* Ein gutes, eindringliches Lied, es weckte Erinnerungen in mir. Ich schaute zu Mirka, die mit ihrem Schriftstellerfreund eng umschlungen auf einem Sofa saß. Mich überkam ein Gefühl der Leere, fast der Hoffnungslosigkeit. *Hildegard.* Ihr Gesicht erschien vor meinem geistigen Auge.

Eine tiefe Stimme holte mich zurück. »Du kommst aus Chicago, habe ich gehört.«

Ich schaute auf, blickte meinen Nachbarn an – einen jungen Mann mit wuscheligen Haaren – und lächelte. »Ja, aus der großen, bösen Stadt. Dort bin ich zur Uni gegangen, bis sie mich hinausgeschmissen haben.«

»Erzähl mal.«

Ich ließ mir noch ein Glas Wein einschenken und begann ausführlich über meine Zeit als Antikriegsdemonstrant zu erzählen. Die Bullen von Chicago, das Tränengas, die Knüppel 1968 beim Wahlkonvent, der Straßenkampf auf dem Grant Park, die Arrestzelle, die Strafe der Universität für das Sit-in. Widerstand verbindet, spürte ich beim Reden. Ob im Westen oder im Osten, die Herrschenden versuchen, mit unterschiedlichen Mitteln die Menschen im Griff zu behalten, mal sanft, mal hart, aber immer unerbittlich. Sicherlich, es war im Osten weitaus gefährlicher, gegen den Staat aufzubegehren. Eine Diktatur verfügt über andere Mittel und Wege, um Gehorsam zu erzwingen. Die Freiheit des Geistes ist jedoch stets und überall in Gefahr; sie muss immer wieder von Neuem verteidigt werden.

Es war ein schöner, anregender Abend. Ein Gefühl der Zugehörigkeit und Brüderlichkeit war entstanden. Ich hatte aber viel zu viel getrunken, als ich endlich den Weg zur Grenzübergangsstelle Friedrichstraße zurücklegte. So spät war ich noch nie zurückgegangen, und ich hatte Angst. Dort angekommen, gab ich mein DDR-Geld pflichtgemäß wieder ab und zeigte meine Tasche, in der wir ein Manuskript eingenäht hatten. Der Grenzsoldat schaute nur flüchtig hinein und ließ mich weitergehen.

Ich war noch einmal davongekommen.

Am Folgetag erklärte Bernie mir, dass ich für eine Weile nicht mehr nach Ost-Berlin reisen sollte. Die Gefahr sei zu groß. Erst nach einigen Monaten sah ich Mirka und ihre Freunde wieder. Ich blieb nie mehr bis in die Nacht hinein in Ost-Berlin. Nach dem Fall der Mauer hielten wir Kontakt. Für sie war es wie ein neues Leben. Sie ging bald mit ihrem Freund nach Mecklenburg, wo die beiden ein altes Gutshaus in Plüschow bezogen und ein Künstlerkollektiv gründeten, welches das marode Anwesen restaurierte. Inzwischen ist daraus ein international anerkanntes Künstlerhaus geworden. Ich stattete dem Haus in den Jahren danach regelmäßig Besuche ab.

Der Klang der blauen Gitarre hatte die DDR-Grenzsoldaten endgültig besiegt.

Einige Jahre nach dem Fall der Mauer habe ich mir den lang gehegten Wunsch erfüllt, nach Weimar zu reisen. Es war ein Frühlingstag im Jahr 1996, als ich mich in den Zug setzte und ein paar Stunden später in der Goethe-Stadt ausstieg.

Weimar erwies sich erwartungsgemäß als anregendes Erlebnis, eine wahre Kulturstätte. Das Goethe-Haus, das Bauhaus-Museum, die Herzogin Anna Amalia Bibliothek, das Nietzsche-Archiv, die Parkanlage an der Ilm und abends eine Aufführung der *Zauberflöte* im Nationaltheater. Deutsches Kulturgut zum Anfassen. Ich hatte schon drei gute Tage in der Stadt verbracht, als ich an einem Sonntag mit einem Taxi zum Ettersberg hinauffuhr. Ich wollte auch die Kehrseite erleben. Auf dem Weg zur Gedenkstätte Buchenwald erblickte ich vom Taxi aus die monumentale Anlage, die in den 1950er Jahren im Stil des sozialistischen Realismus auf einem Areal errichtet worden war, auf dem sich Massengräber von KZ-Gefangenen befanden. Ich nahm mir vor, die Anlage auf dem Rückweg genauer anzusehen.

Ich stieg aus dem Taxi und blickte auf das Torgebäude des ehemaligen Konzentrationslagers mit dem denkwürdigen Spruch *Jedem das Seine*. Ich blieb vor dem Tor stehen und dachte an Hildegard. Bis dahin hatte ich kein einziges ehemaliges Konzentrationslager besichtigt. Ich fürchtete die Erinnerungen an Hildegard und ihre Familie. *Verdrängen ist keine Lösung*, hatte ich mich häufig ermahnt. Ich musste lernen mit der Vergangenheit zu leben.

Ich betrat die Anlage. Es gab nicht viel zu sehen. Eine Baracke, Kellerräume, das Krematorium, Stacheldraht, Reste der Bahnanlage und den großen, mit unzähligen kleinen Steinen und Splittern versehenen Appellplatz. Von dem neuen, nach der Wiedervereinigung entwickelten Konzept für die Gedenkstätte war noch wenig umgesetzt worden. Die Anlage machte einen fast verlassenen Eindruck, ich gehörte an jenem Tag zu den wenigen Besuchern, die über das Gelände liefen. Der Schotter knirschte unter meinen Schuhen. Ich las Texttafeln und kaufte einen Guide. Bald entdeckte ich am Krematorium die Gedenktafel für Ernst Thälmann.

Ich fühlte mich sehr unwohl und betroffen, wie ein Fremder an einem Ort, zu dem er keinesfalls gehören wollte. Was sagten mir diese Steine und die Gebäudereste aus Beton und Holz, diese leblosen Gegenstände, die Menschen – ja, ich gehörte doch dazu, denn ich bin auch ein Mensch! – zusammengefügt hatten, um eine Stätte des Grauens zu errichten, um andere Menschen durch Arbeit zu vernichten oder einfach zu ermorden? Sie schienen mir den Schmerz, die Verzweiflung und die Sehnsucht nach dem Leben der Abertausende von Menschen zu enthalten, die hier interniert, erniedrigt, gefoltert und ermordet wurden. Die Gebäudereste waren keine toten Gegenstände, sie hatten die Geschichte des Ortes in sich aufgesaugt. Sie hielten das unbeschreibliche Leid von Abertausenden von Menschen fest. Sie erzählten sogar davon, wenn man das Gehör hatte, sie zu verstehen. Ich sehe mich heute, während ich diese Zeilen schreibe, auf dem großen Appellplatz, wo ich meinen Gefühlen der Trauer, des Entsetzens und der Scham nachhing.

Die Erinnerung an Hildegard überfiel mich. Ich setzte mich auf eine Bank. Ich weinte um Hildegard, um ihre Familie, um die

Abermillionen Opfer der Grausamkeit des Holocaust. Unweit von meiner Bank erblickte ich einen Löwenzahn, der aus dem grauen Schotter wuchs. *When will they ever learn?*, fragte ich die Blume.

Wenn man in den tiefsten Abgrund der menschlichen Seele schaut, versagen große Worte. Oder wie Mister Kurtz auf seinem Sterbebett liegend in Joseph Conrads *Heart of Darkness* hauchte: »The horror, the horror.«

Ich lief den Weg nach Weimar zurück. Es dauerte fast zwei Stunden, bis ich mein Hotel im Zentrum erreichte. Ich hatte die ganze Zeit an Hildegard gedacht, an unser viel zu kurzes Zusammenleben in der Stadt K. An unsere Liebe, an unsere Gespräche, an unsere Suche, an das Ende. Ich empfand ein starkes körperliches Verlangen nach ihr. Im Hotelzimmer angekommen, legte ich mich auf das Bett und schaute an die Decke. Ob es dort auch einen Käfer gab, fragte ich mich. Oder sogar den gleichen Käfer wie damals in Frankfurt? Ich schüttelte den Kopf. Bizarre Gedanken. Ich musste weiter.

Ich habe in jener Nacht kaum geschlafen. *Es hilft nichts*, sagte ich mir immer wieder. *Du musst da durch.*

So leben wir und nehmen immer Abschied. Die letzte Zeile der achten Elegie von Rilke. Ein passender Satz, um meine Erinnerungen an die Jahre in Berlin nach Hildegards Tod abzuschließen.

Fridays for Future

Woodstock/Vermont, im März/April 2019

Am Freitag, dem 15. März 2019, stand ich mit anderen Schaulustigen entlang der Prospect Street im Woodstock Village und schaute den jungen Menschen zu, die in Richtung des Green marschierten. Die Luft war frisch, der Himmel bedeckt, die Stimmung feierlich. Am Straßenrand lagen dreckige Schneehaufen. Es hatte seit einigen Wochen nicht mehr geschneit, die Temperatur war konstant um null Grad herum geblieben. Es waren an die siebzig Schulkinder der Woodstock High School, die dem Unterricht fernblieben, um gemeinsam ein Statement gegen den Klimawandel abzugeben. Angela und Jim liefen in der ersten Reihe, zwischen ihnen trottete Ginny, der es die ganze Aufregung offensichtlich angetan hatte. Ich hatte ihr gesagt, sie solle mich vertreten. Es wäre unpassend gewesen, wenn ich mitgegangen wäre. Dies war eine Sache der Jugendlichen. Und sie machten ihre Sache gut, fand ich. Selbstgemachte Plakate verkündeten die Botschaft. Es ging um nichts Geringeres als darum, die Erde vor der Zerstörung durch die Menschen zu retten. Angela und Jim trugen gemeinsam ein Banner, auf dem stand: *Change the World, Kids!* Auf einem anderen stand: *We need solutions, not polution.* Die zahlreichen Banner und Plakate waren bunt und amateurhaft gestaltet – und wirkten gerade dadurch authentisch. Ein Junge hämmerte auf eine Trommel, und die Demonstranten sangen dazu: «Hey, hey, ho, ho, global warming has got to go.« Ich dachte dabei an *unseren* damaligen Refrain: »Ho, Ho Ho Chí Minh« und lächelte innerlich.

Am Ende des Zuges lief ein brauner Labrador.

Fünfzig Jahre nach dem Woodstock-Festival – jenen 3 Days of Peace and Music – war eine neue Generation herangewachsen, die lautstark ihre Forderungen verkündete. Als der Demonstrationszug an mir vorbeiging, spürte ich, dass in mir ein Gefühl der Freude entstanden war. *Steh endlich auf und tu was.* Hatte ich das nicht damals in Chicago gedacht, als wir gegen den unsinnigen Krieg demonstrierten? Bei gewissen Dingen muss man den Verstand verlieren – sonst hat man keinen zu verlieren.

Die Zuschauer bestanden aus Frauen im mittleren Alter, wahrscheinlich waren es die Mütter der demonstrierenden Schüler*innen, etlichen älteren Herren sowie ein paar jungen Leuten und zwei Polizisten. Die Zuschauermenge blieb weitgehend stumm. Insgesamt standen etwa hundert Menschen entlang der Straße. Es gab keine lauten ermutigenden Rufe wie bei einem Football-Spiel. Auch Pressevertreter waren anwesend, sogar ein Fernsehteam war zu sehen. Ich nahm an, dass die Schüler ihre Demonstration im Netz angekündigt hatten. Weltweit gingen an dem Freitag Millionen junger Menschen auf die

Straße – so die Berichterstattungen in den Medien. Den Jugendlichen war es ernst. Es ging um ihre Zukunft.

Ich folgte dem Demonstrationszug bis zum Green, wo die Kundgebung stattfinden sollte. Auf den Weg dorthin sprach mich eine Frau an, die ich sogleich als die Ehefrau von Jims Vater erkannte. Sie machte einen genervten Eindruck.

»Hello«, sagte ich. »Es ist gut, dass die Kinder für etwas aufstehen, das es wert ist.«

Sie teilte meine gute Laune nicht und schaute mich ausdruckslos an. »Ich hab keine Ahnung, warum die Kinder an einem Freitag loslaufen. Sie müssten in der Schule sein. Wir haben Jim die Erlaubnis gegeben, diesmal im Unterricht zu fehlen, aber wir mögen das nicht.«

Ich lächelte und sagte: »Das Einzige, das man in der Schule lernt, ist, dass man nichts in der Schule lernen kann. Doch wenn du das verstanden hast, lohnt sich das Hingehen.«

Meine Ironie ging komplett an ihr vorbei, wie ich ihrem Gesichtsausdruck entnahm. Den Klang der blauen Gitarre hört nicht jeder. Ich verabschiedete mich und drehte mich um, um Ginny zu suchen. Sie trottete sogleich mit hängender Zunge auf mich zu. Sie fand ihre erste Demonstration offenbar aufregend.

Der Trommler hörte auf, die Menge verfiel in Schweigen und schaute zu einem Podest, das zwei Jugendliche betraten, eine davon war Angela. Sie nahm ein Mikrofon und redete. Sie sprach nüchtern, als ob es um einfache Fakten ginge, die wir zur Kenntnis zu nehmen hätten. In elf Jahren sei der Klimawandel nicht mehr umzukehren, setzte sie an. Wenn wir nicht sofort handeln würden, würde es zunehmend Naturkatastrophen sowie Nahrungsknappheit und Epidemien geben. Das Leben auf der Erde werde sich radikal ändern, und das nicht zum Besseren. »Das klingt pessimistisch, weil es so ist«, betonte sie and schaute für einige Augenblicke schweigend in die Menge. Dann holte sie einen Gegenstand aus ihrer Tasche, hielt ihn hoch und sagte: »Reden wir über diesen Schoko-Riegel.« Ich merkte, wie eine leichte Welle durch die Menge ging. Ein Schoko-Riegel war etwas Konkretes, etwas Alltägliches. Was hatte er mit dem Klimawandel zu tun?

Ich kannte die Rede schon, war aber beeindruckt, wie souverän Angela sie vortrug. Sie zog eine Parallele zwischen ihrer Liebe zu Schokolade – sie habe sie ihr ganzes Leben lang gerne und viel gegessen –, ohne zur Kenntnis zu nehmen, dass sie im Überfluss gesundheitsschädlich ist, genauso wie die Menschen Tonnen und Abertonnen von Plastik und Kunststoffen produzieren, benutzen und dann wegwerfen, wodurch sie die Umwelt extrem verschmutzen, insbesondere die Ozeane, und die Natur, unsere Lebensgrundlage, zerstören. Gedankenlos. Egoistisch. Angela sagte, sie habe beschlossen, weniger Schokolade zu essen, so wie die Gesellschaft beschließen müsste, Plastik und Kunststoffe durch umweltfreundliche Produkte zu ersetzen. »We are the ones eating the chocolate. We are the ones responsible for destroying our own climate.« Sie machte eine Pause und setzte hinzu: »We don't have to always eat chocolate, we can eat an apple instead.«

Es gab Applaus. Angela reichte das Mikrofon an einen langen, dünnen Jungen mit wilder Frisur weiter. Er hieß Erik Dorfmann, und er schlug in seiner Rede einen großen Bogen von Karl Marx bis zu Donald Trump. Es war ein politischer Appell, gespickt mit Anspielungen auf den Kapitalismus, den Krieg und die Macht der großen Konzerne, vorgetragen mit großer Leidenschaft. Mir hatte die Rede von Angela besser gefallen, ruhiger, nachdenklicher, anschaulicher.

Ich schaute zu Ginny, sie blickte – wie immer – aufmerksam zurück. Ich lächelte, streichelte sie und sagte, es sei Zeit zu gehen. Nach den ersten Schritten bemerkte ich eine dunkelhäutige Frau, die hinter uns stand und uns offenbar beobachtete. Mir war klar, dass es sich nur um Angelas Mutter handeln konnte. Ich ging auf sie zu: »Hello, ich bin Joe Harris. Sie müssen Angelas Mutter sein, Misses Jefferson.«

Sie nickte und sagte in ernstem Ton: »Die bin ich, Mister Harris. Angela hat von Ihnen erzählt.«

Ich war nicht sicher, was sie damit sagen wollte. »Eine bemerkenswerte junge Lady«, antwortete ich.

Sie wirkte überrascht. »Eine junge Lady? So habe ich sie noch nie betrachtet.« Es entstand eine Pause. »Sie ist unsere Tochter.«

»Eine Frage des Blickwinkels«, erwiderte ich und lachte. »Sie können stolz auf sie sein.«

Sie schaute an mir vorbei in Richtung des Podestes. Ich drehte mich um und sah, dass Angela dabei war, mit der Presse zu sprechen. »Das sind wir. Aber manchmal ...« Misses Jefferson brach plötzlich ab, ihr war wohl eingefallen, dass sie mit einem Fremden über ihre Tochter sprach. Sie setze wieder an. »Angela hat mir von euren Treffen erzählt. Sie scheint von Ihnen beeindruckt zu sein.«

Sie musterte mich kurz, blieb jedoch ernst. Sie kam mir immer noch sehr reserviert vor. Warum? »Sie ist eine aufgeweckte junge Frau«, erwiderte ich. »Sie hat heute eine gute Rede gehalten. Es ist gut, wie sich die Kids engagieren.«

»Ja, das glaube ich auch. Wir werden sehen, was dabei herauskommt.«

»Selbst der längste Weg beginnt mit einem ersten Schritt«, sagte ich und lachte wieder. »Neben Jim ist mein Hund mitgelaufen. Ihre erste Demonstration«, sagte ich und lachte.

»Ich weiß. Ginny«, sagte sie, schaute hinunter und streichelte sie. Ein Lächeln huschte über ihr Gesicht. Es entstand eine Pause: »Ja, und auch Jim.«

Wie sie den Namen aussprach, war mit klar, dass sie die Freundschaft zwischen den beiden Jugendlichen nicht besonders schätzte – aus welchem Grund auch immer. Genau wie Jims Familie. Die beiden hatten es nicht leicht. Ich schaute mir Misses Jefferson für einen Moment näher an. Eine kleine, zierliche Frau mit kurzen Haaren. Ich konnte Züge von Angela in ihrem Gesicht erkennen. Sie wirkte unsicher. Ich beschloss, mich zu verabschieden. »Schön, Sie getroffen zu haben, Misses Jefferson. Vielleicht können wir uns bei einer anderen Gelegenheit in Ruhe treffen. Es würde mich freuen.«

»Ja, Mister Harris, das können wir machen«, sie lächelte. »Alles Gute.«

Sie drehte sich um, und lief in Richtung ihrer Tochter, die noch bei der Rednerbühne stand. Ich blickte dorthin und sah, wie Angela uns beobachtete. Ich hielt meinen Daumen hoch. Angelas Reaktion konnte ich aus der Entfernung nicht deuten.

Ich bückte mich und streichelte Ginny. »Es gibt im wirklichen Leben immer Dramen«, sagte ich. Ginny schien meine Ansicht mit ihren Augen zu bestätigen. Ich lachte. Dann liefen wir nach Hause. Es gab Aufgaben im Garten und am Schreibtisch zu erledigen. Im Gehen sagte ich zu meiner treuen Begleiterin: »Weißt du, wir können stolz auf diese Kids sein.«

Ginny wedelte mit dem Schwanz.

In den folgenden Wochen erschienen Angela und Jim gelegentlich sonntagnachmittags bei mir. Unangemeldet. Ich spürte, wie sehr ihre Besuche mich aufmunterten. Ginny schien sich ebenso darüber zu freuen. Wir aßen Brot, tranken Bier und unternahmen ab und zu einen ausgedehnten Spaziergang durch den Wald. Die Jugendlichen erzählten von der Schule, von Musik und von den Plänen der Initiative *Fridays for Future*. Sie wirkten aufgekratzt, junge Leute, die sich Gedanken um die Zukunft machten. Ich sprach häufig über meine Zeit in Europa. Sie fragten danach. Für sie hörte sich das exotisch und verlockend an. Unterwegs zu sein. Die weite Welt, nicht nur auf dem Bildschirm oder in einem Buch, sondern wahrhaftig, beschrieben von jemandem, der sie erlebt hatte. Ich erzählte, wie es sich anfühlte, vor der Kathedrale von Chartres zu stehen und über die Vergänglichkeit, aber noch mehr über die Gestaltungskraft des menschlichen Geistes zu sinnieren. Sie stellten ihrerseits zahlreiche eher praktische Fragen. Wie war es damals im November 1989, als die Berliner Mauer fiel? Wie schmeckt eine echte italienische Pizza? Dürfen Jugendliche in Europa tatsächlich legal Alkohol trinken? Und die Autobahnen? Paris? Die Musik in Europa? Die Kanäle in Venedig? Mobiltelefone? Und, und …

Mitte April fragte mich Angela während eines Spaziergangs zum Walden Pond unvermittelt, ob ich je geheiratet hatte. Ich stockte. Die Frage führte zu einem Thema, einmal mit den Frauen, die ich später kennenlernte. Hildegard. Meine Erlebnisse in K. Ich schaute zu Angela und sah, wie sie mich scheu, aber erwartungsvoll anblickte. Die Frage hatten die beiden schon unter sich erörtert, wurde mir klar. Die Frage war für sie wohl naheliegend. Ein allein lebender Mensch ist für andere stets ein fragwürdiges Wesen. Die einfache Antwort wäre gewesen, schlicht *Nein!* zu sagen. Das wäre jedoch der Frage nicht gerecht geworden. Sie wollten etwas Persönliches von mir erfahren, nicht nur Informationen eines Büchermenschen, der über alles reden konnte, oder eines Europareisenden, der interessante Anekdoten parat hatte. Sie wollten etwas über den Menschen erfahren, der dahinter steckte.

Mir ist es immer schwergefallen, einem anderen Menschen mein Inneres zu offenbaren. Damals bei Mister Sedgwick und später bei Bernie ist es mir gelungen. Und bei Hildegard. Immer wieder Hildegard. In meinen Gedanken, in meinen Erinnerungen lebt sie noch. Inzwischen schreibe ich über sie. Ich teile etwas mit. Warum? Nur um mich selbst zu entlasten? Oder gibt es einen anderen Grund? Das persönliche Erzählen ist ein Gesprächsangebot, die Möglichkeit, sich selbst, aber auch das Gegenüber, in einem Dialog näher kennenzulernen. Dann kann eine Dynamik entstehen, die in das Leben hineingreift. Meine Geschichte ist lediglich meine Geschichte; sie wird erst *eine* Geschichte, wenn sie erzählt und rezipiert wird.

Inzwischen hatten wir Walden erreicht. Ginny sprang ins Wasser, ich warf ihr einen Stock nach. Es war ein warmer Nachmittag. Wir setzten uns auf einen umgefallenen Baumstamm. Ich sagte: »I'll tell you guys a story about myself.«

In der folgenden Stunde erzählte ich von meiner Zeit in K. Nicht alles, aber ausreichend, um Hildegard zum Leben zu erwecken. Meine Augen wurden feucht, zum Schluss stockte meine Stimme. Ich schaffte es dennoch, die Worte zu finden, die ich suchte. Angela und Jim hörten zu. Ginny hatte sich neben mich auf den Boden gelegt, mit ihrem Stock zwischen den Vorderpfoten. Als ich meine Erzählung beendete, sagte Angela leise. »Oh my God, das wusste ich nicht …« Sie fasste meine Hand. Sie hatte Tränen in den Augen.

Ich lächelte schwach und sagte: »Thanks.«

Jim fragte leise: »Was ist Liebe? Was bedeutet sie?«

Ich stand langsam auf, nahm Ginnys Stock und warf ihn weit übers Wasser. Sie lief sofort los, ihr Schwanz wedelte aufgeregt über dem

Gewässer, als sie hinter dem Stock herschwamm. Sie erreichte den Stock, brachte ihn zurück und schaute erwartungsvoll zu mir hoch. »Aber ihr hört und singt doch oft genug von der Liebe in eurer Musik?« Ich legte eine Pause ein. »Warum?« Ich schaute von Jim zu Angela, die mich mit weit aufgerissenen Augen betrachteten. »Was bedeutet es für euch? Ihr beiden seid achtzehn Jahre alt, und ich hoffe, ihr findet irgendwann heraus, was die Liebe bedeutet. Niemand kann euch das wirklich erklären, auch ich nicht. Ich habe darüber nur eins gelernt: Liebe hat etwas zu tun mit dem Sound der blauen Gitarre.«

Ich nahm den Stock, zeigte ihn Ginny und schleuderte ihn über das Wasser. Sie sprang sofort hinterher. *Hildegard. Ich habe dich geliebt, ich liebe dich immer noch. Ich bin dafür dankbar, dass ich einmal im Leben den Klang der blauen Gitarre in seiner reinsten Tonlage erleben durfte.*

Chicago Blues

Woodstock/Vermont und Chicago/Illinois, im Juni 2019

Ich saß am Donnerstag, dem 6. Juni 2019, in einem Flieger in Richtung Chicago. Vor vierundfünfzig Jahren hatte ich mit dem Bus die gleiche Reise unternommen – auf dem Weg zur Universität, zu einem Studium der Literatur, Geschichte und Philosophie. Es war der erste Schritt auf dem langen Weg zu mir selbst gewesen. Nach so vielen Jahren war ich wieder *On the Road*. Oder noch immer? Eine Fahrt mit dem Greyhound wie damals konnte es diesmal nicht sein. Ich hatte es eilig. Mein Rucksack lag im Stauraum über meinem Sitzplatz, auf meinem Schoss lag ein aufgeschlagenes Buch.

Ich musste Jim III finden.

Im Flugzeug dachte ich über die vorangegangenen aufreibenden Tage nach. Am Dienstag hatte spät nachmittags jemand an meine Tür geklopft. Ich öffnete sie und erblickte Angela, die mich verstört anschaute. Sie kam schnell herein. Ich bat sie, Platz zu nehmen, und setzte mich ihr gegenüber auf meinen Schreibtischstuhl. Ginny legte sich zu Angelas Füßen. Bisher war das Mädchen nie allein zu mir gekommen.

»Was ist los?«, fragte ich.

»Jim ist weggelaufen«, entfuhr es ihr.

Ich starrte sie an und schüttelte leicht den Kopf. »Was meinst du mit weglaufen?«, fragte ich. Angela blickte starr vor sich hin. Ich stand auf und holte ein Glas Wasser. »Trink einen Schluck und erzähl mir dann, was passiert ist.«

Sie nahm das Glas und trank es langsam aus, während ich überlegte. Ich hatte die beiden jungen Leute seit etwa drei Wochen nicht gesehen. Nichts Ungewöhnliches. Es gab keine regelmäßigen Treffen, keine Verpflichtungen. Sie kamen einfach. Ich hatte mich stets darüber gefreut, Ginny ebenso. Ich denke, wir haben einiges voneinander gelernt.

Nachdem Angela das Wasser ausgetrunken hatte, begann sie zu erzählen. In den letzten Tagen sei Jim anders gewesen, verschlossen, wortkarg. Es schien, als ob ihn etwas belastete. Sie hatte ihn danach gefragt, aber er war ihr ausgewichen. Gestern und heute war er nicht in der Schule gewesen, und sie hatte bei ihm zu Hause nachgefragt. Jims Mutter hatte sie wütend angeschaut und gesagt: »Er ist nicht da! Lass ihn in Frieden!« Jims Vater war dann erschienen, hatte sie vorwurfsvoll angeschaut und fast geschrien: »Er ist weg. Weißt du, wo er ist?« Angela sagte, dass sie so sehr erschrocken war, dass sie wortlos nach Hause gegangen war. Sie wusste sich nicht zu helfen. Sie hatte nicht mit ihren Eltern darüber gesprochen, sondern war lieber zu mir gekommen.

Ich war ratlos. Wenn Jim sich Angela nicht anvertraut hatte, wie sollte man ihn ausfindig machen? Von anderen Bekannten oder Freunden wusste ich nichts. Angela offenbar auch nicht. Jim war weggelaufen! Warum? »Hat er nicht irgendeinen kleinen Hinweis gegeben? Einem Freund in der Schule?«

Angela blickte vor sich hin und schüttelte den Kopf. Sie hatte Tränen in den Augen. Nach einer Weile sagte sie, dass Jim ihr vor etwa zwei Wochen gesagt hatte, dass er dabei sei, eine Musik für ein Gedicht zu schreiben. Sie war sofort neugierig geworden, aber er hatte gesagt, dass es erst fertig sein musste, bevor er darüber sprechen wollte. Er tat geheimnisvoll, und das habe sie geärgert.

»The Man with the Blue Guitar«, sagte ich leise.

Angela schaute auf. »Was meinst du?«

»Ein Gedicht von Wallace Stevens, über das wir geredet haben. Ich sagte, es wäre interessant, es zu vertonen.« Ich hielt inne. Mir war etwas eingefallen. »Hat er seine Gitarre mitgenommen?«

Angela wusste es nicht.

Jim hatte mich einige Mal nach Chicago gefragt, und ich hatte willig von meinen Erfahrungen als Student und Demonstrant erzählt. Von meiner wilden Jugend. Der Junge hatte stets aufmerksam zugehört. Jim hatte mir gesagt, dass es eine eigene Stilrichtung innerhalb des Jazz gebe, eben Chicago Jazz, entstanden war sie aus einer Nachahmung des New-Orleans-Jazz durch weiße Musiker in den 1920er Jahren.

»Chicago Morning«, sagte ich unabsichtlich laut. »There ain't nothing here for free.«

Angela wollte gerade etwas sagen, als jemand laut klopfte. Ginny schlug an und lief bellend zur Tür. Ich folgte ihr und fragte mich, wer das jetzt sein könnte. An viel Besuch war ich nicht gewöhnt. Ich machte die Tür auf, und davor stand Jim II. Mir war sofort klar, dass das kein freundlich gemeinter Besuch war.

»Hello«, sagte ich. »Komm rein und setz dich.« Ich war um einen leichten Tonfall bemüht. Ich wusste bereits, was der Mann wollte.

»Hello, Joe. Wir müssen reden!« Er fixierte mich mit seinen harten Augen, schob sich an mir vorbei und erblickte Angela. Sein Gesicht verdüsterte sich zusehends. »Du hier?« Er blieb stehen.

Angela wollte aufstehen. Ich deutete ihr mit einer Handbewegung an, sie solle sitzen bleiben. »Angela hat mir von Jim erzählt«, sagte ich, um das Thema gleich auf den Tisch zu bringen.

»Weißt du, wo er ist?« Die Frage kam wie aus der Pistole geschossen.

»Nein«, erwiderte ich ruhig. »Ich habe Jim seit über zwei Wochen nicht gesehen.« Der Mann schaute mich noch immer ungehalten an. »Wie lange ist er schon weg?«, fragte ich.

Er löste seinen Blick von mir und schaute nach unten. »Länger als zwei Tage haben wir ihn nicht gesehen.« Seine Stimme hatte an Schärfe verloren, sie hörte sich eher leidend an. Der Mann war verzweifelt. Verständlicherweise, dachte ich. Ein Junge, der ausreißt, ist keine Bagatelle.

»Setz dich, Jim«, bat ich. »Dann können wir reden.«

Er nahm zögernd Platz.

Angela stand auf und sagte, sie müsse jetzt wirklich gehen. Ich hätte es lieber gehabt, wenn sie geblieben wäre, merkte aber, dass sie sehr angestrengt war. Sie zitterte. Ihr Bleiben hätte keinen Sinn gehabt. Für Jim war sie ohnehin ein rotes Tuch, wie ich sofort wahrgenommen hatte.

Ich nickte und sagte, dass wir Kontakt halten sollten.

Sie streichelte Ginny, blickte nicht einmal in Richtung meines Besuchers und ging.

Ich fragte Jim, ob ich ihm etwas anbieten könnte. Er verneinte und fragte, ob ich eine Ahnung hätte, wo Jim sein könnte. Ich schüttelte den Kopf. Er sagte, er und seine Frau hätten mitbekommen, dass Jim mich gelegentlich besuchte. Auf seine Fragen habe ihr Sohn nur geantwortet, dass über Bücher und Musik gesprochen wurde. Dass das Mädchen Angela auch dabei war, hatte er nicht erwähnt. Er schaute mich vorwurfsvoll an, als wäre ich der Grund für das Verschwinden seines Sohnes.

Mir gefiel das Verhalten des Mannes nicht. Bei allem Verständnis für seine Sorgen sah ich nicht ein, dass ich mir diese Unterstellungen anhören sollte. Ich holte tief Luft, bemühte mich, ruhig zu bleiben, erzählte in Kurzform von unseren Treffen – das Bier ließ ich weg – und fragte ihn dann, ob sein Sohn seine Gitarre mitgenommen hatte.

Jim tat überrascht. Darüber hatte er noch nicht nachgedacht. Sein Gesichtsausdruck veränderte sich von Verärgerung zu Verzweiflung. Der Mann war am Ende. Mir war nicht klar, was ich machen konnte. Wir schwiegen. Plötzlich blickte Jim II auf und sagte, dass er es damals nicht gut gefunden hatte, wie sein Vater mich wegen seines Enkelsohnes angesprochen hatte. Teenager seien so leicht zu beeinflussen.

Ich überhörte den Vorwurf und fragte, ob mein Besucher eine Ahnung hätte, was vorgefallen war. Der Junge wäre doch nicht einfach so weggelaufen. Er musste einen Grund gehabt haben.

Die Frage schien den Mann zu treffen. Sein Augen flatterten, und sein Blick schweifte im Raum umher, als ob er ihn zum ersten Mal sehen würde. »Keine Ahnung. Jim ist schon seit einiger Zeit schwierig.« Sein Blick kehrte zu mir zurück: »Ich weiß es wirklich nicht.«

Ich fragte mich, ob das stimmte, erkannte jedoch, dass es sinnlos wäre weiterzureden.

Jim II stand auf, blickte mich nochmals vorwurfsvoll an und sagte, er würde jetzt gehen.

Ich sagte, wenn ich etwas erfahren sollte, würde ich mich natürlich sofort bei ihm melden.

Nachdem Jim weg war, genehmigte ich mir ein Glas Rotwein. Ginny schaute mich erwartungsvoll an. Wir sollten laufen. Ich streichelte sie und sagte: »Wo sind wir da hineingeraten, old Lady?« Sie legte sich wieder hin und wartete, während ich langsam den Wein austrank.

Nach unserem Spaziergang saß ich an meinem Schreibtisch und arbeitete. Richtig bei der Sache war ich nicht. Ich fragte mich, ob der Vorwurf, ich sei zumindest zum Teil für Jims Verschwinden verantwortlich, nicht ein Körnchen Wahrheit enthielt. Vielleicht hatte ich mein Wanderleben etwas zu romantisch dargestellt, hatte mich wie eine Romanfigur skizziert. Der Klang der blauen Gitarre konnte ungeahnte Folgen haben. Was wusste ich vom Leben des Jungen und dem seiner Familie? Sehr wenig. Familien haben stets ihre eigenen Geheimnisse, Verästelungen, die zuweilen tief in die Vergangenheit reichen. Die Erinnerung an Hildegard schoss mir durch den Kopf. Ihre Familie, ihre Geschichte. Meine Augen wurden feucht, ich schloss sie und verabschiedete mich einige Augenblicke von der Gegenwart. *Hildegard, ach wenn du doch hier wärst!*

Später öffnete ich die Augen wieder, erhob mich und lief einige Male im Zimmer auf und ab. Warum hatte ich mich wieder in etwas hineinziehen lassen? Und dennoch. Ich hatte begonnen, mich für den Jungen zu interessieren. Gut oder schlecht, ich hatte eine Rolle in dieser Geschichte übernommen. Wie sollte ich sie weiter spielen? Damals in K. hatte ich …

Mein PC meldete mit einem leisen, aber deutlichen Pling einen Posteingang. Das Gerät ist immer beflissen bei der Sache. Manchmal denke ich, dass es mich beobachtet – wie HAL in Kubricks *Space Odyssee*. Ich schaute mir die Nachricht an. Den Absender kannte ich nicht, der Betreff lautete schlicht *Chicago*. Ich öffnete die Mail. Sie war von Jim, der mitteilte, er sei in Chicago, und ich solle bitte Angela sagen, es ginge ihm gut. Von seiner Familie hatte er nichts geschrieben. Er hatte die Mail von einem Public-Access Computer gesendet mit der kryptischen Zeile – The Man with the Blue Guitar. Ich starrte auf den Bildschirm. Nach einer Weile las ich Ginny den Text vor. Sie hörte aufmerksam zu. »Ja, old Girl, ich weiß, was du denkst. Ich sollte etwas unternehmen. Nur was?« Ginny blickte mich unverwandt an.

Es klopfte wieder an der Tür. So viel Aufregung an einem Tag war ich nicht mehr gewohnt. Ginny offensichtlich auch nicht, denn sie bellte noch eindringlicher als sonst. Ich öffnete die Tür, und dort stand Jim der Ältere. Wir begrüßten uns, und ich bat meinen ehemaligen Schulkameraden, Platz zu nehmen. Er wirkte aufgewühlt.

Ich holte ein Glas aus der Küche und schenkte Wein ein. Jim nahm wortlos einen Schluck und schaute mich an. »Ich möchte mich für den Besuch meines Sohnes heute Nachmittag entschuldigen. Er und Cherry sind wirklich daneben, sie denken nicht mehr geradeaus.« Er machte eine Pause. »Ich glaube, wir brauchen deine Hilfe.«

»Jim«, sagte ich, »Du musst dich nicht entschuldigen. Wichtig ist, dass wir deinen Enkel finden.« Ich drehte mich zu meinem PC, druckte die E-Mail von Jim III aus und gab sie meinem Besucher.

Er las den kurzen Text schnell und schaute dann wieder auf. »Jim ist in Chicago! Ich habe nicht begriffen, wie nah er Angela war.« Eine Pause. Er sah verzweifelt aus. »Und was bedeutet das mit der blauen Gitarre?«

Ich erzählte von dem Gedicht und meinem Gespräch darüber mit seinem Enkel. Vielleicht, vermutete ich, wolle Jim das Gedicht vertonen. Aber, fuhr ich fort, warum war er nach Chicago ausgerissen? Doch nicht wegen des Gedichtes.

Jim wusste es nicht. Und über seine Vermutungen wollte er nicht mit mir sprechen. Mir war das inzwischen egal. Ich hatte selbst einen Entschluss gefasst, den ich ihm sogleich mitteilte: Ich würde nach Chicago fliegen, um nach dem Jungen zu suchen. Jim sah mich zunächst ungläubig an. Dann nickte er und sagte, dass er die Sache mit seinem Sohn und seiner Schwiegertochter besprechen würde. Natürlich musste die Polizei benachrichtigt werden.

Er stand auf, bedankte sich, steckte den Ausdruck in die Tasche und versprach, mir zu sagen, ob Jim seine Gitarre mitgenommen hatte.

Nachdem er weg war, streichelte ich Ginny und sagte: »Wir brauchen Hilfe. Ich werde mit Angela sprechen. Kannst du auf sie aufpassen, während ich weg bin?« Ginny schaute mich mit ihren tiefen braunen Augen ruhig an und wedelte mit dem Schwanz. Gemeinsam werden wir es schaffen, schien sie mir sagen zu wollen.

Am nächsten Tag stand ich mit Ginny an der Leine vor der High School und wartete. Ich wusste, wann Angela Schulschluss hatte. Bald erschien sie am Eingang. Sie kam lachend mit zwei Freundinnen aus der Tür. Als sie mich erblickte, gefror ihr Gesicht und sie blieb stehen. Die beiden anderen Mädchen schauten sie verwundert an und drehten sich dann in meine Richtung. Ihr Lachen hörte sofort auf. Beide blieben stehen und starrten mich mit großen Augen an, während Angela langsam auf mich zukam.

Bevor sie etwas sagen konnte, sagte ich: »Wir müssen reden. Farmer's Market ist nicht weit. Dort kriegen wir einen Kaffee.« Angela blickte mich mit ihren ernsten Augen an und nickte.

Unterwegs fragte Angela, ob ich etwas erfahren hätte. Ja, sagte ich. Jim hat sich bei mir per E-Mail gemeldet. Im Lokal bestellte ich uns zwei Cappuccini und erzählte vom gestrigen Tag. Angela las die kurze Botschaft zweimal, bevor sie sagte: »Wir müssen ihn finden.« Sie zog ihre Brauen zusammen und setzte hinzu: »Er geht nicht ans Telefon und beantwortet keine E-Mails.«

Ich nahm einen Schluck Kaffee. »›Wir‹ ist nur zum Teil richtig. Ich brauche deine Hilfe, aber du bleibst hier. Es müssen nicht zwei Teenager in Chicago herumirren.«

Angelas Gesicht verdunkelte sich, sie erwiderte aber nichts. Ich erläuterte ihr meinen Plan. Heute Abend würde ich nach Chicago fliegen – von Boston aus. Ginny würde bei ihr bleiben. Ich erzählte ihr, ich hätte in Krimis gelesen, dass es so etwas wie ein Prepaid Handy gab. Ich hatte noch nie eins besessen, aber jetzt könnte ich ein solches Handy gut gebrauchen. Prepaid schien mir eine vernünftige Lösung zu sein. Ich sagte Angela, dass sie mir helfen sollte, so etwas sehr schnell zu besorgen. Ich nahm an, dass sie sich damit auskannte. So konnten wir in Kontakt bleiben.

»Wo willst du ihn suchen?«, fragte sie.

»Musik könnte der Schlüssel sein. Sein Großvater hat mir gesagt, dass er seine Gitarre mitgenommen hat.« Ich versuchte, Zuversicht auszustrahlen. »Damit fange ich an.«

Wir tranken den Kaffee und liefen dann zum Green. An der Elm Street befand sich ein Telefon- und Computerladen. Angela organisierte den Kauf eines Prepaid Handys. Ich wählte ein rote Schutzhülle, nahm das Telefon an mich, wog es in der Hand und wunderte mich, dass so ein kleines, unscheinbares Ding eine so große Bedeutung für die Menschen hatte gewinnen können Die Medienrevolution setzte sich fort – von der Druckerpresse zum Mobiltelefon. Unaufhaltsam – aber wirklich zum Besseren?

Wir setzten uns auf eine Bank auf dem Green, und Angela erklärte mir, wie das Gerät funktionierte. Ich hatte den Eindruck, dass meine Finger für die kleinen Flächen zu groß waren und musste mehrmals üben. Sie wählte von ihrem Handy meine Nummer, und es klingelte bei mir. Angela hatte als Klingelton das bekannte Thema aus den James-Bond-Filmen eingestellt. Ich sagte ihr, das sei ein Ansporn, lachte und nahm den Anruf an: »Here Detective Agency Harris. Wo drückt der Schuh?« Angela sagte, sie habe einen schwierigen Fall – einen vermissten Jungen in Chicago. Ob ich helfen könne? Ich teilte ihr mit, solche Fälle seien meine Spezialität. Erfolg versprochen. Wir lachten, bis Angela abrupt aufhörte und mich mit ihren ernsten, dunklen Augen ansah. »Everything will be allright«, sagte ich und kam mir wie ein richtiger Erwachsener vor. Zum Schluss erklärte sie mir einige

Zusatzfunktionen und stellte auf meinem Handy Kontaktdaten von sich, Jim und Jims Großvater ein. Ich konnte mit meiner Detektivarbeit beginnen.

Ginny hatte die ganze Zeit ruhig zwischen uns gelegen. Ich beugte mich zu ihr, um sie zu streicheln, und sagte zu Angela: »Kannst du auf Ginny aufpassen, während ich unterwegs bin?« Sie nickte sofort. »Und deine Eltern? Hätten sie ein Problem damit?«

»Ich krieg das hin. Sie werden es verstehen.«

Ich schüttelte den Kopf und sagte, dass ich mit ihr käme, um selbst mit ihren Eltern zu sprechen. Danach ging ich in die Hocke und erklärte Ginny die Lage. Sie blickte mir aufmerksam in die Augen und wedelte mit dem Schwanz. Ich gab Angela die Leine sowie den Schlüssel zu meinem Haus.

Wir machten uns auf den Weg. Bald befanden wir uns im Wohnzimmer ihrer Eltern. Uns gegenüber saß Angelas Mutter. Sie schien gar nicht überrascht zu sein, uns zu sehen. Die Frau machte auf mich einen durchweg gefassten Eindruck, nichts schien sie aus der Ruhe zu bringen.

Nachdem ich das Problem kurz erläutert hatte – wobei Angela mich zwischendurch aufgeregt unterbrochen hatte –, stand Misses Jefferson auf und sagte, sie würde Kaffee kochen. Ich blickte zu Angela, die zog ihre Augenbrauen und Schultern hoch. Ich lächelte und nickte. Bald kam die Frau mit einem Tablett zurück. Sie schenkte den Kaffee in aller Ruhe ein, auch für Angela, die um eine Tasse bat. Ihre Mutter schien darüber etwas überrascht zu sein. »OK«, sagte sie und schaute mich direkt an. »Wir müssen dich so schnell es geht zum Flughafen in Boston bringen.«

Ich setzte die Tasse behutsam ab, erwiderte ihren Blick und sagte fast feierlich: »Thanks.« Ich bemerkte, wie aufmerksam Angela ihre Mutter ansah. Misses Jefferson nahm ein Stück Wurst vom Tablett und reichte es Ginny, die vorsichtig daran schnüffelte und es dann verschlang. Die Frau streichelte meinen Hund und sagte: »You'll be OK here, girl.«

Danach ging es schnell. Im Internet buchte Misses Jefferson einen Flug für den Abend. Ich wählte ein Bed & Breakfast im Hyde Park aus. Angela setzte sich an ihren Computer und erstellte eine Liste von Musikkneipen in Chicago. Zu meiner Überraschung waren Lokale im Stadtteil Old Town, die ich als Student kennengelernt hatte, nicht mehr dabei. Wo war das Earl of Old Town abgeblieben? Die Musikszene hatte sich verändert. Eigentlich keine Überraschung. Nach fünfzig Jahren.

Bald darauf saßen wir im Auto und fuhren zu mir nach Hause. Ich packte meinen Rucksack, und wir machten uns auf den etwa zweieinhalbstündigen Weg. Angelas Mutter fuhr, ich saß auf dem Beifahrersitz, Angela und Ginny hatten hinten Platz genommen. Ginny war ganz aufgeregt – ihre erste Autofahrt, soweit ich wusste. Am Anfang schaute sie gebannt aus dem Fenster, nach und nach jedoch kuschelte sie sich dicht an Angela und schlief ein. Zu Beginn der Fahrt unterhielten wir uns kaum. Es herrschte eine angespannte Atmosphäre; jeder war mit seinen Gedanken beschäftigt. Um etwas Leichtigkeit bemüht, begann ich von Europa zu erzählen und gab einige Anekdoten zum Besten, bei denen man schmunzeln könnte. Misses Jefferson sagte, sie seien noch nie dort gewesen, es höre sich aber verlockend an. Angela bemerkte in einem unmissverständlichen Ton, dass sie auf jeden Fall hinüberfliegen werde. Ihre Mutter lächelte gnädig und hob im Rückspiegel ihren Daumen.

Jim III finden. Keine einfache Aufgabe. Es leben an die zehn Millionen Menschen in und um die Metropole am Lake Michigan herum. Meine einzigen Hinweise waren die Gitarre und das Gedicht von Wallace Stevens. Ich nahm den Zettel mit den Adressen, die Angela aufgeschrieben hatte, und versuchte, mir eine Vorgehensweise zu überlegen. Nach einer Weile wurde mir klar, dass ich mich wie ein Detektiv von Lokal zu Lokal auf die Suche begeben musste. Einige Namen hörten sich vielversprechend an. Blue Chicago, zum Beispiel. Oder House of Blues. Ich hatte jedoch keine Ahnung, was sich hinter den Namen verbarg. Angela hatte über dreißig Anschriften notiert, die sich überwiegend direkt nördlich des Loops in einem offenbar hippen Viertel befanden. Je länger ich darüber nachdachte, desto klarer wurde mir, dass ich vor einem fast unlösbaren Problem stand. Ich musste überall und bei jeder Gelegenheit Fragen stellen. Mit welcher Berechtigung? Ich war kein Polizist. Ich müsste mir eine Geschichte ausdenken. Ein Foto von Jim hatte ich dabei. Also: Die Familie machte sich Sorgen, ich sollte nachschauen. Hörte sich das überzeugend an? Wohl nicht. Mir Geschichten auszudenken war doch meine Spezialität, oder? Also – ich musste mir etwas Überzeugenderes ausdenken.

Ich legte das Foto und den Zettel beiseite und nahm griff zu meiner Reiselektüre. Ich brauchte etwas Ablenkung. Mitgenommen hatte ich *Unterleuten,* den Erfolgsroman von Juli Zeh, den ich zu Ende lesen wollte. Eine komplexe Geschichte, akribisch erzählt, mit wechselnder Perspektive sowie ausreichend Spannung – und einem aktuellen Thema. Eine deutsche Dorfgeschichte mit Substanz. Das Buch erinnerte mich, obwohl vom Thema her völlig anders, an den hochgelobten amerikanischen Roman *Corrections* von Jonathan Franzen, den ich einige Jahre zuvor gelesen hatte. Beide Bücher erzeugten bei mir trotz ihrer literarischen Qualitäten im Nachgang ein Gefühl der Leere, eine seelische Ernüchterung. Die Figuren kamen mir alle so klein, so banal, so alltäglich vor, als ob sie sich alle furchtsam und ratlos vor das Leben hinkauern würden. Romanfiguren als soziologische Studien gesättigter Mittelstandsmenschen in unserer so modernen westlichen Welt, die, in ihren kleinen gesellschaftlichen Nischen gefangen, umherirren. Ich dachte an Nietzsches Aussagen über *den letzten Menschen,* den der Philosoph als Erben der Moderne bezeichnete. Einen Menschen, der keinen tanzenden Stern mehr gebären, sondern angesichts des Wunders des Lebens nur blinzeln kann. *Smaller than life* – würde man solche Figuren auf Englisch nennen. Sind wir so geworden? Haben wir uns daran gewöhnt, uns klein zu geben? Wo ist Prometheus geblieben? Mit dem Tod Gottes hat, so scheint es, auch das Dämonische seine Strahlkraft eingebüßt und der Mensch einen wesentlichen Teil seiner Daseinserfahrung aufgegeben. Mit unserer allgegenwärtigen technologischen Macht, mit der wir uns die Natur zum Untertan gemacht haben, verstecken wir uns vor dem Leben. Literarische Figuren, die mit dem Sein um den Sinn von Leben und Tod ringen – wie Ahab mit Moby Dick –, sind weitgehend verschwunden. Der letzte Mensch macht alles klein, er kann nur blinzeln.

Es gab sie einst, diese Figuren, die über die Buchdeckel hinauswuchsen. Cervantes' Don Quijote, Shakespeares Hamlet/Othello/Macbeth/Lear, Goethes Faust, Hugos Jean Valjean, Brontës Heathcliff, Tolstoys Anna Karenina, Dostojewskis Ivan Karamazov – allesamt Zeugnisse literarischer Versuche, das Menschsein im Moment seiner Transzendenz zu begreifen. Das entspricht den Klängen der blauen Gitarre. Das Göttliche und das Dämonische. Not smaller, but larger than life.

Über solchen Überlegungen verfiel ich bald in einen Dämmerschlaf – und unruhige Träume. Chicago. Ich war wieder einundzwanzig Jahre alt und unterwegs im Stadtteil Old Town, einem Bezirk nördlich des Loops, der im ausgehenden 19. Jahrhundert von deutschen Einwanderern aufgebaut worden war und sich in den 1960er Jahren zum Mittelpunkt der Jugend- und Alternativszene der Stadt entwickelt hatte. North Wells Street – das Zentrum von Old Town. In meinen Träumen kam mir alles schwarz-weiß vor. Wie in einem Film noir. Ich bewegte mich zögernd, tastend, die Straßen waren leer, das Licht war diffus, meine Sicht wie in einem Dutch Angle gefangen. Ich nahm im Inneren einen einprägsamen Rhythmus wahr, der meine Schritte begleitete, ja vorantrieb. Wie durch einen Zauber befand ich mich plötzlich mitten in der Piper's Alley. Ich schlenderte durch den schmalen Gang, an Läden mit Wasserpfeifen und exotischen Kleidungsstücken vorbei, an Secondhand-Shops und Musikläden, an Schwulenbars, Stripclubs, einer kleinen erlesenen Buchhandlung und am alternativen Kino Aardvark Cinematheque. Die Alley mündete in den Eingang des bekannten Musiklokals The Earl of Old Town. Ich trat ein. Hier wimmelte es von jungen Menschen, die alle in einer Art Zeitlupe gefangen zu sein schienen. Ihre Lippen bewegten sich, es war jedoch kein Ton zu hören. Vorne erblickte ich einen leeren runden Tisch. Ich ging hin. Mein Name stand auf einem Schild: *reserved for Moon Harris*. Ich nahm Platz, und man brachte mir sogleich ein Bier. Die Bühne wurde von einem Scheinwerfer angestrahlt, der Vorhang öffnete sich. Meine Eltern kamen auf die Bühne. Sie verbeugten sich und begannen zu singen. Aber auch von ihnen hörte ich keinen Ton. Sie winkten dem Publikum zum Abschied zu. Nach und nach erschienen Personen aus meiner Vergangenheit, die alle kurze Reden zu halten schienen, von denen ich jedoch nichts hörte. Anne, Pat und Alice wie auch Bernie, Frau Leucht und Tomas Nemic. Aus der Stadt K. waren es Karl Lorenz, Alfred Fromm und Frosch. Als Alfred Fromm die Bühne verließ, erlosch der Scheinwerfer, um gleich wieder aufzublenden. Auf einem Hocker saß Jim III mit einer Gitarre. Er spielte und sang. Diesmal hörte ich den Klang. The Man with the Blue Guitar. Ich wollte zu ihm, konnte mich jedoch nicht vom Stuhl erheben. Ich spürte, dass jemand mich beobachtete, und drehte mich nach rechts. Dort saß Hildegard. Sie betrachtete mich mit ihrem nachdenklichen Blick. Ich fing an zu zittern. Ich wollte etwas sagen, mich bewegen. Ihr Gesicht verwandelte sich in das Gesicht von Angela, die mich hoffnungsvoll anschaute. Ich versuchte, nochmals aufzustehen, saß jedoch immer noch fest auf dem Stuhl. Ich begann zu strampeln und zu schreien.

Jemand schüttelte mich. Ich machte die Augen auf. »Sie haben einen schlechten Traum, Sir«, sagte die Stewardess.

Ich schüttelte den Kopf, und sagte mehr zu mir selbst: »I've always had vivid dreams.«

Hyde Park im Juni 2019: fast genau fünfzig Jahre nach meiner Flucht stand ich wieder auf dem Quad und schaute mich um. Ich hatte die Nacht nach dem Flug ruhig im Bed & Breakfast verbracht, war früh aufgestanden und schlenderte seit einer Stunde über den Campus. Die Suche nach Jim konnte ich ohnehin erst später aufnehmen. Das Quad hatte sich kaum verändert, um den alten Kern herum waren jedoch etliche neue Gebäude entstanden, allen voran eine beeindruckende Bibliothek. Ein Zentrum der Wissenschaft. Groß, hell, luftig, einladend. Ich verspürte Lust, wieder zu studieren. Die neugotische Rockefeller Memorial Chapel und die Universitätsbuchhandlung, in der ich damals einige Jahre gearbeitet hatte, waren Stationen meiner Wanderung. Auf gewundenen Wegen kam ich gegen Mittag bei Jimmy's Place an. Das Lokal sah aus wie eh und je. Ein Fels in der Brandung der Moderne. Ein bisschen wie Coming Home. Ich nahm am Tresen Platz, bestellte ein Bier und eine Bratwurst und ließ meine Gedanken schweifen. Meine Zeit damals an der Uni. Studieren, demonstrieren, die körperliche Liebe kennenlernen. Mein Gedankenstrom blieb bei einem Professor hängen, der mich besonders gefördert hatte. Er lehrte deutsche Literatur und bot Lehrveranstaltungen über Werke der Moderne an. Er schätzte vor allem Franz Kafka und Elias Canetti. Wie stark Orte mit Erinnerungen verbunden sind! Ich verließ das Lokal und suchte das alte Wohnheim auf, in dem ich fast vier Jahre lang ein Zimmer hatte. Von außen sah das Gebäude unverändert aus. Ich fragte mich, ob immer noch der gleiche Schreibtisch in dem Zimmer stand. Anschließend besuchte ich den Raum in Noyes Hall, in dem die SDS ihre Versammlungen abgehalten hatte. *Revolution Now!* Wo war sie abgeblieben? Von der nervösen Energie der Sixties war auf dem Campus nichts mehr zu spüren. Die Studierenden, die mir auf dem Weg begegnet waren, kamen mir zielstrebig und angepasst vor. *Sie wollen alle etwas werden*, dachte ich. Wir wollten damals einfach – etwas anderes.

Nach dem Rundgang über den Campus war es Zeit, mit der Suche nach Jim III zu beginnen. Ich fuhr mit der S-Bahn gen Norden und stieg im Loop aus. Von dort aus war es ein kurzer Fußweg bis zum Stadtteil Near Northside, wie das Gebiet jenseits des Chicago River gen Norden bis zum Lincoln Park genannt wird. The Gold Coast. The Magnificent Mile. Die Edelviertel Chicagos befinden sich in diesem Stadtteil. Dort kann man einige der imposantesten Hochhäuser der Stadt, ja Nordamerikas bewundern, wie beispielsweise das hundertstöckige John-Hancock Center. Ich mied die luxuriösen Straßen nahe des Lake Michigan und lief über den Fluss auf die Wells Street, immer geradeaus Richtung Old Town, etwa fünfundzwanzig Minuten zu Fuß.

Old Town war nicht mehr Old Town. Das war auch nicht zu erwarten gewesen. Die Hippies hatten ihre »hour upon the stage« gehabt; sie waren seit Langem abgegangen. Ich schlenderte die Straße entlang und wunderte mich über die Vielzahl der Restaurants und Imbisse. Ich hatte irgendwo gelesen, dass es in den amerikanischen Großstädten neue Wohnungsbauten geben sollte, die ohne Küche errichtet wurden. Wenn die Menschen nicht mehr zuhause aßen, brauchten sie keine Küche – so die Logik dahinter. Wells Street schien mir diese Ansicht zu bestätigen. Jenseits der North Avenue erreichte ich Piper's Alley. Nach dem Abzug der Hippies war dort eine Mall entstanden, desinfiziert, bunt und glitzernd für das junge, mondäne, urbane Publikum von heute. Der Duft von Hasch war verschwunden. Nette Restaurants gab es, ein kleines Theater, ein Kino, das traditionsreiche Kabarett The Second City, ein Starbucks, ein Pizza-Hut und dergleichen mehr. Ich fühlte mich fehl am Platz.

Auf Angelas Liste stand ein Musiklokal am Eingang von Piper's Alley. Ich ging hinein, nahm Platz am Tresen und bestellte einen Cappuccino. Das Lokal war hell und freundlich eingerichtet und noch fast leer, es würde sich erst abends beleben. Ich fragte den Wirt nach seinem Musikprogramm und erhielt ein Programmheft, das ich flüchtig durchblätterte. Mir sagten die Bands und die Musiker nichts. Wir plauderten ein bisschen, bis ich fragte, wie so ein Programm zustande käme. Er sagte, sie bekämen Vorschläge von Musikagenturen, die Talente suchten. Auf meine Frage, ob junge Leute ohne Anmeldung einfach auftauchten, um Musik zu spielen, antwortete er mit einem Lächeln, dass es so etwas nicht mehr gab. Selbst die Lokale, die Open-Mikes anböten, würden die Kandidaten vorher genau aussuchen. Ich trank den Kaffee aus, bedankte mich und verließ das Lokal.

Open-Mike – das hörte sich vielversprechend an. Ich schaute auf meine Liste und entdeckte ein Lokal an der Ecke Wells und Schiller Street, das Open-Mikes bot. The Broken English Pub. Es lag etwas versteckt hinter einer Baumreihe und schien ein Lokal zu sein, das von Stammgästen lebte, etwas für die Einheimischen. Kein Touristennepp, eher ein Geheimtipp. Ich trat ein und spürte sofort eine andere Stimmung. Das Lokal war schwach beleuchtet, die runden, sichtbar älteren Holztische standen verteilt im Raum. Rechts vom Eingang war die Bar, ihr gegenüber an der hinteren Wand befand sich die Bühne mit einem geschlossenen Vorhang. An den Wänden hingen Fotografien von Old Town, wie sie in meiner Jugend ausgesehen hatte. Die Hippie-Epoche war auf Zelluloid gebannt. Das Ambiente wirkte wie aus der Zeit gefallen. Nostalgie kann auch ein Geschäftsmodell sein.

An der Bar saßen ein paar Kunden, die sich mit dem Wirt unterhielten. Ich nahm auf einem Hocker Platz, und der Wirt, ein untersetzter Schwarzer mit wachsamen Augen etwa in meinem Alter, drehte sich zu mir. Ich zeigte auf die Zapfhähne und sagte, ich würde gerne ein gut gezapftes Bier bekommen. Er lächelte und antwortete, dass es immer gut gezapft sei, wenn er ein Bier zubereite. Sieben Minuten. So viel Zeit müsse sein. Genau, antwortete ich mit einem Grinsen, keine Minute mehr und keine weniger. Er sah mich nachdenklich an, holte einen Bierkrug vom Regal und zapfte den ersten Schuss. Viel Schaum, der sich langsam setzte. Er drehte den Zapfhahn erneut und fragte, woher ich kam. Mein Akzent klang fremd. Mein Englisch hatte sich nach dem langen Europaaufenthalt verändert. Meine Aussprache konnte nicht mehr einer bestimmten Region zugeordnet werden, ein Umstand, der sich zuweilen als hilfreich erwies. Das konnte unweigerlich zu einem ersten Gesprächsthema werden. Ich erzählte von Deutschland, von dem deutschen Bier und von deutschen Lokalen. Zum Schluss fragte ich nach dem System Open-Mike. Der Wirt, der sich als Charly vorgestellt hatte, sagte, er hatte als Soldat in Deutschland gedient und dort sowohl gutes Bier schätzen und auch das richtige Zapfen gelernt. Was man so alles im Krieg lernte, bemerkte ich. Er schmunzelte und drehte sich kurz weg, um andere Kunden zu bedienen. Als er zurückkam, erklärte er mir das Musikgeschäft. Am Freitag und Samstag, einmal im Monat, stand die Bühne für Anfänger, die einen Auftritt probieren wollten, zur Verfügung. Es gebe eine Vorauswahl – so viel Kontrolle müsste sein – und viele Bewerber. Zuweilen waren echte Talente entdeckt worden. Auf jeden Fall waren die Abende immer stimmungsvoll. Charly erwähnte en passant, dass er ein Veteran der Wells Street sei. Seit den sechziger Jahren arbeite und lebe er in der Gegend. Er hatte vieles mitgemacht und liebe Old Town. Die Gegend hatte eine bestechende Atmosphäre. Ich nickte zustimmend und begann ebenfalls, von der alten Zeit zu reden. Zwei Überlebende der wilden sechziger Jahre unter sich. Das erste Bier hatte ich inzwischen ausgetrunken und bestellte ein zweites. Ein richtig gezapftes Bier ist ein wahres Kunststück – das hatte ich in Deutschland gelernt. Charly offenbar auch.

Zwischen der Bedienung anderer Kunden kam Charly zu mir zurück, und wir setzten das Gespräch fort, bis ich meinte, mein Anliegen vortragen zu können. Ich spielte mit offenen Karten. Ich dachte mir, dass Charly die Situation verstehen würde. Ich zeigte ihm das Foto, und er nickte. Ja, sagte er, der Junge sei vor zwei Tagen aufgetaucht und hätte sich nach dem Open-Mike erkundigt. Man habe ihm gesagt, der kommende Monat sei schon vergeben, er könne jedoch einmal kurz vorspielen. Er hatte dann etwas über eine blaue Gitarre gesungen, nicht schlecht, aber noch nicht bühnenreif. Eine schwierige Lyrik untermalt von einer komplexen Musik. Er solle weiter daran arbeiten und dann wiederkommen. Der Junge hatte nichts weiter über sich erzählt. Charly sagte, er habe sehr naiv und unsicher gewirkt, bis er angefangen habe zu spielen. Man konnte ein Potenzial spüren. Die Gitarre beherrschte er gut, und seine Stimme hatte eine raue Tiefe, die dem Lied eine fast erotische Prägung verlieh. »Er ist ein Ausreißer, sagst du«, bemerkte Charly zum Schluss. »Ich fürchte, dir nicht weiter helfen zu können. Aber ich hoffe, du findest ihn bald. Chicago kann ein gefährlicher Ort sein für herumstreunende Kids.«

»There ain't nothing here for free«, erwiderte ich und leerte den Krug.

»Ah«, sagte Charly, als er den Bierkrug nahm und ihn in die Spüle legte, »du kennst Chris Rea. Chicago Blues. Ya, I know them old Blues. I've known 'em for a long, long time.« Er lachte und wünschte mir Erfolg.

Zurück auf der Straße, schaute ich mir Angelas Liste an. Charly hatte mir einige Lokale näher am Zentrum genannt, die ebenfalls Open-Mikes boten. Ich sollte dort nachschauen, also setzte ich meine Detektivarbeit fort. Ich meinte, eine Spur aufgetan zu haben. Es war schon neun Uhr abends und wurde langsam dunkel. Die Straßenlaternen leuchteten auf, als ich meinen Weg Richtung Stadtzentrum einschlug.

Die nächsten Stunden verbrachte ich in verschiedenen Lokalen – ohne greifbaren Erfolg. Jims Spur hatte ich anscheinend verloren. Er musste sich etwas anderes überlegt haben. Aber was? Der Junge musste auch irgendwo essen und schlafen. Geld hatte er offenbar mitgenommen. Aber für wie lange? Mir fiel mein Handy ein, und ich beschloss, Angela anzurufen. Berichterstattung an die Heimatfront gehörte zur vereinbarten Vorgehensweise. Sie nahm sofort ab. Ich wollte positiv wirken und erzählte von der Spur, die ich aufgetan hatte. Angela sagte, dass sie keine weitere Nachricht erhalten habe. Ich fragte nach Ginny. Angela lachte und sagte, Ginny sei ein Schatz. Sie würde sie am liebsten behalten. »Das werden wir sehen«, erwiderte ich mit gespielter Strenge. Ich kündigte ihr einen Anruf für den nächsten Tag an. Danach rief ich bei Jims Großvater an. Ich hoffte, er könnte etwas erfahren haben. Er wusste lediglich, dass die Polizei benachrichtigt worden war und sein Sohn nach Chicago geflogen war. Er hatte jedoch noch nichts von ihm gehört. Er wünschte mir Glück, und ich entgegnete, das würde ich auf jeden Fall brauchen.

Es war schon nach Mitternacht, als ich die Suche für diesen Tag beendete. Ich nahm mir ein Taxi, um wieder in den Stadtteil Hyde Park zu fahren. Ich war erschöpft und niedergeschlagen. Wie sollte es weitergehen? Als ich im Taxi saß, bemerkte ich, dass ich Hunger hatte. Ich hatte zwar im Laufe des Abends viel getrunken, aber so gut wie nichts gegessen. Im Hyde Park angekommen, ließ ich mich an der East 55th Street absetzen und lief die Straße in Richtung Woodlawn Avenue hinunter, wo ich mich eingemietet hatte. Die 55th Street war auch zu Nachtzeit noch belebt. Bald sah ich ein hell erleuchtetes Bistro, das geöffnet hatte. Ich ging hinein. Das Lokal war mäßig besucht. Ich bestellte einen Hamburger mit Pommes, ein Glas Wasser bekam ich – wie in den USA üblich – gratis dazu. Ich überlegte, wie es weitergehen sollte, während ich gierig den aufgewärmten Hamburger und die fettigen Fritten aß. Mein Unternehmen kam mir vor, als würde ich eine Nadel im Heuhaufen suchen. Oder wie die Suche nach einem wirklich guten Hamburger in der modernen Fastfood-Welt. Aufzugeben kam für mich aber nicht in Frage.

Ich verbrachte eine unruhige Nacht, schickte Angela gleich nach dem Frühstück eine SMS. Ich war stolz auf mich, meine erste

SMS – Willkommen in der Gegenwart – und begab mich noch vor 10 Uhr wieder auf die Suche. Wieder nach Norden. Mir schien das immer noch die erfolgversprechendste Richtung, um Jim zu finden. Mit Jims Vater wollte ich noch keinen Kontakt aufnehmen. Er konnte die offiziellen Wege beschreiten, vielleicht hatte er Erfolg. Ich beschloss, solo zu arbeiten.

Bis zum Abend hatte ich zwölf weitere Musikkneipen in und um die Near Northside abgeklappert – ohne Erfolg. Viel Musik gehört, meistens mittelmäßige Songs, Gespräche geführt und gelegentlich Bier getrunken. *Detektivarbeit kann ermüdend und langweilig sein*, dachte ich, als ich die von Angela erstellte Liste noch einmal durchging. Die meisten Namen hatte ich abgehakt. Es gab aber noch eine Open-Mike-Musikkneipe etwas weiter entfernt im Stadtteil West Loop. Buck Mulligan's. Der Name kam mir bekannt vor. Bald fiel mir ein – es war der Name einer Figur aus dem Jahrhundertroman *Ulysses* von James Joyce. Na, dachte ich mir, mal sehen, ob »stately, plump Buck Mulligan« mir eine Spur liefern konnte.

Es war gegen 23 Uhr, als ich durch die Eingangstür von Mulligan's ging. Hier herrschte noch reger Betrieb. Ich suchte mir einen Platz am Tresen und bestellte einen Gimlet. Zu meiner Überraschung kannte der Bartender das Getränk. Ein gutes Omen? Mit dem Glas in der Hand schaute ich mir die Kneipe genauer an. Am Ende des langen, schummrig beleuchteten Gastraums befand sich die Bühne, die zwar noch angestrahlt, aber im Moment leer war. Die Tische waren voll besetzt, die Stimmung war ausgelassen. Es gab ein überwiegend junges Publikum. Der Campus der University of Illinois-Chicago und einige weitere Bildungseinrichtungen wie das Rush Universtiy Medical Center befanden sich in der Nähe. An den Wänden hingen großformatige Fotos von der Eishockeymannschaft der Chicago Blackhawks und der Basketballmannschaft der Chicago Bulls. Ihr gemeinsames Stadion, das United Center, war nicht weit entfernt. Am Tresen entdeckte ich einen Zettel, der sich als Programmheft für den Abend entpuppte. Mein Atem stockte, als ich den Titel *The Man with the Blue Guitar* entdeckte. Vor etwa einer Stunde hatte Jim einen Auftritt gehabt! Wo war er jetzt? Noch im Lokal? Zunächst schlenderte ich durch den Raum, entdeckte den Jungen aber nicht. Inzwischen war ein junger Schwarzer auf der Bühne erschienen, der ein düsteres Lied über verlorene Liebe zum Besten gab. Das Publikum schien wenig Notiz davon zu nehmen. Mir war klar, dass ich etwas unternehmen musste. Ich fragte den Bartender, ob ich mit dem Manager sprechen dürfe. Der Bartender hatte mit Bestellungen alle Hände voll zu tun. Er hörte kaum hin. Ich wiederholte die Frage und sagte, dass ich etwas über einen Musiker wissen wolle, der heute Abend aufgetreten sei. Der Bartender schaute mich zum ersten Mal richtig an. Es gehe um einen Jungen, den ich kennen würde, sagte ich. Jim Moore, fügte ich hinzu. Ich hoffte, dass diese Information mein Anliegen legitimieren würde. »Ja«, sagte der Mann, »Jim Moore, der Junge mit dem Song über die blaue Gitarre. Nicht schlecht.« Der Mann lächelte und fuhr fort: »Das Büro vom Boss ist hinten, rechts von der Bühne.«

Eine halbe Stunde später verließ ich das Lokal. Das Gespräch mit dem Manager hatte nichts gebracht. Der Junge hatte eine Anschrift in Oak Park angegeben. Sicherlich eine Finte. Weitere Infos gab es nicht. Ich wunderte mich, dass Jim als Minderjähriger überhaupt Zutritt bekommen hatte. Trinken durfte er nicht, hatte der Manager erwidert. Nur spielen. Offensichtlich nahmen die Lokale in Chicago ihre Kontrollpflicht nicht sehr ernst.

Ich beschloss, die Suche vorerst aufzugeben und ein Taxi zum Bed & Breakfast zu nehmen. Ich wollte zur belebten North Ogden Avenue gehen, wo ich wahrscheinlich ein Taxi auftreiben konnte. Ich nahm eine Abkürzung durch eine kleine Nebenstraße. Als ich in die Gasse einbog, hörte ich aus der Ferne laute Stimmen und Geräusche wie bei einer schweren körperlichen Auseinandersetzung, die aus einem Gang zwischen zwei Etagenwohnblocks kamen.

Ohne zu überlegen, trat ich näher und sah, wie zwei Männer auf einen Menschen eindroschen. Das Opfer hielt einen Kasten fest und versuchte gleichzeitig, sich zu wehren. Ich nahm mein Handy aus der Tasche und schaltete das Flashlight an, was mir dank Angelas guter Schulung sofort gelang. Gleichzeitig sagte ich mit einer Stimme, von der ich hoffte, dass sie Philip Marlowe alle Ehre gemacht hätte: »Was ist hier los.« Die beiden Angreifer ließen sofort von ihrem Opfer ab und starrten mich mit bösen Augen an. Im grellen Licht der Lampe konnte ich keine Waffen sehen, nur vier geballte Fäuste. Die Männer machten einen Schritt auf mich zu. Sie sagten nichts. Ich hielt ihren Blicken stand, bewegte mich einen halben Schritt nach vorne und steckte meine rechte Hand schnell in die Manteltasche. Die Männer hielten inne, blickten – wie in Zeitlupe – zu meiner rechten Hand, liefen dann unvermittelt an mir vorbei und verschwanden in der Nacht.

Ich ging zu dem Opfer, einem jungen Mann, der winselnd mit dem Rücken zu mir halb auf dem Bauch lag, seinen Kasten fest im Griff. »Are you alright?«, fragte ich. Als ich den Jungen mühsam umdrehte, blickte ich in die sichtlich verstörten Augen von Jim III.

»Ich wusste, dass ich dich finde«, sagte ich. »Ich hatte mir allerdings etwas schönere Umstände gewünscht.« Er bewegte sich nicht, seine Augen waren blank, und er atmete heftig. Ich hob seinen Kopf hoch und schaute mir sein Gesicht genauer an. Schürfwunden. Wenig Blut. Um die Augen war bereits eine bläuliche Färbung auszumachen. Seine Hände wiesen weitere Kratzer auf. »Are you OK?«, fragte ich nochmals und richtete seinen Oberkörper langsam auf. Seine Augen fingen an, sich zu fokussieren, sein Atem wurde regelmäßiger und ein Hauch von Farbe kehrte in sein Gesicht zurück.

Er nickte.

Ich wollte, wenn nicht unbedingt nötig, nicht zum Krankenhaus. Zuerst galt es, seine Geschichte in Ruhe anzuhören. Ich fragte, ob ihn Schläge im Bauch- oder Lungenbereich getroffen hatten. Er schüttelte den Kopf und krallte sich an seinen Gitarrenkasten. Ich verstand die Geste. Der Kasten hatte ihn geschützt. Er sah ramponiert aus, war aber geschlossen. Er hatte ihm gute Dienste geleistet. Ein banaler Raubüberfall – Geigenkasten, Geldbeutel, Uhr. Einfache Ganoven, die im ersten Schreck davonliefen. Wir hatten Glück gehabt.

Ich hievte ihn hoch, bis er, wenn auch unsicher, auf den Beinen stehen konnte. Er stützte sich auf mich, und wir machten uns langsam auf den Weg zur North Ogden Avenue. Ich bemerkte, wie die Kraft allmählich in seinen Körper zurückkehrte. Ich vermutete, dass seine Verletzungen eher psychologischer als physischer Art waren. An der North Ogden Avenue angekommen, hielt ich ein Taxi an. Wir stiegen ein. Jim schlief sofort ein. Ich gab dem Taxifahrer die Adresse des Bed & Breakfast im Hyde Park. Der Fahrer stellte keine weiteren Fragen. Chicago Blues. Ein normaler Vorgang.

Ich atmete einige Male tief ein und aus und bemerkte, dass ich todmüde war. Ich blickte zu Jim, der fest schlief, und dachte: Das Leben ist ein einziges Abenteuer. Diese Prüfung hatte ich bestanden. Und Jim?

In meiner Unterkunft angekommen, beschloss ich, Jim einfach in mein Zimmer mitzunehmen. Es war zu spät, um die Hauswirtin zu belästigen. Morgen würde ich alles klären. Ich deponierte den Jungen auf dem Bett. Er fiel in einen tiefen Schlaf. Ich legte eine Decke über ihn und setzte mich in den Sessel gegenüber. Ich nahm eine weitere Decke und ein Kissen und wollte die Nacht, oder was davon noch übrig war, auf dem Sessel verbringen. Meine alten Knochen rebellierten, aber ich hielt es aus. Eine andere Wahl hatte ich ohnehin nicht, und ich war hundemüde. Bevor ich einschlief, überlegte ich mir, gleich morgen früh Angela zu anzurufen.

Warum war Jim weggelaufen?

Ich erwachte früh am nächsten Morgen. Ausgeschlafen hatte ich nicht, aber ich war wach. Sonnenstrahlen drangen durch die Gardine, und ich hörte Geräusche aus der nahen Küche. Jim schlief noch fest. Ich fragte mich, ob er in den letzten Tagen überhaupt geschlafen hatte. Erst einmal duschen und mich frisch anziehen. Danach Angela benachrichtigen. Und dann Kaffee.

Bei Angela erreichte ich den Anrufbeantworter. Ich teilte ihr kurz den Stand mit und sagte, ich würde mich später melden. Ich bat sie, die Nachricht zunächst für sich zu behalten. Bevor ich mich bei seinen Eltern meldete, musste ich erst mit Jim sprechen.

Jim schlief immer noch, als ich das Zimmer verließ, um in den Frühstücksraum zu gehen. Dort stand die Vermieterin und plauderte mit einem Gast. Ich holte mir eine Tasse Kaffee und bat um ein Gespräch. Sie hörte ruhig zu, als ich die Lage erläuterte, und sagte zum

Schluss, alles sei in Ordnung. Ich müsste lediglich einen Zusatzbetrag für Jim entrichten.

Nach einem kurzen Frühstück kehrte ich in das Zimmer zurück. Jim bewegte sich. Er öffnete die Augen und sah mich an. Ich hatte den Eindruck, dass er nicht mehr wusste, was ihm passiert war. Er schaute sich um und fragte: »Where am I?«

»Planet earth«, antwortete ich. »Sometimes a hard place to be.«

Eine Stunde später saßen wir in dem Refectory Café, das sich im Gebäude der Lutheran School of Theology befand – nur wenige Minuten vom Bed & Breakfast entfernt. Ein zweckmäßig eingerichteter Studenten-Imbiss, der einen vernünftigen Kaffee und gute Sandwiches servierte. Die Cafeteria war zu dieser Stunde zwischen Frühstück und Mittagszeit weitgehend leer. Jim hatte geduscht und sich angezogen. Ich hatte noch kein ernstes Gespräch begonnen. Ich wusste noch nicht, wo er die Nächte verbracht und ob er überhaupt einen Koffer mitgenommen hatte.

Nachdem Jim am Kaffee genippt und ein Sandwich zu sich genommen hatte, sagte ich: »OK, Ulysses, erzähl mir von deiner Odyssee.« Jim blickte auf und schaute mich an. Sein Gesicht sah sehr mitgenommen aus. »Mit diesem Gesicht«, fuhr ich fort, »werden sich die Mädchen um dich reißen. Mutterinstinkt, weißt du. Narben sind ziemlich sexy.«

Er zeigte ein scheues Lächeln. Zum ersten Mal, seit ich ihn gefunden hatte, blitzte wieder Leben in seinen Augen auf. In holprigen Sätzen berichtete er, wie er im Bus nach Boston gefahren und von dort aus nach Chicago geflogen war, ausgestattet mit Rucksack und Gitarre. Er ging zum Hyde Park, weil ich ihm so viel davon erzählt hatte. Er wollte fort von zuhause, wollte Musik machen. Er fand ein Zimmer in einem kleinen Hotel und machte sich mit seiner Gitarre auf den Weg zur Old Town. Er durfte einmal vorspielen. Es stellte sich jedoch als viel schwieriger heraus, als er sich das vorgestellt hatte. Am nächsten Tag setzte er sich wieder in die Bahn, um nach Norden zu fahren. Er versuchte es bei weiteren Open-Mike-Musikkneipen, jedoch ohne Erfolg. Endlich versuchte er es bei Mulligan's – und hatte Glück. Weil ein Musiker ausgefallen war, konnte er einmal auftreten. Er spielte vor, der Manager nickte und sagte, das würde gehen. Am Abend des Auftritts war er nervös, bis er die Bühne betrat. Im Scheinwerferlicht konnte er das Publikum nicht richtig erkennen. Er begann zu spielen und verlor sich sofort in seinem Lied. Er wurde der Man with the Blue Guitar. Als er fertig war, gab es lauten Applaus. Er verbeugte sich wie benommen. Er fühlte sich wie auf einem anderen Stern angekommen. Nach dem Auftritt blieb er eine Weile im Umkleideraum und sprach mit anderen Jungs, die nach ihm spielen wollten. »It was like real life«, bemerkte Jim, der im Laufe seiner Erzählung immer lebhafter wurde. Nachdem er das Lokal verlassen hatte, wollte er zur Metro-Station Ashland Avenue laufen und zu seiner Unterkunft im Hyde Park fahren. Er verlief sich jedoch. Er irrte eine Weile umher, bekam es mit der Angst zu tun und fühlte sich beobachtet. Er bog in eine Seitengasse ein. Ein Fehler. Zwei Männer überfielen ihn. Einer versuchte, ihm seinen Gitarrenkasten zu entreißen. Der andere warf ihn zu Boden und suchte in seiner Hosentasche nach einem Portemonnaie. »You know the rest«, schloss er den Bericht ab. »You came just in time.«

»Interessantes Abenteuer, Jim. Ich bin mir sicher, dass du etwas gelernt hast.« Ich hielt kurz inne und überlegte. »Ich frage mich nur, warum? Warum bist du weggelaufen?«

Er blickte zu mir und schluckte. Ich meinte, Schmerz in seinen Augen zu erkennen. Er blinzelte, befeuchtete die Lippen und begann zu zittern.

»Sag mir warum. Lass es raus.«

Jims Gesicht lief rot an. Er sagte mit hasserfüllter Stimme. »Dad hat eine Affäre mit seiner Sekretärin.« Er hielt inne und schaute aus dem Fenster. »Neulich sah ich es in seinem Büro. Sie lag auf der Couch, und er zog sich gerade aus, als ich hereinkam. Sie haben mich nicht einmal bemerkt. Lügen. Alles Lügen, unser ganzes Leben.« Er wandte sich mir zu. Seine Augen waren rot, sein Gesicht war verzerrt. Dann schaute er schnell nach unten.

Ich war erschrocken. Mit so etwas hatte ich nicht gerechnet. Was sollte ich dazu sagen? Mir kam das Gehörte so banal und schmutzig vor. Der Junge hatte aus nächster Nähe ein Stück versteckten Alltages in unserer so feinen bürgerlichen Gesellschaft erlebt. *Le Charme discret de la bourgeoisie.*

»Jim«, sagte ich, »das Leben ist nicht einfach und verläuft nicht geradeaus. Es tut mir leid für dich, aber du musst zu deiner Familie und in die Schule zurückgehen. Wegrennen ist keine Antwort.«

Er schüttelte den Kopf und schaute mich direkt an. »Du bist damals auch weggelaufen.«

Ich nickte langsam. Der Junge hatte zum Teil recht. Aber nur zum Teil. »Ich war 22, als ich weglief, um der Einberufung zu entgehen. Du bist gerade 18 geworden. Diese vier Jahre bedeuten eine Menge.« Ich hielt einen Augenblick inne und dachte an meine Gespräche mit Mister Sedgewick. »Das war mein Weg, Jim. Kann sein, deiner ist anders. Das musst du herausfinden, aber mit deinem Kopf, nicht mit deinem Bauch. Geh zurück in die Schule, bereite dich aufs Leben vor. Du hast eine Familie, selbst wenn sie dir zerstört vorkommt. Damit musst du dich auseinandersetzen. Und es gibt noch jemanden in Woodstock, der an dich denkt.« Ich lächelte ihn an. »Du weißt, wie gern ich dich The Man with the Blue Guitar hätte spielen hören. Angela und Ginny ganz bestimmt auch.«

Der Junge schaute lange aus dem Fenster, bevor er sich zu mir drehte und nickte.

»Dein Vater ist in Chicago. Wir sollten Kontakt zu ihm aufnehmen. Egal, was du jetzt denkst, Ich bin sicher, dass er dich lieb hat.« Ich kam mir richtig erwachsen vor und fühlte mich dabei nicht besonders wohl.

À la recherche du temps gagné

Woodstock/Vermont, 17. Oktober 2019

Ich hatte Blueberry Muffins gebacken.

In der Umgebung gibt es zahlreiche wilde Blaubeerbüsche. New England ist dafür bekannt. Beim Sammeln habe ich entschieden, Muffins zu backen. Ein Dutzend. Dafür sind die Backformen in den USA gemacht. Dozen auf Englisch. In Deutschland waren die Muffinformen auch so. Dozen – ein seltsames Wort. Es hat mich zum Nachdenken verleitet. Woher stammte es? Ich vermutete aus dem Französischen, wie so viele englische Worte, die Folgen der normannischen Eroberung im 11. Jahrhundert sind. Also bei Wikipedia nachschlagen. Eine wundersame Informationssammlung. In der Tat: Das Wort stammt aus dem Französischen, douzaine und bedeutet soviel wie eine Gruppe von zwölf. Seinerseits hat es seine Wurzel im Lateinischen duodecim, zwölf, eine der Kardinalzahlen. Unsere Sprache weist eine verästelte Geschichte auf, wie auch der Mensch selbst. Keine Überraschung. Das sprachbegabte Wesen.

Blueberry Muffins – einfach, köstlich und typisch New England. Mit frischen Zutaten aus dem Bio-Laden – Eiern, Milch, braunem Zucker, Butter, Backpulver, einer Prise Salz und einem Schuss Rum (meine eigene Zugabe) – sind sie unwiderstehlich. Wie sie duften, wenn sie aus dem Ofen kommen! Ginny steht immer neben mir, wenn ich etwas aus dem Backofen nehme. Ich merkte, wie der Duft ihre feine Nase animiert! Die lange Zunge schlabberte über ihr Maul. Ich lachte und sagte ihr, dass sie etwas Geduld aufbringen musste.

Nachdem das Gebäck etwas abgekühlt war, kochte ich Kaffee, holte einen Muffin aus der Form und brach ihn auf. Der Duft drang tief in mich hinein und weckte starke Erinnerungen. Plötzlich befand ich mich wieder in der Küche im Elternhaus. Meine Mutter backte, und zwar Blueberry Muffins. Sie konnte gut backen. Seltsam, schoss es mir durch den Kopf, an meine Mutter hatte ich seit Jahren nicht gedacht. Nur einmal kurz bei meinem einzigen Friedhofsbesuch. Ansonsten war sie aus meinen Erinnerungen verschwunden. Ich nippte an dem Kaffee, aß einen Muffin (Ginny erhielt auch einen) und lenkte meine Gedanken zurück. Warum hatte ich meine Mutter nie richtig wahrgenommen? Ich kannte sie nicht, hatte auch nicht versucht, sie wirklich kennenzulernen. Sie war eine ruhige, bescheidene Frau gewesen, die meinem Vater stets den Vortritt ließ. Sie arbeitete in der Küche, besorgte den Haushalt, half im Laden aus. Sie war immer dabei, etwas zu erledigen, etwas herzurichten. Sie war auf einer Farm aufgewachsen und in ihrer Kindheit Reiterin gewesen. Mit der Heirat hörte sie damit auf. Soweit ich mich erinnern kann, hatte sie bis auf die Kirche keinen richtigen Ausgleich zur Arbeit daheim oder im Geschäft.

Aber weiß ich wirklich genug, um ein Urteil fällen zu können? Ich erinnere mich, dass sie gerne Agatha-Christie-Romane las. Im Laufe der Zeit hatte sie sich eine ordentliche Sammlung von Taschenbüchern über Hercule Poirot und weitere Detektive aus der Feder der berühmten Krimi-Autorin zugelegt. Ich sehe die Reihe der Bücher in meinen Gedanken vor mir. Sie befand sich im Elternschlafzimmer. Die einzigen Bücher im ganzen Haus – bis auf meine natürlich. Mutter pflegte, das Datum der Lektüre mit Kugelschreiber hinten im Buch einzutragen, nachdem sie einen Band gelesen hatte. Einige Bände wiesen über die Jahre hinweg mehrere Eintragungen auf. Vater las die Zeitung und ansonsten nichts. Mutter hingegen konnte im Wohnzimmersessel über einem Poirot-Krimi einschlafen – selbst wenn der Fernseher lief. Krimis als Flucht. Wovor? Vor dem Alltag? Vor der Familie? Vor dem Geschäft? Vielleicht vor dem Leben selbst? Oder vielleicht auch nur zur Entspannung vom alltäglichen Stress. Ich weiß es nicht. Mit meiner Mutter habe ich nie darüber gesprochen. Damals stellte sich mir die Frage nicht. Und nun ist es zu spät.

Im Leben ist es fast immer zu spät …

Vor fast genau einem Jahr habe ich angefangen, diesen Lebensbericht in Form einer Erzählung zu schreiben. Ich wollte von Hildegard berichten, ja an sie schreiben, sie vielleicht für mich er-schreiben, das Schreiben als ein Versuch, in verlorenen Zeiten nach etwas zu suchen, um es für mich in der Erinnerung wieder lebendig werden zu lassen. Ein hoffnungsloses Unterfangen? Man kann die Vergangenheit nicht zurückholen. Mein Bericht ist indes anders geworden, als ich ihn geplant hatte. Ich kann Hildegards Leben nicht in Worte fassen, so wenig ich sie wieder in meinen Armen halten kann. Ich kann nur sagen, dass ich sie liebe. Durch sie habe ich den Klang der blauen Gitarre einmal wahrhaftig erlebt.

Am Ende habe ich auch über mich geschrieben, schreiben müssen, über mein Leben, und im Laufe dieses Jahres erkannt, dass es noch nicht vorbei ist. So schreibe ich den (vorläufigen) Schluss meiner Erzählung im Präsens. Ich befinde mich im Fluss des Lebens, so wie auch im Fluss des Schreibens. Beim ersten Entwurf des Schlusssatzes habe ich diesen Abschnitt mit dem Motto des Roman-Zyklus von Marcel Proust versehen – *À la recherche du temps perdu*. Inzwischen habe ich gelernt, dass dies die Sache nicht trifft. Es geht nicht um verlorene, sondern gewonnene Zeit: du temps gagné.

Es ist Zeit für einen Spaziergang. Ginny läuft zur Tür und holt ihre Leine. Ich ziehe meine Wanderschuhe und eine Jacke an. Es ist kühl draußen, die Sonne versteckt sich zeitweise hinter den Wolken. Wir machen uns auf in Richtung Walden. Indian Sommer. Die schönste Jahreszeit in New England. Als ich das Grundstück verlasse, höre ich den tiefen, trompetenden Schrei der kanadischen Wildgänse und schaue zum Himmel. Die Tiere sind auf dem Weg nach Süden. Ein schöner Anblick. Die majestätischen Vögel präsentieren sich in einer V-Formation, die sich fortwährend neu zusammensetzt. Wie das Leben sich einrichtet – immer wieder und immer weiter! Neue Versuche, neue Variationen, es ist immer im Wandel, wie die Bäume um mich herum, wie die Gedanken in meinem Kopf. Ginny streunt durch das Gebüsch, bellt einmal auf, und vor uns läuft ein Hase weg. Ginny setzt zur Verfolgung an, ich rufe sie jedoch sofort zurück. Und sie gehorcht. Vielleicht spürt sie ohnehin, dass sie den Hasen nicht einholen kann. Ich streichle sie und sage ihr, dass sie das gut gemacht hat. Sie wedelt mit ihrem Schwanz, und wir setzen unseren Weg fort.

Weggehen. Ankommen. In jedem Ende steckt ein neuer Anfang.

Wir laufen weiter durch den herbstlichen Wald. Die kühle, frische Luft animiert. Ich lasse meine Gedanken ziellos herumschweifen.

Gestern bekam ich eine E-Mail von Angela und habe mich sehr darüber gefreut. Sie hat inzwischen ihr Studium an der Cornell University im Bundesstaat New York begonnen, etwa 800 Kilometer von Woodstock entfernt, wo sie ein Stipendium erhalten hatte. Ihr erstes Semester hatte vor über zwei Monaten begonnen. Ihre E-Mail strotzt von jugendlichem Elan. Der Campus, die Kommilitonen, die

Professoren. Eine neue Welt tut sich für sie auf. Ich kann mich gut an meine ersten Tage in Chicago erinnern und werde fast neidisch. Als Hauptfächer hat sie Politikwissenschaft und Geschichte gewählt. Ich bin mir sicher, dass sie eine erfolgreiche Studentin wird – und eine aktive Staatsbürgerin. Ihre Generation wird kluge Köpfe brauchen, denn sie wird es nicht leicht haben. Wir Alten hinterlassen einen malträtierten Planeten. Wir haben unser Leihobjekt nicht gut behandelt.

Jim III hat es nicht so einfach. Die Ehe seiner Eltern steht auf der Kippe, und Jim hat sich seinem Großvater mehr und mehr angeschlossen. Auch Jim hat ein Studium begonnen, und zwar an der University of Vermont in Burlington, etwa hundert Kilometer von Woodstock entfernt. Er hatte sich Wirtschaftswissenschaft als Hauptfach ausgesucht. Seine Leidenschaft gehört jedoch dem Gitarrenspiel. Ich bin gespannt, was daraus wird.

Gleich nach seiner Rückkehr aus Chicago trafen wir uns bei mir. Jim, Angela, Ginny und ich. Ich hatte mein Wohnzimmer wie ein intimes Studio eingerichtet und Jim aufgefordert, *The Man with the Blue Guitar* zu spielen. Er hatte sich zunächst geniert, aber bald eingesehen, dass er keine andere Wahl hatte. Er saß auf einem Hocker, ich hatte einen Spot besorgt. Angela, Ginny und ich saßen außerhalb des Lichtes auf Küchenstühlen. Ich hatte eine Flasche Rotwein entkorkt. Ginny, die gleich gemerkt hatte, dass etwas Besonderes bevorstand, hatte sich zwischen uns gelegt. Sie schaute, ihren Kopf auf die Vorderpfoten gelegt, erwartungsvoll zu Jim.

Jim spielte.

The Man with the Blue Guitar. Er setzte die Lyrik sehr sparsam ein. Das Lied bestand meistens aus einem Gitarren-Instrumental. Es hatte eine komplexe Melodie, die er im Blues-Stil vortrug. Es dauerte fast zehn Minuten, bis er den letzten Ton sehr langsam ausklingen ließ. Mir hatte es gefallen. Als er fertig war, schaute er mich scheu an. Ich lächelte und hob dem Daumen hoch. Angela stand auf und küsste ihn auf die Stirn. Ginny pendelte zwischen uns hin und her und wedelte aufgeregt mit ihrem Schwanz. Ich lachte und sagte, das Vorspiel kam mir wie eine Hausmusik in einer bürgerlichen Familie im 19. Jahrhundert vor. Angela sah mich streng an und sagte, ich solle nicht immer in der Vergangenheit leben. Ich grinste und zeigte ihr das Friedenszeichen.

Mit Angelas Eltern habe ich mich angefreundet. Wir treffen uns gelegentlich, auch bei mir. Ich merke, dass ich menschliche Kontakte benötige. Als ich nach Vermont zurückkehrte, nahm ich mir vor, nicht als Eremit zu leben. Dennoch war es anfangs so. Über Angela und Jim bin ich wieder ins Leben gekommen. Nach und nach werde ich Teil einer Gemeinschaft. Das tut mir gut. Inzwischen leite ich einen Lesezirkel in der Stadtbücherei – in Kooperation mit dem Buchhandel. So kann ich meiner Liebe zu Büchern frönen und mit Menschen ins Gespräch kommen. Für das Einsiedlertum bin ich nicht geschaffen. Auch das habe ich gelernt.

Wer weiß schon, was morgen wartet.

Ich bin bei meinem Walden angekommen. Die Luft ist deutlich kälter geworden. Ginny hat keine Lust, ins Wasser zu springen. Sie setzt sich stattdessen auf unseren Felsen und schaut in den dämmernden Wald hinein, ihre Nase arbeitet ständig, sie schnüffelt ausgiebig. Vollkommene Stille. Bald vernehme ich den beschwörenden Ruf einer Eule. *Ja*, denke ich, *ich will weiter, ich will leben.* Ich verspüre einen stechenden inneren Schmerz, als die Erinnerung an Hildegard mich aus der Tiefe meines Geistes ergreift. Wie so häufig. »Trotzdem«, sage ich zu mir selbst im Flüsterton. »Oder besser: Deswegen?«

Ich gehe in die Hocke und streichele Ginny. Sie blickt mich mit ihren tiefen braunen Augen an. »Girl, we have to keep moving along«, sage ich, stehe auf und wende mich in Richtung des Pfades, der zu der Hütte zurückführt. Ginny erhebt sich und trottet hinter mir her.

Als ich wieder zuhause bin, trinke ich ein Glas Wein, hole eine Matte aus dem Haus und breite sie auf dem Boden der kleinen Terrasse vor dem Hintereingang aus. Ich lege mich darauf in der Yogahaltung Shavasana. Es ist kühl, und ich habe eine dicke Decke mitgenommen. Ginny hat erst aus ihrem Wassernapf getrunken und legt sich in ihrem Korb zum Schlafen. Stille. Nur das ferne Licht der Sterne erhellt die Nacht. Ich schließe meine Augen und atme ruhig dreimal die belebende Abendluft tief durch die Nase ein und aus. Danach öffne ich meine Augen wieder und blicke in den spätabendlichen, klaren Himmel. Ein tiefes, schwarzes Gewölbe, das mit unzähligen kleinen Lichtern versehen ist. Einige davon scheinen zu blinzeln. Ich versuche nicht, Sternbilder auszumachen. Ich will nichts ordnen, sondern lasse die scheinbare Unendlichkeit des Raumes auf mich wirken. Für einen kurzen Augenblick fühle ich mich vom Boden gehoben und schwebend dem Himmel zugewandt. Per Anhalter durch die Galaxis. Ich schließe meine Augen und schaue in mich hinein. Die Augäpfel bewege ich dreimal leicht von einer zur anderen Seite. Nach und nach tut sich ein tiefes, schwarzes Loch auf, das mich unwiderstehlich anzieht. Ein Abgrund? Ich steige hinab und suche mit den inneren Augen tastend den Boden ab. Ich finde ihn nicht. Gibt es ihn überhaupt? Worauf habe ich mich eingelassen? Ich beginne zu zittern. Plötzlich höre ich aus weiter Ferne einen Klang, den Klang einer Gitarre. Sie spielt eine wunderschöne Melodie, eine Bearbeitung von Bachs *Air.* Leise, eindringlich und fordernd. Der Klang zieht mich immer tiefer hinab, mit einer unwiderstehlichen Ausstrahlung wie das Lied der Sirenen bei *Ulysses.* Die Botschaft ist klar. Zeit und Raum sind ewig. Sie erstrecken sich unendlich nach außen und nach innen, nach vorne und hinten. Es gibt keinen Boden, keinen Endpunkt, keinen Ruhepol, kein Ziel, nicht einmal einen Anfang. Der Mensch ist ein unbedeutendes Sandkörnchen, hineingeworfen in die Unendlichkeit von Zeit und Raum.

Oder doch nicht vollständig? Der Klang der blauen Gitarre. Was will er mir sagen? Wir sind zwar Sandkörnchen, jedoch mit einem Bewusstsein und einem Willen ausgestattet. Der Mensch *ist* nicht nur, sondern er denkt und handelt. Ich erinnere mich an meinen Lieblingssatz von Immanuel Kant, einem Philosophen des nüchternen, ermüdenden Vortrages, der einmal in einer ungewöhnlich lyrischen Sprache das Hineingeworfensein in diese, unsere Welt zu bejahen wusste: *Zwei Dinge erfüllen das Gemüt mit immer neuer und zunehmender Bewunderung und Ehrfurcht: der bestirnte Himmel über mir und das moralische Gesetz in mir.* Wissenschaft und Ethik. Der Mensch kann die Umwelt nach ihren Gesetzen ergründen und sich selbst als moralisches Wesen bilden.

Das Abenteuer des Lebens.

Schlussakkord

Ist der Mensch nicht veraltert, verwelkt, ist er nicht, wie ein abgefallenes Blatt, das seinen Stamm nicht wieder findet und nun umhergescheucht wird von den Winden, bis es der Sand begräbt?

Woodstock/Vermont, 7. Januar 2020

Wir sehen Joseph Harris, wie er mit einem dampfenden Becher in der Hand aus der Küche kommt. Er setzt sich an den Schreibtisch und trinkt einen Schluck. Ginny liegt neben ihm und schläft. Moon Harris blickt lange auf das Gemälde neben sich und schaut dann aus dem Fenster. Seine Augen nehmen nichts Wirkliches wahr, denn das Wirkliche befindet sich für ihn nicht dort draußen. Nach einem Augenblick – einer gefühlten Ewigkeit – steht er auf und öffnet einen Schrank, der rechts von der Eingangstür steht. Bisher haben wir diesen Schrank nicht gesehen.

Er nimmt eine Gitarre aus dem Schrank. Sie schimmert im Licht der Deckenlampe rotbraun. Joseph Harris spielt Gitarre! Das haben wir noch nicht gewusst, das hat er uns in seinem Bekenntnis nicht verraten. Seltsam.

Er setzt sich auf den Boden und kreuzt die Beine. Die Gitarre liegt dazwischen. Den Kopf dreht er weit nach links. Joe Harris beginnt, die Saiten zu zupfen. Zu hören ist eine einfache, eingängige Melodie, nur sieben Töne. *I've al-ways had viv-id dreams.* Ein Thema entsteht. Es wird in verschiedenen Variationen wiederholt und improvisiert, manchmal schnell, manchmal langsam, abwechselnd in einer hohen und tiefen Tonlage. Eine Melodie, fröhlich und zugleich traurig. Nach und nach füllt der Klang den Raum. Er wird selbst zum Raum. Moon Harris schließt die Augen und beugt sich tiefer über die Gitarre.

Und spielt weiter.

Wir ahnen: Er wird spielen, er muss spielen – bis es nicht mehr weiter geht. *The Sound of the Blue Guitar.*

Die unauslotbare Strahlkraft des Lebens.